第一章　和歌の世界

第一節　西行の和歌——解釈・鑑賞の問題（一）

一　はじめに

文学作品が作者の手をひとたび離れると、作者の意図とは別個に独自にその歩を印し始めるのは自明のことだが、『去来抄』の次の記事はこの問題に触れた論述としてあまりにも有名である。

岩鼻やここにもひとり月の客　去来

先師上洛の時、去来曰く「酒堂はこの句を、月の猿、と申し侍れど、予は、客勝りなん、と申す。いかが侍るや」。先師曰く「猿とは何事ぞ。汝、この句をいかに思ひて作せるや」。去来曰く「明月に乗じ山野吟歩し侍るに、岩頭また一人の騒客を見付けたる」と申す。先師曰く「ここにもひとり月の客と、己と名乗り出づらんこそ、幾ばくの風流ならん。ただ自称の句となすべし。この句は我も珍重して、笈の小文に書き入れける」となん。予が趣向は、なほ、二、三等もくだり侍りなん。先師の意を以て見れば、少し狂者の感もあるにや。(1)

ここには、「岩鼻や……」の発句をめぐる、実作者去来の制作意図と、鑑賞者芭蕉の作品理解との落差《ギャップ》が具体的に語られて興味深いが、作品鑑賞における師と弟子との深浅の度合は決定的で、両者の俳諧の本質追求の差異を歴然と表している。すなわち、去来が「ひとり明月に興じて逍遥していると、岩頭のあたりにもうひとり月にうかれ出た風流人がいた(2)」との意図でこの句を詠じたのに対して、芭蕉は「みずからを岩頭にたたずむ騒客とし、冷たい月光を浴びる風狂の孤影に興じようとしている(3)」との解釈を示して、「みずからを対象化するのが風狂の精神であり、そこに俳諧的発想がある」[4]と鑑賞するのである。「月の客」を他称とする実作者去来の制作意図とは別個に、自称と解することによって、作者の意図した以上の文学的世界の構築を提示してみせた芭蕉の鑑賞眼はさすがと言うほかなく、風狂者芭蕉の面目躍如たる姿が彷彿としてくる。

ところで、このような事例は何も俳諧の領域に限ったことではなく、和歌の領域でも例外ではなく、作者の詠作意図を越えた解釈、鑑賞が可能な詠歌は少なからず存するのではなかろうか。具体的には、『新古今集』収載の

題不知　　　　　　　　　　　　　　　　　西行法師

(1)　ながむとて花にもいたくなれぬれば散る別れこそかなしかりけれ[5]　　　　（定・隆・雅）

の西行の詠歌は通常、久保田淳氏が『新古今和歌集全評釈　第一巻』（昭和五一・一〇、講談社）で、「物思いにふけりながら花をじっと見つめてきてその花にもひどく馴れ親しんだので、それが散ることによっていよいよ別れねばならないとなると、悲しく思われるなあ。」と歌意を示されているように、恋人のようにいとおしんできた花が散ることによる別離（無常）を詠嘆的に悲しむ歌と解されている。が、私解によれば、第四・第五句の「散る別れこそかなしかりけれ」の措辞は、花が散ることによる別離によって生ずる悲しみの表出を意図した表現であることには相違なかろうが、それと同時に、「散る」主体を詠歌主体（作品世界における主体、この場合は「かなしかりけれ」と感じた主体。以下、この意味で言う）と考慮することによって、さらにこの歌の世界をより一層深め、詠歌主体の花に対する異常なまでの執着を表出させる表現ともなり得ると解釈、鑑賞されるのである。

本節は、西行の(1)の詠歌をこのように解釈、鑑賞することによって、従来の読解よりも一歩西行歌の本質に迫り得るのではあるまいかという私解の提示であるが、大方のご叱正を賜りたいと思う。

二 「ながむとて」の語義

さて、『新古今集』巻第二・春歌下(一二六)に収載される西行の(1)の歌は、『山家集』上・春の「落花の歌あまたよみけるに」[6]の詞書、『西行上人集』春の「那智に籠たりし時、花のさかりに出ける人につけて遣ける」[7]の詞書のもとに、また、『山家心中集』の「花」[8]の題下に収載され、歌の本文異同は表記に漢字・仮名の違いこそあれ、まったく一致している。この三種の典拠から、(1)の詠が春の歌として詠作されていることは確実だが、必ずしも「落花」を主題としているとは言えず、『新古今集』では「題不知」の詞書が付されている点は注意しておく必要があろう。というのは、『新古今集』の(1)の歌の前後を見ると、直前の詠は、刑部卿範兼の

(2) 花散れば問ふ人まれになりはてていとひし風の音のみぞする (一二五)

の歌で、「花落客稀といふことを」の詞書が、また、直後の詠は、越前の

(3) 山里の庭より外の道もがな花散りぬやと人もこそ問へ (一二七)

の歌で、「山家落花をよみ侍りける」の詞書が付され、「落花」を主題とする一群のようでもあるけれども、『新古今集』春歌下の配列の仕方をみると、久保田氏が前掲書で、

桜(九九—一五〇) 曲水宴(一五一・一五二) 残花(一五三) 散る花(一五四—一五七)〔以下略〕

のごとく整理されているように、「散る桜」を主題とする歌群は(1)の歌の所属する歌群とはかなり後に配置されているからである。この点を押さえて、(1)の歌を検討するに、第一句の「ながむとて」の語義と、下句の「散る別れこそかなしかりけれ」の理解に問題点があることが判明する。

まず、第一句の「ながむとて」の語義の検討をすべく、先覚者の見解を調査するに、渡辺保氏が『西行山家集全注解』(昭和五四・五再版、風間書房)で、

飽かず眺めようとして（大系注）物思ひにふけりながらぢっとみてゐて（全書注）深くものを思ひて、つくづくとうちまもり居るとて（塩井詳解）等があるが、「とて」の意味をはっきりさせるとして「ながむ」に稍ある程度の強調があるものと見て、この「ながむ」を客観的なものとして「ただながめる」として、「なれぬれば」（主観的に体験する）と対立した意味のあるものと考えたい。

と記述された見解に、峯村文人氏が『新古今和歌集』（日本古典文学全集26、昭和四九・三、小学館）で注解された

しみじみとした思いで見つめるといっては。

の見解と、上條彰次氏が『新古今和歌集入門』（有斐閣新書、昭和五三・一）で詳述された、

普通、「ながめるといって、ながめながら」の意と取り、第二、三句へかかる三句切的句法と解されて来たが、「ながむとて人も頼めず月も出でじただ山の端の秋の夕暮」（『拾遺愚草』韻《ママ》外・雑歌上）など定家歌にも見える用法に近く、「ながめるからといっても」という逆接的な意に取りたいのである。単に第二、三句へかかるのではなく、第二句以下の全体、むしろ結句「かなしかりけれ」へ重くかかる歌意の流れとなり、「ながむ」の語義も単に物思いに耽りながら見るの意ではなく、「桜の真実、さらに桜を通じての存在の実相を凝視する」という意味が現れてくることになる。

の見解を付加すれば、ほぼ網羅《カバー》されよう。このうち、上條氏の御説が独自の読解を展開して個性的《ユニーク》であるが、要するに、「ながむ」の語義にこのような差異が生ずるのは、花に対して詠歌主体が積極的な姿勢で関わっていると読解するか、消極的な姿勢で関与していると読解するかの相違であろう。

そこで、「ながむとて」の歌句の用例を探索すると、西行の詠以外に、

(4)　しらぎくのかきほのはなをながむとてすみかならでもくらしつるかな[9]　（在良集・終日対菊・一五）

(5)　やまちかみしぐるるそらをながむとてはかなくけふもくらしつるかな　（同・山路時雨・二一）

(6)　きのふけふ雲のはたてをながむとてみもせぬ人の思ひやはしる　（拾遺愚草・恋十五首・一三七二）

(7)　ながむとて人もたのめず《ぬイ》月もいでじただ山のはの秋の夕暮　（拾遺愚草員外・夕・五三三）

のごとく四首拾うことができ、この菅原在良と藤原定家の各二首を検討するに、「ながむとて」の「とて」の用法に順接法と逆接法の相違があることが知られる。(4)・(5)の在良の用例が前者に、(6)・(7)の定家の用例が（(7)についてはすでに上條氏の指摘がある）後者に相当するように、この「とて」の用法には詠歌者個人の表現の特性が顕著に認められるので、「ながむとて」の語義の規定も西行個人の「とて」の用法の吟味とともに行う必要が生じよう。したがって、この視点から、西行歌に認められる「とて」の用例を求めるに、(1)の歌以外に四十一例を拾うことができ[10]、その用法を検討してみると、

(8)　みさびゐて月もやどらぬにごりえにわれすまんとてかはづなくなり　（山家集・かはづ・一八九）

(9)　庭の雪に跡つけじとてかへりなばとはぬ恨をかさぬべきかは　（同・雪歌・五九二）

の用例に認められるように、全用例が順接法の用法である。[11]西行の「とて」の用法が順接法である点を踏まえて、次に、西行歌の「ながむ」の用法を検討するに、(1)の歌を除く「ながむ」の三十九例の用例は、おおよそ四種類の用法に分類されよう。

まず、三十九例の「ながむ」の用例のうち、

(10)　いかで我このよのほかのおもひでにかぜをいとはで花をながめむ　（山家集・落花の歌……・一一九）

(11)　はりまがたなだのみ沖にこぎいでてあたりおもはぬ月をながめむ　（同・月・三四二）

(12)　いかでわれ心の雲にちりするゐてみるかひありて月をながめむ　（同・一四九六）

の三首は、(10)・(12)が「いかで……む」の願望の語法、(11)が意志の助動詞「む」から、詠作者が対象（(10)は「花」、(11)・(12)は「月」）に積極的に関わろうとする姿勢がうかがわれ、この場合の「ながむ」は、

(イ)　感情をこめて、あるものを見つめる。また、景色や美しいものなどを、鑑賞的な態度で見やる。

の語義がふさわしく、また、

(13)　つれづれと軒のしづくをながめつつ日をのみくらすさみだれのころ　（山家集・五月雨・二四〇）

(14)　ものおもひてながむるころの月の色にいかばかりなるあはれそふらむ　（同・七一二）

の二首は、(13)が「つれづれと」、(14)が「ものおもひて」の措辞から、「ながむ」は、

(ロ)　物思いなどに沈みながら、ある一点や戸外などをぼんやり見る。

の語義がふさわしく、また、

(15)　くもにまがふ花の下にてながむればおぼろに月は見ゆるなりけり　（山家集・花のしたにて月をみて……・一〇一）

(16)　あだにちるこずゑの花をながむれば庭にはきえぬゆきぞつもれる　（同・しらかはの花庭おもしろかりけるをみて・一四八）

(17)　山端にかくるる月をながむればわれも心のにしにいるかな　（同・見月思西と云ふ事を・九四二）

の三首は、「ながむ」の語義が各々詞書の圏点を付した措辞(15)・(16)は「見て」、(17)は「見」）に対応している点から、「ながむ」は、

(ハ)　客観的に眺める。

の語義がふさわしいと判断されようが、これらの八例を除く残りの三十一例は、

(18)　ながむれば袖にも露ぞこぼれけるそとものをだの秋の夕ぐれ　（山家集・田家秋夕・五〇八）

(19)　こひしさやおもひよわるとながむればいとど心をくたす月影　（同・七〇九）

の用法に代表されるような用例で、[12] 特定の語義に限定するのが困難な用法であるが、強いて語義を規定するとすれば、

この場合の「ながむ」は、

(ニ)　ぼんやりと見やりながら、物思いにふける。なにもしないで、ただぼんやりと見ている。

くらいの語義が相当するであろうか。西行歌に認められる「ながむ」の語義は、したがって、それほど固定的、限定的に使用されていず、かなり幅をもって用いられている場合が圧倒的多数を占めていると言うことができ、その点、鑑賞する側の読解、鑑賞能力に応じて対応できる余裕を感じさせる用法となっている。

となると、当面の(1)の歌の「ながむ」の語義も、(イ)・(ロ)・(ハ)の語義になる場合のような諸条件を具備していない点から、(ニ)のごとき語義に解するのが妥当なのではあるまいか。つまり、「ながむとて」の一首のなかでの役割は、直接的には第二、第三句の「花にもいたくなれぬれば」の原因、理由として作用するところにあるわけだが、この第一句の内容にあまりに明確な意味を限定してしまうよりは、むしろ漠然とした意味で読解するほうが、一首の世界をより深く効果的にすると判断されるので、(1)の歌の「ながむとて」の語義は、(ニ)のごとく解することによって、花に積極的な姿勢で関与してきたわけではないけれども、毎年毎年、花をぼんやりと見やりながら、物思いにふける行為がたびかさなると、直接には結びつくはずのない花と「ながむ」主体との関係が、いつの間にか「いたくなれぬれば」と言うほどに親密度を増す結果になったという意外性が生じてきて、味わいが深まるのではあるまいか。

要するに、西行の(1)の歌に認められる「ながむとて」の用法は、王朝以来の伝統的な用法の域をさほど出ていない用法と言えようか。

三　「散る別れこそかなしかりけれ」の再検討

ところで、(1)の歌の第二、第三句の「花にもいたくなれぬれば」の措辞については、古注の間でも問題がないではないが、久保田氏が『西行山家集入門』(有斐閣新書、昭和五三・八)で、「花を恋人のようにいとおしんでいる作者の心がよく出ている。『なれ』という動詞は皮膚感覚に訴えるような感じを持った言葉である。」と注解されたとおりなので、ここでは省略に従い、下句の「散る別れこそかなしかりけれ」の措辞の検討に移りたい。

まず、諸注を調査するに、そのすべてが峯村氏が前掲書の頭注に「花が散り去るという別れ。散っていくことによる、花との別れ」と記されているのと同趣の内容であるので、はたしてそれでいいのか否かを検討すべく、「散る別れ」なる用例を求めると、西行没後の歌人の歌ではあるが、

⒇　さく花のちるわかれにはあはじとてまだしき程を尋ねてぞみる[13]　（新葉集・祥子内親王・一〇二六）
(21)　ちるわかれ思ひしりつゝ恋にだに心をそめぬこゝろこそあれ[14]　（年代和歌抄・国永・一九四三）
(22)　散わかれありとはしれどやま里の花にも馴ず春ぞくれ行[15]　（清渚集・一〇七）

の三首を拾うことができ、⒇は「さく花の」、(22)は「春ぞくれ行」の措辞、(21)は「花によせて世を観ずる心を」の詞書から、「散る別れ」の用法はいずれも⑴の歌の場合と同様であることが知られる。ことに、(21)・(22)の歌は西行の⑴の歌を下敷にした翻案であることが一目瞭然で、「散る別れ」の措辞をこれらの歌人が諸注のように享受していた背景が知られる点で、現在の諸注の内容の蓋然性の高さを裏付けよう。

ところで、『山家集』に「別れ」なる用例を求めるに、⑴の歌以外に十四例を拾うことができるが、そのうち、「散る別れ」のごとき「別れ」に連体形が接続する語構成の用例は、次の五例である。

(23)　あふと見ることをかぎれる夢ぢにてさむる別のなからましかば　（夢会恋・六三六）
(24)　おもかげのわすらるまじき別れかな名残を人の月にとどめて　（月によする恋・六八四）
(25)　さまざまにあはれおほかるわかれかな心を君がやどにとどめて　（詞書省略・一〇〇九）
(26)　さだめなしいくとせ君になれなれしわかれをけふはおもふなるらむ[16]　（同・一一七八）
(27)　さりともと猶あふことをたのむかなしでの山ぢをこえぬわかれは　（同・一二二九）

さて、この五例の「別れ」の主体を検討するに、(24)は「おもかげの」、(25)は「心を君がやどにとどめて」の措辞、(26)は「としひさしくあひたのみける同行（注、西住）にはなれて、とほく修行してかへらずもやと思ひける、なにとなくあはれにて」、(27)は「とほく修行する事ありけるに、菩提院のさきの斎宮にまゐりたりけるに、人々わかれの歌つかうまつりけるに」の詞書から、その主体は各々詠歌主体であることは明白であろう。ところが、(23)の場合は多少趣が異なり、この場合だと、「さむる別」の解釈が、(A)「夢が覚めるという別れ。覚めることによる、夢との別れ」、(B)「夢から覚めて恋人と別れるということ」の二通りにわかれ、その主体も夢と詠歌主体の両方が候補にのぼろう。その点、(23)の「さむる別」なる措辞は当面の(1)の歌の「散る別れ」とほとんど同種の語構成と判断してよく、参考になる。要するに、(23)~(27)の歌に認められる「別れ」に連体形で接続する語構成の用例の主体を吟味すると、(23)の用例のように二種類の主体が想定される場合もあるが、そのほとんどの場合は詠歌主体である。となると、(1)の歌の「散る別れ」の主体も、(23)の用例からも明白なように、「花」を主体とする見解と同時に、詠歌主体を想定する可能性も多分に生じてくると言い得るであろう。

ちなみに、「かなしかりけれ」の語義を明らめるべく、『山家集』に「かなし」の用例を求めると、(1)の歌の用例を除くと、二十一例見出し得る。[17] その全用例を吟味するに、肉親や男女間の愛情を表す「愛し」の語が適合する場合は皆無で、すべて死や別離に伴う悲哀の情を表す「悲し・哀し」の意味で使用されていることが知られる。その際、「かなし」の対象はというと、「こがらしの風」（五三二）、「しぐるる音」（五三八）、「秋」（三一一）、「野べになく虫」（四九二）、「鐘の音」（一一六七）など多種多様だが、これらの用例では、概して、しみじみとした悲哀の情の表出を意味している場合が多い。一方、人の死を「かなし」の対象とする

(28)　みがかれし玉のうてなを露ふかき野べにうつして見るぞかなしき　（詞書省略・八五二）

(29)　みちかはるみゆきかなしきこよひかなかぎりのたびと見るにつけても　（同・八五四）

のごとき用例では、「かなし」は対象に対する悲痛な愛惜の情を表出する意味で使用されている。ただ、(28)・(29)の用例では、他者（(28)・(29)とも鳥羽院の死）が「かなし」の対象となっている点が、(1)の歌の「かなし」の語義の規定に多少の適切さを欠く用法と言わねばなるまいが、しかし、『山家集』には、

(30)　いづくにかねぶりねぶりて倒れふさむとおもふかなしきみちしばのつゆ　（無常歌……・九一六）

(31)　とほぢさすひだのおもてにひくしほにしづむ心ぞかなしかりける　（題不知・一一一一）

(32)　ことのはのなさけたえたる折節にありあふ身こそかなしかりけれ　（詞書省略・一三一七）

のごとく詠歌主体が「かなし」の対象になる用例も数例あり、(31)は意味不明だが、(30)は無明長夜の眠りを重ねる自己を、(32)は当時の歌壇の中心人物であった崇徳院が保元の乱で敗北し、讃岐に遷御なさったために、和歌の道が衰退してしまう時節に生き長らえて遭遇するわが身の不運を、各々詠歌主体が悲歎する意味で使用されている。したがって、「かなし」と感ずる対象が詠歌主体となる場合には、「かなし」の語義はこのように自己のそうなる運命を悲歎する意味に使用されている『山家集』の用例検討から、(1)の歌の「かなし」の語義もそのようになるであろう。もっとも、「散る別れ」の主体が詠歌主体ではなく、「花」であるとすれば、その際には、(28)・(29)の用例に認められたように、対象に対する悲痛な愛惜の情を表出する意味に解するのが適切であることは言うまでもない。

となると、(1)の歌の下句の歌意は、

これまでいつの間にか馴れ親しんできた花が散って眼前から姿を消してしまうのは、とても愛惜の念に堪えないが、それと同時に、そのように馴れ親しんできた花に対して、花が散るように、自分が死ぬことによって、二度と花に逢えなくなるということは、とても堪え切れないほどに悲しい運命であることだなあ。

というくらいになるであろうか。

なお、(1)の歌の下句に関して、従来の見解のうえに、「散る別れ」の主体を詠歌主体ともとれると考慮する私解の

可能性と蓋然性について整理しておこう。

その理由の第一は、「花」の「散る別れ」が「かなしかりけれ」だとかりにすると、極論すれば、花は来年の春を待てば再会し得る存在だから、そうなると、第一句の「かなしかりけれ」の措辞が一首の世界のなかであまりに軽い色調《ニュアンス》しかもたず、しかも第二、第三句の「花にもいたくなれぬれば」の措辞は一回限りの春の期間に対して表明された認識ではなく、幾度かの春を経過した後での素直な気持ちを叙述した表現と解されるので、「散る別れ」を詠歌主体と解するほうが「かなしかりけれ」と詠嘆する主体の悲愴感がよりいっそう強まるのではなかろうか。

その第二は、(1)の歌の上句と下句の接続関係をみるに、上句の条件節における主体と、下句の主節における主体を同一と解したほうが、一首の表現世界により一層の緊張感を持たせ、有機的に均整のとれた全体像を構築させ得ると考えるからである。一般に和歌の上句と下句との接続関係は必ずしも同一主体になるとは限らないが、この歌の場合、「いたくなれぬれば」の主体が詠歌主体であることは疑う余地もないから、「いたくなれぬ」る対象が「別れ」る主体となると考えるよりも、「いたくなれぬ」る主体が「別れ」る主体となると考えるほうが、「かなしかりけれ」の悲劇が強まるとともに、語構成の点からも自然な在り方になると言えるのではあるまいか。

その第三は、西行の一生を彼の和歌を中心とした挿話や説話で綴った『西行物語』の伝本のなかで、文明本系統の祖本と推定される『西行物語絵巻・詞書』（萬野家本）の第三段の詞書の一部に、

　たづね入たるかひありて、さきみだれたる花のもとにてみれば、さきちるながめおもしろさに、このやまにて命のつきなんまでと思て、

　　ながむとてはなにもいたくなれぬればちるわかれこそかなしかりけれ
　　吉野山やがていでじとおもふ身をはなちりなばと人やまつらん[18]

という記事があり、(1)の歌の成立事情に言及して、「さきちるながめおもしろさに、このやまにて命のつきなんまで

と思て」と叙述していることである。この部分は文明本『西行物語』では、「さきちるながめのおもしろさに、この山にて命きえばやとおもひて[19]」と多少の異同が認められるが、鎌倉中期の制作と目される『西行物語絵巻・詞書』にこのような記述が見出されるのは実に、(1)の歌を理解するうえで貴重と言わねばなるまい。というのは、「桜が咲き乱れている木の下で見ると、その桜の咲き散る眺望があまりに興趣深いために、この吉野山で命が尽きるまで（桜と一緒にいたい）と思って」という、ここに引用した萬野家本『西行物語絵巻・詞書』の地の文は、(1)の歌の歌意とはかなり趣が異なると言わねばなるまいが、(1)の歌の「花にもいたくなれぬれば」の措辞が『西行物語絵巻・詞書』の「さきちるながめおもしろさに」の措辞に、同じく(1)の歌の「散る別れ」の措辞が『西行物語絵巻・詞書』の「命のつきなん」（文明本では「命きえばや」）の措辞にそれぞれ対応している点で、まことに示唆的であるからである。つまり、『西行物語絵巻・詞書』の文章展開では、花の咲き散る情趣が趣深いので、命が尽きるまで花とともにいて賞美したいと言うわけだが、翻って、この視点から(1)の歌の「散る別れ」の意味を考慮すると、「散る別れ」の主体を「花」とみると矛盾をきたすが、逆に、それを詠歌主体とみなすならば、自分が死んで花に逢えなくなることは、まさに「かなしかりけれ」ということで、首尾一貫するのである。『西行物語絵巻・詞書』はもちろん西行の自作ではなく、このような読解・鑑賞が適切であるか否か、問題もあろうかと思うが、しかし、鎌倉中期ごろにこのような読解を試みた文学者がいたということは、「散る別れ」の主体に詠歌主体の可能性を想定する筆者の私解を、ある程度妥当なものと判断する証拠の一つにはなり得るであろう。

　なお、『新古今集』の撰者がこの(1)の歌の詞書を、「落花」としないで「題不知」としている背景も、このように考慮すれば納得がいくであろう。

四　まとめ

以上、『新古今集』春歌下に収載される西行の(1)の歌について、縷々臆測を重ねてきたが、はたして、去来の発句に対する芭蕉の鑑賞のごとき優れた見解の提示になり得ているか否か、はなはだ心もとないと告白しなければなるまい。が、ここで、これまで論述してきた要点を整理すれば、次のごとくなろう。

(一)　西行の(1)の歌の第一句「ながむとて」の語義は、「とて」を順接法と解して、「花に積極的に関与しているわけではないが、毎年毎年、花をぼんやりと見るともなく見やりながら、物思いにふけってきて」くらいになるであろう。

(二)　第四句のなかの「散る別れ」の主体は、「花」とする従来の見解に加えて、詠歌主体も考慮する可能性のあること。

(三)　第五句のなかの「かなし」の語義は、「散る別れ」の主体を「花」とみなす場合は、「花」に対する悲痛な愛惜の情を表出する意となり、「散る別れ」の主体を詠歌主体とみなす場合は、自己のそうなる運命を悲歎する意となろう。

(四)　「散る別れ」の主体を詠歌主体とみなす有力な根拠は、『西行物語絵巻・詞書』の第三段の詞書の一節にある。

(五)　西行の(1)の歌の歌意は、「花に積極的に関与してきたわけではないが、毎年毎年、花をぼんやりとみるともなくみやりながら、物思いにふけってきて、その花にもひどく馴れ親しんだので、その花が散って眼前から姿を消してしまうのは、とても愛惜の念に堪えないが、それと同時に、そのように馴れ親しんできた花に対して、花が散るように、自分が死ぬことによって二度と花に逢えなくなるということは、とても堪え切れないほどに悲しい運命であることだなあ。」ということになろうか。

なお、本節では、西行の和歌一首の解釈、鑑賞面に重点をおいて考察を加えたので、西行の思想面などからの言及はできるだけ避けるように努めた。その点、問題が残ろうが、ここでは、あくまで和歌の解釈法の一私解として、私説を提示してみたわけである。

〈注〉

(1)『連歌論集　能楽論集　俳論集』（日本古典文学全集51、昭和四八・七、小学館）所収の「去来抄」による。
(2)『近世俳句俳文集』（日本古典文学全集42、昭和四七・二、小学館）所収の「近世俳句集」の評釈。
(3) 注1の頭注。
(4) 注3に同じ。
(5)『新古今和歌集』（日本古典文学大系28、昭和三九・一一、岩波書店）による。
(6)『山家集』（日本古典全書、昭和四六・七、朝日新聞社）所収の「山家集」による。以下、『山家集』の本文は本書による。
(7) 久保田淳氏編『西行全集』（昭和五七・五、日本古典文学会）所収の「西行上人集」（李花亭文庫本）による。
(8) 久保田淳氏編『西行全集』（昭和五七・五、日本古典文学会）所収の「山家心中集」（伝西行自筆本）による。
(9)『新編国歌大観第三巻』（昭和六〇・五、角川書店）所収の「在良集」（書陵部本）による。なお、(6)・(7)の『拾遺愚草』・『拾遺愚草員外』収載歌も、本書所収の当該歌集による。
(10) 臼田昭吾氏『西行法師全歌集総索引』（昭和五三・七、笠間書院）の恩恵に与った。
(11) そのほかの用例は、注6の歌番号で示せば、『山家集』の四八・一四四・一八九・二六七・三八〇・四八六・五〇〇・六七三・六八五・六九一・七〇四・七二一・七二三・七四八・七六五・七六八・八三四・九八四・九九四・一〇三四・一〇九一・一一三二・一二〇一・一二七三・一二八二・一三四〇・一三四四・一三六七・一三七六・一四〇二・一四四六・一四五六・一四七七・一五一一、「西行和歌拾遺」の一九七八・二〇〇五・二〇七七・二〇八三・二一八〇のとおり。
(12) そのほかの用例は『山家集』の一〇六・一〇八・一一一・三八五・三八八・三九二・三九四・三九五・四〇七・四一五・四三九・四四八・五〇八・六一九・六八七・七〇九・七一一・八四九・九七二・一一二七・一一三二・一一四二・一二二二・一四〇五・一四九七・一四九九・一五〇〇・一五〇三・一五五一・一五九一・一六四一のとおり。

（13）『新編国歌大観第一巻』（昭和五八・二、角川書店）所収の「新葉和歌集」（内閣文庫本）による。
（14）『私家集大成7』（昭和五一・一二、明治書院）所収の「年代和歌抄」（大阪市大本）による。
（15）『近世和歌撰集集成地下篇』（昭和六〇・四、明治書院）所収の「清渚集」（神宮文庫本）による。
（16）この歌の第三句は諸本「なれなれて」とあるが、それだと連体形接続の語構成とならないので、この用例から除外しなければならない。
（17）『山家集』の歌番号で示せば、三二一・四七四・四七六・四九二・五三二・五三八・七〇五・八三一・八四九・八五二・八五四・八六一・八六三・九一六・九七九・九八〇・一一一一・一一一八・一一六七・一二二一・一三一七のとおり。
（18）久保田淳氏編『西行全集』（昭和五七・五、日本古典文学会）所収の「西行物語・詞書」（萬野家本）による。
（19）久保田淳氏編『西行全集』（昭和五七・五、日本古典文学会）所収の「西行物語」（文明本）による。

第二節　二条為道の和歌——解釈・鑑賞の問題（二）

一　はじめに

二条為世の長男で、為世の後継者として属目されながら、二十九歳の若さで他界した二条為道の和歌については、井上宗雄氏『中世歌壇史の研究　南北朝期』（昭和六二・五改訂新版、明治書院）に、為道の事績についての詳細な言及がある以外には、それほどまとまった研究は管見に入らない現況にある。その理由には、為道が若くして他界したために、為世の後継指導者として、二条家の和歌師範家たるべき活動を残していないという、為道の実人生の不幸が考えられようが、しかし、伝存している為道の詠歌には、なかなか興味深い種類のものも少なくないようなので、本節では、為道の和歌について、総合的に検討を加えてみようと思う。

ところで、二条為道の最新の伝記的情報については、『日本古典文学大辞典　第四巻』（昭和五九・七、岩波書店）に、福田秀一氏による次のごとき紹介がある。

二条為道《にじょうためみち》　鎌倉時代の歌人。為通とも書く〈尊卑分脈など〉。藤原氏北家長家流、為世の長男。母は賀茂氏久の女。正四位下中将に至る。正安元年（一二九九）五月五日没、二十九歳。二条家の正嫡は子の為定が継ぐ。

【事蹟】弘安八年（一二八五）三月北山准后（貞子）九十賀に参列・詠進〈とはずがたり・巻三、新拾遺集・賀〉、同年八月十五日夜「内裏三十首」歌会に参加し、正応・永仁頃の伏見院・後宇多院両方の宮廷歌会にしきりに参仕・出詠。そのころ正四位下左権中将で、正応二年（一二八九）には兼備中権介〈宮内庁書陵部本『晴御会部類』〉、永仁元年（一二九三）には兼中宮権亮美濃権介〈永仁元年『内裏御会和歌』〉であった。関東に下り〈夫木抄・二十〉、公朝と歌を交わしたり〈続千載集・羇旅〉、歌合を行なったり〈藤葉集・春〉した。二条派歌風で、『新後撰集』以下の勅撰集に六十余首入集。『宴曲集』所収「名取河恋」の作者「冷泉羽林」は為道かと思われる。

〔福田秀一〕

生没　一二七一―一二九九

この福田氏の簡にして要を得た記述によって、二条為道の略歴などについてはほぼ尽きていると判断されるので、以下には、為道の和歌活動および詠歌について、多少の掘り下げを行なってみたいと思う。

二　和歌活動

さて、二条為道の略歴などについては、それほど異論がないので、以下には、為道の和歌活動の大略を、井上氏の前掲著書や、勅撰集および私撰集などの詞書などを参考にして、まずはまとめておきたいと思う。

○弘安八年（一二八五）三月、北山准后（貞子）九十賀に参列、詠進する。（新拾遺集・六八三）
○弘安八年十五夜、『内裏三十首』歌会に参仕、出詠する。題は「夕擣衣」。（新後撰集・四〇七）
○正応二年（一二八九）一月十九日、伏見院が催行した鞠の会に参仕、出詠するか。（伏見院記）
○正応二年三月、和歌御会に参仕、出詠する。題は「花添春色」。（新千載集・二三一三）
○正応三年（一二九〇）一月二十日、歌会に参仕、出詠する。題は「庭松久緑」。（伏見院記）
○正応三年八月十五夜、『内裏月十五首』に出詠する。題は「月」。（新拾遺集・四一五、藤葉集・二三九）
○正応三年九月七日、『堀河百首』の書写を行なう。（書陵部蔵鷹司本「堀川院百首」奥書）
○正応三年九月十三夜、歌会に参仕、出詠する。題は「夕月」「暁月」「夜恋」。（神宮文庫本「詠三首和哥」）
○正応四年（一二九一）二月二十六日、『大御堂僧正源恵千首』に出詠する。（夫木抄・八一八八）

○正応五年（一二九二）春、『古今集』の書写を行なう。（立教大学研究室蔵「古今集」奥書）
○正応五年八月十日、『厳島社頭和歌』に出詠する。題は「関郭公」。（続類従・十五輯上）
○正応五年、『三島社十首』に出詠する。題は「浦霞」。（夫木抄・一〇三〇七）
○永仁元年（一二九三）八月十五夜、『亀山殿十首歌』に参仕、出詠する。題は「秋雁」「秋夕」「秋浦」「秋風」「秋山」「秋虫」「秋旅」「秋恋」。（新千載集・四八一、新拾遺集・七七〇）
○永仁元年八月十五夜、『内裏御会』に出詠する。題は「月前風」「月前鴈」「月前鹿」「月前待恋」「月前恨恋」。（書陵部蔵）
○永仁元年、中宮権亮のとき、詠む。題は「禁中月」。（新千載集・四〇一）
○永仁元年、『内裏歌合』に出詠する。題は「野亭夏朝」。（夫木抄・三三九一）
○永仁二年（一二九四）三月、『内裏三首会』に出詠する。題は「山路落花」「庭花盛久」「暮春暁月」。（続千載集・一七二）
○永仁二年五月二十六日、『内裏五首歌』に出詠する。題は「野亭夏朝」「水辺夏夜」「思出切恋」。（新続古今集・一四二九）
○永仁二年八月二日、為世が息子為道を勅撰集の撰者候補として推挙する。（尊経閣蔵『為世卿申状』）
○永仁二年八月十五夜、『内裏十首和歌』に出詠する。題は「山月聞鐘」「月前契恋」。（続千載集・五一二・一三〇一・一五〇五）
○永仁六年（一二九八）十月十三夜、後宇多院の比叡山への参詣の供奉を勤める。（元徳二年日吉社幷叡山行幸記）
以上が年時が分明な二条為道の和歌活動の主要なものであるが、なお、年時の分明でない和歌活動などに言及しておけば、次のごとくである。

○『石清水社法楽百首』に出詠する。題は「藤」。（続後拾遺集・一三一九）
○『春日社法楽百首』に出詠する。（新千載集・一六七九）
○賀茂の祭の使いを勤めた際の詠歌。（新後拾遺集・一七三）
○関東へ下向する際の詠歌。（新後拾遺集・八六一）
○下向した関東で催行した歌合での詠歌や、贈歌への答歌など。前者の題は「梅花遠薫」。（藤葉集・二九、続千載集・七九九）
○菊河の宿での歌会歌。題は「山納涼」。（夫木抄・八七八三）

以上の記事から、二条為道の和歌活動をみると、当時の二条家の領袖・為世の嫡男にしてはそれほどめだった活躍はなく、ごく普通の廷臣の活動と異ならないが、これは、父親の為世が依然健在で、二条家の和歌師範家の領袖として指導的役割をはたしていたからであって、この点、為道のはたした歌壇史的意味はそれほど顕著には認められないと言わねばなるまい。

三　和歌集成

それでは、二条為道の和歌は現在、どれくらい伝存しているであろうか。この点について、調査してみると、現在、拾遺しうる為道の詠歌は、次のとおりである。

Ⅰ　勅撰集（六九首）

新後撰集	七首
玉葉集	二首
続千載集	一五首

続後拾遺集　一一首
新千載集　二〇首
新拾遺集　六首
新後拾遺集　七首
新続古今集　一首
Ⅱ　私撰集（一九首）
夫木抄　六首
遺塵集　二首
拾遺風体集　七首
藤葉集　四首
Ⅲ　類題集（一七五首）
題林愚抄　八六首
明題和歌全集　八九首
Ⅳ　その他（六首）
永仁内裏御会　五首
厳島社頭和歌　一首

この整理によると、勅撰集が六十九首、私撰集が十九首、類題集が百七十五首、その他が六首の、都合二百六十九首となるが、このうち、『題林愚抄』と『明題和歌全集』とでは八十六首が重出しているので、残りは百八十三首となる。ところが、この百八十三首のなかで三十六首が重出しているので、結局、為道の現在確認できる歌数は、実質、百四十七首ということになる。そこで、この百四十七首を、為道の詠歌集成の意味も兼ねて、以下に掲げておきたいと思う。

Ⅰ　勅撰集

(1) 桜花よきてとおもふかひもなくこの一もとも春風ぞふく
（新後撰集・春下・一一七、明題和歌全集・春下・花・一一一三）

(2) 暮るるまの月まちいづる山のはにかかる雲なく秋風ぞふく（同・秋上・三三八、題林愚抄・秋三・月・三九一一）

(3) 風さむきすその の里の夕ぐれに月まつ人やころもうつらん
（同・秋下・夕擣衣・四〇七、明題和歌全集・秋下・夕擣衣・五三一九）

(4) いかにして涙とともにもりぬらん袖のうちなるうき名ならぬに
（同・恋一・依涙顕恋・八四七、題林愚抄・恋一・依涙顕恋・六三九二）

(5) 色かをもしる人ならぬわがためにをるかひなしと花やおもはん（同・雑上・一二二〇）

(6) もみぢ葉のあけのそほぶねこぎよせよここぞとまりと君もみるまで（同・同・一三二六）

(7) あだし野や風まつ露をよそにみてきえんものとも身をば思はず（同・雑下・一五〇一）

(8) 五月雨の雲ふきすさぶ夕風に露さへかをる軒のたちばな
（玉葉集・夏・檐廬橘・三七四、題林愚抄・夏中・檐廬橘・二二二三）

(9) よせかへり浦風あらきさざ波にしづえをひたすしがの浜松
（同・雑三・湖辺松・二一八三、題林愚抄・雑・湖辺松・九〇六三）

(10) ちらぬまにこゆべかりける山路とも跡つけがたきはなにこそしれ
（続千載集・春下・山路落花・一七二、題林愚抄・春三・山路落花・一一五九）

(11) 夕暮の木の下風に雨すぎて露もたまらぬせみの羽衣（同・夏・三三三）
(12) ふけ行けばかねのひびきも嵐山空にきこえてすめる月かな（同・秋下・山月聞鐘・五一二、題林愚抄・秋三・山月聞鐘・四一九七）
(13) いかがせむながきならひの秋のよも月をしみればあくるやすさよ（同・同・五二一）
(14) 夜さむなるかりほの露のいねがてに山田をもると衣うつこゑ（同・同・田家擣衣・五三九、題林愚抄・秋四・田家擣衣・四五四四）
(15) かよふらんこと浦人のね覚までおもひしられてなく千鳥かな（同・冬・六三四、題林愚抄・冬中・遠千鳥・五四八七）
(16) かりそめのあやめにそへて草枕こよひ旅ねの心ちこそせね（同・羇旅・七九九）
(17) 夜もすがらもゆるほたるに身をなしていかで思ひのほどもみせまし（同・恋一・寄蛍恋・一〇六〇、題林愚抄・恋四・寄蛍恋・八〇一五）
(18) もらしわびむせぶおもひのありとだに誰にいはせの山の下水（同・同・忍恋・一〇六八、題林愚抄・恋三・寄水恋・七六六五）
(19) しらせばやみるめはからであさ夕に波こす袖のうらみありとも（同・恋二・一一八〇）
(20) いかがせむ月のしるべはたのめども契りし夜半とおもひ出でずは（同・恋三・月前契恋・一三〇一、明題和歌全集・恋上・月前契恋・七六三五）
(21) こよひさへおなじ人めをいとふかなあふにまぎるる涙ならねば（同・同・忍逢恋・一三二九、題林愚抄・恋二・忍逢恋・六七七二）
(22) なにゆゑに袖ぬらすらん人ごころあささは水のおもひたえなで（同・恋四・一四六九）

(23) こぬまでも心ひとつをなぐさめてたのみしほどの偽もなし　(同・同・一四九四)
(24) おのづからともに見しよの面かげもむかしになりぬ秋のよの月　(同・同・月前契恋・一五〇五)
(25) 桜花さきぬとみえて芳野山有りしにもあらぬ雲ぞかかれる　(続後拾遺集・春上・六九)
(26) よしさらばおつともをらん枝ながらみてのみあかぬ萩の下露　(同・秋上・二七九)
(27) 風さむみするわざならし長月のよるはすがらに衣うつ声　(同・秋下・三六六、題林愚抄・秋四・風前擣衣・四五二八)
(28) 難波がた蘆の葉そよぎ吹く風に入江の波や先氷るらん　(同・冬・寒蘆・四四九)
(29) あらはればいかがはすべき涙川うき名にかくる袖のしがらみ　(同・恋一・寄涙忍恋・六五一、題林愚抄・恋一・寄涙忍恋・六三七三)
(30) むくいあらばつれなき人も思ひしれうきには後の世こそまたるれ　(同・恋二・七二八、題林愚抄・恋一・不逢恋・六五一〇)
(31) 急ぐとて暁またぬわかれぢはなかばぞ鳥の音にもかこたん　(同・恋三・八二九)
(32) いつまでかうき鳥の音をいとひてもあふ事たえぬ別なりけん　(同・恋四・八八七)
(33) 故郷にさらではとはん人もなし咲きてをさそへ三吉野の花　(同・雑上・故郷待花・九九五、題林愚抄・春三・故郷待花・八七〇)
(34) はかなくもいまをうつつとたのむかなすぎにしかたの夢にならはで　(同・雑下・往事似夢・一二二七、題林愚抄・雑・往事如夢・九六四五)
(35) わするなよ藤のかざしのさしながら神につかへし春の昔は　(同・神祇・藤・一三一九)
(36) こぐ船も浪のいづくにまよふらん霞のおくのしほがまのうら　(新千載集・春上・一二)

(37) うらみばやかつちる花の梢こそやがて嵐のやどりなりけれ　　(同・春下・花・一三六)
(38) 今更に雪とみよとやみよしのの吉野の桜春風ぞ吹く　　(同・同・一四九)
(39) いづくにかしばしすぐさん高島のかちのにかかる夕立の空
　　(同・夏・路夕立・二九七、題林愚抄・夏下・路夕立・二六三八)
(40) とにかくに袖やすからぬ夕かな涙あらそふ秋のしらつゆ　(同・秋上・三五四、題林愚抄・秋一・秋夕・三二七五)
(41) いかならむ世にも忘れじ九重の秋の宮ゐになるる月かげ
　　(同・同・禁中月・四〇一、題林愚抄・秋三・禁中月・四一七六)
(42) さそはれて今ぞ鳴くなる秋風のふかばと待ちし初雁のこゑ
　　(同・秋下・秋雁・四八一、題林愚抄・秋二・雁・三五七四)
(43) 河風の夜さむの衣うちすさび月にぞあかすまきの島人　　(同・同・五〇八)
(44) 夜もすがらはらひもあへぬ水鳥のはがひの霜に氷る月影
　　(同・冬・六八一、題林愚抄・冬中・月前水鳥・五五五九)
(45) そことだにをしへぬものをいづかたにまよふ心のわれさそふらむ　　(同・恋一・一〇四三)
(46) おもふにもまけぬ涙ぞふりにけるしのぶることのこころながさに　　(同・同・一〇七二)
(47) いかがせむいはねばむねの夕煙こころひとつにくゆる思ひを
　　(同・同・忍恋・一一一三、題林愚抄・恋一・忍恋・六二七一)
(48) ながらへばおろかなるにも成りぬべし思ふとみせて恋やしなまし　　(同・恋二・一二八四)
(49) むなしくて月日はこえつ逢ふ事をへだつる関の中の通ぢ
　　(同・恋三・一二九八、題林愚抄・恋三・寄関恋・七六三〇)

(50) たのみつつ又こそなげけ偽のある世もしらぬ心づからに　（同・同・一三二四）

(51) 今はただ待たじとだにも思はばやこぬをならひの夕暮の空　（同・同・一三四〇）

(52) いかにうき世世の契の残りきて今もつらさにむすぼほるらん　（同・恋五・一五七三）

(53) いのるぞよおどろの道の春雨にふりにし代代のおなじめぐみを　（同・雑上・一六七九）

(54) うつつぞと思ふまよひの心にてたのむか夢のあだし世の中　（同・雑下・二〇五九）

(55) 花の色は千とせをかねていにしへのためしにまさる春にも有るかな
（同・慶賀・花添春色・二三一三、題林愚抄・賀・花添春色・一〇三七三）

(56) 浦とほく日影のこれる夕なぎに波まかすみてかへる雁金
（新拾遺集・春上・浦帰雁・七五、題林愚抄・春四・浦帰雁・一三一〇）

(57) 吹きはらふ嵐のままにあらはれて木のまさだめぬ月の影かな
（同・秋下・四一五、藤葉集・秋・二三九）

(58) かぞへしる齢を君がためしにて千世のはじめの春にも有るかな　（同・賀・六八三）

(59) 秋のよもあまた旅ねの草枕露より露に結びそへつつ　（同・羇旅・秋旅・七七〇）

(60) いかがせん空に霞のたつ名のみはれぬ恋ぢに迷ひはてなば
（同・恋一・寄霞恋・九七五、題林愚抄・恋三・寄霞恋・七五八八）

(61) 契あればうき身ながらぞたのもしきすくはん世世の数にもれじと　（同・釈教・一五一四）

(62) きみが世に又立ちかへりあふひ草かけてぞ神のめぐみをばしる　（新後拾遺集・夏・一七三）

(63) 山おろしの桜吹きまくしがの浦にうきて立ちそふ花のさざ波
（同・雑春・水上花・六三七、題林愚抄・春三・水上花・一〇二一）

(64) 夕暮は草葉の外のおきどころありとや袖にかかる白露　（同・雑秋・露・七二五）

(65) 夕されば野だのいなばのほなみより尾花をかけて秋風ぞ吹く
（同・同・秋田・七三六、題林愚抄・秋四・秋田・四三六八）
(66) 忘れずはゐせきの水にかげをみよ思ふ心はそれにこそすめ
（同・離別・八六一）
(67) 蛍よりもゆといひてもたのまれず光にみゆる思ひならぬば
（同・恋一・九五五、題林愚抄・恋四・寄蛍恋・八〇一七）
(68) 世の中はくるしきものかうきぬ縄うきをもしたに思ひみだれて
（同・雑上・一三〇九）
(69) 歎きわびせめてその夜をしたへとやわすれし影の月にそふらん
（新続古今集・恋四・一四二九）

Ⅱ　私撰集

(70) 物よわき柳の枝のゆふなびき風もやはらぐけしきなるかな
（夫木抄・春三・柳・八六三）
(71) 蚊遣火の煙や庵に残るらんかすむすゑ野の明ぼのの空
（同・夏三・野亭夏朝・三三九一）
(72) 見るままに深行く光空すみて星はまれなる秋のよの月
（同・秋四・月・五二八六）
(73) はこね山さがしき嶺にしく板のいたくくるしき旅のみちかな
（同・雑二・山・八一八八）
(74) やすらひにみちゆき人もすずむなり松ふくかぜのさやのなか山
（同・同・同・八七八三）
(75) 伊豆の海や興つ波路のあさなぎにとほ島きえてたつ霞かな
（同・雑五・海・浦霞・一〇三〇七）
(76) このほどはしぐれもしらず神無月なみだばかりぞふる心ちする
（遺塵集・雑・二五八）
(77) あらはれていまぞあるじもたづぬべきしのびてなれしやどのなごりに
（同・同・二五九）
(78) よこ雲の晴れゆく跡もかすみにて曙うすき峰の松原
（拾遺風体集・春・峰霞・三）
(79) 浦かぜにあしの葉ならすおとすみて入江しづかに月ぞ深ぬる
（同・秋・江月・一二七）
(80) をぐら山そむるこずゑの初時雨今いくかありて色に出なん
（同・同・秋山・一三四）

(81) 朝な朝な木葉すくなく吹きすてて我と嵐のこゑよわるなり　（同・冬・落葉・一五三）

(82) さそひこん月にはまけよいたづらにとはで過ぐべきこよひなりとも

（同・恋・寄月待恋・三二二、永仁内裏御会・月前待恋）

(83) 山たかみよこぎる雲のたえだえにつづかでさらす布引の滝　（同・雑・名所滝・四〇四）

(84) 深山にて光はれけるいにしへの月やなれにし人さそふらん　（同・釈教・荘厳王品・五二八）

(85) そことなき風にうかれて梅が香を袖になれぬる春の夕暮

（藤葉集・春・梅花遠薫・二九、題林愚抄・春一・梅花遠薫・五三八）

(86) 山の端に霞のとだえほのみえて数あらはるる春のかりがね

（同・同・霞間帰雁・三四、題林愚抄・春四・霞間帰雁・一二九九）

(87) うき雲は風の便にさそはれて猶里遠き夕立の空　（同・夏・遠夕立・一四八）

Ⅲ　類題集

(88) 風さゆると山の空のかすめるは雪げの雲も春や立つらん　（題林愚抄・春一・早春雲・一〇〇）

(89) 春といへば松のみどりも朝がすみたな引く山に色まさりけり　（同・同・松上霞・二〇六）

(90) なかぬまは春もあらじと思へどもけさたのまるる鶯のこゑ　（同・同・初鶯・二六一）

(91) けふぞつむいくかと待ちし春日ののとぶひののべの春のわかなは　（同・同・摘若菜・三六四）

(92) さそはれていづくにみこそ梅の花そこともいはず匂ひきぬらん　（同・春二・尋梅・五二五）

(93) 花さかばなほいかならんよしの山かすめる空の春のあけぼの　（同・同・春山曙・七一〇）

(94) さやかなる影もみましを春がすみ立てるぞ月のつらさなりける　（同・同・春月幽・七六二）

(95) くもりけり夕べの雲をかすむかと詠むる程にはる雨ぞふる　（同・同・夕春雨・七九六）

(96) たえだえに雲こそかかれ山ざくらさけるさかざる梢しられて　（同・春三・花処処・八九八）
(97) 咲く花の梢は宿のよそよりもみゆらんものをとふ人もがな　（同・同・依花待人・九四三）
(98) ちりぬれば匂ひを花の名ごりにて消えせぬ雪と春風ぞふく　（同・同・落花似雪・一一四七）
(99) きてもみよ春かぜふかばちりぬべき露よりさきの山吹の花　（同・春四・款冬露・一四二二）
(100) よしさらばしひてもをらん藤の花のこらば春をかたみとをみん　（同・同・暮春藤・一五一一）
(101) 卯花のあたりを月のすみかにてよそのかきねは夕やみの比　（同・夏上・夜卯花・一七三九）
(102) 有明の山ほととぎすおのがねのつれなきばかりうきものはなし　（同・同・待郭公・一八九七）
(103) 折しもあれ鳴く夕ぐれのむら雨になみだしらるる時鳥かな　（同・同・雨中郭公・二一四四）
(104) 時鳥あまつ空にやしたはまし雲のはたてのよその一こゑ　（同・同・雲外郭公・二一五一）
(105) 山かげやたごのをがさの夕風にすずむともなくとるさなへかな　（同・夏中・山田早苗・二二八三）
(106) 大ゐ川なほ山もとは明けやらでう舟のあかり影ぞつれなき　（同・同・鵜河欲曙・二四三五）
(107) 谷ふかくもゆる蛍やよの中のうきたびごとの思ひなるらん　（同・同・谷蛍・二四七六）
(108) みる程を煙なたてそ夕づくよさすやをかべの里のかがり火　（同・夏下・夏夕月・二六九八）
(109) 暮れかかる夏ののすすきはつを花秋風またで露ぞこぼるる　（同・同・野草秋近・二八二四）
(110) いとはやも身にしみぬるか吹きそめてけふはいくかの袖の秋風　（同・秋一・初秋風・二九五七）
(111) 荻のはのとへばしたふる契りゆゐ軒ばわすれぬ秋風ぞ吹く　（同・秋二・檐下荻・三四七七）
(112) 鳴くかりの声聞く時のたまくらに夜ぶかき露や涙なるらん　（同・同・深夜雁・三六三五）
(113) 秋ふかき草のまがきに露ちりてさむき野風にうづらなくなり　（同・同・野亭鶉・三六四五）
(114) あし引の山の秋風さむきよに猶妻恋の鹿ぞなくなる　（同・同・風前鹿・三七三九）

(115) おきまよふ露やはさむき秋風になびくあさぢの松虫のこゑ　（同・同・浅茅虫・三八二八）
(116) 雲よりも跡をぞうづむ朝ぼらけ霧立つ山の秋のかよひぢ　（同・秋四・山路霧・四三二一）
(117) 白菊のまだうつろはぬ花をおきて日数あだなる秋の色かな　（同・同・暮秋菊・四六三三）
(118) 秋しらぬ松とはみえず露霜のかかるこずゑのつたの紅葉ば　（同・同・蔦紅葉・四七七七）
(119) みだれあしのかれはもさやにみしま江や氷のうへは浦かぜぞふく　（同・冬上・寒蘆・五一八九）
(120) かねの音もさえこそまされはつせ山ひばらが霜の暁のそら　（同・冬中・暁霜・五二五二）
(121) 袖さえておきゐる床にふけにけり枕の霜の冬のよの月　（同・同・冬月・五三九六）
(122) 嵐吹くかたのおほののかり衣日も夕霜に袖ぞさむけき　（同・同・夕鷹狩・五六〇八）
(123) 年月はかけても袖にしらざりきたれにならへる涙なるらん　（同・恋一・初恋・六二一二）
(124) しのべただしらせて後のつらからばいはぬたのみもあらじものゆゑ　（同・同・忍不言恋・六三七四）
(125) 人の身もならはしもののつれなさにあはですぐせるよその年月　（同・同・経年恋・六四四九）
(126) 今も猶あふせいのらばきぶね河物おもふとて神やいさめん　（同・同・祈恋・六四六六）
(127) いさやまた心のうらのすゑつひにまさしかるべき中はたのまず　（同・同・疑恋・六六二四）
(128) さりともと思ふにまけて偽のある世ながらも猶たのむかな　（同・同・憑恋・六六二六）
(129) たのめとやくるる夜ごとの思ひねに心とかよふ夢ぢばかりを　（同・同・夕待恋・六六八三）
(130) くらべみば我が身のかたやまさりなんおなじ涙の袖のわかれぢ　（同・恋二・惜別恋・六八四六）
(131) いかがとは木のはをみても思ひこし心の色に秋かぜぞふく　（同・同・変恋・七〇〇一）
(132) 月日のみながれもゆくかなみだ川よどみはてたる中のあふせに　（同・同・絶久恋・七〇八三）
(133) ながらへてなにを命のたのむらんおなじ世しらぬ中の月日に　（同・同・同・七〇八四）

(134) 月日へてまだてもふれぬ錦木をこりずやさのみ思ひ立つべき　（同・恋三・寄木恋・七七六五）
(135) ちぎりしにあらぬ霞の行へをも誰にかとはんもずの草ぐき　（同・同・寄草恋・七八二七）
(136) はしたかのとがへる山のしひて猶つれなき色に恋ひつつやへん　（同・同・寄鳥恋・七九三四）
(137) まつよひの袖にかかるは涙にてたのみもたゆるささがにのいと　（同・恋四・寄虫恋・八〇一二）
(138) さむしろに衣かたしきいねがてを待つらんとだに思ひいでじや　（同・同・寄席恋・八一二四）
(139) ひとりねの涙のしたのさよ枕くちなん後はたれかしらまし　（同・同・寄枕恋・八一六五）
(140) はてはまたうき名ばかりやたつか弓心づよさぞいふかひもなき　（同・同・寄弓恋・八二九七）
(141) みてもまたみまくほりえにこぎかへりたななしを舟猶やまよはん　（同・同・寄舟恋・八三四二）
(142) 夕ぐれを心つくしてすぐすともふけなんかねに音づれもがな　（同・同・寄鐘恋・八三八〇）

Ⅳ　その他

(143) 雪はみな月よりさきにふきすてゝいづれゐよはる峰の松風　（永仁内裏御会・月前風）
(144) よをさむみしもとやみえむなく鴈のつばさに払秋の月影　（同・月前鴈）
(145) しづかなる深山の月のかげふけて空に成ゆくさをしかの声　（同・月前鹿）
(146) 恨わびはてはかたみの月だにもおもかげかへてなみだ落けり　（同・月前恨恋）
(147) しばしとて声をもとめよほとときす鳴つゝこゆるすまの関守　（厳島社頭和歌・聞郭公）

以上が現時点で蒐集しえた為道の詠百四十七首だが、このうち、「Ⅲ　類題集」以下の六十首については、注記した歌集以外には収載をみないので、為道の新出歌と認められよう。しかし、これらの六十首がいかなる歌集に収録されていたかについては、目下、不詳としか言いようがあるまいが、ここで憶測を逞しうするならば、『続後拾遺集』（一三二九）と『新千載集』（一六七九）の詞置に各々、みえる『石清水社法楽百首』と『春日社法楽百首』に収載されていた可能性が高いのではあるまいか。

四　為道の和歌の特徴

さて、現時点で蒐集しえた為道の和歌百四十七首は、いかなる特徴を持った詠歌であろうか。ここで、この点について検討してみると、まず、為道の詠歌に付された歌題に特徴を見出すことができるであろう。たとえば、『題林愚抄』に収載の(88)の詠の「早春雲」なる歌題は、『明題部類抄』にも瞿麦会編『平安和歌歌題索引』(昭和六二・六、瞿麦会)にも未収録であるので、極論すれば、為道の詠に初めて付された可能性もなしとしないであろう。すなわち、この歌題は『題林愚抄』『明題和歌全集』に為道の例歌のみを付している歌題であって、逆に、為道の詠歌が特異な歌題のもとに詠まれた題詠歌であることを意味するであろう。そこで、このように、為道の詠歌のみを例歌にしている歌題を、(88)の歌題を除いて『明題和歌全集』から抄出してみると、おおよそ次のとおりである。

初鶯(90)・尋梅(92)・春山曙(93)・春月幽(94)・故郷待花(33)・花処処(96)・梅花遠薫(85)・浦帰雁(56)・款冬露(99)・檐蘆橘(8)・山田早苗(105)・鵜河欲曙(106)・谷蛍(107)・路夕立(39)・夏夕月(108)・野草秋近(109)・檐下荻(111)・深夜雁(112)・野亭鶉(113)・浅茅虫(115)・山月聞鐘(12)・山路霧(116)・蔦紅葉(118)・暁霜(120)・遠千鳥(15)・寄涙忍恋(29)・忍不言恋(124)・夕待恋(129)・惜別恋(130)・湖辺松(9)

ここには、三十題を掲げえたので、為道の詠歌百四十七首のうち、特異な歌題と認めうるのは三十一題となり、為道の詠歌のうち、二一・一パーセントが特異な歌題でしめられていることになろう。ここに為道の和歌の特色として、その歌題のユニークさを、まず、あげることは許されるであろう。

為道の和歌のなかで、第二の特徴として指摘しうるのは、「風」を材料にして詠じている歌が多い点であろう。たとえば、(115)の「浅茅虫」の「おきまよふ露やはさむき秋風になびくあさぢの松虫のこゑ」の詠は、折から聞こえてくる「松虫のこゑ」は「おきまよふ露やはさむき」からであろうかと、「浅茅虫」に焦点を合わせた二条派の典型的な詠みぶりとも評しえようが、その虫の居所を「風」を導入することによって視覚的に展開している点、興味深い描出になっていよう。ここでこの歌の詠作過程を憶測してみるに、まず、為道は、この歌の発想源として、『後拾遺集』の藤原長能の

(148)　みやぎのにつまよぶしかぞさけぶなるもとあらのはぎにつゆやさむけし　（題不知・二八四）

の(148)の詠を想起して、歌材の「しか」を「虫」に転換したのであろう。そして、「松虫のこゑ」を結句に置いた背景には、有名な『新古今集』の式子内親王の

(149)　あともなき庭のあさぢにむすぼほれ露のそこなる松虫の声　（百首歌中に・四七四）

の(149)の詠が作用したことは、想像に難くない。ところが、「露やはさむき」に「庭のあさぢに松虫の声」を直接つなぐのは、あまりにも工夫がなく平凡すぎるので、為道は、これも『古今集』の読人不知の

(150)　おもふよりいかにせよとか秋風になびくあさぢの色ことになる　（題しらず・七二五）

の(150)の詠以来、人口に膾炙していた「秋風になびくあさぢの」の措辞を借用して、「露やはさむき」と「松虫のこゑ」の間に置いたのであろう。為道の(115)の詠が生まれた経緯はおよそ以上のごとく憶測されようが、この歌では、聴覚的把握による「松虫のこゑ」のありかが、「秋風になびくあさぢ」と視覚的表現で示され、「おきまよふ露やはさむき」の上句と巧みに連結して、「浅茅虫」の世界は見事に形像化されたのである。つまり、「秋風に」なる措辞は何ら特別な表現ではないが、この歌の主題である「松虫のこゑ」のありかを提示すると同時に、「松虫のこゑ」の原因・理由である「露やはさむき」のうえに、「秋風」もその理由として作用している効果を発揮しているわけである。ここに、この歌における「秋風」のもつ意味はけっして小さくないといえるであろう。

このように、為道の「風」を詠み込んだ詠歌にはなかなか興味深い歌がみられるので、次に、為道の和歌に「風」

を題材にして詠じた歌が、どの程度指摘されるかを、勅撰集に収載される歌に限って、その措辞・表現を調査してみると、おおよそ次のとおりである。

春風ぞふく・(1)・秋風ぞふく(2)・風さむき(3)・風まつ露を(7)・夕風に(8)・浦風あらき(9)・木の下風に(11)・風さむみ(27)・蘆の葉そよぎ吹く風に(28)・やがて嵐の(37)・春風ぞ吹く(38)・秋風のふかばと(42)・河風の(43)・夕なぎに(56)・吹きはらふ嵐のままに(57)・山おろしの桜吹きまく(63)・尾花をかけて秋風ぞ吹く(65)

これをみると、都合十七例（実質は十五例）を数えうる。これは勅撰集歌六十九首の二四・六パーセントに相当するが、これを四季の歌のみで整理してみると、四季の詠二十七首のうちの十四首が「風」を詠じた歌で、その割合は五一・九パーセントに相当する。ちなみに、奥野陽子氏「若草の宮内卿―風を見る心」（小泉道氏・三村晃功編『女と愛と文学』平成五・一、世界思想社）によると、「宮内卿は風の振舞に多大の関心をもっていた。風・嵐の語を含む宮内卿歌は九十一首あり、総歌数の二十五％にあたる」由だから、為道の「風」の歌の数値は、宮内卿のそれとほぼ同数値であるので、このことを為道の和歌の特色のひとつにあげることは、正鵠を射ていると言えるであろう。

なお、歌材に天象関係のものを詠み込む事例は、一般的に京極派歌人の詠歌にみられる傾向であって、この点、為道の詠歌は、『玉葉集』に二首、『風雅集』には入集歌なしという収録状況にはあるけれども、京極派歌人の歌材に対する好尚に多少類似する傾向にあったということができるのではなかろうか。

為道の和歌の第三の特徴は、『古今集』から『新古今集』に及ぶ歌を本歌取りした詠歌が、比較的多いという傾向が認められることであろう。たとえば、(1)の「桜花よきてとおもふかひもなくこの一もとも春風ぞふく」の詠は、『古今集』の読人不知の

(151)　吹く風にあつらへつくる物ならばこのひともとはよきてといはまし　（春下・題しらず・九九）

の(151)の本歌取りであること一目瞭然で、岩佐美代子氏が「本歌に密着した本歌取」(『京極派和歌の研究』昭和六二・一〇、笠間書院)と言われるとおりである。

ちなみに、(151)の古今歌を本歌取りした京極派の代表的歌人である京極為兼の詠は、

(152) おもひやるなべての花の春のかぜこのひともとのうらみのみかは　(玉葉集・春下・花歌の中に・二四四)

の(152)のとおりで、(151)の本歌がそれとわからないような巧妙な本歌取りの詠になっている。この点、為道の詠は、京極派歌人の本歌取りの手法には、はるかに及ぶべくもなく、オーソドックスな手法と評しえよう。

このように、為道の本歌取りの手法は、まことに本歌に密着した形でなされているので、以下には、勅撰集の入集歌に限って、説明は省略に従うけれども、為道の詠の本歌と認定される詠歌のみ掲げておくことにしよう。

(153) よそにのみあはれとぞみし梅花あかぬいろかは折りてなりけり
(5)の本歌、古今集・春上・題しらず・素性法師・三七)

(154) をざさ原風まつ露の消えやらずこのひとふしを思ひおくかな　(7)の本歌、新古今集・雑下・俊成・一八二二)

(155) いかで猶かさとり山に身をなしてつゆけきたびにそはんとぞ思ふ
(17)の本歌、後撰集・離別・読人不知・一三三五)

(156) かくとだにおもふ心をいはせ山した行く水のくさがくれつつ
(18)の本歌、新古今集・恋二・後徳大寺左大臣〈実定〉・一〇八八)

(157) あさゆふにみるめをかづくあまだにもうらみはたえぬ物とこそきけ
(19)の本歌、千載集・恋五・藤原清輔・九四三)

(158) 人ごころあささはみづのねぜりこそこるばかりにもつままほしけれ
(22)の本歌、金葉集・前中宮越後・二〇〇)

(159) いまさくらさきぬとみえてうすぐもり春にかすめるよのけしきかな
(25)の本歌、新古今集・式子内親王・八三)

(160) 枝ながら見てをかへらんもみぢばはをらんほどにもちりもこそすれ
(26)の本歌、拾遺集・秋・源延光・二〇〇)

(161) こひしねとするわざならしむばたまの夜はすがらに夢に見えつつ
(27)の本歌、古今集・恋一・題しらず・読人不知・五二六)

(162) もらさばやしのびはつべき涙かは袖のしがらみかくとばかりも
(29)の本歌、千載集・恋一・題しらず・源有房・六八〇)

(163) ふるさとにとふ人あらばやまざくらちりなむのちをまてとこたへよ
(33)の本歌、詞花集・春・右近中将教長・三〇)

(164) 花ちらす風のやどりはたれかしる我にをしへよ行きてうらみむ
(37)の本歌、古今集・春下・素性法師・七六)

(165) 雪とのみふるだにあるをさくら花いかにちれとか風の吹くらむ
(38)の本歌、古今集・春下・凡河内躬恒・八六)

(166) いづくにかわがやどりせむたかしまのかちののはらにこの日くらしつ
(39)の本歌、新勅撰集・羇旅・題しらず・読人不知・四九九、万葉集・高市黒人・二七七)

(167) 春霞かすみていにしかりがねは今ぞなくなる秋ぎりのうへに
(42)の本歌、古今集・秋上・題しらず・読人不知・二一〇)

(168) おもふには忍ぶる事ぞまけにける色にはいでじとおもひしものを
(46)の本歌、古今集・恋一・題しらず・読人不知・五〇三)

(169) たのめつつこぬ夜あまたに成りぬればまたじと思ふぞまつにまされる
（(51)の本歌、拾遺集・恋三・題しらず・人麿・八四八）

(170) 春日野のおどろのみちのむもれ道するだに神のしるしあらはせ
（(53)の本歌、新古今集・神祇・俊成・一八九八）

(171) いにしへのためしをきけば八千代まで命を野べの小松なりけり
（(55)の本歌、後拾遺集・異本歌・読人不知・一二二七）

(172) 夕なぎにとわたるちどり浪間よりみゆる小島の雲に消えぬる
（(56)の本歌、新古今集・冬・題しらず・後徳大寺左大臣〈実定〉・六四五）

(173) ふき払ふあらしののちのたかねより木のはくもらで月や出づらむ
（(57)の本歌、新古今集・冬・題しらず・宜秋門院丹後・五九三）

(174) 山かぜにさくらふきまきみだれなむ花のまぎれにたちどまるべく
（(63)の本歌、古今集・離別・僧正遍昭・三九四）

(175) ゆふさればかどたのいな葉おとづれてあしのまろ屋に秋風ぞふく
（(65)の本歌、金葉集・夏・田家秋風・源経信・一七三）

(176) ゆふされば蛍よりけにもゆれどもひかり見ねばや人のつれなき（(67)の本歌、古今集・恋二・紀友則・五六二）

(177) なき事をいはれの池のうきぬなはくるしき物は世にこそ有りけれ
（(68)の本歌、拾遺集・恋二・題しらず・読人不知・七〇一）

以上、為道の勅撰集歌のうち、本歌取りの手法の認められる詠歌の本歌を列挙したが、このなかには、本歌にふさわしからぬ指摘や、さらには掲げるべき本歌の遺漏も少なくないであろう。しかし、為道の詠に、本歌取りの手法を用いた詠歌が比較的多いという実態は、以上の指摘で明白であろうと思う。

為道の和歌のうち、第四に指摘される特徴は、新古今的表現・措辞がまま認められることであろう。たとえば、すでに「風」の歌材が多いと指摘した『玉葉集』に収載される、

(8)　五月雨の雲ふきすさぶ夕風に露さへかをる軒のたちばな　(檜廬橘・三七四)

の(8)の詠にみられる「露さへかをる」の措辞は、所謂、共感覚的表現とも称すべき、為道の個性的表現ともいいえよう。ところで、上句の「五月雨の雲ふきすさぶ夕風に」の措辞は、『金葉集』に収載される源経信の、

(178)　月かげのすみわたるかな天のはら雲吹きはらふ夜はのあらしに　(異本歌・秋・六七六)

の(178)の詠に「雲吹きはらふ夜はのあらしに」とある措辞や、『順徳院御百首』の

(179)　むら雨の雲吹きすさぶ夕風に一葉づつちる玉のをやなぎ　(夏・三三)

の(179)の詠に「むら雨の雲吹きすさぶ夕風に」の措辞が見出され、おそらく為道の歌は順徳院の詠からの借用と憶測されるので、為道の独自表現とは認めがたいと言えよう。

一方、下句の「露さへかをる軒のたちばな」のうち、「たちばな」については、

(180)　をりしもあれ花たちばなのかをるかなむかしをみつる夢の枕に　(千載集・夏・花橘薫枕・藤原公衡・一七五)

(181)　たちばなのにほふあたりのうたたねは夢もむかしの袖のかぞする　(新古今集・夏・俊成女・二四五)

(182)　五月雨の雲のあなたを行く月の哀のこせとかをる橘　(拾遺愚草・定家・一二二五)

(183)　たち花のかをる夕のうき雲や昔詠めし煙なるらん　(壬二集・家隆・一〇四一)

の(180)～(183)の詠にみられるように、「かをる」ないし「にほふ」と表現されるのが伝統的な表現で、橘の属性でもあった。そして、「軒のたちばな」の措辞も、

(184)　夏もなほ月やあらぬとながむれば昔にかをる軒の橘　(壬二集・守覚法親王家五十首・一七〇五)

(185)故郷の軒のたち花雨なれてさびしくかをるゆふ暮の空　（拾玉集・一七四一）

の(184)・(185)の詠にみられるように、人口に膾炙した措辞であった。したがって、「たちばな」を「かをる」と表現するのは何ら珍しい措辞でも何でもない。しかし、「露さへかをる」の措辞となると、それは別問題で、検討するに値する課題といえるであろう。そこで「露さへかをる」の用例を探索してみるに、菅見による限りでは、皆無であるが、橘が「水」関係の景物との取り合わせで、「かをる」現象を惹起させる事例はいくつか指摘できよう。それは(185)の詠が証歌になろうし、また、

(186)村雨にはな橘のちるときはみぞるる色にかをるなりけり　（壬二集・盧橘・一〇四二）

の(186)の家隆の詠も、一応、候補にのぼるであろう。しかし、この場合は、「みぞるる色にかをる」といっているので、「かをる」は嗅覚的表現ではなく、視覚的表現であろう。なお、「露」が「かをる」用例ではないが、「滝」の流れを「かをる」とした用例は、藤原良経の「南海漁父百首」にみえる、

(187)かをるなりよしののたきのくものなみそのみなかみをくものみをにて　（秋篠月清集・五一二）

の(187)の詠に指摘され、片山享氏は「吉野川の急流は、水上から散った桜が水脈をなして流れてくるので、湧きあがる白波も馥郁と薫っていることだ」（『中世和歌集鎌倉篇』平成三・九、岩波書店）と現代語訳されている。

このようにみてくると、「露さへかをる」と同種の用例の先蹤として良経の詠歌が指摘されるが、だからといって、為道の「露さへかをる」の措辞の評価がさがることはけっしてあるまい。ただ、「露」が「かをる」と結合した「露さへかをる」の措辞は、それ独自では歌ことばとして輝いているが、この措辞が生まれた背景には、すでに指摘したごとき「かをる橘」の表現史があって、これが偶然「露」と結びついた結果、「露さへかをる」なる秀句表現が生まれたことも想像に難くない。それはともかく、為道の詠歌に、新古今的秀句表現が認められることは間違いないであろう。

このほか、為道の詠歌に新古今的秀句表現を探すと、

(44)　夜もすがらはらひもあへぬ水鳥のはがひの霜に氷る月影　（新千載集・六八一）

の(44)の詠のなかに、「はがひの霜に氷る月影」の措辞を指摘することができよう。このうち、「はらひもあへぬ水鳥のはがひの霜に」の措辞は、式子内親王や藤原忠通の

(188)　あしがものはらひもあへぬしものうへにくだけてかかるうすごほりかな
（続古今集・冬・水鳥を・六二〇、式子内親王集・冬・二六二）

(189)　みしま江や蘆のかれ葉の下ごとに羽がひの霜をはらふをしどり　（田多民治集・冬水鳥・九七）

の(188)・(189)の詠の傍線部に類似表現が指摘され、為道はこれらの詠を参看したのであろう。

ところで、「氷る月影」の措辞については、

(190)　あまの原空さへとこそ思ひしに袖のなみだにこほる月影　（拾玉集・三九九一）

(191)　袖の上わたるを河をとぢはてて空ふく風にこほる月影　（拾遺愚草・関白左大臣家百首・氷・一四四四）

の(190)・(191)の詠にみられるように、新古今歌人が好んで用いた表現であるが、勅撰集には、『新勅撰集』以下に十首の用例が指摘される。そして、これらの先行歌では、「こほる月影」は「袖のなみだに」、「空ふく風に」の措辞と結びついて、(190)では「涙のうえに氷ったような月光が射しているよ」の意に、(191)では「空を吹く寒風によって氷ったようにみえる月影よ」の意になっている。ところで、為道の詠の「はがひの霜に氷る月影」の場合、「霜」と「月影」を「氷る」で結合しているが、まず、そのような用例が古歌に見出し難い点で珍しいうえに、「霜に」の措辞は、(191)のように「水鳥の羽交に置いた霜によって、氷ったようにみえる月光よ」の意と、(190)のように「水鳥の羽交いに置いた霜のうえに、氷ったような月光が射しているよ」の意を兼ねていて、その場の雰囲気をよりいっそう効果的に発揮しうる措辞となっている。この点は、為道の手法面での手柄と言えるであろう。

為道の詠歌のうち、新古今的秀句表現の認められる事例をもう一つ指摘すると、『続千載集』に収載される「題しらず」の、

(19)　しらせばやみるめはからであさ夕に波こす袖のうらみありとも　（恋二・一一八〇）

の(19)の詠にみえる「波こす袖の」という措辞であろう。この歌はすでに指摘したように、『千載集』の恋五の藤原清輔の(157)の詠歌を本歌取りして、清輔の詠歌内容とは反対のことを詠じたものだが、「波こす袖の」の表現が特徴的である。そこで、この措辞の先行例を探してみると、『古今集』の「君をおきてあだし心をわがもたばすゑの松山波もこえなむ」（みちのくうた・一〇九三）の詠を本歌取りした、慈円の

(192)　あはれにもくるしき海を思ふとて浪こす袖やすゑの松山　（拾玉集・四五六二）

の(192)の詠と、藤原定家の

(193)　如何にせむ浪こす袖にちる玉のかずにもあらぬしづのをだまき　（拾遺愚草・一三七九）

の(193)の詠などに見出しうるに過ぎない。この点、「波こす袖の」という措辞は、為道の案出した独自表現とは認めがたいと言わねばなるまいが、しかし、為道が新古今的表現に少なからず関心を抱いていたらしいことは認められるのではなかろうか。

なお、このほか、為道の詠歌に新古今的表現とおぼしき秀句表現を拾遺することは可能であるが、紙面の都合で、これ以上の言及はしないことにしたい。

五　おわりに

以上、二条為道の和歌について、種々の視点から検討した結果、為道の和歌活動の実態を整理しえたこと、勅撰集以外から為道の詠歌を七十八首拾遺しえたこと、為道の和歌の特徴として、基本的には二条家の歌風を継承する詠歌

が大半をしめるなかで、独自の歌題が散見すること、「風」を歌材にして詠じた歌がめだつこと、『古今集』から『新古今集』までの詠歌を本歌取りした詠歌がかなり指摘されること、新古今的秀句表現を含む詠歌がまま見られることなどの特徴を指摘することができたように思う。

しかし、これらの成果は、為道の概要を多少明白にしえたという程度のものでしかないので、今後、さらに入念に為道の和歌に迫っていかなければならないことは、改めて言うまでもない。

(付) 二条家

概要

歌道師範家。御子左家藤原為家の嫡男為氏を祖とするが、為氏の息為世から二条家と呼ばれ、京極家、冷泉家と並立した。大覚寺統に用いられ、御子左嫡派の伝統を継承し、続拾遺集(為氏)、新後撰集・続千載集(為世)を撰進した。その後、為世の息為道・為藤・為冬、孫の為定・為明・為忠・為重、曾孫の為遠らが大覚寺統や足利将軍の庇護を得て、続後拾遺集(為藤・為定)、新千載集(為定)、新拾遺集(為明・頓阿)、新後拾遺集(為遠・為重)を撰進したが、やがて血統は絶え、歌統は頓阿の子孫らに継承された。

研究の現在

二条家の歌人の動向、歌壇活動、著作などについては、井上宗雄氏『中世歌壇史の研究　南北朝期』(昭和六二・五改訂新版、明治書院)がもっとも詳細で充実しているが、井上氏「南北朝・室町時代の和歌」(『講座日本文学』六、昭和四四・一、三省堂)も要を得た記述で問題点がよく整理されている。なお、「二条家」という名称について言及した土田将雄氏「二条派をめぐっての一考察」(『国文学論集』九、昭和五一・一)も参考になる。

まず為氏の伝記では、金子滋氏「藤原為氏の生涯」(『立教大学日本文学』三一、昭和四九・三)が唯一のもの。私撰集の新和歌集では、小林一彦氏「校本新和歌集　上下」(『芸文研究』五〇・五一、昭和六一・一二、昭和六二・七)、長崎健氏「新和歌集の諸本について」(『中央大学文学部紀要』七一、昭和四九・三)や、新式和歌集輪読会「新式和歌集解釈ところどころ一〜七」(『国語―教育と研究』昭和三六・七〜昭和四二・八)などがあり、為氏・為世の父子の詠を収めた私家集を論じた三村晃功「大納言為氏卿集の成立」(『中世私撰集の研究』昭和六〇・五、和泉書院)もあるが、為氏自身の和歌については、小林強氏「藤原為氏詠歌集成稿一〜三」(『研究と資料』一四〜一七、昭和六〇・一二〜昭和六二・七)によってほぼ全歌が蒐集され、ようやく研究の基礎が固まった。

一方、為世については、金子滋氏「藤原為世の生涯―その前半生について」(『立教大学日本文学』三六、昭和五一・七)の伝記研究や、山西商平氏の「二条為世―その評価をめぐって」(『芦屋ゼミ』一、昭和四八・六)以下の為世全般にわたる論考(『芦屋ゼミ』四まで)や、私家集大成七補遺に翻刻が載る為世集を論じた三村の「為世集の成立」(前掲同書)、為氏・為世の私撰集を扱った福田秀一氏「中世私撰和歌集の考察―現葉・残集・続現葉」(『文学・語学』一五、昭和三五・三)などがあるが、歌論書・和歌庭訓については岩波文庫などに翻刻がある程度で、為世論の本格的研究にはなお時間がかかるようだ。

この両者に比して、為世の息以下の二条家の面々については、当該歌人を単独で論じた論考は目下、管見に入らず、飛鳥井雅縁の諸雑記(濱口博章氏『中世和歌の研究』平成二・三、新典社参照)などの歌学書、井上氏の前掲書および『和歌大辞典』(昭和六一・三、明治書院)などの事典類によって、情報を得る以外に方法がない段階である。とはいえ、為藤には、続後拾遺集十六番に入集の為藤歌を引いて「力づよいしらべ」を認めた久松潜一氏「為世―中世和歌史の一断面」(『東洋大学紀要』五、昭和二八・三)があり、為冬には、前参議為冬集なる当人の詠は十六首しか収録しない私撰集（続群書類従四三六）について、三村に「為冬集の成立」（前掲同書）があり、為定には、定数歌を論じた稲田利徳氏「続草庵集所収の新資料為定七夕七十首をめぐる諸問題」（『中世文芸』三八、昭和四二・七）や、私家集および私撰集を論じた三村「大納言為定集の成立」「為定集の成立」（ともに前掲同書）があり、為明には、中周子氏「京都大学図書館本古今為明抄の成立とその性格」（『和歌文学研究』四五、昭和五七・七）、片桐洋一氏『中世古今注釈解題四』（昭和五九・六、赤尾昭文堂）があり、為重には、家集が私家集大成五中世Ⅲ、新編国歌大観第七に翻刻されるほか、村田正志氏「為重供養経巻」（『村田正志著作集』五、昭和六〇・五、思文閣出版）などがあるごとく、当該歌人の著作ならびに周辺の問題に触れた考察は多少見出しえるようだ。

なお、二条家の歌人による勅撰集については、新編国歌大観第四巻に本文と五句索引が提供され、滝沢貞夫氏『続拾遺集総索引』『新後撰集総索引』（昭和六〇・一一、昭和六一・一〇、ともに明治書院）なども加わり、また、『万葉集と勅撰和歌集』（『和歌文学講座』四、昭和四五・三、桜楓社）や「勅撰集をどうみるか」（『解釈と鑑賞』昭和四三・三）があるが、井上氏前掲書および後藤重郎氏『勅撰和歌　十三代集研究文献目録』（昭和五五・一二、和泉書院）などが参考になろう。

問題点

以上のとおり、二条家の歌人の事績ならびに著作についての研究は、いま緒についたばかりといってよく、基礎的研究の段階の域を出ない状況にある。このうち、歌人の伝記や歌壇史的研究などは今後も勿論研究し続けなければならないが、当面最も要請されるのは、京極家（流）、冷泉家（流）の歌人の和歌研究に比して、かなり遅れをとっている二条家歌人自身の和歌研究である。

すなわち、鎌倉中期以降何世紀にもわたって各階層から支持を得てきた二条家（流）の和歌が、玉葉集や風雅集に認められる清新にして感覚的、写実味あふれる京極家（流）の新風に対して、平明優美にして穏和な歌風という低い評価しか得られなかった理由や意味の追求を含めて、二条家歌人の詠じた和歌一首一首を、題材・発想・手法・表現などの視点から詳細に分析し、そこから得られた個々の結論が、はたして古典主義に基づく洗練された歌語による類型的な表現が多いとされる、二条家歌人の和歌への従来の評価と実際に結びつくのか否かの問題などを、実践することである。つまり、印象批評の段階から脱皮した精緻な読みによる和歌研究が要請されよう。

〔付記〕　本稿は平成二年十二月に公表された要約であるので、「研究の現在」もその時点における動向である点、断っておきたいと思う。

第三節　花園院の和歌――解釈・鑑賞の問題（三）

I　『玉葉和歌集』

一　はじめに

花園天皇の和歌となると、まず『玉葉集』『風雅集』などに収録されたものが中心になろうが、ここでは『玉葉和歌集』（以下『玉葉集』と略称）に収載される十二首を中心に検討を加えてみたいと思う。すなわち、花園天皇の在位期間中の十七歳までの御製が考察対象ということになろうか。なお、『風雅集』の和歌については、本節の「II『風雅和歌集』の恋歌」で言及しているので、参看願いたいと思う。

ところで、花園天皇の事蹟については、次のとおり。

富仁。第九五代の天皇。法名遍行。萩原院と称した。持明院統の伏見天皇の第三皇子。母は顕親門院藤原季子（左大臣実雄女）。兄後伏見院の猶子となった。正安三1301年八月大覚寺統の後二条院の皇太子となり、徳治三1308年八月同院の崩御により践祚、同一一月即位。文保二1318年二月、大覚寺統の要求を容れた幕府に促され、在位一一年にして、後醍醐天皇に譲位、建武二1335年出家した。その生涯は、皇統の分裂対立する中、正中の変、元弘の乱と続き、さらに吉野朝が開かれるという混乱の時代であり、花園院自身も元弘三1333年には、後伏見院およびその皇子光厳天皇とともに幕府軍に擁されて東奔した。しかし、はじめ伏見、続いて後伏見両院が院政を行い、院は治世の君となることなく終わった。学問を好み、広く内外の書を繙読して歴代随一の学識とも評され、また幼少時より道心厚く、特に禅宗に傾倒、関山玄慧《ママ》を師とし、離宮を妙心寺となした。和歌は伏見院以来の京極為兼や義母永福門院の指導を受け、在位中の正和元1312年（一七歳）為兼が撰進した『玉葉和歌集』には一二首が入った。また、同五年為兼の土佐配流に際しては、和歌に関する文書九〇余合の進献を受けた（花園院宸記・元弘二年三月二四日条）。この為兼の歌風・歌論を「正義」として支持する一方、二条為世に対しては「不達此儀、身已不堪也」と批判している。康永頃（元1342年女院没）、光厳院との協調のもとに、従前にもまして歌合・歌会を頻繁に催したが、この活発な活動が『風雅和歌集』撰集へ連なった。同集は貞和二1346年に竟宴が行われたが、光厳院親撰、花園院監修という性格のもので、院が和・漢の序を草した。為兼・女院亡き後の後期京極派の中心的な存在であった。その和歌観は風雅集序文や宸記の記事に窺え、支持した為兼の、内容重視・復古主義を継承しながらも、さらに儒仏思想によって深められており、作品も宗教的な色合いのある、あるいは観想的な境地を詠む歌に特色があるとされる。列聖全集三に『花園院御集』が収められているが、歌数二四九首中一六四首は『光厳院御集』所収歌、別の二五首も風雅集中の光厳院御製で、光厳院御集を花園院御集と誤認し、さらに他文献から、増補したものとみられている。

（有吉保氏編『和歌文学辞典』昭和五七・五、桜楓社）

以上は注記にあるように、有吉保氏編の『和歌文学辞典』からの引用だが、ちなみに、この記事のなかの「関山玄慧」は「関山慧玄」の誤植である。

なお、花園天皇の皇統系譜を知るべく、皇室系図を掲げておこう。

◆皇室系図

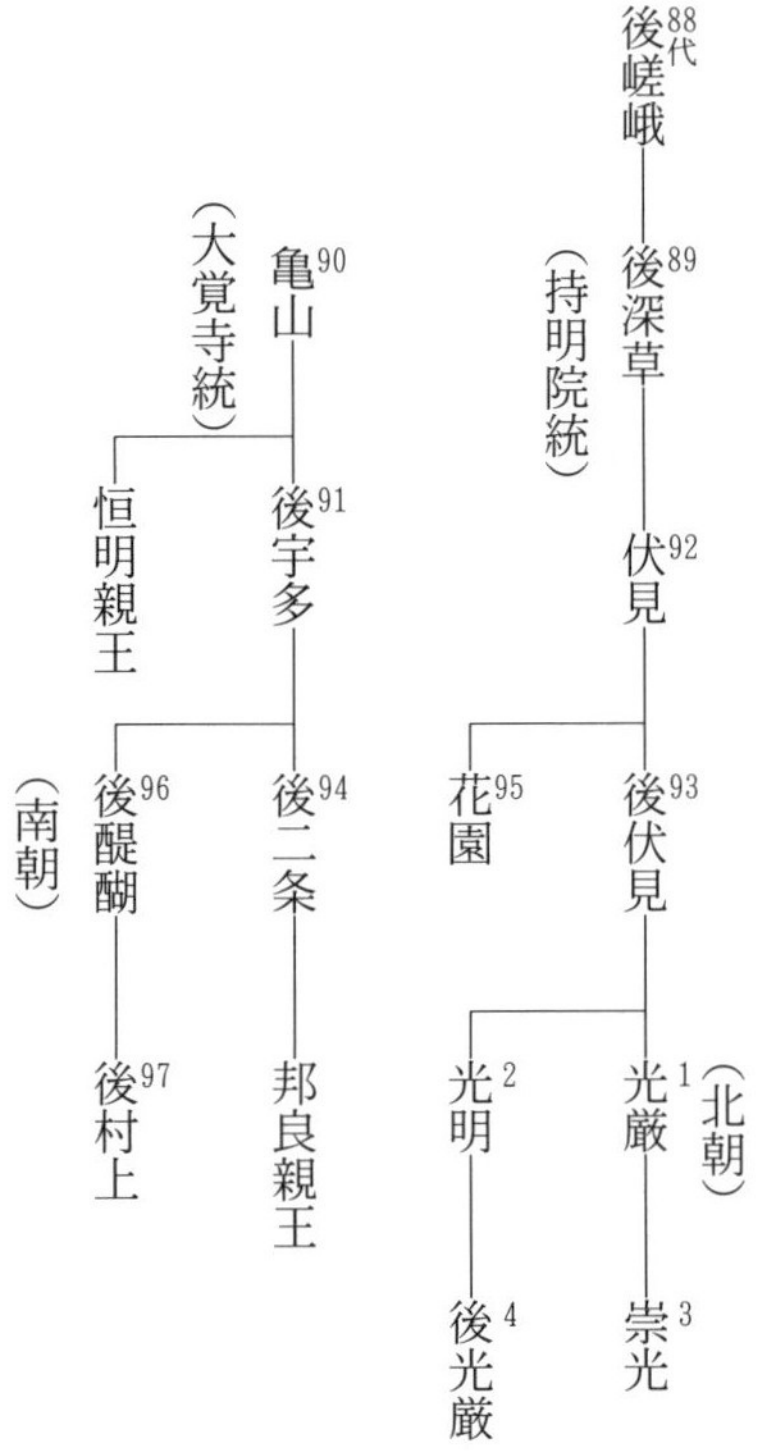

ちなみに、花園天皇に関するそのほかの情報については、本節のⅡの「『風雅和歌集』の恋歌」の「一　はじめに」に、研究史など多少の情報提供を記しているので、参照賜りたいと思う。

二　収載歌十二首の分析

さて、現代からみるとかなりユニークな詠歌を多数収載している『玉葉集』については、近時、岩佐美代子氏の『木々の心　花の心―玉葉和歌集抄訳―』（平成六・一、笠間書院）や、同氏『玉葉和歌集全注釈』全四冊（平成八・三～同一二）が刊行されて、京極派の和歌についての知見が容易に得られることになったが、ここには岩佐氏の見解などを参照しながら、花園天皇の和歌十二首について詳細な分析を試みたいと思う。

まず、第一首めは次の歌である。

①　まだ咲かぬ梅の梢に鶯ののどけき声は今ぞ聞こゆる　（春上・春御歌の中に・五五）

〔歌意〕　まだ花の咲かない梅の梢に鶯ののどかな声は、（春になった）今こそ聞こえることだ。

これは詞書に「春御歌の中に」とあるので、春を謳歌した歌である。ところで、第一・二句の「まだ咲かぬ梅の梢に」という措辞は、次の慈円の『拾玉集』や、藤原定家の『拾遺愚草員外』に、

(1)　まだ咲かぬ花の梢をながむれば枝にまとはる春の山風　（拾玉集・慈円・花・九〇二）

(2)　植ゑ置きし梢の梅の春風を思ふもしるくきゐる鶯　（拾遺愚草員外・定家・二九八）

の(1)・(2)のごとき用例（傍線部参照、以下同じ）を見出しうるが、もっとも類似するのは、『新後撰集』の信実の

(3)　まだ咲かぬ軒端の梅に鶯の木づたひ散らす春の淡雪　（新後撰集・信実・一三）

の(3)の詠の第一・二句であろうと憶測される。『新後撰集』というのは第十三番目の勅撰集で、後宇多院の勅命によって二条為世が嘉元元年（一三〇三）に撰進したものだが、『玉葉集』の直前に成立しているので、花園天皇が参照した可能性は多分にあろう。

次に、第三句以下の「鶯ののどけき声は今ぞ聞こゆる」の措辞については、古くは、『行宗集』や『躬恒集』に、

(4)　鶯の春を知らする一声は待たれ待たれて今ぞ聞こゆる　（行宗集・鶯声猶稀・一一一）

(5)　春立ちて日は経ぬれども鶯の鳴く初声をいまぞ聞きつる　（躬恒集・二三〇）

の(4)・(5)のごとく、類似表現を指摘できるけれども、花園天皇が参看したと推測されるのは、父君である伏見院の

(6)　鶯ののどけき音のみ聞こえきて常より今日は暮れぞかねぬる　（伏見院御集・春日・一八四一）

の詠の上句ではなかろうか。というのは、「鶯ののどけき声」という表現は、現在のわれわれからみても、何ら新しい表現とも思われないが、しかし、当時にあってはなかなか清新な表現であったからだ。それは、「のどけき」とい

う歌ことばは、有名な『古今集』の次の

(7)　ひさかたの光のどけき春の日にしづ心なく花の散るらむ

（古今集・春下・紀友則・八四）

の(7)の紀友則の歌からも知られるように、主に天象関係の素材とともに用いられるのが普通であって、鶯の声を「のどけき」と詠んだのは伏見院が最初であるからだ。このような捉えかたは京極派のよくするところであるが、十七歳の花園天皇の独創表現とはこの段階では認められないので、父君の(6)の歌を参照して詠作されたとみるのが穏当ではあるまいか。このように、中世の和歌は、詠作者が自己の接した対象に感動した心情を表出する場合にも、『万葉集』のように直接表すのではなくて、先行作品に見られる表現・措辞を借用して詠ずるのが普通の詠み方といえるのだ。したがって、花園天皇の和歌においても、それは例外ではない点を、ここでは押さえておかなければならないのだ。

要するに、①の詠は、

〔評〕　発想的には(5)の先行歌があり、そのほかの措辞も先行例があって、特に優れた歌とも思われないが、「鶯ののどけき声」の措辞は珍しい。何故なら、「のどけし」は「光のどけき春の日に」（古今・友則）のように、天象に使われるのが通例で、声には用いないからだが、この場合、父君・伏見院の(6)の詠の借用であろうか。

と評しうるのではなかろうか。

第二首めの歌は次のとおり。

②　五月雨は晴れむとやする山の端にかかれる雲のうすくなりゆく

（夏・五月雨を・三五七）

〔歌意〕　五月雨は晴れようとするのだろうか。山の端にかかっている雲がうすくなって行くよ。

「五月雨を」詠んだ、京極派の趣のある歌である。すなわち、「山の端」にかかっている雲に焦点をあわせて、それが時間の推移とともに刻々と変化していく様相を、視覚的に捉えているところが京極派の歌になりえているというわけだ。ところで、これとよく似た発想の歌に、次の宗尊親王の歌がある。

(1)　五月雨は晴れむとみゆる雲間より山の色こき夕暮の空　　（玉葉集・夏・宗尊親王・三五四）

この(1)の歌は同じく『玉葉集』に収載されているけれども、作者の宗尊親王は後嵯峨院の第一皇子で、第十一番めの勅撰集である『続古今集』の作者であるから、花園天皇が参照した可能性はかなりあると憶測されよう。

その内容は、いままでどんよりと掛かって五月雨を降らしていた雲のとぎれから、雨に洗われた色濃い山の姿が、暮色のなかに鮮明に浮き立っているという夕暮れの趣だが、花園天皇の詠は夕暮れとは詠んではいないが、この宗尊親王の(1)の歌が下敷きになっていると推測される。

ところで、時間とともに変化していく様相を主題にしてを詠じた歌には、伏見院の

(2)　昨日今日花や咲くらむ吉野山かかれる雲の色に見えゆく　　（伏見院御集・七二六）

(3)　明けやすする光を敷ける庭の月の影としもなくうすくなりゆく　　（同・秋月・四一〇）

の(2)・(3)の詠を拾うことができる。(2)の詠は桜の花の咲いた様子を「雲の色」に見出した詠、(3)の歌は庭に映っている月の光が、時間が経過していくにつれて、次第に薄くなっていく変化の相を、各々、詠じているが、(2)では「花や咲くらむ」、(3)では「明けやすする」の係り結びの語法が、花園天皇の「晴れむとやすする」のそれとまったく同様である。したがって、ここにも、父君の和歌の影響を指摘しうるように思われる。

要するに、②の詠の特色は以下のように要約されようか。

〔評〕　五月雨が晴れてゆく有様について、山の端にかかっている雲に焦点をあわせ、それが時間の推移のなかに刻々と変化する様相を視覚的に捉えて、極めて京極派的詠作となりえている。伏見院の影響になる詠。

次は、三番めの歌である。

③　月澄みて風肌寒き秋の夜の籬の草に虫の声々　（秋上・月前虫といふことを・六〇四）

〔歌意〕　月が澄みわたり、風が肌寒く感じられる秋の夜の、籬の秋草のなかに、虫の声々が聞こえてくるよ。

この③の詠は詞書に「月前虫」とあるので、題詠歌と知られよう。題詠歌というのは、実詠歌と異なって、与えられた題意にかなうような歌の世界を構築する、いわば虚構歌である。ところで、この題は「月前ノ虫」で、岩佐氏の前掲著書では「『月と虫』の取合せは勅撰集では珍しく、京極派好みの歌材と言える」とあるが、しかし、『宇津保物語』の俊蔭の巻の初めのあたりをみると、

(1)　秋風河原まじりて、はやく、草むらに虫の声乱れて聞こゆ。月隈なうあはれなり。（宇津保物語・俊蔭の巻）

の(1)のごとき記述が見られるので、物語の世界では「月と虫」との取り合わせはそれほど珍しくはなかったことが明らかになろう。ちなみに、父君の伏見院の歌には、

(2)　風の音も更けたる庭に月澄みて露に虫鳴く浅茅生の宿　（伏見院御集・虫・一〇二一）

(3)　更け澄みて庭閑かなる月の夜の浅茅に満てる虫の声々　（同・月・一〇〇〇）

の(2)・(3)のように、「月と虫」の組み合せが指摘できるので、この場合も、おそらく花園天皇は父君の歌を発想源として借用したのではなかろうか。

次に、「肌寒き」の措辞だが、これは通常、覚性法親王の私家集である『出観集』の

(4)　雨晴れて入る日の雲に西吹けばはだへ寒しも谷の夕風　（出観集・覚性法親王・雨後谷心涼・二七七）

の(4)の傍線部のように、「はだへ寒し」と表現しているので、この措辞は珍しい表現と言わねばなるまい。したがって、花園天皇は、この措辞については、次の

(5)　肌寒く風は夜ごとになりまさるわが見し人は訪れもせず　（好忠集・八月中・二三三）

(6)　一人寝の夜ごろもいまは肌寒し佐保の河霧立ちやしぬらむ　（恵慶法師集・秋・二二七）

の(5)・(6)の曾禰好忠や恵慶法師の歌を参照した可能性は否定できないようだ。

なお、「籬の草に」の措辞については、『能宣集』の

(7)　夜を寒み籬の草を見渡せば今朝ぞ初霜置きにけらしも　（能宣集・初霜・二七五）

の(7)の詠に用例を指摘できようが、これを花園天皇が借用したか、否かは判然としない。

このように、③の詠は、月が澄みわたって、風が肌寒く感じられる、そんな秋の夜に、ふと目を庭にやると、籬の草むらでは虫の声々が聞こえるよ、という日常生活の一断面を詠じた内容ではあるが、その表現となると、先行歌人が使用した表現・措辞を巧みに借用しているわけだ。これが中世歌人の一般的な和歌の詠みかたであったということを典型的に表している歌と言えるであろう。

要するに、③の詠のポイントは、

〔評〕「月」と「虫」の取合せは勅撰集では珍しく、京極派好みの題材といえるが、この場合は歌題の「月前虫」による詠作。ただし、物語の世界では秋の夜の典型的な構図といえる。「肌寒き」の措辞は珍しく、異端視された曾禰好忠などに用例が見られる程度。そのほかの歌語は散見するが、伏見院の影響になる詠。

というように要約することができるであろう。

次は第四番めの歌である。

④　風の音も身にしむ夜半の秋の月更けて光ぞなほまさり行く　（秋下・月歌あまたよませ給うける中に・六七三）

〔歌意〕　風の音も身にしみるように聞こえる夜の、秋の月は、夜が更けてから、光がいっそう澄みまさってゆくよ。

詞書の「月歌あまたよませ給うける中に」から、題詠歌と知られる。初句の「風の音も身にしむ」の措辞からは触覚で把握した世界の印象を受けるが、次の『後拾遺集』の

(1)　風の音の身にしむばかり聞こゆるはわが身に秋や近くなるらむ　（後拾遺集・読人不知・七〇八）

の(1)の「風の音の身にしむばかり聞こゆるは」の用例から、聴覚で捉えた表現と理解されよう。しかし、風の音を触覚で把握した歌には、『相模集』の

(2)　風の音も身にしむばかり寒からで重ねてましを夜半の狭衣　（相模集・二二一）

の(2)の用例を指摘することができる。ちなみに、風の音を聴覚ではなく、触覚で捉える捉えかたは共感覚的表現といって珍しい捉えかただが、それはともかく、風の音を「身にしむ」と表現する用例は、次の

(3)　風の音の身にしむ秋のあまたたびあはむものとは思はざりしを　（成尋阿闍梨母集・一三五）

(4)　霜枯れの野辺に朝吹く風の音の身にしむばかり物をこそ思へ　（赤染衛門集・二二三）

の(3)・(4)の詠歌にみられるように、平安後期ころまでは普通にみられた措辞である。

次に、下句の「更けて光ぞなほまさり行く」の措辞については、通常、時間の経過とともに月はどのようになるかというと、次の『忠度集』や『山家集』の

(5)　宵の間も空やはかはるいかなれば更けゆくままに月の澄むらむ　（忠度集・月・四一）

(6)　秋風やあまつ雲井を払ふらむ更けゆくままに月のさやけき　（山家集・月・三三九）

の(5)・(6)の用例のように、「月の澄むらむ」とか「月のさやけき」と表現されていたが、この④の歌のように、聴覚と視覚で捉えた「月」の世界の用例的先蹤は、次の『拾玉集』の

(7)　秋の月冴えゆく影のあはれさを音に立つるは嶺の松風　（拾玉集・慈円・月・四七七三）

の(7)の歌ではなかろうか。すなわち、(7)の詠は、「秋の月」の「あはれさ」を「嶺の松風」によって引き立てるとい

う、視覚と聴覚の座標軸で織り成す美的世界の構築になっているからだ。しかし、下句の世界は、よく考えると、秋の月そのものの変化の様相を時間的推移のなかで視覚的に捉えている点が、京極派好みの表現であって、「光ぞなほまさりゆく」の類似表現は、すでに古今集時代の『能宣集』に、

(8)　さやかなる月ひに添へていとどしく光ぞまさるたまかげのさは　（能宣集・玉かげのさは・二四一）

の(8)のごとき用例を見出せようが、このような措辞の流行は、次の

(9)　草の葉に置きける露もあらはれて光ぞまさる秋の夜の月　（為理集・七一五）

(10)　秋たけて寒き浅茅が露の上に光ふけたる有明の月　（伏見院御集・浅茅・三九三）

の(9)・(10)のように、藤原為理や伏見院の時代になってからであって、もしかしたら、父君の詠の「光ふけたる」の措辞が「光がいっそう深まっていく」の意味である点から、花園天皇は示唆を得て、「光ぞなほまさり行く」の措辞を案出したのかも知れない。

要するに、④の歌は、一言で表現すれば、

〔評〕「夜半の秋の月」を、聴覚と視覚の座標軸で捉えた詠だが、発想的にはすでに(7)の歌があり、措辞も古歌に散見するが、「秋の月」自身の変化の相を、時間の推移のなかで、視覚的に把握している点が個性的で、京極派の趣といえよう。

とまとめることができようか。

次は五首めの歌である。

⑤　うつろはで庭の白菊残らなむ秋の形見と明日よりは見む　（秋下・九月尽に菊をよませ給うける・八三〇）

〔歌意〕色があせないで、庭の白菊よ、残っていてほしい。せめて秋の形見として、冬になる明日からは見ようと思

うので。

詞書から「九月尽」の「菊」と知られるので、暮秋の日に菊を詠じた歌である。ところで、菊の花の最も美しいのは、桜などが満開の状態が美しいのと違って、枯れる寸前の、いわゆる「うつろひ」の状態である。それは、藤原家隆の『壬二集』や慈円の『拾玉集』に、次の

(1) 花ならず匂ひも後はなきものをうつろひ残れ庭の白菊　（壬二集・残菊・三四二）

(2) うつろひて残る色こそあはれなれ秋の形見の白菊の花　（拾玉集・秋暮残菊・三三二二）

の(1)・(2)の傍線部の措辞にみられるとおりである。したがって、花園天皇の⑤の詠の「うつろはで庭の白菊残らなむ」という発想は、菊の花の美に対する常識をくつがえす発想と捉えることができるわけだが、しかし、このような、いわば逆発想の歌は、後嵯峨院時代の産物である『続後撰集』や『為家集』の

(3) うつろはで久しかるべき匂ひかな盛りにみゆる白菊の花　（続後撰集・弁乳母・一三四九）

(4) 長月の秋を重ぬる霜の色にうつろひやらぬ庭の白菊　（為家集・菊霜・七二九）

の(3)・(4)の詠歌に指摘できるので、決して花園天皇の独創的発想とはいえない。そのうえ、「庭の白菊」を、「秋の形見」として賞美したいという発想なども、次の

(5) 暮れてゆく秋の形見に置くものはわが元結の霜にぞありける　（拾遺集・兼盛・二一四）

(6) こ紫残れる菊は白露の秋の形見に置けるなりけり　（道信集・御前の菊を見給ひて・一二）

(7) りんだうの枯れ野にひとり残れるは秋の形見に霜や置くらむ　（散木奇歌集・俊頼・九八三）

(8) 神無月霜夜の菊の匂はずは秋の形見に何を置かまし　（拾遺愚草・定家・十月残菊・一九九三）

の(5)〜(8)の和歌にみられるように、いずれも「霜」を秋の形見にするという発想に依拠しているようだから、花園天

皇は、むしろ伝統的な古歌に発想源を見出していると言ってよかろう。

ちなみに、第五句の「明日よりは見む」の措辞も、『兼輔集』の

(9)　今日掘りて雲井にうつす菊の花天つ星とや明日よりは見む　（兼輔集・御前に菊奉るとて・五九）

の(9)の詠に同一表現が指摘されるので、花園天皇は、あるいは藤原兼輔の(9)の詠を参看したのかも知れないが、確証はない。

要するに、⑤の詠の特徴を一言で表現するならば、次のようになろうか。

〔評〕　前の季節の景物がそのままの状態であることを、次の季節の形見にしようと望む発想は珍しくないが、菊の場合は、(1)・(2)の詠のように、「うつろひ」の美が属性であるから、この歌は逆発想で詠作している点が興趣深いと一応、評価されよう。しかし、(5)・(6)・(7)・(8)の詠から知られるように、秋の形見としては「白」が属性のようであったから、菊を詠じた場合でも、(3)・(4)のような先行歌が指摘されるので、この花園天皇の詠はやや清新味に欠けるといえようか。

次に、第六番めの歌に進もう。

⑥　越ゆれども同じ山のみ重なりて過ぎ行く旅の道ぞはるけき　（旅・旅の心を・一一七一）

〔歌意〕　越えても越えても、同じような山ばかりが重なっていて、過ぎて行く旅の道中の何ともはるかなことよ。

これは詞書に「旅の心を」とあるので、所謂、羇旅の歌である。この歌はわれわれが日常生活においても経験する趣だが、このように重畳する山の向こうに何かを求めて旅する趣を歌ったものには、上田敏の訳詩集『海潮音』に「山のあなたの空遠く／幸ひ住むと人のいふ／ああわれひとと尋めゆきて／涙さしぐみかへりきぬ／山のあなたにな

ほ遠く／幸ひ住むと人のいふ」の詩がみられる。洋の東西を問わず、詩人の求めるものが共通して、面白いといえようが、山路を越えても越えても同じ変らぬ風景だという措辞は、次の

(1)　今日もまた同じ山路に訪ねきて昨日は咲かぬ花を見るかな　（新後撰集・花・能清・六四）

(2)　過ぎ行けど人の声する宿もなし入江の浪に月のみぞ澄む　（拾遺愚草・旅・一七二一）

の(1)・(2)の詠歌の傍線部に認めることができよう。しかし、(1)・(2)の歌では、そのあとには、(1)では「昨日は咲かぬ花を見るかな」とか、(2)では「入江の浪に月のみぞ澄む」と詠んでいるように、意外な美的風景が描出されるのが普通だ。そしてまた、旅の道中そのものに「もののあはれ」が存すると詠じた歌も、次の

(3)　山を越え海をながむる旅の道もののあはれはおしぞこめたる　（拾遺愚草・旅・一七二五）

の(3)の定家の詠に認められる。この点、花園天皇の詠は、旅の道中そのものを「はるけき」と詠じているところが素直で、臨場感あふれる表現になっていると言えようか。なお、「山のみ重なりて」の類似表現には、『秋篠月清集』の

(4)　返り見る山ははるかに重なりて麓の花も八重の白雲　（秋篠月清集・良経・深山花・九六〇）

の(4)の傍線部の措辞が、また、「道ぞはるけき」の表現には、次の

(5)　雲のゐる外山の末のひとつ松目にかけて行く道ぞはるけき　（続古今集・宗尊親王・八五七）

(6)　三笠山麓ばかりを尋ねてもあらまし思ふ道のはるけさ　（拾遺愚草・述懐・一六八五）

の(4)・(5)の宗尊親王や定家の先行例がそれぞれ認められるので、総じて、この⑥の詠には、それほど高い評価を与えることはできないであろう。

要するに、⑥の詠については、次のごとく評することができようか。

〔評〕日常の実体験に基づく「旅の心」を、素直で臨場感あふれる筆致で詠作しているが、習作の域を出ない。いずれの措辞もすでに先行歌にみえている趣である。

次は第七番めの歌だ。

⑦　思ひ絶えて待たぬもかなし待つもくるし忘れつつある夕暮もがな　（恋二・夕恋の心を・一三八四）

〔歌意〕　恋人のことをすっかり思いあきらめて、待たないというのも悲しい。かといって、待つのも苦しい。いっそそんなことはすっかり忘れてしまっている、という夕暮でもあってほしいものだなぁ。

これは「夕恋」の題詠歌だ。ところで、この歌の詠作者は花園天皇であるから、男性の立場から詠まれた歌かというと、第五句の「夕暮もがな」の措辞から明らかなように、この歌の世界は「待恋」の世界とわかるので、これは花園天皇が女性の立場にたって詠じられた歌となる。このように、題詠歌では与えられた題意にかなうように詠作するので、詠まれた歌の詠歌主体が、必ずしも詠作者の性別と関係するわけではない点に注意を払っておかねばなるまい。また、恋人のことを思い諦めて、もう来てくれないのだから、待たないでおこうと決心して、待たないのも悲しい、さりとて、待っているのも苦しいという発想は、恋の経験者であれば、誰でも着想できる内容と思われようから、この発想も花園天皇の独自の発想とは言えない。しかし、そのような措辞となると、古典和歌では次の

⑴　待たぬ夜も待つ夜も聞きつ時鳥花橘の匂ふあたりは　（四条宮下野集・一六九）

⑵　山里に家居しすれば郭公待つも待たぬも同じ音ぞ聞く　（拾玉集・郭公・一七）

の⑴・⑵の例歌からもわかるように、待つ対象は時鳥の場合がほとんどなのだ。したがって、この点、待つ主体を女性に転換しているところに花園天皇の多少の工夫が認められるといえるかも知れないようだ。

なお、初句の「思ひ堪えて」の措辞は、勅撰集にはあまり見出せないので、あるいは次の『金葉集』の

⑶　待ちし夜の更けしを何に嘆きけむ思ひ絶えても過ごしける身を　（金葉集・越中・四〇二）

の
の(3)の越中の詠が参考になったのかもしれない。
次に、結句の「夕暮もがな」の措辞は、次の藤原秀能の『如願法師集』、順徳院の『紫禁和歌集』、『続後拾遺集』

(4)　訪はれぬを恨み顔にも見えもせで憂きを知らする夕暮もがな　（如願法師集・恋・七九）
(5)　あはれまた物や思ふと問ふほどの人に知られぬ夕暮もがな　（紫禁和歌集・順徳院・被妨人恋・九一二）
(6)　待てばこそ鳴かぬも憂けれ時鳥思ひ忘るる夕暮もがな　（続後拾遺集・待時鳥・長舜・一六七）

の(4)・(5)・(6)の詠歌にみられるように、かなりポピュラーな表現だが、待つ対象を時鳥にしている(6)の詠などが参考になった可能性もなしとしない。ところで、歌のなかに主観を表す「かなし」「くるし」などの形容詞を使用するのは、ある意味では京極派の特徴でもあるわけだが、中世和歌の特性としては、このような形容詞を用いないで、「かなし」とか「くるし」という心情を言外に漂わせるような和歌を優れた歌とする傾向があった。したがって、第二・三句の「待たぬもかなし待つもくるし」という花園天皇の表現は、筆者には多少直接的すぎる措辞のように思われて、恋に対する年少な天皇の感情表出を感ぜざるを得ないが、いかがであろうか。

いずれにせよ、⑦の詠を要約すると、

〔評〕　女の立場で「待恋」の世界を詠じた作だが、「かなし」「くるし」など、主観語を直接使うのは、良くいえば、京極派の趣とも評しえよう。しかし、率直にいえば、稚拙な表現であろう。そのほか、時鳥を待つ心を詠ずる際に多用される措辞を、恋人を待つ心の措辞へと援用している背景が窺知される。

のごとくになるであろうか。

次に、⑧の詠を分析することにしよう。

⑧　わが思ひ慰まなくに何しかも来ぬものゆゑに頼め置きけむ　（恋二・恋歌とて・一四一〇）

〔歌意〕　わたしの心はいっこうにおさまらないことよ。あの人は、いったい何で、来る気持ちもないのに、約束して期待させておいたのだろうか。

「恋歌」の題詠歌だが、「わが思ひ慰まなくに」とくると、すぐに

(1)　わが心慰めかねつ更級やをば捨て山に照る月を見て　（古今集・読人不知・八七八）

の(1)の姥捨山伝説の歌が想起されようが、あるいはこの(1)の詠が関係しているかも知れない。ただし、(1)の詠では「慰めかねつ」とあって、花園天皇の歌の「慰まなくに」とある「慰む」の用法とは異同しよう。すなわち、前者は下二段活用であるのに対し、後者は四段活用の動詞であるから、意味も前者は他動詞で「慰める」の意になり、後者は自動詞で「心が晴々した状態になる」の意となろう。したがって、措辞としては、次の『古今集』の

(2)　逢ふまでの形見もわれは何せむに見ても心の慰まなくに　（古今集・読人不知・七四四）

の(2)の読人不知歌の影響下にあることになろう。これと同じことは、第五句の「頼め置きけむ」の措辞にもいえ、「頼む」の場合も四段活用と下二段活用の二種類あって、前者が「頼りにする」の意であるのに対し、後者は「頼りに思わせる」の意となって、通常は、次の『続古今集』の

(3)　何しかもなほ頼みけむ逢坂の関にてしもぞ人にわかるる　（続古今集・俊頼・八四七）

の(3)の源俊頼の歌のように使用する。「頼む」の用例については、俊頼の歌に認められる使いかたが一般的だが、しかし、古今時代にも、

(4)　待てといひて秋も半ばは過ぎにけり頼めか置きし露はいかにぞ　（能宣集・二三六）

の(4)の『能宣集』に認められるような用例もまれには指摘され、さらに新古今時代になると、次の『秋篠月清集』の

(5)　白露の頼めか置きし人は来で露の籬に松虫の声　（秋篠月清集・秋・九二三）

の(5)の歌に認められるように、下二段活用の用法がかなり一般化している。したがって、花園天皇のこの措辞もこのような系譜化にあるといわねばならないであろう。なお、第四句の「来ぬものゆゑに」の措辞も、次の

(6)　待つ人も来ぬものゆゑに鶯の鳴きつる花を折りてけるかな　（古今集・読人不知・一〇〇）

(7)　まつ人も来ぬものゆゑに梅の花匂ひを風の何さそふらむ　（隣女集・梅歌・九六六）

の(6)・(7)の『古今集』や飛鳥井雅有の『隣女集』などにも多用されているので、両者の間に特に影響関係は認められないであろう。

要するに、⑧の詠については、

〔評〕『古今集』以来、恋歌に多用される措辞を使っての「恋歌」で、平凡な内容の習作期の詠作といえようか。

と要約されるであろうか。

次は第九首めの歌である。

⑨　甲斐あらじ言はじよしとは思へどもいま一度は恨みてもみむ　（恋三・恋十首の御歌の中に・一五四四）

〔歌意〕　言っても甲斐はあるまい。ままよ、言うまいとは思うけれども、でももう一度だけは恨んでもみようと思う。

これも題詠歌である。この歌の上句は、二条派などの歌には見出せない特異句と言えよう。ところで、この上句の「……じ」「……じ」「よしとは……」という語法は、父君の伏見院の家集の、

(1)　見じ聞かじながめじよしと思ふものをなほ雲風の夕暮よこれ　（伏見院御集・恋・一七二五）

の(1)の上句に「……じ」「……じ」「……じ」「よしと……」のごとく指摘されるが、(1)の詠の歌意は、「もう見まい、

聞くまい、もの思いなどはすまい。ままよ、どうにでもなれ、と思うのだけれども、夕暮れどきに、雲をみ、風の音を聞いては、あの方の訪れが待たれるのは、どういう訳なのでしょうか」となるであろうか。となると、この花園天皇の歌の上句は、まさに父君の詠歌の語法を、そのまま真似したといわざるをえない表現となろう。

ちなみに、下句の「いま一度は恨みてもみむ」の措辞は、『新後撰集』や藤原相如の『相如集』の

(2)　思ひわびいま一度は恨みばや心のままに忘れもぞする　（新後撰集・遊義門院権大納言・一一〇二）

(3)　われながらわれからぞとは知りながらいま一度は人を恨みむ　（相如集・忘れにし女のもとより・五六）

の(2)・(3)の和歌に指摘されるが、いわば二条派の常套句ともいいうる表現だ。これらの点で、この歌は花園天皇の習作期の歌の感じを否めまい。

これを要するに、⑨の詠は、

〔評〕　下句の措辞は二条派の常套句だが、上句は伏見院の措辞・表現を借用しての京極派好みの詠作。

と要約することができるであろう。

次に、第十首めの歌に進もう。

⑩　照る月はわが思ふ人の何なれや影をし見ればものの悲しき

（恋四・九月十三夜、寄月恋といふことを人々によませさせ給うけるついでに・一六五七）

〔歌意〕　照る月は、いったいわたしの思う人の何にあたるのだろうか。その光をみると、なんとなく物悲しくなってしまうよ。

これは「月に寄する恋」という題詠歌だ。したがって、月にことよせて恋の世界を描出しているわけである。とこ

ろで、月を女性が凝視するのは忌まれるということが古代からいわれていたが、その一方、月を見るとやたらにもの悲しくなるという見方も、「秋思」という秋の捉え方として『古今集』以来の伝統になっている。すなわち、『古今集』の大江千里や読人不知歌の

(1)　月見れば千々に物こそ悲しけれわが身ひとつの秋にはあらねど　（古今集・大江千里・一九三）

(2)　木の間より洩りくる月の影みれば心づくしの秋は来にけり　（同・読人不知・一八四）

の(1)・(2)の詠などがその典型的な歌といえよう。すなわち、月をみていると、なにやかやと気をもませる秋がきたのだなあ、というわけだが、しかし、詠歌主体はこういう状態を決して嫌っているのではなく、むしろ賞賛している点に注意が必要なのだ。また、さきに⑧の詠の分析で引用した次の

(3)　わが心慰めかねつ更級やをば捨て山に照る月を見て　（古今集・読人不知・八七八）

の(3)の姨捨山伝説の詠も、月をみると悲しくなるという発想である。こういうのが「月影」とそれを見る対象との関係だが、この月影との関係を、「何なれや」と突き放して、多少の距離をおいた措辞を探してみると、次の『壬二集』や『新勅撰集』の

(4)　女郎花空ゆく月の何なれやながむる野辺に心澄むらむ　（壬二集・女郎花・家隆・一〇五五）

(5)　衣うつ響きは月の何なれや冴えゆくままに澄みのぼるらむ　（新勅撰集・俊成・三二四）

の(4)・(5)の歌のなかに見出せるので、これらの言いまわしが、あるいは花園天皇の歌の参考になっているのかも知れない。しかし、下句の「影をし見ればものの悲しき」の措辞は、西行の『聞書残集』や宗尊親王の『瓊玉集』の

(6)　憂き世にはほかなかりけり秋の月ながむるままにものぞ悲しき　（聞書残集・西行・二七）

(7)　秋の夜のふけたる月をひとり見て音に鳴くばかりものの悲しき　（瓊玉集・宗尊親王・二三六）

の(6)・(7)の詠歌に認められるので、(7)の詠の影響も無視することはできない。こうなると、この⑩の歌には新しさを

指摘することができない。しかし、秋の月をみて悲しいと思うのは『古今集』以来の伝統的な詠みぶりだが、月に恋人のイメージをダブラせているところに、多少の工夫がこらされていると言えようか。

　要するにこの⑩の詠は、

〔評〕『古今集』以来の月に対する見方を踏襲しているが、それを恋の趣にしている点が、多少の手柄か。習作期の域をそれほど脱していない練習作か。

というふうに要約できるであろう。

　次は第十一首めの歌である。

⑪　いつとても同じ空ゆく月なれど春はおぼろに秋はさやけき　（雑一・題知らず・一九七七）

〔歌意〕いつだって、同じ空をゆく月であるけれども、どうして春はおぼろにみえ、秋は清らかに澄んでみえるのだろう。

　これは「雑部」の題詠歌だ。「雑歌」というのは、人事を詠じた歌だが、「恋歌」以外の領域を含む。この歌の場合は、人事と自然の両方を詠じているので、いわば「雑秋」の趣である。内容は、毎日接する月に対する素朴な疑問を歌に詠じた趣だ。筆者にも詠めるような内容だが、上句の「いつとても同じ空ゆく月なれど」の措辞については、『後拾遺集』『金葉集』『詞花集』などに、

(1)　いつとなくかはらぬ秋の月見ればただいにしへの空ぞ恋しき　（後拾遺集・月前述懐・藤原実綱・八五三）

(2)　いつとなく同じ空ゆく月なれど今宵は晴れよと思ふなるべし　（金葉集・八月十五夜の月・為忠・解題四五）

(3)　いかなれば同じ空なる月影を秋しもことに照りまさるらむ　（詞花集・雅定・九五）

の⑴・⑵・⑶のごとく、多少の表現は異なるけれども用例を見出せようから、時代を越えた普遍的な見方のようだ。
次に、第四句の「春はおぼろに」の措辞は、

⑷　浅緑花もひとつに霞みつつおぼろにみゆる春の夜の月　（新古今集・菅原孝標女・五六）

⑸　夕霞嶺立ち残すかひもなく春はおぼろに出づる月影　（寂身法師集・四五九）

の⑷・⑸の詠歌に認められるように、かなりポピュラーな発想に基づく表現である。
また、第五句の「秋はさやけき」の措辞も、同様に、

⑹　常よりもさやけき秋の月をみてあはれ恋しき雲の上かな　（後拾遺集・対月懐旧・師光・八五四）

⑺　澄む水にさやけき影のうつればや今宵の月の名に流るらむ　（千載集・九月十三夜の月・俊家・三三六）

の⑹・⑺の例歌を指摘できるので、これまた平凡な発想にもとづく表現と言えよう。
したがって、これらの発想や措辞からみて、⑪の詠は、

〔評〕　月に対する伝統的な把握に基づく平凡な発想の歌。

というように批評できようかと思う。
最後に、⑫の詠の分析に移ろう。

⑫　常盤木のしげき緑の下にして日影もみえぬ谷陰の宿　（雑三・雑御歌の中に・二二一九）

〔歌意〕　常緑樹の濃い緑の茂った下に位置しているので、日光も射し込まない谷陰の家だよ。

これも雑歌だが、一読した限りでは自然を詠じたように思われるが、結句の「谷陰の宿」の措辞から、そこに人間の生活がみてとれるので、雑歌となるわけだ。さて、上句の常緑樹の葉がいっぱい繁っているという措辞には、

(1)　常盤木のまだ山陰の谷の戸はしばし朝日の下ぞ涼しき　（壬二集・朝・一一六三）
(2)　常盤木のしげき深山に降る雪は木末よりこそまづ積りけれ　（新後撰集・道覚法親王・五〇四）
(3)　常盤木のしげき梢の音絶えて嵐をうづむ峰の白雪　（資平集・八七）

の(1)・(2)・(3)のごとく、数多くの用例が存するが、この⑫の歌と発想的によく似ているのは、

(4)　谷深き深山隠れに住居して日影をよそに思ひやるかな　（顕綱集・四六）

の(4)の『顕綱集』の歌であって、この(4)の詠の内容は、谷の深い深山隠れに家を作って、そこで生活をしているので、太陽光線も、自分には関係ないものとして想像するだけだよ、のとおりだ。ところで、常緑樹などがたくさん繁っているので、木漏れ日が地面に届かないという発想に基づく表現の歌は、次の

(5)　山陰やしげき檜原に木隠れて花と月ともうとくなりぬる　（拾玉集・三四一三）
(6)　白雲の衣ほすてふ山がつのかきつの谷は日影やはさす　（壬二集・渓雲・三〇二三）

の(5)・(6)の詠歌の傍線部にみられるように、それほど少なくはないようだ。しかし、「谷陰の～」という措辞は、『新編国歌大観』（角川書店）を引いても、次の

(7)　空晴るる峰の日影はさしも来ず雪に敷かるる谷陰の軒　（伏見院御集・一八九一）

の(7)の詠くらいしか見出すことができない。そして、奇しくもこの(7)の詠は父君の伏見院の歌だから、花園天皇のこの歌の下句の措辞は、父君の歌からの借用であろうことが憶測されよう。

なお、一首の構成は、上句の「常盤木のしげき緑」と下句の「日影もみえぬ谷陰の宿」との明暗が感覚的に捉えられていて、その発想と表現には、京極派の歌ぶりが指摘され、見事であると言えようか。

要するに、⑫の詠の特徴は、

〔評〕　上句の用語は伝統的な措辞の域を出ないが、下句の描写は、明暗を感覚的に捉えてきわめて京極派的であると

いえよう。なお、「谷陰の宿」の措辞は珍しく、父君伏見院からの借用であろう。というところに認めることができるであろう。

三　まとめ

以上、花園天皇の『玉葉集』収載の十二首について、あらあら分析を試み、その特徴などについて言及することができた。はなはだ粗雑な分析ではあったが、ここで分析内容を要約すると、およそ次のようになろう。

㈠　十二首のうち、部立別にみると、春一首、夏一首、秋三首、羇旅一首、恋四首、雑二首のとおりで、秋と恋の部の詠が多少めだつ程度である。

㈡　『古今集』以来の発想と表現を踏襲する詠作がかなりある（⑤・⑥・⑧・⑪）。

㈢　しかし、その一方で、自然を、光と影、時間の推移のなかで捉えたり、対比する手法を使って、京極派の歌風を示している詠作もめだっている（②・④・⑨・⑫）。

㈣　京極派の歌風の趣のある詠作には、父君・伏見院の歌の影響が認められる（②・③・⑨・⑫）。

㈤　要すれば、十七歳までの詠作なので、習作期の詠と感じさせる詠作もある一方、京極派の本格的な歌風を思わせる詠作もあって、言わば、梅檀は双葉より芳し、のたとえがふさわしい詠みぶりである。

Ⅱ　『風雅和歌集』の恋歌

一　はじめに

持明院統の伏見天皇の第三皇子として永仁五年（一二九七）七月二十五日に誕生し、貞和四（正平三）年（一三四八）十一月十一日、五十二歳で崩御した第九十五代の花園天皇の和歌については、勅撰集に、『玉葉集』十二首、『続千載集』四首、『続後拾遺集』三首、『風雅集』五十四首、『新千載集』二十三首、『新拾遺集』十五首、『新後拾遺集』六首、『新続古今集』一首の計百十八首、私撰集に、『続現葉集』（為世撰）一首、『臨永集』（撰者未詳）九首、『藤葉集』（実教撰）十首、『松花集』（撰者未詳）二首の計二十二首が残存するほか、歌合・歌会歌、『花園院宸記』、『貞和百首』などにいくらか見出しえる程度で、必ずしもそれほど多くの詠作が残されているとは言えないであろう。

しかし、花園上皇の和歌は『和歌大辞典』（昭和六一・三、明治書院）に「歌風は印象鮮明な叙景歌と禅的要素を含む釈教歌に特色があり、歌論は為兼・伏見院を重んじると共に、儒道仏道との一致を説いて和歌の政教性をも肯定している。繊細で内観的な後期京極派歌風形成への影響は大きい」（岩佐美代子氏執筆）と評されているごとく、概して優れた詠作を残しているのである。

このように、花園上皇の和歌は和歌史のうえでも高く評価される性格を有しているのだが、ただ、岩佐氏の説明にもあるように、上皇の詠歌は「叙景歌」と「釈教歌に特色」がある由であって、恋歌については未知数のようで、岩佐氏もなにほどの言及もしていない。したがって、この際、上皇の恋歌はどのような性格を持つ詠作であるのかの検討は、あながち無意味な試みでもないであろう。とはいえ、花園上皇の恋歌のすべてにわたって考察を加えることは不可能なので、ここでは『風雅集』に収載される恋歌十二首に限って検討を加えてみたのが、本節の考察である。

なお、花園上皇の和歌について考察を加えたものに、川田順氏「花園院御製謹抄」(『花園天皇の御芳躅』昭和二〇・四、花園天皇六百年御聖諱記念大法局)、次田香澄・岩佐美代子両氏『風雅和歌集』(中世の文学　昭和四九・七、三弥井書店)があり、上皇の伝記的事蹟や和歌観などに考察を加えたものに、岩崎小弥太氏『花園天皇』(昭和三七、吉川弘文館)、次田香澄氏「花園上皇の思想と文学」(『二松学舎大学論集昭和四二年度』昭和四三・三)、安田章生氏「花園院」(『甲南大学紀要』昭和四六・三)、服部久美子氏「花園院の和歌観とその作品」(『古今新古今とその周辺』昭和四七・七、大学堂)、深津睦夫氏「花園院の和歌観」(『名大国語国文学』昭和五四・一二)、岩佐美代子氏「花園院の釈教歌—体露金風—」(『仏教文学』昭和五五・三)、岩佐美代子氏『京極派和歌の研究』(昭和六二・一〇、笠間書院)、伊藤伸江氏「康永期の京極派—『院六首歌合』の「色」「心」詠をめぐって」(『国語と国文学』平成六・九)などの論考があって、参考になる。

二　漠然とした恋の状態を示す歌題の歌

さて、『風雅集』に収載される恋歌十二首をみると、いずれも題詠歌ばかりで、実詠歌は見られない。ということは、『風雅集』の花園上皇の恋歌は与えられた歌題の題意にかなうように詠まれた虚構歌ばかりということになる。これは中世和歌の一般的傾向で、上皇の詠作もその例外ではないことを示しているが、上皇の現実生活における恋の喜びや詠嘆を表出した詠歌が見られないのは残念な気持ちを禁じえない。

それでは、上皇の恋の題詠歌はどのような歌題のもとに詠まれているのであろうか。この視点から上皇の当該歌をみると、漠然とした恋の状態を示す歌題の歌、新古今時代前後に流行した歌題の歌、上皇の生きた当代に流行した歌題の歌の三種類に分類しえるようである。

まずは、漠然とした恋の状態を示す歌題の歌三首について検討してみよう。

恋御歌の中に

①　人よまして心の底のあはれをば我にて知らぬ奥も残るを　（恋三・一一四〇）

〔歌意〕　他人にはなおさらわかるまいよ。心の底のこの切ない気持ちは、自分にもわからない奥底にも残っているのだから。

これは心の奥底に潜む恋心は自分でも計り難いものだと、自己の内面の不可解さに言及した詠歌だが、この歌の第二・三句の「心の底のあはれをば」の措辞が、実は、上皇の父君である伏見院の『玉葉集』の

(1)　人は知らじ心の底のあはれのみ慰めがたくなりまさる頃　（玉葉集・恋十首御歌の中に・伏見院・一五五八）

の(1)の詠の第二・三句に依拠していることは明白であろう。

さらに、第四句の「我にて知らぬ」の措辞も、『拾遺抄』や『千載集』の、

(2)　春はなほ我にて知りぬ花盛り心のどけき人はあらじな　（拾遺抄・忠峯・二六）

(3)　一人寝る我にて知りぬ池水につがはぬをしの思ふ心を　（千載集・恋三・公実・七八七）

の(2)・(3)の詠に「我にて知りぬ」の措辞を見出しうるが、この措辞も、おそらく『玉葉集』の公顕の

(4)　迷ひ初むる心ひとつの行方にも我にて知らぬ身の思ひかな　（玉葉集・恋一・公顕・一二五八）

の(4)の第四句を参看した結果ではなかろうか。ところで、(1)も(4)も自己の内面心理を探求した京極派和歌によくみられる傾向の恋の詠作であるから、この点から、①の詠が、内容・表現の両面で京極派和歌の影響下にあることは明らかで、京極派の歌風を伝えている詠歌と言えようか。

なお、結句の「奥も残るを」の措辞は、『内裏百番歌合』の信実の

(5)　花に飽かぬ道のまにまに尋ぬれば山は吉野の奥も残らず　（内裏百番歌合・深山花・信実・三五）

の(5)の詠に類似表現が指摘されるが、この(5)の詠を上皇が参照したかどうかは明らかではない。

それでは、二首めの詠歌の検討に移ろう。

〈恋歌の中に〉

②　憂きながらさすがに絶えぬ契りをばなほもあはれになしこそはせめ　（恋三・一一五二）

〔歌意〕　つらいとはいうものの、それでもやはり、切れてしまわないあのかたとの宿縁を、なお私の努力で、いい関係にしていこうと思うよ。

これは恋人との宿縁を詠じた歌だが、普通の恋歌の場合、運命に翻弄される恋に対して抗し難く、やむをえず甘受するというのが一般的である。しかし、この歌はその宿縁を自己の努力で絶えないように克服していこうという積極的な姿勢で詠まれているところが、実詠歌の趣を感じさせて、おもしろい。そして、表現も先人の詠歌に認められる措辞を巧みに駆使して、功を奏しているといえよう。

すなわち、初・二句の「憂きながらさすがに」の措辞は、『詞花集』の元輔の

(1)　憂きながらさすがに物の悲しきは今は限りと思ふなりけり　（詞花集・恋上・元輔・二五六）

の(1)の詠に同類の表現があるが、これはおそらく父君の伏見院の

(2)　世の中をうきぬの菖蒲憂きながらさすがに何に引かれてか経る　（伏見院御集・菖蒲・一一二五）

の(2)の詠の影響下にあるのではなかろうか。

また、第二・三句の「さすがに絶えぬ契りをば」の措辞についても、『実材母集』の

(3)　頼めとや年にまれなる七夕のさすがに絶えぬ契りばかりを　（実材母集・六三三）

の(3)の詠に類似表現があるが、「契り」を「さすがに絶えぬ」と認識する見方は、『続拾遺集』の

(4)　いとせめてつらき契りのいかなればさすがに絶えぬ年も経ぬらん　（続拾遺集・恋三・平親清女・九五〇）

(5)　甲斐なくてさすがに絶えぬ命かな心を玉の緒にしよらねば　（同・雑下・和泉式部・一三三九）

の(4)・(5)の詠歌に認められるように、和歌の世界ではほぼ一般化していたのではなかろうか。

しかし、第四・五句のなかの「あはれになしこそは」の措辞は、『風雅集』の徽安門院一条の

(6)　人の通ふあはれになしてあはれなるよ夢はわが見る思ひ寝なれど　（風雅集・恋夢を・徽安門院一条・一一八四）

の(6)の詠に依拠した可能性が強いのではあるまいか。というのは、この措辞は『玉葉集』の為子の

(7)　あはれをもうきにのみこそ人はなすにわれぞうきをもあはれにはなす　（玉葉集・恋三・為子・一五五九）

の(7)の詠に同類の表現が指摘され、(7)の詠も京極派の和歌であるからである。

となると、②の歌も京極派和歌の傾向のかなり強い詠作といえようか。

それでは、三首めの詠歌の吟味に移ろう。

③　　恋歌とてよませたまひける

常はただ一人ながめて大方の人にさへこそうとくなりゆけ　（恋四・一二五一）

〔歌意〕　この頃はただもう一人で物思いに沈んでばかりいて、恋しいあの方は言うまでもなく、関係のない人にまでも疎遠になってゆくことだ。

これは恋に陥った人物がよくする経験を、先人の詠歌に認められる措辞を借用して無難にまとめた詠作で、恋歌としてはありふれた内容の詠としか言えないであろう。

すなわち、初句の「常はただ」の措辞は『赤染衛門集』の

(1)　常はただ散るだに惜しき山桜降りに降るとも見ゆる雨かな　（赤染衛門集・四九二）

の(1)の詠にすでに用例が指摘されるし、また、第二句の「一人ながめて」の措辞も、『新古今集』や『続千載集』の

(2)　山里にひとりながめて思ふかな世に住む人の心強さを　（新古今集・雑中・題知らず・慈円・一六五八）

(3)　つくづくとひとりながめて更けにけり槇の戸ささぬ十六夜の月　（続千載集・恋三・景綱・一三〇九）

の(2)・(3)の詠に同類の表現がみられる。なお、第三句の「大方の」の措辞は特別に先行例を探すまでもない表現なので不問に付すが、第四句の「人にさへこそ」の措辞は『風雅集』の

(4)　待ちわびて聞きやしつると時鳥人にさへこそ問はまほしけれ　（風雅集・夏・頼実・三一六）

の(4)の頼実の詠に同一表現を見出すことができようし、また、結句の「うとくなりゆけ」の措辞は『新古今集』の

(5)　山里は人来させじと思はねど訪はるることぞうとくなりゆく　（新古今集・雑中・題知らず・西行・一六六〇）

の(5)の西行の詠に用例を見出しうるというわけで、『新古今集』の系譜下にある措辞といえようか。

以上、漠然とした恋の状態を示す歌題の詠歌三首を検討した結果、ありふれた内容の恋歌もあるなか、京極派和歌の趣を感じさせる詠作も指摘されるということを確認することができた。

三　新古今時代前後に流行した歌題の歌

次に、新古今時代前後に流行した歌題の歌二首について検討してみよう。

まず、『金葉集』に初出の「夜恋」題の詠歌は次のものである。

夜恋を

④　ふけぬなりまた訪はれでと向かふ夜の涙ににほふ燈火の影　（恋二・一〇六四）

〔歌意〕　夜も更けてしまったようだ。今夜もまたあの人に訪われなかったなあ、と思って向かう夜の涙でぼうっとにじむ燈火の光よ。

これは恋人の訪れを今か今かと思って待っているうちに夜が明けたという「夜恋」題の詠歌で、同種の趣は古来数限りなく存在するが、この歌は『当座歌合』の

(1)　明けぬるか又今夜もと思ふより涙に浮かぶ燈火の影　（当座歌合・永福門院・五三）

の(1)の永福門院の詠を下敷きにして詠まれたものであろう。

さらに、初句の「ふけぬなり」の措辞は、父君の家集『伏見院御集』の

(2)　春の名残惜しむ今夜も更けぬなり今し何処に別れてか行く　（伏見院御集・三月尽夜・五一五）

の(2)の詠に用例を拾うことができる点、(1)の詠とあわせて京極派好みの詠作といえようか。

なお、第二句の「また訪はれでと」の措辞は『新古今集』の

(3)　故郷の旅寝の夢に見えつるは恨みやすらむ又と訪はねば　（新古今集・羇旅・橘良利・九一二）

の(3)の良利の詠に類似の表現を指摘しうる程度だが、下句の「涙ににほふ燈火の影」の措辞は、④の詠が依拠した(1)の詠の「涙に浮かぶ燈火の影」の措辞を、「涙ににほふ燈火の影」としたところに手柄があろう。

ところで、深夜、燈火に対座するという構図は京極派の歌人の好む趣向で、父君の伏見院にも、

(4)　春やなぞ聞こゆる音は軒の雨向かふ形は夜半の燈火　（伏見院御集・春夜雨・五四六）

の(4)の詠が指摘されるが、就中、花園上皇の甥にあたる光厳院の次の

(5)　思ひつくす思ひのゆくへつくづくと涙に落つる燈火の影　（光厳院御集・恋・一〇八）
(6)　心とて四方に映るよ何ぞこれただこれ向かふ燈火の影　（同・雑・一四二）
(7)　向かひなす心に物やあはれなるあはれにもあらじ燈火の影　（同・同・一四三）
(8)　更くる夜の燈火の影を自ら物のあはれに向かひなしぬる　（同・同・一四四）

の(5)〜(8)の詠に見事な達成が認められる。

要するに、④の歌は京極派的発想と京極派好みの措辞を駆使した秀歌といえるであろう。

それでは、『新古今集』に初出の「寄雲恋」題のもう一首はどのような性格の詠歌であろうか。

〈寄雲恋〉

⑤　恋ひあまるながめを人は知りもせじ我とそめなす雲の夕暮　（巻十三・恋四・一二三六）

〔歌意〕　思いに堪えられないで、ふさぎこんでいる私のことを、あの人は知ってもいないでしょう。自分の思いなしから恋心をそそるように見える雲が夕暮を背景に浮かんでいるよ。

これは思いに堪えられないでいる自己の内面を、京極派和歌にのみ認められる「恋ひあまる」という措辞を用いてまず提示し、次いでそのような自己の内面を「雲の夕暮」なる秀句表現で具象化した心象風景の詠歌である。すなわち、初句の「恋ひあまる」の措辞は、伏見院と光厳院の

(1)　思ふ人袖にもせめて触れもせよ恋ひあまる日の暮の秋風　（百首・寄風恋・伏見院）
(2)　恋ひあまりわが泣く涙雨と降るやこのくれしもの雲閉づる空　（光厳院御集・恋涙・一〇四）

の(1)・(2)の詠にしかみえない表現であり、結句の「雲の夕暮」なる歌ことばも、『拾玉集』と『伏見院御集』などに、

(3)　あららかに心を風の誘ふかな雪また落ちぬ雲の夕暮　（拾玉集・雪・四三六〇）
(4)　待たれつる山郭公今かさは村雨過ぐる雲の夕暮　（伏見院御集・郭公歌中に・一二二一）

の(3)・(4)の詠のごとくみえるにすぎない。

ちなみに、第二・三句の「ながめを人は知りもせじ」の措辞は、『拾玉集』の

(5)　夕ざれの眺めを人や知らざらむ竹の編戸に庭の松風　（拾玉集・一九七八）

の(5)の詠に類似表現が指摘されるが、上皇が当該歌を参看したかどうかは分明ではない。

また、第四句のなかの「そめなす」という表現も、『風雅集』や『茂重集』の

(6)　月の色も秋にそめなす風の夜のあはれうけとる松の音かな　（風雅集・秋中・月の歌とて・為兼・六〇六）
(7)　露霜のそめなす山の色々も果ては時雨れて暮るる秋かな　（茂重集・暮秋紅葉・一一四）

の(6)・(7)の詠に同類の措辞を探しうるが、これまた、上皇がこれらの詠歌を参照したか否かは明らかではない。しかし、⑤の詠に認められる内面的世界を眼前の景に具象化して示すという手法は、新古今時代の和歌によく認められる手法ではあるが、⑤の歌の場合、欝屈した内面の世界を「雲の夕暮」と言いえて、完成度の高い詠作となっている点は見事といえるであろう。

要するに、新古今時代前後に流行した歌題の詠歌は、京極派和歌の趣をたたえて上皇の独自性をやや表出した秀歌となっているといえようか。

四　花園上皇の生きた当代に流行した歌題の歌

それでは、最後に、上皇の生きた当代に流行した歌題の詠歌七首は、どのような性格の歌であるのか検討してみよう。

まずは、「恋始」題の詠歌から吟味に入ろう。

　　六首歌合に、恋始といふことを

⑥　うちつけに哀なるこそあはれなれ契りならではかくやと思へば　（恋一・一〇一五）

〔歌意〕　一目みただけでいとしくなったことが、しみじみと心を打つよ。宿縁でなくてはこうはなるまいと思うので。

これは恋人との巡り合わせを宿縁とみる見方で②の詠と共通するが、このような視点で詠まれたものには『拾遺愚草員外』の

(1)　あふまでの契りならずはいかがせむかばかり人を思ひ初めても　（拾遺愚草員外・七四一）

の(1)の定家の詠に先蹤が認められ、この詠もその歌の延長線上にあると憶測される。

さて、初句に「うちつけに」の措辞がくると、『古今集』や『為世集』の

(2)　うちつけに寂しくもあるか紅葉葉も主なき宿は色なかりけり　（古今集・哀傷・能有・八四八）

(3)　打ちつけにわが恋ひ初むる心をも涙ばかりにまづぞ知らるる　（為世集・初恋・九二）

の(2)・(3)の詠のように、悲しみの心が詠みこまれるのが一般的であるのに、この歌の場合は、これを喜びの心で詠じている点が特徴的である。

ところで、「あはれ」を多用する例歌は、以下の

(4)　かくばかり憂きが上だにあはれなりあはれなりせばいかがあらまし　（玉葉集・恋四・恨恋・永福門院・一七〇四）

(5)　あはれあはれ哀哀とあはれあはれあはれいかなる人を言ふらん　（和泉式部続集・三八五）

(6)　あはれあはれ流るる水の早く見し人は再びかへる世もなし　（伏見院御集・雑水・一六二〇）

(7)　終夜寝ぬ友となるきりぎりすあはれと思へあはれとぞ聞く　（隣女集・終夜聞虫・雅有・二〇五六）

の(4)〜(7)の詠に指摘されるが、就中、和泉式部の詠が最たるものである。しかし、当該歌の場合、(4)の永福門院の詠に影響を受けたのではなかろうか。

ちなみに、第四句の「契りならでは」の措辞については、すでに指摘した(1)の詠以外に、『壬二集』や『大弐集』や『覚綱集』の

(8)　かかりける契りならずは七夕の心のほどをいかで知らまし　（壬二集・稀恋・三六二一）

(9)　おぼろけの契りならではありがたき法の道をも尋ねたるかな　（二条太皇太后宮大弐集・一六七）

(10)　前の世の契りならでは木陰にもしばしも人の宿るものかは　（覚綱集・大僧正長谷・六二）

の(8)〜(10)の詠に用例が指摘される。

また、結句の「かくやと思へば」の措辞は、『敦忠集』や『伏見院御集』の

(11)　わが恋はかくやと思へばしかすがに消たれたるをもうれしとぞ思ふ　（敦忠集・一二四）

(12)　昔ならばかくやはと思ふ形多み変るはあらぬ世にこそありけれ　（伏見院御集・形・一九四）

の(11)・(12)の詠に同類の表現が指摘されるが、上皇がこれらの詠歌にみられる措辞を採用したかどうかは明らかではない。

次に、「寄人恋」題の詠歌の吟味に移ろう。

⑦　　寄人恋といふことを

さらばとて頼むになれば人心及ばぬきはの多くもあるかな　（恋三・一一五九）

〔歌意〕　それならばということで、相手を頼りにしようと思うと、人の心には当てにできない限界が多くあることだなあ。

これは人間の心の頼みがたさに言及した詠歌だが、この鋭い人間観察はやはり、京極派和歌に多く認められる特徴で、おそらくこの歌は、次の

(1)　さらばとて恨みをやめてみる中の憂きつまづまに頼みかねぬる
（風雅集・恋五・題しらず・永福門院・一三四五）

(2)　いかがせむ頼むとなれば憂き人の思ひ捨ててはあはれなるべき
（伏見院御集・寄草恋・一七三七）

の(1)・(2)の永福門院と伏見院の詠を発想源にしたかと憶測される。そのうえ、初句の「さらばとて」の措辞は(1)のほかに、『風雅集』にもう一例（一一五九）が指摘されるのみであることと、第二句の「頼むになれば」の措辞も(2)の詠のほかに、『玉葉集』の

(3)　つらければつらしと言ひつつらからで頼むとならばわれも頼まん
（玉葉集・神祇・長玄・二七四二）

の(3)の長玄の詠に類似表現が指摘される程度である点で、これらの措辞は京極派歌人の好みといえるであろう。

なお、第四句の「及ばぬきはの」の措辞は、『拾遺集』と『経衡集』の

(4)　世の人の及ばぬものは富士の峰の雲井に高き思ひなりけり
（拾遺集・恋四・村上天皇・八九一）

(5)　いかにして思ひかけけむ菖蒲草及ばぬほどの君と思はば
（経衡集・一五九）

の(4)・(5)の詠に類似表現がある程度である一方、結句の「多くもあるかな」の措辞を取り入れた、人の心の頼みがたさを詠じた表現には、『延喜御集』や『相模集』の

(6)　人心頼みがたきは難波なる蘆の裏葉の恨みつべきを
（延喜御集・一）

(7)　いづれをかまづ憂へまし心にはあたはぬことの多くもあるかな　（相模集・憂へを述ぶ・二九六）

の(6)・(7)の詠を拾うことができるが、特にこれらの詠歌の措辞を直接上皇が借用したとは言えないであろう。ただし、(6)の詠に認められるように、人間の心の頼みがたさを主題とする歌は、⑦の詠に限らず、人間が存在する限り、永遠に問題になる課題であるようだ。

次に、「日増恋」題の⑧の詠歌の検討に移ろう。

日増恋といふことを

⑧　聞き添ふる昨日に今日の憂き節に覚めぬあはれもあやにくにして　（恋四・一二四四）

〔歌意〕　昨日の上にさらに今日聞くあの人の私に対する冷たい噂にもかかわらず、私のあの人に対する愛情はますます昂じていくよ。あいにくなことに……。

これは相手の冷たい態度とは裏腹に、相手を恋しく思う気持ちが「日増」しに進んでいく恋情を、女性の立場から、先人の詠じた措辞を用いて表出した詠歌だが、この種の趣は『古今集』以来の恋歌の伝統に立つ発想である。ところで、表現面では、まず初句の「聞き添ふる」の措辞は『続千載集』の

(1)　聞き添ふる世のはかなさに驚かでさていつまでの身と思ふらむ　（続千載集・哀傷・無常の歌とて・覚円・二〇七二）

の(1)の覚円の詠に、第二句の「昨日に今日の」の措辞は、『風情集』の

(2)　あはれとも聞き渡れかし涙川昨日に今日はまさる心を　（風情集・逐日にまさる恋・公重・三四九）

の(2)の公重の詠に、第三句の「憂き節に」の措辞は『拾遺愚草』と『中書王御詠』の

(3)　色変へぬ青葉の竹の憂き節に身を知る雨のあはれ世の中　（拾遺愚草・雑・雨中緑竹・定家・一五八三）

(4)　露分くる野路の笹原憂き節のあはれ繁きはわが世なりけり　（中書王御詠・野路にて・宗尊親王・二二八）

の(3)・(4)の詠に、第四句の「覚めぬあはれも」の措辞は『玉葉集』の

(5)　見し夢の同じ憂き世の類ひにも覚めぬあはれぞいとど悲しき　（玉葉集・雑四・兼教・二三八八）

の(5)の兼教の詠に、結句の「あやにくにして」の措辞は『金葉集』の

(6)　あやにくにこがるる胸もあるものをいかに乾かぬ袂なるらむ　（金葉集・恋上・雅光・四一三）

の(6)の雅光の詠に、各々、同類ないし類似表現を見出し得るが、いずれの場合も、伝統的な和歌的表現の範囲内のものであろう。

それでは、「漸変恋」題の⑨の詠歌の吟味に移ろう。

五十番歌合に、漸変恋を

⑨　そことなき恨みぞつねに思ほゆるいかにぞ人のあらずなる頃　（同・一二五四）

〔歌意〕　特にこれと言った理由もないが、恨みの気持ちがいつも付きまとうよ。どういうわけでか、相手が冷たくなる頃には……。

これは『風雅集』の

(1)　そことなき霞の色にくれなりて近き梢の花もわかれず　（風雅集・春中・〈題しらず〉・徽安門院・二〇四）

の(1)の徽安門院の詠にしか指摘できない「霞」の形容詞句として使用している、〝何といったらいいかわからない〟意の「そことなき」なる措辞を、「恨み」の形容詞句に用いている点は珍しいが、歌題としては新鮮な「漸変恋」を、

詠歌内容としてはそれほど目を引く恋の世界の構築とはなしえていない点で、あと一歩の感じのするありふれた恋歌といえようか。

ただ、表現面で、結句の「あらずなる頃」の措辞は、『詞花集』と『玉葉集』の

(2) ありしにもあらずなりゆく世の中に変らぬものは秋の夜の月（詞花集・秋・題しらず・明快・九八）

(3) あらずなる憂き世の果てに時鳥いかで鳴く音の変らざるらむ（玉葉集・雑一・建礼門院右京大夫・一九二六）

の(2)・(3)の詠の傍線部のごとき類似表現しか指摘できない点で、珍しいといえるかも知れないが、そのほかの措辞は歌ことばともいえない平凡な表現である。

次に、「恋憂喜」題の⑩の詠歌の検討に入ろう。

五首歌合に、恋憂喜といふことを

⑩ かはりたつすべて恨みのその上に憂さあはれさは仮りの伏し伏し（同・一二五七）

〔歌意〕（人の心が）すぐに変ってしまうのは、すべて恨みの気持ちが根底にあるからだ。だから、恋のつらさや愛しさは、恨みの上にある仮りの姿なのだ。

これは『風雅集』の

(1) かはりたつ人の心の色やなに恨みんとすればそのふしとなき（風雅集・恋四・漸変恋・永福門院・一二五五）

の(1)の永福門院の詠にしか用例をみない「かはりたつ」という措辞を用いて、心の奥底には恨みの気持ちが潜在しているので、「恋」の「憂喜」も所詮、仮りの姿を表しているにすぎないと詠じた歌だが、このような見方は、あるいは仏教に帰依した上皇の実体験から帰納された恋愛観であろうか。

なお、初句の「かはりたつ」の措辞もそうだが、第四句の「憂さあはれさは」の措辞も、主に京極派の撰集の『玉葉集』や『伏見院御集』の

(2)　さらに又包みまさると聞くからに憂さ恋しさも言はずなる比　（玉葉集・恋一・〈忍恋の心を〉・為兼・一二八一）

(3)　思ひかふる憂さあはれさの折々も同じ涙のなど浮かぶらむ　（伏見院御集・寄草恋・一七三六）

の(2)・(3)の詠にその用例が見出されるように、表現面でも京極派歌人がよく用いる措辞を使っている点は、この歌の特徴といいえるであろう。

それでは、次に「恋余波」題の⑪の詠歌の検討をしよう。

恋余波《なごり》といふことをよませ給うける

⑪　人こそあれわれさへ強ひて忘れなば名残りなからむそれも悲しき　（恋四・一二七四）

〔歌意〕　あの人が私のことを忘れるのはいたしかたないとして、私までもが無理をして、あの人を忘れてしまったならば、あの人の名残りは跡形もなくなってしまうであろう。それは悲しいから、あの人のことは、名残りとして残しておこう……。

これは〔歌意〕に記したとおりの「恋の余波《なごり》」なる歌題の詠歌で、初句の「人こそあれ」の措辞は、『玉葉集』と『伏見院御集』の

(1)　人こそあれ山時鳥おのれさへなどわが宿に訪れもせぬ　（玉葉集・夏・〈待時鳥〉・公雄・三一〇）

(2)　人こそあれわが身に近き別れのみ去年も今年も数ぞ重なる

（伏見院御集・亀山院隠れさせ給ひにし頃・一八八）

の(1)・(2)の詠に認められるように、京極派の歌人にまま用例を指摘しるうが、「恋余波」という珍しい歌題の詠出内容としては、きわめて平凡な内容となっている。

なお、第二・三句の「われさへ強ひて忘れなば」の措辞は、『詞花集』と『新古今集』の

(3)　つらしとてわれさへ人を忘れなばさりとて仲の絶えや果つべき

（詞花集・恋上・題しらず・読人不知・二五一）

(4)　忘れなば生けらむものかと思ひしにそれもかなはぬこの世なりけり

（新古今集・恋四・題しらず・殷富門院大輔・一二九七）

の(3)・(4)の詠に、また、第四句の「名残りなからむ」の措辞は『散木奇歌集』の

(5)　思ひかね逢ふ契りをぞ恨みつる名残りなからむことを思へば

（散木奇歌集・雑下・樗・俊頼・一五三九）

の(5)の俊頼の詠に、また、結句の「それも悲しき」の措辞は『風雅集』の

(6)　わすられぬ昔語りも押し込めてつひにさてやのそれぞ悲しき

（風雅集・雑下・永福門院・一九五〇）

の(6)の永福門院の詠に、各々、同類ないし類似表現を見出すことができる点で、それほど目新しい表現とは言えないであろう。

最後に、「恋終」題の⑫の詠歌の検討に移ろう。

康永二年歌合、恋終を

⑫　人知れず我のみ弱きあはれかなこの一節ぞ限りと思ふに

（恋四・一二七五）

〔歌意〕　あの人には知られないまま、わたしだけにほのかな悲哀が残ることだなあ。今回があの人と逢う最期だと思

うと。

これは恋人との別離を、しみじみと詠じた「恋終」題の詠歌だが、ありふれた、平凡な詠作内容の域を脱しているとは言いがたいように思われる。ただ、「弱きあはれ」の措辞は、『風雅集』の

(1) 人は知らじ今はと思ひとる際は恨みの下に弱きあはれも　（風雅集・恋三・恋歌の中に・公宗女・一一六六）

の(1)の公宗女の詠に認められるように、京極派歌人に好まれた表現のようだ。

なお、初句の「人知れず」の措辞は『続拾遺集』や『貫之集』の

(2) 年を経て甲斐なきものは人知れず我のみ嘆く思ひなりけり　（続拾遺集・恋一・〈題しらず〉・宗尊親王・八〇一）

(3) 人知れず我し泣きつつ年経れば鶯の音も物とやは聞く　（貫之集・六七四）

の(2)・(3)の詠に同類の表現が指摘される。

また、第四句の「この一節ぞ」と結句の「限りと思ふに」の措辞は各々、『新古今集』と『古今集』の

(4) 小笹原風待つ露の消えやらずこの一節を思ひ置くかな　（新古今集・雑下・俊成・一八二二）

(5) 物事に秋ぞ悲しき紅葉つつ移ろひ行くを限りと思へば　（古今集・秋上・〈題しらず〉・読人不知・一八七）

の(4)・(5)の詠に、同類の表現を見出しうるが、いずれの場合も、これらの詠歌にみられる措辞を上皇が参看した可能性は低いであろう。

要するに、上皇の生きた当代に流行した歌題の歌は、細やかな恋愛感情の陰影を言外に漂わせて、読む者の心を打つような京極派の歌風と、京極派歌人の好みとおぼしき措辞を駆使した秀歌もあるなか、『古今集』以来の恋愛の発想の域を出ない、ありふれた内容の平凡な詠作も指摘されるといえようか。

五　まとめ

以上、『風雅和歌集』に収載される花園上皇の恋歌十二首を検討した結果、次のごとき結論を得たので、以下に列挙しておきたい。

㈠　十二首のうち、恋一・二に各一首、恋三に三首、恋四に七首の収載状況だが、いずれも題詠歌であり、実詠歌は一首もない。

㈡　歌題については、「恋御歌」（①）「恋歌の中に」（②）「恋歌とて…」（③）などの漠然とした恋の状態を示す歌題や、『金葉集』に初出の「夜恋」（④）や『新古今集』に初出の「寄雲恋」（⑤）など新古今時代前後の歌題がままあるなかで、「恋始」（⑥）「寄人恋」（⑦）「日増恋」（⑧）「漸変恋」（⑨）「恋憂喜」（⑩）「恋余波」（⑪）「恋終」（⑫）などの当代に流行した歌題がめだつ傾向にある。

㈢　『古今集』以来の恋歌の発想の域を出ない、ありふれた内容の平凡な詠歌もまま指摘される（②・③・⑧・⑨・⑪・⑫）。

㈣　しかし、その一方で、深く、細やかな恋愛感情の陰影を言外に漂わせて、読む者の心を打つような京極派の歌風と、京極派和歌に多くみられる措辞を駆使した秀歌と認められる詠作もめだっている（①・④・⑤・⑥・⑦・⑩）。

㈤　京極派の歌風の趣のある詠作には、父君・伏見院の歌や、伏見院の中宮・永福門院の歌の影響が認められる（①・③・④・⑤・⑦・⑩）。

㈥　要するに、『風雅和歌集』収載の花園上皇の恋歌には、習作期の詠と感じさせる詠作もある一方、京極派の本格的な歌風を思わせる詠作もあって、『玉葉和歌集』の段階よりは、詠作面でかなり努力した痕跡が認められる詠作もあるように思われる。

〔付記〕　本稿を草するに際して、次田香澄・岩佐美代子両氏『風雅和歌集』（中世の文学　昭和四九・七、三弥井書店）の恩恵に浴した。記して深謝申し上げる。

ちなみに、『玉葉和歌集』と『風雅和歌集』に収載の花園院の恋歌を対象にして考察した拙稿に「花園院―恋歌の世界―」（『国文学解釈と鑑賞』第八二一号〈平成一一・一〇〉、至文堂）があることを申し添えておきたいと思う。

第四節　叡山法印長舜の和歌──和歌活動の問題

一　はじめに

さて、「叡山をめぐる人びと」のなかで、和歌の視点から最適の人物を取り上げるとすれば、まず天台座主の慈円が候補にのぼることは言うまでもなかろうが、『新古今集』の撰進以後の鎌倉時代において、後宇多院の下命によって二条為世が撰進した『新後撰集』『続千載集』の二勅撰集の開闔をつとめた叡山法印長舜について言及することは、あながち無意味なこととは言えないであろう。と言うのは、長舜は法印という僧正に相当する僧の最高位をもち、専門僧侶でありながら、精神生活の中心は数奇であって、歌人としても世間からかなりの名声を得ていたらしい点には慈円と共通する側面が指摘できるので、このような人物の人生の軌跡をたどることは、これまでのそれほど深く究明されていたとは言いがたい二条派法体歌人の動向、和歌活動などを明らかにする点で、中世歌壇史の研究に多少は資するところがあろうと思われるからである。

ところで、長舜の事績については、『和歌文学大辞典』（昭和四二・一二、明治書院）に、

生没年未詳。正中（一三二四〜二六）頃没か。源兼氏の子。叡山の法印。新後撰・続千載両集撰定の際和歌所の開闔・連署を勤め、続後拾遺集の時も連署に任ぜられたが、撰進に与らず没したようである。道に執した旨、『井蛙抄』に見える。新後撰集以下に三七首入集。（福田秀一）

と叙述されている程度で、その伝記についてはほとんど明らかでないと言えるであろう。したがって、以下には、長

舜の事績に言及している資料があれば、できるだけ詳細に紹介し、長舜の事績の空白を埋めてゆきたいと思う。

二　長舜の事績──和歌活動など

まず、長舜の生没年について言及している資料を探すと、如願法師の曾孫で、法印権大僧都公順の私家集『拾藻鈔』に、長舜が

(1)　行するに我をも人やおもひいでんむかしはなみしともぞこひしき　（四一六）

と詠じた歌を思い出して、公順が、

(2)　はなを見てともをこひけるいにしへの人のこころぞおもひしらるる　（四一七）

と和した歌の詞書に「長舜身まかりて又のとし、花のころ此詠歌を思ひいでてよみ侍りし」とある記事や、同じく、公順の

(3)　めぐりあふさ月かなしきなみださへかきくらさるる雨のうちかな　（四二三）

の詠に付された詞書の「法印長舜身まかりて又のとし、五月雨のいたくはれまなく侍りしかば、僧都実性のもとへ申しつかはし侍りし」の記述などに、長舜の死亡記事を指摘することはできるが、それが何時のことであったかは分明でない。

ところが、二条為世の和歌四天王の一人で、二条派歌僧の重鎮として活躍した頓阿の『井蛙抄』には、父兼氏が歌道に異常なまでに執着していた逸話を紹介した後に、長舜にふれて、

子息の長舜法印も道を執したる事は、さらにおとらず。和歌所に小蛇か小鼠かに成りて候はんと覚え候ふ。さやうのものの見え候はん時、かまへて手かけさせ給ふなと申しけり。『続後拾遺』の比、法印（長舜）世を去りて後、和歌所の文書の中に小蛇のみえけるを、すはや、故法印御坊（長舜）よといひければ、実性法印ことにお

ぢてむつかしがりけり。

のごとく述べられて、長舜もけっして兼氏に引けを取らない数奇者であったエピソードが語られているが、はしなくもこの記事のなかに、「『続後拾遺』の比、法印（長舜）世を去りて」なる長舜の死亡時期を示唆する記述が見出されるのである。すなわち、「『続後拾遺』の比」とは、元亨三年（一三二三）七月、後醍醐天皇から二条為藤に勅撰集撰進の命が下り、同年八月事始め、撰集作業が進展しかけていた矢先、正中元年（一三二四）七月、為藤が急逝したために、同年十一月、養子の為定に撰者の任を継続すべき旨の勅命が下り、為定は撰集作業を続行、翌二年十二月四季部奏覧、翌嘉暦元年（一三二六）六月返納が行われて、『続後拾遺集』が完成した時期を指すのであるが、ちなみに、『代々勅撰部立』は「連署衆　為親・為明・長舜但不加署・実性・国道・国夏・和歌所開闔法印実性中書勤仕」の記事を載せ、撰集の補佐役（連署）を指摘しているが、「長舜但不加署」の記事は、その理由は判然としないものの、長舜が撰集の補佐役に加わらなかった事情を伝えており、もしこの時、長舜が死亡していたとすると、『井蛙抄』の「『続後拾遺』の比、法印（長舜）世を去りて」の記事とまさに符合するのである。となると、「『続後拾遺』の比」は為藤没後の正中元年十一月から翌同二年十二月ころと憶測されようから、長舜の没年は正中二年（一三二五）ころと推測されるであろう。

ちなみに、長舜の享年については、これまた不明であるが、『新拾遺集』の第十九巻雑歌中に、

題しらず　　法印長舜

(4)　六十余おなじ空行く月をみてつもれる老の程ぞしらるる　（一七八九）

とある詠歌があるところをみると、この歌の「六十余」は六十二、三歳を意味しようから、おそらく長舜は六十二、三歳ころまでは生存していたと考えてよかろう。ここで長舜の生没年について憶測を逞しうするならば、長舜は正中二年ころ六十二、三歳前後で没したわけだから、その生年は当然、文永元、二年（一二六四、五）前後ということに

なって、要するに、長舜は文永元、二年ころ誕生し、正中二年ころ、六十二、三歳で没したということになるであろう。

ところで、長舜の僧侶としての事績については、さきに掲げた『井蛙抄』（日本歌学大系本）に、

> 長舜と順教とは、遁世して勧修寺奥松陰《ママ》別所に行きて栖みけり。長舜は出でて聖道に成りて青蓮院辺を経廻り、順教舜恵は関東に下りて、我が本道の陰陽師をたてて奉公し、各々身を立つ云々。長舜始めは遁世体にて関東へ下向、観恵と号し、大御堂辺に時々出現、所々にて歌会し、衆に交はるあまりに、歌平懐なり。平懐なる歌をば、関東にては観公といひけり。

と言及されている記述のほかには管見に入らず、この記事によって、二条家重代の門弟であった源兼氏の子息・長舜が出家、遁世した直後は（年時は判然としない）、勧修寺奥松院別所に一時住み、その後、青蓮院あたりを「経廻」ったのち、「遁世体」で関東に下向し、観恵と号して、時々「大御堂」のあたりに出没しては、歌会に参加していたらしい動向が知られるのみである。このように、長舜の僧侶としての動向はあまり明確にしえないのであるが、その和歌活動については、二条家重代の門弟であった兼氏を父に持つだけに、活発な諸活動のありようをいくつかの文献に見出すことができ、また、長舜が歌道にすこぶる執心していたらしいことも、和歌所の小蛇か小鼠になりたかったとかいう逸話を伝える前掲の『井蛙抄』の記事を見れば、おのずと明らかであろう。

このようなわけで、次に、長舜の和歌活動の動向について言及すれば、おおよそ以下のとおりである。まず、長舜が第十三番目の勅撰集『新後撰集』撰進の開闔を勤めたことについては、『代々勅撰部立』に「和歌所開闔法印長舜中書勤仕」とあり、『東野洲聞書』にも「新後撰集（中略）開闔、長舜法印」とあることから確認されるが、連署と寄人については、各々『代々勅撰部立』に「連署衆　為藤・定為・長舜・国冬・国道」と、『勅撰歌集一覧』に「為藤朝臣・定為法印・津守国冬・平親世・長舜法印為寄人」とあるので、その役にあったのであろう。また、第十五番目

の勅撰集『続千載集』についても、長舜が開闔であったことは、『代々勅撰部立』に「和歌所開闔法印長舜中書勅仕」とあり、『東野洲聞書』に「続千載集（中略）開闔、長舜」とあって確認されるが、連署と寄人については、各々『代々勅撰部立』に「連署衆　為藤・為定・長舜・国冬・国通」と、『勅撰歌集一覧』に「侍従中納言為定朝臣・定為法印・長舜法印・国冬等為寄人」とあるので、おそらくこれらの役に就いていたのであろう。なお、第十六番目の勅撰集『続後拾遺集』の寄人については、『勅撰歌集一覧』には「為明朝臣・国道・国夏・長舜法印・光吉朝臣為寄人」とあるが、すでに指摘したように、長舜は『続後拾遺集』のほぼ完成時の正中二年十二月には逝去していた可能性が強いので、名目だけの寄人であったのではなかろうか。

次に、長舜の和歌活動の動向について、勅撰集・私家集・私撰集などの詞書などの記事から言及すると、おおよそ次のとおりである。

① 徳治元年（一三〇六）『法印長舜勧進住吉社六首歌』（拾藻鈔・七六・一九八）。これは「秋歌」とあるのみで、歌題は不明。

② 徳治二年（一三〇七）『法印長舜勧進住吉社六首歌』（拾藻鈔・三〇九）。

③『前大僧正道瑜三十首』に参加（新続古今集・一九三九）。この定数歌は催行時は不明であるが、道瑜の没年が延慶二年（一三〇九）七月二日であるので、それ以前の催しとなる。

④ 延慶三年（一三一〇）四月十三日『法印長舜庚申十八番歌合』（拾藻鈔・七〇・九六・一八一・二一五・二六九）。この時の歌題は「簷廬橘」「山夕立」「深夜月」「初冬時雨」「浦千鳥」などが知られる。

⑤ 正和四年（一三一五）『聖護院二品親王覚誉家五十首』に参加（臨永集・二三四、続後拾遺集・一六七、新続古今集・一〇〇）。この定数歌の歌題は『拾藻鈔』などから「立春」「浦霞」「夕鶯」「帰雁」「雨中待花」「待時鳥」「早苗」「鵜川」「沢蛍」「山初秋」「田上雁」「朝時雨」「池氷」「冬暁月」「嶺雪」「千鳥」「歳暮」「忍恋」「絶

恋」「山家嵐」「旅行」「述懐」「釈教」等であったことが知られる。

⑥『定資卿家詩歌合』に参加（新千載集・一七六三）。『新千載集』の題は「野径夕秋」だが、この詩歌合については、井上宗雄氏『中世歌壇史の研究　南北朝期』（昭和六一・五改訂新版、明治書院）に「（坊城定資は）生前かなり大規模な詩歌合を行なった。続現葉・新千載・光吉集・明題和歌全集等によると、為世・為藤・忠守・隆朝・季雄・定資・光吉・長舜・隆淵・及び瓊子内親王家治部卿らで、二条系の人が多い。光吉集に、後宇多院が判を行ったので、亡父俊定が夢に現われて悦んだ、とあるから、延慶三（俊定没）～元亨四（後宇多没）年の間の催行であるが、為冬が加わり、続現葉にもみえているから、もしこの詩歌合が一度のものを指すとしたら、正和末～元亨三頃のものである」と推定されている。

⑦文保元年（一三一七）九月『法印長舜勧進百首』（拾藻鈔・二一六・三一〇）。歌題は「時雨」「初逢恋」。

⑧文保二年（一三一八）『法印長舜勧進百首』（拾藻鈔・一九）。歌題は「春雪」。なお、「法印長舜勧進百首歌」の名称の百首歌が『拾藻鈔』の詞書（二一二・二二一・二四七）にみえるが、これが⑥か⑦と同種の百首かどうかは分明でない。

⑨文保二年九月『法印長舜百首歌』（拾藻鈔・四一〇）。この百首には「懐旧」の歌題が付されている。ちなみに、歌題を欠く同名の百首が『拾藻鈔』の詞書（二三九・二七四・二八三・二九九・三〇〇・四〇一・四五六）にみえるが、この百首と同種のものか否かは分明でない。

⑩元応二年（一三二〇）十一月『前大僧正桓守勧進日吉社三首歌合』に参加（続現葉集・七〇八、藤葉集・三五五）。この歌合で長舜が詠じた歌題は「山雪」「神祇」であったが、この歌合について、井上氏は前掲著書で「洞院実泰弟（作者部類は子とする）桓守は、元応二年十一月かなり大規模な歌合を日吉社で催している。続現葉（巻二）・臨永（巻四・五）・藤葉（巻四）によると、題は冬月・山雪等、作者は桓守・公賢・成久・兼誉・長舜ら有力歌人で、藤葉にみえる公賢の詠

は中園相国集のそれと一致する（後者によって年時が推定されるのである）」と述べられている。

⑪　元亨四年（一三二四）二月『後宇多院住吉社三首歌合』（続後拾遺集・八九、臨永集・四二）。この歌合の題は「海辺花」。

以上、年時を特定できる長舜の和歌活動について言及したが、その時期は長舜の四十代前半から六十代前半までの、いわゆる老年期の和歌活動の一時期を多少明らかにしたにすぎない。したがって、今後は長舜の老年期に至るまでの動向を究明しなければなるまいが、それは今後の課題とするにして、次に、催行時不明の長舜勧進の和歌活動についてふれておくと、次のとおりである。

まず、定数歌のうち、法楽関係では、

⑫『法印長舜北野社六首歌』（拾藻鈔・一六二・四六七）

⑬『法印長舜八幡宮六首歌』（続千載集・一一七〇、拾藻鈔・二九一）

⑭　法印長舜勧進、『賀茂社六首歌』（拾藻鈔・二九二）

などがあり、同じく、歌合関係では、

⑮『法印長舜歌合』（拾藻鈔・三七八・四〇〇、歌題は「旅宿」「述懐」）

がある程度であるが、長舜個人の和歌行事としては、

⑯　法印長舜勧進、『源兼氏朝臣三十三年三首歌』

の催しがあり、⑯は父親の兼氏の三十三回忌の時の詠であるので、もし兼氏の没年が弘安元年（一二七八）ごろとなれば、その法要は延慶三年（一三一〇）ごろに営まれたであろうから、⑯は延慶三年ごろの催しとなろうか。

次に、長舜の歌壇史関係の活動を見てみると、二条為世との交渉では、

⑰　前大納言為世卿勧進、『春日社十首歌』（臨永集・七八）

⑱　前大納言為世勧進、『賀茂社三首歌合』（続千載集・一六六八、歌題「尋花」）
⑲　「前大納言為世よませ侍りし歌」（続千載集・五〇二）
などの歌会・歌合などがあるが、このうち、⑰については、「和歌史年表」（『和歌文学大辞典』所収）によれば、正和五年（一三一六）十一月二十日の頃に、「為世・為藤・為定等春日社参詣（為世、春日社に法華経和歌奉納はこの時か）」とあるので、もしかしたら、この時の催しかもしれない。

また、二条為藤との交渉では、
⑳　「民部卿為藤よませ侍りける十首歌」（新後拾遺集・三〇九）
でかかわり、また、小倉公雄とは、
㉑　権中納言公雄卿勧進、『北野社三首歌』（続現葉集・二二七）
の催しで交渉があり、また、北条宗宣とは、
㉒　平宗宣朝臣勧進、『住吉三十六首歌』（新千載集・一六八三、続千載集・一八八四）
の歌会で関係があるが、この㉒の催しは、宗宣の没年が正和元年（一三一二）であるので、それ以前の詠作となろう。

また、長舜が探題歌会に出席した記事は、
㉓　『入道前太政大臣家実探題歌会』（続後拾遺集・六四八）
のごとく、三条実重家で「寄菅恋」の題を当てて詠じていることが知られるが、『続現葉集』の詞書に「釈教」の題でみえる、
㉔　「人人に題をさぐりて当座に千首よみ侍りける」歌会（続現葉集・七五五）
を催した主催者は分明でない。

なお、長舜の著作については、前述した『新後撰集』『続千載集』などの開闔・連署を勤めることで勅撰事業に貢

献しているにもかかわらず、今日伝わらないが、『拾藻鈔』の詞書（三八四）に「『古今贈答集』といふ打聞を、法印長舜えらびて見せ侍りし、めづらしき集にて侍りしかば」とあり、さらに、

僧都教仙、みちのくにより、みやぎのはぎをぐしてのぼり侍りしを、一もとこひにつかはすとて

(5)　たづねけるなさけをそへてゆかしきはとをきあづまのみやぎののはぎ　（一二四）

返し

(6)　おもひやれこのした露に袖ぬれてとをくたづねしみや木のの萩　（一二五）

の(5)・(6)の贈答歌の肩注に「贈答集」とあることから、長舜には『古今贈答集』という私撰集があったことが判明する。しかし、この集が散逸して今日伝存しないのは惜しいことである。

三　長舜の和歌

長舜の和歌活動については、以上のとおり、長舜の四十歳代前半以降のそれについてある程度知られるくらいで、肝心の長舜自身の家集が存しない点が惜しまれるが、ただ長舜の詠歌については、勅撰集に三十八首、私撰集に十八首、私家集に十三首ほどが指摘できるので、ここでは長舜の詠歌集成の意味ももたせながら、現時点で拾遺しうる長舜の和歌のすべてを掲げ、その詠作の特徴などにも言及してみよう。

I　勅撰集関係

(7)　時鳥いま一こゑをまちえてやなきつるかたを思ひさだめん　（新後撰集・夏・一八七）

(8)　身につもる物なりけりと思ふより老いていそがぬとしのくれかな　（同・冬・五二九）

(9)　思ひやれさだめなき世のわかれぢはこれをかぎりといはぬばかりぞ　（同・離別・五三九、(67)に同じ）

(10) 面影のうきにかはらでみえもせばいかにせんとか夢をまつらむ　（同・恋二・八七三）
(11) 山桜をらでかへらば中中にながめすてつと花やうらみん　（玉葉集・雑一・一八九六）
(12) ちるをこそうしともかこてさく花の匂ひはさそへ春の山風　（続千載集・春下・一二八）
(13) はつ声の後は中中時鳥なかぬたえまぞ猶またれける　（同・夏・二四七）
(14) あれにけりわが故郷のかげのいほみしよのままに月はすめども　（同・秋下・五〇三）
(15) かよふらんこころもいさやしら雪の跡みぬほどはいかがたのまむ　（同・冬・六九〇）
(16) しぬばかりおもふといひて年もへぬいままでいける身とはしられじ　（同・恋二・一二〇三）
(17) あだにのみうつろふ色のつらければ人のこころの花はたのまじ　（同・恋三・一三九〇）
(18) にほはずははなのところも白雪のかさなる山も猶やまよはん　（同・雑上・一六六九）
(19) 心なきあまの苫屋もにほふまで磯山桜うら風ぞふく　（続後拾遺集・春下・八九）
(20) まてばこそなかぬもうけれ時鳥思ひわするる夕暮もがな　（同・夏・一六七）
(21) よしさらば岩もと菅のいはずともねになきてだに人にしらせん　（同・恋一・六四八）
(22) 思ひわびなほこそうけれ前の世のむくいは人の科ならねども　（同・恋二・七三〇）
(23) 歎かじと思ふこころにまかせぬはさても世にふるなみだなりけり　（同・雑下・一一九九）
(24) 哀とはなます神も照しみよここのしなにもかくる心を　（同・神祇・一三四二、(49)に同じ）
(25) ぬるがうちに逢ふとみつるもたのまれず心のかよふ夢ぢならねば　（風雅集・恋二・一一〇三）
(26) 世のうさはいづくも花になぐさめばよしやよしののおくもたづねじ　（同・雑上・一四七二）
(27) 花をのみ春はさながら三吉野の山のさくらにかかるしら雲　（新千載集・春上・九三）
(28) みれば又ちらぬ心を山ざくら花にもいかで思ひしらせむ　（同・春下・一四四、(45)に同じ）

(29) みるままに紅葉吹きおろす嵐山梢まばらに冬はきにけり　（同・冬・六二〇）
(30) 関守のこころもしらぬ逢坂をわがかよひぢとおもひけるかな　（同・恋三・一三〇〇、新拾遺集・恋二・一〇五五）
(31) 今は身にくもりはてぬとかなしきは老の涙の春の夜の月　（同・雑上・一六八三）
(32) 花すすきまねく方にはとどまらで猶わけまよふ野べの夕暮　（同・雑上・一七六三）
(33) 枯残る霜の下草ありとだに人にしられぬうき身なりけり　（同・雑上・一八一四）
(34) 立ちかへり我がいにしへの恋しきやありしよりけにうき身なるらん　（同・雑下・二一二〇、(61)に同じ）
(35) 見し人のなきが内にはかぞふともあらましかばと誰か忍ばむ　（同・哀傷・二二七二、(48)に同じ）
(36) よひのまの軒のしづくも音たえてふくれば氷る雪の村消　（新拾遺集・冬・六五二）
(37) ささ枕よはの衣をかへさずは夢にもうとき都ならまし　（同・羇旅・七九八）
(38) 六十余おなじ空行く月をみてつもれる老の程ぞしらるる　（同・雑中・一七八九）
(39) いかにせんぬしと思ひし世中のおもがはりせで身こそ老いぬれ　（同・雑中・一八三六）
(40) まねくとはよそにみれども花薄われかといひてとふ人ぞなき　（新後拾遺集・秋上・三〇九）
(41) こよひかくかはしそめつる手枕に今は涙のかからずもがな　（同・恋三・一一二五）
(42) いとどなほはれまもみえず春の月くもりそへたる老のなみだに　（新続古今集・春上・一〇〇）
(43) 大かたの世のならひともなぐさまず我が身のうさのたぐひなければ　（同・雑中・一九三九）

Ⅱ　私撰集関係

(44) 玉づさも見えこそわかねすみぞめのゆふべのそらにかへるかりがね　（続現葉集・春上・三四）

(45)見ればまたちらぬ心を山ざくらはなにもいかでおもひしらせん　（同・春下・八六、(28)に同じ）
(46)もえてこそよそに見えねどとぶ蛍我もおもひはありとしらなん　（同・夏・二二七）
(47)吹くほどはくまなきそらも秋風のよわれば月にかかるむらくも　（同・秋下・三三八）
(48)見し人のなきがうちにはかぞふともあらましかばと誰かしのばむ　（同・哀傷・六二一、(35)に同じ）
(49)あはれとはなます神もてらしみよここのしなにとかくる心を　（同・神祇・七〇八、(24)に同じ）
(50)いづれにかわきてちぎりをむすぶらんここの品なるはちすばの露　（同・釈教・七五五）
(51)おもひ出づる春やむかしの月かげも老いてぞいとどあはれとはみる　（臨永集・春・六八）
(52)ゆく春もいまいくとせかをしまれんしらぬ名残ぞ老いて悲しき　（同・春・七八）
(53)つれなしと何うらむらんほととぎす我ひとりまつ初音ならぬを　（同・夏・九二）
(54)須磨の浦やしほ焼衣うちわびぬあまのとまやの秋のよさむに　（同・秋・二一〇）
(55)朝あらしの過行くかたに行く雲のすゑはしぐれにかきくらしつつ　（同・冬・二三四）
(56)かずならぬちりの身なれどやはらぐる光の中に我ももらすな　（同・神祇・三二六）
(57)しひてなほ涙ぞおつるうらむともいまはみえじとおもふ袂に　（同・恋下・五五四）
(58)花を見てうきをなぐさむ程ばかり春にあひぬとみを思ふかな　（同・雑上・五八二）
(59)宮古には風のみさえてふらぬ日も雪になり行くひらの山端　（藤葉集・冬・三五五）
(60)あしがきは人めばかりのへだてにてかよふ心のさはらずもがな　（同・恋上・四一一）
(61)立ちかへりわがいにしへのこひしきや有りしよりけにうき身なるらん　（松花集・雑・二八一、(34)に同じ）

Ⅲ　私家集関係

(62)　とはれぬもよしやうらみじ梅のはなことしにかぎるつらさならねば　（拾藻鈔・春上・三五）
(63)　あるじのみ見はやすやどの梅の花人もすさめぬはるぞへにける　（同・春上・三七）
(64)　とはぬをばうらみだにせで梅の花君がためにぞまづたをりつる　（同・春上・三九）
(65)　とはるやと君がなさけをまちわびてひとりぞみつる庭のしら雪　（同・冬・二五一）
(66)　とはれてもとひてもふりぬ庭の雪いまさらふかきちぎりしられて　（同・冬・二五四）
(67)　おもひやれさだめなき世のわかれぢはこれをかぎりといはぬばかりぞ　（同・雑上・三五三、(9)に同じ）
(68)　行すゑはためしにもひけ老が身のおもひよりにしわかのうらなみ　（同・雑上・三八五）
(69)　君だにもそむきはてなば老が身もうき世にひとりいかがのこらむ　（同・雑中・四〇四）
(70)　さらに又わかれしあきを思ひいでてしぐるるころもそでやぬるらん　（同・雑中・四三二）
(71)　はかなさをよそのあはれとなげききていつかわが身も人にとはれん　（同・雑中・四三五）
(72)　いかにせむおもかげばかり身にそひてまたもかへらぬ人のわかれを　（同・雑中・四四五）
(73)　ことのはもなきわかれぢはあはれともいふやおろかにおもひなされん　（同・雑中・四四九）
(74)　わかれにし人こそあらめ日かずさへあだにもなどかとほざかるらん　（同・雑中・四五二）

すなわち、以上の六十九首が現在長舜の詠歌として拾遺できる総歌数であって、その内訳をいえば、Ⅰの勅撰集関係では、『新後撰集』が四首、『玉葉集』が一首、『続千載集』が七首、『続後拾遺集』が六首、『風雅集』が二首、『新千載集』が九首、『新拾遺集』が五首、『新後拾遺集』が二首、『新続古今集』が二首であり、Ⅱの私撰集関係では、『続現葉集』が七首、『臨永集』が八首、『藤葉集』が二首、『松花集』が一首であり、Ⅲでは『拾藻鈔』が十三首であるが、実は、Ⅰの勅撰集では(30)が『新千載集』と『新拾遺集』とで重複しており、Ⅱの私撰集では、『続現葉集』の(45)が『新千載集』の(28)と、同じく(48)が『新千載集』の(35)と、(49)が『続後拾遺集』の(24)と、『松花集』の(61)が『新千載集』の(34)と重出し、Ⅲの私家集では、(67)が『新後撰集』の(9)と重複しているので（(9)は『新後撰集』では「よみ人しらず」とあるが、『拾藻鈔』に「法印長舜」と作者表記があるので、長舜の詠と知られる）、実質の長舜の詠歌総数は六十三首となる。

それでは、これらの六十三首の和歌に認められる長舜の詠作の特徴はどのようなものであろうか。ここで長舜の詠歌を概観してみると、主に私家集の『拾藻鈔』に認められる実詠歌と、『新後撰集』から『新続古今集』までの勅撰集や、私撰集の『続現葉集』『臨永集』『藤葉集』などに認められる題詠歌との比率はほぼ半々であるが、実詠歌の『拾藻鈔』の場合、十三首すべてが公順との贈答歌で、(66)・(68)・(74)の三首が公順からの贈歌への答歌である以外は、すべて長舜から公順へあてた贈歌である。その詠作内容は、たとえば、公順が出家する旨の情報を得た長舜が、「世をそむくべきよし、あらまし侍りしをききて、法印長舜のもとより」の詞書を付した(69)の詠や、「芬陀利花院前関白（内経）家新少将身まかり侍りし四十九日にあたりし日、法印長舜のもとへ」の詞書を付した公順の「とをざかるひかずをけふはおどろけど猶さめやらぬ夢ぞかなしき」に対する返歌である(74)の詠などから明らかなように、そこにはそれぞれ遭遇した事件に対する、長舜の率直な感慨・心情の吐露が認められるという内容である。『井蛙抄』で頓阿が長舜の歌を評して、辞書的には「平生の考えをのべる」（『三省堂新漢和中辞典』昭和四二・六第七刷）の謂である「平懐」な歌といっているのは、実は、『六百番歌合』で、春上二十七番右の経家の歌が左方から「首尾平懐也」と難ぜられたり、また、『和歌色葉』で、「本末かきあはず心詞砕けたる、これを平懐といひ、腰折とはいふなり」と言及されているように、歌学用語としては、発想や表現が陳腐であることを意味するので、長舜の実詠歌には、平凡な発想と表現になる詠作という否定的な評価しか認められないことが知られよう。

一方、長舜の題詠歌の特徴はどのようなものであろうか。この問題についても、当該歌すべてを論評する紙面の余裕がないので、以下には、勅撰集と私撰集に収載の主要な数首について、具体的に分析、読解を加えて、長舜の和歌の特徴に及びたいと思う。

まず、『新後撰集』の夏部に「郭公何方」の題を付して収載されている、

(7)　時鳥いま一こゑをまちえてやなきつるかたを思ひさだめん　（一八七）

の詠をみると、「時鳥いま一こゑを」の措辞には、『拾遺集』の源公忠の「行きやらで山ぢくらしつほととぎす今ひとこゑのきかまほしさに」（一〇六）の第三・四句が、また、「時鳥……なきつるかたを」の措辞には、『千載集』の後徳大寺実定の「ほととぎす鳴きつるかたをながむればただあり明の月ぞのこれる」（一六一）の第一・二句が各々採られていることが一目瞭然であるように、長舜の題詠歌には人口に膾炙した古歌の表現を上手に採用することによって、与えられた題意にかなうように詠作されている作歌過程が知られよう。

なお、「……かたを思ひさだめん」の用語については、『顕輔集』に「もろこしのたまつむふねのもどろけばおもひさだめんかたもおぼえず」（五九）の用例があるが、長舜がこの歌に依拠したかどうかは分明でない。

次に、『続千載集』の春下部に「花歌中に」として収録されている、

⑿　ちるをこそうしともかこてさく花の匂ひはさそへ春の山風　（一一八）

の詠については、発想面では、『古今集』の遍昭の「花の色はかすみにこめて見せずともかをだにぬすめ春の山かぜ」（九一）の影響が指摘されようが、「匂ひはさそへ春の山風」の措辞は、遍昭の歌の下句や、『新古今集』の藤原家隆の「谷河のうちいづる浪もこゑたてつ鶯さそへ春の山かぜ」（一七）の下句の一部に依拠していることは明らかであろう。なお、桜が散るのを「うしとかこつ」発想は和歌の世界ではありふれたものだが、『古今集』の典侍洽子の「吹く風をなきてうらみよ鶯は我やは花に手だにふれたる」（一〇七）や、『教長集』の「おのれかつうしともおもへ

やまざくらちればぞたにのみくづともなる」（一四五）の詠の傍線部の措辞に、長舜のそれと共通する表現を見出すことができるであろう。

次に、同じく『続千載集』の恋三部に「題しらず」として掲載されている、

(17)　あだにのみうつろふ色のつらければ人のこころの花はたのまじ　（一三九〇）

の歌は、『古今集』の小野小町の「色見えでうつろふ物は世中の人の心の花にぞ有りける」（七九七）の詠の本歌取りであろうが、同じく『古今集』のよみ人しらず詠の「我のみや世をうぐひすとなきわびむ人の心の花とちりなば」（七九八）に依拠した側面も指摘されよう。なお、「あだにのみうつろふ……」の措辞は、西行の『山家集』の「をしめどもおもひげもなしあだにちるはなは心ぞかしこかりける」（一二一）の詠に共通していよう。

次に、『新千載集』の冬部に「初冬落葉」の題のもとにみえる、

(29)　みるままに紅葉吹きおろす嵐山梢まばらに冬はきにけり　（六二〇）

の詠は、『拾遺集』の藤原公任の「あさまだき嵐の山のさむければ紅葉の錦きぬ人ぞなき」（二一〇）の歌に発想を得ての詠作であろうが、「紅葉吹きおろす嵐」の措辞は、『新古今集』の源信明の「ほのぼのと有明の月の月影に紅葉吹きおろす山おろしの風」（五九一）の下句に、「梢まばらに」の措辞は、同じく『新古今集』の俊恵の「立田山木ずゑまばらになるままにふかくも鹿のそよぐなるかな」（四五一）の第二句に依拠していることは間違いなく、また、「冬はきにけり」は陳腐な表現であるが、あるいは『拾遺集』の源重之の「あしのはにかくれてすみしつのくにのこやもあらはに冬はきにけり」（二二三）の下句を参考にしたのかも知れない。

次に、『新千載集』の雑上部に「平宗宣朝臣すすめ侍りける住吉社三十六首歌の中に」の詞書を付して掲載されている、

(31)　今は身にくもりはてぬとかなしきは老の涙の春の夜の月　（一六八三）

の歌は、『新古今集』の藤原定家の「おほ空はむめのにほひにかすみつつくもりもはてぬ春のよの月」（四〇）の詠の本歌取りであるが、定家の詠が本歌とした『大江千里集』の「てりもせずくもりもはてぬ春の夜のおぼろ月夜にしく物ぞなき」（七二）の詠も勿論参考にはされたであろう。ところで、定家・千里の両歌とも春の朧月夜のえも言われぬ美的情景を詠じた自然詠であるが、長舜の歌は、両歌が依拠した『白氏文集』の「不明不暗朧朧月」の措辞を、「老の涙」で「くもりはてぬ」と逆に利用して、人生の終焉を迎えた感慨の吐露へと転じて、見事と言うべきであろう。「老の涙」で「くもりはてぬとかなしきは」という措辞は、『壬二集』の藤原家隆の「ながむれば老の涙もかすみつつゆくへもしらぬ海のはてかな」（二九七四）の上句などに近似の表現を見出すことができようが、「今は身に……とかなしきは」の表現には、老を迎えた長舜の実人生の実感の反映が顕著に見られ、実詠歌で「平懐」の歌と否定的に評価された名誉を多少挽回するような側面を指摘しうるように思われるが、いかがであろう。

次に、『臨永集』の春部に「おなじ心（春月）を」として収載される、

(51)　おもひ出づる春やむかしの月かげも老いてぞいとどあはれとはみる　（六八）

の歌は、一見して『古今集』の在原業平の「月やあらぬ春や昔の春ならぬわが身ひとつはもとの身にして」（七四七）の詠の本歌取りと知られようが、「老いてぞいとどあはれとはみる」の措辞は、『教長集』の「おいぬればいとどもつきのをしきかなまたもこよひにあはむものかは」（四五一）の上句に類似表現を見出しえよう。しかし、この措辞にも、(31)の場合と同様に、長舜の実感的感慨の表出の感じが強く出ていて、実詠歌で指摘された「平懐」の歌の趣が認められようか。

なお、『新千載集』の恋三部の「題しらず」の、

(30)　関守のこころもしらぬ逢坂をわがかよひぢとおもひけるかな　（一三〇〇）

の歌と、『新後拾遺集』の秋上部に「民部卿為藤よませ侍りける十首歌に」の詞書を付して収録される、

(40)　まねくとはよそにみれども花薄われかといひてとふ人ぞなき　　（三〇九）

の詠は、前者が『古今集』の在原業平の「ひとしれぬわがかよひぢの関守はよひよひごとにうちもねななむ」（六三二）の歌に、後者が同じく『古今集』のよみ人しらず詠の「あきののに人松虫のこゑすなり我かとゆきていざとぶらはむ」（二〇二）の詠に、それぞれ発想を得ての詠作であろうが、後者の歌には、表現面で、『和泉式部集』の「我が心ゆくとはなくて花薄まねくをみればめこそとどまれ」（四六八）の歌や、『源三位頼政集』の「あさせなきおほ河しまの花薄まねくと見れどえこそわたらね」（一七九）の詠の傍線部に類似表現が指摘できるように、長舜の措辞には伝統的な和歌表現に依拠ないし模倣した、いわゆる人口に膾炙した表現が多いように推測されよう。

以上の検討から、長舜の題詠歌の特徴に言及すれば、長舜の題詠歌には、まず、三代集や『新古今集』などから、人口に膾炙した詠歌を本歌にして本歌取りにしたり、あるいは、それらの歌に発想の契機を得て内容に転換を図った詠作をしたり、あるいは、それらの詠歌のなかに認められる気の利いた措辞や表現を借用して上手にまとまった内容にしたりするなどして、与えられた題意にかなうように無難にまとめた内容の歌が多いが、しかし、それらの題意にかなうように虚構された題詠歌のなかには、長舜の実人生で感得された真理や、人生の各局面で実感した種々様々な感慨などが、さりげない形で表現されて、それらの二つの要素がうまく混然一体となって、独自の世界を形成している詠歌がめだつと言えるであろう。長舜の和歌が題詠歌でありながら、虚構の世界の印象とは異なった、平易で、実感を伴った印象を読む側に与えるのは、このような点にあるのかも知れない。

要するに、長舜の和歌は、実詠歌よりも、題詠歌のほうに、伝統的な発想と表現に依拠した内容の詠作が認められ、その点に、長舜が典型的な二条派法体歌人であった側面を指摘することができるであろう。

四　おわりに

以上、叡山法印長舜の和歌活動とその詠作について、不充分ながら、種々様々な視点から検討した結果、長舜の四十代前半以降から晩年にかけての和歌活動に関する事績のいくつかを明らかにすることができ、さらに長舜の現在採しうる詠歌を六十三首拾遺して、そのなかから数首を取り上げて分析したところ、長舜の和歌の特徴を、実詠歌には「平懐なる歌」という否定的な評価がなされる一方、題詠歌には伝統的な二条派の歌の傾向が認められることを確認しえたことなど、多少の成果を得ることができた。しかし、長舜の和歌活動の面では、長舜の前半生の事績の解明や、和歌史における父の兼氏ならびに息子の実性などとの系譜を明らかにすることなど、また、長舜の和歌の特徴の面では、分析の対象にしなかった残りの詠歌の詳細な分析など、残された課題は多いと言わねばなるまい。しかし、これらの問題については今後の課題にすることとして、一応の結論を得たいまは、このあたりで本節を終りにしたいと思う。

第五節　私撰集の和歌——撰集と注釈の問題

Ⅰ　私家集名を冠する私撰集

私撰集の定義と分類

勅撰集といえば、天皇の綸旨、上皇または法皇の院宣によって編集された公的歌集で、『古今集』から『新続古今集』までの「二十一代集」をさすことは周知の事柄であろう。ところが、私撰集となると、意外にその何たるかをご存知ない向きも多いようなので、まず、私撰集の定義とその内容を記しておこう。

まず、私撰集とは「私撰和歌集」の略称で、公的な勅撰和歌集に対して、個人が私的に選歌、編纂した歌集の謂である。勅撰集が前述のように二十一集を数えるにすぎないのに、私撰集はその数も多く、『私撰集伝本書目』（昭和五〇・一一、明治書院）によれば約八百三十編を数えるほどである。そして、撰集にあたっての動機や目的がそれぞれの作品で異なっていて、撰集の性格も種々様々であるので、その分類の仕方もいろいろ考えられるが、ここには、『新潮日本文学小辞典』（昭和四三・四、新潮社）で試みられている分類方法が最も的を射えた分類となっているので、それに従って略述しておきたい。

それによると、私撰集は、

㈠『万葉集』およびそれ以前の集

㈡勅撰集となるはずのところ、下命者の没で勅撰とならなかったもの

㈢　なんらかの点で勅撰集にあきたらず、ある意図をもって撰ばれたもの

㈣　勅撰集の中絶した室町中期以後の集

の四種類に分類される。このうち、㈠には、山上憶良撰『類聚歌林』（散佚）があり、㈡には、紀貫之撰『新撰和歌集』や藤原清輔撰『続詞花和歌集』などがあるが、和歌史のうえで重要なのは㈢と㈣で、㈢には平安末期から鎌倉時代にかけての撰集が多いので、私撰集が質的にも量的にも最も充実しているのは中世であったといってよかろう。

反勅撰集的私撰集

そこで、㈢に属する私撰集について概説すると、

(a)　特定の地域、寺社、氏族、党派などの集

(b)　勅撰集に倣って異を立てた感のある集

(c)　山上憶良の『類聚歌林』（散佚）や『古今和歌六帖』の系統を継ぐ類題集

の三項目に細分されるという。したがって、次に、これらの各項目に該当する主要作品を掲げておくと、まず、(a)の特定の地域に限定される集には、奈良および奈良周辺に縁のある人々の歌を集めた素俊撰『楢葉和歌集』、宇都宮氏一族およびその縁故の人々の歌を主要内容とする二条為氏撰『新和歌集』、鎌倉歌壇の主要歌人を収める冷泉為相撰かと推定される『柳風和歌抄』などがあり、寺社関係の集には、賀茂別雷社に月詣でをした人々の歌を集めた賀茂重保撰『月詣和歌集』、醍醐寺関係の僧侶の歌を収める醍醐寺報恩院の吠若麿・嘉宝麿撰『続門葉和歌集』、山城国真言宗安祥寺関係の僧侶や稚児の詠を収める興雅撰『安撰和歌集』などがあり、氏族関係の集には、高階一族の歌集の趣を有する高階宗成撰『遺塵和歌集』、津守一族の勅撰集入集歌を収める『津守和歌集』などがあり、党派関係の集には、南朝歌壇に関係した歌人の詠を収める宗良親王撰『新葉和歌集』、伏見宮に関係した後崇光院側近グループの詠

歌を集めた『菊葉和歌集』などがある。また、(b)には、万葉歌から『新勅撰集』に入集していない詠で撰集した『万代和歌集』、鎌倉中期から南北朝初期にいたる二条派流の歌人の歌を主要内容として、京極派の『風雅集』の向こうを暗に張った感じのする小倉実教撰『藤葉和歌集』などがあり、さらに、(c)の類題集には、鎌倉幕府やその周辺の歌人の詠を収めた後藤基政撰『東撰和歌六帖』、『古今和歌六帖』の題を中心に、家良・為家・知家・信実・光俊の詠を各題一首あて収録した『新撰六帖題和歌』、後嵯峨院歌壇の現存歌人の詠を集めた光俊撰と推定される『現存和歌六帖』、勅撰集未収歌約一万七千余首を部類した藤原長清撰『夫木和歌抄』、万葉歌を抄出して部類した藤原敦隆撰『類聚古集』や三条西実隆撰『万葉一葉抄』、勅撰集歌のうち、『古今集』から『続後拾遺集』までの詠を抄出した『二八明題和歌集』、『風雅集』から『新続古今集』までの抄出歌で撰集した今川氏親・東素純撰『続五明題和歌集』、勅撰集歌に歌会・歌合歌などの詠を添加した『和歌題林愚抄』など多数あり、この(c)は江戸時代にも後水尾院撰『類題和歌集』『一字御抄』など、数多くの私撰集が続出した。

室町中期以降の私撰集

ところで、(四)に属する私撰集では、勅撰集が『新続古今集』で中絶したあとも、飛鳥井雅親を撰者にした勅撰集の計画があったが、やむなき事情で中止された。ところが、この室町中期以降は和歌が広く各階層へと普及・浸透していった時代であったから、それらの和歌初心者向けへの作歌入門書のごとき歌論書の流行とともに作歌手引書のごとき歌集の編纂も要請された。そのような時期にあって、一種の不可解とも思われる歌集の一群が現出したのである。たとえば『為兼集』がそれに該当するので、この集で説明すると、『為兼集』は常識的に考えるとその題名から京極為兼の私家集と知られようが、しかし、この集は為兼の詠を含んではいるものの、為兼以外の歌人の歌を多数収めていて、実は私家集ではなくて私撰集なのである。つまり、私家集名を冠してはいるが、内実は私撰集であるわけで、このような内容の歌集群がとくにこの時期には続出して、その主な歌集を調査すれば、おそらく二十集はくだらないのではあるまいか。このような歌集の出現は従来みられなかった現象であり、和歌史のうえでも特異な出来事として特筆されようが、なにゆえにこのような歌集が生まれ、これらの歌集がいかなる意味をもつのか等々の検討はこれまでほとんどなされることがなかったといってよかろう。

したがって、このような従来の和歌史には登場しなかった歌集を検討してみることは、少なからず意義をもつであろう。中世私撰集の問題を論ずるには種々の方面からのアプローチが可能であろうが、本節のⅠでは以上述べた理由によって、とくに私家集名を冠する私撰集に問題をしぼって考察してみたいと思う。

一　私家集名を冠する私撰集とその分類

当該私撰集の概要

さて、私家集名を冠する私撰集は現在どのくらい伝存しているであろうか。その点について、調査しえた私撰集に限って、以下に、①所蔵者、②冊数、③部立、④作者名、⑤収載歌数、⑥奥書、⑦主な撰集資料、⑧主な作者の順で、その概要を記しておこう。

(1)　伯母集

①三手文庫・山口県立図書館　②五冊　③四季　④無　⑤二四二五首　⑥無　⑦草根集・林葉集・宋雅千首・肖柏千首・類題和歌集・古今六帖など　⑧正徹・俊恵・宋雅・肖柏・頼政など

(2)　顕季集

①伊達文庫　②一冊　③四季・恋・雑　④無　⑤三一〇〇首　⑥無　⑦草根集・林葉集・和歌一字抄（増補本）・続後拾遺集・頼政集・類題和歌集など　⑧正徹・俊恵・頼政・宗尊親王など

(3)　隆季集

①彰考館など　②一冊　③四季・恋　④無　⑤三七〇首　⑥明応二年六月　尚保　⑦草根集・林葉集・宋雅千首・肖柏千首・古今六帖など　⑧正徹・俊恵・宋雅・肖柏・俊成女など

(4)　資賢集

①書陵部（旧阿波国文庫本）　②三冊　③四季・雑・恋　④有　⑤二一五六首　⑥無　⑦題林愚抄・古今六帖・林葉集・頼政集・曾丹集など　⑧俊恵・頼政・貫之・定家・俊成・好忠・家隆など

(5)　為季集

①松平文庫　②一冊　③四季・恋・雑　④無　⑤一八五一首　⑥文安二年三月十二日　⑦題林愚抄・耕雲千首・林葉集・秋篠月清集など　⑧耕雲・後嵯峨院・良経・為定・俊恵・為家・為世など

(6)　光俊集

①松平文庫　②一冊　③四季・恋・雑　④無　⑤一三七三首　⑥文明二庚寅年卯月上旬　亜槐藤臣　⑦題林愚抄・林葉集・頼政集　⑧定家・俊恵・俊成・家隆・俊頼・頼政など

(7)　為兼集（前集）

①伊達文庫・松平文庫など　②一冊　③四季・恋・雑　④無　⑤七八九首　⑥文安元年甲子年三月下旬　⑦題林愚抄・耕雲千首　⑧為世・為明・為兼・為藤・為遠・為家など

(8)　為兼集（後集）

①内閣文庫など　②一冊　③無　④無　⑤二七七首　⑥慶長三年八月二日　為景　⑦草根集・耕雲千首など　⑧正徹・耕雲・為兼など

(9)　為冬集

①彰考館・高松宮など　②一冊　③四季・恋・雑　④無　⑤二三四首　⑥文化二年秋閏八月　藤原元晴（続類従本）　⑦題林愚抄　⑧為藤・為氏・為冬・為世・為遠など

⑽　為定集

①松平文庫・東北大学狩野文庫など　②一冊　③四季・恋・雑　④無　⑤一六〇首　⑥無　⑦題林愚抄　⑧為定・為道・忠定・為家・定為など

⑾　元可集

①神宮文庫　②三冊　③四季・恋・雑　④無　⑤一六二三首　⑥無　⑦新勅撰集・続古今集・続拾遺集・新後撰集・玉葉集　⑧実氏・定家・為家・後嵯峨院・俊成・良経・家隆など

⑿　鹿苑院殿義満公集

①神宮文庫　②一冊　③四季・恋・雑　④無　⑤九九〇首　⑥宝永三年二月十八日　広傍　⑦師兼千首・続撰吟集・雪玉集・明題和歌全集など　⑧師兼・為定・為藤・為重・為世・俊成・後宇多院など

⒀　済継集

①松平文庫　②一冊　③四季・恋・雑　④無　⑤一三六八首　⑥無　⑦瓊玉集・林葉集・新葉集・題林愚抄・頼政集・古今六帖など　⑧宗尊親王・俊恵・頼政・良経など

⒁　邦高集

①伊達文庫　②三冊　③無　④まま有　⑤一五七三首　⑥無　⑦題林愚抄・林葉集・頼政集・赤染衛門集・古今六帖など　⑧俊恵・頼政・赤染衛門・源順・中務など

以上が書名には私家集名をもちながら、内実は種々の歌人の詠で撰集された当面の私撰集であるが、試みに、これらの私撰集を全体的に通観してみると、次のように分類されよう。すなわち、これらの私撰集は、組織面からみると、

『為兼集』（後集）と『邦高集』以外はすべて勅撰集の部立構成にならっており、出典資料面からみると、勅撰集のみからの抄出歌をその内容とする『元可集』と、勅撰集歌も含む『顕季集』と『為兼集』（後集）『邦高集』の例外を除くならば、そのほかはいずれも先行の類題集・私家集・歌合・定数歌などからの抄出歌で撰集されているという共通項を有している。したがって、『元可集』『顕季集』『為兼集』（後集）『邦高集』のグループと、それ以外のグループの二種類にこれらの私撰集は分けられようが、ただし、この分類法は当面の私撰集の本質解明にはあまり有益でないうらみがある。

当該私撰集の分類

そこで、これらの私撰集にとくに有効にはたらく分類基準を設けて分類を試みると、それには、出典資料面からみて、

㈠　『題林愚抄』を出典資料とするもの
㈡　『草根集』を出典資料とするもの
㈢　㈠・㈡以外の歌集を出典資料とするもの

の三つの基準による分類が最も効果的であるように思われる。この分類基準によれば、当面の私撰集は、

㈠型――資賢集・為季集・光俊集・為兼集（前集）・為冬集・為定集・済継集・邦高集
㈡型――伯母集・顕季集・隆季集・為兼集（後集）
㈢型――元可集・義満公集

のようになる。このうち、㈠型の中では、『為冬集』と『為定集』が『題林愚抄』のみを出典資料にしている点で、『為季集』と『為兼集』（前集）が『題林愚抄』のほかに『耕雲千首』を出典資料にしている点で、『資賢集』『光俊

集』『済継集』『邦高集』が『題林愚抄』のほかに『林葉集』と『頼政集』を出典資料にしている点で、それぞれ親しい関係にある撰集といえよう。また、(二)の中では、『伯母集』と『顕季集』とが『草根集』のほかに『類題和歌集』を共通の出典資料にしている点で、親しい関係にあるとみなされよう。

そのほか、私家集名を冠する私撰集は、作者の歴史的範囲による分類、作者の地理的・身分的範囲による分類、伝本の所蔵者による分類など、いろいろの分類基準が考慮されようが、当面の私撰集の本質を解明する分類方法としては、以上のような出典資料面からの方法が最も有効であると考えられるので、その他の分類基準による分類はここでは省略に従いたい。

二　性　格──類題集的側面

さて、私家集名を冠する私撰集は、すべて先行の他の撰集から一定の基準によって抄出された詠歌で編集し直された、二次的撰集であり、収載歌にほぼ完全に作者注記を付している『資賢集』と、まま作者注記を施している『邦高集』を除くと、そのほかは作者注記は付さないけれども、形式的にはほぼ勅撰集に準じた形態になっているとみなされよう。そして、内容的には、『古今集』や『新古今集』のように、各部立内での歌が相互に関連性を保ちながら配列され、有機的に緊密な脈絡のとれた完成品にまでは昇華されていないが、伝統的な歌題によって詠まれた歌がほぼ満遍なく網羅されている点で、類題集的配列になっている特徴が認められよう。

当該私撰集に共通する要素

ところで、これらの私撰集に共通する要素は何かというと、それは各集がほぼ題詠歌で占められているという実態であろう。この点は、題詠歌がその主流を占めはじめる平安朝後期以降の歌を、そのほとんどの私撰集がその出典資料としている撰集内容からみて当然すぎる事実かもしれないが、『元可集』を除くその他の撰集がいずれも類題集から採録している実態から証明されよう。たとえば、『題林愚抄』のみを典拠とする『為冬集』や『為定集』をはじめとして、『題林愚抄』のほかに、最大の定数歌『耕雲千首』を主要内容とする『為季集』『為兼集』（前集）や、『草根集』をその主な典拠とする『伯母集』『顕季集』『隆季集』『為兼集』（後集）など、それぞれ題詠歌をその主要内容としていることはすでに、前項でみたとおりである。

収載歌人の傾向

それでは、これらの私撰集はどのような歌人の詠歌を収めているであろうか。この点については、たとえば『為冬集』と『為定家』の作者のベスト・ファイブがおのおの、

為冬集――①二条為藤、②二条為氏、③二条為冬、④二条為世、⑤二条為遠

為定集――①二条為定、②二条為道、③藤原忠定、④藤原為家、⑤定為

のとおりである事情が証するように、藤原俊成・定家によって築かれた御子左家の伝統を継承した二条家（派）流の歌人の詠を多量に収めている実態にその特徴が認められよう。それは俊恵・頼政の歌を多く収める『資賢集』『光俊集』『済継集』『邦高集』なども、歌林苑歌人である俊恵・頼政の歌が『新古今集』以後の歌壇に多く影響を及ぼしたのが二条派流の歌人たちであった点で二条派的傾向が認められるし、また、耕雲の歌を多く収める『為季集』も、師兼の歌を多量に収録する『義満公集』も、耕雲・師兼がともに南朝歌人で、基本的には二条派流の系列下にある歌人とみなされる点で、これらの私撰集はたぶんに二条家（派）的傾向の強い撰集といってよかろう。

正徹詠を収載する意味

一方、『伯母集』『顕季集』『隆季集』『為兼集』（後集）は、平明温雅な二条派流の歌人の歌風とは趣を異にする、後世の歌人からは異風とも称せられた正徹の歌を多く収録しているので、この点も、私家集名を冠する私撰集の特徴の一つにあげられよう。ところで、これらの正徹の歌を多く収める私撰集も、正徹以外には二条派的傾向の強い私撰集が主な撰集資料としている『林葉集』『頼政集』『耕雲千首』からの抄出歌を収載しているので、二条派的傾向の強い『為冬集』などの撰集グループとまったく対立する性格の撰集であるとは断言できない。となると、異風とも称された正徹の歌はいかなる意味で採録されているのであろうか。そこで、正徹の歌を検討すると、正徹の歌はそのほとんどが類題系『草根集』からの抄出歌であることが明らかになる。つまり、正徹の歌も題詠歌がその主流となると、歌題面からみれば、二条派的傾向の強い撰集と同次元に立ちうることを意味しよう。換言すれば、正徹の歌も、歌題をどのように詠みおおせるかという参考歌として利用するという視点に立つならば、題詠歌を詠むうえでこれほど恰好の手本になる歌はないというわけである。ここに、正徹の歌をその主な内容とする『伯母集』などの撰集グループは、題詠歌を詠むうえでの参考歌的側面をたぶんに有する撰集といえるのではなかろうか。

題詠歌の詞華集的側面

この視点に立つならば、二条派的傾向の強い私撰集群も、まさに題詠歌の模範たりうるような歌で撰集された題詠歌の詞華集《アンソロジィー》的側面を有している点で、正徹の歌に認められる参考歌的側面と合致するであろう。それは、二条派的傾向の強い撰集が一様に出典資料としている『題林愚抄』が、本居宣長の『あしわけ小舟』の中で、

初心の人題詠のよみ方おぼつかなくて困ることあり。それには題林愚抄といふものがよきなり。此の抄は類題物の中にては古くして、近き歌なき故なり。

のように言及されて、題詠の「初心の人」の参考書的役割をになっている類題集として評せられていることからも明白であろう。また、正徹の歌を多く収める私撰集群の中の『顕季集』が出典資料としている『和歌一字抄』（増補本）が、一字または二字を含む結題の歌を集めた、題詠の初心者のためにつくられた歌学書であることも、このことと関係するであろう。

ここに、私家集名を冠する私撰集の性格を一言でいうならば、それは古典和歌という枠の中で、作歌の規範となるような題詠歌を採録して、初心者の参考に供しようとしたという実用的側面をたぶんに有していると規定されるのではあるまいか。

三　成立年時

それでは、私家集名を冠する私撰集の成立年時はいつであろうか。この問題については、これらの私撰集をすべて同列に扱うわけにはいかないが、各私撰集が出典資料にしている最新の資料がそれぞれの撰集の成立年代の上限を示唆することはいうまでもなかろう。

この観点から、各私撰集を見ると、さきに分類した、㈠の『題林愚抄』を出典資料とするものの中では『題林愚抄』が、㈡の『草根集』を出典資料とするものの中では、『伯母集』と『顕季集』は『類題和歌集』が、『隆季集』と『為兼集』（後集）は『草根集』が、また、㈢のその他のものでは、『元可集』は『玉葉集』が、『義満公集』は『明題和歌全集』がそれぞれ、該当する私撰集の成立時期を示唆する最新の出典資料であるので、これらの出典資料の成立年時の検討が要請されよう。

『題林愚抄』の成立時期

まず、『題林愚抄』（編者不詳）の成立年時については、これが版本として刊行をみたのは寛永十四年（一六三七）だが、この『題林愚抄』を出典資料とする『為季集』には「文安二年三月十二日」、『光俊集』には「文明二庚寅年卯月上旬」、『為兼集』（前集）には「文安元年甲子年三月下旬」の奥書記事があって、『題林愚抄』の成立年時を示唆する。一方、外部徴証としては、『宣胤卿記』『言継卿記』『言経卿記』があり、このうち、最も古い記事が見えるのは『宣胤卿記』の長享三年（一四八九）五月六日の条であるから、『題林愚抄』が長享三年より以前に成立をみていることは明白であろう。ところで、『為季集』と『為兼集』（前集）はそれぞれ、奥書記事に記す年時よりも以降に詠まれた歌を収録しており、その点、奥書記事に疑義がもたれるが、『光俊集』の奥書記事には収録歌との間に矛盾は見い出せないので、信憑性がもたれよう。となると、『題林愚抄』の成立年時として『光俊集』の奥書に見える文明二年（一四七〇）四月上旬をその下限と想定することは許されようから、『題林愚抄』を主な出典資料とする『資賢集』『為季集』『光俊集』『為兼集』（前集）『為冬集』『為定集』『済継集』『邦高集』などの成立時期の上限を、いちおう、文明二年四月上旬より以降と想定することができよう。

類題系『草根集』の成立時期

次に、『草根集』の成立年時については、『隆季集』の奥書記事がその内容と矛盾せず、信憑性を有すると判断されるので、類題系『草根集』の成立年時の下限は、『隆季集』の奥書に記す明応二年（一四九三）六月中旬より以前と推定されようから、『草根集』をその主な出典資料とする『隆季集』と『為兼集』（後集）の成立年時の上限は、明応二年六月中旬より以降と想定されるであろう。

『明題和歌全集』の成立時期

次に、『明題和歌全集』の成立年時については、『明題和歌全集』の成立が『題林愚抄』と『二八明題和歌集』に依拠しているので、文明二年より以降となろうが、『明題和歌全集』には写本の類が皆無であることからいえば、無刊記の版本『明題和歌全集』の成立が寛文年間（一六六一～一六七三）ころと推定されるから、おそらく、江戸初期までくだるのではなかろうか。

『類題和歌集』の成立時期

また、『類題和歌集』（後水尾院撰）の成立年時については、元禄十六年（一七〇三）板行の版本が最も広く流布したが、今出川公規の日記の寛文五年七月十一日の条に、この『類題和歌集』に言及した記事が見えるので、『類題和歌集』が寛文五年七月十一日より以前に成立をみていたことは間違いなかろう。

となると、『明題和歌全集』と『類題和歌集』の板行時期は前者が後者に先行するようだが、両類題集の成立年時はともに寛文五年七月十一日より以前と想定され、筆者は現時点では、後者が前者に先行すると憶測している。いずれにせよ、この両類題集を出典資料とする『伯母集』『顕季集』『義満公集』の成立年時の上限が、寛文五年七月十一日より以降になることは言を俟つまい。

要するに、私家集名を冠する私撰集の成立時期については、『玉葉集』を最新資料とする『元可集』の成立年時の上限が正和元年（一三一二）三月二十八日より以降である時期から、『伯母集』などの成立年時の上限である寛文五年七月十一日より以降となって、個々の成立年時は異なるが、一括していうならば、鎌倉時代後期から江戸時代初期の間という、かなり大幅な期間が想定されるであろう。

四　集名の問題

ところで、これらの歌集は内実はいろいろな歌人の歌で撰集された私撰集であるにもかかわらず、なにゆえに個人の名を集名に付して、私家集を思わせる命名をしているのであろうか。この問題については、後人が誤って個人の集名を付したのではないかというのが大方の意見であるが、はたしてそうであろうか。

『資賢集』の集名

この問題に示唆を与えるのが『資賢集』で、この『資賢集』は第一冊の春部巻頭には内題を欠くが、端作りに「按察大納言資賢朝臣撰集」という一行を載せて、『資賢集』は資賢朝臣が撰した私撰集である旨の注記を付している。もちろん、『資賢集』が資賢の撰になる私撰集でないことは、資賢の没年である文治四年（一一八八）よりもはるかにのちの『文安三年七月二十二日内裏続歌』を収録している事実から一目瞭然であろう。にもかかわらず、この歌集が『資賢集』と命名されたのは、同集に、

人さそひきて、きた山へ花見にまかりけるに、所々の花さかりなるをみて　　資賢

遠けれど花のためにぞ春はきぬけふは山路に日をやくらさん　　（一二三六）

忍恋　　資賢朝臣

おもひやるかたこそなけれおさふれどつつむ人めにあまるなみだは　　（二一五六）

の歌など都合三首の資賢の歌が収録されていることと関係がありそうである。とくに、「おもひやる」の歌は『資賢集』の巻軸歌であることを考えると、『資賢集』は撰者が資賢朝臣に擬して撰集した可能性も推定され、『資賢集』と

いう集名は後人の付した命名ではなく、当初からあった可能性を少なからず臆測させるのである。

『元可集』の集名

また、『元可集』の集名についても、『竹柏園蔵書誌』（昭和一四・六、巌松堂書店）の「佚名撰集　一冊　大本零本」の項目に、

題簽に、「元可法師集五」とあれど、元可の集にはあらず、巻末に、「元可法師撰之」とあるによりて、後人のさかしらに書けるなり。恋雑の部にして四季を欠く。古今集以後の秀歌を抜抄せるなるが、従来世に知られざりしもの、完本の出でむを俟つ。

と、解説されている記事が示唆を与えよう。もっとも、この『佚名撰集』が当面の『元可集』と同内容であるという前提のうえだが、しかし、『佚名撰集』の巻末の「元可法師撰之」の注記から、この集の題簽（書名）が「元可法師集」となったことを、『竹柏園蔵書誌』の稿者は「後人のさかしらに書けるなり」と推断するけれども、『資賢集』のような例もある点から考えるならば、『元可集』も撰者が元可法師（薬師寺公義）に擬して撰集した歌集で、『元可集』という集名は当初からあった可能性はじゅうぶん推定されるのである。

『光俊集』の集名

というのは、『光俊集』の奥書に、

右此一冊者先哲詠吟以所光俊朝臣心用粗集之云々

文明二庚寅年卯月上旬　亜槐藤臣判

という記事があって、傍点を付した箇所は、「光俊朝臣の心用ゐする所を以って、粗《あら》之を集む」と訓読して、その意

味は、『光俊集』の撰者（飛鳥井雅親）が「先哲」の「詠吟」した歌を収める『題林愚抄』のごとき歌集から、光俊朝臣の立場に立っておおまかに撰集して一書とした、というぐらいに解することができるからである。もちろん、『光俊集』の場合も、光俊の没年建治二年（一二七六）より以降に活躍した歌人の歌を収めており、光俊の私家集とは考えられないので、この奥書記事からみて、『光俊集』という集名が後人の命名ではなく、当初からあった可能性は高いと判断されよう。

集名付与の方法

このように、『資賢集』『元可集』『光俊集』の集名付与については、後人のさかしらと考えるよりは、各撰集の撰者が当初から命名していたものと推量するのが妥当であろうから、巻頭と巻軸に為兼の歌を載せる『為兼集』（前集）、巻頭に顕季、為定の歌を載せる『顕季集』、『為定集』、巻軸に為冬の歌を掲げる『為冬集』の集名もおそらく、各撰集の撰者の命名による結果と考えて差し支えないのではあるまいか。なお、そのほかの私撰集についても、おそらく後人による命名ではなく、最初からあった集名と推量されるが、それらについては確かな根拠を示しえない。

個人名を集名にした理由

それでは、これらの私撰集の集名が成立当初からあったとすれば、各撰集の撰者はなにゆえに集名となった歌人の立場に立って（擬して）これらの歌集を撰集しなければならなかったのであろうか。この問題については、たとえば、『資賢集』の場合、題詠歌をいかに上手に詠むかという認識がかなり意識されはじめた時期の歌人・源資賢の立場に立って撰集が企図されており、また、『光俊集』の場合、新古今歌を主体として当代の詞華集を光俊の立場に立って撰集しているように、私家集名を冠する私撰集が成立した当時の歌人の志向および歌壇の趨勢を背景にして各撰集が生まれている成立事情が示唆していよう。さきに、これらの私撰集の性格を、古典和歌という枠の中で、作歌の規範となるような題詠歌を採録して、初心者の参考に供するという実用的側面に見い出したが、このことからも、各撰集が集名にしている歌人の活躍した当時の和歌観に立って撰集されている撰集意図が明瞭にうかがわれるので、これらの私撰集が個人の歌人の名を集名に付した理由には、集名となっている歌人の和歌観に立って題詠歌の模範となるような詞華集を編み、読者に提供しようとした撰者の著作精神が考えられるのではなかろうか。

五　擬作説の可能性

中村幸彦氏の「擬作論」

ところで、各撰集に個人名を冠してその個人の立場に擬して（仮託して）撰集している各撰集の撰者の意図を改めて考えてみるに、過年、中村幸彦氏が公にされた「擬作論」（『今井源衛教授退官記念　文学論叢』昭和五七・六）が当面の問題を解くうえでまことに示唆的である。その中村氏の「擬作論」とは、従来、偽書として扱われていた『須磨記』『四季物語』『撰集抄』などの「作品を、偽書と称さずに、擬作とでも呼んで区別」し、「広く世に流布させるよりは、限られた同好の知人にのみ示すべく執筆したのではないか」という「一種の弄文」とみる見方で、「偽書を擬作と呼び替えて、肯定する立場」を採る。

この擬作という観点に立つならば、たとえば『顕季集』の場合、その成立は江戸初期ではあるが、この集の撰者が『後拾遺集』初出の六条修理大夫・藤原顕季の立場に立ってこの集を撰集し、その集名は巻頭歌の作者名を採って命名したと解しうるならば、この種の私撰集を編もうとした同好の知人にとって、提示された『顕季集』という撰集が顕季の和歌観によっていかに撰集されているか否かを吟味しながら読み進めることができるわけで、その点、『顕季集』は実用的側面をもつと同時に、同好の知人に逸興を与えるという側面をもつであろう。このように私家集名を冠する私撰集は擬作の観点から説明できる部分がたぶんにあるように思われるので、その蓋然性について考えてみよう。

擬作の蓋然性の理由

その第一は、これらの私撰集が『資賢集』や『邦高集』以外には詠歌作者の注記を欠いていることの疑問である。かりにこれらの私撰集の目的が題詠歌の手本を示すための実用性にあったとすれば、むしろ作者名を注記すべきであろう。それが一、二の例外を除いてそのほかはほぼ作者名不記ということは、作者を注記しなくても、同好の知人の間には出典資料の予想がつき、容易に知ることができたからではあるまいか。作者名を落として歌を配列したほうが、集名の個人の私家集の感じを与え、集全体の統一性（文学性）も出てくると撰者は考えたのではなかろうか。

その第二は、巻頭歌もしくは巻軸歌の作者によって集名がつけられている意味である。この集名の問題については、後人による命名という意見もあるけれども、すでに言及したように、各撰集の成立当初からあった可能性が強い。ただ、すべての私家集名を冠する私撰集がこの命名方法によってなされていない点、説得力を欠くうらみはあろうが、集名付与の由来を知っている同好の知人が一般の読者が集名に眩惑されているのをよそ目に見てほくそ笑《え》んでいるとすれば、それこそ逸興ではあろう。

その第三は、『為兼集』（前集）などの一部の撰集を除いて伝本の所在がきわめて限られていることの疑問である。このことは、総じて集名に採られている人物が第一級の歌人でない点がかかわっているのかもしれないが、翻って考えるに、もし擬作の立場に立つならば、同好の知人の間で回し読みでもすれば、この種の作品は用が足せるわけで、わざわざ書写する必要もなかったであろう。松平文庫・伊達文庫・阿波国文庫などの限られた文庫に伝存する以前は、限られた同好の知人の間で制作、享受されていた可能性は少なくないであろう。

内容と矛盾する奥書記事の意味するもの

その第四は、『為兼集』（前集）『為季集』の内容が奥書の記述と矛盾する疑問である。この問題についてはすでに言及したが、ここで具体的に『為季集』を例にあげて記すならば、『為季集』には「文安二年三月十二日」の奥書記事があるにもかかわらず、文安二年（一四四五）よりもはるか以後に成立した『文明十年九月二日歌合』からの抄出歌が、「江月」の歌題のもとに、

玉をしくひかりと見えてつの国の堀江の波に月やどるなり　（後土御門院）
御舟こぎし跡は昔の堀江ともなほ玉敷きてすめる月かげ　（姉小路基綱）
影やどるなごの入江の秋の浪よるはすざきに月ぞくだくる　（藤原季経）
打ちいでて誰か見ざらん曇りなき田子の入江の波の月かげ　（白川忠富）
松かぜの色うちそへて更る夜になほ住の江の波の上の月　（四辻季春）
うづもるる雪かと見れば住の江の松はさだかにはるる月かな　（甘露寺親長）

の六首、「紅葉」の歌題のもとに、

をりかくる錦と見れど時雨のみしづはた山にそむる紅葉ば　（権大納言典侍）
枝かはす松も煙の立田山峰のもみぢの色やこがるる　（甘露寺元長）
このごろは時雨るる雲のはてもなしいつを限りと染る紅葉ぞ　（後土御門院）
ふかくわが心にそめし紅葉ばを時雨のみとはなにおもひけん　（勾当内侍）
見る人の心の花はもみぢばのふかき梢ぞうつりはてつつ　（姉小路基綱）
あだにをく露より色に出そめてもろかりけりな秋の紅葉ば　（三条西実隆）
心なき岩木の山はいつのまに時雨をかけて紅葉しぬらん　（甘露寺親長）

時雨れても松はつれなきをかのべにまじる紅葉や錦なるらん（藤原季経）
竜田山すぐる時雨のあと晴れて紅葉の錦色ぞてりそふ（白川忠富）

の九首、「秋祝」の歌題のもとに、

君が代はなほ長月の秋つすの外まであふぐ恵みとぞ聞く（三条公敦）
幾秋も老いせぬきくの花の色を君が千年にたぐへてぞ見る（洞院公数女）

の二首の都合十七首が収載されているのだ。

この矛盾はどのように説明しうるであろうか。もとより、撰集資料とした文献の成立年代よりも古い奥書記事を載せている『為季集』の編者の不手際は、『為季集』の編者が集名となっている歌人の立場に立って撰集したという成立事情を如実に露呈していて、筆者の主張を裏づけようが、そこには私家集名を冠する私撰集のもう一つの本質を暴露していると思われる。すなわち、『為季集』が出典資料よりも古い奥書記事を載せているのは、編者が矛盾現象を承知のうえで、できるかぎり古い時期に編まれた撰集であるように権威づけのために、古典和歌の範囲に入る最新の作品『新続古今集』の成立時期（永享十一年〔一四三九〕成立）に近接した「文安二年三月十二日」という書写年時を架空に想定したのではあるまいかと臆測されるのである。もっとも、この『文明歌合』からの抄出歌は後人の増補とも推定されるが、この『文明歌合』は「江月」「紅葉」「秋祝」の三題、二十一番の小規模の歌合ではあるものの、『為季集』にはすべての歌題の歌が適当に配列されている点からみれば、この部分は最初から収められていたとみるほうが自然であろうと推測されるからである。それが不用意か意図的かは知る由もないが、「玉をしく」の歌の詞書に「文明の歌合に、江月をよめる」と記して、奥書記事と収載歌との矛盾を露呈する結果になったのである。しかし、この矛盾現象も、擬作の立場からみるならば、同好の知人の間には一目で『為季集』の編者の意図は読めたはずで、これこそ擬作の逸興であったに相違なかろう。

擬作の制作と享受者

それでは、このような擬作を制作、享受した人物にはどのような人々が想定されようか。江戸時代初期ごろの成立とおぼしき『伯母集』『顕季集』などの編者および周辺の人物については確かな人物を想定するのは難しいが、それより以前の成立と推定される私撰集についてはある程度の推測が可能であろう。この点に示唆を与えるのが、まったくの偶然ではあるが、『為季集』の撰集資料となっている『文明十年九月二日歌合』のメンバーである。すでに引用した「玉をしく」の歌から「幾秋も」の歌に注記しておいた人物が該当者であるが、ここに列挙すれば、後土御門院、姉小路基綱、甘露寺親長、三条西実隆、三条公敦、甘露寺元長、藤原季経、白川忠富、四辻季春、権大納言典侍、洞院公数女、勾当内侍など、後土御門院時代に活躍した殿上人や女房たちである。なお、この歌合の判者は一条兼良であるから、これらの人物は、総じて兼良傘下にあった人物と帰納されよう。その点、『光俊集』の奥書にみえる「悪槐藤臣」なる人物が飛鳥井雅親であるのも、『文明歌合』にかかわる殿上人と軌を一にする現象となろうから、概して、文明年間に活躍をみた公家歌人たちが、このような擬作的行為を営み、享受していた可能性はおおいにあるといえるのではなかろうか。

『三十二番職人歌合』の性格

なお、作者を種々の職人に託して詠じた歌を歌合の形式にした、明応三年（一四九四）成立の「三十二番職人歌合」は、四方真顔がいみじくも、『今様職人尽歌合』の跋文で、

すべて此職人尽といふ物はじめにもいふ如く、其道の者どもが我とよみたる物にはあらで、みなやごとなき方々の歌も判詞も手づからみづから遊ばして、下ざまにはかゝるわざして世をわたるたぐひもありけり、ともて興じ給ひて、仮初のめざましぐさにせさせ給ひし物にこそ有けめ。

と言及しているように、上流公卿たちが各職人に仮託して「もて興じ」た「仮初のめざましぐさ」であった。そして、この跋文で、『三十二番職人歌合』の中の表補絵師の歌が、実は三条西実隆の『雪玉集』に見える歌と一致することを、四方真顔が指摘していることは、まさに、文明年間に公家歌人たちが擬作的行為をして楽しんでいたと推定する筆者の考えを側面から裏づけるわけで、まことに貴重な発言といえるであろう。

六　和歌史における位相

私家集名を冠する私撰集の編集目的については以上のとおりであるが、最後に、これらの撰集の和歌史における位相に言及しておきたい。

実用的側面と擬作的側面からみて

まず、題詠歌の手本となるべき歌を採録して、初心者に提供しようとした実用的側面からみると、『元可集』は、『二四代集』（建保三年〔一二一五〕成立）、『閑居抄』（文永二年〔一二六五〕ころ成立）、『二八要抄』（正平四年〔一三四九〕ころ成立）などの同種の撰集のなかで、『閑居抄』の前に位置し、『資賢集』から『邦高集』までの『題林愚抄』を基幹資料にしている撰集は、文明年間以降に続出した、『別本後葉集』などの類題集、『勅撰名所和歌抄出』などの類題名所歌集、『万葉類葉集』などの事項索引集など、古典の再生産および整理の時期に生まれた歌集類の中に位置づけられ、江戸初期の成立である『伯母集』などの撰集は、後水尾院撰『類題和歌集』の成立後に位置づけられようが、いずれも古典和歌と称される範囲内での秀歌を収載する撰集として意義を有しているといえるであろう。

一方、撰者が往年の歌人の立場に立って、同好の士に提示すべく撰集したとする擬作的側面からみると、このような立場で撰集された歌集の存在は寡聞にして知らない。しかし、偽書としては鎌倉後期の歌論書に多くの書物が見られることからいって、その延長線上に位置づけられる擬作的行為を、当時の公家歌人たちが営んでいたことは、明応三年成立の『三十二番職人歌合』に見られたとおりであるから、『資賢集』から『邦高集』までの撰集を文明年間ごろの所産として位置づけることは正鵠を射ているといえよう。

なお、江戸後期の歌人、沢田名垂《なたり》（一七七五～一八四五）は会津藩に仕えた国学者であったが、この名垂が南北朝期ごろの歌集と目して擬作した『無名歌集』はたいへんな出来映えであって、『群書類従』の編纂者であった塙保己一でさえ、この歌集を南朝の忠臣の作と見誤って、危く『群書類従』に所収するところであったという。擬作の和歌史もなくはなかったのである。

以上、私家集名を冠する中世私撰集について縷々述べてきたが、ここでその要点を簡潔に摘記してまとめておこう。

㈠　私家集名を冠する私撰集は現在、およそ十四編ほど伝存するが、それは松平文庫・伊達文庫・神宮文庫・彰考館などごく少数の文庫などに限られている。

㈡　内容はほぼ勅撰集にならって四季・恋・雑に部類され、収録歌数百六十首ほどの小規模の撰集から、三千百首にも及ぶ大規模な撰集まで、その種類は種々様々である。

㈢　いずれも既存の歌集からの抄出歌で撰集された二次的撰集で、その出典資料から、㈠『題林愚抄』を主とするもの、㈡『草根集』を主とするもの、㈢勅撰集、その他を主とするもの、の三種類に分類される。

㈣　性格は題詠歌で配列・構成された類題集的側面を有する。

㈤　成立時期は鎌倉時代後期から江戸時代初期ごろまで、種々様々である。

㈥　集名は成立当初からあったと推定され、撰者は集名となっている各私家集名の歌人の立場に立って撰集し、作歌の初心者に手本として提供したのではあるまいか。

(七)　一方、『為兼集』(前集)『為季集』の奥書記事が内容と矛盾することから、為書を肯定的にとらえる擬作という立場から、これらの私撰集は撰集された可能性も臆測される。

(八)　撰者としては、江戸初期に成立したと推定される撰集については未詳であるが、室町中期ごろの成立とおぼしき撰集については、一条兼良の傘下にいる公家歌人などの可能性が想定される。

(九)　ともあれ、和歌が地域的・階層的に普及、浸透していく傾向の顕著であった時期の産物として、これらの私撰集は和歌史のうえでじゅうぶん評価されよう。

なお、ここに要約した結論は、これらの私撰集を外面的形式的処理によって導き出したきらいがたぶんにあるので、各撰集の収録歌一首一首の吟味を通した内容面の細かな文学性の追求や、これらの撰集の生まれた思想的背景面からの考察などは今後の課題としたい。

Ⅱ　『六華和歌集』

一　はじめに

中世和歌文学の中で私撰集の研究は、近時着々と進展しているが、まだまだ今後に開拓の余地を残している。最近、井上宗雄・島津忠夫・稲田利徳の諸氏と共編で翻刻した『六華和歌集』(1)(以後『六華集』と略称)も、いまだ紹介されることのなかった私撰集である。とはいえ、『六華集』なる書名は、たとえば、一条兼良の『花鳥余情』には、「六・花集に古歌とていだせり。伊予の湯の湯桁の数は左八つ、右は九つ、中は十六、すべて三十三ありといへり。」(国文注釈全書本)と、『源氏物語』「空蟬」巻の「伊予の湯桁」の注解として見えているし、又、簗瀬一雄氏のご教示によると、広島大学文学部国文学研究室所蔵になる、藤原定家の『藤川百首』に関する注釈書『難題百首口伝書』には、『藤川百首』三十二番の歌――「天河ふづきは名のみかさなれど雲の衣やよそにぬるらん」（続群書類従本）の「雲の衣」に注して、「六花集に、山ふかくのがれすむとや月こよひくもの衣をかさねきぬらんの詞歟……」と見えている。さらに、日本古典全書本『山家集』（伊藤嘉夫氏校注）は、「西行和歌拾遺」として、「五月雨ははら野の沢に水みちていづく三河の沼の八つ橋」、「山がつの折かけ垣のひまこえてとなりにも咲く夕がほの花」、「露つつむ池のはちすのまくり葉にころもの玉を思ひしるかな」等の歌を、『六華集』から収録した旨、頭注しているごとく、中世以降の文献にはいくつか探索でき、そこに『六華集』なる作品は、室町時代頃まではいくらか流布して、歌人・古典学者等には案外利用されていたらしい事情が察せられる。

ところで、筆者は先年来、島原松平文庫・内閣文庫・蓬左文庫等に伝わる『六花集注』なる注釈書を調査しており、その結果はいくつか報告したが[2]、実は、先引の『花鳥余情』に「六花集に古哥とていだせり。」と記す内容も、「伊予の湯の　湯桁は幾つ　いさ知らず　や　算《ばイ》へず数まず　やれそよや　なよや　君ぞ知るらうや」（日本古典文学大系本）の雑芸催馬楽に注解されたもので、それは『六花集注』に載っている。したがって、『花鳥余情』が「六花集」と記す作品は、正しくは「六花集注」と記されるべきであったが、一方、伊藤氏が「西行和歌拾遺」として、『六華集』から収録された和歌は、『六花集注』には見出されず、ために『六花集注』の成立には、その依拠した、いわば源泉となるべき作品の存在が予想されていたのであった。それが今度翻刻した『六華集』であったわけだが、はたして『六華集』には、伊藤氏の拾遺された西行の和歌が、多少の語句の異同は認められるが、収載されていた。その意味で、『六華集』の有する意義は大きく、その発見は井上氏らの手に成るが、『六華集』の報告はいまだ管見に入らないので、本節Ⅱで新資料のこれまで検討した調査報告を行ない、大方のご叱正を賜わりたく思う次第である。

二　伝本と書誌的概要

『六華集』の伝本は、現在のところ島原松平文庫の所蔵にかかる一本のみ。簡単に書誌的説明を加えると、当書は、寛文・元禄期頃の書写になる、大本七巻二冊の写本。題簽は、「六華和歌集上（下）」、内題は「六華和詞集第一（二～四・七）」・「六花和詞集五（六）」で、墨付き上巻九十四丁、下巻九十八丁、遊紙は上下巻とも、前後に各一丁ずつあり、奥書の類はない。書式は、和歌を一行書きにし、その和歌の前に出典名（欠く場合もある）を、およそ二～三字下げ、作者名を十二～十四字下げて記す、一面十行書き。冬部と羇旅部に錯簡が認められ、重出歌が十四首(3)、集付と作者名のみで和歌を欠落しているところが一箇所。収載歌数は、これらの箇所を訂正して集計すると、千九百三十四首で、春（三六四首）・夏（二六〇首）・秋（四二七首）・冬（二六九首）・恋（二二七首）・羇旅（一一五首）・雑上（三五首）・雑下（一三二首）・神祇（六三首）・釈教（四二首）の部立のもとに配列され、だいたいバランスのとれた部立構成となっている。

三　内　容――原拠資料と詠歌作者

『六華集』は上述のごとく、千九百三十四首の和歌から構成された私撰集であるが、いかなる性格の私撰集であろうか。当集は、はなはだ誤記がめだつのだけれども、収録歌の出典と作者名を一応明記しているので、それを参考に成立事情につき言及してみたい。

『六華集』の詞書は、「閏三月」「月山」「重陽哥」「花月」「寄名月恋」「鶯声和琴」「滝青混笛」「池水半氷」などのごとき、歌題を明記した例と、「賀茂御哥」「加茂より日吉への御哥」「住吉御哥」「貴布弥御哥」等のごとき、「神祇部」の神に関する注記をした例を除外した以外は、すべて収載歌の出典を明記した、いわゆる集付の指摘である。すなわち、「古哥」「集不」など一般名及び出典不明を除く、「万」「催馬楽」「雑芸」「伊勢物語」「古」「後撰」「六帖」（古今六帖）「拾」「源氏」「後拾」「狭衣」「堀河」「金」「散木」「詞花」「山家」「千」「六百番」「新古」「拾愚」「新勅」「新六」「玉吟」「仙洞百首」「万代」「明玉」「現六」「唐物語」「続後」（続後撰）「続古」「続拾」「玉」「続千」「続後拾」「風」「新千」「新拾」「新後拾」がそれであって、『六華集』を編纂するに当たって素材とした撰集資料は、勅撰集をはじめ、私家集、私撰集、和歌行事、物語、説話等に及んでいる事情が察せられる。そこで以上の集付を参考にして、『六華集』に収録された和歌の出典分類表を作成すれば（勿論出典不詳歌を除く）、およそ次のとおりである。(4)

なお○印を付した作品は、『六華集』の編者が集付として指摘している作品である。

（表1）　出典資料一覧表

出典資料	歌数
日本書紀	一首
○万葉集	一〇三首
○催馬楽	一首
寛平御時后宮歌合	二首
○伊勢物語	一首
○古今集	一七首
躬恒集	一首
貫之集	一首
○後撰集	三二首
頼基集	一首
○古今六帖	一八首
曾丹集	七首
兼盛集	一首
伊勢集	一首
赤人集	一首
○拾遺集	三八首
○源氏物語	一二首
兼澄集	一首
長能集	一首
○後拾遺集	三三首
○狭衣物語	二首
高陽院七番歌合	一首
○堀河百首	六首
六条修理大夫集	一首
○金葉集	二一首
○散木奇歌集	二首
丹後守為忠朝臣家百首	一首
○詞花集	一一首
和歌一字抄	一首
今　鏡	一首
清輔朝臣集	二首
頼政集	一首
長秋詠藻	四首
林葉集	一首
○山家集	二三首
○千載集	五九首
御裳濯河歌合	一首
○六百番歌合	一四首
老若五十首歌合	一首
千五百番歌合	八首
秋篠月清集	六四首

和泉式部集	一首
○新古今集	一三二首
最勝四天王院障子和歌	一首
金槐集	一首
建保四年百番歌合	一首
平家物語	一首
伊勢記	一首
○拾遺愚草	八五首
為家卿千首	三首
○新勅撰集	三九首
洞院摂政家百首	一首
順徳院御百首	二首
○玉吟集	七一首
○新撰六帖	八八首
○万代集	一四首
○続後撰集	四四首
雲葉集	一首
○唐物語	一首
三百首和歌	七首
弘長百首	一首
三十六人大歌合	四首
○続古今集	九六首
○続拾遺集	四二首
新後撰集	九首
○玉葉集	一〇〇首
○続千載集	七首
夫木抄	二三五首
仲正集	一首
拾玉集	二一首
○風雅集	一一首
○新千載集	三六首
草庵集	一首
井蛙抄	一首
○新拾遺集	二九首
詞林采葉抄	二首
○新後拾遺集	五首
落書露顕	一首

この結果、『六華集』は、勅撰集では、『新古今集』『続古今集』『玉葉集』等から、私家集では、『拾遺愚草』『玉吟集』『秋篠月清集』等から、私撰集では、『新撰六帖』『万代集』等から、その他では『万葉集』から多数の和歌を収録している事実が判明するが、そのあたりの事情をさらに明確にするために、『六華集』収載歌の主要作者の歌数を次に列挙してみよう[5]。

家隆151(33)、定家145(9)、良経99(5)、俊頼68(17)、基家61(38)、為家56(6)、西行51(5)、信実39(5)、宗尊親王38(14)、慈鎮36(1)、俊成34(3)、光俊33(7)、家良27(5)、寂蓮25(1)、知家25(5)、仲正22(6)、為相19(8)、家持18、好忠17(7)、順徳院16、伏見院14(5)、貫之・後鳥羽院13(1)・顕昭13(2)、匡房・基俊12(1)・実氏10(1)、為兼10(4)、公親9、実定・後嵯峨院9(1)、仲実・俊恵・道家8(1)、躬恒・兼昌・清輔・土御門院7、能因・和泉式部・頼政・長明・実朝7(1)、公朝7(3)、宮内卿6、季能6(1)、為世6(2)、顕仲6(3)、道因・式子内親王・雅経5、崇徳院・行家5(1)、宣時5(4)、憶良・伊勢・輔相・小侍従・二条院讃岐・家長4、業平・是則・公雄・為定4(1)、赤人・為守・為実4(2)、頓阿4(3)、意吉麻呂・恵慶・元輔・国基・国信・待賢門院堀河・郁芳門院安芸・公継・守覚法親王・泰時・公経・成茂・教実・安嘉門院四条・京極前関白家肥後・景綱3、隆房・隆弁・国冬3(1)、忠通・兼澄・為秀3(2)、斉時(3)、穂積皇子・閑院・忠峯・村上天皇・信明・順・輔親・頼実・定頼・良暹・弁乳母・経信・貞文・輔弘・公実・顕季・季通・慶算・師時・教長・登蓮・実家・具親・八条院高倉・加陽門院越前・通光・通親・宜秋門院丹後・頼氏・藻壁門院少将・政村・実経・為氏・国助・盛久・実兼・為藤・為子・実重・盛徳・後醍醐天皇・良基2、小町・頼基・大弐三位・資隆・有家・源恵・能清・顕資・国道2(1)、円伊・貞時(2)、允恭天皇・真人・広瀬王・長皇子・久米弾師・紀郎女・百代・舎人娘子・広河女・旅人・有間皇子・若麻続部諸人家人・額田王・春日野蔵首老・志加麿・小野老・益人・笠女郎・恵行・千文・行基・高田女王・今城・蟬丸・高津内親王・兼芸・素性・千里・言直・当時・中興女・宇多天皇・定方・元良親王・敦忠・等・増基・庶明・元真・後生・駿河・仲文・円松・惟成・兼盛・能宣・円融院・道綱母・実方・峯雄・千包女・常・重之・致時・実因・観教・季綱女・法円・公誠・源信・道命・伊勢大輔・為政・選子内親王・公任・永源・実仲・相模・宮木・上総乳母・国守・正家・師賢・顕房・禖子内親王・道経・康資王母・堀河院・隆源・輔仁親王・孝善・兼久・桜井尼・小大進・白河女御越中・前斎院肥後・行尊・為忠・親房・祐盛・雅定・親隆・二条皇太后宮肥後・待賢門院安芸・殷富門院大輔・前斎院河内・永範・公通・重家・仲綱・経正・静蓮・範永・新肥前・戸々・盛雅・重保・長方・頼朝・忠経・康頼・保季・教盛母・良平・良平女・上東門院小少将・資宗・隆信・兼実・信定・源空・範光・教家・季経・忠信・忠良・実房・時村・定経・高弁・兼直・通氏・如願・光行・兼朝・師員・隆祐・伊忠・真如・後鳥羽院下野・雅具・蓮生・今出河院近衛・実伊・定為・行遍・為継・後深草院少将内侍・公相・基政・基平・資季・式乾門院御匣・実雄・行氏・通成・長時・公誉・延季・円勇・国平・良教・亀山院・鹿政・道玄・内実・後二条院・

実時・政連・淑氏・基忠・秀行・清行・後宇多院・長舜・親子・為守女・頼信・邦長・説房・寂真・喜多院入道二品親王・蓮知・永福門院内侍・公脩・永福門院・和氏・経有・実教・雅孝・広秀・国夏・宗恵・成国・光厳院・経顕・良守1、深養父・時文女・高光・匡衡・永成・敦家・盛範・実重・実平・盛方・顕家・為季・兼覚・範玄・三宮・基輔・良尋・忠良・行念・親行・素暹・重時・道良・具房女・宗秀・西円・茂重・時元・宗宣・長清女・為相女・貞資・鷹司院・浄弁(1)

以上から『六華集』は、万葉時代から南北朝期頃に至る間の歌壇史に関係した主要人物の和歌のほとんどを収録している実態が判明する。その中でも、特に万葉歌を多数採っている点が第一の特徴であり、次に九条家の良経の下に、御子左家の歌人と六条家の歌人たちが勢揃いした、いわゆる良経中心の歌壇から後鳥羽院中心の歌壇へと移行していった、いわゆる新古今時代前後の歌人の和歌を圧倒的多数採っている点が第二の特徴であり、そして、御子左派と反御子左派の歌人たちが対立していた頃に活躍した歌人の歌を、新古今時代前後の歌人の次に多く採っている点が第三の特徴である。そうして、建治元年為家没後、御子左家が二条・京極・冷泉の三家に分裂した以降では、二条家系統の歌人もかなり収載されているには相違ないが、京極・冷泉派の為兼・伏見院・為相の歌数の方が目立つ。この傾向は、たとえば『六華集』収載歌の最も新しい和歌はおよそ『新拾遺集』あたりだが、その二十九首の収載歌にも窺われる。すなわち、『新拾遺集』に出典をもつ二十九首の和歌のほとんどは過去の歌人たちの詠歌であって、『新拾遺集』成立当時の生存歌人はわずかに良基（二首）・光厳院・為秀（各一首）のみで、次いで成立当時に近い歌人を示せば、為相・為藤・後醍醐天皇（各一首）のごとくである。二条派の勅撰集で、「当時の歌人で歌数の多いものをあげると、後光厳院一六首、義詮一四首、為明一一首、頓阿九首」（和歌文学大辞典）という状況のもとで、光厳院・為秀・為相らの歌人が採られていることは、『六華集』の編者が冷泉家系統の人物であるとまでは確言できないにしても、親冷泉派的態度を有していたことの証拠となろう。それは第一の特徴としてあげた、万葉歌の多い点とも関連して言えるのではあるまいか。

四　成立時期と編者

ところで、室町中期頃成立の私撰集『雲玉和歌抄』（衲叟馴窓撰）の序文には、

近曾万葉由阿みとて詞林採要をかき、六花をあつめて、定家為家のあとをけがせしかども、その詠哥とて一首もみえず。書あつめたるものみな本文也。　（古典文庫本）

なる記事をその一部に載せており、つとに島津忠夫氏が、「六花をあつめて」というのは島原松平文庫・蓬左文庫等に伝わる『六花集注』のことで、その撰者は由阿ではないかと指摘され(6)、筆者も考察を試みたのであったが(7)、結論としては否定的側面の方が強かった。となれば、『雲玉和歌抄』の右の記事は、『六華集』に「そ（由阿）の詠哥とて一首もみえ」ぬことが事実であり、また定家、為家以降の歌壇史に関係した歌人の歌が多かったことも前項で確認したところであるから、『六華集』の編者に由阿を想定してみる可能性を示唆し、事実、その可能性が強いのではあるまいか。

そこで『六華集』成立の素材となった資料はというに、前記のとおり、勅撰集、私家集、私撰集、和歌行事、物語、説話等に及んでいる。そうして『六華集』の編者の記した最も新しい出典資料は（表1）から明白なように、『新後拾遺集』であるから、『六華集』の成立年代は、一応、『新後拾遺集』の実質上の成立年代、至徳元年（一三八四）以降ということになろう。ところで、『六華集』収載の『新後拾遺集』に見える歌は、

(1)　足引の山桜戸の春風にをしあけがたは花の香ぞする　（道家・一七二）

(2)　一枝もおし《ら》《く》でかへれば故郷に花見ぬものと人や思はむ　（為世・一九九）

(3)　昨日までよもぎにとぢし柴の戸を野分にはるゝ岡のべの里　（良経・六四〇）

(4)　嵐吹と山の岑のときは木に雪げ時雨てかゝる村雲　(為家・一〇二六)
(5)　ふりつもる上葉の雪の夕凝にこほりてかゝる槙の下つゆ　(行家・一三〇八)
の五首で、『六華集』の編者はいずれの歌にも集付を記しておらず、『六華集』の編者が「新後拾」と明記している歌は、実は、
(6)　大原やをしほの桜咲にけり神代の松にかゝる白雲　(為実・一五〇)
(7)　行月の下やすからぬうき雲のあたりの空は猶時雨つつ　(公雄・九七〇)
(8)　にほ鳥のおろのはつおにあらね共鏡の山のかげになくなり　(為藤・一三四八)
の三首であって、(6)は『続千載集』、(7)・(8)は『新拾遺集』に見える歌で、いずれも『六華集』の編者の誤記である。(1)〜(5)は『六華集』の編者が「新後拾」の集付を記していないわけだから問題にするに及ばないけれども、当集に「新後拾」の集付が見えるので掲げたが、実際、(2)は『嘉元百首』、(3)は『秋篠月清集』、(4)は『雲葉集』『夫木抄』『三十六人大歌合』、(5)は『弘長元年百首』に各々見え、(1)のみが目下のところ『新後拾遺集』にしか出典を探し得ない。しかし(1)もおそらく『新後拾遺集』以外から『六華集』は収録したのであろうから、問題は、何故『六華集』の編者が(6)・(7)・(8)の出典を誤記したかであって、そのあたりの事情は明確にし得ないけれども、かりに『新拾遺集』が『六華集』の最も新しい出典となれば、『六華集』の成立年代は『新拾遺集』の成立年代である、貞治五年（一三六六）以降ということになろうが、しかし『六華集』の編者の明記（誤記ではあるが）した出典を重視すれば、前述の成立年代になろうというわけである。

もっとも、（表1）によると、『六華集』の編者が明記したのではないが、『落書露顕』に見える歌を『六華集』が収録している問題が残されている。それは『落書露顕』に、「師直が家人薬師寺と云ひしもの」が「師直うたれて二三年後に」詠んだ歌として載っている、「月はみむ月には見えじとぞ思ふうき世にめぐる影も恥し」（以上、日本歌学

大系本）の歌で、『六華集』は作者を「中納言広明」と記している。この歌の作者の決定はともかく、もし広明が公明の誤りであったとすれば、彼は建武三年（一三三六）没であるし、また薬師寺となれば、高師直の没年は観応二年（一三五一）であるから、当該歌の詠歌年代はそれより二十三年後ということになろう。ということは、作者がいずれにせよ、『落書露顕』に見える『六華集』の収載歌は、『新拾遺集』や『新後拾遺集』よりも以前の成立であるから、『六華集』の編者が『落書露顕』以外で、『新拾遺集』以前の作品から採ったと考えれば、この問題は解決する。

そこで話を編者の問題にもどすと、当面の由阿の生没年代は未詳であるが、「京大本『詞林采葉抄』の奥書〈貞治五年十一月廿五日楡柳栄辺藤沢山隠保桑門由阿春秋七十六〉とあるのに従うならば、逆算して正応四 1291 の生れとなり」、「関白二条良基の懇望により万葉集を講ずべく上洛したのが貞治五 1366・五のことで、」「更に応安七 1374、八四才で『青葉丹花抄』一冊を成し」（和歌文学大辞典）ている事実から、『六華集』の成立を『新拾遺集』成立頃と見れば、まさに相応するし、また『新後拾遺集』の成立頃と見るならば、由阿九十四歳頃の著作となって、無理な感じがしないでもない。

けれども、由阿の歌壇史的評価は、二条派に対してはかなり批判的であるのに、冷泉派に対してはかなり好意的である点、[8] 良基の命を受けた為秀の依頼で上洛して良基邸で『万葉集』の講義をし、『万葉集』の注釈書を成している点などであるが、これらの特色は、まさに『六華集』の有する特徴と軌を一にしている。すなわち、『六華集』の、和歌師範家の三分裂後に見られる歌人収載態度は、まさしく親冷泉派であるし、特に『六華集』における『新拾遺集』出典歌の中での良基・為秀らの占める位置は、為秀を介しての由阿上洛、良基邸での万葉講義の経緯から最もよく理解されるし、また『六華集』における万葉歌の圧倒的多数の収録、実朝・宗尊親王・泰時・光行・親行・素暹・隆祐・隆弁・斉時・宣時・貞時らの鎌倉歌壇に関係した歌人の歌をかなり収録している点など、由阿編者説を裏付けるのではあるまいか。そのほか、『六華集』には『詞林采葉抄』から収録したに相違ない歌の見える点、由阿の使用した『万葉集』のテキストは仙覚本であるが、(9) その仙覚の歌も採っている点などが指摘され、これらは由阿説を決定づけるほどの証左にはならないが、しかし、おおむね『六華集』由阿説は信憑性を有するように思われる。

五　『六華集』と『六花集注』との関係

最後に『六華集』と『六花集注』との関係に触れて、本節のⅡを終りたいと思う。

まず『六花集注』の伝本は、現在かなり伝わっており、およそ十四本を数えるが、(10) 今それらを総合して要約すると、『六花集注』はおよそ五百三十首の歌を載せ、それらの歌には、かなり詳細な注解が付せられ（欠く場合もある）、春部・夏部・秋部・冬部・見聞雑・旅部・名所部・祝言部・神祇部・釈教部・私尋記神祇部・雑下部・長歌・恋部の部立のもとに配列されている。そして、『六花集注』収載歌の出典は『六華集』とほぼ同様で、『詞林采葉抄』が最も新しい出典であるが、次に収録歌数の多い出典資料を記すと（算用数字は歌数）、

万葉集123、夫木抄86、拾遺集22、続古今集18、新古今集16、玉葉集13、拾遺愚草12、古今六帖11、古今集10、後撰集・後拾遺集・千載集7、源氏物語・玉吟集6、金葉集・千五百番歌合・続拾遺集5

という状況である。また主要作者の歌数も、

定家16、俊頼・良経10、家隆・光俊9、仲正・俊成・家良・為家・基家6、信実5、西行・宗尊親王4、知家・後醍醐天皇3、実朝・家良・順徳院・実氏2

という具合であって、およそ『六華集』と同傾向が窺われる。

ところが、これを『六華集』と比較すると、そこにはいくつかの顕著な相違点が指摘される。その第一は、『六花集注』の有する名所部・祝言部・私尋記神祇部・長歌の部立が『六華集』には存在しない点、第二は、『六花集注』には長歌を含めて万葉歌が圧倒的に多い点、第三は、『六華集』の収載しない歌を『六花集注』が約九十五首も収録

して、それに歌注を付している点である。この第三の相違点は、現在『六華集』の伝本は島原松平本しか存在しないゆえ、あるいは『六華集』の完本には『六花集注』の有する歌すべてが収載されていたのかも知れないけれども、しかし歌数などの点からいって、『六花集注』から『六華集』が成立した過程はとうてい考えられず、やはり『六華集』の中から難解な和歌を抄出して、それに注解を付している過程で、『六華集』には見えないけれども、関連性のある歌を補充、それにも歌注を付して成立したのが『六花集注』ということになろう。したがって、『六華集』の編者と『六花集注』の編者は同一人物ではなく、前者は由阿の可能性が強く、後者は既に指摘したが[11]、冷泉家系統の連歌師の誰かではなかろうか。

なお、『六華集』には、未発掘の歌が多く、特に家隆・基家の詠歌には新出歌がかなり指摘され、その意味で、『六華集』は資料的価値も高い私撰集であると認められよう。

〈注〉

(1) 古典文庫から昭和四十七年八月刊行。

(2) 「岡山大学所蔵『六花抄』について」(『国語国文』四二〇号、昭和四四・八)、『六花集の研究』(私家版、昭和四五・八)、本節Ⅲの「『六花集注』の性格と価値」(『国語国文』四四五号、昭和四六・九)など。

(3) 『六華和歌集』(古典文庫)の凡例で具体的に指摘した。

(4) 断っておかねばならぬことは、『夫木抄』収載歌は、原資料の判明する歌も、すべて『夫木抄』に入れた点である。

(5) 数字を説明すると、()内の数字は、『六華集』の編者はその作者の詠歌と明記しているが、実際はそのことを確認できないことを示す。たとえば、家隆151(33)は、三十三首の歌は現在未確認の歌で、百十八首は確実に家隆の歌と認められる歌。しかし『六華集』の編者の見解を重視して、百五十一首が家隆の詠歌であることを示す。なお、『六華集』収載歌は、資磨(一〇三五番)・高成(一一九六番)・景冬(一六三九番)・時長(一七五二番)・語成(一八五九番)の作者の動向が不詳である以外は、すべて良基より以前の歌人の歌である。

（6）「和歌と説話と―雲玉和歌抄をめぐって」（『国語国文』第三七巻第三号、昭和四三・三）
（7）注2の「岡山大学所蔵『六花抄』について」
（8）井上宗雄氏『中世歌壇史の研究　南北朝期』（昭和四〇・一一、明治書院）六三〇頁参照。
（9）小島憲之氏「由阿・良基とその著書―中世万葉学の一面―」（『万葉集大成』2、昭和二八・三）参照。
（10）彰考館文庫（三本）・内閣文庫（二本）・陽明文庫（二本）・竜門文庫・蓬左文庫・東大寺図書館・島原松平文庫・岡山大学図書館・愛知教育大学・穂久邇文庫（各一本）に所蔵されている。
（11）注2の「『六花集』の性格と価値」

〔付記〕　本稿は、昭和四十六年度文部省科学研究費補助金（奨励研究(B)）による研究成果の一部である。

Ⅲ　『六花集注』の性格と価値

一　概　要

『六花集注』はだいたい南北朝以前の和歌を集めた私撰集『六華集』にかなり詳細な注釈を付した『六華集』の注釈書である。内容は、島原松平本・蓬左本・内閣本(A)・内閣本(B)・岡山大本等の諸本の考察によって判明した結果から『六花集注』の全貌に言及すれば、全部で五百二十四項目の内容から成立しており、それらは「春部」三十七項目、「夏部」五十項目、「秋部」七十五項目、「冬部」四十三項目、「見聞雑」四項目、「旅部」四十一項目、「名所部」五十九項目、「祝言部」十三項目、「神祇部」三十五項目、「釈教部」七項目、「私尋記神祇分」七項目、「雑下部」三十九項目、「長哥」三十項目、「恋部」八十四項目のごとく部立てされている（このうち、「祝言部」は普通には「賀部」

と称するもの、「私尋記神祇分」は「神祇部」に収録すべきものだが、『六花集注』の配列に従っておいた）。これを出典不明の歌を除いた、『六花集注』収録中の出典資料の判明した和歌の結果から出典分類表を作成すれば、次のとおりである。(1)

（表1）　出典資料一覧表

出典資料	歌数
万葉集	一二三首
催馬楽	一首
古今集	一〇首
伊勢物語	三首
貫之集	一首
後撰集	九首
古今六帖	一一首
曾丹集	一首
拾遺集	二三一首
兼盛集	一首
源氏物語	六首
後拾遺集	九首
六百番歌合	三首
俊頼髄脳	一首
今昔物語	二首
金葉集	五首
詞花集	二首
奥義抄	一首
今鏡	一首
長秋詠藻	二首
山家集	一首
千載集	九首
千五百番歌合	五首
秋篠月清集	四首
新古今集	一六首
無名抄	一首
伊勢記	一首
拾遺愚草	一二首
源氏物語奥入	一首
新勅撰集	八首
壬二集	六首
続後撰集	七首
唐物語	一首
続古今集	一八首
続拾遺集	五首
新後撰集	一首
夫木抄	八六首
玉葉集	一三首
続後拾遺集	二首
拾玉集	二首
風雅集	二首
新千載集	七首
新拾遺集	三首
井蛙抄	一首
詞林采葉抄	二首
二言抄	一首

この結果、万葉歌が圧倒的に多く収録されている事実をもって、筆者は『六花集の研究』（私家版、昭和四五・八）で、万葉研究史における『六花集注』の意義に言及したのであったが、本節Ⅲではそれらの万葉歌を除いた和歌を対

象に『六花集注』のより完全な全体像にアプローチしてみたい。そこで『六花集注』収録中の歌人名を見ると、上は万葉歌人から、下は南北朝時代の歌人に至るまで、時間的にかなり広範囲にわたっていることを知る。が、ここでは一応新古今時代と称されている前後あたりから以後の歌人を列挙して、『六花集注』のおおよその内容を紹介することから始めたい。というのは、『六花集注』に見える注釈の内容は、万葉歌を考察の対象から除外した場合、たいてい新古今時代頃に成立を見る注釈書・歌学書等の内容と密接な関係が指摘されるように思うからである。『六花集注』収載の新古今時代前後から以後の和歌と作者のおおよそを列挙すれば、だいたい次のとおりである。(2)

卯花も神のひもろ木ときてけりとぶさもたバにゆふ懸てミゆ　（俊頼・松四一）
三輪の山ふもとめぐりのよこ霞しるしの杉のうれなかくしそ　（仲正・松二六）
かつ見ても猶ぞ恋しきわがせこがゆづのつまぐしいかにさすらん　（基俊・内(A)二九一）
鶯の古巣よりたつ子規あひよりもこき声のいろかな　（西行・松四七）
白妙のいさごまきしき天河月のミやこのいろになるらん　（俊成・松一〇七）
鯨トル賢キ海ノソコマデモ君ダニ住マバ浪路シノガム　（顕昭・蓬一九〇）
けふはワが君の御前にとる文のさしてかたよるあづさ弓哉　（良経・松一〇）
吾妹子が上裳のすその水浪にけさこそ冬ハたちハじめけれ　（家長・松一五七）
ひこ星のかざしの玉や天河水影草のつゆにまかせむ　（後鳥羽院・松九八）
もろ人の立ゐる春の盃に光もしるしちよの初春　（家隆・松二）
うち靡き春さりくれば久木生ふる片山陰に鶯のなく　（実朝・松一五）
春くればほしのくらゐに影ミえて雲井の庭に出る婦人　（定家・松一）
筑摩河春行水ハ澄にけりきえていく日の嶺のしら雪　（順徳院・松一三）

淡路潟しるしの煙たち侘て霞をいとふ春の舟人　（通光・松二四）
御垣もる殿辺にたてる標かげしたふミなれしミちハ忘ぬ　（為家・松七二）
夏来ればあづまの琴のあしつをによりかけてける藤波の花　（家良・松三九）
には火たく煙も空に立ぞまふ伎きねが袖のはかぜに　（知家・松一八六）
しの〵めのしがらき山の時鳥檜原から《陰イ》れの雲になくなり　（信実・松四九）
秋津羽ノ姿ノ国ニ跡タル、神ノ守ハ我君ノタメ　（実氏・蓬三二三）
とにかくにミかさと申せ夏ふかき末野のはらに日照雨ふる　（光俊・松八〇）
春の夜の塩干の方のかつらがた山まで続く海の中道　（基家・松二三）
大伴の御津のはま松かすむいろはや日のもとに春やたつらむ　（宗尊親王・松四）
月にゆくさの〵ワたりの秋のよは宿あるとてもとまりやハせん　（国助・松一一九）
ワすれずよ石のつかさの袖ふれしはなたち花や今かほるらん　（亀山院・松六二）
人の国に織てふかとりつたへどもあやしやいかに爰にしもきる　（為兼・松三八）
飛鳥の送の翅しほるらし雲路雨なる春のワかれに　（伏見院・松三六）
しづめけん鏡のかげや残るらん松浦の川の秋のよの月　（為相・松一三四）
諸人ノ賜物テシ立春ノ初ノ今日豊ノ明ハ　（後醍醐天皇・蓬二三九）

これが『六花集注』収録の、新古今時代前後から以降に見える和歌とその作者の概要であるが、さらに同じ条件で『六花集注』に収録されている、和歌が二首以上見える歌人を列挙すれば、次のとおりである。

定家一六首・俊頼一〇首・良経一〇首・家隆九首・光俊九首・仲正六首・俊成六首・家良六首・為家六首・基家六首・信実五首・西行四首・宗尊親王四首・知家三首・後醍醐天皇三首・実朝二首・家長二首・順徳院二首・実

氏二首。

以上から『六花集注』が新古今時代前後から南北朝前期頃に至るまでの、いわゆる中世歌壇史に関係する主要人物の和歌のほとんどを収録している実態が判明する。すなわち、鎌倉時代前期の歌壇では、俊成を中心とする御子左家と、清輔没後後の六条家の歌人達が、九条家の良経を庇護者として初期歌壇を形成した。『六花集注』に俊成・定家・家隆らの歌がかなり多く見えるのは、『六花集注』の編者が御子左家の歌人達の系統を引く人物であったからかも知れないが、同じく『六花集注』には良経や慈円らの歌もかなり見えているから、九条家の系統にも関係なしとしないようだ。また、『六花集注』には平安末期の、いわゆる和歌の保守革新論争の当事者、基俊・俊頼の歌も見えており、就中、和歌の新機軸を開こうとして革新的傾向の強かった俊頼の歌が圧倒的に多く見えるのは、鎌倉期の歌壇において万葉歌が歌人の注目を引かなかった中にあって、『六花集注』が百二十三首もの万葉歌を採っていることと相俟って興味深いところである。それはともかく、承久の乱以降の歌壇は、御子左家の定家の独壇場で長くあったが、定家没後は嫡出子為家が歌道師範家の地位を確保していた。しかし建長三年、『続後撰集』を単独撰進した為家に対して、光俊は反旗を翻し、反御子左家の立場を明確にしている。『六花集注』に光俊をはじめ、宗尊親王・基家・家良らの歌がかなり多く見られるのは、その辺の歌壇の事情を語るものかも知れないが、しかし、反御子左家の一派も宗尊親王の失脚後は、再び御子左家に統一され、そして為家没後の御子左家は、いわゆる二条家（為氏）、京極家（為兼）、冷泉家（為相）の三家に分裂してしまった。『六花集注』には為兼・為相の歌が各一首ずつ見えているし、また南北朝期においては、二条派の系統に属する後醍醐天皇の歌も見えていて、為家没後の二条・京極・冷泉家の系統にそれぞれ関係する内容が指摘される。したがって『六花集注』が和歌師範家のいずれの系統に所属する注釈書であるかは一概に言えぬのである。しかし、『六花集注』が新古今時代前後から南北朝前期頃までの、中世歌壇史の流れの中の主要人物の和歌をほとんど収録していることだけは、前述したとおり明言できるのであって、『六花集注』

の輪郭はおおよそ説明できたかと思われる。

二　注釈内容

『六花集注』の収録歌は、以上のとおり南北朝歌壇史までに登場するほとんどの歌人のそれであるが、『六花集注』はだいたい南北朝後期頃にその成立が考えられる注釈書であるから、(3)『六花集注』の注釈には、いわゆる二条家、京極家、冷泉家の三和歌師範家のいずれかの系統に属する注釈内容が伝えられているはずである。『六花集注』の注釈内容が、右の三家のいずれの系統に属する内容であるかという観点から『六花集注』の注釈内容を検討すると、次の三箇所にその手がかりを見出すことができる。

その第一は、松平本百四十七項目に見える注釈で、

かのミゆる池辺に咲るそが菊のしげミさえだの色のてころさ
そが菊とハ餘家には黄菊を申せども、当家にハ只池のほとりにそがひに見えたる菊を申也。そがひとハすぢかひさま也。

のとおりである。これは『拾遺集』収載の読人不知の歌に関する注釈であるが、この注釈の中の「当家」なる家がいったいいずれの和歌師範家を指すかが、まず手がかりとなる。いったい「そが菊」の意味を、「只池のほとりにそがひに見えたる菊」と注しているのは、いずれの和歌師範家であろうか。「そが菊」の注釈は、「伝統的歌語の用法に一見識を有したため御子左風と対立した。」(和歌文学大辞典)六条家の中心人物たる顕昭の『袖中抄』に、「顕昭云、そが菊とは黄菊也。そがとは承和を云なしたる也。承和の御門黄なる色を好給ければ、黄なる色をば承和色と云。去ば黄菊をばそが菊と云。躰うるはしくそわぎくと書る本もあり。」(日本歌学大系本)とあり、『六花集注』の「餘家」の注釈を叙しているが、この見解は『無名抄』『奥義抄』ともに同一である。一方、「そが菊」を「黄菊」と解しない

見解は、御子左家の中心人物たる俊成の『古来風体抄』に、「むかひのきしにそがひに見ゆるときよめるにや。承和のみかどのきなるいろをこのみたまひければ。き菊をそがぎくといふなりと申事は。いつよりいふ事にかおぼつかなし」（続群書類従本）と注するのをはじめとして、定家の『僻案抄』にも、「家々の釈おなじく。承和黄菊一本菊など。くはしく書ためり。そもそも大宝よりこのかた。聖代治世に好み給へる物おほかれど。など天平延暦弘仁といふものはなくて、くだれる世の承和しも。菊の名にはつけけるにか。不審あるべくや。万葉集に。そがとつかへる詞おなじ心おほくみゆ。そがのむら鳥。そがひに見ゆる。竹そがなど。すべてをひすがひなることをそがといへり。」（群書類従本）と述べて、「黄菊」の見解を否定している。さらに「そが菊」の注釈を『六花集注』成立以後の注釈書に求めると、「了俊が歌の師冷泉為秀の説に自見を交えて記した」（和歌文学大辞典）冷泉家系統の歌学書『師説自見集』には、「そがひに見ゆるとは。追すがひに見事也。（俊頼朝臣。俊成卿同前）そがぎくをも追すがひにある菊と俊成卿の説也。又黄菊也云々。一本菊なり云々。私云。或老人の申しは。そが菊とは十日の菊を云と。或書に其故はみそかとは三十日と云。十日とはそ日と云々。菊は九月九日を正日なり。昨日九日過たる間十日菊と云々。まことに一理の尺は叶たれ共。師と成たる人の説をあまねくは用事なれば。今用がたき事なり。」（続群書類従本）と見え、顕昭とも俊成・定家とも異なった説を紹介しているが、それは「今用がたき事なり。」と黙殺している。また「基俊・俊頼以下鎌倉期の諸家・諸学書の説が博く引かれ、学究的態度をみせている」（和歌文学大辞典）一条兼良の『歌林良材集』には、「そがは。むかひの帝の黄なる色をこのみ給ける。黄菊をそわ菊と申事は。いつよりいふ事か。おぼつかなく侍るよし。俊成卿も古来風体抄にしるされ侍り。」（続群書類従本）と記され、御子左家の見解を踏襲している。

以上から『六花集注』は、御子左家の俊成・定家、「別に師範もなかったが、冷泉持為とは交渉があった」（和歌文学大辞典）らしい兼良等の注釈内容とほぼ一致することは判明するが、いずれの家の系統に属する注釈内容かまでは判然とせず、さらに他に手がかりを求めて検討をする必要がありそうである。

第二の手がかりは、松平本三百四十六項目の『新古今集』収載歌、紀貫之の歌「河やしろしのにをりはへほす衣いかにほせばか七日ひざらん」（朝日古典全書本）に関する注釈である。

河社とは家にハ尤秘する事とて物にも注せられず。其ハ、五月雨など降て洪水の出たる時、水岩を越て落音皷の様なるを云と被仰にや。只河の上に社を作懸て竹を立て、其竹に棚をかきて神供を備へて、其前にて神楽をする事也。いかにほせばか七日ひざらんとハ、無実の物実否をしらんとて、其着たる衣を其神水にぬらして其竹に懸ておきたれバ、無実ハやがてひる也。罪を犯せる者の衣ハ、七日まで置たれどもひずと申事也。

この注の「河社とは家にハ尤秘する事也」の「家」を明確にすれば、『六花集注』の注釈の系統が判明するわけだが、いったい「河社」の注を「尤秘する事」としている歌道師範家はいずれの家であろうか。「河社」の注を記す歌学書は数多あって、まず藤原仲実の『綺語抄』には、「ある人云。かはのかみをいふと云々。しのにをりはへほすとは。人のぬのなどをゝりかけてほすをみて。かはのかみのまねびて。きぬをかは中にほすか。河なればまだひぬか。さればいかに〳〵ほせばかといふなるべし。」（続群書類従本）のごとく、「河社」が「かはのかみ」という意味を有する見解が紹介されているが、一方、顕昭の『袖中抄』には、「是は神楽の譜に夏神楽と云事あり。うちまかせては神楽は冬する事を、夏するに河のうへにさか木を立たなをかきてする事とぞ申。」とあって、「夏神楽」をその意味としている。すなわち、「河社」には、『師説自見集』が「河社とは。種々の説あり。一には夏神楽する時。河辺にてすること云々。一には水神の住所をいふ云々。」とうまく分析しているとおり、だいたい顕昭と仲実に代表される二通りの解釈が指摘できるのである。そうして顕昭以後は、ほとんど前者の「夏神楽」の意味が、たとえば『古来風体抄』には、「この貫之がしのにおりはへの歌は。夏神楽とさしてことばにはいださゞれども。かの御屛風の絵に。河やしろにて神楽したるありさまかきたりけむを。河やしろのありさまばかりをよみて侍りけるなるべし。……ほすころもとよめるは。まことの衣にはあらず。かのぬのびきの滝などいふやうに。たきの水のつねにおちたるを。いかにほせばか七日ひざらんといへるなり。つねにといはんとて。ひさしきよしを七日とも八日ともいふ。」のごとく、また『歌林良材集』には、いま引用した『古来風体抄』の注釈にひき続いて、「河やしろといふは。俊成卿説に。かはの岩瀬に落滝つおと高く白波みなぎりて。大鼓などの様にきこゆる所を云也。」と記されているとおりであって、『六花集注』の注釈も、これら顕昭、俊成の説を踏襲していることが知られる。ただし、それは「河社」の部分に認められる共通点であって、「いかにほせばか七日ひざらん」の部分の注釈の方は、『六花集注』はそれらの注釈書とは趣を異にしており、むしろ「和歌の実作・批判の辞書的性格を持ち、その博引傍証的態度は、清輔を経て六条家の学風に大きな影響をあたえた」（和歌文学大辞典）藤原範兼の『和歌童蒙抄』に見える「なぬかひざらんと云ことはなきたてるをばぬれぎぬと云を、七日までいのれどなきなと云ことのあらはれねばほせども、ひぬとはよめるなり」（国文注釈全書本）の注釈に立脚した内容であると認められる。ということは、『六花集注』の「河社」の注釈内容からも、『六花集注』が和歌師範三家のうちのいずれに属する系統の注釈書であるかの結着はつきそうになく、さらに他の手がかりを求めて模索せざるを得ないようである。

第三の手がかりとして考えられるのは、松平本百十六項目である。

秋の田のいなおほせ鳥のこがれ羽に木葉もよほす露や置らん

いなおほせ鳥の事先達等心〳〵に尺せり。或ハ山鳥、雉、雀、或ハ鳥をも申。此諷ハときと云鳥紅色なるを読り。但、家には石たゝきと云鳥を申。河原雀とも申鳥也。古今歌に、逢ことの稲負鳥のなかりせば人ハ恋路にまよハざらまし、と読り。是ハ、伊奘諾いざなミの尊の夫婦の契をなし給し事ハ、此鳥の振舞をミて語給しことなれば、此説一定なるべし。其上家に此鳥を申さるゝ上ハ、庭たゝき一定なるべし。

この「稲負鳥」とは、いわゆる古今伝授の中の一項目である「三木三鳥」のうちの三鳥――「ももちどり」「呼ぶこ鳥」「いなおほせ鳥」の中の一鳥であって、これら三鳥の注解は、和歌師範家においても、秘事として伝授された。

したがって、この「稲負鳥」の秘伝は当然、師範家独自の注解として口伝されているはずであるから、各々の和歌師範家に伝授する内容を探索して行けば、いずれの家の口伝かは『六花集注』の注釈内容と一致するはずである。いったい『六花集注』の「稲負鳥」に関する注釈内容は、いずれの家の秘伝内容と一致するであろうか。

まず『袖中抄』には、

顕昭云、いなおほせ鳥とは、ふるくはとかく云たれど慥にみえたる事なし。秋の田になくよしを詠り。さる鳥の侍るにこそ。是は古今に読人不ㇾ知の歌也。又古今に有歌は、惟貞親王家歌合、忠峯詠也。

山田もるあきのかりいほにおく露は稲負鳥のなみだなりけり

此歌は菅家萬葉集にも入れり。第五句は涙なるらし。

倭語抄云、山田に夜や暁などに鳴く鳥也。綺語抄云、いなおほせ鳥はにはたゝき也。無名抄云、いなおほせ鳥とは知る人なし。にはたゝきといふ鳥なめりといへる人有。おしはかり事なめり。此にはたゝきと云る鳥は、とつぎをしへ鳥とぞ申なる。それに付て心有歌

あふことをいなおほせ鳥のをしへずは人を恋路にまどはざらまし

此歌を（彼鳥の名に）思あはするなめり。雀と申人あれど雀は常にある鳥なれば、今はじめてなくなべになどおどろくべき事にもあらず。

奥義抄云、古歌にさま〲によめり。或は秋田にむれはむ鳥也。或は秋立てくるよしあり。俊子歌には、

小夜ふけて稲おほせ鳥のなきけるをきみがたゝくとおもひけるかな

又あふ事をしふともあり。是につきてにはたゝきと申人も有ども、本草・和名・兼名苑など云文こそは、よろづの物の異名かたちをさへあかしたるに、みえたる事もなし。

又順が和名には、にはたゝきをば鶺鴒、鶺鴒など書て注云、日本私記云、とつぎをしへ鳥とかけり。又別に稲

負鳥と書て、注にそのよみ、いなおほせ鳥と書て、萬葉を引き、文に出したればこと鳥とみえたり。順しらざらんやは。但此古歌にては、庭たゝきとぞみえ侍れども、順がわきまへざらん事を、今の世にさだめがたし。

と、顕昭みずからの見解に添えて、顕昭以前の歌学書からの言説のほとんどを紹介している。それによると、「稲負鳥」とは、「にはたゝき」「とつぎをしへ鳥」「鵖鶬」「鶺鴒」「山田に夜や暁などに鳴く鳥」「秋田にむれはむ鳥」など、はっきりと鳥名をあげた説や、名称が分からずその鳥の性格をあげた説等、諸説一定していない。ところで『僻案抄』には、「此鳥さま〴〵に。清輔朝臣等の人々。説々をかきて事きらざるべし。此歌。かりはきにけりといふに。雁といふ説はあるべからず。時の景気秋風すゞしく成行ころ。庭たゝきなれ来たりて。をとろへゆく秋草の中におりゐて。色も声もめづらしき頃は。はつ雁の空にきこゆる。当時ある事なれば。つねの人の門庭などになれこぬ鳥を。遠くもとめ出さで。めのまへに見ゆることにつくべしと思給なり。いはまほしからん人は。鳳とも鸞とも。心にまかせていひなすべし。たがひにしるべからず。」と断った後に、「近年ある好士安芸国にまかれりけるに。宿所より立たりけるに。にはたゝきのおりゐて鳴けるを。女の有けるが見て。いなおほせ鳥よといひけるを聞て。など此鳥をいなおほせ鳥よといふぞと問ければ。此鳥きたりなく時。田より稲をおひて家々にはこびをけば申也といひけり。国々の田舎人は。かやうの事をやす〳〵といひ出す。おかしく聞ゆ。この事きゝて後に。安芸国にかよふ人にとへば。みな同じさまに聞たるよしを申也。大和河内などにも。あまねく申よし聞ゆ。ひとへにをしていはんよりは。国々土民の説もちゐるべくや。人の心にしたがふべし。」と続けて、定家は面白い解説を施しているが、「二条家の藤原為氏の子として鎌倉時代後期の歌壇を代表する一人であった。」（和歌文学大辞典）為世の『和歌庭訓』には、「京極入道中納言鎌倉右大臣へおくられ侍る一巻の中に、大和歌の道は遠く求めひろくきく道にあらずと侍る事」と題して、「まことに月氏、漢朝のことわざをよむべきにあらず。広学多聞を事とすべきにあらず。たゞ大和詞にて見る物、聞く物に付けて、いひ出す事也。さればとほく経論の文を求め、広く詩賦の詞を移すべきにあらず。萬葉集の歌、日本紀の詞などを、もとめ聞きてよむだにも如何とこそ承り侍れ。されば顕昭がいなおほせ鳥の事くれぐ〵と釈したるをば、京極入道中納言は、此事いはでもありなむ。金翅鳥、伽陵頻などいふ鳥も、あるとばかり聞て扨こそあれ。いなおほせどりもさる鳥こそあらむとて有なんかし。知りたるものも、いなおほせ鳥はからす也けりとも、すゞめ也けりともよまぬうへは、たゞしらずよみに読みたりとも、何のくるしみかあらむ。かやうに申せば、ものもしらぬ山寺法師（など）は、当流は何も知らぬ家ぞ書申すなる、をかしくこそと仰せられし。」（日本歌学大系本）と叙述され、「稲負鳥」に触れて、為世は定家の語釈詮索の態度を非難している。つまり、「知りたるものも、いなおほせ鳥はからす也けりとも、すゞめ也けりともよまぬうへは、たゞしらずよみに読みたりとも、何のくるしみかあらむ。」という為世の歌学態度は、「稲負鳥」に関する二条家独自の注解はおそらく存していたに相違なかろうが、それにもかかわらず、そのようなものには拘泥しない姿勢であって、為世にとっては、歌語の注解など二の次の問題であったのであろう。ここには鎌倉時代後期頃の二条家の歌学態度が如実に示されているように思われる。

これに対して時間的には少し下るが、下冷泉家の祖で、冷泉為尹の第三子・持為の「冷泉家系統の書」（和歌文学大辞典）、『古今抄』(4)（広島大学図書館蔵）には、『古今集』収載歌――「わがかどにいなおほせどりのなくなべにけさ吹く風にかりはきにけり」（古典文学大系本）に注して、「いなおふせどりの哥の事いなおふせどりのなくなべに鴈のくると也、心ハ鴾と云鳥寒き比なくなれバ其比より鴈も北風をいたミてこなたへくると也、為家卿哥に、秋田のいなおふせ鳥のこがれ羽に木葉もよほす露や染らんとあり、又為兼卿哥に、今朝のそらうす紅にみえつるハいなおふせ鳥のわたるなりけり、此等の二首ハいづれも鴾をよめると聞えたり、又俊頼朝臣説にハ、あるかた山ほとりに行ころ聞ければわらハべのいなおふせどりこよといふをみれバ肩駄荷なりと侍れバ、いねおふ馬の事にて侍りと被申けりとなん難して云、しからバ鳥と云事ふしん也、答ていハく、猪のしゝをしなが鳥といふ類なるべしとあり、このほかある雀ともいへり、又庭たゝきともあり、庭たゝきの儀ハ一道の故あり、伊勢が哥に、逢事をいなおふせ鳥のをしへずハ人ハ恋路にまよハざらましと侍るハ、石たゝく鳥の事に侍るにや、なくなべにとハなくからに也、秘伝是ハ猿丸が哥也」と記している。また同書は、同じく古今歌「山田もる秋のかりいほにをく露はいなおほせどりの涙なりけり」に注して、「秋の田のかりたるいねにてふくいほりなれバいな葉紅葉たり、そのうへにをく露ハ色ふかし、鴾のながす紅涙ににたりと云儀也」と記している。この『古今抄』（持為）なる注釈書は、たとえば『壬二集』収載の家隆の歌「秋の田の稲負鳥のこがればも木葉催す露や染らむ」（続国歌大観本）を、「為家卿」の作などとしている欠点を有するものの、以上の二つの注釈内容から、「稲負鳥」は「鴾」を意味していることがまず知られ、これは『六花集注』が「此謌ハときと云鳥紅色なるを読り」と記している内容と一致する。ところで、「稲負鳥」に「とき」を当てる注釈は、「万葉集と古今集以下千載集に至るまでの和歌中、難語句七〇〇余を、いろ波別に分け、証歌をあげて解釈している。」（和歌文学大辞典）『色葉和難抄』に、つとに「いなおほせどりとは、鴾をいふなり。」と紹介されてはいるけれども、和歌師範家では冷泉家の注解と認められる。また、『古今抄』は、『六花集注』が「古今歌」として誤記している「逢ことの稲負鳥のなかりせば人ハ恋路にまよハざらまし」の歌を、「伊勢が哥」として引用している点も共通するし、さらにこの歌の「稲負鳥」は「石たゝく鳥の事」だとして、「庭たゝきの儀ハ一道の故あり」と述べているが、これは『六花集注』が「但、家には石たゝきと云鳥を申」と記している内容と軌を一にするものであって、ここに『六花集注』の「稲負鳥」の注釈内容は、冷泉家系統の注解を伝えていると認定してほぼ間違いはないのではあるまいか。ということは、『六花集注』の注釈は冷泉家の注釈を伝播しているわけで、南北朝時代頃の冷泉派の「注釈書は、冷泉為相著といわれる〈古今集注〉が、全歌にわたる細注をほどこすほか、冷泉持為〈古今抄〉など、僅かなものしか遺されていない。」（近藤潤一氏「勅撰集研究史　近世以前」『解釈と鑑賞』第三三巻第四号、昭和四三・八）中で、『六花集注』の注釈内容も多少の異彩を放す注釈だと評価してもさしつかえないのではあるまいか。

三　連歌的性格

次に『六花集注』の特色を探索してみると、部立て構成の面に新機軸が打ち出されていることを知る。『六花集注』がいかなる部立て構成を有しているかは既述したとおりだが、その中に「名所部」と「祝言部」（蓬左本のみ）の部立ての見えることは『六花集注』の特色として指摘されよう。元来、部立てとは「歌集などで配列のために和歌を部類分けすること。」であり、「万葉集では雑歌・相聞・挽歌・正述心緒歌・寄物陳思歌・譬喩歌など」に分類されるが、「平安時代の勅撰和歌集は四季春・夏・秋・冬の部と恋の部とを二大根幹とし、これに物名・賀・哀傷・羇旅・雑・雑体の部が、さらに連歌・神祇・釈教などの部も後に加わった。」（和歌文学大辞典）のが、一般的な部立て構成であった。ところが『六花集注』では、それら以外に前述の「名所部」と「祝言部」の部類が成されており、それは、平安時代の『類聚古集』や鎌倉時代の『夫木和歌抄』等に見える、天象・地儀・居所・人倫・草木等の分類方法に多少の共通する側面が見られなくはないけれども、それでも『六花集注』の部立て構成は特異性を有しているといっていいように思われる。このうち「祝言部」に関しては既に言及したので[5]、ここでは「名所部」を採り上げて、その歌の配列状態を通して『六花集注』の性格を明瞭にしてみたいと思う。

そこでまず『六花集注』の「名所部」の配列状態を整理してみたのが、（表2）である[6]。

（表2）「名所部」の配列状況一覧表

番号	歌枕名	所在	属性
蓬左二七六	御手洗川	山城	水
二四三	嵯峨山・芹川	山城	山・水
二四四	宇治	山城	
二四五	宇治	山城	
二四六	大内山	山城	山
二四七	水無瀬川	山城	川
二四八	大内山	山城	山
二四九	おぼろの冷水	山城	水

二五〇	小野の篠原	山城	
二五一	高山		
二五二	(奈良)	大和	
二五三	紫野・しめ野	大和・山城	
二五四	こせの春野	大和	
二五五	かつまたの池	大和	水
二五六	吉野川	大和	水
二五七	岩代の野中	大和	
二五八	吉野川	大和	水
二五九	紀の川	紀伊	水
二六〇			
二六一	御熊野	紀伊	
二六二	音無川	紀伊	水
二六三	和歌の浦	紀伊	水
二六四	石上ふる	大和	
二六五	島の宮まがりの池	大和	水
二六六	月の林寺	山城	
二六七	飛鳥井	大和か山城	
二六八	かせの山	山城	山
二六九	堀江の川	摂津	水
二七〇	難波江	摂津	水
二七一	難波潟	摂津	水
二七二	富緒川	大和	水
二七三	難波・高津宮	摂津	
二七四	高津の宮	摂津	
二七五	いなみ野	播磨	
二七六	片岡山	大和	山
二七七	高砂	播磨	
二七八	会坂の関	近江・山城	
二七九	会坂山	近江・山城	山
二八〇	堅田	近江	
二八一	よごの海	近江	水
二八二	近江の海	近江	水
二八三	浅間なる御手洗河	駿河	水
二八四	富士のしば山	駿河	山
二八五	富士の鳴沢	駿河	
二八六	足柄山	相模	山
二八七	こよろぎの磯	相模	
二八八	伊吹	下野	
二八九	信濃なる薗原	信濃	
二九〇	すがのあらの	信濃	
二九一	みちのくのあだちが原	陸前	
二九二	陸奥の岩手	陸中	
二九三	佐野の舟橋	上野	水
二九四	伊予の湯	伊与	
二九五	朝倉	筑前	
二九六	香椎潟	筑前	水
二九七	白川	筑前	水
二九八	玉島川	肥前	水
二九九			
三〇〇	なご	越中	

この（表2）は、第一欄に『六花集注』の配列番号（松平本の項目順に付した仮番号。ただし冒頭のそれは蓬左本の番号）を、第二欄にその和歌に詠み込まれている歌枕を、第三欄にそれらの歌枕の所属する国名を、第四欄に歌枕の性質を各々山類と水辺に分類して記したものである。これによって「名所部」の和歌がだいたい統一的・有機的に配列されている実体が把握でき、『六花集注』編者の配列に関する並々ならぬ努力のはらわれた跡が知られる。

すなわち、『六花集注』の「名所部」の歌枕配列順序は、山城（畿内）・大和（畿内）・紀伊（南海道）・大和（畿内）・摂津（畿内）・播磨（山陽道）・近江（東山道）・駿河（東海道）・相模（東海道）・下野（東山道）・信濃（東山道）・陸前（東山道）・陸中（東山道）・上野（東山道）・伊予（南海道）・筑前（西海道）・肥前（西海道）・越中（北陸道）の小ブロックの配列順序となっている。これは見方をかえれば、近畿・中京・関東・東北・四国・九州・北陸ブロック順とも見ることができ、そこには『六花集注』の配列が現代の地域区分と同様の方法によって成されている事実が指摘されて面白い。

『六花集注』はこのように編者のかなり確固たる配列基準に基づいて統一性のとれた配列と一応はなっているけれども、そこに問題のないわけではない。まず、二六〇番の項目は、「鬼の志古草とハ苑園也紫苑歟私」と記すのみで、これはおそらく『万葉集』の「忘れ草わが下紐に着けたれど醜の醜草言にしありけり」（七二七）の歌か、「忘れ草垣もじみみに植ゑたれど醜の醜草なほ恋ひにけり」（三〇六二）の歌の「醜の醜草」に関する注釈であろうが、この万葉歌はいずれも歌枕を有していないのであって、何故この歌注が二五九番と二六一番（ともに紀伊の歌枕を詠み込む）の間に置かれたのかは判然としない。しかし、二六六番の項目の歌は、「昔わがおりし桂のかひぞなき月の林のめしにいらねバ」（内閣(A)本）であり、この歌には一見、歌枕が詠み込まれていない感を受けるが、実は、『拾遺集』収載の当歌の詞書きには、「清慎公月林寺にまかりけるに……」（国歌大観本）の語句が見えるのであり、『六花集注』の編者はこの詞書きを承知の上でこの和歌を採っている事情が察せられる。続く二六七番の項目の「飛鳥井に宿りハトラン影モヨシ身モ日モ寒シ御馬草モヨシ」（蓬左本）の歌は、「飛鳥井催馬楽の哥ハ心もしらず尺も」と注されており、「飛鳥井」の所在地は現在も、「この飛鳥は、どこかわからない。大和国の飛鳥かもしれないが、確かではない。後抄は、京都の二条万里小路にもあると注するが、全体としてのおもむきが旅の気分だから、京都では何となく変である。」（古典文学大系本『古代歌謡集』三八五頁頭注）のとおり、確定していない。もっとも、この飛鳥の所在地が当面の場合、京都ということになれば、好都合で、二六六番「山城」・二六七番「山城」・二六八番「山城」となって問題はなくなるのだが。それはともかく、『六花集注』がこの二六七番の歌をこの位置に置いた意図は何であろうかを思考するに、それは二六六番の歌には「桂」、二六八番の歌には「苧」が各々詠み込まれていることに気付く。つまり植物の縁でもって「御馬草」を含むこの歌をこの位置においたのではあるまいか。この一群は一種の類語意識のもとに配列されているると認められるのではあるまいか。この配列意識でもって当たるならば、たとえば、二九九番の項目「島津鳥とは鵜也」の置かれた位置も納得する。二九八番の歌は「松浦なる玉島川に若鮎釣る妹が手本をわれこそ巻かめ」（万葉集・八五六）、三〇〇番の歌は「安湯ノ風イタク吹ラシナゴノ海士ノ釣スル小舟コギ帰ル見ユ」（蓬左本）であるが、ともに釣に関係のある内容である。この二九八と三〇〇番の間に「島津鳥」なる語句を有する歌が置かれているわけだが、これはとりも直さず、鮎と鵜は鵜飼で関連するし、さらに三〇〇番の「安湯」は「鮎」と同音になっている。二九九番の歌は不詳ではあるが、このような編者の意図のもとに配列されている背景が知られるのである。また、二七五番「住吉ノ岡ノ松笠サシタレバ雨ハフルトモイナミ野ハキシ」（蓬左本）、二七七番「高砂のまつりの人も百敷のえらびに入てなればなるべし」（内閣(A)本）の両歌には、「イナミ野」「高砂」と「播磨」の歌枕を含んでいて「播磨」の小ブロックを成す中に、二七六番の「しなてるや片岡山の飯にうへてふせる旅人あハれおやなし」（内閣(A)本）の歌が置かれている疑問も氷解する。つまり、二七六番の和歌の歌枕たる「片岡山」は「大和」国に所属するのだけれども、二六五番の歌の中の「イナミ野」の「ミ野」（蓑）の縁で「旅人」の「旅」を含むこの和歌がこの位置に配列されているというわけである。さらにまた、二五一番の「高山の峯踏ならすとらの子ハ《の歟》のぼらん道ハ末ぞはるけき」（内閣(A)本）の歌も、「高山」だけでは何処の歌枕であるか判然としないのであるが、これも二五〇番の「浅茅生の小野の篠原いかなれば手飼の虎の臥所なる」（内閣(A)本）の歌に見える「虎」の縁でこの位置に置かれている事情が理解されるのである。

『六花集注』の和歌の配列方法は、「名所部」において大略、山城・大和などの小ブロック別に配列されている構造を見て来たが、その中で、その法則を破った配列方法の見られる個所には、以上のごとき類語・縁語意識に支えられた編者の編纂方法が採られている事実が知られる。ここに『六花集注』の編者の苦心の跡も認められるわけだが、そのことは（表2）の属性の欄にも認められるところである。つまり、この欄は「名所部」の歌枕が、山類（大内山・片岡山など）、水辺（水無瀬川・吉野川など）、その他（こせの春野・会坂の関など）に分類される、その歌枕の属性について注記した欄であるが、そこにも水辺もしくは山類の一方だけがだらだらと続いて単調にならぬようにと配慮された編者の意図が見られるのである。

これを要するに、『六花集注』の「名所部」の和歌配列の方法を通して見た『六花集注』の特色は、編者の確固たる基準に基づいた編纂意識のもたらす統一性のある内容であり、同語もしくは類語あるいは字句の縁などによる配列、山類、水辺の配合化であって、それは一言にしていえば、連歌の付合い（勿論、連歌の方式ほどには厳密ではないが）に見られるごとき方法の援用とでも言うべき編纂方法ではあるまいか。そう言えば、「祝言部」なる一般の部立てに見えない部立てを『六花集注』が採っている事情も、連歌と関連づけて考慮すれば、案外うまく説明のつく性質のものでもあるようではあるが、この問題はここでは触れないことにしたい。

『六花集注』の新部立てたる「名所部」を通して、和歌の配列方法に連歌の付合い手法の認められることを指摘したが、『六花集注』が連歌と密接な関係を有する注釈書であることは、和歌の注釈の箇所に見られるいくつかの見解が連歌に関する内容となっている内容からも窺知される。それは「秋部」に特に多く見られるのだが、たとえば、「遠妻と手枕かへてねたる夜ハ鳥がねなくな明はあく共」（二〇二一）の万葉歌の注解を、

鳥がねの事、是ハ人間の鶏也。七夕の別、是によるべからず、と世上の理になぞらへてよめり。然バ連歌などには付る事苦しかるまじきにや。（松九四）

と記述していることや、同じく「秋萩は咲ぬべかりし我やどの浅茅のはなの散行ミれば」（一五一四）の万葉歌の注を、

当世の連歌に浅茅といへば花なしと付事、此歌を不知也。あさぢのちばな也。（松一〇八）

と叙述していること、さらに『拾遺愚草』収載の定家の歌「関の戸をさそひし人ハ出やらで有明月の佐夜の中山」の注を、

此歌ハさ夜の中山に関なければども関を付るは、この歌のこゝろ也。（松二〇六）

と記しているごとくであって、各々連歌の内容に言及していること明瞭である。これらの注はいずれも連歌の付合いに関する内容であるが、次の『夫木抄』収載の後九条内大臣（基家）の「七夕もおなじ河原にたつ田姫いそげもミぢの天の浮橋」の歌の注、

七夕と立田姫の寄合、未曳只紅葉のハしをいそぐ心也。（松一〇〇）

また、同じく『夫木抄』収載、後九条内大臣の「鵲の川かぜたちぬ七夕の紅葉の戸帳なミやかくらん」の歌注、

鵲の河とて名所有。是を七夕にとりて寄たる也。紅葉の戸帳とハ、錦の戸帳を七夕に云寄たる也。（松一〇一）

さらに、『夫木抄』収載歌、光俊の「天河井せきの山のたかねより月の御舟のかげぞさしこせ」の注、

天河井せきの山とハ、天に井せきの山のあるにはあらず、此山ハ伊賀国の名所也。是をひきよせて読也。

などは、いずれも連歌の寄合いに関する内容に言及した注釈である。

さらに『六花集注』の注釈のいたる所に散見する、

　船とむる入江のさほの音すミてあしまの山に残る秋風　（松一一八）

　　あしまの山は名所也。

の「あしまの山は名所也。」のごとき注釈内容は、[7] たとえば片野達郎氏が「宗祇注『堀河院後百首抄出』とその研究」（『東北大学教養部紀要』第一一号、昭和四五・三）において、連歌氏宗祇注の内容の特色として、「つつじの岡名所也」のごとき「名所についての解説」（同前）をその一つに指摘されていることから言っても、連歌に関連を有する注釈内容と言えるようである。

このように『六花集注』の注釈は連歌に関する内容をかなり有しているのであり、したがって、『六花集注』なる注釈書は連歌に関係を有している編者の手に成る著作集ではあるまいかと推察されるのであるが、いかがなものであろうか。それはともかく、ここで一つ指摘しておきたいことは、前述の九四番と一〇八番と二〇六番の項目の注解に関してである。それらはいずれも連歌の付合いに関する内容であったが、そもそも、付合いとは、「短歌を五七五と七七とに二分した形の句を二句付け合わせたもの、」で、「連歌（連句）形態の根本要件で、付合のないところに連歌（連句）は存在しない。」（俳諧大辞典）というほどに重要な事象である。そしてこの「付合の語義には両様あって、上述の付け合わせることの義の外に、寄合と同義にも用いられている」（同前）場合もあって、前者のごとき用例の初見は、梵燈庵の『長短抄』に見られるところである。ところで『六花集注』の九四番の「遠妻と手枕かへてねたる夜ハ鳥がねなくな明はあく共」の歌に記された、「然バ連歌などには付る事苦しかるまじきにや」の注解と、一〇八番の「秋萩は咲ぬべかりし我やどの浅茅のはなの散行ミれば」に注された、「当世の連歌に浅茅といへば花なしと付事、此哥を不知也。」の評言のうちの「付る事」「付事」の用例は、ほかならず「付け合わせることの義」である。ということは、『俳諧大辞典』（昭和四五・五、明治書院）の「付合」の項目（金子金治郎・中村俊定両氏執筆）に記された『長短抄』をもって「付け合わせる義に用いた付合の用例」（同前）の最初であるとされたそれよりも以前の用例が『六花集注』に見えるということである。そしてまた、『六花集注』二〇六番の歌「関の戸をさそひし人ハ出やらで有明月の佐夜の中山」に付された、「此哥ハさ夜の中山に関なけれども関を付るは、」という注釈は、付合いを「寄合と同義に」用いている用例であって、これは「寄合と同義の用例は『連歌弁義』などが適例である」（俳諧大辞典）という『連歌弁義』（阪昌周著。明和七・三、版本上梓）に先だつことおよそ四百年も前に指摘されるのである。勿論、『連歌弁義』がその用例の嚆矢ではないのであるけれども。ここに『六花集注』が連歌に関係の深かった編者の手に成る注釈書であろうことは明白であるし、さらに『六花集注』の連歌における「付合」に関する文献学的資料価値も認められると評価されるのである。

四　成立年時と編者

以上論述して来た要点は、『六花集注』が冷泉家系統の歌注を伝え、連歌に関係の深い内容を包含する注釈書であるということであるが、『六花集注』の成立年代はいつ頃であろうか。この点に関しては既に、『六花集注』の注釈内容と、藤沢の禅僧・由阿の著作『青葉丹花抄』の内容とが甚しく類似共通点を有する事実から、筆者は応安八年頃なる推定をしているのであるが、その後『六花集注』に、

顕阿
夏三川霜をやはらふあし鴨の上毛にこほる月のかげかな　（松一七四）

夏三川名所也。吉野に有。夏箕河イ

と、「夏三川……」の歌の作者に「顕阿」を当てている記事に気づいた。この注記は松平本と彰考館本のみで、他本は無注であって、いまだこの歌の作者が「顕阿」であるか否か確認はできていない。もしこの顕阿がこの歌の作者で

あるとすれば、顕阿は、二条良基著『近来風体抄』（嘉慶元年成立）にその名が見えているし、また井上宗雄氏によると、「顕阿の伝は未詳、為重集によって康暦元年没したことがわかる」（『中世歌壇史の研究　南北朝期』）由であるから、応安八年頃という推定はくずれはしまい。ということは、応安八年頃で、冷泉家系統で連歌にも関連を有する人物と言えば、冷泉為秀の系統の人物という線が出てくる。為秀は、当時の「名実共に歌壇の第一人者」（和歌文学大辞典）であって、「了俊・高秀ら有力武家は為秀直系の弟子・連歌師梵灯庵もその弟子であった。正徹・心敬も為秀の系統を引く。」（同前）。そして『六花集注』には、前述した「いなおほせ鳥」の注釈の中の、「其上家に此鳥を申さるゝ上ハ……」の語句が示唆するように、『六花集注』の編者は冷泉家それ自身の人物ではなくて、その系統の人物なのである。はたしてその人物は誰かというと、この問題は今のところ不詳としか言いようがないのであるが、ここでは最後に『六花集注』が当時の歌学書に影響を及ぼしている事実を指摘して本節Ⅲを終りたいと思う。

『六花集注』が他の文献にその名称を見せている作品は、『源氏物語』の「空蟬」巻の、空蟬と軒端の荻が碁を打っている場面の「伊予の湯桁」に言及して、「六花集に古歌とていだせり。伊予の湯の湯桁の数は左八つ、右は九つ、中は十六、すべて三十三ありといへり。」（国文注釈全書本）と記述している、一条兼良の『花鳥余情』が管見に入った唯一の作品であるが、[8]「六華集」の名称は出ていないけれども、『六花集注』の注釈を参照にすることなしには記述できないような注釈内容を有している歌論書がある。それは『釣舟』なる作品で、「著者は未詳。」「成立も不詳であるが、この書の奥書によれば〈永正丁卯五月十五日堯慶在判〉とあるので、永正四・五ともみられるが明らかではない。」『和歌深秘抄』と同じように詠歌のためにいろいろな知識を列記したもので、」「初学者のために和歌に関することをいろいろと雑集し、歌論的統一も考えることなく列記したもの」。「はじめに題詠のことを述べ、詠歌法についていろいろと記し、〈八雲立つ〉の歌以下多くの歌をあげてこれを適当に注解して、詠歌術と関係せしめ」、「全体はやや冗漫に流れる位に種々な事柄を記している」（和歌文学大辞典）歌論書である。この『釣舟』なる歌論書に『六花集注』が大いに影響を与えていると思うのであるが、両者は共通性・類似性を列挙すれば、次のとおりである。

まず、万葉歌二〇三四の歌「七夕の五百機たてゝ織はたの秋さり衣たれかとりこむ」（松九五）の注を、『六花集注』は、

いほハたとハ必五百立て織にはあらず、はたハりのひろさの事也。秋去衣とハ秋の末にこそよむべき調なれども、冬がまへの心にて、秋の内にはいつも申べきにや。

と記しているが、一方『釣舟』は、

いをはたは五百のはたの事なれども。此歌は只はたはりのひろき事をいへる計也。秋さり衣とは。すゑの秋にこそよむべきに。初秋にはいかゞとおもへども。冬がまへの事なれば。秋の中ならばいつも云べし。又七夕の別にきたる衣とも云也。（続群書類従本）

と記しているし、また『新古今集』収載歌「初春の初子のけふの玉はゝぎ手にとるからにゆらぐ玉のを」（松五）の注を、『六花集注』は、

此哥ハ正月初子の日、玉はゝぎを百官に下さるゝ也。ゆらぐ玉の緒とハ、のぶる命千秋万歳と云事也。

と記すが、『釣舟』は、

此歌の心は正月はつねの日。玉はゝぎを百官にくだされ。禁中をきよむるなり。ゆらぐ玉のをとは。のぶる命千秋万歳といはふ也。……

と記述している。また、「ひかりありとミし夕がほの白露ハたそがれ時のそらめ也けり」（松七五）の『源氏物語』収載歌について、『六花集注』は、

源氏、夕顔の宿の前に車をとめて、夕がほの花を乞給ふに、門より少きうへハらハに花を一ふさ折せて、扇の上に置て参らせたりし時、しばしたゝずミて、をちかた人にことゝはんと源氏の詠し給し事也。是ハ古今に、う

ちワたすをち方人にことゝはんそれそのそこに白くさけるハなにのはなぞも、といふ哥を詠し給へり。をちかた人とハ、あなたへ打わたす人を申也。

と注解するが、『釣舟』は、

此うたは源氏夕顔の宿のまへに車をとゞめて。夕がほの花をとらせ給ふ。うちよりうへわらは花を一ふさ扇の上に置てまいらせたりし時。しばしとて。うちわたすをちかた人にもの申す。われそのそこに白くさけるはなにの花ぞもといふ。古今の歌を詠じたまへり。此物語の心をよめる歌也。たそがれ時は夕のこと也。空めとはよそめと云事也。をちかた人とはあなたこなたへすぐる人のこと也。

と注釈している。これら三例における『釣舟』の注釈内容は『釣舟』の作者が単独で注解したにしてはあまりにも『六花集注』の注釈内容と類似しすぎているように思われる。ということは、成立年代から言えば、『釣舟』の方がはるかに年代が下るのであるから、『六花集注』を参照していることに相違ないと認められる。ここに『六花集注』の注釈も『花鳥余情』に引用されていることに加えて、十五世紀以降の歌論書等にも多少は影響を及ぼしていた事情が察せられ、『六花集注』の評価も少しはしてもいいように思われる。『六花集注』と『釣舟』の注釈内容の類似している点はほかにもあるが、それらのすべてをここに列挙することは煩雑をきわめるので、以下は『六花集注』における和歌のみを列記して、本節Ⅲを終りたいと思う。

○春くればほしのくらゐに影ミえて雲井の庭に出る婦人　（松一）

○天の川もミぢをはしにわたせばや七夕つめの秋をしぞまつ　（内閣Ⓐ本三七）

○さむしろに衣かたしきこよひもや我を待覧宇治の橋姫　（松二四四に相当）

○岩代の野中にたてるむすび松心もとけず昔思へば　（内閣Ⓐ本一九一）

○山鳥のおろのはつ尾にあらねども鏡の山のかげになく也　（松一七六）

○かミつけの佐野〻舟橋とりはなしおやしさへれバいもにあはずかも　（岡山大本四三）
○川社しのにおりはへほす衣いかにほせばか七日ひざらん　（内閣(A)本二四五）
○世中に君なかりせバからす羽にかけることの葉なをや消まし　（岡山大本一二二）
○吾妻路ノ道ノハテナル常陸帯ノカゴトバカリモアハムトゾ思フ　（蓬左本一八五）

〈注〉
（1）拙著『六花集の研究』中の表(1)の数字と多少異なるのは、その後不明の和歌の出典資料の分明になった分を今回の表に加算したためである。
（2）以下の『六花集注』に関する引用は、拙著『六花集の研究』に翻刻した島原松平本によったが、中には蓬左本、内閣(A)本・岡山大本によった部分もある。ちなみに、（　）のなかの「松」は松平本、「内(A)」は内閣本(A)、「蓬」は蓬左本を各々さす。
（3）後半に多少触れているが、『六花集の研究』の中の「『六花集』の成立年代」参照。
（4）『古今抄』の文献は、岡山大学の稲田利徳氏に筆写していただいた。
（5）『六花集の研究』中の「蓬左文庫本『六花集註』」参照。
（6）この（表2）は、西畑実氏「『新勅撰集』雑四の配列について」（阪大『語文』第二五輯、昭和四〇・三）を参照して作成した。
（7）「あしまの山は名所也。」のごとき注釈内容を有する項目を次に列挙する。松平本九三・一〇六・一二六・一三三・一四〇・一四九・一七四・一七五・二一六・二三三・四二六・四五一・四七二。
（8）拙稿「岡山大学所蔵『六花抄』について」（『国語国文』第三八巻第八号、昭和四四・八）参照。

〔付記〕本稿は、昭和四十六年度文部省科学研究費補助金（奨励研究(B)）による研究の一部である。

第六節　伝宗祇編『絵入和歌集』の和歌——挿絵の問題

一　はじめに

平成十一年十月から十一月にかけて、日本語日本文学科のスタッフを中心に、「日本文学と美術」をメイン・テーマとして公開講座を開催することになり、筆者は「『屏風絵題和歌集』の世界」という演題で講演をしたのであったが、この『屏風絵題和歌集』については、すでに基礎的考察ではあるが、「石津亮澄編『屏風絵題和歌集』の成立」（『光華日本文学』第六号、平成一〇・八）なる論考を公表しているので、本節では伝宗祇編『絵入和歌集』を対象にして、和歌と美術（絵）の問題に言及してみたいと思う。

ところで、『絵入和歌集』なる歌集は、『古典籍総合目録』（平成二・二、岩波書店）には、「絵入和歌集《えいりわかしゅう》三巻三冊、(著)伝宗祇編　(版)島根大桑原（「絵入和歌集」一冊）＊菱川師宣画（以下略）」という記述があり、『国書総目録』（平成元・九補訂版第一刷、岩波書店）も同様の記事を載せていることから、本集のおおよその性格は知られよう。そこで、本節では国文学研究資料館蔵のマイクロ・フィルムによって、島根大学桑原文庫本『絵入和歌集』を底本にして、考察を進めていきたいと思う。

さて、該本の書誌的概要に簡単に言及すると、おおよそ次のとおりである。

国文学研究資料館のマイクロ・フィルム番号　215―4／1　C9666

所蔵者　島根大学桑原文庫　蔵（911・13―E39）

編著者　伝宗祇
体　裁　中本（縦二三・〇センチ、横一五・九センチ）
題　簽　絵入和歌集（双郭・左上方）
内　題　なし
各半葉　半葉　絵を背景にして、十～十二行で和歌が作者とともに上半分に記される。
丁　数　二十六丁
歌　数　二十七首
刊　記　なし

以上から、本集は、絵を主体にして、それに和歌二十七首を配した、一種の啓蒙性を帯びた歌集のように憶測される。はたして『絵入和歌集』はいかなる歌集であろうか。以下、その内容面に検討を加えてみよう。

二　収載歌の紹介

そこでまず、本集に収載される二十七首を、一括掲載してみよう。

(1) 伊勢の海人の朝な夕なにかづくてふみるめに人をあくよしもがな　読人不知
(2) よせかへる浦かぜあらきさゝ浪にしづ枝をひたす志賀の浜松　藤原為道朝臣
(3) 幾秋かかきながしても手向けん水かげ草の露の玉づさ　雅朝朝臣
(4) おのづからかゝげつくさぬ灯の影もふけぬとみゆる夜半かな　為遠卿
(5) 広沢の池にはしづむ月影の音羽の山に立のぼるかな　家房
(6) 時雨せぬ吉田の村の秋おさめ苅ほす稲のはかりなきかな　匡房

(7)　猶も又山路の末のしぐるればこれよりふかき紅葉をやみん　鷹司院帥
(8)　水どりの鴨のうきねのうきながら浪の枕にいく夜寝ぬらん　河内
(9)　はし鷹のとがへる山のこの下に宿りとるまでかりくらしつゝ　源貞世
(10)　万とせ千とせとうたふ声すなり神も久しく代を守るらし　入道前太政大臣（公賢）
(11)　大はらやせりうの里のけぶりをばまだきかすみのたつかとぞ見る　秀通
(12)　行めぐるとしはかぎりもなきものをくるゝをはてと何思ひけん　国冬
(13)　白妙の真砂の上に降そめて思ひしよりもつもる雪かな　権中納言雅世
(14)　ちらすなよしのぶの森のことの葉に心のおくの見えもこそすれ　入道二品親王尊円
(15)　しるらめや宿の梢を吹かはす風につけても思ふ心を　俊成
(16)　暮にもといはぬ別の暁をつれなく出し旅のそらかな　信実朝臣
(17)　ひとり寝て今宵もあけぬたれとしもたのまばこそはこぬもうらみめ　藤原為忠朝臣
(18)　空色によそへる琴の柱をばつらなる鴈と思ひけるかな　仲実朝臣
(19)　嵯峨の山御幸たえにし芹川の千代のふる道跡はありけり　行平
(20)　かつ越て別れも行かあふ坂は人だのめなる名にこそ有けれ　貫之
(21)　あづま路のおくの牧なるあら駒をなづくるものは春の若草　慈鎮
(22)　槇の板もこけむすばかりなりにけりいく世へぬらん瀬田の長はし　匡房
(23)　芦の屋のなだの塩やくいとまなみつげのをぐしもさゝずきにけり　業平
(24)　大井川みなはさかまく岩淵にたゝむ筏の過がたの世や　俊頼
(25)　くりかへしみだれて人を渡すかな清水寺の滝のしら糸　慈鎮

(26)　長閑なるみやこの花の色添て春の恵もつきじとぞ思ふ　従一位基嗣

(27)　千早振神のめぐみのひろまへに祈るかひある君が御代かな　基良卿

以上が『絵入和歌集』に収載される詠歌二十七首であるが、これを種類別に整理すると、

〔勅撰集〕

古今集　二首(1)・(20)

後撰集　一首(19)

新古今集　四首(8)・(17)・(22)・(23)

新勅撰集　一首(16)

続古今集　一首(7)

玉葉集　一首(2)

続千載集　一首(12)

新千載集　一首(10)

新拾遺集　二首(14)・(24)

新後拾遺集　一首(9)

新続古今集　二首(13)・(15)

〔私家集〕

江帥集　一首(6)

拾玉集　二首(21)・(25)

〔定数歌〕

永久百首　一首(18)
久安百首　一首(11)
宝治百首　一首(27)
延文百首　一首(4)
〔歌会歌〕
貞和二年仙洞御会　一首(26)
内裏御会　一首(3)
〔歌合〕
六百番歌合　一首(5)

のとおりである。ちなみに、その内訳は、勅撰集が十七首、私家集が三首、定数歌が四首、歌会歌が二首、歌合が一首となる。

なお、詠歌作者は、『後拾遺集』初出歌人の大江匡房、『千載集』初出歌人の慈円が各二首である以外は、『古今集』初出歌人の在原業平・同行平・紀貫之・読人不知、『金葉集』初出歌人の藤原為忠・同仲実・源俊頼・河内（前斎院）、『詞花集』初出歌人の藤原季通・同俊成、『新古今集』初出歌人の藤原家房、『新勅撰集』初出歌人の藤原基良、『続後撰集』初出歌人の師（鷹司院）、『新後撰集』初出歌人の津守国冬・二条為道、『続千載集』初出歌人の洞院公賢・飛鳥井雅朝・尊円親王、『続後拾遺集』初出歌人の近衛基嗣、『風雅集』初出歌人の源貞世（了俊）、『新千載集』初出歌人の二条為遠、『新続古今集』初出歌人の飛鳥井雅世が各一首であって、いずれも勅撰集歌人で、著名な歌人ばかりといえるであろう。

三　収載歌の世界

さて、『絵入和歌集』に収載される二十七首の典拠などについては、以上のとおりだが、それでは、編者はこれらの二十七首を採録していかなる文学的世界を展開しようと意図したのであろうか。ここでは主に、それぞれの収載歌がどのような統一原理によって配列されているかの問題について、検討を加えてみたいと思う。

まず、(1)の詠は、『古今集』の恋部に題しらずとして載る読人不知歌だが、伊勢の漁師が朝夕海に潜って海松《みる》に会うように、自分も恋人に会って飽きることがないという内容である。これに続く(2)の詠は、『玉葉集』の雑部に「湖辺松」の題で載る藤原為道の歌で、前歌で比喩的表現になっている伊勢という歌枕に関連させて、琵琶湖の浪に浜辺の松の下枝が浸される風情を詠じている。すなわち、前歌の「伊勢の海」に、「寄せ返る浦風荒きさざ浪」「志賀の浜松」などと、海に縁のある措辞で連続させているわけだ。次いで(3)の詠は、「七夕草」の題で「内裏御会」の集付を付して『題林愚抄』に載る飛鳥井雅朝の歌だが、前歌との関連は、題の「七夕草」が「水陰草」を意味するので、『万葉集』の「天の川水陰草の秋風になびくをみれば時は来にけり」（秋・清輔・二一八）（二〇一七・人麻呂歌集にも）や、『新勅撰集』の「天の川水陰草におく露やあかぬ別れの涙なるらん」（秋・清輔・二一八）の詠歌からわかるように、「天の川」との関係が密接であるために、「湖辺松」から「天の川」辺に生える「水陰草」へと転換させたのである（後述）。(4)の詠は、『延文百首』の雑部に「夜灯」の題で載る二条為遠の歌で、夜の深まりと「灯の影」の関係を相対的に詠じた京極派好みの詠作だが、前歌との関連は、前歌が七夕の逢瀬、つまり乞巧奠の趣を詠じているので、(4)の詠で「夜半」の時刻が詠出されているのだ。続く(5)の詠は、『六百番歌合』の秋部に「広沢池眺望」の題で詠じて勝を得た藤原家房の歌で、前歌の「夜半」と「月影」との関連で「広沢の池には沈む月影」と連続させている。次いで(6)の詠は、『江帥集』に収載される、天仁元年十一月の「鳥羽院大嘗会悠記方和歌」で、「吉田郷多刈稲之人」の題で詠まれた大江匡房の屛風歌だが、ここでは、前歌の音羽山が山城国と近江国の境に位置する山なので、近江国の「吉田郷」を配して秋の収穫の風景を詠じたのである。次いで⑺の詠は、『続古今集』の秋部に「行路紅葉」の題で載る、建長三年九月に催行された歌合での鷹司院帥の歌だが、前歌の「時雨せぬ」の措辞から、この歌では、「時雨るれば」と時間を推移させて、時雨で一段と鮮やかさを増した行路紅葉を詠出したわけだ。

ところで、⑻の詠は、『新古今集』の冬部に載る『堀河百首』の河内の歌で、自分自身が不安定な生活をしているので、つらい浮き寝をする水鳥に同情する思いを詠じて、季節を冬に転じている。この歌が何故前歌に連続しているのかというと、実は、『万葉集』の「秋の露はうつしにありけり水鳥の青葉の山の色づく見れば」（三原王・一五四七）からわかるように、「水鳥の」は「青葉」などの枕詞として作用して、「青葉の山」が「秋の露」によって「色づ」き、紅葉する風光を描出する契機になっているので、⑻の詠の「水鳥の」の措辞は前歌の「紅葉」と連続するのだ。次の⑼の詠は、『新後拾遺集』の冬部に「鷹狩の心」を詠んだ源貞世（了俊）の歌だが、前歌との関連は言うまでもなく、前歌の「水鳥の鴨」という鳥の縁で「はし鷹」に話題を転じ、鷹狩りにうち興ずる冬の日の日常生活の詠出となっている。次の⑽の詠は、『新千載集』に神祇歌として載る『貞和二年百首』の洞院公賢の歌だが、前歌の鷹狩りにうち興ずる個人の閑雅な暮らしぶりから、同じ冬の季節の宮中行事である神楽へと転じ、万代の繁栄を主題とする歌の配列としている。続く⑾の詠は『久安百首』の冬部の藤原季通の歌だが、そこでは初句を「炭竈の」とする。その内容は、大原の芹生の里の炭竈から立ち上る煙を、春の到来を示唆する霞と見立てた趣だが、これは前歌の十二月吉日に行われる神楽に連続する春の慶びとして位置づけられている。次の⑿の詠は、『続千載集』の雑部に「歳暮」の題で載る『嘉元百首』の津守国冬の歌だが、前歌が春の到来の慶びを詠ずるのに対し、この歌では、歳暮を採り上げて、従来一年単位でしか考えられていなかった四季を、歳月は際限のない連続体と認識すべきだとの見解を提示している。次いで⒀の詠は、『新続古今集』の冬部に「初雪を」の詞書を付して載る飛鳥井雅世の歌だが、これは前歌の「歳暮」の感慨を叙景に転じ、「白砂の真砂の上に降り初め」た「初雪」の鮮烈な印象を、見事に描いて連続させている。

さて、次の⒁の詠は、『新拾遺集』の恋部に「忍通書恋」の題で載る尊円親王の歌で、忍恋の世界となっているが、これは前歌の叙景の描出に使われた「思ひしよりも積る」の措辞を恋の世界の詠出に転換させて、忍ぶ思いに対する懸念の気持ちを表す「心の奥の見えもこそすれ」の措辞で応じたのであろう。次の⒂の詠は、『新続古今集』の恋部に「恋隣女」の題で載る藤原俊成の歌だが、これは、前歌の忍恋の世界と同種の趣で、隣家の女性への淡い思いを独白の形で詠じている。次の⒃の詠は、『新勅撰集』の羇旅部に「旅の恋」として載る藤原信実の歌だが、前歌の隣家の女性への淡い恋心から一転して、後朝の別れへと進み、羇旅の恋を詠出している。次の⒄の詠は、『新古今集』の雑部に「遊女の心」として載る藤原為忠の歌だが、この歌は、旅立った男の後に残された女の切ない思いを詠じた前歌の趣を、男の訪れなど予想もつかない遊女の視点から詠じて、前歌に連接させている。次の⒅の詠は、『永久百首』に「箏」の題で載る藤原仲実の歌で、琴の本体を晴天の空の色に喩え、琴柱を大空を連なって飛ぶ雁に喩えた趣だが、前歌との関連は、前歌が諸国を放浪して、歌舞の芸や色を得る遊女の感慨を詠じているので、この歌はその歌舞との関連はもとより、それ以上に旅の道中を想起した趣になっている点で、前歌と共通していよう。続く⒆の詠は、『後撰集』の雑部に「仁和の帝、嵯峨の御時の例にて、芹河に行幸し給ひける日」の詞書を付して載る在原行平の歌で、名王であった嵯峨天皇の理想が光孝天皇のいまにまで残っていると尚古の心を詠じている。前歌との関連は、前歌が大空を飛ぶ雁の行動の縁で、芹河の行幸へと連接させたのであろう。次の⒇の詠は、『古今集』の離別部に「藤原惟岳が武蔵介にまかりける時に、送りに『逢坂を越ゆ』とて詠みける」の詞書を付して載る紀貫之の歌だが、この歌では、前歌の「嵯峨」「芹川」の歌枕に関連させて、「逢坂」の歌枕で応じている。次の(21)の詠は『拾玉集』に「春駒」の題で載る「宇治山百首」の慈円の歌だが、前歌の「逢坂」が東国への入口なので、この歌では「東路の奥」と応じて、常陸国の牧場で「春の若草」を食む荒駒の姿を詠出している。次いで㉒の詠は、『新古今集』の雑部に載る『堀河百首』の大江匡房の歌で、長い歴史をもつ近江国の「瀬田の長橋」に対する感慨を詠じて、前歌と同じ東路に位置する歌枕の詠出で対応させている。次の㉓の詠は、同じく『新古今集』の雑部に題知らずとして載る在原業平の歌で、摂津国の歌枕である「芦の屋の灘」を舞台に詠まれた民謡ふうの歌だが、前歌が近江国の歌枕であったので、近江国の歌枕を詠じた「志賀の海人はめ刈り塩焼きいとまなみ髪梳の小櫛取りも見なくに」（万葉集・石川君子・二八一）と同様の趣をもつこの歌を、ここに連接させたのであろう。次の㉔の詠は、『新拾遺集』の雑部に「河を詠める」の詞書を付して載る源俊頼の詠だが、有心の序のなかに登場する「大井川」が、前歌の「芦の屋の灘」と水辺の縁で関連を有している。次の㉕の詠は、『拾玉集』の「春日百首草」に「清水」の題で載る慈円の歌で、清水の滝に焦点をあてて詠じているが、前歌との関連は、前歌の「大井川」の「水泡逆巻く」状態が、滝の水が落ちるさまを白い糸に見立てた「滝の白糸」の措辞と共通する側面があるからであろう。ちなみに、『拾遺集』の「春来れば滝の白糸いかなれやむすべどもなほ泡に見ゆらむ」（雑春・紀貫之・一〇〇四）の詠は、滝の白糸と泡との取り合せに言及している。続く㉖の詠は、貞和二年仙洞御会で「花色春久」の題で詠まれた近衛基嗣の歌で、花の都ののどかな春景色を描出しているが、この歌が前歌と連接するのは、前歌の衆生済度を意味する「人を渡すかな」の措辞が、当歌の「春の恵も尽きじ」の措辞と符合して、彼岸と此岸の幸福追求の構図ができあがっている点に認められよう。最後の㉗の詠は、『宝治百首』に「寄社祝」の題で載る藤原基良の歌で、神社に寄せて天皇の繁栄を詠じているが、この歌が前歌と関連するのは、前歌の「春の恵」の措辞とこの歌の「神の恵」の措辞が共通し、両歌とともに現時点の充足した状況に満悦している民衆の心の反映が著しい点に窺知されようか。現世の平安を寿ぐ祝意を込めて詠じられた㉗の詠を、この集の巻軸歌として据えた編者の手腕は、見事なものとして評価されるであろう。

以上、『絵入和歌集』に収載される二十七首の配列原理に視点を定めて、種々様々に検討を加えてきたが、その結果、各詠歌の間に、発想面は言うまでもなく、それ以上に、表現面で言葉による連鎖という方法によって、緊密な連関が保たれているという、本集独自の統一原理を指摘することができたように思う。それは連歌的手法といえば、連歌でいう式目などの法則性をまったく欠いている点で、多少言い過ぎの側面はあろうが、各詠歌間の緊密な関連による配列は、この集の特性のひとつとして認められるのではあるまいか。そして、これらの統一原理で配列された本集の和歌群は、ここでは詳細な検討は一切、省略に従うが、そのほとんどが平凡な日常生活の営みのなかに、生存していることの実感や喜びを、感慨深く見つめる姿勢で詠作されている点に、共通項を指摘することができるように憶測される。

ちなみに、この集の性格に近似する作品に、恋部のみの残欠本ではあるが、『二八要抄』という私撰集が、尊経閣文庫に伝存していることを付記しておこう。

四　収載歌と挿絵との関係

次に、『絵入和歌集』の収載歌二十七首と絵（版画）との関係について検討を加えてみよう。ちなみに、本集に挿入されている版画は、事典類によると、江戸前期の画工で、狩野派・土佐派の手法を習得し、風俗描写を主とした「浮世絵」を広めたところから、一枚摺り版画発展の端緒となった菱川師宣（?〜一六九四）によって描かれていることが知られようが、それでは、師宣は本集収載歌にどのような絵柄を描いて、ビジュアルな視点で本集の美的世界の構築に貢献しているであろうか。ここには紙幅の関係で、任意に選んだ四首を採り上げて、この課題に言及してみよう。

その第一首めは、『題林愚抄』などに「内裏御会」の集付を付して「七夕草」の例歌（証歌）として載る、次の飛鳥井雅朝の詠である。

(3)　幾秋かかきながしても手向けん水かげ草の露の玉づさ

この歌は、『題林愚抄』に収載の同じ御会での詠作が、次の

二夜とも又あふことは天河みづかげ草のかりにだになし

（明釈〈為明〉・三二一八）

なびきけるみづかげ草にしられけり二の星のかよふこころは

（経有・三二一二）

図1　「七夕草」の雅朝詠と絵

の詠歌などとともに採歌されて、いわゆる「七夕の手向け」を詠じている。歌意は、毎年、七夕がくるたびに何度、（二星にあやかって）願いごとを筆にまかせて書き記して、神前に手向けたことだろうか。水陰草のうえに置いた露で（墨をすって）認《したた》めた（どうせ叶うはずのない）はかない願い文を、くらいの内容であろう。

　ところが、図1では、子供や女性が、めいめい願いごとを記した短冊などを結びつけた七夕竿を手にして、河川に流そうとしている場面や、詩歌が結びつけられた梶の葉を河のなかで拾っている童や下男の姿が描かれているのは、いわゆる「七夕送り」の行事を描出した絵柄となっているわけで、この場面は近世初期になって庶民などにも広まった七夕の行事の絵画化である。ちなみに、表現面でも、「かきながしても」の措辞は、詠作者は「書き流しても」（気楽に書くの意）のつもりで使ったのであろうが、

図2　「神楽」の公賢詠と絵

版画のほうでは「搔き流しても」（流すの意）の意に理解されている。ということは、この場合、伝統的な中世和歌における年中行事の認識を、近世初期の民間伝承的な年中行事の認識で図柄化しているといえよう。換言すれば、作者が本来意図していた和歌の詠作内容が、版画では近世的な脚色が施されて、和歌と版画との両者間に、時代的な落差が濃厚に影を落としているといえるわけだ。

第二首めは、『新千載集』に神祇歌として載る、洞院公賢の神楽を詠じた次の

⑽　万とせ千とせとうたふ声すなり神も久しく代を守るらし

の詠である。この歌は宮中の御神楽を詠じたもので、これは十二月吉日に和琴・笛などの楽器を用いて、舞人が内侍所の庭前で舞う年中行事を、その内容としている。歌意は、内侍所の庭前から、「（わが大君が統治なさる御代が）千歳も万歳もいく久しく永遠に続きますように」と、雅楽を奏する荘重な音色が聞こえてくるよ。その証拠には、天地の神々も今日まで久しく皇室の平安を加護しているではないか、のとおりである。ただし、この歌は里神楽を詠じた可能性もなしとしないが、その場合でも、それは宮中以外の諸神社、たとえば石清水八幡・祇園・賀茂・春日などでの詠作であって、江戸時代に民間で流行した里神楽を詠じたものではないといえよう。

ところが、図2では、見てのとおり、民間に伝承されている「里神楽」の場面となっている。それは見物衆の姿や、演奏者が太鼓や鼓で演じている場面が、『楽家録』（元禄三刊）に「里神楽と号するは、諸社に於いて鼓および銅拍子を撃ちて神子鈴を鳴らし舞ふ」とある記述と符合するからである。まさに民衆ののどかな生活ぶりの断面が見事に描かれた絵柄といえようか。この版画の場合も、作者が本来意図して詠んだ和歌の詠作内容と、描かれた図柄との間に落差が指摘されるようで、中世和歌の近世的解釈の反映が顕著であると認められるであろう。

図3　「遊女の心」の為忠詠と絵

第三首めは、『新古今集』の雑部に「遊女の心」として載る藤原為忠の

(17) ひとり寝て今宵もあけぬたれとしもたのまばこそはこぬもうらみめ

の詠である。歌意は、今宵も前日と同じように、ひとり寝をして夜が明けてしまった。誰と決めて待っているのであれば、訪れてこないのを恨みもしょうが、わたしにはそんなあてにした人もいないので……、のとおり。この歌の作者の為忠（?～一一三六）のころの遊女には、遊行者の側面が多分に認められるので、この歌の内容は、前述したように、諸国を放浪して、歌舞の芸や色を売る遊女の感慨を詠じたものとなろう。

ところが、図3では、近世に隆盛したいわゆる遊廓・遊里にお

図4　「芹川」の行平詠と絵

ける遊女の生態が描かれているようだが、そこに描出された通行人の姿、屋号の「山がた屋」の名称、遊女の容貌などをみると、岡場所とよばれた私娼を擁する風俗営業店の趣が感じ取られるように思う。となると、この場合も、詠出された詠歌内容と描かれた図柄の内容との間にやはり、齟齬が指摘されるようで、ここでも絵柄のほうには、近世的民衆像の反映が著しいように憶測される。

最後に採り上げるのは、『後撰集』の雑部に載る、光孝天皇が芹川に行幸した日のことを詠じた、

(19)　嵯峨の山御幸たえにし芹川の千代のふる道跡はありけり

の在原行平の詠である。この詠歌の意味は、嵯峨天皇以来、行幸が絶えてしまっていたこの芹河にも、以前の古い道の跡は残っていることだ。嵯峨天皇の遺風は絶えることなく、仁和の帝（光孝天皇）まで続いていたことだ、のとおり。「千代の古道」の「道」に、道路の意と帝王の道の意を掛けて、名王であった嵯峨帝の理想がいまに残っていると、尚古の心を表しているわけだ。ところで、嵯峨天皇の芹河遊猟は弘仁元年十二月に始まったが、芹河の場所は『八雲御抄』に「嵯峨にも深草にも在之」とあるように、二箇所存在する。当歌の光孝天皇の芹河への行幸は、仁和二年十二月十四日のことで、場所は後者の芹河野であった。

ところが、図4では、場所が嵯峨か深草かは分明でないが（おそらく和歌に「嵯峨の山」とあるので、前者であろう）、絵柄は、天皇の行幸の様子と「芹川の千代の古道」の健在ぶりの描出とは異なって、そこには旅人の休憩所なども描かれて、いわば峠の茶店のごとき、庶民の生き生きとしたにぎわいぶりが、各所に横溢している描きぶりだ。まさに近世的な庶民文化の反映が絵柄にみなぎっているといっても過言ではあるまい。ここにも、和歌を詠じた作者の意図とは異なった版画制作者の見方が顕著に反映されているといえようか。

以上、『絵入和歌集』に収載される四首に限定して、和歌と絵（版画）との関係について言及してきたが、いずれの場合にも、和歌を詠んだ詠作者の意図と、その和歌を版画として描く画工の解釈との間には、かなりの落差があることが認められたように思う。その落差の内容は、いずれの場合も、版画を描く側の和歌の解釈に時代的な見解が認められるのであって、それは極言すれば、古典和歌の近世的な把握・理解といえよう。その近世的な把握・理解の中身の大半は、和歌を天下太平的な庶民感覚によって解釈する見方とみて支障はないであろう。つまり、図版に描かれた絵柄には、近世前期の時代や思想を背景にして、現世を謳歌する庶民の生命感あふれる生活ぶりが活写されていると要約されようか。

五　成立の問題——刊行年時と編者など

これまで『絵入和歌集』について、内容面からの考察をいくつか加えてきたが、それでは、本集の刊行年時は何時なのか、編者は誰なのか、などの成立に関わる問題について、次に検討を加えてみよう。

ところで、本集の編者と画工については、冒頭で触れたように『国書総目録』と『古典籍総合目録』に、「伝宗祇編」「菱川師宣画」と記述されているので、この記事が参考になろう。そこでまず、編者について検討を加えてみると、編者と伝承されている飯尾宗祇に言及すれば、かれは応永二十八年（一四二一）に誕生し、文亀二年（一五〇〇二）七月三十日に、八十二歳で没している。京都五山のひとつである相国寺で修行、三十歳ごろ連歌の道に転進し、宗砌・専順に師事。長享二年（一四八八）、北野連歌会奉行に就任、冬良・兼載等と准勅撰の『新撰菟玖波集』を撰進する。和歌関係では、肖柏・三条西実隆などに古今伝授をする一方、当代の歌壇の重鎮であった実隆・飛鳥井雅親・同雅俊・姉小路基綱などと交流があった。『古今和歌集両度聞書』『詠歌大概抄』『百人一首抄』などの古典研究の書があるほか、家集『宗祇集』がある。

ところで、本集の収載歌の最新のものは、永享十一年（一四三九）八月に撰進の『新続古今集』に収録の飛鳥井雅世の詠だから、編者として宗祇を想定することは充分その可能性はあろう。また、本集に収載の二十七首の配列手法が、前述したように、「連歌的手法といえば、連歌でいう式目などの法則性をまったく欠いている点で、多少言い過ぎの側面はあろうが、各詠歌間の緊密な関連による配列」原理は、そこに連歌師・宗祇を想定しうる可能性を否定しないであろう。とはいうものの、それを実証する証拠を、現時点で見出しえないことも事実である。

次に、本集の成立であるが、これは画工が菱川師宣であることが事典類の記述から疑いえないところである点と、師宣（?～一六九四）の生存が元禄七年六月四日まで確認される点からみて、元禄七年までに成立していることは明白であろう。ところで、師宣が絵師として時様風俗の描写に独自の様式を樹立する段階で、版画に関心を抱いていた時期は、『日本古典文学大事典 第五巻』（昭和五九・一〇、岩波書店）によれば、「寛文年間の初頭に江戸へ進出したと見られ、書肆と提携し、絵本・挿絵本を多量に制作、（中略）やがて一枚摺り版画へ発展の端を開」（鈴木重三氏）いた由である。したがって、この鈴木氏の記述から、師宣が挿絵本作者として活躍していた時期は寛文年間（一六六一～一六七三）ごろと認定されようから、おそらく『絵入和歌集』の成立は寛文年間ごろと想定してほぼ間違いないであろう。そして、本集の版行された刊行年時も、この時期もしくはそれ以降と想定しうるのではなかろうか。

なお、本集に収載される詠歌と挿絵とを総合して本集を刊行した、いわゆる企画編者が誰であるかは目下、不詳の事柄に属するといわねばなるまい。

また、このほか、東京大学に伝存する『絵入和歌集』三巻三冊本との比較検討など、言及しなければならない問題は多々あるが、それらの問題は今後の検討課題にすることとして、島根大学桑原文庫本を対象にしてある程度の成果が得られたこの段階で、本節を一応、おわりたいと思う。

〔付記〕 図版の掲載に際して、ご許可を賜った島根大学附属図書館に厚く御礼申し上げる。なお、三角洋一氏から本集の性格についてのご見解を賜ったが、本節には採り入れることができなかった点、断っておきたいと思う。

第七節　「小倉山」考――歌枕の問題

一　はじめに

(1)　小倉山峰のもみぢ葉心あらばいまひとたびのみゆき待たなむ

言うまでもなく、『小倉百人一首』に収載される貞信公（藤原忠平）の著名な歌で、日本人なら誰ひとりとしてこの歌を知らない人はあるまい。ところで、この歌の典拠としては『拾遺集』（巻十七・雑秋）『拾遺抄』（巻九・雑上）が古く、ついで『大和物語』『大鏡』『小倉百人一首』『古今著聞集』（巻十四）など多くの文学作品を挙げることができようが、ここには『大和物語』から当該箇所を引用して、この歌の成立事情に言及しておこう。

亭子の帝の御ともに、おほきおとど、大井に仕うまつりたまへるに、紅葉、小倉山にいろいろいとおもしろかりけるを、かぎりなくめでたまひて、「行幸もあらむに、いと興ある所になむありける。かならず奏してせさせたてまつらむ」など申したまひて、ついでに、

小倉山峰のもみぢば心あらばいまひとたびのみゆき待たなむ

となむありける。かくてかへりたまうて奏したまひければ、「いと興あることなり」とてなむ、大井の行幸といふことはじめたまひける。(1)

（第九十九段）

この『大和物語』の記述によると、「亭子の帝」（宇多法皇）が大堰川に遊覧にお出かけになった際、お伴をした

「おほきおとど」（藤原忠平）が、「小倉山にいろいろとおもしろ」く色づいていた「紅葉」を、「かぎりなくめでたまひて」、この美しい紅葉を賞美すべく天皇も小倉山に逍遥あれと、醍醐天皇に奏上したい旨、宇多法皇に奏上したついでに、この歌を詠んだとあるが、『拾遺集』の詞書には、「亭子院大井河に御幸ありて、行幸もありぬべき所なりと仰せ給ふに、ことのよし奏せんと申して」(2)とあるので、醍醐天皇に小倉山への行幸を勧めたのは父宇多法皇であると『拾遺集』は見ている。おそらく勅撰集たる『拾遺集』の詞書が事実を伝えているのであろうが、この宇多法皇の大堰川への御幸の時期は、『日本紀略』の延喜七年（九〇七）九月十日の条に、「法皇文人ヲ召シ、眺望九詠之詩ヲ賦ス」（原文漢文）と見えるので、延喜七年九月のころであったろうことは疑いなく、このころからすでに小倉山が紅葉の名所として有名であったことは言うまでもなかろう。

一方、小倉山を題材として詠み込んだ歌として人口に膾炙した詠として、

(2)　ゆふづく夜をぐらの山になくしかのこゑの内にや秋はくるらむ　（古今集・秋歌下・三一二）

の歌を指摘することができよう。この詠は周知のとおり、『古今集』巻五・秋歌下に収載される紀貫之の歌で、「長月の晦日の日、大堰にてよめる」の詞書から、晩秋の小倉山を背景に詠じた歌と知られるが、暮れ行く秋を、鹿の鳴き声と結合させた発想は見事と言うべきであろう。この点、『古今和歌集』（日本古典文学全集、昭和四六・四、小学館）の「『夕月夜』『をぐら（暗）』『く（暮）る』などの語により、晩秋の暗い寂しい気分を出そうとしているが、下の句が理に落ちているので効果を減じている」という評は多少過酷なのではなかろうか。ともあれ、小倉山と鹿とが組み合わされて詠まれた歌としては、この歌が万葉歌を除くならば、まさに代表歌としての位置を確保していることは確かであろう。

このように、「小倉山」を詠じた歌には古来、〝紅葉〟や〝鹿〟をその題材として詠み込んだ歌が多く、たとえば『古語大辞典』（昭和五八・一二、小学館）の「をぐらやま」の項に「古来紅葉の名所として、歌では鹿とともに紅葉

を景物として詠み込んだものが多く、『小暗し』の意を言い掛けた歌もある」と言及されているごとく、小倉山は紅葉と鹿とを詠じた歌枕として固定的に扱われている感じすらするのである。

ところで、筆者は、過去二年有余、小倉山の麓、常寂光寺の片隅に居住した際、小倉山が紅葉と鹿（現在は鹿はいない）のみの名所とはとうてい言うことはできないという実体験をしたので、この際、「小倉山」なる地名が和歌のなかで如何に取り扱われているかを検討してみることにした。本節を「歌枕『小倉山』考」と題した所以である。

二　歌枕「小倉山」の形成

さて、「小倉山」を最初に題材として歌に詠みこんだのは誰の詠歌であるかというと、それは『万葉集』に収載される、

　　岡本天皇の御製歌一首

(3)　夕されば小倉の山に鳴く鹿は今夜は鳴かずい寝にけらしも　（一五一一）

　　泊瀬朝倉宮に天の下知らしめしし大泊瀬幼武天皇の御製歌一首

(4)　夕されば小倉の山に臥す鹿は今夜は鳴かず寝ねにけらしも　（一六六四）

　　春三月、諸卿大夫等の難波に下りし時の歌二首

(5)　白雲の龍田の山の滝の上の小桉の嶺に咲きをる桜の花は山高み[3]……　（一七四七）

の三首で、(3)が舒明天皇の詠、(4)が雄略天皇の詠、(5)が作者不詳の詠だが、(3)・(4)は本来同一歌であり、『万葉集』で作者表記に異同が認められるのは、この歌が伝承歌であったからであろう。ところで、(3)・(4)の「小倉の山」の所在地については、澤潟久孝氏が『萬葉集注釈巻第八』（昭和三六・一、中央公論社）で、「小倉山―大和志十市郡倉梯《クラハシ》山の條に『倉椅村上方峯名小倉』とあるを『大和志考』に引き、『崗本宮に近き多武の端山と見て大過なかるべし』

といひ、吉永登氏の『萬葉小倉山考』（『萬葉　その異伝発生をめぐって』所収）にも竹取物語の、／おく露の光をだにも宿さまし小倉山にてなに求めけむ／とある『小倉山』が右の大和志の小倉、及び同書、古蹟の條『廢小倉山寺有レ二一在二多村一在二倉橋小倉山一』とあるところとし、「地理調査所の五萬分の一の地図の今井谷と記された辺りと見ることが穏やかであらう。ここだと雷丘の辺りから、かすかに山の頂上が前方の谷間から見えることは数度の実地踏査で確かめたところである」と言及され、『万葉集二』（日本古典文学大系、昭和三四・九、岩波書店）の頭注でも、「奈良県桜井市内の山であろうが、忍坂《おさか》山、倉橋山、多武峯の端山など諸説があり、確定しない」と記述されているように、現在でも特定できないが、いずれにせよ、奈良県桜井市付近であったろうことは疑う余地はあるまい。

ところが、奇妙なことに、『万葉集』および、『古今集』から『後拾遺集』までの五勅撰集から名所歌を抄出して、類題集のごとく部類した、藤原範兼の撰とおぼしき平安時代の歌学書『五代集歌枕』は、「山、をぐらやま　山城／萬八　岡本天皇／夕されば小倉の山になく鹿はこよひはなかずいねにけらしも／貫之／ゆふづく夜をぐらの山に鳴鹿の声のうちにや秋はくるらん(4)」なる記事を載せ、前に引用した貫之の(2)の歌の「小倉山」と同一の「山城」の地を、(3)・(4)の歌の「小倉山」の所在地として認定しているのである。万葉歌(3)・(4)に見える「小倉の山」の所在地をこのように「山城」の地と誤認した注解は、鎌倉・南北朝期の歌学・歌論を集成した歌学書として二条家（派）流に重要視された頓阿の『井蛙抄』にも、「をぐら山―峯／萬八／ゆふさればをぐらの山になくしかのこよひはなかずいねにけらしも／山城国嵯峨辺也(5)」のごとく継承され、さらにこの(3)・(4)の歌は、名所歌集たる『歌枕名寄(6)』『類字名所和歌集(7)』『松葉名所和歌集(8)』にも、いずれも「畿内部二　山城国二　嵯峨篇」（『歌枕名寄』）の「小倉山」の例歌となっているのである。

したがって、万葉歌に見える「小倉の山」に何故にこのような誤注が付されたのかを検討すべく、平安時代以降に成立を見た歌学書の類に「小倉山」がいかに扱われているかを調査してみると、まず平安時代では、古歌に詠み込まれた歌語の注解や各国々の名所を列挙した歌学書『能因歌枕』[9]には、「小倉山」の記載は「大和国」にはなく、「山城国」に記載され、また『万葉集』『古今六帖』『伊勢物語』『大和物語』や、『古今集』以下の勅撰集などから歌句を抄出して、加注や証歌を示した藤原清輔の歌学書『和歌初学抄』[10]にも、「小倉山」は「萬葉集所名」の「山」の項には記載されず、「所名」の「山」の項に、「同（山城）をぐら山　オホ井ガハノカタナリ、クラキニソフ」と記されており、さらに、建久九年（一一九八）五月に顕昭の校閲を経て成った上覚の歌学書『和歌色葉』[11]にも、『和歌初学抄』と同様に「萬葉集所名」の「山」の項には「小倉山」の記載はなく、「山」の項に「山城　くらぶ山」につづいて「をぐらやま大井河方也」と記載されているのみである。一方、鎌倉時代に成った、従来の歌学書類を組織的に集成して、後世にも多大な影響を及ぼした順徳院の著した歌学書『八雲御抄』[12]にも、「小倉山」は「名所部」に、「山同（山城）小倉山（月、雪、霧、鹿、紅葉、大井川。詠レ花例、亭子院哥合にあり。不レ難）」と記載され、大和国の歌枕としての処遇は得ていないのである。

要するに、中古・中世に成立をみた名所歌集や歌学書に表れた「小倉山」はいずれも「山城国」の歌枕として扱われているわけだが、何故にそのようになったのであろうか。その理由を考慮するに、勅撰集の嚆矢たる『古今集』に収載の紀貫之の「小倉山」を詠じた二首に関係があるように臆測される。その二首とはすでに引用した(2)の詠と、次の

(6)　をぐら山みねたちならしなくしかのへにけむ秋をしる人ぞなき　（古今集・物名・四三九）

の詠で、この(6)の歌も(2)の歌同様に、「をぐら山」を「しか」との関連で詠んでいる点、注目に値しよう。ここで(2)の歌の詠作事情を臆測すれば、詞書の「長月の晦日の日大堰にてよめる」から明白なように、大堰川辺を逍遥した貫之が「をぐらの山」を歌材として詠作しようとしたとき、かれの頭に想起されたのは同じ「小倉の山」なる地名を歌に詠み込んでいた(3)・(4)の万葉歌であったに相違なく、たとえそれが「山城国」の「小倉山」の地であったとしても、

貫之は臆面もなく即座に「をぐらの山」には「しか」なる景物を配して詠じたものと推測されよう。それは、「朱雀院のをみなへしあはせの時に、をみなへしといふいつもじをくのかしらにおきてよめる」なる詞書から題詠歌と判明する(6)の歌に、「をぐら山みねたちならしなくしかの」なる措辞が使われている事例によって実証されるからである。「当時、京都の周辺、どこへ行っても鹿ぐらいはいたであろうが、逆にいえば、どこにでもいる鹿をあえて小倉山の景物としてよんだのは、『万葉集』以来のよみ方を前提としての歌枕表現で[13]」あるわけで、この点、貫之の(2)と(6)の歌は「歌枕の実態を全くみごとに表しているのである。[14]」

このようなわけで、貫之の(2)と(6)の古今歌が「山城国嵯峨」の「小倉山」を詠じた代表歌として定着すると、後述する「小倉山」を題材にした勅撰集歌の整理、一覧表で明白なように、『後撰集』から『新続古今集』までに六十四首もの「小倉山」を歌材にした歌が詠まれ、「山城国」の「小倉山」がすっかり「大和国」の「小倉山」に取って代わってしまったのである。となると、『古今集』の成立時期よりもおよそ二世紀も後に生誕した藤原範兼やそれ以降の歌学者たちは、「小倉山」と言えば、何の疑問もなく、即座に「山城国」の「小倉山」が想起されるごとくに、「山城国」の「小倉山」は確固たる歌枕としての地位を獲得したのである。

『万葉集』に見える(3)・(4)の「小倉山」が中古・中世の歌学書の類に「山城国」の「小倉山」と誤記された背景は以上のごとく臆測されるが、ただ、国学の基礎となる文献学的方法論を確立した、江戸時代初期の契沖の名所研究に関する著述たる『勝地吐懐編』(『契沖全集』第一一巻、昭和四八・八、岩波書店)には、(3)・(4)の詠を「山城葛野郡」の「小蔵」の項に収載するが、この歌の作者である「舒明天皇は〈高市郡〉明日香岡本宮にましく〳〵、雄略天皇は〈城上郡〉泊瀬朝倉宮にましく〳〵ければ、いづれにもあれ、十市郡は城上と高市との間にあれば、小倉山の鹿のねきこしめすべきなり。然れば、此哥をば大和に別に立べきなり」と言及して、(3)・(4)の万葉歌に見える「小倉の山」の所在地を「大和」の国と解しているのは、さすが契沖である。

このようにして、『古今集』以降の歌集に見える「小倉山」は「山城国」の歌枕として確固たる地位を占めるに至ったが、「山城国」の「小倉山」の所在地はどこであろうか。この問題については、前述の『古語大辞典』の「をぐら山」の項に、「①京都市右京区嵯峨にある山。大堰川を挟んで嵐山と対する。嵐山のことを小倉山と呼んだ例もある。東北のすそを愛宕山道が走り、景勝の地であったので、平安時代貴族の山荘や寺院が多く営まれた」と記述され、また近時刊行された『和歌大辞典』（昭和六一・三、明治書院）にも同様の記事が掲載されているように、「大堰川を挟んで嵐山と対する」地を、「小倉山」の所在地と見るのが一般的であろう。ところが、増田繁夫氏は「小倉山・嵐山異聞」（『文学史研究』第二四号、昭和五八・一二）で、『道命阿闍梨集』の「わかなを、ほうりむにて／わかなゆへ野べにもいでゝこゝろからをぐらの山につまむとぞおもふ」[15]の歌や、『本朝無題詩』収載の藤原明衡の「夏日遊法輪寺」と題する漢詩の一節「還恠空伝隠暗名」[16]に付された「此寺在隠暗山。故云」なる割注などに、「法輪寺」の所在が「小倉山」の地と明記されていることを根拠にして、「要するに、古く十一世紀ごろまでの和歌などに見える小倉山は、大井河の右岸にある山、ほぼいまの嵐山と同一のものらしいと考へられるのに、中世に入ったころから、左岸の山、亀山などを小倉山と呼ぶのが一般化してきて、右岸の小倉山はもつぱら嵐山といふ名だけで呼ばれるやうになつてきた、といふことである」と結論づけられた。となると、歌枕「小倉山」を論ずる出発点としてまず「小倉山」の所在地の検討が必要となるが、この問題は筆者には、中世に下るけれども、臨済宗天龍寺派総本山であった天龍寺の境内に、「嵐山」も「亀山」もその一部として含まれていた事実や、何故に従来の「小倉山」に代わって中世以降「亀山」などを「小倉山」と呼称するようになったかの理由が判然としないことなどから、もしかしたら大堰川の北岸の山も南岸の山もともに「小倉山」と呼ばれていたのが、ある時期から、一方は「嵐山」と呼ばれ、他方は「小倉山」と呼ばれるようになったのではないかという臆測も用意していないわけではないけれども、本節ではこの問題には深入りせず、和歌に詠み込まれた「小倉山」の属性を考察することを目指そうと思う。

三　勅撰集歌の「小倉山」

ところで、歌枕「小倉山」を題材として詠み込んだ歌を検索するに、勅撰集を初めとして私家集・私撰集・定数歌・歌合などのほか、『勅撰名所和歌抄出』(17)『歌枕名寄』『類字名所和歌集』『松葉名所和歌集』などの名所歌集や、『平安和歌歌枕地名索引』（昭和四七・二、大学堂書店）などの歌枕集成書に収載されていることが知られよう。しかし、これらの諸書に掲載されるすべての「小倉山」関係歌を考察対象にするのは煩瑣を極めるので、ここには勅撰集歌をその主なる対象にして、そのほかの歌は参考にする程度にとどめたいと思う。

このような次第で、歌枕「小倉山」を題材として詠み込んだ勅撰集歌を整理、一覧すると、次表のごとくなる。

勅撰集収載の「小倉山」関係歌一覧表

集名＼内容	新編国歌大観番号	合計
古今集	三一二・四三九	二首
後撰集	一九六・五〇一・一二三一	三首
拾遺集	一二八・一三五・一九五・一一〇二・一一二八	五首
後拾遺集	二三二・二九二	二首
金葉集（二度本）	二五二	一首
詞花集		なし
千載集	三五六	一首
新古今集	九一・三四七・四〇五・四九六・六〇三・一六四五	六首
新勅撰集	二八〇・三〇六・三三九・三四七	四首
続後撰集	二九九・三〇六・三九五・四一八・四二〇	五首
続古今集	四四四・四四九・五〇二・五一一・一六九七	五首
続拾遺集	三七三	一首
新後撰集	三一四・一三六八	二首
玉葉集	七一七・七二〇・七二四・七六七・二三一一・二三二三	六首
続千載集	四〇五・五七七	二首
続後拾遺集	二一〇・三九三・四〇五・九八五・一〇七一・一〇七二	六首
風雅集	五三六・一七四四	二首

新千載集	四六六・五六三・五六五	三首
新拾遺集	四五七・五四〇・一六一三・一六八八	四首
新後拾遺集	七四二	一首
新続古今集	五四二・六二九・一七三七・一七五八・一八四三	五首
合計		六六首

この結果から、「小倉山」を詠み込んだ勅撰集歌は都合六十六首あることが知られ、このうち、『詞花集』に一首も見えないことと、『拾遺集』『新古今集』『続後撰集』『続古今集』『玉葉集』『続後拾遺集』『新続古今集』などに比較的多く収載を見ていることが目立つが、総じて各勅撰集ともほぼ満遍なく「小倉山」の歌を収載している実態が知られよう。そして、この六十六首の所属する部立を見ると、春一首・夏五首・秋三十八首・冬三首・物名一首・雑十八首で、秋の部立に属する歌が他を圧倒し、ついで雑部に属する歌が多い実態も明白になる。この実態はすでに見たように、「小倉山」を詠む際に「紅葉」と「鹿」とがその景物として配されることがほぼ定着していた「小倉山」の属性を考えれば当然の結果と言えようが、ここで改めて「小倉山」はいかなる景物を題材にして詠まれているかについて、検討を加えてみよう。

まず、『新古今集』春部の藤原定家の

(7)　しら雲の春はかさねて立田山をぐらのみねに花にほふらし　（新古今集・春歌上・定家・九一）

の詠は「花」を景物として詠まれているが、「立田山をぐらのみね」の措辞から、「大和国」の「をぐら」を指すことは一目瞭然であろうから、考察の対象外として扱うのが妥当であろう。ところで、『古今集』に収載される二首についてはすでに言及済みなので、『古今集』に続く『後撰集』の歌をみると、

(8)　如何せむをぐらの山の郭公おぼつかなしとねをのみぞなく　（後撰集・夏歌・師尹・一九六）

(9)　大井河うかべる舟のかがり火にをぐらの山も名のみなりけり　（同・雑歌三・業平・一二三一）

のごとく、「をぐらの山」に「小暗し」の意を掛詞として利かせて詠んでいることが知られよう。すなわち、(8)の藤

原師尹の詠では、周囲が小暗いので不安である「をぐらの山の郭公」の歎きの姿が描出され、(9)の在原業平の詠では、「大井河」に鵜飼のために浮かべられている舟の篝火によって、小暗いはずの「をぐらの山」も明るく照らし出されて有名無実化している様がユーモラスに詠出されているのである。

このような視点で「小倉山」が詠出されている歌には、ほかに、

(10)　あやしくもしかのたちどの見えぬかなをぐらの山に我やきぬらん　（拾遺集・夏・兼盛・一二八）

(11)　おぼろけの色とや人のおもふらむをぐらの山をてらす紅葉ば　（千載集・秋歌下・道命・三五六）

の詠など七首ほどを挙げることができ、(18)「小倉山」に「小暗し」の属性を付与した歌も一つの位置を占めていることが知られよう。

次に、「小倉山」の属性もしくは取り合わせとして「紅葉」を詠じている貞信公の(1)の系列化にある歌も、およそ十五首ほど指摘することができるが、この系統に属する歌には、貞信公の(1)の詠を発想源にしたと覚しき

(12)　いにしへのあとをたづねてをぐら山みねのもみぢや行きてをらまし　（続後撰集・秋歌下・後嵯峨院・四二〇）

(13)　をぐら山いまひとたびもしぐれなばみゆきまつまの色やまさらん　（続古今集・秋歌下・光俊・五一一）

の歌をはじめとして、夏の季節に秋の「小倉山」の華麗な紅葉の景を予想して詠んだ

(14)　もみぢせばあかくなりなむをぐら山秋まつほどのなにこそありけれ　（後拾遺集・夏・能宣・二三二）

の歌、「小倉山」の「初紅葉」を詠じた

(15)　このさとはいつしぐれけんをぐらやまほかにいろみぬみねのもみぢば　（続古今集・秋歌下・家良・五〇二）

(16)　をぐら山秋とばかりのうす紅葉しぐれて後の色ぞゆかしき　（玉葉集・秋歌下・延政門院新大納言・七六六）

の歌、「小倉山」の紅葉の全盛時を詠じた

(17)　露しぐれそめはててけりをぐら山けふやちしほの峰のもみぢ葉　（新勅撰集・秋歌下・範宗・三四七）

(18)　今はただよそにてみつる小倉山峰の紅葉の秋のさかりを　（新拾遺集・雑歌上・実名・一六六八）
(19)　しぐれつる雲をかさねて小倉山紅葉も秋もふかき色かな　（新続古今集・雑歌上・雅宗・一七五八）
の歌、「滝紅葉」の題で詠まれた
(20)　もみぢする小倉の山の時雨にもそめぬとなせの滝のしら糸　（続後拾遺集・秋歌下・久明親王・四〇五）
の歌、「小倉山」の紅葉を「落葉」とみなして詠んだ
(21)　小倉山木木の紅葉の紅は嶺の嵐のおろすなりけり　（新拾遺集・秋歌下・清輔・五四〇）
の歌、「落葉埋橋」の題で詠まれた
(22)　をぐら山みねのあらしのふくからにたにのかけはしもみぢしにけり　（金葉集・秋歌・顕季・二五二）
の歌、「水上落葉」の題で詠まれた
(23)　おほ井川くれなゐふかくにほふかな小倉の山の紅葉ちるらし　（新続古今集・冬歌・顕季・六二九）
の歌に至るなど多種多様の様相を呈し、あたかも「小倉山」を舞台に展開される「紅葉」の一大パノラマを見る感じさえし、「小倉山」なる歌枕形成に「紅葉」が中核的役割を果たしていることが知られよう。

一方、万葉歌に見られる「小倉山」が「鹿」を題材にして詠み込んでいることから、「山城国」の「小倉山」でも「鹿」との取り合わせで詠む方法が確立されたと見られる、歌枕表現の典型とも言うべき「鹿」を「小倉山」と組み合わせとして詠じた紀貫之の(2)・(6)の歌の系列化にある歌も十三首ほど指摘されるが、この系統に属する歌には、「小倉山」と「鹿」との組合せの典型的な歌である
(24)　をぐら山秋はならひとなくしかをいつともわかぬなみだにぞきく　（続古今集・秋歌下・為家・四四九）
(25)　小倉山嶺の秋風ふかぬ日はあれども鹿のなかぬ夜はなし　（続千載集・秋歌上・宗尊親王・四〇五）
の詠をはじめとして、「山鹿」の題で詠まれた

(26)　をぐら山くるる夜ごとに秋風の身にさむしとやしかのなくらん　（続後撰集・秋歌上・経定・三〇六）

(27)　小倉山紅葉吹きおろす木枯に又さそはるるさをしかのこゑ　（新拾遺集・雑歌上・円照・一六一三）

の歌、「聞鹿声」の題で詠まれた

(28)　つまこふる鹿ぞなくなるをぐら山みねの秋風さむくふくらし　（続後撰集・秋歌上・長家・二九九）

の歌、「月前鹿」の題で詠まれた

(29)　をぐら山みねたちならす程なれや月のあたりのさをしかの声　（新続古今集・雑歌上・宗仲・一七三七）

の歌、「小倉山」と「鹿」と「夕霧」との組み合わせで詠まれた

(30)　をぐら山たちどもみえぬゆふぎりにつまどはせるしかぞなくなる　（後拾遺集・秋上・江侍従・二九二）

(31)　小倉山ふもとをこむるゆふぎりにたちもらさるるさをしかの声　（新勅撰集・秋歌上・家隆・二八〇）

(32)　夕されば霧立ちかくし小倉山やまのとかげにしかぞ鳴くなる　（新千載集・秋歌下・実朝・四六六）

の歌、『百人一首』で人口に膾炙した「わが庵は都のたつみしかぞすむ世をうぢ山と人はいふなり」（古今集・雑歌下・九八三）の喜撰法師の詠を本歌にして本歌取りの修辞法で詠じた

(33)　わがいほはをぐらの山のちかければうき世をしかとなかぬ日ぞなき　（新勅撰集・秋歌下・八条院高倉・三〇六）

の歌に至るまで、これまた「小倉山」を舞台に演じられる「鹿」の様相を多角的に把えた歌が多くみえ、「鹿」も「紅葉」同様に、「小倉山」なる歌枕を形成するうえで重要な役割を担っていることが知られよう。

以上、「小倉山」の属性として「小暗し」との掛詞で詠まれる事例、「紅葉」および「鹿」との取り合わせで詠まれる事例を検討して、やはり歌枕「小倉山」と言えば、これらの三つの事例に代表される場合が圧倒的多数を占めている実態を明白にしえたが、それでは、歌枕「小倉山」はこれらの景物以外では何と組み合わされて詠まれているので

あろうか。この視点から、「小倉山」関係歌をみると、まず、

(34)　小倉山ふもとの里に木のは散れば木ずゑにはるる月をみるかな　（新古今集・冬歌・西行・六〇三）

(35)　をぐら山宮この空はあけはてでたかき梢にのこる月かげ　（玉葉集・秋歌下・為家・七二〇）

(36)　小倉山もろき木のはの秋風に時雨れて残るありあけの月　（新千載集・秋歌下・為氏・五六三）

の三首は「月」なる景物を主題にして、(34)が「木ずゑにはるる月」、(35)が「梢にのこる月かげ」、(36)が「時雨れて残るありあけの月」の清澄さを詠じて興趣深い世界を描出した歌と言えよう。が、これらの「月」なる景物を詠じた三首も、「小暗し」なる属性を有する「小倉山」を、逆の視点から詠じているところには発想の新しさは認められようが、基本的には(8)・(9)の歌の延長線上にある歌と言えるであろう。

また、「小倉山」と「花すすき」との組み合わせで詠まれた、

(37)　をぐらやまふもとの野べの花すすきほのかにみゆる秋の夕ぐれ　（新古今集・秋歌上・読人不知・三四七）

の歌や、「暮秋の心」の題で詠まれた

(38)　棹鹿のこゑよりほかも小倉山夕日のかげに秋ぞ暮れぬる　（続拾遺集・秋歌下・為氏・三七三）

の歌なども、(37)の詠が(8)・(9)の歌の関連で「ほのかにみゆる」の措辞が使われているほか、「鹿」との取り合わせを詠んだ貫之の(2)の歌の「ゆふづく夜」の語が、(37)の歌では「秋の夕ぐれ」、(38)の歌では「夕日のかげに」の措辞と関連する点で、まったく新しい景物を詠み込んだとは言えないであろう。そのほか、「擣衣の心」を詠じた順徳院の

(39)　をぐら山すそのの さとのゆふぎりにやどこそ見えね衣うつなり　（続後撰集・秋歌下・順徳院・三九五）

の歌、「かりのね」を詠じた

(40)　なくかりのねをのみぞきく小倉山きり立ちはるる時しなければ　（新古今集・秋歌下・深養父・四九六）

の歌、「小倉山」の「尾花」を詠んだ

(41)　をぐら山ふもとの尾花袖みえてたえだえはるる秋の朝霧　（新続古今集・秋歌下・公泰・五四二）

の歌なども、「小倉山」が「鹿」と「夕霧」との組み合わせで詠まれている事例として指摘した(30)〜(32)の歌と、(39)が「ゆふぎり」、(40)が「きり立ちはるる」、(41)が「秋の朝霧」などの措辞が関連する点で、これまた「小倉山」の新しい景物を案出したとは言えないであろう。

ところが、「鶯」を詠じた藤原為家の

(42)　小倉山はるともしらぬ谷陰に身をふるすとや鶯のなく　（続後拾遺集・雑歌上・為家・九八五）

の歌や、「白雪」を詠じた

(43)　春ちかくふる白雪はをぐら山峰にぞ花のさかりなりける　（後撰集・冬歌・読人不知・五〇一）

の歌や、「暮山遠雁」の題で詠まれた藤原俊成の

(44)　をぐら山ふもとのてらの入あひにあらぬねながらまがふかりがね　（風雅集・秋歌中・俊成・五三六）

の歌、「五月雨」の題で詠まれた為家の

(45)　大井河おとまさるなりゐる雲のをぐらの山の五月雨の比　（続後拾遺集・夏歌・為家・二一〇）

の歌などは、従来の「小倉山」関係歌には見出し得なかった新たな景物を歌に詠み込んでいる点で注目に値しよう。ここに、歌枕「小倉山」を規定する新たな取り合わせとして、「鶯」「白雪」「遠雁」「五月雨」などの景物を加えることができようが、さらに、歌枕「小倉山」を形成するうえで新たに取り合わせの認められる景物を調査するに、いずれも雑部の歌であることが明白になる。まず、

(46)　しのばれん物とはなしにをぐら山軒ばの松ぞなれて久しき　（風雅集・雑歌中・定家・一七四四）

の歌は「山家松」と題して詠まれた藤原定家の詠で、「小倉山」に「山家松」を取り合わせているところに新しい結合が認められるが、何故に「小倉山」が「山家松」と結びついたのかを検討するに、『玉葉集』の藤原為家の

(47)　をぐら山松をむかしの友とみていくとせ老の世をおくるらん　（玉葉集・雑歌三・為家・二二一一）

の詠に付された「嵯峨の家にとし久しくすみてよみ侍りける」の詞書が示唆を与えよう。すなわち、藤原定家・為家の父子の詠に「小倉山」と「松」とが組み合わされて詠まれているのは、両者がともに「小倉山」に居住して、「小倉山」には実際に「松」が多く自生していたことを実体験していたからであろう。

ちなみに、定家が言わゆる「小倉山荘」を所有していた時期は、その名が初めて『明月記』に見えるのが正治元年一月三十日であるから、正治元年（一一九九）ごろから以降であり、岳父宇都宮蓮生（藤原頼綱）から為家が「中院山荘」を委譲されたのは宝治元年（一二四七）ごろ以降であるが、[19]ここで重要なのは「小倉山」を「山家松」として詠じていることであろう。というのは、歌題解説書『和歌題林抄』の「山家」の項をみると、「山家山ざと、谷の庵、山かげのいほ（中略）、しばの庵、草の庵（後略）」と「山家」の歌にふさわしい措辞を列挙したあと、「山家にはあらしならで、音づる人もなく、まきの戸たつる人もなし。まさきのかづらくる人もなければ、苔のほそみちあとたえ、花紅葉のたよりならで、たづねくるともなく、[20]……」の説明を付して、「山家」とは出家遁世した人の生活空間であると規定しているからである。したがって、「小倉山」と「山家松」との取り合わせは出家生活者の世界の描出を意味するであろうから、次の貞信公の故実を下敷にして詠じた飛鳥井教定の

(48)　をぐら山跡はむかしときてみればあれたる軒に松風ぞふく　（新続古今集・雑歌中・教定・一八四三）

の歌も、藤原良経の「人すまぬふはの関屋のいたびさしあれにし後はただ秋のかぜ」（新古今集・雑歌中・一六〇一）の詠の発想を借用しての詠作であることは勿論であるが、「あれたる軒に松風ぞふく」の措辞には、孤独に隠遁生活を送る隠者の荒廃した草庵に寂しく松籟が響いている景を想定しなければなるまい。

このように雑部の「小倉山」関係歌では、歌枕「小倉山」は隠遁者の生活空間として詠まれており、いま、このような「小倉山」なる生活環境を詠じた歌を探すならば、定家の

(49)　露じものをぐらのやまにいへゐしてほさでもそでのくちぬべきかな　（続古今集・雑歌中・定家・一六九七）

の歌と、子息の為家が「山家水」の題で詠んだ

(50)　小倉山かげのいほりはむすべどもせく谷水のすまれやはする　（続後拾遺集・雑歌中・為家・一〇七一）

の歌を見出し得るが、この両歌から「小倉山」の環境を臆測するに、「小倉山」は「ほさでもそでのくちぬべき」「露じも」の多い陰湿な地であり、その「いほり」での生活は〝塞く谷水〟が澄まないのと同様に、けっして心の落ち着くことのない厳しい生活であった模様である。このように厳しい生活環境たる「小倉山」で出家生活を送る際に何が共同生活の対象になるかと言えば、(47)の為家の詠歌から明白なように、それは「松」であろう。すなわち、(47)の歌は「をぐら山」で「松をむかしの友とみて」、これから先、「いくとせ老の世をおくる」かわからない隠遁者としての心情を吐露した歌であろうが、ここで「松」が「老」と結びつくのは、『和歌題林抄』の「松」の項に、「ふるき松はいく千とせつもりぬらんと、いにしへをしのび、としふりにけることをあはれぶ心などをよむ」とある解説から明白であろう。長寿の象徴たる「松」と「老」とが「小倉山」と組み合わされる所以はここにあるが、「小倉山」を「老」と組み合わせて詠じた歌には、このほか(47)の詠と同じ作者・藤原為家の

(51)　すみそめし跡なかりせばをぐら山いづくに老の身をかくさまし　（新後撰集・雑歌中・為家・一三六八）

の詠、小倉公雄の

(52)　かくてしも身をばいつまで小倉山老の命の有りてうき世に　（続後拾遺集・雑歌中・公雄・一〇七二）

の歌があり、ともに題詠歌ではあるが、「小倉山」は「老いの身をかく」す地と詠じられて、出家者たちが老後を送る地として定着していた感じさえ与えている。

これを要するに、雑部の歌に見られる「小倉山」関係の詠は、「小倉山」に「山家松」「山家水」「露じも」「老」などの隠遁生活に関連のある景物や措辞を組み合わせることによって、これまで言及してきた歌枕「小倉山」の有する

イメージとは異質の性格を有する歌枕の様相を呈しているのであり、この点、雑部の歌は歌枕「小倉山」の新たな創造をなしえていると言えるであろう。そして、このような新たな歌枕「小倉山」の形成に与っているのが、実際に「小倉山」に居住したことのある藤原定家や藤原為家などの中世歌人である点は、中古和歌に認められた「小倉山」の歌枕としての性格とは異なる歌枕「小倉山」の形成をなしえて当然であろう。従来、歌枕「小倉山」と言えば、中古和歌に認められる属性ないしは取り合わせの視点からのみ言及されてきた感が強いので、中世和歌に認められるこれらの新たな歌枕「小倉山」の性格をここで指摘しておくことは、歌枕「小倉山」の性格を規定するうえで重要な意味をもつこと間違いないであろう。

四　藤原為家の「小倉山」詠

ところで、「小倉山」を題材として詠み込んだ勅撰集歌六十六首の詠歌作者を調査してみると、

①藤原為家　七首、②藤原定家　四首、③紀貫之・読人不知　三首、④大中臣能宣・道命・藤原顕季・西行・小倉公雄・二条為氏　二首、⑤在原業平以下三十七人　一首。

のとおりで、藤原為家と藤原定家が他の歌人を圧倒して、「小倉山」の詠を多く詠じていることが知られる。そこで、為家と定家の私家集から「小倉山」を詠じている歌を検索してみると、定家の六首に対して為家は四十六首（他人の詠二首と、勅撰集に重出の三首を含む）も見出されるので、ここでは新たな歌枕「小倉山」の形成に大いに寄与した藤原為家の詠歌について検討を加えてみよう。

さて、『大納言為家集』(21)にみられる「小倉山」関係歌四十六首（他人の詠などを含む）の部立を見ると、春八首・夏七首・秋十四首・冬三首・雑十四首に部類され、勅撰集歌に認められる傾向と異って、春・雑に多く収載されている点が特徴的と言えよう。そこで、『為家集』に見出される他人の詠と勅撰集に重出する五首を除く四十一首の「小

倉山」関係の歌を検討してみると、やはり、歌枕「小倉山」の属性たる「小暗し」の意を、「月影」（九一）、「宿」（一一二）、「我身」（三八二）に各々利かせて「小倉山」の景を詠じた

(53)　月影のおぼろにかすむ小倉山雲をかさねて春雨ぞふる　（九一）
(54)　さらでだに宿はをぐらの山とてやほのかにかすむ春の月影　（一一二）
(55)　ひかりみぬ我身をぐらの山のはにかさねてかかる五月雨の雲　（三八二）

の歌などが都合八首ほど指摘され[22]、また、「小倉山」と「鹿」との取り合わせの歌も、

(56)　住なれてかなしき物と小倉山もろともに鳴く鹿のこゑかな　（五三四）

の詠をはじめとして、「麓鹿」の題で詠まれた

(57)　小倉山ふもとの鹿の声きけば老のねざめも音ぞなかれける　（五三七）

の詠、「月前鹿」の題で詠まれた

(58)　軒ちかきをぐらの山の月かげにあまりなれたるさをしかの声　（六六一）
(59)　身に寒き小倉の山の月かげに夜ごとに鹿の音ぞなかれける　（六六二）

の歌など四首を数え、さらに、「小倉山」と「紅葉」との組み合わせを詠じた歌も、

(60)　いくとせのしぐれにそへてをぐら山涙もそめつ秋のもみぢ葉　（七三六）
(61)　をぐら山露も時雨も我ためとおもひそめけるあきの紅葉ば　（七三七）

のごとく「時雨」と「涙」との関連で詠まれているのをはじめとして、「山紅葉」（七三九）や「松間紅葉」（七四三）の題で詠まれた

(62)　わきてなを紅葉の色も夕づくひ小倉の山ぞてりまさりける　（七三九）
(63)　をぐら山まつのこのまのひまとめて夕日にそむる秋のもみぢば　（七四三）

の歌などを指摘することができるように、歌枕「小倉山」の伝統的認識は継承されていると認められようが、ただ、「小倉山」の「紅葉」を詠じた(62)・(63)の詠は、夕日に照射された「小倉山」の絶景を点描している点で、貞信公の詠じた「小倉山」の「紅葉」の景観とは多少趣を異にすると言えるであろう。このことは、「閑居月」と題して詠まれた

(64)　人とはぬ小倉の山の宿の月この世ひとつの友とやはみる　（一八三八）

の歌にも認められ、この(64)の歌など、題詠歌であるにもかかわらず、実際に「小倉山」に住居しての実感が直接に伝わってくる感じすらするのである。

ここに、為家の詠じた「小倉山」の詠歌には、歌枕「小倉山」の伝統的把握の姿勢は見えながらも、それでいて伝統的「小倉山」の歌枕観とは多少異なる把握の仕方が痕跡として認められるのであるが、このような多少なりとも従来の歌枕「小倉山」とは異なった歌枕観が為家の歌に認められるのは、貞信公のごとく「小倉山」を観光客としての目で把握するのではなく、そこに実際に居住した日常生活者としての目で為家が「小倉山」を把握したからにほかなるまい。したがって、この視点で改めて「小倉山」を把え直したとき、これまでの「小倉山」の歌枕観とは異なった「小倉山」像の形成となったのがこれらの歌であろう。

この視点から、改めて為家の「小倉山」詠がいかなる景物と結合して詠まれているかを見ると、「小倉山」の「ほととぎす」を詠じた

(65)　さりともと思ひてこしを小倉山初音むなしきほととぎす哉　（三一七）

の歌や、「鐘」を詠んだ

(66)　ふかき夜のをぐらの山になる鐘の声のうちにや秋もつくらん　（七六二）

の歌は紀貫之の(2)の詠の換骨奪胎《パロディー》だが、同じ「鐘」を詠じた

(67)　小倉山麓にひゞく鐘のをとのたゞつくゞゝとねこそなかるれ　（一五〇一）

の歌などは「小倉山」に居住しての感慨を表出したものであろう。また、「春里」（二二五）「冬谷」（八八二）「野辺」（一二一三）「野若菜」（五四）「野萩」（一八三三）「夏鳥」（三九六）などの歌題で詠まれた

(68)　小倉山ふもとの里の雪の色に春吹風は梅の香ぞする　（春里・二二五）

(69)　小倉山かげの冬木に朽はてゝ谷のそこなる苔のころもで　（冬谷・八八二）

(70)　尋みよいづくはありと小倉山麓ののべのちよのふる道　（野辺・一二一三）

(71)　をぐら山おなじふもとののべにこそ万代かねて若菜をもつめ　（野若菜・五四）

(72)　小倉山ふもとののべは庭もせに鹿のねかけてうつる萩原　（野萩・一八三三）

(73)　住なるゝをぐらの山の郭公思ひ出てや又名のるらむ　（夏鳥・三九六）

の歌はいずれも題詠歌ではあるが、「小倉山」に居住した者ならではの実感の表出が顕著であり、これらの「小倉山」に取り合わされた歌題はすべて為家の発見になる歌題である。そして、「小倉山」を出家生活者の空間との視点から、「松」との組み合わせで詠んだ歌も多く見られ、「山家松」の題で詠まれた

(74)　身をかくす小倉の山の松の陰おなじ老木にふりまさる哉　（一八九二）

の歌、「閑居松」の題で詠まれた

(75)　ひとりのみ聞ぞふりぬる小倉山松より外の友もなければ　（一二六八）

の歌、「松」ではないが、「山家檜」の題で詠まれた

(76)　小倉山軒ばの檜原つれもなく人しれぬ世にふりまさる哉　（一二七五）

の歌など、「小倉山」で「松」や「檜」とともに隠遁生活を送っている隠者の世界を描出した歌である。

ところで、『為家集』の「小倉山」詠には、「松」を詠じても、「月前松」の題で詠まれた

(77)　すみなるゝをぐらの山の松風を月にいくたびきゝなやむらん　（六六五）

の歌のように、草庵で聞く松籟を主題にしている歌がめだつが、このほか、「納涼」の題で詠まれた

(78)　まだきより秋かとぞ思ふ小倉山夕ぐれいそぐ松の下風　（四二九）

の歌、「初秋風」の題で詠まれた

(79)　をぐら山色にはみえぬ松風も秋たちぬとやをとぞ身にしむ　（一九二六）

の歌、歌題は欠くけれども、

(80)　いつとなき小倉の山の松陰も秋たつかぜは音ぞきこゆる　（四六八）

(81)　松風はたえずふけども小倉山みやこの人のをとづれもなし　（一二八三）

(82)　小倉山松の下葉はふきすてゝ冬あらは成木枯のかぜ　（九四八）

の歌などはいずれもこの範疇に属する詠であろう。このように「松」を詠んでも「松」を「むかしの友」とみるよりも、「松」に吹く風によって季節の推移を知ると把握する為家の歌は、「小倉山」に長期に渡って居住した者のみが抱く感懐の表出の感が強く、「小倉山」に長年住み馴れた為家ならでは詠み得ない体の歌であろう。

このように、為家の「小倉山」を詠み込んだ歌のなかには、日常生活者の視点から初めて可能になったとおぼしき詠歌がかなり指摘され、なかには為家が初めて見出し得た「小倉山」の歌枕観も認めることができる点、為家の功績として評価することができよう。ところで、中世歌人における歌枕の認識は、たとえば鴨長明の『無名抄』に、「一には、名所を取るに故実あり。国々の哥枕、数も知らず多かれど、其歌の姿に随ひてよむべき所のある也[23]」と指摘されているように、「故実」を重視し、「其歌の姿に随ひてよむ」というのが一般的であった。この中世歌人の歌枕に対する一般的認識から言えば、「鹿」や「紅葉」との取り合わせで詠むのが歌枕「小倉山」の本来のあり方であったわけなのに、為家のごとくに「小倉山」に新たな歌枕観を見出すという詠み方はいかに評価されるのであろうか。つま

り、「名所歌枕は、単に和歌に詠まれた地名という意味にとどまらず、古歌によって、その土地のもつ雑多な要素が捨象されて特定の印象が形成され、一定の表現形式をもった類型的な美意識を有するもの[24]」という本来の歌枕の定義から言えば、為家の「小倉山」なる歌枕の利用の仕方は著しく逸脱しているのである。しかし、翻って熟考するに、このような歌枕に対する認識で歌を詠作するとなると、歌枕の到達するところは、正徹が『正徹物語』のなかで、いみじくも「人が『吉野山はいづれの国ぞ』と尋ね侍らば、『只花にはよしの山、もみぢには立田を読むことゝ思ひ付きて、読み侍る計りにて、伊勢やらん、日向の国やらんしらず』とこたへ侍るべき也[25]」と言及しているように、完全な固定化・形骸化の方向であろう。ちなみに、為家はその歌論書『詠歌一躰』で、歌風に言及して「詞なだらかに言ひ下し、清げなるは、姿のよき也[26]」と平淡美を主張して、彼の平明・温雅な歌は以後の中世歌人に広く浸透し、二条家歌風の確立に寄与しているのである。したがって、このような歌枕の固定化・形骸化の方向のなかで為家の「小倉山」に対する新たな歌枕観の確立を考慮するに、その方向は本来の歌枕に対する認識からは逸脱するものの、逆に歌枕の固定化・形骸化に歯止めをかける役割を果たす意味で、為家の新たに創造しえた歌枕「小倉山」観のもつ意味は小さくないと評価されるのではあるまいか。中世和歌のなかで保守的傾向の側面の強い二条家歌風なるものが確立する契機を創った藤原為家が、歌枕「小倉山」の形成では言わば革新的役割を担っていると評価される点は面白い現象と言えるのではなかろうか。

五　まとめ

以上、歌枕「小倉山」について勅撰集と『大納言為家集』のなかから当該歌を対象に縷々検討を加えてきたが、ここでその要点をごく簡単に摘記するならば、次のごとくなろう。

㈠　勅撰集における歌枕「小倉山」は、四季の部の場合、「紅葉」と「鹿」との組み合わせで詠まれる事例と、「小暗し」なる「小倉山」の属性を掛詞として詠まれる事例が圧倒的多数を占め、そのほかでは「月」「夕霧」と組み合わされて詠まれる場合がめだち、順徳院が『八雲御抄』で言及している「小倉山」の属性と一致するが、「鶯」「白雪」「遠雁」「五月雨」などの景物と結合した歌も指摘される。

(二)　一方、雑部の場合、歌枕「小倉山」は、「山家松」「山家水」「老」との取り合わせで詠まれ、出家・遁世者の生活空間とみなされるが、このような歌枕「小倉山」観は従来指摘されることのなかった新しい歌枕「小倉山」の属性と言える。

(三)　(一)の場合の詠歌作者は特定できないが、(二)の場合の詠歌作者には、実際に「小倉山」に居住したことのある藤原定家・藤原為家などの中世歌人が多くあげられる。

(四)　歌枕「小倉山」を多く歌に詠み込んだ歌人に藤原為家がおり、為家の私家集『為家集』には「小倉山」関係の歌が四十六首も指摘され、(一)の事例の歌も多く見られるほか、「春里」「冬谷」「野辺」「野若葉」「野萩」「夏鳥」などの新しい歌題で「小倉山」を詠じているが、特徴的なのは(二)の立場からの歌で、「山家松」「閑居松」「山家檜」「月前松」の題で詠まれた歌には、出家遁世者の実感的心情の吐露が著しい。

(五)　(一)の場合の歌枕「小倉山」は、観光客としての目で把握した「小倉山」観であるのに対して、(二)の場合の歌枕「小倉山」は、日常生活者の目で把握した「小倉山」観である。

(六)　題詠歌を詠むのが中世和歌の一般的傾向であったなかで、歌枕を、日常生活者の視点で詠作することは時代錯誤の感を免れないが、本来の歌枕のあり方が行きつくところは完全な歌枕の固定化・形骸化であろうから、為家が従来の歌枕「小倉山」観に新たな「小倉山」観を創出したのは、歌枕の形骸化に歯止めをかける意味をもち、大いに評価されるであろう。

なお、ここに要約した結論は、歌枕「小倉山」を、勅撰集と『為家集』に見られる「小倉山」関係の歌に限定して考察したにすぎないので、その他の私撰集・私家集・歌合・定数歌などの「小倉山」関係歌を調査・検討すればこれ以外の結論が出るかも知れない。しかし、それらの調査は今後の課題にすることにし、不十分ながらおおよその結論を出しえたいまは本節を終るほかはあるまい。

〈注〉

(1) 高橋正治氏校注『大和物語』(日本古典文学全集8、昭和四七・一二、小学館)から引用。
(2) 『新編国歌大観　第一巻勅撰集編』(昭和五八・二、角川書店)から引用。なお、勅撰集からの引用は以下同書による。
(3) 高木市之助氏他校注『萬葉集　二』(日本古典文学大系5、昭和三四・九、岩波書店)から引用。
(4) 久曾神昇氏編『日本歌学大系　別巻一』(昭和四七・一二、風間書房)から引用。
(5) 佐々木信綱氏編『日本歌学大系　第五巻』(昭和四七・八、風間書房)から引用。
(6) 吉田幸一氏他編『歌枕名寄　一』(昭和四九・五、古典文庫)参看。
(7) 村田秋男氏編『類字名所和歌集　本文編』(昭和五六・一、笠間書院)参看。
(8) 神作光一氏他編『松葉名所和歌集　本文及び索引』(昭和五二・一二、笠間書院)参看。
(9) 佐々木信綱氏編『日本歌学大系　第一巻』(昭和四七・八、風間書房)参看。
(10) 佐々木信綱氏編『日本歌学大系　第二巻』(昭和四八・二、風間書房)参看。
(11) 佐々木信綱氏編『日本歌学大系　第三巻』(昭和四八・一〇、風間書房)、黒田彰子氏編『上野本和歌色葉』(昭和六〇・七、和泉書院)参看。
(12) 久曾神昇氏編『日本歌学大系　別巻三』(昭和四七・八、風間書房)参看。
(13) 片桐洋一氏『歌枕歌ことば辞典』(昭和五八・一二、角川書店)の四五三頁。
(14) 注13に同じ。
(15) 『私家集大成　1』(昭和四八・一一、明治書院)から引用。
(16) 『新校群書類従　第六巻』(昭和五三・四、名著普及会)から引用。
(17) 『王朝文学　第十六号』(昭和四四・六、東洋大学)参看。

(18) そのほかの歌の所在を『新編国歌大観』番号で示すならば、『拾遺集』一九五・『新古今集』四〇五・一六四五・『玉葉集』七二四・『新千載集』五六五のとおりである。
(19) 角田文衛氏「藤原定家の小倉山荘」(『王朝史の軌跡』〈昭和五八・三、学燈社〉所収)参看。
(20) 久曾神昇氏編『日本歌学大系　別巻七』(昭和六一・一〇、風間書房)から引用。
(21) 『私家集大成4』(昭和五〇・一一、明治書院)参看。なお、『大納言為家集』の和歌本文は同集から引用する。
(22) ちなみに、そのほかの歌の所在を『私家集大成4』所収の「為家I」の番号で示すならば、三三二一・六〇五・一一九五・一二八一・一七二九のとおりである。
(23) 久松潜一氏校注『歌論集』(日本古典文学大系65、昭和三六・九、岩波書店)から引用。
(24) 有吉保氏編『和歌文学辞典』(昭和五七・五、桜楓社)の「歌枕」の項から引用。
(25) 注23に同じ。
(26) 久松潜一氏編校『歌論集　一』(中世の文学、昭和四六・二、三弥井書店)から引用。

第八節　寺院・神社関係の和歌——漢詩と釈教歌の問題

Ⅰ　四天王寺九品往生詩歌

一　九品往生詩歌成立の経緯

久寿二年（一一五五）四月十五日に誕生し、嘉禄元年（一二二五）九月二十五日、七十一歳で没した慈円の日本文化史において果たした役割については、いまさら贅言の必要はあるまいが、その慈円の活躍した閲歴について簡単に触れておくと、次のとおりである。

永万元年（一一六五）青蓮院の覚快法親王のもとに入室。仁安二年（一一六七）十三歳で剃髪。嘉応二年（一一七〇）法眼に叙され、治承二年（一一七八）二十四歳で法性寺座主となる。養和元年（一一八一）法印に昇叙。元暦元年（一一八四）には後白河法皇の護持僧となる。建久三年（一一九二）三十八歳で任権僧正、天台座主。同四年後鳥羽天皇の護持僧。同七年十一月、兄兼実の失脚（建久の政変）に伴い、すべての職・位を辞して籠居したが、建仁元年（一二〇一）四十七歳の時、天台座主に還補され、後鳥羽上皇の護持僧として上皇に親近し、上皇中心の歌壇でも活躍するようになった。翌二年天台座主を辞したが、同三年には大僧正に任ぜられ、天王寺別当を兼務。建暦二年（一二一二）五十八歳で三度座主職に就いた。同三年正月座主を辞したが、同十一月四度座主となり、翌建保二年（一二一四）六月に辞した。十一年後の嘉禄元年九月、近江国東坂の小嶋房で入滅した。

『日本古典文学大辞典　第三巻』（昭和五九・四、岩波書店）から引用させていただいたが、この慈円の七十一年間の生涯のなかで、大僧正なる最高位にのぼった建仁三年（慈円四十九歳）、慈円は、同時に、四天王寺の別当をも兼務した。その後、建暦三年（慈円五十九歳）九月、慈円は再度、四天王寺別当に任ぜられたが、このときは別当職に専念できたからであろうか、かねて倒壊していた聖霊院に、聖徳太子の事跡を描いた絵堂の再建を企図して、ついに貞応三年（一二二四）見事に完成させたのは、慈円の大きな功績と言えるであろう。この再建なった絵堂の西面に、和漢の往生伝から素材を採った「九品往生人」の絵と、さらに九品の各人の和歌と漢詩とが掲載された事情と経緯については、塚本善隆氏「日本に遺存せる遼文学とその影響」（『塚本善隆著作集』第六巻、昭和四九・五、大東出版社）や、久保田淳氏「天王寺と往生人たち」（『論纂説話と説話文学』昭和五四・六、笠間書院）に詳細に論述され、本節Iも久保田氏のご論考に負うところも多いが、この問題について具体的に記事を掲げている四十八巻本『法然上人絵伝』（『新修日本絵巻物全集』一四、昭和五二・七、角川書店）第十五巻によると、次のとおりである。

　四天王寺の別当に補任せられし時は、大僧正行慶寺務のとき顚倒して後、としひさしくなりにし絵堂を新造して、漢家本朝の往生伝をゑらび、尊智法眼におほせて九品往生人を画図にあらはし、入道相国頼実公以下九人の秀才をすすめて和歌を詠じて、九品面々の行状を称嘆し、菅宰相于時大蔵卿為長卿をして四韻の周詩を賦せしめ、権大納言教家卿色紙をぞ清書せられける。

ここに、絵堂の「九品往生人」の「画」を描いたのが尊智法眼であり、「和歌」を詠じたのが源頼実以下の九人であり、漢詩を詠じたのが菅原為長であり、これらの詩歌を「色紙形」に清書したのが藤原教家であることが知られるが、こうして完成した九品詩歌のすべては、「別当前大僧正法印大和尚位慈円記之」の「色紙形記銘」とともに絵堂の西面に掲げられ、人びとの目を見張らせた。『法然上人絵伝』は、絵堂に掲げられたこの九品往生詩歌に触れて、

　これ、ひろく諸人の心をすすめて、欣求のおもひをはげまさんためなり。まことにこの行状を見て、たれの人

か穢悪充満のさかひをいとひ、浄土不退の砌をこひねがはざらむ。自證の得脱のみにあらず、化他の御こころざしふかかりける、ありがたくたとくも侍るかな。

と賞賛の言葉を贈っているが、これは煩悩に迷う衆生を救済する、格好の象徴的殿堂が完成したことを喜ぶ祝意として妙なる表現と言えるであろう。

二　九品往生の漢詩の内容

九品往生詩歌の成立過程の大略は以上のとおりであるが、それでは、菅原為長の詠じた九品往生の漢詩の内容と、九品往生人とはどのようなものであろうか。この点についても、『法然上人絵伝』がそのすべてを伝えているので、後藤昭雄氏の助力を得て、訓読をも付して紹介すれば、次のとおりである。

上品上生　智覚禅師　新修往生伝

九品蓮台其最上　杭州智覚独当機　　九品蓮台其の最上　杭州の智覚独り機に当たる
詞花永馥神棲賦　宿鳥不驚寂定衣　　詞花永く馥《かを》る神棲の賦　宿鳥驚かず寂定の衣
直詣西方生死断　不経陰府古今稀　　直ちに西方に詣る生死の断　陰府を経ず古今稀なり
炎王常拝画図像　蘇息高僧面見帰　　炎王常に拝す画図の像　蘇息の高僧面《まのあたり》に帰るを見る

上品中生　尼善恵　戒珠集

賢劫如来放大光　善哉善恵往西方　　賢劫の如来大光を放つ　善き哉善恵西方に往く
六旬有限新泉路　三昧無人旧道場　　六旬限り有り新泉路　三昧人無く旧道場
地上蓮粧生八葉　俗間花色恥余香　　地上の蓮粧八葉を生ず　俗間の花色余香に恥づ
眼前兼得仏霊告　九品妙台第二望　　眼前に兼得す仏霊の告　九品の妙台第二望

上品下生　　侍従所監藤原忠季　　後拾遺往生伝

我朝朝請大夫士　二世清祈一念深　　我が朝の朝請大夫の士　二世の清祈一念深し
勁節先彰同雪竹　善根高挺属雲林　　勁節先づ彰《あらは》れ雪竹に同じ　善根高く挺《ぬき》んで雲林に属《つら》なる
三年十月黄昏涙　上品下生金刹心　　三年十月黄昏の涙　上品下生金刹の心
夢裏乗蓮西去速　客塵自是不能侵　　夢裏蓮に乗りて西に去りて速やかなり　客塵是れ自《よ》り侵すこと能はず

中品上生　　大原沙弥　　戒珠伝

大原貧侶臨河畔　欲画弥陀功独遅　　大原の貧侶河畔に臨む　弥陀を画かんと欲するも功独り遅し
尊像未成沙暖処　浮生易滅雨来時　　尊像未だ成らず沙暖かき処　浮生滅し易し雨来たる時
夜夢縦告出離道　老涙不堪憶子悲　　夜夢縦ひ出離の道を告ぐるも　老涙子を憶ふ悲しびに堪へず
中品上生今所示　至于旧友各相思　　中品上生今示す所　旧友に至りて各《おのおの》相思ふ

中品中生　　少将義孝　　保胤往生伝有夢告

天延之比無常理　子葉落風槐躰家　　天延之比無常の理　子葉風に落ちて槐躰の家
故甍露消空暗涙　荒原煙尽只春霞　　故甍の露消えて空しく暗涙　荒原煙尽きて只だ春霞
羽林昔有双棲鳥　夢路今攀一詠花　　羽林昔有り双棲の鳥　夢路今攀づる一詠の花
極楽界中詩上趣　品生所指足相加　　極楽界中詩上の趣　品生指す所と相ひ加ふるに足る

中品下生　　沙門智縁　　戒珠伝

昔在人間雖放逸　帰真季積智縁功　　昔人間に在りて放逸せらると雖も　真に帰り季積みて智縁の功
鬢花落鎊罷秋鶴　羽獵発心礼世雄　　鬢花落鎊秋鶴に罷る　羽獵発心世雄に礼す
昼夜三時三品観　桑楡一暮一期終　　昼夜三時三品の観　桑楡一たび暮れて一期終はる

九蓮第六託生趣　述尽向西結大夢　九蓮第六託生の趣　述べ尽くして西に向かひて大夢を結ぶ

下品上生　釈法敬　戒珠伝

当初法敬有遺約　身後不忘霊告専　当初の法敬遺約有り　身後忘れず霊告専らなり
音楽聞天遷化暁　光明入夢十三季　音楽天に聞こゆ遷化の暁　光明夢に入る十三季
善哉一子出家力　遂是双観得道縁　善き哉一子出家の力　遂に是れ双観得道の縁
昔寺維那修善積　宜昇下品上生蓮　昔寺の維那にて修善積む　宜しく下品上生の蓮に昇るべし

下品中生　覚真阿闍梨　続本朝往生伝

尋鞍馬寺久棲遅　祈請炎王有所思　鞍馬寺を尋ねて久しく棲遅す　炎王に祈請して思ふ所有り
陽茂闍梨従入夢　西方覚蘂不生疑　陽茂闍梨夢に入りて従り　西方の覚蘂疑ひを生ぜず
九生蓮位上中下　万部花文読誦持　九生の蓮位上中下　万部の花文読誦持す
以第八門当此品　来縁定熟命終時　第八門を以ちて此の品に当たる　来縁定熟して命終の時

下品下生　釈恵進　新修往生伝

釈恵進貧無所蓄　檀施之物誰応侵　釈恵進貧しくして蓄ふる所無く　檀施之物誰か応に侵すべし
欲飛鵰眼雲労眼　不憶梟心還有心　鵰眼を飛ばさんと欲して雲眼を労す　梟心を憶はずして還りて心有り
百部花文今已満　八旬楡景遂西沈　百部の花文今已に満つ　八旬の楡景遂に西に沈《しづ》む
善哉下品下生位　従在世間素意深　善き哉下品下生の位　世間在りて従り素意深し

以上が菅原為長の詠じた九品往生の漢詩で、それぞれの九品往生人の階等別の世界が格調高く詠じられて読む者の胸を打つが、ここで慈円が選んだ九品往生人と、その典拠を整理しておけば、次のとおりである。

上品上生　智覚禅師　新修往生伝

上品中生　尼善恵　戒珠集
上品下生　藤原忠季　後拾遺往生伝
中品上生　大原沙弥　戒珠伝
中品中生　藤原義孝　日本往生極楽記
中品下生　沙門智縁　戒珠伝
下品上生　釈法敬　戒珠伝
下品中生　覚真阿闍梨　続本朝往生伝
下品下生　釈恵進　新修往生伝

すなわち、藤原忠季・藤原義孝・覚真阿闍梨の三人が本朝の往生人で、このほかの智覚禅師以下の六人がいずれも震旦の往生人であることが知られるが、慈円はこれらの往生人の階等《ランク》をどのような方法で決めたのであろうか。この点については、慈円が、注記したそれぞれの出典に依拠したであろうことは明白であるが、『新修往生伝』（宋の王古が戒珠の『浄土往生伝』を増補したもの）に載る「智覚禅師」「釈恵進」、『戒珠集（伝）』（宋の戒珠の『浄土往生伝』を本朝で偽撰したもの）に載る「尼善恵」「大原沙弥」「沙門智縁」「釈法敬」、『続本朝往生伝』（大江匡房作）に載る「覚真阿闍梨」などの階等は、注記した各出典の記述内容と一致をみているけれども、『後拾遺往生伝』（三善為康著）に掲載の「藤原忠季」と、『日本往生極楽記』（慶滋保胤著）に載る「藤原義孝」については問題があるように思う。なぜなら、『後拾遺往生伝』は、忠季の階等を、「時に夢中に人の告ぐる有りて曰はく、『汝之生まる処、上品上生也』と」と述べて「上品上生」としており、また、『日本往生極楽記』は、「右近衛少将藤原義孝は、太政大臣贈一位謙徳公の第四の子なり。深く仏法に帰して、終に葷腥を断てり。勤王の間、法花経を誦す。天延二年の秋、疱瘡を病ひて卒せり。命終るの間、法便品を誦す。気絶ゆるの後、異香室に満てり。同じ府の亜将藤高遠は、同じく禁省にありて、相友として善し。義孝卒して後幾ならずして、夢の裏に相伴ふこと宛も平生のごとし。便ち一句を詠ふらく、『しかばかりちぎりしものをわたりがはかへるほどにはかへすべしやは』といふ。詩に云はく、『昔は契りき蓬萊宮の裏の月に　今は遊ぶ極楽界の中の風に』といへり」と記しているのみで、義孝の階等にはまったく触れていないからである。ということは、忠季を「上品下生」の階等に、義孝を「中品中生」の階等に据え置いたのは、慈円の判断に依ることを意味しようが、要するに、九品往生人の選定は、基本的には内外の往生関係の書物によって進められたと言うことができるであろう。

三　九品往生の和歌の内容と詠歌作者

九品往生の漢詩の内容と、九品往生人の様相は以上のとおりであるが、次に、九品往生の和歌と、その詠歌作者はどのようなものであろうか。この点についても、『法然上人絵伝』から引用すると、次のとおりである。

上品上生　　入道太相国　頼実公
九しなかみなきしなのうてなにも　ころものうらにとりやすむらむ
上品中生　　前摂政殿下　道家公
ふるさとにのこるはちすばあるじにて　やどるひとよにはなぞひらくる
上品下生　　権大納言基家
みしゆめのやどをうつつにさとりきて　きのふの花につゆぞひらくる
中品上生　　前太政大臣　公経公
ゆふだちにみづもまさごの河なみや　はちすのなかのうへのしらつゆ
中品中生　　右大将実氏

しのばずよなにふるさとのむめがかも　かさなる中のはなのやどりに

中品下生　　　　　　　　　　　　正三位家隆

すてやらで子をおもふしかのしるべより　かりのやまぢはいとひいでにき

下品上生　　　　　　　　　　　　従二位民部卿定家

たちかへるゆめのただぢにをしへをく　うてなのはなのすゑのうはつゆ

下品中生　　　　　　　　　　　　入道従三位保季

をしへいるみちはかすがのさとの月　さとればはるのひかりなりけり

下品下生　　　　　　　　　　　　正四位下範宗

ここのしなねがふはちすのすゐのいとを　みたさでかへるよるのしらなみ

これが九品往生の和歌と詠歌作者であるが、勿論、各詠歌作者が詠歌対象とした九品往生人は九品往生の漢詩が対象とした人物と同様である。ここに、各往生人に関する和漢の詩歌のすべてが出揃ったわけだが、実は、九品往生和歌については、慈円の『拾玉集』(私家集大成本)に、次のように掲載されてもいるのである。

往生伝和歌

上品上生　　　　　　　　　　　　智覚禅師

かよふらしむかふる雲のことのねに　うへなき山のみねの松かぜ　　(四九九六)

上品中　　　　　　　　　　　　　尼善恵

極楽のうへなきみちを行人は　なにかはこえんしでのたかねを　　(四九九七)

上品下　　　　　　　　　　　　　所監忠季

すすむ色を人にしらするはちすかな　花のみどりを庭に残して　　(四九九八)

法の花の雲のはやしの匂ひより　ただすゐまでも西へこそゆけ　　　　　　　　　　（四九九九）
　中品上　　　　　　　　　　　　大原沙弥
むらさきの雲のうへにやながむらん　浜の真砂にかけし光を　　　　　　　　　　（五〇〇〇）
　中品中　　　　　　　　　　　　義孝少将
ちぎりてし都の月のかげよりも　草なき宿の風ぞ身にしむ　　　　　　　　　　（五〇〇一）
　中品下　　　　　　　　　　　　沙弥智縁
にしへゆく人のためににさ《本ノママ》ほ鹿の　子を思ふ道ぞしるべ成ける　　　　　　　　　　（五〇〇二）
　下品上　　　　　　　　　　　　浄土寺
ねがふ道の契りたがはず告にきて　道ひく道に誰かもるべき　　　　　　　　　　（五〇〇三）
　下品中　　　　　　　　　　　　阿闍梨覚真
三輪の山の杉ならなくにしられけり　にしてふかどの夢のしるしは　　　　　　　　　　（五〇〇四）
　下品下　　　　　　　　　　　　尺恵進
しもをねがふ人の心のきよければ　にごらで帰る奥つしら波　　　　　　　　　　（五〇〇五）

これらの歌の作者注記には、奇しくも九品往生人の名前が掲げられているのだが、このことは、慈円がこれらの往生人の心を試みにあらかじめ詠んでみた、言わば九品往生歌の試作品であったことを意味するであろう。すなわち、『拾玉集』に九品往生人の名で各歌を慈円が収載しているということは、九品往生和歌の成立過程が、久保田淳氏が「慈円はまず九品往生人を選び、自ら詠歌してみて、次いでこれを諸人に勧進することを思い立ったのではないか」（前掲書）と推定されているとおりであったことを裏付けよう。

なお、この九品往生和歌の詠作者の選定をめぐって、陽明文庫に「慈円僧正消息」なる資料があり、いま、それを

『増訂陽明世伝解説』（昭和五九・二、普及版第一刷、東京大学出版会）によって示すならば、次のとおりである。

九品哥事、相国禅門返札如此、如勧進本意存知、領殊感悦之返事候也、猶召人相残、尤以有情而覚候、如何々々、於今者、如先日議定如此者也、

相国禅門　上品上生　前相国　上品中　新大納言　上品下
右府　中品上　御分　中品中　家隆　中品下
保季入道　下品上　高倉殿　下品中　故禅門女　下品下

ここには、『法然上人絵伝』に見える九品往生人の和歌を詠ずる作者名と当該階等に多少の異同が指摘される。すなわち、「御分」は藤原定家、「故禅門女」は藤原俊成女であることに異論はなかろうが、『増訂陽明世伝解説』は、「相国禅門は慈円の兄松殿基房、前相国は近衛家実、新大納言は姉小路公宣、右府は徳大寺公継に夫々擬せられる」と推定しているのである。ということは、『法然上人絵伝』のような内容に定着するまでには紆余曲折があったことを想像させるが、この点についての考証はここでは省略に従いたい。

四　九品往生詩歌成立の思想的背景

ところで、四天王寺聖霊院の絵堂の西面に何故にこのような九品往生詩歌が掲げられたのかについては、四天王寺に触れて、『平家物語』延慶本が次のごとく叙述している記事が参考になろう。

抑々四天王寺ト申ス者、天下第一之奥区、人間無双之浄刹也。聖徳太子草創之霊場、救世卉利生之勝地也。寺ハ殊勝之名区ニ隣トナレル、即チ極楽東門之中心、堺ハ霊場之奇地ニ摂ス、是レ往生西刹之古跡也。西ニ向ヘバ激海漫々トシテ、八功徳池之眺望眼ノ前ニ有リ、東ニ顧レバ、又清水滔々トシテ、三界水沫之無常心中ニ浮ブ。……戒律ヲ定ル之庭ナレバ、放逸ノ者ハ跡ヲ削リ、浄土ニ望ム之砌ナレバ、不信ノ者ハ来ルコト無シ。観音応迹

之処ナレバ、住ム人ト皆慈悲有リ、往生極楽之地ナレバ、詣ル人ト悉ク念仏ヲ行ズ。之ニ依リテ、現世ニハ三毒七難之不祥ヲ滅シテ、二求両願之悉地ヲ満定シ、当来ニハ三輩九品之浄刹ニ生ジテ、常楽我浄之妙果ヲ証得セム。

（書き下し文に改めた）

聖徳太子が摂津玉造の岸に創建したのに端を発し、南の荒陵に建立された四天王寺は、もと天台宗の寺院であったが、平安中期以降浄土信仰が盛んになるにつれて、当寺の西門が極楽浄土の東門に面していると信じられ、院政期には法皇・貴族などの参詣も多くなって、浄土信仰の中心地《メッカ》となったことについては周知の事実であろう。したがって、極楽浄土の東門に面していると信じられていた四天王寺の絵堂の西面に、九品往生人の画図を描き、さらに往生人の詩歌を添えて、煩悩に迷える衆生を救う手立てにしようと慈円が企図したことは、四天王寺の別当の地位にあった宗教人慈円として至極当然な営為であったと思われる。九品往生詩歌が絵堂に掲げられた意味はこのように説明されるであろうが、それでは、「九品往生」なる「九品」の階等《ランク》にはどのような差異があるのであろうか。

そもそも「九品」なる等級は、浄土教の所依とする『観無量寿経』に説く、極楽往生することについての九等級の階級のことである。すなわち、『角川古語大辞典 第二巻』（昭和五九・三、角川書店）に、「浄土教の所依とする『観無量寿経』に、念仏の行者の修する日常の行業により、往生に九品往生、また、生ずる極楽に九品浄土、それぞれの極楽浄土の教主の阿弥陀仏に九体の阿弥陀仏、念仏の行者が往生する際の蓮台に九品蓮台の差がある、と説く。『源氏・夕顔』に『さてこそここのしなのかみにも障りなく生れ給はめ』と見え、平安中期以後、浄土信仰が盛んになるにつれ、この事が盛んに説かれ、道長が発願建立した法成寺無量寿院の本尊は九体阿弥陀仏であることは『栄花・疑』に見え、また、浄瑠璃寺の九体阿弥陀仏堂は平安期の遺構として名高い」と説かれているとおりである。

そこで、『観無量寿経』に説かれている九品の階等を『浄土三部経』下（岩波文庫、昭和六〇・六第二四刷）所収の「観無量寿経」で見てみると、それぞれ次のように叙述されている。

〈上品上生〉とは、もし、衆生ありて、かの国に生まれんと願う者、三種の心を発さば、すなわち、往生する。なにらか三となす。一には、至誠心、二には、深心、三には、廻向発願心なり。〔この〕三心をそのうれば、必ずかの国に生まれる。また、三種の衆生ありて、まさに往生することをうべし。なにらか三となす。一には、慈心にして殺さず。もろもろの戒行をそのう。二には、大乗の方等経典を読誦す。三には、六念を修行す。〔これらの人々は〕廻向発願して、かの国に生まれんと願い、この功徳をそのうること、一日乃至七日ならんに、すなわち、往生することをう。

〈上品中生〉とは、必ずしも方等経典を受持し読誦せざれども、よく〔その〕義趣を解り、第一義において、心驚動せず、深く因果〔の理〕を信じ、大乗を謗らず。この功徳をもって、廻向して極楽国に生まれんと願求す。

〈上品下生〉とは、また因果を信じ、大乗を謗らず、ただ無上道の心を発す。この功徳をもって、廻向して極楽国に生まれんと願求す。

〈中品上生〉とは、もし衆生ありて、五戒を受持し、八戒斎を持ち、もろもろの戒を修行して、五逆〔の罪〕を造らず、もろもろの過患なければ、この善根をもって、廻向して西方極楽世界に生まれんと願求す。

〈中品中生〉とは、もし衆生ありて、もしは一日一夜に、八戒斎を受持し、もしは一日一夜に、沙弥戒を持ち、もしは一日一夜に、具足戒を持ちて、威儀欠くることなければ、この功徳をもって、廻向して極楽国に生まれんと願求す。

〈中品下生〉とは、もし善男子・善女人ありて、父母に孝養し、世の仁慈を行なわん。

〈下品上生〉とは、あるいは衆生ありて、もろもろの悪業を作る。方等経典を誹謗せずといえども、かくのごときの愚人は、多くもろもろの悪を造りて、慚愧あることなし。

〈下品中生〉とは、あるいは衆生ありて、五戒、八戒および具足戒を毀犯す。かくのごとき愚人は、僧祇物を偸み、現前僧物を盗み、不浄説法して、慚愧あることなく、もろもろの悪業をもって、しかもみずから、荘厳す。〈下品下生〉とは、あるいは衆生ありて、不善の業たる五逆・十悪を作り、〔その他〕もろもろの不善を具す。かくのごとき愚人は、悪業をもってのゆえに、まさに悪道に堕し、多劫を経歴して、苦を受くること窮まりなかるべし。

これらの定義に『浄土三部経』下の「註」を参考にして解説を加えておけば、まず、「九品」なる階等分けは、『観無量寿経』の「正説」の後半において、「心統一の不可能な散乱心の凡夫に対して、悪を廃め善を修して浄土往生をえせしめる散善を説く」なかに出てき、「この散善をば、修する者の能力に応じて、上輩・中輩・下輩の三種に分け、かつ、各々をさらに上中下の三品に分けるから、すべて九品となる」わけだが、「真言宗などで説くように、浄土に九種の世界があるので九品というのではない」点が異なっている。このうち、「上輩とは大乗を学ぶ凡夫を指し、三福」（三善のことで、世福・戒福・行福をいう）「のうちの行福」（大乗仏教徒の実践する菩薩行）「を主として修」し、「そのうち、上品上生の者とは大乗上善の凡夫、上品中生は大乗次善の凡夫、上品下生は大乗下善の凡夫を言う」。次に、「中輩を二種に分け、前者は小乗を学ぶ凡夫で、三福のうちの戒福」（仏教教団内において守るべき戒律の実行）「を主として修し、中品上生と中品中生の者がこれである。後者は仏教以外の善を修める者、すなわち三福のうちの世福」（世間における道徳上の善行）「を実践する者で、中品下生に相当する」。最後に、「下輩は三福すら修めることもできず、ただ悪のみ行なう凡夫について、上中下の品類に分けて往生」を明らかにしたものである。

このように、九品往生とは、阿弥陀如来の極楽浄土に、生まれる者の性質や行為の差異によって、九種の浄土に往生することを意味するが、ここで翻って、九品往生詩歌の内容を見るに、九品漢詩の場合、依拠した典拠の内容に沿って、それぞれ九品の階等にふさわしくまとめられているが、九品和歌の場合も、九品漢詩に劣らず依拠した出典の内容を充分消化して詠作されている。ただ、その際、往生人の九品における階等が『観無量寿経』に定義している内容と合致するかと言えば、必ずしもそうはなっていないようである。この点は、慈円が依拠した典拠の内容にほぼ従った結果であることについては前述したとおりであるが、その内容については独自のものになっていると見てよかろう。なぜなら、建長五年（一二五三）ごろの成立とおぼしき岡山大学池田家文庫などに伝存する、藤原定家卿十三回忌追善詩歌と考えられる『二十八品幷九品詩謌』（岡山大学国文学資料叢書三、昭和五〇・八、福武書店）に見られる「九品詩謌」の内容が、特に、九品漢詩の場合、『観無量寿経』の経文の文句を採って詩の重要な要素にしているのに対して、為長の賦したこの九品往生の漢詩では『観無量寿経』の経文の文句はほとんど採用されていないからである。

このように、四天王寺九品往生詩歌は独特の内容をもった九品往生の比較的早い時期に創作された作品であるが、この九品往生詩歌が四天王寺の聖霊院の絵堂に掲げられた際、絵堂を取り巻くこれらの宗教的環境が、迷妄する衆生に極楽往生へのありがたさの気持ちを抱かせないではおかなかった効力については計り知れないものがあったであろう。その点、この九品往生和歌の中品下生を詠じた藤原家隆が病に冒されて出家して、ここ四天王寺において弥陀の本願に帰して念仏を唱え、見事往生を遂げた経緯が『古今著聞集』（日本古典文学大系84、昭和五一・五、岩波書店）に次のように語られていて、参考になろう。

従二位家隆卿は、わかくより後世のつとめなかりけるが、嘉禎二年十二月廿三日、病におかされて出家、七十九にてなられける。やがて天王寺へくだりて、次年或人の教によりて、俄に弥陀の本願に帰して、多事なく念仏を申されけり。四月八日、宿執や催されけん、七首の和歌を詠ぜられける。

契あれば難波の里にやどりきて　波の入日をおがみつる哉
なはの海の雲井になしてながむれば　遠くもあらず弥陀の御国は
二なくたのむちかひは九品の　はちすのうへのうへもたがはず

八十にてあるかなきかの玉のをは　みださですぐれ救世の誓に
うきものと我ふる郷をいでぬとも　難波の宮のなからましかば
阿弥陀仏と十たび申てをはりなば　誰もきく人みちびかれなん
かくばかり契ましますあみだぶを　しらずかなしき年をへにける

かくて、九日、かねてその期をしりて、酉剋に端座合掌して終られにけり。本尊をも安置せざりけり。「ただ今生身の仏、来迎し給はんずれば、本尊よしなし」とぞいはれける。さていただきあらひて、よきむしろなどしかせられける。

四天王寺が往生人にとって格好の霊場であったことを如実に示す典型的な叙述として、含蓄の深い描写になっている点、貴重であろう。

なお、九品往生を主題にして詠じた詩歌については、先に紹介した『二十八品幷九品詩謌』のほかには、和歌に、『続拾遺集』巻第十九と、『続千載集』巻第十に、

九品歌よみ侍りける中に、下品下生を　　禅空上人
夕日影さすかと見えて雲まより　まがはぬ花の色ぞちかづく　（釈教歌・一三八八）
下品下生の心をよみ侍りける　　蓮生法師
道もなくわすれはてたる古郷に　月はたずねて猶ぞすみける　（釈教歌・九八二）

の二首が指摘され、『摘題和歌集』にも収録を見るが、これらのほかには管見に入った作品はなく、九品往生思想が流行したわりには、残された資料の類が少ない点は残念であると言わざるをえない。

以上、四天王寺九品往生詩歌について、その成立の経緯、内容、思想的背景などの視点から、種々検討を加えてきたが、その論述はほとんど紹介の域を脱せず、本格的な本質追究は今後の課題にせざるをえないであろう。その点、

筆者の力量不足を痛感せざるをえないが、九品往生詩歌の概要をほぼ略述しえたいまは、これらの点については今後の課題にすることにしたいと思う。

Ⅱ　日吉山王和歌――覚深撰『山王知新記』の紹介

一　はじめに

滋賀県大津市坂本にある日吉大社は、勅命によって、崇神天皇七年に東本宮（大山咋大神）を山上に、天智天皇七年（六六八）に西本宮（大己貴大神）を山口に、それぞれ祭ったのが始まりと伝えられるが、延暦七年（七八八）、最澄が延暦寺を創建してからは、天台宗の守護神として日吉山王、山王権現などとも呼ばれ、摂社、末社を含めて日吉山王二十一社と総称されることは周知の事柄であろう。この二十一社のうち、信仰の中心をなす山王上七社は、東本宮系の

第一　東本宮（二　宮）　薬師（本地仏）　大山咋神（祭神）
第二　樹下宮（十禅師）　地　蔵　　玉依姫神
第三　牛尾宮（八王寺）　千　手　　大山咋神
第四　三　宮（三　宮）　普　賢　　玉依姫神

の四社と、西本宮系の

第五　西本宮（大　宮）　釈　迦　　大己貴神
第六　宇佐宮（聖真子）　弥　陀　　田心姫神

第七　白山宮（客　人）　十一面　　白山姫神

の三社とを合わせての呼称で、「日吉七社」とも呼ばれたが、この呼称は、天台宗の教義に基づき、天の北斗七星と対比されて、地の七社にしたとも言われている。こうして、日吉大社は比叡山の延暦寺とともに次第に拡大、発展して、全国各地に鎮座する日吉社の総本祠となったが、この山王神信仰が拡大、進展した背景には、最澄や慈覚大師たちの布教、宗教活動に負うところが多大であった。それは山王上七社が、すでに示したように、山王神に「本地仏」（薬師・地蔵・千手・普賢・釈迦・弥陀・十一面）が配されて、山王神そのものが仏でもあるという、いわゆる神仏習合の思想のもとに成立している側面にも顕著に窺いえるが、最澄たちは、この日吉山王権現の根本精神にみられる本地垂迹の思想を巧みに説教に活用して、一般大衆を啓蒙、納得させたからであろう。このようにして、山王神信仰は一般大衆の間に浸透していったが、もとより日吉大社は勅命による創建で、朝廷の守護神としての尊崇も厚かったので、以後、この山王神信仰は朝野の両領域に広まっていったのであった。そうしたなか、山王神信仰は、種々様々な曲折を経てその命脈を保っていったが、天正年間に、織田信長の比叡山焼打ちで焼失した日吉大社を、豊臣秀吉の援助で再興した祝部行丸と、徳川家康以下秀忠、家光の三代将軍と結びついて、山王神信仰を復活させ、幕府のみならず、ひろく関東の地の一般大衆にも浸透させた延暦寺の天海大僧正の功績は特筆するに値するであろう。

このように、日吉大社は山王神信仰の総本祠であったので、この山王権現をテーマにして詠まれた古典和歌も多く、たとえば『歌枕名寄』（古典文庫本）には、万葉集をはじめ二十数首の詠を指摘しえるほどで、山王権現が和歌の素材や法楽の対象になりえている実態が明白になる。このような視点で山王権現関係の和歌を蒐集している過程で管見に入ったのが、叡山文庫など数箇所の文庫の所蔵にかかる、覚深撰『日吉山王権現知新記』なる書物であったが、この書は、『日本仏教典籍大事典』（昭和六一・三、雄山閣出版）によると、

日吉山王権現知新記【ひよしさんのうごんげんちしんき】天　三巻。覚深（＝豪観、―一六八八〜一七〇三―）

撰。別には、『日吉山王知新記』『山王知新記』ともいう。本書は覚深（後に豪観と号す）の編集とされる。山王二十一社をはじめ、末社、社外の諸事種々の行事とその次第、山王権現霊験事、日吉山王の詠歌集まで色彩画像をも挿入し、およそ山王に関する諸般の事跡を詳述したものである。〔所蔵〕叡山文庫。天全12。〔多田孝文〕

のとおりで、日吉山王関係の情報を無尽蔵に含んだ典籍といえるであろう。すなわち、この記事のなかの「日吉山王の詠歌集」とは、同書で「日吉の詠歌類聚」のもとに収載されている和歌集成のことで、このたび新たに叡山文庫の所蔵になった雙厳院蔵書本で示すならば、『山王新記　日吉和歌　四』（以下、『日吉和歌』と略称する）に相当するものである。したがって、日吉山王権現に関わる和歌世界を眺望するには、この書は格好の文献資料と予測され、また、この『日吉和歌』こそ、現時点で求めえるほぼ唯一の日吉山王関係の詠歌集成として評価されるので、本節Ⅱでは、この『日吉和歌』を対象にして、日吉山王権現にまつわる和歌的世界に言及してみたいと思う。

なお、雙厳院は比叡山東塔東谷に属する支院のひとつで、天台密教雙厳院流の元祖・雙厳院頼昭法印の旧跡であったが、叡山焼打ちの後、天海の弟子・豪俔僧正によって再興されたものの、山坊は明治に消亡し、現在里坊のみ存する寺院である。

二　『日吉和歌』の紹介

さて、叡山文庫雙厳院蔵書『山王新記　日吉和歌　四』の書誌に簡単に触れておくと、該書は袋綴四冊本の写本で、第四冊めに当たる。薄鈍色の鳥の子紙の表紙に、題簽に「山王新記　日吉和歌　四」、内題（端作り）に「日吉の詠歌類聚」と表題を記す。縦二七・八センチ、横二〇・〇センチ。江戸後期写。料紙は楮紙。墨付き十四丁。遊紙前一丁、後七丁。一面十一行書きで、和歌は一行書きである。

ところで、この『日吉和歌』に収載する「日吉の詠歌類聚」については、すでに天台宗典刊行会編纂『天台宗全書』（昭和一一・三、大蔵出版）の「日吉山王権現知新記巻下」に収録をみるので、いまさら翻刻の必要もあるまいとも考えられるが、残念ながら同書には翻刻ミスがまま指摘されるし、雙厳院本は巻末に「追加」として関係歌を四首増補しているので、以下に雙厳院本によって、『日吉和歌』のすべてを、詞書のみ省略した体裁で掲載しておきたいと思う。ちなみに、（　）内の漢数字は、出典の新編国歌大観番号を私に記したものである。

(1)　捨はてず塵にまじはる影そはば　神も旅ねの床や露けき　（続後撰集・祝部成茂・五七四）
(2)　契をきし神代のことを忘れずは　待らん物を志賀の唐崎　（同・同・五七五）
(3)　禰宜かくるひえの社のゆふだすき　草のかきはも事やめてきけ　（拾遺集・僧都実因・五九三）
(4)　さゝ波やねがひを三つの浜にしも　跡を垂ます七の御神　（新続古今集・俊恵・二一二五）
(5)　たのみこししるしもみつの川よどに　今さへ松の風ぞ久しき　（拾遺愚草・定家・二九〇四）
(6)　あきらけき日吉の御神君がため　山のかひある萬代や経む　（後拾遺集・大弐実政・一一六九）
(7)　我頼む日吉の影は奥山の　柴の戸までもさゝざらめやは　（千載集・法印慈円・一二七五）
(8)　御幸する高根のかたに雲はれて　空に日吉の印をぞ見る　（同・中原師尚・一二七七）
(9)　我たのむ七の社のゆふだすき　かけてもむつの道にかへすな　（新古今集・前大僧正慈円・一九〇二）
(10)　おしなめて日吉の影は曇らぬに　涙あやしき昨ふけふ哉　（同・同・一九〇三）
(11)　もろ人の願をみつの浜風に　心すゞしきしでの音哉　（同・同・一九〇四）
(12)　おひらくのおやのみるよと祈りこし　我あらましを神やうけらん　（続後撰集・前大納言為家・五七三）
(13)　足引の山をさかしみゆふ付る　榊の枝を杖にきりつく　（同・読人不知・五八一）
(14)　大びえやおびえの杣にみや木引　いづれの禰宜か祝初けん　（同・同・五八二）
(15)　道あれとわが代を神に契るとて　けふふみ初る志賀の山ごへ　（続拾遺集・後嵯峨院・一四四二）

(16) 天降る神を日吉に仰てぞ　曇なけれと世を祈る哉　（同・山階入道左大臣・一四四三）
(17) 日吉とてたのむ影さへいかなれば　曇なき身を照ざるらん　（同・天台座主公豪・一四四四）
(18) 曇なき日吉の影を頼まずは　いかでうき世の闇を出まし　（同・澄覚法親王・一四四五）
(19) いさぎよき心をくみて照こそ　曇らぬ神の光成けれ　（同・祝部成茂・一四四六）
(20) 神垣や今日の御幸のしるくとて　おびえの杉はゆふかけてけり　（同・祝部成良・一四四九）
(21) くもりなき世を照さんと誓てや　日吉の宮の跡をたれけん　（新後撰集・道玄・七四七）
(22) しばしだにはるゝ心やなからまし　日吉の影の照ざりせば　（同・慈鎮・七四九）
(23) いのること神より外にもらさねば　人にしられずぬるゝ袖かな　（同・公澄・七五六）
(24) 移しをく法のみ山をまもるとて　麓にやどる神とこそきけ　（玉葉集・法橋春誓・二七八七）
(25) くもりなき君が御代にぞ千早振　神も日吉の影をそふらん　（続千載集・権僧正桓守・八九七）
(26) 君守る神も日吉の影そへて　くもらぬ御世をさぞ照らん　（同・前大僧正仁澄・八九八）
(27) さりともと照す日吉を頼むかな　曇らずと思ふ心ばかりに　（同・慈鎮・八九九）
(28) 浅からぬめぐみにしりぬ後の世の　闇も日吉の照すべしとは　（同・法眼兼誉・九〇〇）
(29) 忘じな思ひしまゝにみる月の　契ありける七の神がき　（同・天台座主慈勝・九〇一）
(30) 道まもる七の社のめぐみこそ　わが七十の身にあまりけれ　（同・前大納言為世・九〇二）
(31) あきらけき日吉の影を頼みつゝ　のどかなるべき雲の上哉　（後続拾遺集・後嵯峨院・一三三七）
(32) 行めぐり照す日吉の影なれば、限もあらじ敷島の道　（同・民部卿為藤・一三三六）
(33) 幾千代の塵にまじはる影すみて　光をそへよ法の燈び　（同・桓守・一三三九）
(34) 数々にいのり頼をかけてけり　七ます神の七のゆふしで　（同・祝部成久・一三四一）

(35) 哀とは七ます神も照見よ　こゝのしなにもかゝる心を　(同・法印長舜・一三四二)
(36) むまれきてつかふる事も神垣に　契りある身ぞ猶頼む哉　(風雅集・祝部成国・二一四六)
(37) よゝを経てあをぐ日吉の神垣に　心のぬさをかけぬ日ぞなき　(同・前中納言為相・二一四七)
(38) 山桜ちりに光をやはらげて　このよに咲ける花にやあるらん　(同・皇太后宮大夫俊成・二一五二)
(39) 頼むその七社の数々に　さのみは神もすてじとおもへば　(新千載集・前大僧正慈順・一〇〇二)
(40) もらさじな我神垣のみしめ縄　はへてもあまる四方のめぐみは　(同・権僧正慈伝・一〇〇三)
(41) 山桜咲そふ比の神垣は　その八重垣の雲かとぞみる　(同・源和氏・一〇〇四)
(42) 君が代をいかに祈りて見る夢も　たがはぬ神のめぐみ成けり　(同・僧正尊什・一〇〇七)
(43) 曇なく照す日吉の神垣に　又ひかりそふ秋の夜の月　(新拾遺集・祝部茂繁・一四一九)
(44) 跡たかく《ママ》神代をとへば大びえや　小びえの杉にかゝる白雲　(同・法印成運・一四二〇)
(45) をのづからつかへぬひまも心こそ　猶おこたらぬ七の神がき　(同・祝部成豊・一四二三)
(46) たのもしな祈につけて曇なき　日吉のかげに道ぞまよはぬ　(同・前大納言為世・一四二四)
(47) 神がきや塵にまじわる光こそ　あまねく照すちかひなりけり　(同・読人不知・一四二五)
(48) 大びえや杉立かげを尋ぬれば　しるしもおなじ三輪の神垣　(新続古今集・一品法親王堯仁・二一二二)
(49) 跡たれしちかひは山のかひあらば　帰るしほりの道はたがはじ　(同・土御門院・二一二三)
(50) 八十まで七の社につかへきて　祈るも君がみかげなりけり　(同・法印堯全・二一二六)
(51) しるらめやけふの子日の姫小松　おひん末までさかゆべしとは　(新古今集・日吉明神・一八五二)
(52) 鷲の山有明の月はめぐりきて　わが立杣の麓にぞ住む　(続古今集・慈鎮・一九二〇)
(53) やはらぐる光にもまた契る哉　やみぢはなれん暁のそら　(続後撰集・入道親王尊快・五七一)

(54) 頼もしな法の守りとちかひてぞ　我山本を神はしめけん　（玉葉集・大僧正良覚・二七七〇）
(55) 日吉とて頼影さへいかなれば　曇なき身を照さゞるらん　（続拾遺集・天台座主公豪・一四四四、(17)と重出）
(56) 身をさらぬ日吉の影を光にて　此世よりこそ闇は晴ぬれ　（新後撰集・祝部成賢・六六〇）
(57) 曇りなき世を照さんとちかひてや　日吉の宮の跡を垂けん　（同・天台座主道玄・七四七、(21)と重出）
(58) 移しをく法のみ山を守るとて　麓にやどる神とこそきけ　（玉葉集・法橋春誓・二七八七、(24)と重出）
(59) くもりなき君が宮《（ママ）》にぞ千早振　神も日吉の影をそふらん　（続千載集・権僧正桓守・八九七、(25)と重出）
(60) 君守る神も日吉の影そへて　曇らぬ御代をさぞ照すらん　（同・前大僧正仁澄・八九八、(26)と重出）
(61) さりともと照す日吉をたのむかな　くもらずと思ふ心計に　（同・慈鎮・八九九、(27)と重出）
(62) 世々を経て仰ぐ日吉の神垣に　心のぬさをかけぬ日ぞなき　（風雅集・為相・二一四七、(37)と重出）
(63) 曇なく照す日吉の神垣に　また光そふ秋の夜の月　（新拾遺集・祝部成繁・一四一九、(43)と重出）
(64) 頼もしな祈るにつけてくもりなき　日吉の影に道ぞまよはぬ　（同・為世・一四二四、(46)と重出）
(65) 上もなく頼む日吉の影なれば　高き峰をや先照すらん　（新後拾遺集・権律師幸円・一四九〇）
(66) やはらぐる光りさやかに照しみよ　たのむ日吉の七の御社　（拾遺愚草・侍従定家・七九〇）
(67) 見し夢の末たのもしくあふごとに　心よはらぬものおもひかな　（同・同・二九〇〇）
(68) うしと世をみとせは過ぬうれへつゝ　かくてあらしに身やまじり南　（同・同・二九〇一）
(69) かぞへやるほどやなげきを祈りけん　神にまかせてねをぞなきつる　（同・同・二九〇二）
(70) 捨はつる契りあればぞたのみけん　神の中にも人の中にも　（同・同・二九〇三）
(71) しるべする日吉のかげのなかりせば　猶や浮世のやみにまよはん　（草庵集・頓阿法師・一四〇六）
(72) あはれとや日吉の神のみしめ縄　かけはなて《（ママ）》も引こゝろかな　（同・同・一四〇九）

(73) 思ひとけば日吉の影をたのみしも　西に入べき契り成けり　（同・同・一四一二）

(74) あひにあひて守る日吉の数々は　七の道の国さかふらん　（新拾遺集・祝部行親・一四二一）

(75) 空にすむ星と成ても君が代を　友にぞ守る七の神垣　（新続古今集・法印経賢・二一二四）

(76) あひにあひて日吉の空ぞさやか成　七の星の照すひかりに　（新後撰集・祝部成茂・七四八）

(77) 久堅の天つ日吉の神祭　月のかつらもひかりそへけり　（風雅集・尊円・二一四五）

(78) 船よせしまれの御幸にから崎の　むかしを神やおもひ出らん　（草庵集・頓阿法師・一四一〇）

(79) ことし又御船を寄てから崎の　松に神代のむかしをぞみし　（同・行親宿禰・一四一一）

(80) 大友のみつの浜辺をうちさらし　よせくる波の行衛しらずも　（万葉集・大宮権現・一一五五）

(81) 霞にし鷲の高根の花の色を　日吉の影に移してぞみる　（続拾遺集・権少僧都良仙・一四四七）

(82) いつとなく鷲の高根にすむ月の　光をやどす志賀の唐崎　（千載集・法橋性憲・一二七六）

(83) 波母山や小びえの杉の深山ゐは　嵐もさむしとふ人もなし　（風雅集・日吉地主権現・二一〇七）

(84) 朝日さすそなたの空の光こそ　山かげ照らすあるじ成けり《（ママ）》　（新勅撰集・前大僧正慈円・五五九）

(85) やはらぐるかげぞ麓にくもりなき　本の光は岑にすめども　（新古今集・同・一九〇一）

(86) 千早振玉のすだれを巻あげて　念仏の声を聞ぞうれしき　（玉葉集・聖真子・二七三五）

(87) うけとりきうき身なりともまどはすな　みのりの月の入がたのそら　（新勅撰集・前大僧正慈円・五六〇）

(88) やはらぐる光はへだてあらじかし　西の雲井の秋の夜の月　（続後撰集・権少僧都良仙・五七二）

(89) 頼めたゞ照して捨ぬ光こそ　今も日吉とあらはれにけり《（ママ）》　（草庵集・頓阿法師・一四〇七）

(90) 年ふともこしの白山わすれずは　かしらのゆきを哀とも見よ　（新古今集・左京大夫顕輔・一九一二）

(91) いにしへの越路おぼえて山桜　今もかはらず雪と降つゝ　（続拾遺集・読人不知・一四四八）

(92) わきて猶たのむ心もふかきかな　跡垂そめし雪のしら山　（新千載集・前大僧正道玄・一〇〇六）
(93) 鷲の山有明の月はめぐりきて　我たつ杣のふもとにぞ住む　（続後撰集・前大僧正慈鎮・五七〇、(52)と重出）
(94) 和ぐる光にも又契るらん　やみぢはれなんあかつきのそら　（同・入道親王尊快・五七一、(53)と重出）
(95) 神垣に有明の月をみてもなを　暁ごとのちかひをぞしる　（続後拾遺集・前大僧正道玄・三三八）
(96) 末の世の塵にまじはる光こそ　人にしたがふ誓ひなりけり《ママ》　（続拾遺集・祝部国長・一四五〇）
(97) 頼むべき日吉の影のあまねくは　闇路の末も照さゞらめや　（秋篠月清集・後京極摂政良経・二八七）
(98) いにしゑの鶴の林にちる花の　にほひをよする志賀の浦風　（同・同・一五八四）
(99) 朝日さすそなたの空の光こそ　山かげてらすあるじなりけれ　（同・同・一五八五、(84)と重出）
(100) 道をかへて此世に跡をたるらめな　をはりむかへん紫のくも　（同・同・一五八六）
(101) 枯はつる梢に花もさきぬべし　神の恵のはるのはつ風　（同・同・一五八七）
(102) 爰にまた光を分てやどす哉　こしのしらねや雪の古郷　（同・同・一五八八）
(103) 木のもとにうき世を照す光こそ　くらきみちにも有明の月　（同・同・一五八九）
(104) みな人につゐにしたがふ誓より　あまねくにほふ法の花哉　（同・同・一五九〇）

追　加

(105) 志がの浦の波間に影をやどす哉　鷲のみ山の有明の月　（慈鎮和尚自歌合・慈鎮・一）
(106) 三度うけみたび講し言の葉の　末の世長くかけて守らむ　（出典不詳・法橋能星）
(107) 谷川の底にや誰もしづまゝし　千々の手ごとに渡さざりせば　（慈鎮和尚自歌合・慈鎮・九四）
(108) おぼろけの蜑のかづきも宮司も　御調はをなじ大恩のため　（出典不詳・法橋能星）

以上が『日吉和歌』の全歌百八首であるが、この百八首のなかには十二首の重出歌が認められるので、実数は九十六首ということになる。しかし、この十二首の重出歌は、必ずしも撰者の編纂ミスとは考えられない側面も指摘されるので、ここでは百八首の出典と詠歌作者別の整理をしておこうと思う。

まず、『日吉和歌』の出典は勅撰集・私撰集・歌合・その他に分類されるが、勅撰集が圧倒的多数で、ついで、私家集・歌合・私撰集の順となる。すなわち、勅撰集では、『拾遺集』一首・『後拾遺集』一首・『千載集』三首・『新古今集』六首・『新勅撰集』二首・『続後撰集』九首・『続古今集』一首・『続拾遺集』十首・『新後撰集』六首・『玉葉集』四首・『続千載集』八首・『続後拾遺集』六首・『風雅集』六首・『新千載集』六首・『新拾遺集』八首・『新後拾遺集』一首・『新続古今集』五首のとおりであるが、私撰集では、『万葉集』一首、私家集では、『秋篠月清集』八首・『拾遺愚草』六首・『草庵集』六首、歌合では、『慈鎮和尚自歌合』二首、そのほか出典不詳二首のごとくである。

つぎに、詠歌作者をみると、三首以上の作者が八人、二首の作者が十一人、一首作者が三十五人のとおり、都合五十四人を数えるが、その具体的人物名については、次の詠歌作者群像のところで触れるので、ここでは省略に従いたいと思う。

三　『日吉和歌』の詠歌作者群像

さて、『日吉和歌』の内容と収載歌の出典については、すでに具体的に言及したので、ここでは『日吉和歌』の詠歌作者について、『勅撰作者部類』の記述を参考にしながら、当該作者の経歴および和歌活動などの面に簡単に触れて、『日吉和歌』の読解、鑑賞の参考に供したいと思う。なお、作者の下の歌数は『日吉和歌』への入集数である。

慈円　十四首。叡山天台座主大僧正。父は法性寺忠通、母は藤原仲光の女。兼実の弟、良経の叔父。諡号慈鎮。吉水大僧正とも。嘉禄元年（一二二五）九月二十五日没、七十一歳。家集に『拾玉集』。『千載集』以下に二百六十六首入集。

良経　八首。従一位後京極摂政前太政大臣。父は後法性寺藤原兼実、母は藤原季行の女。建永元年（一二〇六）三月七日没、三十八歳。家集に『秋篠月清集』、歌合に『慈鎮和尚自歌合』。『千載集』以下に三百十七首入集。

定家　六首。正二位中納言。父は正三位藤原俊成、母は藤原親忠の女。寂蓮の従兄弟。御子左家。仁治二年（一二四一）八月二十日没、八十歳。家集に『拾遺愚草』。『千載集』以下に四百六十五首入集。

頓阿　五首。法師。俗名二階堂貞宗。父は二階堂下野守光貞。為世の四天王。応安五年（一三七二）三月十三日没、八十四歳。『新拾遺集』を完成させる。家集に『草庵集』『続草庵集』『頓阿法師詠』。『続千載集』以下に四十四首入集。

成茂　四首。日吉社禰宜、丹後守正四位下。父は小比叡禰宜大蔵大輔従四位上祝部允仲。建長六年（一二五四）八月没、七十五歳。家集に『成茂宿禰集』。『新古今集』以下に四十四首入集。

道玄　四首。叡山天台座主。青蓮院大僧正。父は二条良実、母は度会家行の女。十楽院。嘉元二年（一三〇四）十一月十三日没、六十八歳。『続古今集』以下に五十九首入集。

為世　三首。正二位大納言。父は二条為氏、母は飛鳥井教定の女。為道・為藤・為冬・贈従三位為子らの父。二条家。暦応元年（一三三八）八月五日没、八十九歳。『新後撰集』『続千載集』の撰者。家集に『為世集』。『続拾遺集』以下に百七十七首入集。

桓守　三首。叡山天台座主。父は山本相国公守。嘉暦四年（一三二九）天台座主に任。享年四十六歳。『続千載集』以下に八首入集。

為相　二首。正二位中納言。父は大納言藤原為家、母は阿仏尼。冷泉家の祖。嘉暦三年（一三二八）七月十七日没、六十六歳。家集に『藤谷和歌集』。『新後撰集』以下に六十五首入集。

公豪　二首。叡山天台座主大僧正。父は三条左大臣実房、母は中納言源国信の子・越中守某の女。林泉坊。弘安元年（一二七八）天台座主に任。享年八十三歳。『続古今集』以下に九首入集。
行親　二首。四位。祝部。『続千載集』以下に八首入集。
後嵯峨院　二首。諱は邦仁。第八十八代天皇。父は土御門天皇、母は贈皇太后源通子。文永九年（一二七二）二月十七日没、五十三歳。『続後撰集』『続古今集』の下命者。『続後撰集』以下に二百九首入集。
春誓　二首。法橋。軒端肥前の子。『続後撰集』以下に三首入集。
仁澄　二首。父は惟康親王。日光山別当。源恵僧正の弟子。正和五年（一三一六）叡山天台座主に任。『玉葉集』以下に九首入集。
成繁　二首。四位。父は刑部少輔祝部成実。『新千載集』以下に三首入集。
尊快法親王　二首。座主梶井宮。父は後鳥羽院、母は修明門院。寛元四年（一二四六）没、四十三歳。『続後撰集』以下に四首入集。
日吉明神（日吉地主権現）　二首。『新古今集』以下に七首入集。
能星　二首。「此読人は宮司の元祖桓武天皇の時の人、嵯峨天皇御誕生御祈、山王の社にて執行ひ給ひ、御願成就の時、此歌を読るゆへ、法橋に叙し給ふ。普星を十禅師の宮と勧請せしむ云々」（『日吉和歌』の「追加」記事）。
良仙　二首。僧都。父は惟宗民部大輔時助。『新勅撰集』以下に三首入集。
為家　一首。正二位大納言。父は藤原定家、母は内大臣藤原実宗の女。御子左家。建治元年（一二七五）五月一日没、七十八歳。『続後撰集』『続古今集』の撰者。家集に『大納言為家集』『中院詠草』など。『新勅撰集』以下に三百三十三首入集。
為藤　一首。正二位中納言。父は大納言藤原為世、母は賀茂氏久の女。二条家。元亨四年（一三二四）七月十七日没、五十歳。『続後拾遺集』の撰者。『新後撰集』以下に百十五首入集。

堯仁法親王　一首。一品妙法院。叡山天台座主。父は後光厳天皇。永享二年（一四三〇）没、六十八歳。『新続古今集』に三首入集。

堯全　一首。法師。『新続古今集』に一首入集。

経賢　一首。妙法院法印。父は頓阿。南北朝期の二条派の歌僧。『新千載集』以下に十九首入集。

兼誉　一首。南家貞嗣流覚真の子か。とすれば比叡山の僧。法印。『新後撰集』以下に五首入集。

顕輔　一首。正三位左京大夫皇太后宮亮。父は藤原顕季、母は藤原経平の女。六条藤家。久寿二年（一一五五）五月七日没、六十六歳。『詞花集』の撰者。家集に『左京大夫顕輔卿集』。『金葉集』（二度本）以下に八十五首入集。

公澄　一首。叡山大僧正。青蓮院宮代。西園寺実氏の猶子。『続拾遺集』以下に九首入集。

幸円　一首。律師。『新後拾遺集』に一首入集。

国長　一首。四位。父は禰宜祝部資長。『続拾遺集』以下に四首入集。

師尚　一首。四位大外記。父は掃部頭大外記中原師元。建久八年（一一九七）五月二日没、六十九歳。『千載集』以下に五首入集。

慈勝　一首。叡山天台座主。浄土寺僧正。金剛寿院と号す。父は浄妙寺関白近衛家基、母は家女房。文保二年（一三一八）天台座主に任。観応元年（一三五〇）没。『続千載集』以下に十四首入集。

慈順　一首。叡山天台座主。曼殊院大僧正。父は山階左大臣実雄。北野別当東南院。良覚僧正の弟子。『新後撰集』以下に七首入集。

慈伝　一首。叡山浄土寺大僧正。父は後浄妙経平。慈勝僧正の弟子。『新千載集』に三首入集。

実因　一首。叡山僧都。『拾遺集』に一首入集。
実政　一首。従二位参議。父は従三位藤原資業。実綱の弟。寛治七年（一〇九三）二月十八日没、七十六歳。『後拾遺集』以下に三首入集。
実雄　一首。従一位山階入道前左大臣。父は入道前太政大臣藤原公経、母は中納言平親宗の女。文永十年（一二七三）八月十六日没、五十七歳。『続後撰集』以下に八十二首入集。
俊恵　一首。法師。父は木工頭源俊頼、母は橘敦隆の女。建久二年（一一九一）一月以前に没か。歌林苑の主催者。家集に『林葉集』。『詞花集』以下に八十四首入集。
俊成　一首。正三位非参議皇太后宮大夫。父は従三位参議藤原俊忠、母は伊予守敦隆の女。御子左家。元久元年（一二〇四）十一月三十日没、九十一歳。『千載集』の撰者。家集に『長秋詠藻』。『詞花集』以下に四百十八首入集。
成運　一首。叡山法印。行全坊。『新千載集』以下に五首入集。
成久　一首。正四位下。禰宜惣官。大蔵大輔。飛騨守。父は禰宜祝部成良。成茂の曾孫。『新後撰集』以下に十七首入集。
成賢　一首。二宮禰宜。正四位下、大蔵大輔。父は日吉社禰宜祝部成茂。『続後撰集』以下に十三首入集。
成国　一首。正二位。父は禰宜祝部成久。成茂四世の孫。貞治二年（一三六二）没。『風雅集』以下に十五首入集。
成豊　一首。五位。祝部。『新拾遺集』以下に三首入集。
成良　一首。四位。父は禰宜祝部成賢。『続拾遺集』以下に六首入集。
性憲　一首。叡山法眼。父は源憲雅。村上源氏。『千載集』に一首入集。
聖真子　一首。『玉葉集』に一首入集。

尊円親王　一首。青蓮院座主。俗名守彦・尊彦。父は伏見天皇、母は永福門院播磨内侍。元弘元年（一三三一）座主に任。延文元年（一三五六）九月二十三日没、五十九歳。青蓮院流の祖。『続千載集』以下に四十三首入集。
尊什　一首。法隆寺裏筑地。父は左中将長嗣。叡山大僧正。日吉別当。『風雅集』以下に三首入集。
大宮権現　一首。
長舜　一首。叡山法印。父は源兼氏。正中二年（一三二五）頃没か。『新後撰集』『続千載集』の和歌所開闔。『古今贈答集』の撰者。『新後撰集』以下に三十七首入集。
澄覚法親王　一首。叡山天台座主。梶井宮大僧正。二品親王。父は後鳥羽院の皇子・雅成親王。正応二年（一二八九）四月二十八日没、七十一歳。家集に『澄覚法親王集』。『続後撰集』以下に二十六首入集。
土御門院　一首。諱は為仁。第八十三代天皇。父は後鳥羽院、母は承明門院在子。寛喜三年（一二三一）十月十一日没、三十七歳。家集に『土御門院御集』。『続後撰集』以下に百四十八首入集。
良覚　一首。大僧正。父は従三位藤原実俊。滋野井八条家。叡山東南院。嘉元年間（一三〇三〜〇六）まで生存。『徒然草』第四十五段の「堀池の僧正」。『続古今集』以下に十六首入集。
和氏　一首。五位細川阿波守。父は細川八郎源公頼。補陀寺と号す。康永元年（一三四二）九月二十三日没、四十七歳。『風雅集』以下に十一首入集。

以上が『日吉和歌』の詠歌作者であるが、時代的にも、階層的にもかなりの広がりが指摘されよう。まず時代的に『日吉和歌』の収録範囲をみると、出典資料の視点からみれば、万葉時代から新続古今時代ということになろうが、詠歌作者の視点からいえば、古くは奈良・平安時代の能星あたりから、新しくは室町前期の堯仁法親王までということになろう。しかし、実際には、院政期頃から、鎌倉・南北朝期までの歌人が圧倒的多数を占めていることが知られよう。次に『日吉和歌』の詠歌作者を階層的にみると、日吉明神（日吉地主権現）・聖真子・大宮権現の神のほかは、皇族、貴族、僧侶の三種類に分類されるが、その具体的数値を示すならば、神三体、皇族六人、貴族二十人、僧侶二十五人となる。このうち、皇族では、後嵯峨院・土御門院など天皇が二人、尊快法親王・尭仁法親王・澄覚法親王など法親王が三人、尊円親王など親王が一人であり、貴族では、良経・定家・為相・為家・為藤など公卿歌人が十一人、成繁・師尚・和氏などの廷臣歌人が九人であり、僧侶では、慈円・道玄・桓守・公豪・慈勝など叡山天台座主が九人、公澄・慈伝・尊什など大僧正が四人、成繁・経賢・幸円・成運など法印以下の僧が十四人であるという実態である（僧職・僧官などの重複を含む）。

ここに、『日吉和歌』の詠歌作者層を概観すると、当然といえば当然すぎる感じではあるが、叡山・日吉山王に関係する僧侶や貴紳が圧倒的多数を占め、『日吉和歌』の特色を如実に表しえているると言えるであろう。

四　『日吉和歌』の配列

これまで『日吉和歌』について、出典、詠歌作者などの側面から多少の考察を進めてきたが、それでは、『日吉和歌』は、日吉山王関係の詠歌を単に資料的に蒐集した詠歌集成であるのか、あるいは、撰者の明確な意図によって、各詠歌が有機的に関連する構造体として配列された文芸作品であるのか、このあたりの問題を考えてみたいと思う。そこでこの問題を究明するために、収載歌の出典の視点から『日吉和歌』を概観してみると、『日吉和歌』はおおよそ五つのグループに分類されよう。すなわち、歌番号で具体的に示すならば、次のとおりである。

（一）(1)〜(5)　日吉社関係歌の序章
（二）(6)〜(50)　日吉社関係歌の本章
（三）(51)〜(73)　日吉社関係歌の付章
（四）(74)〜(104)　山王上七社関係歌の本章

（五）⑽〜⑽「追加」

さて、この五つの歌群のうち中核をなすのは、日吉社関係歌を一括集成している（二）と、山王上七社関係歌を一括集成している（四）の歌群であるが、（二）はその前後に（一）と（三）の歌群を配置しているので、これらの歌群は、見方によれば一歌群とみなしても差し支えなかろう。そこでまず、（二）の歌群について言及すると、この歌群は、⑹番歌の

⑹　あきらけき日吉の御神君がため　山のかひある萬代や経む

の出典が『後拾遺集』で、続く⑺・⑻番歌が『千載集』、⑼・⑽・⑾番歌が『新古今集』という具合に、この歌群の最後に位置する⑸番歌の

⑸　八十まで七の社につかへきて　祈るも君がみかげなりけり

の出典である『新続古今集』まで、日吉社関係歌を収録する勅撰集歌がその勅撰集の成立年時順に連続して配列されているのである。したがって、この（二）の歌群には、撰者の機械的な配列の方法の痕跡がある程度認められることは否定できまいが、しかし、この点は（一）の歌群では承認しがたいように推測されよう。というのは、（一）の歌群は、⑴番歌の

⑴　捨はてず塵にまじはる影そはば　神も旅ねの床や露けき

の出典である『続後撰集』から、この歌群の最後に位置する⑸番歌の

⑸　たのみこししるしもみつの川よどに　今さへ松の風ぞ久しき

の出典である『拾遺愚草』までの⑵〜⑷番歌の出典が、『続後撰集』『拾遺集』『新続古今集』のごとく、形式的な配列原理に基づく配列になっていないからである。ということは、出典の成立時期順に従って詠歌を配列するという、（二）の歌群にほぼ認められたような、形式的な配列原理とは異なる質的な配列原理がそこに採用されていたことを

意味するであろう。そこで改めて（一）の歌群をみると、⑴番歌と、⑵番歌とは『続後撰集』の祝部成茂の連続する詠で、⑴番歌の詞書の「思はぬ事によりて、あづまのかたにまかりけるに、本社の事のみ心にかかりて泪のこぼれければ」と、⑵番歌の詞書の「かくてまかりつきたりけれど、あやまちなき事にて、程なくかぎりある神事にあふべしとて、帰りのぼりける道にてよめる」から、日吉社を旅の道中という外部からの視点で詠じていることが知られよう。そして、この両歌は、「あづまのかた」から帰り、「ひえの社にて詠侍ける」（⑶番歌の詞書）⑶番歌の

⑵　契をきし神代のことを忘れずは　待らん物を志賀の唐崎

⑶　禰宜かくるひえの社のゆふだすき　草のかきはも事やめてきけ

の詠に連続し、続いて、⑶番歌は、初句の「禰宜かくる」の措辞との意味的関連が認められる「ねがひを三つの」の措辞を有する⑷番歌の

⑷　さゝ波やねがひを三つの浜にしも　跡を垂ます七の御神

の詠に連係し、さらに、⑷番歌は同歌の「三つの浜にしも」の措辞との連関で、「みつの川よどに」の措辞を有する⑸番歌へと接続しているのである。こうして、⑸番歌は、（二）の歌群の⑹番歌へと接続するわけであるが、この⑸・⑹番歌の間にも当然、関連事項が指摘される。それは本文の関係では、⑸番歌の「松の風ぞ久しき」と⑹番歌の「山のかひある萬代や経む」の意味上の共通点であり、詞書では、⑸番歌の「日吉歌合とて、内よりの仰事にて」と⑹番歌の「あづま遊びにうたふべき歌おほせ事にて」にみられるように、朝廷の命令で歌を詠じたという制作事情の共通点である。

このように（一）の歌群には、撰者の意図によって詠歌が配列された痕跡が明確に認められるのであるが、それでは（三）の歌群の場合はどうであろうか。まず（三）の歌群の冒頭の歌は、㊿番歌の

(51)　しるらめやけふの子日の姫小松　おひん末までさかゆべしとは

の『新古今集』の詠であり、これは直前の『新続古今集』の(50)番歌とは、形式的な配列方法の視点からみると、趣を異にしている。ちなみに、この（三）の歌群には重出歌が九首も指摘され、詠歌配列の方法に混乱が認められかねない歌群である。そこで憶測を逞しうすれば、この（三）の歌群は、日吉社関係歌を収録する最後の勅撰集である『新続古今集』で、（二）の歌群を締め括る予定であった『日吉和歌』の撰者が、（二）の歌群以外にも日吉和歌関係歌を探し出すことができたために、補遺として（三）の歌群を付け足したものと考慮されるのではなかろうか。とはいえ、（二）の歌群の最後の歌である(50)番歌と（三）の冒頭の歌である(51)番歌との間には、前者の「八十まで七の社につかへきて」と後者の「おひん末まで」の措辞が、意味上の共通性を有している点で、（一）の歌群に認められた配列方法の原理を、この（三）の歌群にも指摘できよう。それは（二）の歌群との間に指摘される重出歌である(61)〜(63)番歌の

(61)　さりともと照す日吉をたのむかな　くもらずと思ふ心計に

(62)　世々を経て仰ぐ日吉の神垣に　心のぬさをかけぬ日ぞなき

(63)　曇なく照す日吉の神垣に　また光そふ秋の夜の月

の三首間にも認められよう。すなわち、(61)番歌と(62)番歌との間には、前者の「日吉をたのむかな」と後者の「日吉の神垣に心のぬさをかけぬ日ぞなき」の表現に、意味上の関連が認められようし、また、(62)番歌と(63)番歌との間にも、「日吉の神垣に」の措辞が完全に一致をみていることからも明白であろう。なお、この（三）の歌群が（二）の歌群の補遺と推定されるのは、この歌群の後半部分に、藤原定家と頓阿の私家集である『拾遺愚草』と『草庵集』をもって締め括っている詠歌配列の実態からもいえるのではなかろうか。

ところで、『日吉和歌』が以上のごとく、撰者のある程度の明確な意図によって配列、構成されていると推定され

るもう一つの根拠は、（四）の歌群に撰者自身による詞書や歌群の注記が指摘される事実である。この（四）の歌群は、すでに指摘したように、山王上七社関係の詠歌を収録している歌群であるが、この歌群の冒頭の歌である次の

(74)　あひにあひて守る日吉の数々は　七の道の国さかふらん

の詠を収載する出典の『新拾遺集』の詞書には「題しらず」としかないのに、『日吉和歌』には「諸国七道も日吉の守りなることを」の詞書が付せられているのである。また、続く「天の七星」を詠じた(75)・(76)番歌の

(75)　空にすむ星と成ても君が代を　友にぞ守る七の神垣

(76)　あひにあひて日吉の空ぞさやか成　七の星の照すひかりに

の両歌を収録する『新続古今集』『新後撰集』の詞書でも、それぞれ「おなじ社（日吉社）にたてまつりける歌に」「題不知」と記されているのに、『日吉和歌』では「日吉の社天の七星なる事を」と詞書されている。

さらに、「日吉の祭り」を詠んだ(77)〜(79)番歌の

(77)　久堅の天つ日吉の神祭　月のかつらもひかりそへけり

(78)　船よせしまれの御幸にから崎の　むかしを神やおもひ出らん

(79)　ことし又御船を寄てから崎の　松に神代のむかしをぞみし

の三首については、『日吉和歌』には「日吉の祭を詠侍る」の注記が付せられたり、また、山王上七社を詠じた(80)番歌の

(80)　大友のみつの浜辺をうちさらし　よせくる波の行衛しらずも

の詠から、(104)番歌の

(104)　みな人につゐにしたがふ誓より　あまねくにほふ法の花哉

の歌の二十五首には「七社を詠る歌」の小見出しが付せられているが、このうち、出典の『万葉集』が詞書も左注も

付していない⑽番歌には、「大宮権現垂迹の時御神詠」という詞書まで付けられているのである。

このような（四）の歌群にのみ指摘される『日吉和歌』の撰者の書き込みは、『日吉和歌』に採録されている詠歌および詞書などの記述が出典のそれとほぼ同一である状況を勘案するならば、そこにおおきな意味が認められよう。すなわち、このような撰者の書き込みは、撰者が『日吉和歌』に集成した詠歌を、ある主題のもとに配列しようと試みた痕跡と認められるのではあるまいか。ということは、覚深撰『日吉和歌』は、山王権現に関わる詠歌を、単に、勅撰集、私撰集、私家集、歌合、その他から探索して適当に按配した、言わば山王権現関係の和歌資料ではなく、撰者覚深のかなり明確な意図によって、全体的にある程度の脈絡および構成が保たれるように工夫された、言わば山王権現関係の私撰集と規定しえるのではなかろうか。

ちなみに、（四）の歌群の山王上七社の個々について具体的に触れておくならば、まず、大宮関係の歌は、すでに触れた⑽番歌から、次の

⑻　いつとなく鷲の高根にすむ月の　光をやどす志賀の唐崎

の⑻番歌までの三首であり、二宮関係の詠は、⒀番歌の

⒀　波母山や小びえの杉の深山ゐは　嵐もさむしとふ人もなし

の歌から、次の

⒂　やはらぐるかげぞ麓にくもりなき　本の光は岑にすめども

の⒂番歌までの三首であり、聖真子関係の詠は、⒃番歌の

⒃　千早振玉のすだれを巻あげて　念仏の声を聞ぞうれしき

の歌から、次の

⒆　頼めたゞ照して捨ぬ光こそ　今も日吉とあらはれにけり《（ママ）》

の(89)番歌までの四首であり、客人関係の歌は、(90)番歌の

(90)　年ふともこしの白山わすれずは　かしらのゆきを哀とも見よ

の詠から、次の

(92)　わきて猶たのむ心もふかきかな　跡垂そめし雪のしら山

の(92)番歌までの三首であり、十禅師関係の詠は、(93)番歌の

(93)　鷲の山有明の月はめぐりきて　我たつ杣のふもとにぞ住む

の歌から、次の

(95)　神垣に有明の月をみてもなを　暁ごとのちかひをぞしる

の(95)番歌までの三首であり、三宮関係の歌は、(96)番歌の

(96)　末の世の塵にまじはる光こそ　人にしたがふ誓ひなりけり（ママ）

の詠から、次の

(97)　頼むべき日吉の影のあまねくは　闇路の末も照さゞらめや

の二首であるという具合であるが、八王子関係の詠歌は未収載である。そして、(98)番歌の

(98)　いにしゐの鶴の林にちる花の　にほひをよする志賀の浦風

の詠から、次の

(104)　みな人につゐにしたがふ誓より　あまねくにほふ法の花哉

の(104)番歌までの七首は、順番に、大宮・二宮・聖真子・八王子・客人・十禅師・三宮を歌題にしての良経の詠である。

なお、（五）の歌群は、(105)番歌から(108)番歌の

(105)　志がの浦の波間に影をやどす哉　鷲のみ山の有明の月

(106)　三度うけみたび講し言の葉の　末の世長くかけて守らむ
(107)　谷川の底にや誰もしづまゝし　千々の手ごとに渡さざりせば
(108)　おぼろけの蜑のかづきも宮司も　御調はをなじ大恩のため

の四首で「追加」の歌群であるが、このうち、「或抄中」の注記を有する(106)・(108)番歌の二首は、目下のところ、出典を見出しえず、新出歌の可能性が高いようである。

要するに、『日吉和歌』は、一見すると、山王権現に関わる和歌の視点からの単なる資料集成の感じが否めないけれども、和歌の配列、構成の視点からみると、『日吉和歌』は実は、撰者覚深のかなり明確な意図によって見事に構造化された、いわばひとつの作品世界を具現した私撰集になりえている、と言えるのではなかろうか。

五　おわりに

以上、日吉山王権現に関わる詠歌を集成する覚深撰『山王知新記』について、雙厳院蔵本による内容の紹介、収載歌の出典および詠歌作者の調査、収録歌の配列、構成の検討など、基礎的問題に限って考察を進めてきたが、まだまだ検討しなければならない問題は山積していると言わなければなるまい。しかし、次の段階の、言わば『日吉和歌』のソフト面での考察はいまの筆者には手に余る問題であるので、今後の課題とすることにして、『日吉和歌』のハード面での整理を一応なしえたこの段階で、本節Ⅱを終りたいと思う。

〔付記〕　本稿をなすに際して、種々お世話になった叡山文庫長福恵英善氏（雙厳院住職）および叡山文庫の職員の方々に深謝申し上げる。

（付）比叡山——延暦寺と日吉大社

比叡山の二つの側面

比叡山延暦寺の天台座主を四度もつとめた慈円によって、

世の中に山てふ山はおほかれどやまとはひえの御山をぞいふ
（拾玉集・一〇八九）

と詠まれた「ひえの御山」が現在、京都市左京区と滋賀県大津市の境に位置し、古く『古事記』に「大山咋神、またの名は山末之大主神、この神は近淡海国の日枝の山にます」と見える記述から、比叡山は元来、大山咋神を祭神の一柱とする日吉大社の前身にその源流があり、山岳信仰の対象であったことが明白であろう。その山岳信仰の対象であった比叡山に、延暦四年（七八五）最澄が比叡山寺を建立し、一乗止観院と称したが、最澄はその後入唐して天台教学を学んで帰朝、南都の小乗戒壇に対して大乗戒壇の設立をめざし、弘仁十三年（八二二）勅許され、翌年延暦寺の号が勅賜されて、天台宗の総本山を確立した。その後、最澄の弟子が歴代座主となり、延暦寺は王城の鎮護として信仰され、根本中堂・大講堂・戒壇院・文殊楼・惣持院などがある東塔、釈迦堂・法華堂・常行堂などがある西塔、横川中堂・四季御堂などがある横川の三塔と、東谷・北谷・無動寺谷（東塔）・南尾谷・北尾谷（西塔）・般若谷・都率谷・解脱谷（横川）などの十六谷を擁する広大な空間（聖地）を領有するところとなった。この広大な聖地である延暦寺の寺域は欝蒼とした樹林におおわれ、厳しい自然環境にあったが、俗界から離れて仏道修行するには最適の空間であったことは、所謂「鎌倉の祖師」といわれた法然（浄土宗）、親鸞（浄土真宗）、一遍（時宗）、栄西（臨済宗）、道元（曹洞宗）、日蓮（日蓮宗）などの名僧たちが、いずれもこの比叡山から輩出していることを見れば、一目瞭然であろう。

一方、比叡山の山岳信仰に起源を持つ日吉大社は、延暦寺が建立されて以降、その守護神として東本宮に大山咋神が、西本宮に大己貴神が祭神として祭られ、中国天台山の鎮守山に擬して日吉山王、山王権現などとも呼ばれて、両本宮を中心に摂社、末社を含めて二十一社からなる大祠堂へと発展したが、日吉大社は、山王上七社に見られるように、山王神に「本地仏」（薬師・地蔵・千手・普賢・釈迦・弥陀・十一面）が配されて、山王神そのものが仏でもあるという、所謂神仏習合の思想のもとに成立しているので、平安時代から室町時代にかけては天台宗とともに栄え、朝廷の守護神としての尊崇も厚く、朝野の領域にまで広まった。しかし、元亀二年（一五七一）織田信長の比叡山焼打ちのとき、当社は焼失した。が、祝部行丸が豊臣秀吉の援助をうけ、天正十四年（一五八六）再興してからは、日吉大社は徳川家康と天台宗の関係から特別の保護をうけ、全国各地に鎮座する日吉社の総本祠となったことはいまさら言うまでもなかろう。

日吉山王関係の和歌

このように、比叡山には延暦寺と日吉大社との二つの側面が指摘されるので、比叡山を背景にした古典文学の考察には両側面からのアプローチが要請されようが、筆者は過年、日吉大社関係については、本節のⅡの「日吉山王和歌の世界」（『叡山の和歌と説話』平成三・七、世界思想社）なる論考で、古典和歌に限った考察ではあるけれども不充分ながら検討を加えたので、本付節では延暦寺関係の方面に限って比叡山の問題に言及したいと思う。

延暦寺を舞台にする作品

ところで、「比叡山」を意味する「山」ではなく、「比叡山」なる固有名詞を登場させている作品を、加納重文氏『日本古代文学地名索引』（私家版、昭和六〇・七）によって検索してみると、およそ次のとおりである。

【和歌・歌論・歌謡】
古今集・拾遺集・後拾遺集・金葉集・千載集・新古今集・新勅撰集・続後撰集・新後撰集・玉葉集・続千載集・風雅集・続後拾遺集・新葉集（勅撰集・準勅撰集）、貫之集・躬恒集・遍昭集・元輔集・顕輔集・高光集・為忠集・道済集・寂蓮集・秋篠月清集・拾遺愚草・拾玉集・兼好集（私家集）、後葉集・続詞花集・玄玉集（私撰集）、俊頼髄脳・古来風体抄・野守鏡（歌論）、梁塵秘抄（歌謡）

【物語・日記】
伊勢物語・大和物語・宇津保物語・住吉物語・多武峯少将物語・狭衣物語・寝覚物語・堤中納言物語・幻夢物語（物語）、蜻蛉日記・更級日記（日記）

【歴史物語・史論】
栄華物語・大鏡・今鏡・水鏡・増鏡・六代勝事記（歴史物語）、愚管抄・神皇正統記（史論）

【軍記物語】
保元物語・平治物語・平家物語・太平記・曾我物語・将門純友東西軍記・奥州後三年記・源平盛衰記・義経記

【説話・縁起・伝記】
今昔物語・宇治拾遺物語・古事談・古本説話集・古今著聞集・沙石集・撰集抄・十訓抄・江談抄・宝物集・閑居の友・発心集・三宝絵詞（説話）、北野縁起・大雲寺縁起（縁起）、家伝―武智麻呂―・慈恵大僧正伝・叡山大師伝・慈覚大師伝・智證大師伝・黒谷源空上人伝・一遍上人絵伝・続本朝往生伝・本朝法華験記・拾遺往生伝（伝記）

【随筆・紀行・漢文学】
徒然草・四季物語（随筆）、いほぬし・高倉院厳島御幸記・東関紀行・十六夜日記・うたたねの記（紀行）、懐風

藻・経国集・本朝麗藻・本朝続文粋・性霊集・都氏文集・田氏家集・江吏部集（漢文学）

これをみると、比叡山は院政期以降の説話・縁起・伝記などの散文作品に数多く登場することが知られるが、しかし、平安時代の『古今集』をはじめとしてそれ以降の和歌作品にもかなり登場しているので、散文・韻文を問わず、比叡山がある役割を担って古典文学作品に取り扱われていることは確かであろう。それでは、比叡山が担わされている役割とは何か。次に、和歌を例に引いてこの問題を考えてみよう。

比叡山の属性

そこで、比叡山の属性を端的に詠じている例歌を探索すると、

(1)　山たかみみつつわがこしさくら花風は心にまかすべらなり

（古今集・ひえにのぼりてかへりまうできてよめる・つらゆき・八七）

(2)　ひえの山は冬こそいとどさびしけれ雪のいろなるさぎのもりより

（拾玉集・杜・慈円・二二三七）

(3)　阿耨多羅三藐三菩提のほとけたち我が立つ杣に冥加在らせ給へ

（新古今集・比叡山中堂建立時・伝教大師・一九二〇）

(4)　おほけなくうき世のたみにおほふかなわがたつそまにすみぞめのそで

（千載集・題不知・法印慈円・一一三七）

(5)　またすまむ山ざとありと思ひきやわがたつそまの秋の月かげ

（続拾遺集・本山のことをおもひいでてよみ侍りける・定修法師・六一一）

(6)　都より雲の八重たつおく山の横河の水はすみよかるらむ

（新古今集・少将高光、横河にのぼりて、かしらおろし侍りにけるを、きかせ給ひてつかはしける・天暦御歌・一七一八）

の六首があげられよう。まず⑴は、比叡山の高嶺に咲く「さくら花」を賛美し、当山を「さくら」の名所と詠じたもの。⑵は白一色に彩られた冬の比叡山を美的に詠じた歌で、ともに比叡山を季節の景物に主眼を置いた歌枕として把握している。一方、⑶・⑷は比叡山の創建者と天台座主にあった者の詠歌で、説明するまでもなく、神秘的宗教的な雰囲気の横溢する当山を、仏教道場の聖地そのものとして登場させている。⑸は、その聖地における仏道修行で悟りの境地に到達しえた仏道修行者が、秋の清澄な真如のごとき月を眺めて、この比叡山より他に修行の場が何処にあろうか、としみじみ述懐した詠歌。⑹は詞書から明らかなように、比叡山横河で出家した多武峯少将藤原高光に遣わした村上天皇の詠で、「都」の喧騒から隔絶された比叡の奥山の「横河」の地を、俗塵の及ばない清浄で理想的な仏道修行の場と規定し、一国の帝王でさえ憧憬の対象になるとした詠歌である。

ちなみに、宗碩編の連歌学書『藻塩草』は比叡山の属性に触れて、「ひえの（山）――近江、社頭あり、杣、宮木、みゆき、すぎ、太山なり、（ひえ）のたかねの花」と記し、このうち、「社頭あり、宮木、みゆき、すぎ」は日吉大社に関係する属性で、歌枕としての比叡山は日吉大社との関連が深いと知られるが、「杣、太山なり、たかねの花」などは延暦寺に関わる属性で、⑴が「たかねの花」を、⑶・⑷・⑸が「杣」を、⑹が「太山」を各々詠み込んでいて、『藻塩草』の定義が正鵠を射たものと知られよう。

ここに、延暦寺関係の比叡山の属性は、「たかねの花」「雪」「杣」「太山（奥山）」などの景物と関係し、仏道修行の理想郷、俗塵の及ばない清浄な異郷のイメージを喚起させる、言わば彼岸の世界を強く印象づける性質のものと理解されようか。なお、例歌を掲げることは省略に従うが、このような視点と役割を担って比叡山の歌を数多く詠じた歌人に、⑵・⑷の作者・慈円が指摘できることは、周知の事柄に属しよう。

慈円の大懺法院が果たした役割

さて、彼岸の世界の趣を多分に有し、異郷のイメージを強く喚起させる比叡山延暦寺が中世文学の成立に果たしたもう一つの役割に言及すると、それはいみじくも兼好法師の『徒然草』第二百二十六段において叙述される「信濃前司行長」なる人物が、はしなくもこの比叡山で、慈円の庇護のもとに『平家物語』を制作し、生仏という琵琶法師に語らせたという説話に窺いえよう。

後鳥羽院の御時、信濃前司行長、稽古の誉ありけるが、楽府の御論議の番に召されて、七徳の舞を二つ忘れたりければ、五徳の冠者と異名をつきにけるを、心憂き事にして、学問を捨てて遁世したりけるを、慈鎮和尚、一芸あるものをば下部までも召し置きて、不便にさせ給ひければ、この信濃入道を扶持し給ひけり。この行長入道、平家物語を作りて、生仏といひける盲目に教へて語らせけり。さて、山門のことを、ことにゆゆしく書けり。

（後略）　（徒然草・第二百二十六段）

すなわち、右の傍線を施した部分が当該記事だが、この記述は、延暦寺の天台座主・慈円が後世、中世軍記物の最大傑作と評価された『平家物語』の成立に関わっていたという情報を提供してくれる点で、比叡山が文学に及ぼした影響ないし役割の究明をめざしている当面の課題にとって、貴重な意味を有している。それでは、慈円が「一芸あるものを召し置き」「扶持し」た場所は何処かというと、『徒然草』には「山門」（比叡山延暦寺）とあるが、筑土鈴寛氏が指摘するように（『復古と叙事詩』昭和一七、青磁社）、元久二年（一二〇五）四月、京都三条白川坊から東山吉水の地に移転された大懺法院が確かな場所のようである。というのは、代々の天台座主が積極的に行った政策の一つに民衆教化策があって、一定の根本道場をもたなかった慈円が、その仏法興隆のために不可欠な修行道場として建立したのが大懺法院であるが、その「大懺法院条々起請事」の中で、慈円は、

一、供僧器量ノ事

右、末代・近古、僧徒ヲ用キルニ、四種有リ。一ツニ者顕宗、一ツニ者密宗、三ツニ者験者、四ツニ者説経師也。（中略）此ノ外声明法ハ則チ師伝ヲ受ケ、音曲堪能ノ階衆、聴キテ其ノ器ト為ス之輩撰補スル所也。又、身ヲ山林ニ遁レ、三業四儀穏便之後世者ハ、縁闕ケ事違ヒ、其ノ望有ル之者同ジク之ヲ補ス可シ。（中略）五明ト者、因明・声明・医方・工巧、是也。此ノ五明ニ於テ一ヲ得ル之輩豈諸ヲ捨テン哉。知寺之人未ダ決セザラ者、一結ヲ訪ヒ之ヲ撰ビ補ス可キ而已。

（『門葉記』から訓読で示す）

と記述して、一芸ある者を扶持したことに触れているからである。ちなみに、「五明」とは「五明処」のことで、「因明」とは論理学、「声明」とは言語学、「医方」とは医学、「工巧」とは自然科学、「内明」（指摘を欠くが）とは宗教学程度の意味だが、ここには民衆教化に対する慈円の積極的な態度・姿勢が顕著に窺われよう。

ところで、この大懴法院の建立された目的について、五味文彦氏は「説話の場、語りの場」（『平家物語、史と説話』昭和六二・一一、平凡社）なる論考で、その時代背景を検討し、慈円の『愚管抄』巻六に引かれる「其上ハ平家ノ多ク怨霊モアリ、只冥ニ因果ノコタヘユクニヤトゾ心アル人ハ思フベキ」の記述などから、「大懴法院は一つに平家の怨霊を鎮めようという目的から建てられ」、「『平家物語』に時に顔をのぞかせる怨霊の思想といい、作者行長にもその片鱗がうかがえることといい、そもそも大懴法院に集まった一芸ある者の力を結集して、平家の怨霊を鎮めるための物語は作られたと言えるのではないか」と推定されたが、興味深い見解と評しえよう。となると、慈円が建立した大懴法院が中世軍記物の成立に果たした役割は計り知れないほど大きな意義を有してくるが、惜しむらくは、大懴法院の所在地が比叡山ではなく、京都東山吉水という点である。しかし、比叡山延暦寺の座主・慈円に扶持された人物が『平家物語』の制作に関わっていたという記述の意味は絶大であり、おそらくこの記事を記した兼好法師が得た情報源は、五味氏も推測されているように、比叡山の横川であったはずであろうから、その点で比叡山の果たした意味はけっして小さくはないのである。仏法興隆のための不可欠な道場として建立した大懴法院で、民衆教化の方策として採られた一芸ある者を扶持するという手段が、はしなくも中世軍記物の傑作を生んだ背景には、比叡山の目に見えない偉大な霊力の作用が想定されようか。

今後の課題

以上、彼岸の世界の趣を多分に有し、清浄な異郷のイメージを喚起させる比叡山の属性を指摘する一方、慈円の建立した大懺法院の中世軍記物の成立に果たした役割に言及したが、そのほか比叡山を舞台にして作られた作品については、さきに『日本古代文学地名索引』を利用して整理したように、枚挙に遑がないという状況にある。したがって、今後要請されるのは、まず、これらの作品についての具体的な検討を積み重ねることが急務であり、次いで、そこから得られた個々の結論を統括する一般原理を帰納して、比叡山に関わる諸問題を解決することであろう。

第九節　『耕雲口伝』——歌論の問題

正平五年（一三五〇）ごろ生誕し、正長二年（一四二九）七月十日、約八十歳で没した、俗名を花山院長親、法名を明魏といった耕雲が、藤原氏北家師実流で、祖父を花山院師賢、父を妙光寺内大臣家賢として、祖父の時代から南朝に仕え、中納言兼文章博士・准儒、左衛門督などを歴任し、元中六年（一三八九）内大臣に至ったことは周知の事実に属しよう。その耕雲が歌人としても著名であることは、建徳二年（一三七一）『南朝三百番歌合』、天授元年（一三七五）『五百番歌合』、同三年『南朝内裏千首』などに出詠するほか、弘和元年（一三八一）『新葉和歌集』の撰集に協力して、二十五首の入集をみたり、応永十五年（一四〇八）には歌論書『耕雲口伝』を著したりしている和歌活動によって証明されるであろう。そのほか、『耕雲千首』『耕雲歌巻』『耕雲紀行』『雲窓賸語』などの歌文のほか、『補陀山霊巌禅寺縁起』『両聖着』『衣奈八幡宮縁起』『倭片仮字反切義解』などがあり、耕雲の旺盛な著作活動の様態が知られよう。ちなみに、耕雲は『耕雲口伝』を著した頃から、足利将軍に儒学や和歌をもって奉仕し、また大内盛見と親近して歌書を与えたりした結果、足利将軍をはじめ大内氏や朝廷にも高く評価され、詠歌の判や合点に当たったり、歌書の書写伝授や寺社縁起の起草を行うなど、南朝の遺臣ながら室町時代初期の教養人としてかなりの業績を残していることも特記されようか。

さて、『耕雲口伝』の諸本については、『国書総目録 第三巻』（平二一・一補訂版第一刷、岩波書店）によれば、約二十本の伝本が各地に伝存する由だが、本節には国文学研究資料館の所蔵にかかるマイクロ・フィルムその他によって調査した伝本を掲げると、次のとおりである。

①　臼杵市立図書館蔵『耕雲口伝』〔和70〕（258—88—2—5）版本一冊
②　弘前大学蔵『耕雲口伝』〔W911・1—2〕（272—29—2—6）版本一冊
③　大阪市立大学森文庫蔵『耕雲口伝』〔911・FUJ〕（51—1—8）写本一冊
④　和中文庫蔵『耕雲口伝』〔明魏書　詠哥訓とも〕（41—3—7—3）写本一冊
⑤　宮内庁書陵部蔵『明魏書』〔詠哥庭訓とも〕〔352・82〕（20—229—4—1）写本一冊
⑥　内閣文庫蔵『すぢめ』〔202—146〕（19—75—3）写本一冊
⑦　内閣文庫蔵『一筋目』〔202—142〕（19—75—5）写本一冊
⑧　中田光子氏蔵『耕雲詠方』（ナ3—6—7—2）写本一冊
⑨　島根大学桑原文庫蔵『耕雲詠方書』〔911・1—F56〕（215—2—1—3）写本一冊
⑩　宮城図書館伊達文庫蔵『耕雲口伝抜粋』〔伊911・201／47〕（90—17—4—4）写本一冊
⑪　続群書類従四六五
⑫　日本歌学大系第五巻

このうち、底本とした①の伝本について、書誌的概要に言及すれば、おおよそ次のとおりである。

所蔵者　臼杵市立図書館　蔵
著　者　花山院長親（耕雲）
体　裁　中本　一冊　袋綴
題　簽　和歌古語深秘密抄
内　題　耕雲口伝
各半葉　十行（歌二行書き）

総丁数　二十四丁

柱　刻　耕　○一（～二十四終）

序　　無

識　語　右一巻者、南禅寺禅栖院耕雲魏公上人所述、而和謌之道深切着明者也。最可秘之。／文安五戊辰暦小春
既望日誌之。

刊　記　元録十五壬午孟春日／京都　出雲寺和泉掾開版／江戸日本橋南壱町目同店

なお、版元には識語に続いて、著者・耕雲と尊良親王の略伝が次のように添えられている。

於南朝補任也

○権大納言右大将藤原長親卿、法名明魏、又号耕雲。
新後拾遺・新続古今両集共ニ明魏法師ト入。（撰摘題和哥集）
尹大納言師賢卿孫、権中納言家賢卿息。

○新葉和歌集、弘和元年十二月三日奏覧。新葉ニハ右近大将長親ト有。

○尊良親王《中務卿兵仗》（信州中書王ト申。配於土佐国、其後越前国、於金崎城自害。後醍醐天皇皇子、御母贈従三位為子、
入道大納言為世女）

ちなみに、『耕雲口伝』の諸本については、すべて同一祖本から派生しているように憶測されるが、①～③には「文安五年……」の識語を有している由緒正しさから、底本を①の版本とした。なお、詳細は省略するが、本文異同と書名の視点から、④・⑤、⑥・⑦、⑧・⑨は各々、同種の伝本と推測されようか。ただし、⑩は「一、本歌取ちがへたる歌」「一、常に本としてまなぶべき躰の歌」の二項目のみを抄出した抜粋本である。

さて、『耕雲口伝』の内容について言及すれば、まず、本文に先立ってかなり長文の序があって、耕雲が「白川の

東、花頂山の奥」、洛東禅栖院に院棲していた応永十五年（一四〇八）、ある僧侶の来訪をうけ、和歌の起源と学び方を質問されて、自分自身の和歌修業の回想から語り始める。すなわち、和歌の起源については、天地が始まって以来持続しているという「古来の先達」の説を「山林修行ののち」会得したと言い、和歌の理については、「万物の性は不正不滅」のなかに存すると言う。ついで、和歌陀羅尼観を主張し、「堪能」よりは「稽古」を重視すべきだと説く。

本論としては、耕雲自身の和歌の本質論に触れ、具体的に、

一、歌を詠ずる時心を本とすべき事
一、詞をみがくべき事
一、本歌取様之事
一、当座の歌よむ時可《キ》二心得一事
一、兼日出題の時可《キ》レ見《ル》事
一、初学の人古歌の体におきて意《こころ》得分《わく》べき事

の六条を、和歌の六義によそえて立論し、その詠作方法について細論している。本節では詳しくは述べないが、要するに、歌の詠作には「心」を尊重し、その心に基づいて「詞」を案出するのが基本態度であるとし、「文質合兼《あひかね》て」いる『新古今集』を高く評価し、俊成、西行、定家などの新古今歌人を「和歌の大聖人」としてあがめている。また、歌道師範家などに伝わる伝統的な和歌の秘事や口伝を否定し、自由で清新な和歌を詠出するには、「数奇の心ざし」をもって心境の練磨に努めることが肝要であると説いている。

最後に付言的部分があって、本書執筆の経緯と今後の扱いに触れ、擱筆している。

ところで、耕雲の歌論については、『耕雲歌巻』や『七百番歌合序』にもみられるが、本書がもっとも本格的である。ちなみに、竹柏園旧蔵本『耕雲千首』には宗良親王から耕雲に当てた消息文が付載されていて、宗良親王との交

流の深さが知られるが、この点は、耕雲が『新葉和歌集』の撰集の協力を惜しまなかったことと相まって、耕雲の歌論に宗良親王の影響が濃厚であることを裏づけよう。また、耕雲の出家後の師統は臨済宗の法灯派で、三光国師孤峰覚明とその法嗣聖徒明麟に師事しているので、耕雲の歌論には禅宗の影響が認められよう。この点は、本書の冒頭で禅栖院に住して禅僧としての生活ぶりを叙した記述があることや、耕雲の詠作に禅的な雰囲気を漂わせる和歌の詠作がかなり認められることからも証明されよう。このほか、本書には和歌陀羅尼観の主張と相まって、宋学的宇宙観も説かれているので、耕雲の歌論には宋学的な色彩も濃厚であると憶測されようか。

要するに、耕雲の歌論の核心は「たゞ世の常にあるやうに、ことば正しく、心一筋目ありて、大やうらかに詠みもてゆけば、年月を重ねて、あか落ちぬれば自然に昔の人にも立ち並び、又心ふかく艶なる歌もおのづから出来《いでくる》なり」の記述に端的に表れていると言えようが、このような姿勢・態度で詠作に向かうならば、「幽玄高妙な真体をそなへた藤原俊成や西行法師などが詠じたごとき秀歌がおのずから生まれるだろう、と要約できようか。

最後に、本節の叙述に恩恵を蒙った先学の諸論考を感謝の意を込めて掲げ、併せて『耕雲口伝』研究の参考文献の意味をも担わせたいと思う。就中、⑦の論考には多大の学思を蒙ったことを申し添えておきたい。

① 井上宗雄氏『中世歌壇史の研究　南北朝期』（昭四〇・一一、明治書院）
② 福田秀一氏『中世和歌史の研究』（昭四七・三、角川書店）
③ 『日本古典文学大辞典 第二巻』（昭五九・一、岩波書店）の「耕雲」「耕雲口伝」の項目（藤平春男氏執筆）
④ 『和歌大辞典』（昭六一・三、明治書院）の「耕雲」「耕雲口伝」の項目（福田秀一氏執筆）
⑤ 高梨素子氏「耕雲の前期歌風について」（『国文学研究』第一一〇号、平五・六）
⑥ 高梨素子氏「耕雲の後期歌風について」（『国文学研究』第一一二号、平六・三）
⑦ 清水賢一氏『歌論全注釈集成』（平八・一、ながらみ書房）

⑧『日本古典文学大事典』（平一〇・六、明治書院）の「耕雲」「耕雲口伝」の項目（荒木尚氏執筆）

（付）『新葉和歌集』

概要

準勅撰和歌集。二十巻。撰者は後醍醐天皇の皇子宗良親王。弘和元年（一三八一）十月十三日、長慶天皇より勅撰集に擬せられる旨の綸旨がくだり、同年十二月三日、それまでにほぼ完成していたもの（原撰本）に改訂を加えて奏覧したもの（精撰本）。四季・離別・羇旅・神祇・釈教・恋・雑・哀傷・賀の部立からなり、歌数千四百二十首。作者は後村上天皇以下百五十二人。南朝関係の歌人の詠歌集成だが、平明温雅な二条家風の詠が主流をなしている。

研究の現在

まず『新葉集』の伝本は現在、数十本を数えようが、原撰本では、祖本と推定される静嘉堂文庫松井本を翻刻した小木喬氏『新葉和歌集―本文と研究』（昭和五九・三、笠間書院）や流布本の承応板本を翻刻した岩佐正氏『新葉和歌集』（岩波文庫、昭和一八・二）がある一方、精撰本では、内閣文庫本を翻刻した『新編国歌大観　第一巻』があるので、これらの活字本で、『新葉集』の和歌研究は充分進められよう。ただし、過年現出した天理図書館本や松平文庫本などの和歌本文や詞書に認められる本文異同の問題追及については、もちろんこの限りではない。なお、『新葉集』には読人不知歌が九十八首もある点に言及した、岩佐氏の「新葉和歌集よみ人しらず歌考」（『国文学攷』二三、昭和三五・五）があるが、これらの基本的問題は、小木氏の前掲書や、井上宗雄氏『中世歌壇史の研究　南北朝期』（昭和六二・五改訂新版、明治書院）で詳細に検討がなされ、参考になる。

次に、『新葉集』の和歌については、村上忠順氏『頭註新葉和歌集』（明治二五・二、稽照館）や『校註富岡本新葉和歌集』（昭和一三・一二、立命館出版部）などに簡単な注解がある程度で、本格的な和歌研究には程遠いが、和歌鑑賞では、川田順氏『吉野朝の悲歌』（昭和一四・九、第一書房）がユニークで、本集の価値を「悲歌」に見出す読みを展開している。また、歌風研究では、島津忠夫氏「南朝の歌壇とそのゆくへ」（阪大『語文』一八、昭和三二・四）が唯一の論考であり、内容論では、津田真理氏「『新葉和歌集』の一性格—宗良親王と後村上院」（『名古屋大学国語国文学』五四、昭和五九・七）、表現論では、西畑実氏「新葉和歌集と本歌取」（『樟蔭国文学』一五、昭和五二・一〇）や小泉和氏「新葉和歌集の風景表現一」（『玉藻』一九、昭和五八・六）などがあるが、ようやく近時、倉本初夫氏の本格的な評論『宗良流転』—「新葉和歌集」の撰者の生涯』（平成元・四、童牛社）が出て、『新葉集』の研究機運も高まってきたようだ。

問題点

『新葉集』の研究は、戦前から戦中にかけて流行した段階から抜け出して、基礎的問題がほぼ整理されたので、今後は詠歌一首一首の精緻な分析と読解を深めて、従来言われていた、固定した和歌観による平淡な二条家風という『新葉集』への評価が真実なのか否かの問題などを具体的に検証することだ。

〔付記〕 本稿は平成二年十二月に公表された要約であるので、「研究の現在」もその時点における動向である点、断っておきたいと思う。

第十節　永正八年月次和歌御会――和歌懐紙の問題

一　はじめに

いまから二年ほど前であったろうか、宮中における和歌会などの情報を伝える和歌懐紙が、思文閣出版から刊行の『思文閣墨蹟資料目録』（第二五三号、平成五・七）に掲載され、室町時代の和歌研究に従事している筆者に、多大の興味、関心を抱かせることがあった。当該懐紙はその後、大阪青山短期大学の所蔵に帰し、このたび、伊井春樹氏によって「永正八年七月二十五日和歌懐紙について」（『詞林』第一七号、平成七・四）なる論考となって、その全容が公開された。まことに慶賀のいたりである。この論考で、伊井氏は、本懐紙が永正八年（一五一一）七月二十五日の御会和歌で、「懐紙には、初めに『秋日詠三首和歌』とし、『初秋月』『風前簿』『寄玉恋』の三首が記されており、現存本の詠者は『式部卿邦高親王』『正二位実隆』など二十八人である」が、しかし現在、これ以外に「少なくとも後柏原天皇、後奈良院、政為も御会和歌に出詠していたはずで、これだと三十一人からの構成による和歌会だったことになる」と推断されている。じつに正鵠を射えた論述で、有益な論考と評しえよう。

ところで、永正八年七月二十五日に催行されたことになっている（実際には催行されなかった）和歌御会については、その一部を拙稿「『文安三年七月二十二日公宴続歌』をめぐって」（『光華日本文学』第三号、平成七・八）で紹介したように、宮内庁書陵部蔵にかかる『公宴続歌』（全二十九冊、写本）に具体的記事が認められる。すなわち、『公宴続歌』には、伊井氏が言及された以外に八人の詠作が各々認められ、現時点では都合三十九人の「永正八年七月二十五日御会和歌」を指摘できるのである。

こういう次第で、本節では、『公宴続歌』に認められる永正八年の和歌御会についての記事を紹介し、あわせて伊井氏のご論考の補足にも及びたいと思う。

二　『公宴続歌』に記載の永正八年月次和歌御会

さて、『公宴続歌』については、すでに福井久蔵氏が『大日本歌書綜覧中巻』（昭和四九・五再刊、国書刊行会）に、

公宴続歌　写二十九巻／永享・宝徳・享禄より元和四年までの朝廷における歌会の歌を収録したるもの。図書寮に一本あり。一巻末に云ふ。本云元和元年七月十五日公福書レ之。右借二請阿野少将公業本・故中将公福朝臣筆一、令二印盛書写一校合畢、寛永五応陽十三日相公羽源親顕、の識語あり。／一巻は永享十一年正月廿日内裡内々御会より同年度に於ける十五度の御会歌を始め、同十二年のもの、文安三年四年のものを収め、二巻には文安五年のもの、宝徳二年のものを収め、三巻には宝徳三年のものを、四巻には同四年のものを、五巻には年次不明（但し宝徳・享徳の頃のものなるべし）の分を、六巻には寛正三年・四年の分を、七巻には文明九年の分及十二年より十八年までのものを、八巻には長享三年・延徳元年・明応元年・同七年の分を、九巻には文亀二年・三年・四年のもの及永正元年の分七種を、十巻には同二年・三年のものを、十一巻には同五年・六年の分を、十二巻には永正七・八年の分を、十三巻には同九・十年の分を、十四巻には同十一・十二年の分を、十五巻には同十四・十五年の分を、十六巻より十八巻までには永正十五年より十八年の分を、十九巻には大永元年・二年・六年・七年の分を、二十巻には大永八年の分を、二十一巻には享禄元年より三年までのものを、二十二巻には享禄四年のものを、二十三巻には天文元年及三年の分を、二十四巻には天文八年及十年の分を、二十五巻には天正十一年・十五年・十六年・十八年・二十年の分を、二十六巻には慶長五年の分を、二十七巻には慶長六年の分を、二十八巻に

は慶長九・十・十二・十三・十四・十五年のものを、二十九巻には慶長十六年・十七年・元和四年のものを収めたり。この類にてはよく類聚せられたるものと謂ふべし。図書寮に一本あり。

のとおり言及されているが、このうちの『公宴続歌』十二冊目に「永正八年御会和歌」は所収されている。

ちなみに、本冊の書誌に簡単に触れておくと、本冊は花柄模様の表紙に「公宴続哥　永正七同八」と記した題簽を左上方に貼る。内題、端作りなどは欠く。墨付百十五丁、袋綴の写本。一面十二行書き。第一冊目の「永享十二年正月廿八日禁裏御哥初」の末に「寛永五応陽（鐘カ）十三日相公羽林源親顕」とある識語から、寛永五年（一六二八）十月以降の書写になるか。

ところで、この『公宴続歌』によると、永正八年に出詠された月次御会和歌は、おおよそ次のとおりである。

①　永正八年正月十九日和歌御会始（尾題）

〔題者〕飛鳥井中納言　〔読師〕記載なし　〔講師〕雅綱

〔歌題〕寄若菜祝

〔作者〕（後柏原天皇）茶地丸・邦高親王・貞敦親王・実隆・実香・宣胤・政為・季経・季種・元長・雅俊・宣秀・和長・守光・永宣・済継・公条・尚顕・公音・季綱・冬光・康親・実胤・為学・隆康・為和・雅業王・言綱・伊長・秀房・雅綱・重親・諸仲　〔追加〕堯胤・仁悟・道永・常信・宗清

〔巻頭歌〕わかなつむみやこの人も松の雪いく世つもれる年とかはしる

〔巻軸歌〕わかみどりまたたちそひて七草になをいく春の色をかさねん

②　永正八年二月廿五日（尾題）

〔題者〕勅題

〔歌題と作者〕立春・（後柏原天皇）　山霞・邦高　海霞・茶地丸　初鶯・貞敦　若菜・堯胤　曙梅・道永　紅梅・仁

悟　河柳・常信　春雨・実隆　春月・実香　帰鴈・宣胤　尋花・政秀　朝花・季経　落花・宗清　春駒・季種　苗代・俊重　躑躅・元長　款冬・重治　松藤・雅俊　暮春・宣秀　首夏・和長　卯花・守光　山葵・永宣　菖蒲・済継　郭公・公条　早苗・尚顕　夏草・公音　夏月・季綱　梅雨・冬光　鵜河・康親　夕顔・（後柏原天皇）　夕立・為学　杜蟬・隆康　納涼・言綱　夏祓・為和　立秋・雅業王　残暑・伊長　七夕・秀房　暁荻・雅綱　萩盛・重親　夕薄・邦高　山鹿・堯胤　松虫・政為　初鴈・常信　秋田・雅俊　待月・（後柏原天皇）　湖月・季経　惜月・宣胤　夕霧・季種　擣衣・源諸仲　野分・実隆　江鶉・宗清　秋霜・実香　黄葉・言綱　暮秋・道永　時雨・邦高　木枯・済継　落葉・重治　枯野・和長　田氷・宣秀　寒月・守光　千鳥・永宣　水鳥・尚顕　篠霰・俊量　初雪・公条　深雪・公音　埋火・冬光　鷹狩・季綱　神楽・（後柏原天皇）　歳暮・季房　初恋・仁悟　忍恋・永宣　聞恋・俊量　見恋・為学　尋恋・隆康　祈恋・季種　契恋・重治　待恋・茶地丸　遇恋・元長　別恋・雅業王　顕恋・宣胤　稀恋・常信　忘恋・済継　恨恋・堯胤　絶恋・為和　関鶏・道永　山家・雅俊　田家・仁悟　嶺松・季経　籬竹・康親　路苔・重親　岡篠・雅綱　沿葦・和長　嶋鶴・伊長　樵夫・政為　旅行・（後柏原天皇）　野宿・実隆　眺望・宗清　神祇・実香　祝言・貞敦

〔巻頭歌〕いく世かも都の空に立かへりふるき道しる春はきぬらん
〔巻軸歌〕治れる風をうつして君が代になびくや民の草葉なるらむ

③　永正八年三月廿五日月次和歌御会（尾題）

〔歌題〕花下言志　残花薫風　忍伝書恋
〔作者〕（後柏原天皇）・貞敦親王・実隆・宣胤・政為・季経・季種・俊量・元長・重治・雅俊・宣秀・和長・守光・永宣・済継・公条・尚顕・公音・季綱・冬光・康親・実胤・為学・隆康・為和・言綱・伊長・秀房・雅綱・

重親・諸仲〔追加〕堯胤・仁悟・道永・常信・宗清
〔巻頭歌〕暮にけりまだこのまゝに下ぶしの花をば夢にみはてずもがな
〔巻軸歌〕大かたにかきやるふみのことのはをしのぶゆへとや人もつたへよ

④　永正八年四月廿五日（尾題）

〔題者〕冷泉大納言政為卿出題
〔歌題と作者〕早春・（後柏原天皇）　春雪・仁悟　野鶯・実香　海霞・常信　関霞・宣胤　朝若菜・政為　庭梅・堯胤　夜梅・（後柏原天皇）　夕帰雁・実隆　栽花・道永　待花・茶地丸　尋花・貞敦　翫花・宗清　惜花・俊量　残春・季経　首夏・雅俊　夏草・元長　初郭公・季種　嶺郭公・和長　杜郭公・重治　池菖蒲・宣秀　故郷橘・尚顕　山五月雨・（後柏原天皇）　沢蛍・永宣　樹陰納涼・季綱　初秋・公条　行路秋・公音　山家虫・済継　夕荻・隆康　谷鹿・為学　原鹿・康親　嶋月・為和　江月・実胤　浦月・雅業王　橋月・堯胤　河月・邦高　暁擣衣・実隆　遠村紅葉・宗清　古寺紅葉・雅俊　暮秋・（後柏原天皇）　田家時雨・政為　野径霜・伊長　寒夜千鳥・重親　水郷寒芦・秀房　湖氷・実音　林雪・宣胤　岡雪・言綱　深夜霰・雅綱　歳暮・茶地丸　寄名所恋・仁悟・道永・常信・実隆・（後柏原天皇）・季経・宗清・俊量・元長・重治・雅俊・季種・宣秀・永宣・済継・尚顕・公音・季綱・実胤・為学・隆康・言継・伊長・重親・源諸仲　春旅・実香　夏旅・公条　秋旅・邦高　冬旅・季房　暁旅・重治　山述懐・雅業王　河述懐・政為　海述懐・康親　里述懐・宗清　関述懐・和長　寄天祝・為和　寄日祝・宣胤　寄月祝・季種　寄星祝・元長　寄雲祝・雅綱　伊勢・貞敦　石清水・俊量　賀茂・政為　春日・実隆　住吉・（後柏原天皇）　大日・道永　釈迦・堯胤　阿弥陀・季経　薬師・常弘　弥勒・仁悟

〔巻頭歌〕春といへどまだひとしほの色もなし小松が原は雪もけなくに
〔巻軸歌〕冬ごもる心の中に春がすみ龍の花さく時やまつらん

⑤　永正八年五月廿五日月次和哥御会（尾題）

〔歌題〕夏杜　夏鳥　夏夢
〔作者〕御製（後柏原天皇）・茶地丸（後奈良院）・邦高親王・貞敦親王・実隆・実香・宣胤・政為・季経・季種・俊量・元長・重治・雅俊・宣秀・和長・守光・永宣・済継・公条・尚顕・公音・季綱・冬光・康親・実胤・為学・隆康・為和・雅業王・言綱・伊長・秀房・雅綱・重親・諸仲〔追加〕宗清
〔巻頭歌〕夏ふかきもりのした草花ならでさかり過たる花もこそあれ
〔巻軸歌〕みじか夜をおもひねにしてをのづからみはてぬゆめは名残だになし

⑥　永正八年六月廿五日（尾題）

〔題者〕出題宗清
〔歌題と作者〕都立春・茶地丸　遠嶋霞・堯胤　若水・実香　若菜知時・貞敦　寝覚鶯・道永　梅香留袖・宣胤　谷蕨・実隆　岳柳蔵橋・常弘　海辺春曙・（後柏原天皇）故郷春月・政為　春日祭・季種　花雲・邦高　依花忘老・宗清　三月三日・重治　雲雀幽・仁悟　簾外燕・元長　径菫・俊量　松下躑躅・宣秀　扉藤・季経　季陽已蘭・和長　朝葵・尚顕　南北郭公・永宣　葺菖蒲・済継　騎射・康親　橘薫枕・公音　水郷早苗・雅綱　連夜照射・為和　山陰鵜河・冬光　閨扇・雅業王　漁村晩立・季綱　澗底泉・隆康　初秋露・政為　二星適逢・貞敦　深更荻・伊長　荻移流・言綱　薄滋・仁悟　槿一日栄・（後柏原天皇）稲妻・秀房　閑居虫・実隆　相撲節・宗清　左右聞鴈・宣胤　鹿声夜友・茶地丸　江鶉・重親　古寺秋夕・道永　湖月似氷・邦高　独対月・実香　霧間塩竈・常弘　沢鴫・宗藤　疎屋蔦・季種

紅葉待霜・元長　鐘声送秋・俊量　岡時雨・季経　樵路落葉・重治　残菊・宣秀　杜木枯・仁悟　寒樹交松・尚顕　懸樋氷・為和　泊千鳥・守光　水鳥知主・秀房　霰残夢・永宣　駅雪・雅業王　雪中鷹狩・季綱　暁神楽・俊量　名所炭竈・公音　追儺・政為　老少惜歳・季種　隠名切恋・（後柏原天皇）　契春秋恋・堯胤　馴恋・康親　卜遇恋・宗清　幼恋・重治　被嫉妬恋・和長　辞後会恋・元長　咎言恋・実隆　見昼慰恋・言綱　欲代命恋・邦高　恥身恋・隆康　触事恨恋・実香　悲離恋・冬光　悔前世恋・雅綱　梯嵐・道永　庭樹高低・済継　竹為師・伊長　遠帆連浪・宗藤　牧笛・貞敦　田家灯・宗清　浄侶暮帰・常弘　輦車・実隆　憂喜同夢・季経　筆写人心・重親　拝趨積年・宣胤　旅杖・公条　述懐非一・為学　空諦・堯胤　寄道祝世・政為

〔巻頭歌〕雪きゆる都の野べの朝がすみ春くる道をあまたにぞみる

〔巻軸歌〕たまほこの道といふみちは君が代のひかりやなべてしるべ成らむ

⑦　永正八年七夕詩御会　公宴（尾題）

〔詩題〕賦星河落簷

〔作者〕（後柏原天皇）・貞敦親王・実隆・長直・元長・宣秀・和長・章長・公条・康親・為学

〔巻頭詩〕乞巧楼前夜未央　銀河影落白於霜

簷牙高啄水渦月　却為女牛分得涼

〔巻軸詩〕簷牙高処掛銀潢　挽得簾前星渚涼

情緒縦猶雖似淡　斯盟可与水天長

⑧　永正八年七夕和歌御会　公宴（尾題）

〔歌題〕賦星河落簷

〔作者〕（後柏原天皇）・茶地丸・邦高親王・貞敦親王・実隆・実香・宣胤・政為・季経・宗清・季種・俊量・元長・重治・宣秀・和長・守光・永宣・済継・公条・尚顕・公音・季綱・冬光・康親・実胤・為学・隆康・為和・雅業王・言綱・伊長・季房・雅綱・重親・宗綱・諸仲
〔巻頭歌〕霧はるゝあふぎのかぜに影落てのきばにすめる天河なみ
〔巻軸歌〕あまのがはあふせの波もへだてなくおもへばおなじ軒の松かぜ

⑨　永正八年七月廿五日月次和歌御会（尾題）

〔歌題〕初秋月　風前薄　寄玉恋
〔作者〕（後柏原天皇）・茶地丸（後奈良院）・邦高親王・貞敦親王・実隆・実香・宣胤・政為・季経・季種・元長・重治・宣秀・和長・守光・永宣・公条・尚顕・公音・季綱・冬光・康親・実胤・為学・隆康・為和・雅業王・言綱・伊長・秀房・雅綱・重親〔追加〕堯胤・仁悟・道永・常弘・宗清
〔巻頭歌〕てにならすものにもがなや秋たちて扇にかふる袖の月かげ
〔巻軸歌〕たのまじなうきみはよはる玉の緒のたえてつれなき人の契りを

⑩　永正八年八月廿五日（尾題）

〔歌題と作者〕年内立春・宣胤　野霞・貞敦　海霞・政為　竹鶯・道永　原若菜・茶地丸　暗夜梅・実隆　門柳・常弘　故郷春月・堯胤　帰鴈連雲・仁悟　尋花・（後柏原天皇）　栽花・実香　花忘老・季経　挿頭花・邦高　花下忘帰・和長　朝春雨・季種　春曙・宣秀　庭菫・宗清　河款冬・重治　夕藤・守光　三月尽夜・元長　杜首夏・俊量　籬卯花・尚顕　待郭公・公音　郭公一声・公条　暁郭公・永宣　盧橘薫・康親　簷菖蒲・為学　橋五月雨・為和　瀬鵜河・実胤　沢夏草・隆康　野夕立・雅綱　水辺夏月・言綱　蛍過窓・伊長　松下納涼・秀房　河夏祓・宗藤　山早秋・邦高　二星適逢・重親　聞荻・

源諸仲　岡萩・宗清　浅茅露・堯胤　虫怨・実隆　閑虫秋夕・季種　嶺鹿・宣胤　葦辺鴈・守光　月出山・政為　月契秋・道永　浦月・（後柏原天皇）　滝月・常弘　月前行客・貞敦　擣衣到暁・仁悟　菊久馥・実香　梯霧・茶地丸　初紅葉・元長　紅紅葉・永宣　鐘声送秋・季経　里初秋・堯胤　時雨易過・邦高　聞落葉・政為　冬田霜・俊量　澗寒草・和長　江寒蘆・重治　冬夕嵐・永宣　汀氷・実隆　寒夜千鳥・（後柏原天皇）　池水鳥・康親　霰残夢・隆康　積雪・宗清　依雪待人・宣秀　雪似花・仁悟　歳暮近・公条　寄天恋・道永　寄月恋・公音　寄雨恋・尚顕　寄烟恋・（詠歌・作者不記）　寄山恋・守光　寄杜恋・邦高　寄江恋・俊量　寄礒恋・季経　寄杉恋・為和　寄榊恋・宣胤　寄忍草恋・実隆　寄鴫恋・源諸仲　寄蛛恋・秀房　寄糸恋・元長　寄木綿恋・季種　社頭鶏・宗清　古寺鐘・尚顕　羇中雨・政為　羇中関・常弘　羇中衣・言綱　山家雲・雅綱　山家鳥・宗藤　山家経年・（後柏原天皇）　窓竹・為学　路芝・重親　砌松・実胤　麓柴・伊長　寄玉述懐・重治　寄船述懐・和長　寄日祝・実香

〔巻頭歌〕逢坂の関の冬木もかすめばや年こそこえねはるはきにけり

〔巻軸歌〕くもりなくてらす日影の朝夕にあきらけき世と君祈るなり

⑪　永正八年九月九日（尾題）

〔端作り〕禁裏重陽御歌

〔歌題〕菊有新花

〔作者〕（後柏原天皇）・宮（貞敦親王）・実隆・宣胤・政為・季経・宗清・季種・俊量・元長・重治・宣秀・和長・守光・永宣・公条・尚顕・公音・康親・実胤・為学・隆康・為和・雅業王・言綱・伊長・秀房・雅綱・重親・宗藤・源諸仲

〔巻頭歌〕としごとの色香はあれど秋のきく心にふりぬけふのはつはな
〔巻軸歌〕いく秋をちぎり置てか咲そめし花にいろそふきくのしらつゆ

⑫　永正八季九月廿五日月次和歌御会（尾題）

〔歌題〕夕霧　蔦懸松　窓燈
〔作者〕（後柏原天皇）・貞敦親王・実隆・実香・宣胤・政為・季経・季種・俊量・元長・重治・宣秀・和長・守光・永宣・公条・尚顕・公音・康親・実胤・為学・隆康・為和・言綱・伊長・秀房・雅綱・諸仲
〔巻頭歌〕秋はこれあやめもわかぬおもひかな霧のうちなるそでの夕露
〔巻軸歌〕まなばねばわが影ながら身をはぢてむかふばかりの窓の灯

⑬　永正八年十一月廿五日月次和歌御会（尾題）

〔歌題〕葦間水鳥　山家雪朝　恋不依人
〔作者〕（後柏原天皇）・茶地丸・邦高親王・実隆・実香・政為・季経・季種・俊量・元長・重治・雅俊・宣秀・和長・公条・永宣・尚顕・公音・康隆・実胤・為学・康隆・為和・伊長・雅業王・言綱・雅綱・重親・諸仲
〔追加〕堯胤・仁悟・道永・常弘
〔巻頭歌〕塩みちてなくなるたづのかげとみし芦辺もこほる水鳥のこゑ
〔巻軸歌〕おほけなくおもひかけめやみのほどのそれをことはる恋路なりせば

以上から、永正八年の和歌御会は、①「永正八年正月十九日和歌御会始」、②「永正八年二月廿五日」、③「永正八年三月廿五日月次和歌御会」、④「永正八年四月廿五日」、⑤「永正八年五月廿五日月次和哥御会」、⑥「永正八年六月廿五日」、⑦「永正八年七夕詩御会　公宴」、⑧「永正八年七夕和歌御会　公宴」⑨「永正八年七月廿五日月次和歌御会」、⑩「永正八年八月廿五日」、⑪「永正八年九月九日禁裏重陽御歌」、⑫「永正八季九月廿五日月次和歌御会」、

⑬「永正八年十一月廿五日月次和歌御会」のとおり、十三回を数える。これによると、永正八年の宮中での御会和歌は、正月十九日の御会始めを皮切りに、毎月二十五日を定例の開催日と予定していたようである。出詠者は後柏原天皇をはじめ、茶地丸（のちの後奈良天皇）などの皇室関係、邦高親王、貞敦親王などの伏見宮関係、実隆、実香、宣胤などの廷臣、堯胤、仁悟などの沙門などである。なお、永正八年の和歌御会をみると、一月、三月、五月、七月、九月、十一月の奇数月には、当該月に関係する歌題を設定して詠む、所謂、月次御会が企画されているが、就中、七月には「七夕詩御会」と「七夕和歌御会」とが、また、九月には「禁裏重陽御歌」が特別に企図されている。一方、二月、四月、六月、八月の偶数月には、一定数の歌を歌題を分けとって詠む、所謂、（公宴）続歌が企画されている。ちなみに、当年は十月、十二月の両月は続歌が企画されてないが（何らかの事情で中止されたのであろうが、その理由は判明しない）、前年の永正七年の当該月には公宴続歌が企図されているので、慣例としては偶数月には続歌の催行が企画されていたようである。

要するに、御会和歌においては、奇数月には月次和歌が、偶数月には続歌が交互に企画され、その出詠者は天皇をはじめとした皇室関係者、伏見宮関係者、廷臣および沙門などであったということができるであろう。

三　「永正八年七月二十五日月次和歌御会」

さて、当面の課題である七月二十五日に企図された御会は、『公宴続歌』の⑨「永正八年七月廿五日和歌御会」が該当する。たとえば、『公宴続歌』の「式部卿邦高親王」の詠歌を掲げてみると、

(1)　三日月の秋ほのめかすひかりにも思ひそふべきゆふべをぞしる　（初秋月）
(2)　吹たびにかぜや尾花がおもひ草なびくにつけて露ぞこぼるゝ　（風前簿）
(3)　きえぬまの袖のしら玉よしさらばおもひをはらふひかりともなれ　（寄玉恋）

のとおりで、大阪青山短期大学蔵の和歌懐紙『秋日詠三首和歌』（以下『和歌懐紙』と略称する）の当該歌と、(1)の初句「三日月の」（和歌懐紙は「見る月の」とする）に異同が指摘されるが、まさに符合する。また、『和歌懐紙』には収録しない後柏原天皇、茶地丸（のちの後奈良天皇）、権大納言藤原政為の各歌を掲載すると、

(4)　てにならすものにもがなや秋たちて扇にかふる袖の月かげ　（後柏原天皇・初秋月）
(5)　かぜたかきやなぎもあれど我門のひとむらすゝきまづみだれつゝ　（風前簿）
(6)　たきつせに玉ちるほどのおもひをもたれなぐさめと袖はほさまし　（寄玉恋）
(7)　夕月夜ひかりの中にしらるゝや身にしむ色の秋のはつかぜ　（茶地丸・初秋月）
(8)　山もとのきりのたえまのむら〳〵に尾花をみする野べの夕風　（風前簿）
(9)　はかなしや袖のなみだの玉のをのあはずは何にみだれそめけん　（寄玉恋）
(10)　いねがてにかくていく夜の月かみん秋になりぬるそらぞすゞしき　（権大納言藤原政為・初秋月）
(11)　なびきあふ尾花はしるや秋風にたが思ひぐさ色にいづらん　（風前簿）
(12)　おもふかひありてひろはむ玉もがな枕のしたのしほひまつ身に　（寄玉恋）

のごとくで、伊井氏が推測されたように、『柏玉集』の後柏原天皇の詠、『後奈良院御集』の後奈良天皇の詠、『碧玉集』の政為の詠と各々、一致する。したがって、これらの事例から、『和歌懐紙』の詠歌が「永正八年七月二十五日御会和歌」であることは、まず動かない事実であろう。そこで『公宴続歌』に収載される歌人に言及すると、全部で三十七人を数えることができる。ただ、『和歌懐紙』に収録する「按察使源俊量」と「蔵人中務丞源諸仲」の二人の詠歌は『公宴続歌』には収載されていないが、何故にこの二人の詠作が収載されていないのかの理由は不明である。

したがって、ここに「永正八年七月二十五日月次和歌御会」に出詠した人物を、『公宴続歌』と『和歌懐紙』によって掲げるならば、次の三十九人となろう。

1　後柏原天皇　2　茶地丸（のちの後奈良天皇）　3　式部卿邦高親王　4　中務卿貞敦親王　5　正二位実隆　6　内大臣三条実香　7　権大納言藤原宣胤　8　権大納言藤原政為　9　権大納言四辻季経　10　小倉季種　11　権中納言甘露寺元長　12　兵部卿源重治　13　権中納言藤原宣秀　14　大蔵卿菅原和長　15　権中納言藤原守光　16　参議冷泉永宣　17　参議右近権中将藤原公条　18　参議左大弁藤原尚顕　19　参議左近衛権中将藤原公音　20　参議左近衛権中将藤原季綱　21　参議右大弁烏丸冬光　22　左近衛権中将藤原康親　23　右近衛権中将藤原実胤　24　少納言菅原為学　25　左近衛権中将藤原隆康　26　左近衛権中将冷泉為和　27　神祇伯雅業王　28　内蔵頭藤原言綱　29　蔵人左中弁藤原伊長　30　蔵人右中弁藤原秀房　31　左近衛権少将藤原雅綱　32　右近衛権少将藤原重親　33　按察使源俊量　34　蔵人中務丞源諸仲　35　堯胤　36　沙門仁悟　37　沙門道永　38　沙門常弘　39　沙門宗清

現在、「永正八年七月二十五日月次和歌御会」に出詠した歌人は以上の三十九人であるが、このうち、その詠作が知られていないのは、4の貞敦親王、7の宣胤、26の為和、35の堯胤、36の仁悟、37の道永、38の常弘、39の宗清の八人である。そこで、この八人の詠歌を各々、次に紹介すれば、以下のとおりである。

4　中務卿貞敦親王

⒀　秋きてはまだはつかぜの草のはらとひくる月ぞならしがほなる　（初秋月）
⒁　はなすゝきおもひみだるゝ秋もうし露と風とをのがすがたに　（風前薄）
⒂　わがそでにもろきなみだの玉はあれどなにぞ《（ママ）》ばかりとふ人もなし　（寄玉恋）

7　権大納言藤原宣胤

⒃　いねがてにかくていく夜の月かみん秋になりぬるそらぞすゞしき　（初秋月）
⒄　とけゆくもむすぼゝるゝもいとすゝきいくたびかぜの吹かはるらん　（風前薄）

(18) 青駕一つかねにてその人を玉のごとしといはでしらせむ　(寄玉恋)

26　左近衛権中将藤原為和

(19) 雲井よりあすは来ぬらん四方の海のおもがはりしてうつる月影　(初秋月)

(20) おきつかぜ吹たゆむまも白妙の尾花にたかきまの丶うらなみ　(風前薄)

(21) ことのはの露もかけじの玉の緒よたへば絶ねとおもふばかりぞ　(寄玉恋)

35　堯胤

(22) 天河ひと夜のなみのすゑよりぞすみまさりゆく月は見えけり《ママ》　(初秋月)

(23) たがゆるす秋とてをのがやどもせにおばなかりふきちらす山かぜ　(風前薄)

(24) むすぶ手にたまるゐる水のすみがたきうき世にあかぬほどはしるらし　(寄玉恋)

36　沙門仁悟

(25) 一葉ちるとばかり見ゆる木のまよりさはらで出る秋の三日づき　(初秋月)

(26) 秋かぜにちりかふ露のつかねをもむすぼふれたるいとす丶きかな　(風前薄)

(27) あふことをころものうらの玉とのみ心にかけてとしをふるかな　(寄玉恋)

37　道永

(28) 入かげもみるほどなしや初秋の雲間にほそき弓はりの月　(初秋月)

(29) 野をひろみかたもさだめぬ秋風によりかへさる丶糸す丶きかな　(風前薄)

(30) 人はさてかけてもしるしから衣なみだの玉も身のまよひとを　(寄玉恋)

38　沙門常弘

(31) 秋きぬとおもへばかはるかぜの音も月よりき丶し夕暮のそら　(初秋月)

(32)　露はらふ袖とぞみつる初尾花たが手枕の野べのあきかぜ　(風前薄)
(33)　人しれぬ心にむすぶ玉のをのとけてみだれぬなみだともがな　(寄玉恋)
39　宗清
(34)　うつりゆかん梢の秋も一はよりまづほのめくや三日月のかげ　(初秋月)
(35)　心とやおばなはやどす袖の露をうけくに秋とはらふ夕かぜ　(風前薄)
(36)　うき中の心のやみよいかさまの玉かとふ夜のひかりとは見ん　(寄玉恋)

以上が「永正八年七月二十五日月次和歌御会」における新出の八人の各三首だが、これによって、伊井氏の提起された本月次和歌の出詠者の実態がさらに明白になったと言えるであろう。

そこで、この御会和歌に出詠の三十九人の事蹟に簡単に触れておこう。

1　後柏原天皇　寛正五年（一四六四）十月二十日誕生、大永六年（一五二六）四月七日没、享年六十三歳。第百四代天皇。父は後土御門天皇。家集に『碧玉集』がある。

2　茶地丸（後奈良天皇）　明応五年（一四九六）誕生、弘治三年（一五五七）没、享年六十二歳。第百五代天皇。父は後柏原天皇。天文十一年（一五四二）『大神宮法楽千首』を催すほか、家集に『後奈良院御集』がある。

3　伏見宮邦高親王　康正二年（一四五六）誕生、享禄五年（一五三二）没、享年七十七歳。伏見宮第五世。父は貞常親王。後に後土御門院の猶子となる。家集に『邦高親王御集』がある。

4　伏見宮貞敦親王　延徳元年（一四八九）誕生、元亀三年（一五七二）七月二十五日没、享年八十四歳。伏見宮第六世。父は邦高親王。後柏原天皇の猶子となる。

5　三条西実隆　康正元年（一四五五）誕生、天文六年（一五三七）十月三日没、享年八十三歳。父は三条西公保。長禄二年（一四五八）叙爵、文亀二年（一五〇二）正二位、永正三年（一五〇六）内大臣に進む。家集に

『再昌草』『雪玉集』、日記に『実隆公記』がある。

6　三条実香　文明元年（一四九八）誕生、永禄二年（一五五九）二月二十五日没、享年九十一歳。三条公敦の男。長享元年（一四八七）従三位に叙され、永正元年（一五〇四）正二位に進み、同四年内大臣、同十五年左大臣に、天文四年（一五三五）太政大臣に任じられる。同六年出家、法名、諦空。『白馬節会職事要』「水無瀬法楽」（永正十五年）などの著作がある。

7　中御門宣胤　嘉吉二年（一四四二）誕生、大永五年（一五二五）十一月十七日没、享年八十四歳。中御門明豊の男。嘉吉三年（一四四三）叙爵、文正元年（一四六六）参議に任じられ、長享二年（一四八八）権大納言に進む。永正八年（一五一一）従一位に進むが、出家。法名、乗光。日記に『宣胤卿記』、注釈書に『万葉類葉抄』などがある。

8　冷泉政為　文安二年（一四四五）誕生、大永三年（一五二三）九月二十一日没、享年七十九歳。冷泉持為の男。永正三年（一五〇六）権大納言に至るが、同十年出家。法名、暁覚。家集に『碧玉集』があり、『一人三臣和歌』の作者。

9　四辻季経　文安四年（一四四七）誕生、大永四年（一五二四）三月二十九日没、享年七十八歳。四辻季春の男。文安六年（一四四九）叙爵、長禄四年（一四六〇）侍従に任じられ、明応十年（一五〇一）正二位に進み、永正三年（一五〇六）権大納言に任じられたが、大永三年（一五二四）出家。法名、宗空。『蹴鞠家伝書』がある。

10　小倉季種　康正二年（一四五六）誕生、享禄二年（一五二九）四月十七日没、享年七十四歳。正親町持季の次男。小倉実右の養子となり、季煕と名乗ったが、長享二年（一四八八）に季種と改名。永正三年（一五〇六）権大納言に任じられ、同八年正二位に進むが、享禄二年出家。法名、空恵。

11　甘露寺元長　長禄元年（一四五七）誕生、大永七年（一五二七）八月十七日没、享年七十一歳。甘露寺親長の長男。文正元年（一四六六）叙爵。永正十四年（一五一八）正二位に進み、権大納言に任じられる。大永六年（一五二六）従一位に進むが、翌年死す。法名、清空。「大永七年五月四日中務卿宮甘露寺等和漢聯句」、『甘露寺卿記』がある。

12　田向重治　享徳元年（一四五二）誕生、天文四年（一五三五）七月二十一日没、享年八十四歳。田向経家の男。長享二年（一四八八）従三位に叙され、明応八年（一四九九）権中納言に任ぜられ、文亀元年（一五〇一）従二位に進む。「延徳二年七月二十六日御・源宰相両吟何船百韻」「文明十七年六月二十六日中御門中納言宗巧等夕何百韻」などの連歌作品がある。

13　中御門宣秀　文明元年（一四六九）八月十七日誕生、享禄四年（一五三一）七月九日没、享年六十三歳。中御門宣胤の男。母は甘露寺親長の女。文明三年（一四七一）叙爵、永正元年（一五〇四）権中納言、同十五年権大納言に任じられ、享禄四年（一五三一）従一位に進む。「永正十六年十二月十六日中御門大納言一位大納言等何船百韻」「享禄三年和漢聯句」『宣胤卿記』などがある。

14　東坊城和長　長禄三年（一四六〇）誕生、享禄二年（一五二九）十二月二十日没、享年七十歳。東坊城長清の男。文明十一年（一四七九）文章得業生となる。同十五年叙爵、永正六年（一五〇九）大蔵卿に任じられ、同十五年正二位に進み、同十七年権大納言に任じられる。法名、宗鳳。

15　広橋守光　文明三年（一四七一）三月五日誕生、大永六年（一五二六）四月一日没、享年五十六歳。町広光の男。母は園基有の女。文明十一年（一四七九）叙爵、広橋兼顕の養子となり、同十五年侍従に任じられる。永正五年（一五〇八）正三位に進み、同十五年権大納言に任じられる。法名、祐寂。『白馬節会次第』『宣旨部類』「内侍所臨時御神楽廻文」『守光公記』などがある。

16
冷泉永宣　寛正五年（一四六四）誕生、大永六年（一五二六）六月二十五日六十三歳で出家したが、天文十一年（一五四二）までは生存した。法名、宗倫。冷泉永親の男。文明十一年（一四七九）叙爵、文亀三年（一五〇三）従三位に進み、同四年参議、同年三月二十九日権中納言に任じられる。「永正九年試筆十首」『後奈良院御着到百首』（天文十一年）「大永三年三月十八日新古今集詞百韻」などがある。

17
三条西公条　文明十九年（一四八七）年五月二十一日誕生、永禄六年（一五六三）十二月二日没、享年七十七歳。三条西実隆の次男。母は勧修寺教秀の女。長享二年（一四八八）叙爵、永正四年（一五〇七）従三位に進み参議、同八年権中納言、天文十一年（一五四二）右大臣に任じられる。同十三年出家、法名、仍覚。称名院と号す。父実隆から『古今集』『伊勢物語』を伝授し、古典学の師範となった。家集に『称名院集』、日記に『公条公記』がある。

18
勧修寺尚顕　文明十年（一四七八）誕生、永禄二年（一五五九）八月二十八日没、享年八十二歳。勧修寺政顕の男。長享元年（一四八七）叙爵、永正五年（一五〇八）従三位に進み、同九年権中納言に、大永三年（一五二三）権大納言に任じられ、同六年正二位に進むが、天文元年（一五三二）五十五歳で出家。法名、泰竜。『御経供養記』『尚顕卿御記』がある。

19
四辻公音　文明十三年（一四八一）誕生、天文九年（一五四〇）七月十七日没、享年六十歳。四辻実仲の男。文明十七年（一四八五）叙爵、永正五年（一五〇八）参議に任じられ、大永六年（一五二六）正二位に進み、同八年権大納言に至る。「天文八年二月二十五日御・按察使大納言等何船百韻」などがある。

20
阿野季綱　文明三年（一四七一）誕生、永正八年（一五一一）九月十六日没、享年四十歳。阿野公熙の男。母は勧修寺経成の女。永正五年（一五〇八）従四位上に叙され、参議に任じられる。同八年正月従三位に進むが、九月没す。法名、道健。

21　烏丸冬光　文明五年（一四七三）誕生、永正十三年（一五一六）五月五日没、享年四十四歳。日野勝光の三男。烏丸資任の養子になる。永正五年（一五〇八）参議に叙され、同十一年権中納言に任じられ、同十二年正三位に進む。

22　中山康親　文明十七年（一四八五）誕生、天文七年（一五三八）八月十四日没、享年五十四歳。中山宣親の男。長享元年（一四八七）叙爵。永正八年（一五一一）参議に任じられ、同十二年正三位に進み、翌年権中納言に、大永六年（一五二六）正二位権大納言に至る。天文二年（一五三三）出家、法名、祐清。『白馬節会外弁要』『康親卿記』などがある。

23　正親町実胤　延徳二年（一四九〇）誕生、永禄九年（一五六六）九月十六日没、享年七十七歳。正親町公兼の長男。明応元年（一四九二）叙爵。永正五年（一五〇八）蔵人頭・右中将に任じられ、初名の実枝を実胤と改名。同十三年正三位に進み、同十五年権中納言に、享禄元年（一五二八）権大納言に任じられ、同十年従一位に進むが、出家。法名、空円。『大納言実胤卿御記』がある。

24　五条為学　文明四年（一四七二）誕生、天文十二年（一五四三）六月三十日没、享年七十二歳。五条為親の男。長享三年（一四八九）叙爵。永正十三年（一五一六）参議に任じられ、享禄元年（一五二八）正二位に進み、天文十年（一五四一）権大納言に任じられる。「享禄三年世吉和漢聯句」「大永七年十一月二日前菅中納言源宰相中将等和漢聯句」『拾芥記』などがある。

25　鷲尾隆康　文明十七年（一四八五）誕生、天文二年（一五三三）没、享年四十九歳。鷲尾隆頼の男。長享二年（一四八八）叙爵。永正五年（一五〇八）左中将に、同十八年権中納言に任じられ、大永七年（一五二七）正二位に進む。法名、盛重。「永正十七年六月七日冷泉中納言鷲尾宰相等草木百韻」「享禄二年禁裏千句抜書」「大永二年六月三日鷲尾中納言重親朝臣等和漢聯句」などがある。

26
冷泉為和　文明十七年（一四八五）誕生、天文十八年（一五四八）七月十日没、享年六十四歳。冷泉為広の男。長享二年（一四八八）叙爵。永正三年（一五〇六）左少将、同十二年右衛門督、同十八年権中納言に任じられ、大永四年（一五二四）従二位に進み、天文十年（一五四一）権大納言に任じられる。同十七年出家、法名、静清。「聖廟法楽和歌」『為和記』『為和卿集』などがある。

27
白川雅業王　長享二年（一四八八）誕生、永禄三年（一五六〇）九月十二日没、享年七十三歳。白川資氏王の男。明応九年（一五〇〇）叙爵。文亀元年（一五〇一）白川忠富王の養子になり、初名の雅益を雅業と改名。永正七年（一五一〇）神祇伯に任じられ、王を名乗る。天文五年（一五三六）正二位に進む。「神祇官御太刀神馬事」『雅業王記』がある。

28
山科言綱　文明十八（一四八六）誕生、天文十七年（一五四八）九月十二日没、享年四十五歳。山科言国の男。母は高倉永継の女。明応元年（一四九二）叙爵。同九年内蔵頭、永正四年（一五〇七）右近権少将を兼ね、同十八年参議、大永六年（一五二六）権中納言に任じられ、享禄二年（一五二九）従二位に進む。法名、宗言。『薬種調味抄』の編著がある。

29
甘露寺伊長　文明十六年（一四八四）誕生、天文十七年（一五四八）十二月三十日没、享年六十五歳。甘露寺元長の男。母は高倉永継の女。長享元年（一四八七）叙爵。永正七年（一五一〇）左中弁、同十五年左大弁・参議、天文三年（一五三四）権大納言に任じられ、同十七年従一位に進む。「享禄三年和漢聯句」『古今序註』「天文十七年八月按察山科中納言等歓喜天法楽千句」『秘歌集』などがある。

30
万里小路秀房　明応元年（一四九二）誕生、永禄六年（一五三六）十一月十二日没、享年七十二歳。万里小路賢房の男。初名、量房。明応三年（一四九四）叙爵。永正七年（一五一〇）右中弁、同十八年右大弁・参議に任じられ、大永四年（一五二四）正三位に進み、左大弁、同五年権中納言に任じられ、天文五年（一五三

六）正二位に進み、権大納言、同十五年内大臣に任じられる。同二十年出家、法名、等祺。「享禄元年九月十三日帥大納言万里小路中納言等和漢聯句」『秀房公記』などがある。

31　飛鳥井雅綱　延徳元年（一四八九）誕生、永禄六年（一五六三）十月五日没、享年七十五歳。飛鳥井雅俊の男。明応四年（一四九五）叙爵。永正六年（一五〇九）正五位下、大永四年（一五二五）に進み、左衛門督・参議に任じられ、天文七年（一五三八）正二位権大納言に任じられる。永禄六年（一五六三）出家、法名、高雅。『蹴鞠聞書』「伏見宮家百首和歌」などがある。

32　庭田重親　明応四年（一四九五）誕生、天文二年（一五三三）十二月二十四日没、享年三十七歳。中山宣親の次男。庭田重経と中山康親の家督を継ぐ。文亀元年（一五〇一）叙爵。永正七年（一五一〇）正五位下、大永四年（一五二四）従三位に進み、参議に任じられる。享禄元年（一五二八）権中納言に任じられ、同三年正三位に進む。「大永七年九月十三日万里小路中納言源宰相中将等和漢聯句」「大永二年六月三日鷲尾中納言重親朝臣等和漢聯句」などがある。

33　綾小路俊量　宝徳三年（一四五一）誕生、永正十五年（一五一八）七月十日没、享年六十八歳。綾小路有俊の男。長禄四年（一四六〇）叙爵。長享二年（一四八八）正三位に進み、明応七年（一四九八）按察使に任じられ、文亀三年（一五〇三）正二位に進むが、永正十一年（一五一四）出家、法名、量琇。「郢曲令様」「明応七年十月十五日不遠院宮按察使等何人百韻」「綾小路俊量詠百首和歌」などがある。

34　五辻諸仲　長享元年（一四八七）誕生、天文九年（一五四〇）十月二十八日没、享年五十四歳。五辻富仲の男。大永三年（一五二三）叙爵、左兵衛権佐に任じられる。天文三年（一五三四）正四位上に進み、左京大夫・治部卿に任じられ、同七年従三位に進む。「永正十年御会始」『蔵人拝賀記』などがある。

35　尭胤法親王　長禄元年（一四五七）誕生、永正十六年（一五一九）八月二十六日没、享年六十三歳。伏見宮貞

常親王第二皇子。母は盈子。後花園天皇の猶子。応仁二年（一四六八）准三宮義承大僧正の資となり、梶井円融房に入室。文明三年（一四七一）親王宣下を受ける。明応二年（一四九三）天台座主。『魚山百首』『魚山の御法』などがある。

36　仁悟法親王　文明十四年（一四八二）閏七月七日誕生、永正十二年（一五一五）閏二月十二日没、享年三十四歳。後土御門天皇の皇子。円満院門主。明応七年（一四九八）出家、初め仁尊といい、のち仁悟と改める。同年親王宣下を受け、永正五年（一五〇八）二品に叙せられる。

37　道永法親王　生年不詳、天文四年（一五三五）一月二十一日没、享年不詳。伏見宮貞常親王の第三皇子。後土御門天皇の猶子。御室。文明四年（一四七二）八月親王宣下を受け、高平と称す。同七年四月仁和寺真光院大僧正禅信の資となり、入寺得度す。法諱を道什、のち道永と改める。永正十三年（一五一三）十二月仁和寺法金剛院に入室。「延徳四年四月十九日御・親王御方等何木百韻」がある。

38　常弘法親王　寛正二年（一四六一）誕生、永正十年（一五一三）八月二十八日没、享年五十三歳。伏見宮貞常親王の第四皇子。恒法法親王の資となり、勧修寺に入室。文明十年（一四七八）十一月荒神清寺で得度、法諱を常弘といったが、のちに覚円と改める。同十四年後土御門天皇の猶子となる。同十五年二月親王宣下を受け、名を常信と賜る。明応三年（一四九四）八月勧修寺長吏となり、永正十年（一五一三）八月二品に除せられる。

39　宗清　宝徳二年（一四五〇）誕生、大永六年（一五二六）七月二十三日没、享年七十七歳。冷泉為広。冷泉為富の男。母は丹波重長の女。享徳元年（一四五二）叙爵。寛正五年（一四六四）左近衛権少将に任じられ、明応十年（一五〇一）正二位に進み、永正三年（一五〇六）権大納言に至る。同五年四月義澄に殉じて出家、法名、宗清。『一人三臣和歌』の作者。『清玉集』『為広卿詠草』がある。

以上、簡単に本月次和歌御会に出詠した三十九人の事蹟に触れたが、永正八年七月の時点で、これらの歌人を概観すると、後柏原天皇とその皇子である茶地丸、および後柏原天皇の父・後土御門天皇の皇子である仁悟法親王、ならびにその猶子となった堯胤法親王・道永法親王・常弘法親王（いずれも伏見宮貞常親王の皇子）、およびその兄・伏見宮邦高親王とその皇子貞敦親王などの皇室関係者のグループと、三条西実隆、三条実香、中御門宣胤以下のいわゆる廷臣歌人のグループにわけられるようである。ちなみに、永正八年の時点で、本月次和歌御会に出詠していない公卿以上の人物を『公卿補任』から拾うと、関白左大臣正二位九条尚経、太政大臣従一位徳大寺実淳、右大臣正二位鷹司兼輔、権大納言正二位松木宗綱、同従二位高辻長直、同正三位三条実望、同足利義尹、同正三位大炊御門経名、同北畠材親、権中納言正二位六条有継、同正三位飛鳥井雅俊、同徳大寺公胤、同久我通言、今出川季孝、参議従三位姉小路済継、同高辻章長、同松殿忠顕のごとくである。以上から、本月次和歌御会には、公卿以上の廷臣のほとんどが出詠している実態が知られ、宮中月次御会の命脈が依然として保たれていることも知られよう。

四　「永正八年七月二十五日月次和歌御会」の特色

それでは、「永正八年七月二十五日月次御会」にはいかなる特色が指摘しうるであろうか。そこで「初秋月」「風前薄」「寄玉恋」の三つの歌題について検討してみると、まず、「初秋月」は『建仁元年十一月、後鳥羽院五十首』にみえ、藤原家隆の『壬二集』、慈円の『拾玉集』、西行の『山家集』、定家の『拾遺愚草』、藤原良経の『秋篠月清集』などにも認めることができるので、新古今時代に流行した歌題と知られよう。次に、「風前薄」の題は、瞿麦会編の『平安和歌歌題索引』（平成六・一二増補版、瞿麦会）には見えず、『明題部類抄』（版本）によると、初出は藤原光俊（真観）の出題による『三百六十首』であるようで、鎌倉中期ごろの案出であろうか。最後に「寄玉恋」については、『貞永元年七月大殿歌合、恋十首』の定家の詠が古い例で、この題が流行したのは『宝治二年正月、後嵯峨院初度百首』、『建長七年大納言顕朝卿野々宮亭千首』、文永二年七月七日の『白河殿七百首』、『文永八年六月、中務卿親王家歌合、百首』、『前大納言為家卿、忠院亭千首』などの作品に認められる点から、鎌倉中期ごろであろう。
となると、本月次和歌御会で試みられた歌題は、新古今時代ごろから詠じられ始めて、鎌倉中期頃に流行した歌題を採用したといえるであろう。

次に、本百月次和歌御会の詠歌を吟味してみると、たとえば、「初秋月」の題の広橋守光や三条西公条の詠歌をみると、

(37)　秋きぬとめにはさやかに三日月の見えけるものを風ならねども　(守光)

(38)　なべてよのかぜは音のみ月影のめにはさやかに秋をみせけり　(公条)

の(37)・(38)のごとく、例の『古今集』の秋上の冒頭の藤原敏行の

(39)　あききぬとめにはさやかに見えねども風のおとにぞおどろかれぬる　(一六九)

の(39)の本歌取りと直ちに判明するような稚拙な歌や、また、「寄玉恋」の題の重親の

(40)　たのまじなうきみはよはる玉の緒のたえてつれなき人の契りを　(重親)

の(40)の詠のように、一見して、『新古今集』の恋一の「忍恋」の式子内親王の

(41)　たまのをよたえなばたえねながらへばしのぶることのよわりもぞする　(一〇三四)

の(41)の詠が発想の下敷きであると類推され、また表現的には、第三・四句の「玉の緒のたえてつれなき」の措辞は、『古今集』の恋三の紀友則の

(42)　したにのみこふればくるし玉の緒のたえてみだれむ人なとがめそ　(六六七)

の(42)の傍線部の措辞に、同じく『古今集』の恋二の壬生忠峯の

(43)　風ふけば峰にわかるる白雲のたえてつれなき君が心か　(六〇一)

の(43)の第四句にそれぞれ依拠している背景も一目で知られ、さらに、初句の「たのまじな」と結句の「人のちぎりを」の措辞も、『続千載集』の恋二の藤原宗宣の

(44)　たのまじないのちもしらぬ世中に人の契はまことなりとも　（一二七七）

の(44)の傍線部にみられるように、陳腐な用語を使用したありふれた内容の詠歌も指摘される。

しかし、本月次和歌御会の大半の歌は、平明にして典雅な歌ことばを駆使して、二条派和歌の伝統を継承したごとき、優雅な和歌世界の詠出に終始しているように推測される。その典型的な事例のいくつかを次に引いて、説明してみよう。

まず、「初秋月」の題の詠歌からみると、茶地丸の

(45)　夕月夜ひかりの中にしらるゝや身にしむ色は秋のはつかぜ　（茶地丸）

の(45)の詠は、『新古今集』の恋五の藤原定家の

(46)　しろたへの袖のわかれに露おちて身にしむ色の秋風ぞふく　（一三三六）

の(46)の歌を本歌取りして、「夕月」の「ひかりの中に」「身にしむ色の秋のかつかぜ」を、いわば共感覚的表現ともいうべき発想で詠じて、秀歌となっている。ちなみに、初句・第二句の「夕月夜ひかりの中に」の措辞は、『新千載集』の秋上の藤原公脩と、同じく夏の西園寺公顕の

(47)　あふ瀬をやたどらずわたる夕づくよ光さしそふかささぎの橋　（七夕・公脩・三二八）

(48)　夕月夜光をそへて玉川の里のしるべとさける卯の花　（卯花・公顕・一九九）

の(47)・(48)の傍線部に同種の表現が指摘され、また、第三句の「しらるゝや」の措辞も、『新続古今集』の秋下の二条為遠の

(49)　おなじ枝をわくぞとばかりしらるるやそめあへぬ色の秋の紅葉ば　（初見紅葉・五七〇）

の(49)のごとく先行例が認められ、あるいはこれらの表現が参照されたのかも知れないが、(45)の詠のなかでは自然な落ち着いた措辞となっている。

次に、五条為学の

(50)　くるゝ野の草ばの露も置あへずはつ秋かぜに月ぞほのめく　（為学）

の(50)の詠は、草の葉には露が置くにはまだ間があるころ、折から「はつ秋かぜ」が吹いてきて、空には月がほのかに顔を見せはじめたという、日暮れどきの野原の趣を、さわやかに詠出して見事な出来映えとなっているが、この(50)の詠の下敷きになっていると憶測されるのが、『壬二集』に「秋夕露」の題で収載される家隆の

(51)　秋風にはらひぞやらぬ暮るるの草葉のかずにおける白露　（二四二一）

の(51)の歌ではなかろうか。家隆の詠は、「暮るるの草葉」に置く露があまりに次から次へと置くものだから、「秋風に」もなかなか「はらひぞやらぬ」という、野原の草の葉にしとどに置く「秋夕露」の景を描出した内容だが、この家隆の詠じた夕暮れどきの野原の趣を、傍線部の措辞を借用して、夕暮れどきの露が置き始める直前の場面の描出に転換させたのが為学の詠ではなかろうか。ちなみに、「月ぞほのめく」の措辞は、『玉葉集』の雑一の読人不知の

(52)　ほととぎすかたらふかたや山のはにむら雨すぎて月ぞほのめく　（郭公・一九二四）

の(52)の詠や、『風雅集』の秋中の永福門院内侍および藤原経顕の

(53)　雁のなく夕の空のうす空にまだかげみえぬ月ぞほのめく　（永福門院内侍・五四四）

(54)　たちならぶ松の木のまにみえそめて山のはつかに月ぞほのめく　（秋・経顕・五八三）

の(53)・(54)の詠に認められるが、いずれも「山のは」「夕の空」「木のま」などの空間に「月ぞほのめく」景を視覚の視点で捉えるのに対し、為学の場合は、「はつ秋かぜに」と「月ぞほのめく」との表現で、聴覚と視覚の二つの視点で捉えているところが新しいように思われる。

次に、「風前薄」の題の詠歌を検討すると、三条西公条の

(55)　ほにいでゝなびくをみれば花すゝき人のそでまで露の秋かぜ　（公条）

の(55)の詠は、先行歌に見られる歌ことばを駆使して、「風前薄」の景を無難にまとめている。たとえば、上句の措辞については、『堀河百首』の大江匡房の

(56)　花すすきほに出でてまねく比しもぞ過行く秋はとまらざりける　（六二六）

の(56)の詠をはじめとして、『新続古今集』の秋上の藤原範輔の

(57)　岡のべの一むらすすきほにいでてまねくをみれば秋はきにけり　（題しらず・三五九）

の(57)の詠などの用例を探すことができるが、公条の場合、薄を「まねく」と表現しないで「なびく」と捉えている点に、先行例との異同が認められる。また、結句の「露の秋かぜ」の措辞は、『後鳥羽院御集』の

(58)　よひよひに思ひやいづるいづみなるしのだの森の露の木がらし　（夜恋・一七三〇）

の(58)の詠に指摘される「露の木がらし」の措辞を援用したとおぼしき『文保百首』の藤原定房の詠や、『為尹千首』『正徹千首』の次の

(59)　わが袖のたぐひもあるをきりぎりすいたくなわびそ露の秋風　（文保百首・定房・一四四八）

(60)　月ぞまつわけ行く袖にみだれける忍ぶが原の露の秋風　（為尹千首・原露・三二三）

(61)　ちらすなよ老木のははそいま一めあひみんまでの露の秋かぜ　（正徹千首・柞紅葉・四七九）

の(59)〜(61)の詠に用例を探すことができるが、この措辞は『続千載集』以降に流行した歌ことばで、公条の好尚の一端が窺知されよう。

次に、白川雅業王の

(62)　野をとをみ露ふきしほる秋かぜに尾花が袖のたへてみえぬる　（雅業王）

の⑹の詠は、「秋かぜに」よって、尾花の上に置いた露が「ふきしほる」ばかりの状態であるのを、「たへてみえぬる」と遠景からの視点で詠じたところが面白いが、初句の「野をとをみ」の措辞は、普通、『万葉集』の比喩歌の

⑹　上毛野の安蘇山葛野を広み延ひにしものを何か絶えせむ　（三四五三）

の⑹のごとき用例しか認められないなかで、多少不自然の感じは免れまいが、珍しい措辞である。また、「尾花が袖」の措辞は、『続千載集』の秋上の大江頼重、『新千載集』の秋上の賀茂氏久、雑下の藤原基俊の次の

⑹　かり衣すそのの霧ははれにけりをばなが袖に露をのこして　（霧・頼重・四三二）

⑹　まねくともよそにぞ月の過ぎなましを花が袖に露のおかずは　（題しらず・氏久・四三一）

⑹　露ふかきを花が袖をひかへつつなくなく秋をとどめつるかな　（九月尽・基俊・二一五六）

の⑹〜⑹の詠のごとき用例を拾うことができるが、「あき風におばなが袖のたへて見えぬる」の措辞となると、その先行例を探索しえない。ただ、「たへて見えぬる」の措辞は、旅寝の月に対する思いを詠じた歌に、『新葉集』の羇旅の後村上院の

⑹　みやこをもおなじ光と思はずは旅ねの月をたへて見ましや　（題しらず・五五四）

の⑹の用例を指摘することができるが、雅業王がこの詠を参考にした可能性はなかろう。また、第二句の「露ふきしほる」の措辞は、『新編国歌大観』には用例が見出しえない表現であるが、それは「あき風」が「露吹」くさまは通常の景だが、それを「しほる」といった表現が多少違和感を感じさせる措辞になっているかもしれないが、そこには意表をつく雅業王の造語形成の跡がみられるように憶測される。

次に、三条西実隆の

⑹　こと草やなきこゝちする花すゝき袖のなかなる野辺の秋かぜ　（実隆）

の⑹の詠は、「秋かぜ」が「袖のなか」にしか吹かないために、静止した「花すゝき」が野辺一面をおおいつくして、

花薄以外には秋の草花は目に入らないという趣を詠じた歌だが、このあたり一面花薄ばかりの野辺の趣を「こと草やなきこゝちする」と発想する点には、やや作為的な感じを否めないが、表現のうえで普通、「こと草」というと「言種」のことであるのに、この歌は、和歌の世界でもほとんど使用しない「異草」の意で使用している点、多少珍しい用法である。また、「袖のなかなる」の措辞は、『古今集』の雑下の陸奥、『新後拾遺集』の恋一の二条為重の次の

(69)　あかざりし袖のなかにやいりにけむわがたましひのなき心ちする　（陸奥・九九二）

(70)　涙河袖のなかなるみをなればせぜをはやしとしる人もなし　（忍恋・為重・九三五）

の(69)・(70)の詠にその用例を見出しえるが、この実隆の歌のように、「花すすき」と「秋かぜ」とが直接関係しない視点で詠まれているのは、新しい詠作なのかも知れない。というのは、「すすき」と「野辺の秋かぜ」との関係については、『玉葉集』の秋上の藤原有家や、『風雅集』の秋上の藤原隆祐の次の

(71)　色かはるは山が峰にしかなきて尾花ふきこす野辺の秋かぜ　（有家・五三三）

(72)　夕日さすとほ山もとのさとみえてすすきふきしく野辺の秋かぜ　（遠村秋夕・隆祐・四八九）

の(71)・(72)の詠にみられるように、秋風は尾花を「ふきし」いたり「ふきこす」のが一般的な詠まれ方であるからである。ここにも、先行歌に指摘される歌ことばを巧みに用いて、個性的な和歌世界の詠出となりえている事例を指摘できようか。

次に、「寄玉恋」の題で詠作された歌を吟味してみると、まず、中山康親の

(73)　ちるとみるなみだの滝のしら玉もつもらばつゐに名にやながれん　（康親）

の(73)の詠に、特徴を見出すことができるであろう。これは「しら玉」にことよせた悲恋の詠出だが、上句の「ちるとみるなみだの滝のしら玉も」の措辞が印象的である。しかし、「なみだの滝」の措辞は、『新古今集』の雑中の在原行平、『新拾遺集』の恋五の陽徳門院中将の次の

(74)　我が世をばけふかあすかとまつかひのなみだのたきといづれたかけむ　（布引の滝・行平・一六五一）

(75)　我が袖に涙の滝ぞおちまさる人のうきせを水上にして　（陽徳門院中将・一三六三）

の(74)・(75)の詠にみられるように、一般化した表現であろう。とはいえ、この一般化した措辞を何げなく用いて、それに、『拾遺集』の雑上の藤原公任の

(76)　たきの糸はたえてひさしく成りぬれど名こそ流れて猶きこえけれ　（古き滝・四四九）

の(76)の詠を本歌取りした手法は、なかなか心にくい発想ではなかろうか。

次に、阿野季綱の

(77)　袖にちるなみだの玉よよしさらばまよふこひぢの光ともなれ　（季綱）

の(77)の詠は、「袖にちるなみだ」に向って「まよふ恋路の光ともなれ」と、恋の悲しみを反転させた発想で詠んでいる点が面白いが、各句に用いられた表現は、いずれも古歌に見出しうる措辞ばかりである。たとえば、初句の「袖にちる」の措辞は、『秋篠月清集』の藤原良経、『拾玉集』の慈円の次の

(78)　そでにちるをぎのうはばのあさつゆになみだならはす秋のはつかぜ　（秋十五首・良経・五二五）

(79)　袖にちる荻のうはばの朝露をほさでも月をやどしつるかな　（秋二十首・慈円・三六一四）

の(78)・(79)の詠のごとく新古今時代の歌人の詠に見られるし、第二句の「なみだの玉よ」の措辞は、『拾遺集』の「別」の紀貫之、『洞院摂政家百首』の西園寺実氏の次の

(80)　とほくゆく人のたねにはわがそでの涙の玉もをしからなくに　（題しらず・貫之・三三八）

(81)　思ひだにやるかたもなしかきくらす涙の玉のちるとまがふな　（恋・実氏・一一〇〇）

の(80)・(81)の詠のように、古くから用例があるし、第三句の「よしさらば」の措辞は、『山家集』の西行の

(82)　よしさらばひかりなくともたまといひてことばのちりは君みがかなん　（一三五二）

の(82)の詠を初めとして枚挙にいとまがないほどである。また、第四句の「まよふこひじの」の措辞は、『新拾遺集』の恋一の洞院公賢、『新葉集』の恋一の聖尊法親王の次の

(83)　人しれぬ心ばかりにさそはれてまよふ恋ぢはとふ方もなし　（公賢・九二四）

(84)　行するはたれにとはまし思ひ入る昨日けふだにまよふ恋ぢを　（題しらず・二品法親王・聖尊・六七一）

の(83)・(84)の詠のごとく南北朝期の歌集にその用例を指摘でき、結句の「光ともなれ」の措辞は、『続拾遺集』の釈教の公豪、『新葉集』の雑上の祥子内親王の次の

(85)　あつめおく窓の蛍よ今よりは衣の玉の光ともなれ　（五百弟子品・公豪・一三五〇）

(86)　あつめねどねぬ夜の窓にとぶ蛍心をてらす光ともなれ　（蛍・祥子内親王・一〇八一）

の(85)・(86)の詠に同類の表現を見出しうるが、就中、(86)の「心をてらす光ともなれ」の措辞は、季綱の詠に影響を及ぼしているように憶測される。

ところで、この季綱の詠に認められる第三句に「よしさらば」と置き、結句で「光ともなれ」と、少々自暴自棄的な口調で、自己の心情を吐露する詠みぶりは、式部卿邦高親王の

(87)　きえぬまの袖のしら玉よしさらばおもひをはらふひかりともなれ　（邦高親王）

の(87)の詠にも認められ、この当時に流行した発想の趣を感じさせるが、この邦高親王の詠は『秋篠月清集』の良経の

(88)　秋風にこのまの月はもりそめてひかりをむすぶそでのしらたま　（四二五）

の(88)の詠の本歌取りの趣を呈しているようだ。すなわち、いままで覆っていた雲が「秋風」によって吹き払われ、「このまの月はもりそめて」、「そでのしらたま」にも「ひかりをむすぶ」時刻となったと詠んでいる良経の詠に対し、邦高親王の詠は、良経の秋の景を恋の世界に転じて、袖に置いた「しらたま」に、ままよ、「おもひをはらふ光ともなれ」と、これまでに用例を見出しえない「おもひをはらふ」なる措辞を用いて、良経の「ひかりをむすぶ」の措辞

と対応させながら、「寄玉恋」の世界を描出しているからである。ちなみに、初句の「きえむまの」の措辞は、『人麿集』、『中務集』、『玉葉集』の雑四の紫式部の

(89)　草の葉におきゐる露のきえぬまは玉かとみゆることのはかなさ　（荻・人麿・二七六）

(90)　きえぬまをうきことにするたまざさのつゆはかかげまつほどぞひさしき　（中務・一二八）

(91)　きえぬまの身をもしるしるあさがほの露をあらそふ世を歎くかな　（紫式部・二三九一）

の(89)〜(91)の詠にみられるように、中古の歌人の作品に用例が多いようだ。

以上、わずか数例の詠歌を採りあげて検討したにすぎないが、そこには、平明にして典雅な歌ことばを駆使して、二条派和歌の伝統を継承したごとき、優雅な和歌世界の詠出に苦心している、後柏原天皇のもとで企画された和歌御会に出詠した歌人たちの姿が彷彿としてくるようである。

五　まとめ

以上、「永正八年月次和歌御会」について、はなはだ基礎的な考察に終始してきたが、ここでこれまでに論述してきた要点を摘記し、本節の結論にかえたいと思う。

(一)　永正八年に企図された和歌御会は都合十三回を数える。すなわち、正月十九日を皮切りに、毎月二十五日を定例の開催日にしている（ただし、この年は実際には和歌御会は開催されなかった）。ちなみに、当年は一月、三月、五月、七月、九月、十一月の奇数月には、月次御会が計画されているが、七月には「七夕詩御会」と「七夕和歌御会」とが、九月には「禁裏重陽御歌」が特別に企画されている。一方、二月、四月、六月、八月の偶数月には続歌が計画されているが、十月、十二月の両月は企画されていない。出詠者は後柏原天皇をはじめ、茶地丸（のちの後奈良天皇）などの皇室関係、邦高親王、貞敦親王などの伏見宮関係、実隆、実香、宣胤などの廷臣、

堯胤、仁悟などの沙門の人びとである。

(二)『公宴続歌』によれば、「永正八年七月二十五日月次和歌御会」は「初秋月」「風前薄」「寄玉恋」の三題で詠じられた。出詠者は、後柏原天皇、茶地丸（のちの後奈良天皇）、式部卿邦高親王、中務卿貞敦親王、正二位三条西実隆、内大臣三条実香、権大納言藤原宣胤、権大納言冷泉政為、権大納言四辻季経、小倉季種、権中納言甘露寺元長、兵部卿源重治、権中納言藤原宣秀、大蔵卿菅原和長、権中納言藤原守光、参議冷泉永宣、参議右近権中将藤原公条、参議左大弁藤原尚顕、参議左近衛権中将藤原公音、参議左近衛権中将藤原季綱、参議右大弁烏丸冬光、左近衛権中将藤原康親、右近衛権中将藤原実胤、少納言菅原為学、左近衛権中将藤原隆康、左近衛権中将冷泉為和、神祇伯雅業王、内蔵頭藤原言綱、蔵人左中弁藤原伊長、蔵人右中弁藤原秀房、左近衛権少将藤原雅綱、右近衛権少将藤原重親、按察使源俊量、蔵人中務丞源師仲、堯胤、沙門仁悟、沙門道永、沙門常弘、沙門宗清の三十九人である。ちなみに、貞敦親王、宣胤、為和、堯胤、仁悟、道永、常弘、宗清の八人の詠作が新出資料である。

(三)三つの歌題のうち、「初秋月」の題の初出は『建仁元年十一月、後鳥羽院五十首』で、新古今時代に流行した歌題である。「風前薄」の題の初出は藤原光俊の出題になる『三百六十首』あたりで、鎌倉中期ごろの案出であろうか。「寄玉恋」の題の初出は『貞永元年七月大殿歌合、恋十首』の定家の詠あたりで、この題がしばしば見えるのは、後嵯峨院歌壇の所産である和歌作品であるから、鎌倉中期ごろに流行したのであろう。

(四)「永正八年七月二十五日和歌御会」の詠作には、平明にして典雅な歌ことばを駆使して、二条派和歌の伝統を継承したごとき、優美な和歌世界を詠出した佳作もまま含まれ、この時代の旺盛な和歌活動の一端を現出しているように憶測される。

なお、「永正八年月次和歌御会」をめぐっては、和歌御会の実態の解明など、このほかにも検討を要する課題は少なくないと言わねばなるまい。しかし、それらの問題については一切今後の課題とすることにして、一応の結論を導き出しえたいまは、このあたりで本節を終りたいと思う。

〔付記〕　本稿は、平成七年十月二十二日、熊本大学で開催された和歌文学会大会にて発表した原稿に基づいている。
ちなみに、本御会和歌を収録している『公宴続歌』については、筆者が編集代表となって刊行した『公宴続歌　本文編・索引篇』（平成一二・二、和泉書院）を参照されたい。

第二章　随筆の世界

第一節　鴨長明と自然

平安時代の隠遁歌人と言えば、漂泊の歌人として後の西行などにも影響を与えた能因や、大和の石上の良因院に隠れ住んだ素性、藤原為忠の子で、隠遁して大原に住んだために「大原の三寂」と言われた寂念、寂超、寂然、さらに能因を慕って各地を行脚した西行などの人物がまず想起されようが、本節では鴨長明を中心として、隠遁歌人にとって自然とは何であったのかの問題に言及していきたいと思う。

その理由は、鴨長明の六十二年の生涯（久寿二～建保四年〈一一五五～一二一六〉）がすべて平安時代に属さないという難点はあるものの、隠遁した理由がほかの歌人に比べて比較的明瞭である事情と、隠遁歌人という場合の「隠遁」なる行為が本質的には中世にかかわる現象であると推量される点で、中古から中世へと生きた長明の人生の軌跡をたどる作業は、この問題を考えるのに恰好の材料を提供すると考慮されるからである。

とは言え、「隠遁歌人」鴨長明を考えるとき、肝腎な歌が「隠遁」した後には勅撰集に入集をみるわずかな例を除くとほとんど伝存していない点は何とも皮肉な現象と言わねばなるまいが、その点は、『方丈記』なる随筆や、歌論書『無名抄』、さらに『発心集』なる仏教説話集が幸い残されているので、それらの書物を参照することで多少の補足はできようかと思う。

ともあれ、隠遁歌人鴨長明と自然とのかかわりについて考察を進めていこう。

鴨長明の人生――大原山での隠遁まで

さて、鴨長明の生涯を簡単に年譜でたどってみよう。


久寿二年（一一五五）〔一歳〕　賀茂御祖神社の禰宜鴨長継《ながつぐ》の次男として、長明誕生。

承安三年（一一七三）〔十九歳〕　父長継死没か。

寿永元年（一一八二）〔二十八歳〕　『鴨長明集』成るか。

文治三年（一一八七）〔三十三歳〕　『千載集』奏覧、長明の歌一首入集。

正治二年（一二〇〇）〔四十六歳〕　『正治二年院後度百首』詠進。

建仁元年（一二〇一）〔四十七歳〕　和歌所再興、長明寄人として追任される。

元久元年（一二〇四）〔五十歳〕　河合社禰宜事件により、長明出家して、大原山に遁世したか。

元久二年（一二〇五）〔五十一歳〕　『新古今集』竟宴、長明の歌十首入集。

承元二年（一二〇八）〔五十四歳〕　日野山に移り、方丈の庵を結ぶ。

建暦元年（一二一一）〔五十七歳〕　『無名抄』成るか。

建暦二年（一二一二）〔五十八歳〕　『方丈記』成る。

建保二年（一二一四）〔六十歳〕　『発心集』成るか。

建保四年（一二一六）〔六十二歳〕　長明没。


以上の記事は、細野哲雄氏『方丈記』（日本古典全書、昭和五四・一第一〇刷、朝日新聞社）の「鴨長明略年譜」からほぼ摘記させていただいたが、この記事によって、長明はその生涯の大半を俗人として過ごし、隠遁生活をしたのは五十歳で出家してから、六十二歳で没するまでの晩年十二年間にすぎないことが明白となろう。その意味では、隠遁歌人としての長明は鎌倉時代初期に所属すると言わねばなるまいが、しかし、長明が出家遁世したのは平安時代後期から中世への過渡期を生きてきた連続体のなかでの必然であろうから、その点、中古の隠遁歌人としての扱いも許されようことは前述したとおりである。

ところで、長明の出家の経緯については、『源家長日記』と『十訓抄』にかなり詳細な記事が見えるが、ここには『十訓抄』から当該箇所を引用しておこう。

近比、賀茂社のうじ人にて、菊大夫長明といふものありけり。管絃の道、人にしられたりけり。社のつかさをのぞみけるが、かなわざりければ、よをうらみて出家して、後おなじくさきだちて、世をそむける人のもとへ、いひやりける。

いづくより人は入りけん真くず原秋風ふきし道よりぞこし

ふかき怨みのこころのやみに、しばしのまよひなりけんと、此の思ひをしるべにて、まことの道に入りにけるこそ、生死・ねはんのこころと同じく、ぼんなう・ぼだいひとつ成りけることはり、たがはざりけりとこそおぼゆれ（傍点引用者）。

この文章の傍点を付した箇所が長明の出家の直接の引き金になったことは明白であろうが、長明にはそれ以前にも出家の敢行よりも壮絶な死の決意があったようだ。それは『鴨長明集』の次の歌から明白であろう。

すみわびぬいざさはこえんしでの山さてだに親の跡をふむべく　（〈述懐のこころを〉・九九）

これを見侍りて鴨の輔光

すみわびていそぎなこえそしでの山此の世に親の跡もこそふめ　（一〇〇）

と申し侍りしかば

なさけあらば我まどはすな君のみぞ親の跡ふむ道はしるらん　（一〇一）

これは「長明の父長継の惣官時代、彼の推薦により下賀茂社の権祝になった」（細野氏校注『方丈記』頭注）鴨輔光と長明との贈答歌であるが、この歌がいつ詠まれたのかは判然としない。しかし、「すみわびぬ」の歌が寿永元年（一一八二）十一月成立の『月詣和歌集』にも収載されている事実と、「すみわびぬ」・「なさけあらば」の歌の内容が、父長継の死を体験した後での死への願望を吐露している事情から考えて、承安三年（一一七三）の父の死から寿永元年十一月ごろまでの、長明十九歳から二十八歳までの間に詠まれた歌であることは確かであろう。このときの長明の死の決意の原因が何であったのかは知る由もないが、「すみわびて」の歌の下句で、鴨輔光が「生き長らえて下賀茂神社の神官になって、父君の跡を継ぐべく生きてほしい」と長明を激励していることを考えると、あるいは晩年の出家の原因になった河合社禰宜就任事件と同種の問題であったのかもしれない。ともあれ、長明が三十歳前までに一度この世に絶望して、死を決意するような一大事に遭遇したことは確かであろう。その彼が五十歳を迎えた元久元年（一二〇四）、河合社禰宜就任を同族の鴨祐兼に阻止されるという、いわゆる河合社禰宜事件に遭遇したのであった。この河合社の禰宜への就任は後鳥羽院の庇護のもとに有利に進行していただけに、事もあろうに、同族の祐季に就任されて実現しなかったのであるから、ここで長明がこの俗世の人間の権力への飽くなき執心の醜悪なる一面を否応なく見せつけられたことは言うまでもなかろう。孤児同然の長明がこの俗悪な世から捨てられるような形で出家遁世した、というのが長明の偽らない出家敢行の理由であったのではなかろうか。『方丈記』はそのあたりの事情を、安元の大火・治承の辻風・福原遷都・養和の飢饉・元暦の大地震の、いわゆる五つの「不思議」によって、無常を感じて出家したのかのように叙述しているが、思うに、これらの不思議は、世俗の醜悪な権力争いに敗北しての出家の敢行をカムフラージュすべく配置された小道具としての役割を担っているのであろう。

要するに、長明の出家の背景には、この世の不条理に抗しきれずに出家したとか、仏教的無常観を感じて遁世したとかいうような崇高な要素は微塵もなく、一個の利害関係から出家遁世したという、きわめて低級な不純な離俗行為の側面しかうかがうことはできないであろう。

ともあれ、長明は五十歳の春、出家して仏道修行者蓮胤となり、洛北大原山に遁世することになった。それは、憂き世の苦しみから逃れることのできた場所といえば、古来、自然の気の満ちた「山里」への志向が一般的であったからである。たとえば、

足引の山のまにまに隠れなむうき世の中はある甲斐もなし　（古今集・雑下・読人しらず・九五三）

世の中を思ひうじて侍りけるころ

すみわびぬ今は限りと山里につま木こるべき宿求めてむ　（後撰集・雑一・在原業平・一〇八三）

の歌は山里志向の好例であろうが、事実、山里での閑居の生活は、

山里は物のわびしきことこそあれ世の憂きよりは住みよかりけり　（古今集・雑下・読人しらず・九四四）

山里をとへかし人にあはれみせん露しく庭にすめる月かげ　（西行上人集・月・二〇〇）

の歌が示すように、人間社会の煩わしさから解放されて、鬱屈した精神の安らぐ営みであったのである。

長明はこうして大原山での隠遁生活を送ることになったが、出家前の長明は隠遁生活の場「山里」をどのように認識していたであろうか。『鴨長明集』の次の歌は若き日の長明の「山里」観が表出している一首と言えよう。

山里なる所にあからさまにまかりてよめる

かりにきてみるだにたへぬ山里にたれつれづれとあけくらすらん

この歌で詠まれている「山里」がどこの地であるかはわからないが、三十歳前の長明には、自然の気の充満する山里が「かりにきてみるだにたへぬ」「つれづれ」な空間としか目に映らなかったというのは、以後の長明の自然観とはかなり異質で、興味深い。そのような長明が隠遁生活の場に大原山を選んだのは、『伊勢記』に見える

二見にて

ふる郷の大原山やいかならむ二見のうらのけさの初雪

の歌から明白なように、大原山に以前住んだことがあったからであろう。

ところで、長明が遁世した洛北の大原山とはいかなる自然環境の地であったのであろうか。『角川古語大辞典』によれば、

おほはらやま【大原山】①山城国愛宕郡大原（＝京都市左京区大原）の山。『北肉魚山行記』に「凡そ大原の内、川より東を大原山と云、川の西を小塩山と云ふ」とある。その山下には中古より梵唄声明を伝える寺院が多く並び、また隠遁者の庵を結ぶものも多かった。「良暹法師の許につかはしける　おもひやる心さへこそ寂しけれおほはら山のあきのゆふぐれ」〔後拾遺・雑三〕「大原山　此山もとに八郷あり。東に井出、戸寺、上野、尾流、勝林寺、来迎寺、西に野村、草生是也」〔菟芸泥赴・五〕

のとおりで、大原山が逆巻く情念をしずめて、一途に仏道精進に励むのに恰好の黙想的な環境であったことは想像に難くない。なぜなら、『後拾遺集』の素意法師の

良暹法師大原にこもりゐぬ、とききてつかはしける
みくさゐしおぼろのしみづそこすみて心に月のかげはうかぶや　（後拾遺集・雑三・一〇三七）

の歌や、『新古今集』の和泉式部の

少将井の尼、大原よりいでたり、とききてつかはしける
よをそむくかたはいづくもありぬべし大原山は住みよかりきや　（新古今集・雑中・一六三八）

の歌がその証拠となるであろうから。すなわち、良暹法師が大原に隠栖したことを伝聞した素意法師が、大原の寂光院の南東にある〝朧の清水〟なる歌枕を「そこすみて」を導く序詞として使い、「水草のはえた朧の清水は、表面は濁っているが、水底はよく澄んでいるように、あなたの心の底もよく澄んで、心中に真如の月が浮かんでいるのでしょうね」と問いかけたり、また、知人の尼が大原を出たと伝聞した和泉式部が「大原山は住みよかりきや」と見

舞っているのは、ともに大原の里が理想の隠遁地であるとする認識があったわけである。

ところで、情念をしずめて道心をみがくのに絶好の地である大原の里は、一方では、長明が伊勢の二見が浦で初雪を見てまっさきに想起したのが「ふるさとの大原山」であったと詠じたように、その自然、風景が一種独特の風流の対象としての歌枕として定着していたことも忘れてはなるまい。

大原や小野の炭竈雪降りて心細げに立つ煙かな　（堀河百首・源師頼・一〇七六）

寂しさは冬こそまされ大原や焼く炭竈の煙のみして　（同・藤原顕仲・一〇八二）

炭竈の煙ならねど世の中を心細くも思ひたつかな　（同・源俊頼・一〇八〇）

『堀河百首』に「炭竈」の題で十五首収載されている中から三首引用したが、ここには、雪に埋れた炭竈から立ち上る煙が「寂し」い、「心細げ」な日常生活の次元を越えて、絵を見るような白一色の美的風景として創出され、落ち着いた寂寥たる世界の類型とさえなっている。大原が「炭竈」の歌枕となっているわけだが、その中で、俊頼の歌の「思ひたつ」という措辞は「発心する」の意であるから、この閑寂な大原の環境が仏道精進にふさわしい霊場であることは改めて確認されよう。このような、歌枕としての要素と道心をみがくのにふさわしい要素の両側面を備えた大原の里は、「大原の三寂」の一人寂然が、親友の西行の贈歌に対して返歌した連作十首に最もよく具現されている。すでにこの点については三木紀人氏が「隠者文学とその周辺」（『方丈記・徒然草』図説日本の古典10、昭和五五・一二、集英社）で指摘されているけれども、最後の歌に引用ミスがあるので、後半の五首を西行の『山家集』から引用しておきたい。

あだにふく草の庵のあはれより袖に露置く大原の里　（山家集・寂然・一二一三）

山風に峯のささぐりはらはらと庭に落ち敷く大原の里　（同・同・一二一四）

ますらをが爪木にあけびさしそへて暮るれば帰る大原の里　（同・同・一二一五）

むぐらはふ門は木の葉にうづもれて人もさしこぬ大原の里　（同・同・一二一六）

もろともに秋も山路もふかければしかぞかなしき大原の里　（同・同・一二一七）

ここには寂然の大原での秋の毎日の営みがしみじみと語られて、大原という大自然の懐ろに抱かれて悠悠自適の生活を楽しんだ隠者の姿が彷彿としてくる。

隠遁者にとって大原はこのように理想的な霊場であったわけだが、当面の長明は『方丈記』に、

むなしく大原の雲に臥して、また五かへりの春秋をなん経にける。

と語っているのみで、おおかたの隠遁者とは異なって、五年間の「むなし」い隠遁生活を寡黙に告白しているにすぎない。五十代の前半をなにゆえに無為に過ごしたのか、その理由はまったく見当もつかないが、臆測するに、俗世から捨てられる形で大原の里に身を隠しただけという長明には、逆に、まだまだ俗世への未練・執着心が断ち切れず、何物にも拘束されない大原の里で心を澄まして日を送ることが重荷であったのではなかろうか。

なお、このときの長明の心境については、初めて後鳥羽院に召し出されて詠んだ「建仁元年八月十五日夜撰歌合」の席で、「深山ノ暁月」の題で「夜もすがらひとりみ山の真木の葉にくもるも澄める有明の月」と詠じて院に称賛された過去を想起して、その後、ほど経て

住みわびぬげにや太山の真木の葉にくもるといひし月をみるべき

なる歌を源家長の許によこしたという逸話を『源家長日記』は伝えているが、この「住みわびぬ」の歌が象徴的であろう。

日野の外山での閑居の気味

さて、大原山で「むなしく」五年間の隠遁生活を送った長明は承元二年（一二〇八）、洛南日野の外山に再遁世し

た。長明五十四歳であった。大原山で無為な生活しかできなかった長明がなにゆえに日野に移ったのか、その理由は定かでないが、友人禅寂（俗名、日野長親。法界寺薬師堂を建立した日野入道資業の末裔）なる聖が関係しての営為であったろうことは想像に難くない。

日野に移った長明は大原山での生活が嘘のように饒舌になり、『方丈記』はまず方丈の草庵について次のように語っている。

今、日野山の奥に跡を隠して後、東に三尺余りの庇をさして、柴折りくぶるよすがとす。南竹の簀子《すのこ》を敷き、その西に閼伽棚《あかだな》をつくり、北によせて障子をへだてて阿弥陀の絵像を安置し、そばに普賢をかき、前に法花経を置けり。東のきはに蕨のほどろを敷きて、夜の床とす。西南に竹の吊棚を構へて、黒き皮籠三合を置けり。すなはち和歌・管絃・往生要集ごときの抄物を入れたり。かたはらに琴・琵琶おのおの一張を立つ。いはゆる折琴・継琵琶《つぎびは》これなり、仮の庵のありやうかくのごとし。

ここには、隠遁生活に必要な空間と必需品のみの簡素な草庵の様がたんたんと語られているが、この生活空間は遁世者長明の道心をみがく場所と言うよりも、趣味的生活を満喫するにふさわしい風流人長明の住居の感じが強い。はたして『方丈記』はこの方丈の庵での風流生活の一端を、次のごとく披露している。

もし跡の白波にこの身を寄する朝には、岡の屋に行き交ふ船をながめて満沙弥が風情をぬすみ、もし桂の風葉を鳴らす夕には、尋陽の江を思ひやりて源都督のおこなひをならふ。もし余興あれば、しばしば松のひびきに秋風楽をたぐへ、水の音に流泉の曲をあやつる。芸はこれつたなけれども、人の耳をよろこばしめむとにはあらず。ひとり調べ、ひとり詠じて、みづから情をやしなふばかりなり。

これは「もし念仏ものうく、読経まめならぬ時は、みづから休み、みづからおこたる」と、世の遁世者とはまったく異質の草庵生活ぶりを叙した段落に続く部分ではあるが、この舟の通過した跡の白波から無常を感じたときには、万葉歌人沙弥満誓の「世の中を何にたとへむ朝ぼらけ漕ぎゆく舟の跡の白波」（拾遺集・哀傷・一三二七）の歌に似せて作歌し、また、桂の木を吹く風がその葉を鳴らすのを聞いたときには、白楽天が「琵琶行」で叙している潯陽の江に思いを馳せて、桂流琵琶の祖たる源経信をまねて琵琶を弾ずるという長明の草庵生活はまさに〝数寄者〟の生活そのものである。ここでは「白波」や「桂の風」などの自然現象は、数寄者長明の芸術的感興を催す契機として機能しているが、このような自然現象や自然の景物への接触から歌人としての長明の本性が現れてくるようだ。それは「木幡山、伏見の里、鳥羽羽束師《はつかし》」などの日野近郊の歌枕を眺望したり、「峰つづき、炭山を越え、笠取を過ぎて、或は石間にまうで、或は石山ををがむ。もしはまた粟津の原を分けつつ、蟬歌の翁が跡をとぶらひ、田上河をわたりて、猿丸大夫が墓をたづぬ」という名所探訪を試みる行為に発現しているが、歌人としての技量が特に顕著に現れているのは、夜の草庵生活の一齣に、周囲の自然環境を古歌の一節を摂取しながら余すところなく表現して、抒情的世界の構築に成功している次の一節であろう。

　もし夜静かなれば、①窓の月に故人をしのび、②猿の声に袖をうるほす。③くさむらの螢は、遠く槇のかがり火にまどひ、④暁の雨はおのづから木の葉吹く嵐に似たり。⑤山鳥のほろと鳴くを聞きても、父か母かとうたがひ、⑥峰の鹿《かせぎ》の近く馴れたるにつけても、世に遠ざかるほどを知る。⑦或はまた埋み火をかきおこして、老いの寝覚の友とす。⑧おそろしき山ならねば、梟の声をあはれむにつけても山中の景気折につけて尽くる事なし。

ここには「窓の月」「猿の声」「くさむらの螢」「暁の雨」「山鳥」「峰の鹿」「埋み火」「梟の声」などの四季を通しての日野の「山中の景気」に身も心も沈潜して、幽遠な自然の情趣に陶酔しきっている長明の自足した草庵生活ぶりが礼賛的に語られているが、その措辞・表現はと言うに、諸注釈書が指摘しているように、先行歌人ないし詩人の表現を借用して縦横無尽に虚構表現化につとめているかのごとくである。ちなみに、傍線を付した①は『白氏文集』（『和漢朗詠集』にも）の「三五夜中の新月の色、二千里の外の故人の心」の詩句に、②も『和漢朗詠集』の大江澄《すみ》明《あきら》の「猿」の題の「巴猿三叫、暁行人の裳を霑《うる》ほす」の詩に依拠しているのは確実であろうし、③・⑦は『堀河百首』の各々「螢」、「埋火」の例歌、「うさか川八十伴の男のかがり火にまがふはさよの螢なりけり」（源顕仲・四七一）、「いふこともなき埋み火をおこすかな冬の寝覚めの友しなければ」（源国信・一〇九一）に、④は『後拾遺集』の能因の「神無月ねざめにきけば山里のあらしの声は木の葉なりけり」（三八四）の歌に、⑤は行基菩薩の詠と伝えられる「山鳥のほろほろとなく声きけば父かとぞ思ふ母かとぞ思ふ」（玉葉集・二六二七）の歌に、⑥・⑧は各々、西行の「山深み馴るるかせぎのけ近さに世に遠ざかるほどぞ知らるる」、「山深みけ近き鳥の音はせでものおそろしきふくろふの声」（ともに山家集・一二〇七、一二〇三）の歌に依拠した表現であることに相違なく、ここには長明の日野での自然と一体化した閑寂独居の草庵生活ぶりが実感的に伝わってくるというよりは、むしろその感動の内実は古典文学の世界をダブラせることによって、逆に、その古典文学の世界を日野の夜の草庵とその周辺の世界に蘇らせるといった感興であろう。要するに、この日野の夜の草庵の描写は古典文学作品による長明の虚構表現によって生まれた創造的世界と言ってよかろうか。ここに長明の自然観の本質があるように思量されよう。

なぜなら、『方丈記』の流布本系の諸本のみが次の

おほかた、世をのがれ、身を捨てしより、恨みもなく、恐れもなし。命は天運にまかせて、惜しまず、いとはず。身は浮雲になずらへて、頼まず、全しとせず。一期の楽しみは、うたたねの枕の上にきはまり、生涯の望みは、折り折りの美景に残れり（傍点引用者）。

の一節を載せており、傍点を付した部分に長明の自然観の一端を吐露しているからである。もっとも、流布本系の諸本は長明の作でないという意見もあるので、右の引用部分は長明自身の手になるものではないかもしれないが、しかし、大福光寺本で「住まずして誰かさとらむ」と豪語した長明の「閑居の気味」の礼賛も、「ただ仮の庵のみのどけくして、おそれなし」とか、「ただ糸竹花月を友とせんにはしかじ」という措辞からみれば、流布本系の諸本に認め

られる人生観は長明のそれとさほど異質なものではなかろう。となると、「生涯の望みは、折り折りの美景に残れり」なる価値観は、大福光寺本の「ただ糸竹花月を友とせんにはしかじ」の人生観と同様に、四季の景物に感興を覚えたり、自然に触発されて音楽を奏でたりして送日することを最高の願いとしている長明の思考から生まれた結果とみなして差し支えなかろう。ところで、「折り折りの美景」に接したり、「糸竹花月を友」にする「閑居の気味」の生活はそれ自体長明の心を充足する理想の生活であったろうが、その自然の景物から喚起されて実際に長明はいかなることをして毎日を過ごしたのであろうか。それはあるときには管絃の道に没頭することであり、あるときには和歌の道に熱中することであったと想像される。そして、この芸道に執心し、その中に日常生活の次元では体得できない価値を追求していったのではあるまいか。その一つの表れが日野の草庵の夜の描写であって、その意味で、自然は長明にとって精神の平安をもたらす契機である以上に、創造的世界の構築をかきたてる触媒としての意味を有していたと言えるのではなかろうか。

要するに、日野の外山での長明の隠遁生活は、道心をみがくべき仏道修行者蓮胤の生活と言うよりは、数寄者長明の風流三昧な生活であったと結論づけられよう。

数寄への志向

このように仏道修行者蓮胤としてあるべき長明が数寄なる世界を求めて余念がないのはなにゆえであろうか。ここで想起されるのが、和歌や音楽などの芸道に執心することが逆に惑いやすい俗世への心を落ち着かせる効用を説いた『発心集』巻六の説話群である。たとえば、六十九話は「永秀法師数寄の事」の表題が示すように、笛吹き永秀の風流三昧の生活を叙しているが、この永秀の風流人的生活態度を、長明が「かやうならん心は、何に付けてかは深き罪も侍らん」と評しているのは、数寄心が出家者の心に近い情態であることの指摘であるし、また、七十話の「時光、茂光、数寄天聴に及ぶ事」は、笙吹きの時光が篳篥師《ひちりきし》茂光と裏頭楽《かとうらく》に熱中のあまり帝からのお召しをすっぽかすという話であるが、ここでも長明が「これらを思へば、この世のこと思ひ捨てんことも、数寄は、殊に便りとなりぬべし」と言及しているのは、数寄がこの俗世を離脱する契機になりうることを示唆するものであろう。そのほか、七十一話の「宝日上人和歌を詠じて、行《ぎよう》と為《す》る事」の中で、

和歌は能くことわりを極むる道なれば、これに寄せて心を澄まし、世の常無きを観ぜん業ども、便りありぬべし……

中にも数寄といふは、人の交はりを好まず、身の沈めるをも愁へず、花の咲き散るをあはれみ、月の出で入りを思ふに付けて、常に心を澄まして、世の濁りに染まぬこととすれば、自ら生滅のことわりも顕れ、名利の余執尽きぬべし。これ、出離解脱の門出に侍るべし。

と述べているのは、数寄への沈潜が道心をみがくべく読経や念仏に恵心するときと同一の崇高な営為で、それによって「出離解脱の門出」になる契機たりうることの証明である。

ここに日野の外山での長明の数寄者としての草庵生活ぶりの秘密を垣間見ることができよう。つまり、数寄への徹底が深まれば深まるほど、仏道修行者蓮胤としての境地も深まるという、通常の隠遁者には矛盾する関係が長明には相関関係として機能していたのである。その点、奇しくも『方丈記』の日野の草庵の四季を叙した、

春は藤波を見る。紫雲のごとくして西方ににほふ。夏は郭公を聞く。語らふごとに死出の山路を契る。秋はひぐらしの声耳に満てり。うつせみの世をかなしむほど聞ゆ。冬は雪をあはれぶ。積り消ゆるさま、罪障にたとへつべし。

の一節は仏教的色彩の濃い描出となっており、言うならば、仏道修行者蓮胤と数寄者長明の融合を思わせる優れた自然描写となっている。ちなみに、この箇所は略本系の長享本『方丈記』では、

春は、鶯の声を鸚鵡の囀りと聞く。夏は、ほととぎすを聞き、語らふごとも、四手の山路を契る。秋は隈なき月の影に、満月の顔ばせを思ひよる。冬の嵐にまがふ紅葉をば、常ならぬ世のためしなりと見る。

のとおりで、数寄と仏教的なものの融合の視点からみると、かなり劣ると認めざるをえまい。とは言え、大福光寺本のあたかも死後の世界を見通した厳しい求道者のごとき日野の草庵の四季の把握も、春の「藤波」は『新古今集』の慈円の

普門品、心念不空過

おしなべてむなしき空と思ひしに藤咲きぬれば紫の雲　（釈教・一九四五）

の歌に、夏の「郭公」は『千載集』の鳥羽院の「常よりも睦じきかな時鳥死出の山路の友と思へば」（哀傷・五八二）の歌に、秋の蟬の声は『後撰集』の読人しらずの「うつ蟬の声聞くからに物ぞ思ふ我も空しき世にし住まへば」（夏・一九五）の歌に、冬の雪を罪障に喩えた表現は、氷を罪障に喩えた『梁塵秘抄』の「大品般若は春の水　罪障氷の解けぬれば　万法空寂の波立ちて　真如の岸にぞ寄せかくる」（般若経）の今様に、それぞれ発想源や類似の措辞を見出しうるのである。ここにも先に指摘した現実の場面に古歌や歌謡の一節を重ね合わせて、逆に古典の世界を蘇らせるという長明の虚構表現の特徴を認めることができよう。長明にとっての自然は、このように日常生活の次元を越えた美的世界の構築化への契機として大いに意味をもったのである。長明をとりまく自然環境は、仏者蓮胤として志向すると同質の境地を、和歌の世界に創造すべく作用しているのである。その意味で、『方丈記』の末尾を、

今、方丈の草庵、よく我が心にかなへり。故に、万物を豊かにして、憂れはしき事なし。いかにいはむや、一生夢のごとくに馳せ過ぎて、迎への雲を待ちえて、菩薩聖衆に肩をならべ、不退の浄刹に詣しつつ、如来の要蔵を破りて、功徳の正財豊かにして、世々生々の父母、師長を助け、六道四生の群類を引導せむ事、いくばくの楽しみぞや。　（長享本）

と結んでいる略本系『方丈記』の見解は、これまで言及してきた長明の人生観としてまことに至極当然な結論であり、むしろ長明の本音が素直に表出されていると言えるのではあるまいか。と言うのは、ここには引用するのを省略するが、大福光寺本の『方丈記』が最後に至って急転直下これまでの長明の価値観を転倒したかのごとき発言を自問自答の形式で吐露して、格調高く礼賛してきた「閑居の気味」の生活までも否定しているのは、どうみても長明の本音の表明というよりは、むしろ文学作品『方丈記』の価値を高めるべく用意周到に計算された修辞法《レトリック》による効果をねらった長明の虚構的表現の感が強いからである。すなわち、このような自問自答の形式を採用しているのも、山田昭全氏が『往生拾因』の中の一節に（「鴨長明晩年の思想と信仰」『大正大学大学院研究論集』昭和五二・三）、また、三木紀人氏が西行の『山家集』の「うらうらと死なむずるなと思ひ解けば心のやがてさぞと答ふる」の歌に（『方丈記徒然草』鑑賞日本の古典10、昭和五五・二、尚学図書）、その発想源があるのではないかと指摘されているように、長明の独創ではなく、先行作品の換骨奪胎化の結果と認められるのある。したがって、『方丈記』の前半部分に展開されている長明の人生観・世界観を、巻末の総括部分によって過度に転倒させる必要はそれほどないのではないかと臆測されるが、いかがであろう。となると、これまで言及してきた長明の自然観もさほど改める必要はないであろう。

要するに、隠遁歌人鴨長明にとっての自然とは、その幽遠な環境に沈潜して精神の安らぎを喚起させる対象である一方、自然に沈潜することによって生ずる感興を、和歌および散文表現によって美的世界の創造へと転化させる触媒的作用をもたらすものであったと言えるのではあるまいか。ここに数寄者長明の真骨頂があった。

第二節　卜部兼好

Ⅰ　無常の自覚

一　「無常」の用例

卜部兼好の随筆『徒然草』の作品世界を論ずるとき、そこには種々様々なアプローチの方法が考えられようが、「無常」の視点から『徒然草』を論ずるとなると、西尾実氏が『方丈記　徒然草』（日本古典文学大系30、昭和三一・六、岩波書店）の解説で提唱された『徒然草』を第一部と第二部に分割し、そこに詠嘆的無常観から自覚的無常観へと推移、進展する思想的展開の痕跡が認められるという御説は、今日においてもなお傾聴すべき有益な説と評しえよう。というのは、たとえば、安良岡康作氏が『徒然草全注釈　下巻』（昭和五一・三第六版、角川書店）の「徒然草概説」で、『徒然草』の成立過程を、「文保三年＝元応元年（一三一九）に、序段から第三十二段までの第一部がまず執筆された。兼好は、おそらく、四十歳以前であったと思われる。（中略）それから十一年後の元徳二年（一三三〇）から翌年にかけて、第三三段から終りまでの第二部が書かれた」と推測し、「兼好の無常観は、気分的、感情的な、第一部のそれから、原理的、諦観的な、第二部のそれへと、大きな発展と飛躍を示している」と言及されているように、その後の諸先覚の見解は、そのほとんどが西尾氏説の延長線上にあると認められるからである。したがって、今後『徒然草』の世界に言及するとき、第一部と第二部との間に執筆上の差異が認められるという貴重な見解に、充分な注意が払われなければならないことは言うまでもなかろう。

ところで、『徒然草』の「無常」を扱うとき、兼好は「無常」なる用語《ターム》をいかなる意味で使用しているのであろうか。常套手段とはいえ、まずはこの用語の検討を手掛りにして、「無常の自覚」の問題を考える端緒にしたいと思う。

そこで、『徒然草』に用いられている五つの「無常」の用例を検討するに、意味のうえで、おおよそ二つの場合に分類されよう。その第一は、「この世に存在する一切のものは消滅・転変して、常住・不変でないこと」の意味の仏教用語であり、この用例は、第二百十七段に大福長者の処世哲学に触れた言葉として、「人間常住の思ひに住して、かりにも無常を観ずる事なかれ」の教訓を提示している場面に認められよう。すなわち、この段は近世の西鶴の町人物に登場する商人を想起させるほどの現実主義者「大福長者」を登場させ、かれに財産獲得の秘訣を語らせた後、その論理の矛盾を指摘し、かれの価値観を批判、否定するという構成で、兼好の人生観を披露した章段だが、このような文脈のなかで、裕福な人間こそ存在価値があると説く「大福長者」の財産獲得の秘訣の一つとして語られた「人間常住の思ひに住」することの必要性は、兼好の思想と真正面から対立する価値観である。しかし、この段における「無常」の意味は、それが「常住」の対立概念として使用されている点から明白なように、仏教用語としての意味を具有していることは言うまでもなかろう。これとほぼ同じ意味での「無常」の使用例として、第二百二十段の「凡そ鐘の音は黄鐘調なるべし。これ無常の調子、祇園精舎の無常院の声なり」の箇所を挙げることができよう。この段は、地方のものが下品で、粗野と評されるなかで、唯一「天王寺の舞楽」だけが例外的に「都に恥ぢ」ない存在である、と「天王寺の舞楽」を賞賛した章段だが、そのなかで、黄鐘調の鐘の音を礼讃しているのは、「鐘の音は黄鐘調なるべし」の根拠は明白ではないけれども、『平家物語』の冒頭の「祇園精舎の鐘の声、諸行無常の響きあり」の記述から明らかなように、黄鐘調の鐘の音が「諸行無常の響き」を人びとの心に感じさせるからであろう。したがって、この段の「無常」の語が仏教用語の「無常」の意味で使用されていることは説明するまでもなかろう。

これに対して、残りの三例の「無常」の語はどのような意味で使用されているであろうか。まず、第四十九段をみると、「人はただ、無常の身に迫りぬる事を心にひしとかけて、つかのまも忘るまじきなり」とあり、この兼好の主張には、この段の冒頭で「老来りて、始めて道を行ぜんと待つことなかれ」と述べられている主題から明白なごとく、仏道修行の即刻実践を促す根底思想としての役割が担わされており、また、第五十九段をみると、「命は人を待つものかは。無常の来る事は、水火の攻むるよりも速かに、遁れがたきものを」とあって、この兼好の意見は、これまたこの段の冒頭で「大事を思ひたたん人は、去りがたく、心にかからん事の本意を遂げずして、さながら捨つべきなり」の趣意から明らかなように、出家遁世に際しての、諸縁放下の覚悟の必要性を説いたものと理解され、ともに仏道精進との相対関係のもとに「無常」の用語が使用されているのである。したがって、このような文脈のなかで両段の「無常」なる用語が担っている意味を考えると、それは「死」ということになろう。そして、この意味での用法は、説明は省略に従うけれども、有名な「花」「月」の観賞の仕方に言及した第百三十七段の末尾で語られる「閑かなる山の奥、無常の敵競ひ来らざらんや。その死に臨める事、軍の陣に進めるにおなじ」の場面においても適応されることは言うまでもなかろう。ここに『徒然草』の「無常」の第二の意味として「死」の意味を認めることができるであろう。ちなみに、『兼好自撰家集』(以下『自撰家集』と呼ぶ)の「ちぎりをく花とならびの丘のべにあはれいくよの春をすぐさん」(二〇)の詞書に見える「双の丘に無常所をまうけて、かたはらに桜を植へさすとて」の「無常所」は「墓所」の意味であるから、この場合の「無常」が「死」を意味していることは言うまでもない。

このように、『徒然草』に認められる「無常」の用語は、通常の『古語辞典』に指摘されているように、①「この世に存在する一切のものは消滅・転変して、常住・不変でないこと」、②「死」の二種類に分類されるが、両者はどのような関係になっているのであろうか。この問題は、言うまでもなく、この世で生ずる一切の現象を流転の相として把握する見方が①の場合で、その一切の現象を時間の流れのある断面として把握する見方が②の場合であって、①

のなかに統括されるのが②であり、②なる具体的現象の堆積を、流転という抽象概念で把握したのが①ということになろう。したがって、「無常の自覚」というとき、①の視点で問題追究をしなければならないことは勿論であろうが、この視点からのアプローチは、これまで諸先覚によって数多なされているので、ここでは視点を変えて、②の用法の視点から「無常の自覚」の問題に迫ってみたいと思う。

二　「無常の自覚」——「求道心」の問題

ところで、『徒然草』のなかで、無常観の視点で論じた典型的な章段とおぼしき第百五十五段に展開される自然の推移についての、

春暮れてのち夏になり、夏果てて秋の来るにはあらず。春はやがて夏の気を催し、夏より既に秋は通ひ、秋は則ち寒くなり、十月は小春の天気、草も青くなり梅もつぼみぬ。木の葉の落つるも、先づ落ちて芽ぐむにはあらず。下よりきざしつはるに堪へずして落つるなり。迎ふる気、下に設けたる故に、待ちとるついで甚だはやし。

（徒然草・第百五十五段）

の兼好の見解は、久保田淳氏の「徒然草の源泉—和歌」（『西行　長明　兼好—草庵文学の系譜—』昭和五四・四、明治書院）によれば、『玉葉集』の為兼の「冬木といふことを／この葉なきむなしき枝に年くれてまためぐむべき春ぞちかづく」（一〇二二）の詠や、『風雅集』の伏見院の「冬庭といふ事を／おのづからかきねの草もあをむなり霜のしたにも春やちかづく」（八九一）の詠などの京極派の歌人の詠歌に発想を得た可能性が示唆され、もしそうだとすれば、この兼好の自然の展開を「同心円的に捉える思考」は兼好の純粋に独自な見解とは言えないことになろう。

これに対して、つづく同段の死の到来についての、

生・老・病・死の移り来る事、又これに過ぎたり。四季はなほ定まれるついであり。死期はついでを待たず、

死は前よりしも来らず、かねて後に迫れり。人皆死あることを知りて、待つこと、しかも急ならざるに、覚えずして来る。沖の干潟遥かなれども、磯より潮の満つるが如し。（同・同）

の兼好の見解は、日本古典文学全集本の頭注で、永積安明氏が「死は、必ずしも漸進的に運行されるのでなく、飛躍的に実現されることを、自信にみちた、またそれにふさわしい力強い表現でもって、断言的に主張している」と賞賛されているように、兼好独自の見解と認めて不都合はなかろう。「無常の自覚」を、②の「死」の視点から考察しようと試みた所以である。

それでは、「死」に直面し、死を自覚したとき、兼好はいかなる決意、行動をしたであろうか。この問題については、すでに引用した第四十九段に「老来りて、始めて道を行ぜんと待つことなかれ。（中略）人はただ、無常の身に迫りぬる事を心にひしとかけて、つかのまも忘るまじきなり。さらば、などかこの世の濁りも薄く、仏道をつとむる心もまめやかならざらん」と言及され、また、第五十八段に「人と生れたらんしるしには、いかにしても世を遁れんことこそ、あらまほしけれ。ひとへに貧る事をつとめて、菩提におもむかざらんは、万の畜類にかはる所あるまじくや」と言及されているところから明白なように、兼好は仏道修行の途につくべきことを力説している。この兼好の思想は『徒然草』の随所でしばしば語られるところであるが、さらに進んで、兼好の求道心について検討を加えてみよう。

この問題については、本節のⅢの「『徒然草』の朧化表現」（『中世文学研究』第一一号、昭和六〇・八）で多少言及しているが、第二百四十一段の「所願心に来たらば、妄心迷乱すと知りて、一事をもなすべからず。直ちに万事を放下して道に向ふ時、さはりなく、所作なくて、心身永くしづかなり」の所感や、第百八段の次の一節には、『徒然草』における兼好の求道に対する積極的で、一途な姿勢が顕著に看取されよう。

刹那覚えずといへども、これを運びてやまざれば、命を終ふる期、忽ちに至る。されば、道人は、遠く、日月を惜しむべからず。ただ今の一念、むなしく過ぐる事を惜しむべし。もし人来りて、我が命、明日は必ず失はるべしと告げ知らせたらんに、今日の暮るるあひだ、何事をか頼み、何事をか営まん。我等が生ける今日の日、なんぞその時節にことならん。一日のうちに、飲食、便利、睡眠、言語、行歩、やむ事をえずして、多くの時を失ふ。その余りの暇幾ばくならぬうちに、無益の事をなし、無益の事を言ひ、無益の事を思惟して時を移すのみならず、日を消し、月を亘りて、一生を送る、尤も愚かなり。（徒然草・第百八段）

ここには「死」を自覚して、「刹那」を惜しんで仏道修行に専心することの重大さを主張してやまない真摯で、積極的な求道者としての兼好の姿が彷彿として浮かんでくるが、翻って日常生活者としての兼好の求道心を探ってみると、しばしば引用されるように、『自撰家集』に次のような詠歌を指摘することができる。ここには、『徒然草』から窺知される仏道観とはおよそ趣を異にする兼好の思いが揺曳しているようだ。

世をそむかんと思ひたちしころ、秋の夕暮に

(1)　そむきてはいかなるかたにながめまし秋のゆふべも憂き世にぞうき　（三四）

本意にもあらで年月へぬることを

(2)　うきながらあればすぎゆく世中を経がたきものとなに思ひけむ　（三六）

(3)　ならひぞと思ひなしてやなぐさまむわが身ひとつに憂き世ならねば　（三七）

修学院といふところにこもり侍しころ

(4)　のがれても柴の仮庵のかりの世にいまいくほどかのどけかるべき　（五二）

(5)　のがれこし身にぞ知らるる憂き世にも心にもののかなふためしは　（五三）

(6)　身をかくすうき世のほかはなけれどものがれしものは心なりけり　（五四）

(7)　いかにしてなぐさむ物ぞ世の中をそむかで過ぐす人に問はばや　（五五）

すなわち、(1)〜(3)は出家以前の、(4)〜(7)は出家直後の兼好の求道心を表白した詠である。まず(1)は俗世を捨てて、遁世を決意した頃の心境、(2)・(3)は遁世を決意したものの、逡巡と不安とが交錯する心境を披露した内容であるが、(4)〜(7)は比叡山雲母坂の西の麓の修学院あたりに籠った頃の詠で、出家という大事を果たしたとはいえ、崇高な境地などそれほど感じられないとの心境を吐露した内容である。ちなみに、兼好が山科の小野庄の水田を購入した際の売券および添状に「兼好御房」とあるのが「正和弐年九月一日」であるから、兼好の誕生を弘安六年とすれば、この年は三十一歳に相当するので、これらの(1)〜(7)が詠まれたのは兼好の三十歳前後ということになろう。このほか出家・遁世してもなお、そこに崇高で平安な境地を見出せないで苦悩している兼好の心境を詠じた歌は、

心にもあらぬやうなることのみあれば、

(8)　住めばまた憂き世なりけりよそながら思ひしままの山里もがな　（八一）

(9)　山ざとのかきほの真葛いまさらに思ひすてにし世をばうらみじ　（八三）

いづかたにも又ゆき隠れなばやと思ひながら、いまは身を心にまかせたれば、中〳〵怠りてのみぞ過ぎゆく

(10)　そむく身はさすがにやすきあらましに猶山ふかき宿もいそがず　（二三四）

のごとくほかにもいくらか指摘することができるが、不思議なことに、これらの『自撰家集』にみられる兼好の求道心は、出家していながら、その現状に流されていく惰性が高じて、「中〳〵怠りてのみぞ過ぎゆく」と吐露している詞書から明白なように、『徒然草』で力説している兼好の求道心とはあまりにも掛け離れた内容になっているのである。

このように、「求道心」において『徒然草』と『自撰家集』とでは、これが同一人物かと疑わしくなるほどの言行不一致が認められるのであるが、この相反する、言わば矛盾現象ともいうべき両作品における兼好の言行の不一致は

どのように理解したらよかろうか。この点については、『徒然草』のそれはいずれも第二部に認められる言説であるのに対し、『自撰家集』のそれは、『徒然草』でいえば第一部の世界に該当する内容であるから、当然、両者の間に主張の差異が指摘されると見ることはできよう。あるいは、『自撰家集』は兼好の現実の日常生活を通して体験した所感を素直に表出した、言わば本音を吐露した虚構化される以前の生の韻文作品であるのに対し、『徒然草』は、現実の日常生活のレベルを越え、雑多な要素を捨象して、言わば人生上の理想を虚構化して記した理念の散文作品であるという、文学形態の差異からも説明できるであろう。あるいはまた、細谷直樹氏が「徒然草編集時の兼好の人間観と徒然草の作品世界」（『国語と国文学』昭和五三・八）で、「自撰家集と徒然草の成立年時」が「六十代の兼好の編であるという視点から論じられたように、「徒然草の方に披瀝された道念は、その遁世生活の裏返しの中で燃えあがったものであり、彼の仏道観・処世観と反比例のかたちで顔を出した道念であった」とし、兼好の「生涯を、始め（徒然草二四三段の父の思い出がこの「始め」であったろう）と終り（徒然草の編集時の現在）を結びつけて、ひとつの完結した円として捉え、その円の脇に立って、その円を思い、その円の中で、その時々には矛盾した行動をとりながらも必然のかたちでその矛盾を生きて来た自分を眺め」た結果が、こうした不可思議な現象を生んだものとも解せられよう。

しかし、これらの説明でもなおこの問題は釈然としないので、次に視点を変えて、兼好の求道への態度・姿勢よりも、兼好の求道そのものの考え方を知るべく、「兼好の往生観」の視点から、問題追究してみたいと思う。

三　兼好の往生観

そこで、兼好の求道心の問題を、兼好の往生観の視点で追究してみると、まず『自撰家集』のなかに、出家前後の倦怠感の漂う心境とは異なる記述に逢着し、

⑾　石山にまうづとて、あけぼのに逢坂をこえしに
雲のいろにわかれもゆくか逢坂の関路の花のあけぼののそら　（一一）

⑿　法輪にこもりたるころ、人のとひ来て帰りなむとす
もろともに聞くだにさびし思ひをけ帰らむあとの嶺の松かぜ　（一七）

の歌の詞書や、すでに引用した⑷〜⑺の詠の詞書に「修学院といふところにこもり侍しころ」とある記事から、兼好が「石山」（寺）「法輪」（寺）「修学院」などに参詣したり、参籠していたことは明瞭であり、また、

⒀　横河にすみ侍しころ、霊山院にて、生身供の式を書き侍し奥に書きつく
うかぶべきたよりとをなれ水茎のあととふ人もなき世なりとも　（六三）

の詞書から、兼好は、恵心僧都が横河に建立した「霊山院」で、釈迦像供養の作法の書写に従事していることが明らかであり、さらに、

⒁　山寺に念仏してゐたるに、都よりたづねくる人の中に、若き男のいとねんごろに物がたりして、「かかる住まゐはいとたつきなしや」「なに事かしのびがたき」など問ふは、思ふ心ありてやとみゆるもあはれにて
山ざとにとひくる友もわきて猶心をとむる人は見えけり　（一三二）

の詞書から、兼好が「山寺に念仏してゐた」ことは明白であるので、これらの記述から、兼好が出家・遁世した当時、かなり真摯に仏道修行に精励していたらしいことは想像に難くない。したがって、『徒然草』の第一部に、「後の世の事、心にわすれず、仏の道うとからぬ、こころにくし」（第四段）とか、「山寺にかきこもりて、仏につかうまつるこそ、つれづれもなく、心の濁りも清まる心地すれ」（第十七段）などと、仏道に触れた章段が存在するのは、この『自撰家集』に窺われる兼好の仏道観の反映ではなかろうか。

ということは、兼好は、ある限られた時期であるとはいえ、仏道そのものに少なからず関心を抱いていたらしい時期も存するので、次に、『徒然草』にみられる「往生」なる用語を探してみると、わずかに第二部の第三十九段と第四十九段の二段に、次のように表現されている。

或人、法然上人に、「念仏の時、睡におかされて行を怠り侍る事、いかがして、この障りをやめ侍らん」と申しければ、「目のさめたらんほど、念仏し給へ」と答へられたりける、いと尊かりけり。又、「往生は、一定と思へば一定、不定と思へば不定なり」と言はれけり。これも尊し。（徒然草・第三十九段）

（前略）「昔ありける聖は、人来りて自他の要事をいふ時、答へて言はく、今火急の事ありて、既に朝夕せまれりとて、耳をふたぎて念仏して、つひに往生を遂げけり」と、禅林の十因に侍り。（後略）（徒然草・第四十九段）

すなわち、前者は、鎌倉仏教を興隆した祖師の一人、法然を登場させて、自然に逆らわない形での念仏が「往生」につながることを称揚した章段であり、後者は、すでに言及したように、「無常」を自覚して「往生」を遂げた「昔ありける聖」の例を、永観の『往生十因』から紹介した章段である。ところが、意外なことに、この両段にみられる「往生」の用語は、一方は法然の会話のなかに、他方は『往生十因』なる書物のなかに、兼好の直接の言葉としてではなく、他者の間接的な言葉として引用され、しかも、両段とも、「往生」それ自身に、正当な価値を見出すという内容展開にはなっておらず、前者では法然の念仏への確固たる信念の提示に対して、後者では「無常」（死）の到来を自覚して往生を遂げた「昔」の「聖」の行動に対して、各々、共鳴するという展開になっているのである。ということは、「往生」の用語がみられるこの両段には、兼好の往生に対する積極的な考え方は窺知しえないことを意味するのであるが、はたしてこの推論は当たっているであろうか。

ここで想起されるのが、現世を離脱し、後世を願う心の支えとなる三十数人の出家者の言葉を紹介した、鎌倉末期ごろの成立の『一言芳談』なる浄土教に言及した『徒然草』の第九十八段である。この段には、兼好が『一言芳談』

の中で「心に合ひて覚えし」五箇条について言及されているが、その第五番目の「仏道を願ふといふは、別の事なし。いとまある身になりて、世の事を心にかけぬを第一の道とす」という箇所には、仏道修行に励んで後世に安楽・平安を志向する考え方よりも、むしろ現世において平安を志向する考え方のほうが顕著であって、ここには後世における極楽浄土の存在にすら懐疑心を抱いている、冷徹な兼好の目が感じられよう。このような兼好の往生観は、『自撰家集』においても、

極楽に往生すべき事など説くを聞きて

⒂　舟しあればちびきの石も浮かぶてふちかひの海に浪たつなゆめ　（一四三）

（春のころ、哀傷）

⒃　かへりこぬ別れをさてもなげくかな西にとかつは祈る物から　（二八六）

の詠歌に窺い知られるように、やはり、兼好は後世の往生には懐疑的であったようである。すなわち、⒂の詠は、『法華経』の普門品の「弘誓深如海　歴劫不思議」を念頭に置いて、極楽に往生すべきことを聴聞したときの歌だが、下句の「ちかひの海に浪たつなゆめ」の措辞には「仏の誓言に、けっして動かされてはいけませんよ」という、極楽往生を疑う心情の揺曳が指摘され、また、⒃の詠では、下句で「西にとかつは祈る物から」と、西方浄土を心の片隅で念じながらも、上句で「かへりこぬ別れを」「なげくかな」と詠じているところには、やはり極楽浄土を願う気持ちよりも、現世での離別を嘆き悲しむ心情の表出のほうが濃厚に反映しているのである。

ここに、後世の極楽往生の世界に積極的な価値を認めていない兼好の往生観が確認されようが、注意すべきことは、これらの兼好の消極的な往生観が、『徒然草』では第一部に集中して現れていること、『自撰家集』でも⒃の詠が家集編纂後に追補された歌であることなどから明白なように、兼好の晩年に得られた思想であることである。そして、この往生観が⑾～⒁の詠の詞書に認められたような、兼好のある程度の真摯な仏道修行の後に到達した思想であって、

かれが出家・遁世した当初から一貫して保持していた思想でないことは、今更言うまでもなかろう。なお、この問題については、稲田利徳氏に「兼好と往生譚」（『国文学攷』第九〇号、昭和五六・六）なる有益な論考があるので、ご参看願いたい。

四　「無常の自覚」――「ただ今の一念」の充足

さて、兼好が出家・遁世して、⒀の歌の詞書にみられた「横河」に住んでいたころの、林瑞栄氏をして「兼好の生涯のうち、横川における生活ほどの『出家』生活、すなわち空間的にも質的にも世俗を遠く離れた生活が、またとほかにあったろうか」（『兼好発掘』昭和五八・二、筑摩書房）と言わしめた、かなり真摯な仏道生活を経た後に、このような兼好の往生観が生まれたとしたら、この往生観は、先に「兼好の求道心」を追究した際に、『自撰家集』の求道心は怠惰で、大事を遂げた充足感など微塵も感じられない種類のものであり、一方の『徒然草』のそれは、刹那を惜しんで仏道精進する真摯な求道者のそれであると規定した見解とどのように連結するのであろうか。通常の遁世者であれば、出家・遁世した当初には見出せなかった精神の安息も、幾多の仏道修行を積んだ後には、崇高な仏道観・往生観をもち得るはずなのに、兼好の場合はこれとまったく反対なのは何故であろうか。

この問題を明らかにするには、兼好の思想形成の軌跡をたどる作業が次に要請されようが、いみじくもこの問題に示唆を与えるのが、すでに一部を引用した『徒然草』の第百三十七段の次の末尾の一文である。

兵の軍に出づるは、死に近きことを知りて、家をも忘れ、身をも忘る。世をそむける草の庵には、閑かに水石をもてあそびて、これを余所に聞くと思へるは、いとはかなし。閑かなる山の奥、無常の敵競ひ来らざらんや。その死に臨める事、軍の陣に進めるにおなじ。　（徒然草・百三十七段）

すなわち、この段の突如として襲来する死生観の展開は、賀茂神社の馬場で「無常」を忘れて競馬見物に興ずる人びとの愚かさを非難した第四十一段の二番煎じの感がしなくはないけれども、傍線部「閑かなる山の奥、無常の敵競ひ来らざらんや」と、山奥の草庵で仏道修行に励んでいる出家者にも、一様に死は容赦なく到来すると指摘しているこの見解は、幾多の苦難を乗り越えて仏道修行を積んだ末に、崇高な悟りの境地に到達しえた高徳の僧といえども、死の到来を左右することは不可能で、死の支配下にしか位置しえないと、死の絶対性に言及している点で捨て難いであろう。それが人生を歩めば歩むほどに、直に兼好の身に実感された経験であったらしいことは、人の終焉の有様に言及した『徒然草』の第百四十三段に、

人の終焉の有様のいみじかりし事など、人の語るを聞くに、ただ閑にして乱れずと言はば心にくかるべきを、愚かなる人は、あやしく異なる相を語りつけ、言ひし言葉も、ふるまひも、おのれが好むかたにほめなすこそ、その人の日来の本意にもあらずやと覚ゆれ。この大事は、権化の人も定むべからず。おのれたがふ所なくは、人の見聞くにはよるべからず。（徒然草・第百四十三段）

と記述して、人の死に方にまで関心を寄せていることからも明白であろう。

このように、現実を「無常」（死）の視点で凝視すればするほど、兼好には、現実を直視して生きることの重大さが認識され、この認識が深まれば深まるほど、相対的に後世に期待する往生観は稀薄化したのではなかろうか。兼好が「無常の自覚」をしたとき、現実凝視の人生観と極楽往生を願う往生観との間には、まさに反比例の関係方式が成立するわけで、この兼好の無常観の構造を把握すれば、兼好の無常の認識が現実に向けられたとき、必然的に後世への往生観が否定的になる構図は説明の必要もないであろう。このような次第で、死が敬虔な出家者にまで等しく及ぶ現実を認識し、この事実を否応なしに黙認しなければならないとなれば、現実を冷徹に凝視した生き方の模索が当然要請されてこよう。この意味で、牛の売買契約に託して、無常（死）の認識を座談の形式で論じている第九十三段は典型的な現世肯定の章段と言え、そこで兼好とおぼしき「かたへなる者」の口を通して語られる次の、

されば、人、死を憎まば、生を愛すべし。存命の喜び、日々に楽しまざらんや。愚かなる人、この楽しびを忘れて、いたづがはしく外の楽しびを求め、この財を忘れて、危ふく他の財をむさぼるに、志、満つ事なし。生ける間生を楽しまずして、死に臨みて死を恐れば、この理あるべからず。人皆生を楽しまざるは、死を恐れざるにはあらず、死の近き事を忘るるなり。もし又、生死の相にあづからずといはば、実の理を得たりといふべし。

（徒然草・第九十三段）

の発言は、この段の前半で、牛の売買契約を結んだ後に牛が死んだために、直接的には売る側が金銭的にひどく損をし、買う側が得をしたと語る者に対してなされたもので、世俗の論理を越えた発言内容だが、牛の死に示唆を得て、そこに金銭的価値では計れない、死が近くにあるという認識、死との相対化としての生の自覚という何物にも代え難い精神的価値を指摘している点に、重要な意味があろう。

要するに、「無常の自覚」をしたとき、兼好にとって何より重大であったことは、後世に極楽往生を期待することよりも、現世において生きている今をどのように生きるかということであったわけだが、それではそのためには、兼好は何が必要であると言っているのであろうか。それは、すでに引用した第九十八段でも触れられていた、「いとまある身になりて、世の事を心のかけぬを第一の道とす」という考え方である。この兼好の主張は、このほか、第三十八段でも「名利に使はれて、しづかなるいとまなく、一生を苦しむるこそおろかなれ」と述べられ、また、第百三十四段でも「老いぬと知らば、なんぞ閑に身を安くせざる」と記され、また、百五十一段でも「大方、万のしわざはやめて、暇あるこそ、めやすく、あらまほしけれ」などと述べられて、閑寂の境地、すなわち「いとまある身にな」ることを強調しているが、この「いとまある身」になるとはいかなることであろうか。この点に示唆を与えるのが従来、つらいものとして扱われてきた「つれづれ」の境地を問題にしている次の第七十五段である。

つれづれわぶる人は、いかなる心ならん。まぎるるかたなく、ただひとりあるのみこそよけれ。世にしたがへば、心、外の塵にうばはれてまどひやすく、人にまじはれば、言葉よその聞きに随ひて、さながら心にあらず。人に戯れ、ものにあらそひ、一度はうらみ、一度はよろこぶ。その事定まれる事なし。分別みだりにおこりて、損失やむ時なし。惑ひの上に酔へり。酔の中に夢をなす。走りて、いそがはしく、ほれて忘れたる事、人皆かくのごとし。いまだ誠の道を知らずとも、縁をはなれて身を閑にし、ことにあづからずして心を安くせんこそ、暫く楽しぶとも言ひつべけれ。「生活・人事・伎能・学問等の諸縁をやめよ」とこそ、摩訶止観にも侍れ。

（徒然草・第七十五段）

ここには古語辞典が『『つれづれ』は変化に乏しく退屈なさまをいう」などと定義している負《マイナス》の意味を逆手に取って、「つれづれ」なる語に新たな正《プラス》の意味を付与した解釈が示されて、「つれづれ」に価値を見出す見解が示されている点、画期的な意義が認められよう。すなわち、「つれづれ」の効用は、「世にしたがへば……人皆かくのごとし」と指摘されているような人間疎外の状態から解放されて、本来の人間性の回復・獲得に存する、と兼好は説くのだが、そのためには、「生活・人事・伎能・学問等の諸縁を」「放下」する実践が最低限必要となる。ここに「いとまある身にな」るということの意味が、「縁をはなれて身を閑にし、ことにあづからずして心を安くせん」こと、換言すれば、「まぎるるかたなく、ただひとりある」個を充足して生きるあり方という意味を担ってこようが、この際注意しておかねばならないのは、このような閑寂・閑居の境地を追究する生き方を、兼好は「暫く楽しぶ」と認識している点である。ここに兼好の根源的な「無常の自覚」に対するあり方の思想が指摘され、それは伊藤博之氏が『徒然草入門』（昭和五三・九、有斐閣）で言及された「仏道の悟りをひらかなくても、世俗の諸縁から身をふりほどいて、一身を静かな時の流れにゆだね、必要のない雑事には関係しないで、心を沈黙の静謐に置くことを、有限の時間のなかで生きる楽しみとする兼好の生のとらえ方」と言えるであろう。

それでは、このような兼好の生の捉え方は具体的にはどのような形で実現しているであろうか。この点にいみじく

も言及している章段の一つが第十三段の、

ひとり灯のもとに文をひろげて、見ぬ世の人を友とするぞ、こよなう慰むわざなる。文は文選のあはれなる巻々、白氏文集、老子のことば、南華の篇。此の国の博士どもの書ける物も、いにしへのは、あはれなること多かり。（徒然草・第十三段）

の所感で、この段では、夜の孤独の世界に一人身を置いて、生きることの楽しみをかみしめるとき、「文選」や「白氏文集、老子のことば、南華の篇（荘子）」などの漢籍、わが国のものでは『本朝文粋』などの書物に見出される「見ぬ世の人」の「あはれなる」言葉が、時空を越えて語りかけてき、心に充足感を与えてくれる、と兼好は読書の効用に触れている。

ここには、兼好の生の捉え方の具体的な方法として読書が提示され、この読書をとおして故人との時間を越えた対話が実現したり、あるいは、自由な思索にふける行為が可能になるなど、あますところなく自己の目的達成がなされ、所謂、自由な精神的価値の追究が実現すると説かれているのだが、翻って熟考するに、もしこのような精神的価値の追究が極限状態にまで達したときには、兼好の著作はいかなる様相を呈してくるだろうか。おそらくパスカルの『パンセ』のごとき哲学書になったであろう。ここに兼好が第七十五段で謙虚に「暫く楽しぶ」と指摘した言葉が重要な意味を担ってくるが、その理由は、「楽しぶ」という語が「本来、肉体的物質的快楽に傾いた語であり、平家物語では物質的に豊かになる意味にも用いられたが、徒然草では心情表現に用いられた」（「徒然草語彙索引」『解釈と鑑賞』昭和三七・一一）からである。ということは、現世における真の生の捉え方を文学として（心情表現として）形象化するとすれば、『徒然草』の第一部の世界に見られた、詠嘆的無常観の世界の展開が当面の課題になり、むしろ第一部の世界こそが『徒然草』の本質を示しえていると言うことになろう。

この通説とほぼ正反対ともいえる帰結は、従来の『徒然草』の理解を否定する妄説の感じを与えるかも知れないが、

『徒然草』の巻末近くの第二百四十段と第二百四十一段の両段について各々、日本古典文学全集本の頭注が、「序詞・掛詞あるいは歌枕の名歌をふまえた古典的な美文に傾いており、三十段以前の情調的な文章とかなり似通っている。自由な恋を語っているようにみえるが、王朝時代の色好みの姿が念頭にあるなど、『徒然草』の巻末近くの部分には、いささか緊張の後退がみられるように思われる」、「文章の緊張感にもやや乏しく、もし『徒然草』がほぼ流布本の順序に近い形で書きつがれたとすれば、兼好の思想を発展の一途においてとらえようとする評価のしかたには、再検討を要しよう」と、『徒然草』の各章段の執筆順序に問題を投げかけている疑問なども、この両段のうち、とくに第二百四十一段は『徒然草』の総括的見解を叙述した感が強いだけに、上述のごとく解することによって氷解するのではあるまいか。

このように考えてくると、兼好の著作を通して窺知された「無常の自覚」とは、兼好の立場でいえば、「無常」（死）の到来という極限状態を認識した際、後世の極楽往生を期待して自覚的に仏道修行に精励する生き方ではなく、「ただ今の一念」に「まぎるるかたなく、ただひとりある」個を充足して積極的に楽しく生かす生き方であって、『徒然草』の場合でいえば、第二部の自覚的無常観の世界よりも、逆に、第一部の詠嘆的無常観の世界に認められる文学形象の展開となるであろう。ということは、隠遁者兼好にとって、「無常の自覚」は、有限の現世を肩肘張らずに自然に生きることの、言わば生の解放への逆説的な意味を担っていたといえようか。

〔付記〕『徒然草』の本文は、永積安明氏校注『方丈記　徒然草　正法眼蔵随聞記　歎異抄』（日本古典文学全集27　昭和四六・八、小学館）に、『兼好自撰家集』の本文は、荒木尚氏校注『中世和歌集　室町篇』（新日本古典文学大系47　平成二・六、岩波書店）によった。

Ⅱ　『徒然草』の女性像――兼好法師の女性観

一　はじめに

『徒然草』の文学世界を論ずるとなると、種々様々な視点からのアプローチが可能となろうが、こと兼好法師にかかわる女性論となると、まず想起されるのが、塩冶判官高貞の美貌の妻に横恋慕した高師直の依頼に応じて、兼好が艶書《ラブレター》を代筆したというエピソードであろう。すなわち、侍従なる高貞の妻と親しい女房の取り持ちで、師直は高貞の妻との接近を図るが、あえなく不首尾に終る場面に続く、次の『太平記』巻二十一の一節がそれに該当する場面である。

武蔵の守（師直）いと心を空になして、度重ならば、情けに弱ることもこそあれ、文をやりてみばやとて、兼好と言ひける能書の遁世者を呼び寄せて、紅葉重ねの薄様の、取る手もくゆるばかりにこがれたるに、言を尽くしてぞ聞こえける。返事遅しと待つところに、使ひ帰り来て、「御文をば手に取りながら、開けてだに見給はず、庭に捨てられたるを、一目にかけじと懐に入れ帰り参りて候ひぬる」と語りければ、師直大きに気を損じて、「いやいや、物の用に立たぬは手書きなりけり。今日よりその兼好法師、これへよすべからず」とぞいかりける。

さて、師直の艶書の代筆としてしたためられた兼好の艶書は、高貞の妻の手で「開けてだに見」られず、「庭に捨てられ」るという結果になり、師直の苦心の画策は水泡に帰し、兼好は、師直から、「物の用に立たぬは手書きなりけり。今日よりその兼好法師、これへよすべからず」という処遇を受けることになった。この兼好の受けた処遇が艶書の内容の不出来の結果であるならば、それは致し方あるまいが、内容にまったく無関係の処遇である点、兼好には気の毒としかいいようがあるまい。しかし、この『太平記』の伝える兼好の師直艶書代筆事件の失敗譚は、その後かなり世間に流布して、兼好法師なる人物像の形成に与っている側面が多分にあるように思われる。

このような次第で、兼好法師の女性をめぐる問題にははなはだ興味深い話題や論点が潜んでいるように推察しうるので、本節では、兼好の女性観はいかなるものであったのか、兼好の代表的な著作である『徒然草』と『兼好自撰家集』（以下『自撰家集』と略称）とから、この問題を追究し、あわせて兼好の求めた女性像にも言及してみたいと思う。

二　『徒然草』にみられる女性観

それでは、兼好の女性観は『徒然草』にどのように語られているであろうか。この問題に言及した章段はいくつか指摘できるが、兼好の女性観が端的に表明されているのは、まず優婆夷を罵倒した話に続いて語られる、次の第百七段ではなかろうか。

（前略）かく人にはぢらるる女、如何ばかりいみじきものぞと思ふに、女の性《しやう》は皆ひがめり。人我《にんが》の相深く、貪欲《とんよく》甚だしく、ものの理を知らず、ただ、迷ひの方に心も早く移り、詞も巧みに、苦しからぬ事をも問ふ時は言はず、用意あるかと見れば、又あさましき事まで、問はず語りに言ひ出す。深くたばかり飾れる事は、男の知恵にもまさりたるかと思へば、その事、あとよりあらはるるを知らず。すなほならずして、拙きものは女なり。その心に随ひてよく思はれん事は、心憂かるべし。されば、何かは女のはづかしからん。もし賢女あらば、それもものうとく、すさまじかりなん。ただ迷ひを主として、かれに随ふ時、やさしくも、おもしろくも覚ゆべき事なり。

（徒然草・第百七段、日本古典文学全集本より引用。以下同じ）

この第百七段では、兼好は女性の性質にふれて、「女の性は皆ひがめり。人我の相深く、貪欲甚だしく、ものの理を知らず」、「すなほならずして、つたなきものは女なり」とまで断言し、女性に悪口雑言の限りを尽くしているが、

これは完全に男性側に立っての兼好の独断的な女性観であり、次の第百九十段に、

妻《め》といふものこそ、男は持つまじきものなれ。「いつも独り住みにて」など聞くこそ、心にくけれ。「誰がしが婿になりぬ」とも、又、「いかなる女を取りすゑて、相住む」など聞きつれば、無下に心おとりせらるるわざなり。ことなる事なき女をよしと思ひ定めてこそ添ひゐたらめと、賤しくもおしはかられ、よき女ならば、らうたくして、あが仏とまもりゐたらめ、たとへば、さばかりにこそと覚えぬべし。まして、家のうちをおこなひをさめたる女、いと口惜し。子など出で来て、かしづき愛したる、心憂し。男なくなりて後、尼になりて年よりたるありさま、なき跡まであさまし。（後略）（徒然草・第百九十段）

と述べて、結婚否定論を展開している考え方と共通する女性観であろう。すなわち、この第百九十段でも、兼好は、結婚した女性が日に日に日常生活に埋没して、「家のうちをおこなひをさめ」たり、「子など出で来て、かしづき愛し」たり、「男なくなりて後、尼になりて年よりたるありさま」を、「口惜し」「心憂し」「あさまし」と評して、女性を蔑視しているのだが、たしかに、当時の結婚形態の面からみれば、男女関係の上で緊張感を失っていくのは女性側に強く認められるであろう。だからといって、女性に対するこのような見方が正当化される訳がなく、この兼好の発言は男性側からみた身勝手な考え方に基づく女性観であることには相違あるまい。

ところで、兼好が女性に対して何故にこのような見解を表明しているのかを考えてみると、おそらく第八段に始まる「世の人の心まどはす事、色欲にはしかず」と語られる色欲論に、その源があるように思われる。それは同段で、久米の仙人でさえ「物洗ふ女の脛の白きを見て、通を失」ったという伝説に、兼好が「さもあらんかし」と共鳴していることからも明らかなように、兼好は女性というものを、美しい肉体や官能的な刺激で男を魅惑する、いわば悪魔的な存在と考えていることから肯定されるであろう。つまり、兼好は、一切の煩悩から逃れられないでいる人間にとって、就中、女性の存在はその煩悩をいっそう拡大させる、ある面では好ましい存在だが、それ以上に厄介な代物

として、女性を捉えているわけだが、この兼好の考え方は、極言すれば、女性という存在は仏道修行者を惑わす存在以外の何物でもない、という仏教的観点に立って考えるとき、もっとも説得力を有するであろう。したがって、第九段の「まことに、愛著《あいぢやく》の道、その根深く、源遠し。六塵《ろくぢん》の楽欲《げうよく》多しといへども、皆厭離しつべし。その中に、ただ、かのまどひのひとつやめがたきのみぞ、老いたるも若きも、智あるも愚かなるも、かはる所なしとみゆる」という兼好の主張も、根底にはこのような考え方があっての発想であろうが、面白いのは、兼好が「愛著の道」「六塵の楽欲」を刺激する存在だと蔑視している女性自身も、「ことにふれて、うちあるさまにも人の心をまどはし、すべて女の、うちとけたるいも寝ず、身を惜しとも思ひたらず、堪ゆ(ママ)べくもあらぬわざにもよく堪へしのぶは、ただ色を思ふがゆゑなり」という考えのもとに言動している、と女性の心の内部に言及している点である。ここに、第百七段で兼好が女性の性質を「皆ひがめり」と決めつけている批判と連結する接点が見出されると同時に、第九段で「自ら戒めて、恐るべく慎むべきは、このまどひなり」という結論が提出されることにもなるのである。

ところで、このような仏教的観点から離れたとき、兼好にとって女性はどのような存在であろうか。この点については、兼好は第百七段で、「女のなき世なりせば、衣文《えもん》も冠も、いかにもあれ、ひきつくろふ人も侍らじ」といっているように、女性の魅力的で、愛すべき好ましい側面に言及して、けっして女性を批判、非難はしていないのである。ということは、第百七段で「ただ、迷ひの方に心もはやく移り」といい、「ただ迷ひを主として、かれに随ふ時、やさしくも、おもしろくも覚ゆべきことなり」と発言している「迷ひ」とは、仏教的観点を離れて、恋愛的観点に立ったときの女性の属性を指しているのであり、したがって、この観点に立つとき、第百九十段の「明暮添ひ見んには、いと心づきなく、にくかりなん」糠味噌くさい女性の否定になるのは当然の帰結であろう。

これを要するに、『徒然草』で女性の性質に触れて、侮辱的な発言が見られるのは、主に仏教的観点からの発言であって、恋愛的観点からの発言には、兼好の女性の属性を認めたかなり好意的発言が認められる、と兼好の女性観の大要を大まかに想定することができるであろう。

三　『自撰家集』の恋歌

それでは、『自撰家集』ではいかなる内容の恋歌が見られるであろうか。本集には、およそ二百八十首強の和歌が収載されているが、そのうちの五十首弱が恋歌であり、その大部分は、詞書の検討から、次のごとき題詠歌であることが知られる。

(1)　あだ人にならひにけりな頼みこしわれも昔の心ならぬは
（変恋・二八、新日本古典文学大系本より引用。以下同じ）

(2)　うちとけてまどろむとしもなき物を逢ふとみつるやうつつなるらん
（夢に逢ふ恋・五七）

(3)　みねつづき嵐にうきてゆく雲のうつりやすくぞ思ひかけてし
（寄雲恋・八七）

(4)　きぬぎぬのなごりばかりにしぼらばやかへる袂の葛のした露
（恨みて別るる恋・一五四）

(5)　あまの住む里の煙のたちかへりおもひつきせぬ身をうらみつつ
（恋の天象・一七四）

(6)　思ひいづるかひこそなけれいまさらにうき名たつなる昔がたりは
（絶えて後あらはるる恋・一八三）

(7)　ともすればつもる月日をかこつかな人めは人の心ならねど
（忍ぶによりて稀なる恋・二四五）

(8)　おなじ世に生けるをさすがたのむかな逢ふにはかへぬ命なれども
（不逢恋・二六三）

(9)　わればかり忘れずしたふ心こそなれても人にならはざりけれ
（わすらるる恋・六一）

(10)　待つほどの頼みたえなばいかがせむ来ぬ夜のかずの知られずもがな
（連夜待つ恋・一八二）

以上、便宜的に「変恋」「夢に逢ふ恋」「寄雲恋」「恨みて別るる恋」「恋の天象」「絶えて後あらはるる恋」「忍ぶによりて稀なる恋」「不逢恋」「わすらるる恋」「連夜待つ恋」の題を有する題詠歌を十首引用したが、『自撰家集』には、このほか「寄雪恋」「寄湖恋」「寄野恋」「寄橋恋」「寄草恋」「寄嶺恋」「寄月待恋」「恋の植物」「いそまの浦の恋」「忍びて絶ゆる恋」「恨みて絶ゆる恋」「絶えて切るる恋」「祈りて逢はざる恋」などの題を有する詠歌を二十首弱拾遺することができるように思う。これらの題詠歌について、ここでは個々の詠歌の説明をすることは省略に従うが、各詠歌はそれぞれ付せられた歌題の題意にかなうように創造（虚構表現）されて、恋の一大パノラマを展開している感がするが、残念ながら、これらの題詠歌から兼好の現実生活における恋愛観を直接に窺い知ることは困難であるといわねばなるまい。

一方、『自撰家集』の恋歌のうちの残りのものは、いわゆる日常生活での感懐を表出して実詠歌であるが、この実詠歌を検討してみると、次のごとき他者になりかわっての兼好の代作の詠がかなり認められるのは面白い現象だといえよう。

こよひと頼めけるおとこの、あらぬかたへまかりにければ、女のよませ待りし

(11) はかなくぞあだし契りをたのむとてわがためならぬ暮れを待ちける　（三二）

うとくなりゆく人に、つかはしける人にかはりて

(12) 人めもる中とはなしにともすればとはぬ月日のつもるころ哉　（八四）

又

(13) わが方のとだえに知りぬほかに又かけひのみづのわくる心は　（八五）

女につかはさむとて、人のよませし

(14) 知らせばや木の葉がくれのむもれみづしたに流れてたえぬ心を　（二一三）

あはむといひながら、さもあらざりける人につかはしける人にかはりて

(15) たのめをく言の葉なくは逢はぬまにかはる心を嘆かざらまし　（二一四）

としごろ頼めわたりける女のがりつかはすべき歌とて、人のよませ待りし

(16)　いつはりにわれのみなさで言の葉をたのむばかりの年ぞへにける　（二六〇）

おなじ人に又つかはしける

(17)　玉かづらたえずも物を思へとやかけてたのめし人のつれなき　（二六一）

すなわち、(11)〜(17)の七首が当該歌だが、このうち、(11)〜(13)・(15)の四首は女の立場での代作で、(11)は約束を破った男へ、(12)・(13)は次第に疎遠になってゆく男へ、(15)は裏切った男へ、各々あてた詠歌内容になっている。一方、(14)・(16)・(17)の三首は男の立場での代作で、(14)は男の愛する気持ちを察知しない女へ、(16)・(17)は約束を破って逢おうとしない女へ、各々あてた詠作内容になっている。ところで、これらの七首は、詞書の叙述によれば、女・男の違いはあるものの、他人から依頼されての詠作であることから、実詠歌であることには相違あるまいが、兼好の実生活での直接の恋の真情の吐露でない点は否定できず、そのことは、たとえば(14)・(16)・(17)の詠に、それぞれ、次の

(18)　冬河のうへはこほれる我なれやしたに流れて恋ひわたるらむ　（古今集・恋歌二・宗岳大頼・五九一）

(19)　頼めつつ逢はで年ふるいつはりに懲りぬ心を人は知らなむ　（古今集・恋歌二・凡河内躬恒・六一四）

(20)　かけて思ふ人もなけれど夕されば面影たえぬ玉かづらかな　（新古今集・恋歌三・紀貫之・一二一九）

の歌が参考歌ないし依拠した歌として想定されることからも明らかであろう。ということは、『自撰家集』の恋歌の実詠歌の中にも、題詠歌的要素を多分に含む詠歌が存在する側面があることを示唆しよう。となると、兼好のこのような代作の形を借りての詠出方法は、題詠歌の一つの変形と見なしうる可能性が生じてくるが、この詠法を兼好の新しい題詠歌の試みと認めうるか、否かの問題は、興味をそそられる課題ではあるものの、今後の検討に委ねたい。

このようにみてくると、『自撰家集』の恋歌は兼好の虚構になる題詠歌ばかりの感じが強くなるが、はたしてそのとおりであろうか。あに図らんや、実は、次の七首は、純粋に兼好の実体験に基づく恋歌と認めて差し支えない詠歌

のように思われる。

　たのもしげなること言ひて、たち別るる人に

(21) はかなしや命も人の言の葉もたのまれぬ世をたのむわかれは　（三八）

　人にものを言ひ初めて

(22) かよふべき心ならねば言の葉をさぞともわかで人や聞くらむ　（四七）

　つらくなりゆく人に

(23) いまさらにかはる契りと思ふまではかなく人を頼みけるかな　（四八）

　あはれなる夢を見てうちおどろきたるに、語るべき人もなければ

(24) 覚めぬれど語る友なきあか月の夢の涙に袖はぬれつつ　（二三〇）

(25) 見ずもあらで夢の枕にわかれつる魂のゆくゑは涙なりけり　（二三一）

　冬の夜、荒れたる所のすのこにしりかけて、木だかき松の木の間より隈なくもりたる月を見て、あか月まで物がたりし侍りける人に

(26) おもひいづや軒のしのぶに霜さえて松の葉わけの月を見し夜は　（三三）

　秋の夜、とりの鳴くまで人と物語して、帰りて

(27) 有明の月ぞ夜ぶかき別れつるゆふつげ鳥やそらねなりけむ　（二二五）

まず、(24)・(25)の両歌は、「あはれなる夢を見て」「涙に袖はぬれ」「枕にわかれつる魂」という措辞から、出家直後の草庵でのある日ふと見た、恋しい人との逢瀬と別離とがその夢の内容と推測されるので、ここには兼好の在俗時に悲しい恋愛体験があったと想定されるであろう。次に、(21)は「たのもしげなること言ひて、たち別るる人」の詞書から、やむをえない事情で兼好のもとを去った女への未練の気持ちを詠じたものであり、(22)は、「人にものを言ひ初め

て」の詞書が「いふこと心えぬよしするをむな」を見せ消ちにして改められていることから、兼好の気持ちが通じないふりをする女への恨みの情を表出した詠であり、㉓は、心変わりして「つらくなりゆく」など夢にも思わなかった女に裏切られ、後悔の念を詠じた歌であるので、ここにも在俗時に兼好の悲痛な恋愛体験があったことは容易に想像されるであろう。

このように、在俗時に兼好が恋愛を経験していたであろうことはほぼ間違いない事実として認められようが、はたしてその恋愛は悲恋にばかり終ったのであろうかというと、実はそうではなくて、㉖・㉗の両歌は、兼好がともに女としみじみと夜を語り明かした体験を詠じた内容になっている。まず、㉖は、詞書の叙述の方法が「……あか月まで物がたりし侍りける人に」のごとく「けり」を使用していることや、「荒れたる所のすのこにしりかけて、……月を見て」の措辞が、『源氏物語』の雨夜の品定めの左馬頭の体験談における「荒れたる崩れより、池の水かげ見えて、……、この男いたくすずろきて、門近き廊の簀子だつものに尻かけて、とばかり月を見る」（帚木）の叙述に依拠したりしていることなどから、創作（虚構表現）の可能性が指摘されるが、和歌の中の「……月を見し夜は」の「し」が直接経験を表す過去の助動詞であることから、この㉖は兼好の優美な王朝物語を想起させるような恋愛体験を物語る詠歌と知られよう。また、㉗は、有名な清少納言の「夜をこめて鳥の空音にはかるともよに逢坂の関はゆるさじ」（後拾遺集・雑二・九三九）の詠を念頭に置いての詠作だが、詞書の「秋の夜、とりの鳴くまで人と物語して、帰りて」の叙述は兼好の実体験を記したものと考えてよかろうから、「鶏が鳴いたので、急いで帰りましたが、帰ってみるとまだ夜深くて、有明の月が照っていました。してみると、あのとき鳴いたのは、にせの鶏の声だったのでしょうか」という㉗の詠作は、あたかも王朝物語にしばしば登場するウイットに富む女房を相手に取り交わす贈答歌を想起させるほどに、洒落た内容となっている。したがって、この両歌について、兼好に優雅で好ましい恋愛体験が存在したことを積極的に証明する詠作と認めて、何ら差し障りはないであろう。

これを要するに、『自撰家集』の恋歌には、歌題の題意にふさわしく虚構化された題詠歌が大多数をしめ、実詠歌の場合でも虚構表現された詠歌がかなり指摘されるが、中には兼好の失恋体験に基づく詠歌にまじって、王朝物語にしばしば登場するような、優雅で洒落た贈答歌を思わせる詠歌も見出されるので、兼好は『徒然草』で女性蔑視の発言をしているほど、女性から陰険で衝撃的な痛手を受けるような恋愛体験は、現実には経験していなかったと憶測できるのではなかろうか。

四　『徒然草』にみられる理想的女性像の造型

以上、『自撰家集』から窺い知られる兼好の現実生活における恋愛体験が通常の人が経験する人並みの普通の恋愛体験であり、『徒然草』における女性観も、仏教的観点に立ったときには、とくに辛辣な物言いになるが、女性を恋愛の対象と考えるときには、とても好もしい物言いになることなど、兼好の思想・考え方や、言動・態度についていくらか明らかにしてきたが、ここで再び『徒然草』に立ち返って、このような兼好の女性観が『徒然草』でいかなる女性像を形象しえているかの問題について検討を加えてみたいと思う。

さて、『徒然草』における女性論を考えるとき、兼好の見解表明としての女性観の問題とともに、人物造型としての女性像の確立の問題があることについては周知の事柄に属しようが、後者の問題に言及するとき、まず想起されるのが、先に引用した(26)の詠を下敷きにして、王朝物語的な世界に仕立てられたと考えられる、次の第百五段であろう。

北の屋かげに消え残りたる雪の、いたう凍りたるに、さし寄せられたる車の轅《ながえ》も、霜いたくきらめきて、有明の月さやかなれども、隈なくはあらぬに、人離れなる御堂の廊に、なみなみにはあらずと見ゆる男、女となげしに尻かけて、物語するさまこそ、何事にかあらん、つきすまじけれ。かぶしかたちなど、いとよしと見えて、えもいはぬ匂ひの、さとかをりたるこそ、をかしけれ。けはひなど、はつれはつれ聞えたるもゆかし。

（徒然草・第百五段）

すなわち、この章段は、稲田利徳氏が「『徒然草』の虚構性」（『国語と国文学』第六二八号、昭和五一・六）で指摘されているように、『自撰家集』の㉖の詞書の「荒れたる所」を、『徒然草』では「北の星かげ……」とか「人離れなる御堂の廊に」などと設定したり、登場人物を「なみなみにはあらずと見ゆる男」と想定して虚構化をはかり、その男が「女となげしに尻かけて、物語するさま」を、『徒然草』で「荒れたる庭の露しげきに、わざとならぬ匂ひ、しめやかにうちかをりて」（第三十二段）とか「夜寒の風にさそはれくるそらだきものの匂ひも、身にしむ心地す」（第四十四段）などと幽艶な雰囲気を醸し出すときにしばしば使われる兼好好みの「匂ひ」を漂わせることによって、王朝物語の一こまを思わせるような優雅で情趣深い世界の創造に成功している。とはいえ、この場面は「霜いたくきらめ」く「有明の月」のもとで、「人離れなる御堂の廊」で語り合う男女を、作者がのぞき見するという構図になって、女性独自の具体的描出にはなっていないので、兼好の理想的女性像の把握には、そのほかの章段を探さなくてはならないであろう。

これに対して、この段の直前に位置する第百四段は、作者自身を、「或人」なる第三者に仮託して、この「或人」の視線をとおして、これまた王朝的物語ふうに仕立てあげられているが、この章段には、兼好の理想とする女性像が具体的に描出されている点、当面の課題を追究するには格好の章段といえるであろう。

荒れたる宿の、人目なきに、女のはばかる事あるころにて、つれづれと籠り居たるを、或人、とぶらひ給はんとて、夕月夜のおぼつかなきほどに、忍びて尋ねおはしたるに、犬のことことしくとがむれば、下衆女の出でて、「いづくよりぞ」と言ふに、やがて案内せさせて入り給ひぬ。心ぼそげなる有様、いかで過ぐすらんと、いと心ぐるし。あやしき板敷にしばし立ち給へるを、もてしづめたるけはひの、わかやかなるして、「こなた」といふ人あれば、たてあけ所狭げなる遣戸よりぞ入り給ひぬる。

内のさまは、いたくすさまじからず、心にくく、火はあなたにほのかなれど、もののきらなど見えて、俄かにしもあらぬ匂ひ、いとなつかしう住みなしたり。「門よくさしてよ。雨もぞ降る。御車は門の下に。御供の人はそこそこに」と言へば、「今宵ぞやすき寝は寝べかめる」と、うちささめくも忍びたれど、程なければ、ほの聞ゆ。さて、このほどの事ども、こまやかに聞え給ふに、夜深き鳥も鳴きぬ。来しかた行末かけて、まめやかなる御物語に、このたびは鳥もはなやかなる声にうちしきれば、明けはなるるにやと聞き給へど、夜深く急ぐべき所のさまにもあらねば、少したゆみ給へるに、隙白くなれば、忘れがたき事など言ひて、立ち出で給ふに、梢も庭もめづらしく青みわたりたる卯月ばかりのあけぼの、艶にをかしかりしを思し出でて、桂の木の大きなるが隠るるまで、今も見送り給ふとぞ。

（徒然草・第百四段）

すなわち、この章段も、さきに掲げた『自撰家集』の(26)の詞書と和歌に依拠しての虚構化と認められ、その描出方法は、『古今集』『源氏物語』『枕草子』『大鏡』などの先行物語や和歌表現を借用したり、兼好好みの措辞を多用して、兼好の理想とする王朝物語的世界の雰囲気を醸成しているところに認められることは、本節のⅢの「『徒然草』の朧化表現」（『中世文学研究』第一一号、昭和六〇・八）で詳述しているので省略に従うが、この場面に登場する女の、「外の様子にくらべて、それほど荒れて趣がないというのではなく、奥ゆかしく感じられて、燈火は部屋の向こうにあって、ほんのり明るいだけだが、調度類などの美しさは目にみえて、来客のために急にたいたとも思われない薫物の匂いが、とてもなつかしく感じられるように住んでいる」住居の様子や、来客を「もてしづめたるけはひの、わかやかなるして『こなた』といふ」侍女の、奥ゆかしい態度・振る舞いなどの描写には、まさに王朝物語に登場する貴紳の女性や侍女の姿が彷彿としてき、ここには錯覚を催さんばかりの兼好の筆致の冴えが認められよう。それは、それだけ兼好の、『源氏物語』や『枕草子』に登場する、いわば趣味中心の貴族の女性の生活態度への憧憬が強いことの反映であろうが、この章段は、『自撰家集』に、後嵯峨天皇の皇女・悦子内親王に仕えた女房・延政門院一条と、

兼好が、

延政門院一条、時なくなりてあやしきところにたち入りたるよし申をこせて

(28)　おもひやれかかるふせ屋のすまゐしてむかしをしのぶ袖の涙を　（一二八）

返し

(29)　しのぶらむむかしにかはる世の中はなれぬ伏屋のすまひのみかは　（一二九）

のごとく贈答歌を交わしている事実が見出されることから、あるいは、兼好の女友だちであった延政門院一条をイメージして執筆されたのかもしれない。

それはともかく、兼好が心に描いている理想的な女性像は、これまでに掲げた章段から明らかなように、王朝物語にしばしばみられる優雅で奥ゆかしい人柄の女性であるが、さらに次の第三十一段は、風雅・風流へのたしなみのある女性について言及した章段である。

雪のおもしろく降りたる朝、人のがり言ふべき事ありて、文をやるとて、雪のことなにとも言はざりし返事に、「この雪いかが見ると一筆のたまはぬほどの、ひがひがしからん人の仰せらるる事、聞きいるべきかは。返す々口をしき御心なり」と言ひたりしこそ、をかしかりしか。

今はなき人なれば、かばかりのこともわすれがたし。　（徒然草・第三十一段）

この段には、『拾遺集』の巻四・冬部の平兼盛の題知らずの歌、

(30)　山ざとは雪ふりつみて道もなしけふこむ人をあはれとは見む　（拾遺集・冬部・二五一）

の詠を初めとして、『枕草子』（伝能因本）の第百七十九段でも、

（前略）「今日の雪をいかにと思ひきこえながら、何でふ事にさはり、その所に暮らしつる」よしなど言ふ。「今日来む人を」などやうの筋をぞ言ふらむかし。　（枕草子・百七十九段）

と叙述されているように、雪が美しく降った朝には、そのことに触れた手紙や和歌を交換するのが古来、習慣であったのに、その点に一言も触れない手紙を寄こした無風流な男（兼好）をからかった、女性の「雪の風流」についてのたしなみが取り上げられている。このことは、風流のたしなみのない女性は兼好の理想的な女性像の範疇に入らないことを意味しようが、この段に連続する第三十二段は、月への風流を持ちながら、女性としての優雅で奥ゆかしい日ごろの心づかいが教養となって身についている女性の振る舞いに言及した有名な章段である。

九月廿日の比、ある人に誘はれ奉りて、明くるまで月見歩く事侍りしに、思し出づる所ありて、案内せさせて入り給ひぬ。荒れたる庭の露しげきに、わざとならぬ匂ひ、しめやかにうちかをりて、忍びたるけはひ、いとものあはれなり。

よきほどにて出で給ひぬれど、なほ事ざまの優におぼえて、物のかくれよりしばし見ゐたるに、妻戸をいま少しおしあけて、月見るけしきなり。やがてかけこもらましかば、口惜しからまし。あとまで見る人ありとは、いかでか知らん。かやうの事は、ただ朝夕の心づかひによるべし。その人、ほどなくうせにけりと聞き侍りし。

（徒然草・第三十二段）

すなわち、この段は、「ある人」が訪問した、「荒れたる庭の露しげきに、わざとならぬ匂ひ、しめやかにうちかをりて、忍びたるけはひ」で暮らしている女の振る舞いについて、同道した兼好の目をとおして語られた垣間見の場面であって、来客を送り出した後の女の、「妻戸をいま少しおしあけて、月見るけしき」にいたく感動した作者が、「かやうの事は、ただ朝夕の心づかひによるべし」と嘆息を漏らし、共感の気持ちを表出しているところには、兼好の理想とする女性への好尚の反映が顕著であるといえるであろう。

このようにみてくると、『徒然草』における理想的な女性像とは、王朝的物語の世界にしばしば登場する、優雅で奥ゆかしく、風雅・風流へのたしなみがあり、日ごろの心づかいが教養となって身についている女性ということになろうが、ここで翻って、何故に兼好が、自分自身の生きた時代とは一昔もさかのぼる時代の女性像に憧憬の念を持つのかの問題について考えてみると、『徒然草』全体を貫く思想のひとつと推測される、たとえば第二十二段で、「なに事も、古き世のみぞしたはしき。今様は無下にいやしくこそなりゆくめれ。かの木の道のたくみの造れる、うつくしき器物も、古代の姿こそをかしと見ゆれ」と、見解を表明している兼好の尚古《しようこ》思想と関係があるように思われる。この尚古思想は、兼好が生きた当代・近代を嫌悪する思想と表裏一体の関係にあるが、どうやら兼好は自己の生きた当代に接しえた文化・学問・芸道などにそれほどの重い価値を見出していなかったようだ。それは当時の学問・芸道・文化などのほとんどを世俗に染まったものと見なし、神々しさを今にも残している宮中について、第二十三段で「おとろへたる末の世とはいへど、なほ九重の神さびたる有様こそ、世づかずめでたきものなれ」と、感想を述べていることからも察せられよう。したがって、兼好が理想的な女性像として描出している先に引用した諸段のうちの女性たちが、第百四段では「……艶にをかしかりしを」と過去の人物として扱われ、また、第三十一段・第三十二段でも各々、「今はなき人なれば、かばかりの事もわすれがたし」、「その人、ほどなくうせにけりと聞き侍りし」のごとく取り扱われて、すでに過去の好もしい人物として描出されているのは、至極当然な描出方法といわねばなるまい。それはまた、「しづかに思へば、よろづに過ぎにしかたの恋しさのみぞせんかたなき」（第二十九段）と詠嘆しないではおられない兼好の思想的好尚でもあったようだ。

しかし、各章段の結末では、すでに過去の人物として記憶のかなたに押しやられている女性たちも、各章段での描かれ方は、兼好の生きた当代の理想的女性としての要素を具有した人物として形象化されているわけだから、ここで兼好がこのような王朝的物語にしばしば登場する女性像を創造・再現している目的に言及するならば、それは自己の生きている当代にも、王朝物語などに登場する女性にけっして劣らない女性も存在していたのだ、という兼好の理想を理念として提示しておきたかった営為と関係するのではなかろうか。兼好好みの女性像の形成に、『源氏物語』『枕草子』などの王朝時代の散文作品や、『古今集』以下の和歌作品に見出される措辞や、兼好好みの美意識や思想に基づいた表現がしばしば集中して見出されるのは、このような意味において理解するのがもっとも妥当性を有するように思量されるが、いかがなものであろう。

五　ま と め——兼好の女性観の体現としての『徒然草』の女性像

以上、兼好の代表的な著作である『徒然草』と『自撰家集』を対象に、兼好の女性論について縷々展開してきたが、ここでこれまで言及してきた要点を摘記して、本節Ⅱの結論にしたいと思う。

(一)『徒然草』にみられる兼好の女性観は、仏教的視点に立ったときには、辛辣な物言いになるが、世俗的視点(女性を恋愛の対象と考えるとき)に立ったときには、好ましい物言いになる傾向が認められる。

(二)『自撰家集』には五十首弱の恋歌が見出され、その大半は題詠歌で、兼好の創造(虚構表現)による恋の世界の展開であるが、残りの実詠歌には兼好の他人になり代っての代作詠と、純粋な実詠歌があり、そのうち、純粋な実詠歌は兼好の現実の恋愛体験に基づいた詠歌と認められ、その兼好の恋愛体験の内容を検討してみると、失恋体験もかなり経験しているように推測されるが、それは『徒然草』で行っている女性蔑視の発言をするほどの失恋体験ではなく、たとえば王朝時代の女房たちとの贈答歌を想像させるようなウイットに富んだ詠歌をみると、情趣深い恋愛体験も結構経験しているように推察される。

(三)『徒然草』にみられる理想的女性像の造型は、兼好の実体験に基づいた、王朝的物語を再現させるような虚構の世界の構築で、その理想的な女性像は、優雅で奥ゆかしく、風流へのたしなみもあり、常日ごろの心づかいが教養となって身についている王朝貴紳の女性を連想させる。

(四)『徒然草』におけるこのような女性像の創造は、兼好の尚古思想に基づいていると推測されるが、何故に兼好がこのような人物造型をしたかというと、それは自己の生きている当代にも、王朝物語などに登場する女性にけっして劣らない女性も存在していたのだ、という兼好の理想を理念として提示しておきたかった『徒然草』の執筆意図とも深く関係していると憶測される。

Ⅲ　『徒然草』の朧化表現——連体詞「ある」＋体言の場合

一　はじめに

中世文学のなかで『徒然草』と言えば、兼好法師の随筆で、そこには兼好の直接体験に基づく事実を記した部分と、まったくの空想を記した架空談の部分とが混在しているという見方がこれまで支配的であったようである。つまり、『徒然草』を随筆という枠組に入れて理解するという行き方が主流を占めていたと見なし得ようが、それではこの枠組をはずして『徒然草』を眺めると、いかなる様相を呈してくるであろうか。

例を『徒然草』第九十二段にとってみよう。

或人、弓射る事を習ふに、もろ矢をたばさみて的に向ふ。師の言はく、「初心の人、ふたつの矢を持つ事なかれ。後の矢を頼みて、はじめの矢に等閑の心あり。毎度ただ得失なく、この一矢に定むべしと思へ」と言ふ。わづかに二つの矢、師の前にてひとつをおろかにせんと思はんや。懈怠の心、みづから知らずといへども、師これを知る。この戒め、万事にわたるべし。

道を学する人、夕には朝あらん事を思ひ、朝には夕あらんことを思ひて、かさねてねんごろに修せんことを期す。況んや一刹那のうちにおいて、懈怠の心ある事を知らんや。なんぞ、ただ今の一念において、直ちにする事

の甚だ難き。[1]　（徒然草・第九十二段）

この段は弓道を例に引き、「慣習化した弓射の作者のうちに潜む[2]」「懈怠の心」を指摘し、そこから、仏道を学ぶ者のなかにおのずから巣くう「懈怠の心」について、「況んや一刹那のうちにおいて、懈怠の心ある事を知らんや、なんぞ、ただ今の一念において、直ちにする事の甚だ難き。」と警告した、いかにも仏道修行に刻苦勉励している兼好の姿勢が顕著にうかがわれる内容となっている。ここには、人生の無常を説き、仏道修行に専念すべきことを積極的に肯定し、道を求めて已むことのない求道者としての兼好の姿が躍如としているが、このような兼好の主張のうかがわれる章段はこのほか第五十九段・第百八段・第百八十八段など、『徒然草』の随所に見出すことができよう。

ところで、『徒然草』でかくも積極的に仏道修行の必要性を説く兼好が、みずから編んだとされている『兼好自撰家集』[3]（以下『自撰家集』と略称）では、本節Iですでに引用したが、次のごとき詠歌を残しているのである。

　　世をそむかんとおもひたちしころ、秋のゆふぐれに

(1) そむきな《て》はいかなるかたにながめまし秋のゆふべもうき世にぞうき　（三四）

　　ほいにもあらでとし月へぬることを

(2) うきながらあればすぎゆく世中をへがたきものとなにおもひけむ　（三六）

(3) ならひぞとおもひなしてやなぐさまむわが身ひとつにうき世ならねば　（三七）

　　修学院といふところにこもり侍しころ

(4) のがれてもしばのかりほのかりの世にいまいくほどかのどけかるべき　（五二）

(5) いかにしてなぐさむ物ぞよの中をそむかですぐす人にとはゞや　（五五）

　　心にもあらぬやうなることのみあれば

(6) すめばまたうき世なりけりよそながらおもひしまゝの山さともがな　（八一）

(7)　なにとかくあまのすて舟すてながらうき世をわたるわが身なるらん　（八二）

いづかたにも又ゆきかくれなんと《ばやと》心にはいつもおもひながら、いまは身をこゝろにまかせたれば、いつにてもとおもふに中〳〵をこたりて、《のみぞ》すぎゆく

(8)　そむく身はさすがにやすきあらましに猶山ふかきやどもいそがす　（二三四）

すなわち、(1)〜(3)は出家以前の、(4)〜(8)は出家後の兼好の求道観を表白した詠である。

まず、(1)は俗世を捨てて、出家を決意した頃の詠、(2)は出家を思い立ちながらも、それをはたさず月日を過ごしたことを表出した詠、(3)も同様で、この(1)〜(3)の歌からは、出家に踏み切ることなく、世事にずるずるとかかずらう兼好の姿をうかがうことができよう。

一方、(4)は左京区、比叡雲母坂の西の麓の修学院に籠った頃の詠で、(5)の詠とともに、出家敢行後の崇高な境地など微塵も感じられない詠、(6)・(7)は隠遁生活が長くなるにつれ、現状に対する不満も増し、新たな苦脳が生じてくる心情を詠じたものであるが、(8)はさらにこのような現状に流されていく性情が高じて、「をこたりて、《のみぞ》すぎゆく」堕落した兼好の姿を詠じて、甚しい。これらの歌には、『徒然草』で瞬時も惜しんで道を求めよと説いている求道者兼好の姿はまったく見られないのである。

このように、道を求める姿勢において、『徒然草』と『自撰家集』とでは、これが同一人物の発言かと疑わしくなるほどの言行不一致が指摘されるのである。この相反する、言わば矛盾現象とでも言うべき両作品における兼好の言行の不一致はどのように理解したらよかろうか。結論をさきに言うならば、『自撰家集』は兼好の現実の日常生活における所感を素直に表出した、言わば本音を吐露した集であり、『徒然草』は、日常生活次元での営為が怠惰・放逸であっただけに、兼好のしかるべき理想の在り方、理想の生き方を抽出しようとした、言わば建て前を記した理念の書と区別することによって理解できるのであるまいか。すなわち、『徒然草』には、兼好の観念によってかなりの虚

構がなされているわけで、その意味で、稲田利徳氏「『徒然草』の虚構性」（『国語と国文学』昭和五一・六）は、「従前からも直接体験か架空談かで論議のあった王朝的な章段を中心に、先行作品や『徒然草』の内部の理念との関連を通して、兼好の虚構の姿勢とその意見を見定め」た好論として評価されよう。

ところで、このような虚構化がなされる方法のひとつに固有名詞の不使用による方法があるが、話の端緒を第八十二段に求めて、具体的に言及してみよう。

「うすものの表紙は、とく損ずるがわびしき」と人の言ひしに、頓阿が、「羅は上下はつれ、螺鈿の軸は見落ちて後こそいみじけれ」と申し侍りしこそ、心まさりて覚えしか。一部と有る草子などの、おなじやうにもあらぬを見にくしといへど、弘融僧都が、「物を必ず一具にととのへんとするは、つたなきもののする事なり。不具なるこそよけれ」と言ひしも、いみじく覚えしなり。

「すべて何も皆、ことのととのぼりたるはあしき事なり。し残したるを、さてうち置きたるは、面白く、いきのぶるわざなり。内裏造らるるにも、必ず作り果てぬ所を残す事なり」と、或人申し侍りしなり。先賢のつくれる内外の文にも、章段の欠けたる事のみこそ侍れ。（徒然草・第八十二段）

周知のとおり、本段は不具と未完の魅力について、「人」・頓阿・弘融僧都・「或人」の四人の話談によって構成されている。前段では、羅の表紙はすぐに傷むので困ると誰か（人）が話題提供したのに対して、頓阿と弘融僧都という兼好の交流圏にいた二人を固有名詞で登場させ、各々、前記主題を表明させているのに、後段では、上記二人の発言を「或人」の発言として肯定的に把えている。ここには、三人の座談を生き生きと活写した兼好の臨場感あふれる表現のさえが認められるが、ここで疑問に思うのは、何故に三番目の発言者を固有名詞を使わないで「或人」としたのかという問題である。結論を先に言えば、この三番目の発言者は固有名詞をあげるのが憚られる人物、即ち兼好自身であったのではないか。羅の表紙に対する意見を述べたのは兼好を含めて三人であったと想像するわけだが、それは常識を越えた意表をつく発言者に友人を固有名詞で登場させるのには何ら憚られる必要はなかったのに、自己の発言を直接話法で語ることには多少の抵抗があった兼好が「或人」なる朧化表現を使って自己主張をしたかったと推測されるからである。換言すれば、「或人」なる固有名詞排除の人物設定の背景には、虚構化しようとする兼好の意識的な積極的意図が働いていたのではなかろうか。第八十二段における先程の疑問はこのように解することによって氷解すると考慮されるが、翻って考えるに、このように固有名詞を排除した、連体詞「ある」＋《プラス》体言という朧化表現には、作者の積極的な意味づけがなされていると推測されるのである。そこで、本節のⅢでは、以下に、連体詞「ある」＋体言なる朧化表現について、その実態と意味づけの考察を進め、同時に、兼好が『徒然草』において主張しようとした主題についても言及してみたいと思う。

二　連体詞＋体言の用例

ところで、連体詞「ある」＋体言なる朧化表現が『徒然草』にどれくらい指摘されるかを検討してみると、四十九例が認められ、それらは、

(1)「ある」＋人物（三八例）
(2)「ある」＋時間（七例）
(3)「ある」＋場所（三例）
(4)「ある」＋物（一例）

のごとく分類されるが、さらに具体的に表示すれば、次のとおりである。

(1)	ある人	21・32・39・47・※64・※82・88・92・101・※104・138・※151・※158・194・※195・231・231・232・232・※232（二〇例）
	ある者	88・125・※126・177・188・188（六例）
	ある法師	52・60（二例）
	ある有職の人	※95・※213（二例）
	ある聖	※111・125（二例）
	ある物知り	※181（一例）
	ある大福長者	※217（一例）
	ある男	232（一例）
	ある荒夷	142（一例）
	あるやんごとなき人	159（一例）
	ある御所さま	238（一例）
(2)	ある時	18・53・68・87・90・134（六例）
	ある宵の間	215（一例）
(3)	ある所	89・178（二例）
	ある山里	11（一例）
(4)	ある真言書	210（一例）

（注）数字は章段を表す。同じ章段でも該当例があれば重複して掲出した。※印を付した章段は積極的意味づけがなされていると判断される章段である。

さて、連体詞「ある」＋体言なる朧化表現の用例四十九例のうち、もっとも目立つのは、(1)の「ある」＋人物の場合であることが明白であるので、この(1)の場合を例にして検討してみたい。まず、第八十八段は、或者、小野道風の書ける和漢朗詠集とて持ちたりけるを、ある人、「御相伝、浮ける事には侍らじなれども、四条大納言撰ばれたる物を、道風書かん事、時代やたがひ侍らん。覚束なくこそ」と言ひければ、「さ候へばこそ、世にありがたき物には侍りけれ」とて、いよいよ秘蔵しけり。（徒然草・第八十八段）

のとおりで、「或者」と「ある人」の、存在し得るはずのない「小野道風の書ける和漢朗詠集」をめぐる荒唐無稽な論争を主題としたものである。小野道風は史実から明白なように、藤原公任（四条大納言）が誕生した年に没しているので、この場合、「或者」は無知な人物として想定されているのに対して、「ある人」は常識人として描かれていることになろう。したがって、この「ある人」は兼好の意見を代弁する人物と推測されるが、この段の言わば落語的な面白さを描くために、わざわざ固有名詞をあげるまでもなかろうから、この「ある人」にはさほどの意味づけがあるとは言えないであろう。つまり、この第八十八段における「或者」と「ある人」なる人物設定にはそれほどの意味は付与されておらず、この朧化表現には消極的な価値しか認められないであろう。このような消極的な意味あいしか認められない場合の用法は『徒然草』に案外指摘され、第二十一段・第三十二段・第三十九段・第四十七段・第九十二段・第百一段・第百三十八段・第百九十四段・第二百三十一段・第二百三十二段など、いずれもこのうちに入るであろう。

ところが、第六十四段・第百五十一段・第百四段の場合は趣が異なるように思われる。まず、第六十四段は、

「車の五緒は、必ず人によらず、ほどにつけて、きはむる官・位に至りぬれば、乗るものなり」とぞ、ある人仰せられし。（徒然草・第六十四段）

のとおりで、牛車の簾の一種である「五緒」に関する有職故実に言及した章段である。この「五緒」については『桃花蘂葉』（一条兼良）『餝抄』（源通方）に見解が見えること諸注の指摘するとおりで、兼好もそれらによってこの章段を書いたのかも知れない。『徒然草全注釈』が「この『或人』は、いわゆる有職家であって、摂政・関白・大臣な

どの貴顕の位置にある人々なのである。『仰せられし』という、最高の尊敬語法に、それがあらわれている。」と論評しているのはこの点からの読解であろうが、この場合も、第八十二段における「或人」と同様に、兼好の見解を「ある人」に代弁させて文学化したと解せられはしないか。つまり、この「ある人」の「五緒」についての見解は正しい有職故実に基づく表白であるから、固有名詞をあげるのに何らの憚りも必要としないのに、「ある人」なる朧化表現を採ったのは、兼好が自説として紹介したかったからではなかろうか。この場合の「ある人」は、したがって、積極的な意味が付与された朧化表現とみなされよう。

次に、第百五十一段は、

　或人の云はく、年五十になるまで上手にいたらざらん芸をば捨つべきなり。励み習ふべき行末もなし。老人の事をば、人もえ笑はず。衆に交りたるも、あいなく、見ぐるし。大方、万のしわざはやめて、暇あるこそ、めやすく、あらまほしけれ。世俗の事に携はりて、生涯を暮らすは、下愚の人なり。ゆかしく覚えん事は、学び聞くとも、その趣を知りなば、おぼつかなからずしてやむべし。もとより望むことなくしてやまんは、第一の事なり。
（徒然草・第百五十一段）

のごとくで、芸能習得の心構えを説いた前段とはまったく反対に、老境に入った者は芸能への意欲を放棄すべきことを、「或人」の言葉として展開した章段である。ところで、その内容は「おのが分を知りて、及ばざる時は速かにやむを智といふべし。」という主張をしている第百三十一段のそれに共通するので、この第百五十一段でも、形式は「或人」の語った発言のようになっているが、実は兼好自身の芸道論を開陳しているとみて誤りないであろう。ゆえに、この段も第六十四段と同様に、「或人」に積極的な意味づけがなされた朧化表現であると言えるであろう。

このように、「ある人」に兼好自身の見解を代弁させるべく朧化表現がなされている章段は、ほかに第百五十八段などが指摘されるが、次に、第百四段の場合を検討してみよう。

(ア)荒れたる宿の、人目なきに、女のはばかる事あるころにて、つれづれと籠り居たるを、或人、とぶらひ給はんとて、(イ)夕月夜のおぼつかなきほどに、忍びて尋ねおはしたるに、(ウ)犬のことことしくとがむれば、下衆女の出でて、「いづくよりぞ」と言ふに、やがて案内せさせて入り給ひぬ。(a)心ぼそげなる有様、いかで過ぐすらんと、いと心ぐるし。あやしき板敷にしばし立ち給へるを、(エ)もてしづめたるけはひの、わかやかなるして、「こなた」といふ人あれば、(オ)たてあけ所狭げなる遣戸よりぞ入り給ひぬる。

内のさまは、いたくすさまじからず、心にくく、(b)火はあなたにほのかなれど、もののきらなど見えて、(c)俄かにしもあらぬ匂ひ、いとなつかしう住みなしたり。(カ)「門よくさしてよ。雨もぞ降る、御車は門の下に。御供の人はそこそこに」と言へば、「今宵ぞやすき寝は寝べかめる」と、うちささめくも忍びたれど、程なければ、ほの聞ゆ。さて、このほどの事ども、こまやかに聞え給ふに、(キ)夜深き鳥も鳴きぬ。来しかた行末かけて、まめやかなる御物語に、このたびは鳥もはなやかなる声にうちしきれば、明けはなるるにやと聞き給へど、夜深く急ぐべき所のさまにもあらねば、少したゆみ給へるに、隙白くなれば、忘れがたき事など言ひて、(ク)立ち出で給ふに、梢も庭もめづらしく青みわたりたる卯月ばかりのあけぼの、艶にをかしかりしを思し出でて、(ケ)桂の木の大きなるが隠るるまで、今も見送り給ふとぞ。

（徒然草・第百四段）

この第百四段は、第六十四段や第百五十一段のような、兼好の見解を「ある人」に代弁させる手法とは異なって、平安時代の物語の一コマを想起させるような物語化された章段と言えよう。即ち、この段は、ある貴公子が世を避けて隠れ住んでいる女性のもとへある夜ひそかに訪れて、こまやかな語らいをした後、明け方に帰って行くという優美な内容であるが、この一見平凡な王朝物語的世界の主題である、夏の夜、鶏が鳴くまで女性と語り明かしたという筋《プロット》は、実は、『自撰家集』に、この段と同趣の

秋の夜、とりのなくまで、人とものがたりしてかへりて

(9)　ありあけの月ぞ夜ぶかきわかれつるゆふつげどりやそらねなりけむ　　（二二五）

なる詞書と和歌が見出されることから、兼好の体験をもとに物語化がなされていると認められるのである。つまり、この段で「或人」と第三者に仕立てられた人物は兼好自身と考慮するのがもっとも妥当で、『徒然草全注釈』が「兼好自身の経験を『或人』に托して書いたのであろうとする説が、江戸時代より行なわれているのも当然である。」とか、『徒然草講話』が「これは兼好が、自らの経験を、人のことのやうにして、書いたのである。」とか、稲田氏が「この段の『或人』も一〇五段同様、兼好自身であって、自己の体験を第三者に仮托したのではなかろうか。」（前掲論文）と言われるとおりである。したがって、この段は兼好自身の体験を「或人」に仮託して王朝物語ふうに仕立てあげられた章段と言うことができようが、ちなみに、この段は、諸注および前掲稲田氏論文がとくに指摘するように、先行物語や和歌的表現を摂取した表現面からの虚構化が顕著である。その点について、先覚の指摘された成果を整理すると、次のごとくなろう。

(ア)　人目なく荒れたる宿はたちばなの花こそ軒のつまとなりけれ(4)　　（源氏物語・花散里）

(イ)　ゆふづくよおぼつかなきを玉匣ふたみの浦は曙てこそ見め(5)　　（古今集・兼輔・四一七）

(ウ)　宮は、御馬にてすこし遠く立ちたまへるに、里びたる声したる犬どもの出で来てののしるもいと恐ろしく、……　　（源氏物語・浮舟）

　　……物咎めする犬の声、……　　（同）

(エ)　若やかなるけしきどもしておぼめくなるべし。　　（源氏物語・花散里）

(オ)　遣戸といふもの鎖して、いささか開けたれば、（中略）入り給ひぬ。　　（源氏物語・東屋）

(カ)　雨、やや降り来れば、空はいと暗し。（中略）「この、人の御車入るべくは、引き入れて御門鎖してよ。かかる、供人こそ、（中略）」など、……　　（同）

(キ)　前掲(9)の和歌と詞書　　　　　　　　　　　　（自撰家集・二二五）

(ク)　四月、祭のころ、いとをかし。（中略）木々の木の葉、まだしげうはあらで、若やかに青みわたりたるに、霞も霧も隔てぬ空のけしきの、なにとなくすずろにをかしきに、[6]　　　（枕草子）

(ケ)　大きなる桂の樹の追風に祭のころ思し出でられて、　　　　　（源氏物語・花散里）

君が住む宿のこずゑをゆくゆくとかくるるまでもかへり見しはや[7]　　　（大鏡）

以上は第百四段の傍線を施した(ア)〜(ケ)の措辞が依拠したと推測される先行作品の該当箇所を指摘したものであるが、次の(a)〜(c)の表現は傍を施した第百四段における表現と同趣の兼好好みの措辞を、『徒然草』の他の諸段から拾いあげたものである。

(a)　心ぼそく住みなしたる庵あり。　　　　　　（徒然草・第十一段）

五月、あやめふく比、早苗とるころ、水鶏のたたくなど、心ぼそからぬかは。　　（同・第十九段）

剣璽・内侍所わたし奉らるるほどこそ、限りなう心ぼそけれ。　　（同・第二十七段）

(b)　「夜に入りて物のはえなし」といふ人、いと口惜し。万のものの綺羅・飾り・色ふしも、夜のみこそめでたけれ。　　（同・第百九十一段）

(c)　匂ひなどはかりのものなるに、しばらく衣裳に薫物すと知りながら、えならぬ匂ひには、必ず心ときめきするものなり。　　（同・第八段）

荒れたる庭の露しげきに、わざとならぬ匂ひ、しめやかにうちかをりて、忍びたるけはひ、いとものあはれなり。　　（同・第三十二段）

夜寒の風にさそはれくるそらだきものの匂ひも、身にしむ心地す。　　（同・第四十四段）

かぶしかたちなど、いとよしと見えて、えもいはぬ匂ひの、さとかをりたるこそをかしけれ。（同・第百五段）

このように、第百四段は、兼好自身の体験を「或人」なる第三者に仮託して王朝物語的世界を構築しようとした意図を、「先行作品の場面、表現と重ねあわせて情緒層化を行い、また、作者の好みによる景や人物の営為に仕立てあげて虚構」（稲田氏前掲論文）化しているのである。となると、この段における「或人」は兼好自身が自己を客体化して、自己の理想とする王朝世界に生きるという実践を試みていることを意味し、この点、「或人」の設定はまことに大きな意義を有する朧化表現ということになろう。そして、この場合の朧化表現のほうが、先に指摘した「ある人」に自己の見解を代弁させるという朧化表現の方法よりも文学形象化が著しいわけで、その意味で、この第百四段に認められる「或人」なる設定は一歩進んだ朧化表現であるということができるであろう。

三　朧化表現の意味

さて、『徒然草』における連体詞「ある」＋体言の朧化表現については、以上のほかにいくつか検討し残した章段があるが、しかし、その他の諸例は以上検討したいずれかの場合にほぼ適応される。すなわち、『徒然草』の当該朧化表現は、一つは、兼好自身の見解を「ある人」に代弁させるべく想定された場合と、もう一つは、兼好自身の体験を「ある人」なる第三者に仮託して、王朝物語的世界を構築するという場合の二つに帰納されるので、ここではそれぞれの朧化表現のなされた意味について言及してみよう。

まず、前者の場合、その内容を整理しておくと、第六十四段に認められる有職故実に関する事柄、第百五十一段に認められる芸道に関する事柄、第八十二段に認められる美意識につながる事柄などを語る場合に採られるが、これらの問題を語る場合に、何故にかかる朧化表現がなされねばならないのであろうか。この問題に示唆を与えるのが、たとえば第七十九段で、「よき人」と「片田舎」の人を比較して、兼好は、

何事も入りたたぬさましたるぞよき。よき人は、知りたる事とて、さのみ知り顔にやは言ふ。片田舎よりさし

出でたる人こそ、万の道に心得たるよしのさしいらへはすれ。されば、世にはづかしきかたもあれど、自らもいみじと思へる気色、かたくななり。よくわきまへたる道には、必ず口重く、問はぬ限りは言はぬこそいみじけれ。

（徒然草・第七十九段）

と述べて、露骨で、節度を欠く言動をする片田舎の人の態度に不快感を表明しているのに対して、控え目で、節度ある奥ゆかしい言動をするよき人の態度に賛意を示している。ここに窺知されるのは、自分自身を「よき人」の側に身を置く立場の人間であることの意志表示であって、奥ゆかしい言動をする都会人たる自負である。換言すれば、兼好は自分自身を伝統文化を護持する側の人間と規定しているのであって、したがって、「世にはづかしきかたもあれど」と認めざるを得ない片田舎の人の輩出を許さざるを得ない状況にあって、古代の有職故実や芸道などが有名無実化していく現実を兼好は等閑視していられなかったに相違なかろう。しかし、そのような不満を露骨に表出することは「片田舎」の人のする行為に相当するし、だからと言って兼好には沈黙を保つことはできなかったであろう。そこで、案出されたのが「ある人」なる朧化表現を採用して、自己の見解を代弁させるという方法ではなかったろうか。この方法だと「よき人」の立場に立つ兼好の自負は何ら傷つけられることなく保持されるわけで、ここに極論すれば、兼好の伝統文化を護持する立場での見解は、この「ある人」なる人物の表明する会話のなかにこそ秘められているのではないかと言うことができるであろう。前者の朧化表現の意義はこのように説明できるのではなかろうか。

次に、後者の場合の、自己を「ある人」なる第三者に仮託して一つの物語世界を構築し、その「ある人」なる人物の物語世界における行動を通してある意味を訴えるという朧化表現の意味はどこにあるであろうか。この場合の朧化表現の意味に示唆を与えるのは、このような朧化表現の認められる章段が王朝物語の一コマを想起させるような章段に多く認められるところから、兼好の思想の根底にあったのは何であったのかの検討であろう。そこで、この点についての検討を進めてみると、それは、いみじくも第二十二段の前段で、なに事も、古き世のみぞしたはしき。今様は無下にいやしくこそなりゆくめれ。かの木の道のたくみの造れる、うつくしき器物も、古代の姿こそをかしと見ゆれ。

（徒然草・第二十二段）

と述べている、「古き世のみぞしたはしき」や「古代の姿こそをかしと見ゆれ。」の言説に集約されている、古代に対する強烈な憧憬の念であろう。それは、第二十九段で「しづかに思へば、よろづに過ぎにしかたの恋しさのみぞせんかたなき。」と、過ぎ去ったものへの愛惜の念をきわめて詠嘆的に語る兼好の心情と共通するもので、一言でいえば尚古思想とでも規定できるであろう。ところで、このように古代への強烈な憧憬の念をもつということは、兼好の生きている「今様」が「古き世」に対して不足であるからであって、ある面での現実肯定のできない裏返し現象として、「古き世」を憧憬するわけである。それでは兼好の「今様」において何が不足かというと、それは前述したように、伝統文化が新興勢力たる武家によって徐々に崩壊してゆく現実であったろうことは明白であろう。就中、王朝時代に見られた情趣、生活態度などに強い関心を抱いていた兼好にとって、このような精神的価値が済し崩し的に崩壊していく現実には堪えられなかったであろう。したがって、このような現実にあって、このような自己の関心事を日常の次元を越えて言語の世界のなかに再現しようと試みた営為が、このような王朝物語的世界を書かせることになったのであろうが、ここで特に注意しておかねばならないのは、このような物語的世界の構築が兼好の体験に基づいてなされていることである。つまり、兼好にとっては、伝統文化が徐々に喪失してゆく現実にありながら、自分だけは「古き世」の生活態度、情趣を直に体験しえたのだという意味をこのような物語的世界を記すことに付与したかったのである。そのことを露骨に表明することは、「よき人」の側にいる兼好にとって、軽蔑の対象たる「片田舎」の人の所為になろうから、「ある人」なる第三者を想定して、その人物に肩代りさせたのである。となれば、兼好という一個の人物の特殊な体験を「ある人」なる人物の体験として普遍化できるわけで、言わば典型的な文学世界への転換が可能となるのである。要するに、王朝物語的な章段に認められる連体詞「ある」＋体言なる朧化表現は、兼好が体験した古き時代の伝統文化的なあるものを可能な限り当時に使われていた表現・措辞を通して、純粋に文学形象化しようと努めた結果案出された方法であったと言うことができるであろう。

四　助動詞「けり」と「き」の役割

ところで、連体詞「ある」＋体言なる朧化表現を採っている章段で、そこに積極的な意味づけのなされている段の述部を検討してみるに、「ある人」と朧化表現された人物に対しては、古典文法でいう、いわゆる直接体験の回想の助動詞「き」が使用されていることに気がつく。たとえば、『徒然草』における固有名詞が使用されている人物に対する過去の助動詞の使用例をみると、その人物が兼好と同時代の人物である場合でも、第八十六段の平惟継（一三四三没）に対して、

惟継中納言は、風月の才に富める人なり。一生精進にて、読経うちして、寺法師の円伊僧正と同宿して侍りけるに、文保に三井寺焼かれし時、坊主にあひて、「御坊をば寺法師とこそ申しつれど、寺はなければ、今よりは法師とこそ申さめ」と言はれけり。いみじき秀句なりけり。（徒然草・第八十六段）

のごとく「けり」が使用され、また、第百五十三段の日野資朝（一三三二没）に対しても、

為兼大納言入道召し捕られて、武士どもうち囲みて、六波羅へ率て行きければ、資朝卿、一条わたりにてこれを見て、「あなうらやまし。世にあらん思ひ出、かくこそあらまほしけれ」とぞ言はれける。（同・第百五十三段）

のとおり「けり」が使われているように、兼好が直接にその場に居合わせてない場合には、間接経験の助動詞「けり」しか用いられていないのである。ところで、固有名詞をあげて展開される話の場合、それが当人の名誉になるような言及がなされる場合はいざ知らず、その反対の場合には、間接的に人から伝聞したという形で「けり」を使うほ

うが作者の責任を逃れることができるという意味で「けり」の使用率は高いであろうが、この第八十六段と第百五十三段の場合はいずれも固有名詞の人物に兼好は共感しているわけだから、その必要はなかろう。にもかかわらず、「けり」が用いられているのは、この両段を説話的に仕立てようとした作者の作意があるのかも知れないが、それ以上に、作者兼好が「けり」を正確に使っていることの結果であろうと思う。一方、「き」の使用例について検討するに、兼好の交友関係にあった弘融僧都の発言にふれている第八十四段をみるに、

法顕三蔵の、天竺にわたりて、故郷の扇を見ては悲しび、病に臥しては漢の食を願ひ給ひける事を聞きて、「さばかりの人の、無下にこそ心弱き気色を、人の国にて見え給ひけれ」と人の言ひしに、弘融僧都、「優に情ありける三蔵かな」と言ひたりしこそ、法師のやうにもあらず、心にくく覚えしか。（徒然草・第八十四段）

のとおり、弘融僧都には助動詞「き」が用いられているのである。したがって、『徒然草』の「き」と「けり」の全用例を検討したわけではないけれども、『徒然草』に見られる助動詞「き」と「けり」の使用において、兼好が、今日の古典文法で常識化している程度の区別をして使用していることは明瞭であろう。

この認識から考慮するに、連体詞「ある」＋体言の朧化表現をする場合、そこに規定された人物は漠然たる人物であればいいわけだから、その話の内容は当然兼好に関わる必要のない出来事として「けり」を使って叙述されればいいはずで、第四十七段は、

或人、清水へまゐりけるに、老いたる尼の行きつれたりけるが、道すがら、「くさめくさめ」と言ひもて行きければ、「尼御前、何事をかくはのたまふぞ」と問ひけれども、答へもせず、なほ言ひやまざりけるを、度々問はれて、うち腹たちて、「やや、鼻ひたる時、かくまじなはねば死ぬるなりと申せば、養ひ君の、比叡山に児にておはしますが、ただ今もや鼻ひ給はんと思へば、かく申すぞかし」と言ひけり。有り難き志なりけんかし。（徒然草・第四十七段）

のごとく、このような立場から「けり」を使用している。この第四十七段にみられる「けり」の使用は、先に引用した第八十六段にみられる「けり」の使用や、第三十九段における

或人、法然上人に、「念仏の時、睡におかされて行を怠り侍る事、いかがして、この障りをやめ侍らん」と申しければ、「目のさめたらんほど、念仏し給へ」と答へられたりける、いと尊かりけり。又、「往生は、一定と思へば一定、不定と思へば不定なり」と言はれけり。これも尊し。又、「疑ひながらも念仏すれば、往生す」とも言はれけり。これも又尊し。（徒然草・第三十九段）

の「けり」の使用が、兼好の生きた時代よりもはるかに昔を舞台にしている点で、当然の営為であるのと異なって、まさに「或人」なる朧化表現に相応した使われ方といえよう。その点、第百一段における

或人、任大臣の節会の内弁を勤められけるに、内記の持ちたる宣命を取らずして、堂上せられにけり。きはまりなき失礼なれども、立ち帰り取るべきにもあらず、思ひわづらはれけるに、六位外記康綱、衣かづきの女房を語らひて、かの宣命を持たせて、忍びやかに奉らせけり。いみじかりけり。（徒然草・第百一段）

の「けり」の使用は、兼好と同時代の中原康綱の登場する話にみられる点、これまた朧化表現の採られている章段にふさわしいと言えよう。

ところが、「ある人」に積極的な意味づけがなされている朧化表現の指摘された章段みると、いかがであろう。まず、「車の五緒」に関する有職故実を扱った第六十四段では、「……とぞ、ある人仰せられし。」と「き」が使用され、また、羅の表紙に言及した第八十二段でも、「……と、或人申し侍りしなり。」とやはり「き」が用いられ、さらに王朝物語的章段である第百四段でも、「艶にをかしかりしを思し出でて、……」と「き」が使用されて、朧化表現された「ある人」の所為にはふさわしからぬ過去の助動詞の使用となっているのである。もっとも、第百四段は、結びを「今も見送り給ふとぞ。」として、朧化表現された「或人」にふさわしい間接経験の回想の助動詞「けり」を想定させ

る措辞にしているが、いかにも唐突の感じを免れまい。このように、朧化表現に積極的な意味あいの認められる章段には直接経験の回想の助動詞「き」の使用が目立つのであるが、何故であろうか。

それは、『徒然草』における過去の助動詞「き」と「けり」の用法の吟味から明瞭なように、助動詞「き」の使用されている事柄には、何らかの意味で兼好自身の経験に直接関わる事柄を回想しているという事実が示唆するであろう。その点については、すでに、別の視点から、有職故実に言及した章段、芸能および美意識に触れた章段はいずれも兼好の自説の表明であり、また、王朝物語ふうの章段も兼好の体験に基づく虚構化、物語化であろうと推測したわけだが、その意味で、兼好に深い関わりの認められるこれらの章段に助動詞「き」が用いられるのは至極当然の現象であったわけである。すなわち、『徒然草』に指摘される積極的な意味の認められる「ある人」なる朧化表現の人物を、兼好自身であろうと推測した筆者の見解は、逆に、これらの章段に認められる助動詞「き」の用法からも裏付けられるのではなかろうか。

五　おわりに

以上、『徒然草』における連体詞「ある」＋体言なる朧化表現の分析とその意味について検討してきたが、兼好自身の思いがこれらの朧化表現にかなり積極的に託されている場合があることを検証することができた。それは日常生活次元における所懐をかなり生《なま》のままで吐露した『自撰家集』の世界と異なって、『徒然草』に抽出されている世界は、兼好のこうあるべき姿、こうありたい生き方などを表明した理念の世界であろうと本節Ⅲの冒頭で規定した見方の正当性を裏付けるものであろうが、同時に、『徒然草』をこのような視点からもう一度眺めてみることの必要性を示唆するものでもあろう。具体的に言うならば、従来、架空譚とも、作者の体験を綴ったと言われている「神無月の比、栗栖野といふ所を過ぎて、……」の第十一段をはじめとする、これまで論議の絶えなかった諸段は、このような視点から再検討することによって、新しい視角が開かれてくるのではなかろうか。

〈注〉
（1）本文の引用は、『方丈記　徒然草　正法眼蔵随聞記　歎異抄』（日本古典文学全集27、昭和四六・八、小学館）による
（2）三木紀人氏『方丈記　徒然草』（鑑賞日本の古典10、昭和五五・二、尚学図書）
（3）本文の引用は、『私家集大成5』（昭和四九・一一、明治書院）による。
（4）本文の引用は、『源氏物語』（日本古典文学全集12〜17、昭和四五・一一〜五一・二、小学館）による。
（5）本文の引用は、『新編国歌大観勅撰集編』（昭和五八・二、角川書店）による。
（6）本文の引用は、『枕草子』（日本古典文学全集11、昭和四九・四、小学館）による。
（7）本文の引用は、『大鏡』（日本古典文学全集20、昭和四九・一二、小学館）による。

Ⅳ『徒然草』第十一段成立考

一　はじめに

当代有数の歌人・知識人・趣味人であった兼好法師の随筆『徒然草』が、作者兼好の深い人間性と確かな洞察力を機軸として、種々様々の所感や見解を表明して、読む者の心に深い感銘を与える優れた文学作品となっていることは、周知の事柄であろう。この『徒然草の』内容を概観してみると、たとえば、冨倉徳次郎氏『類纂評釈徒然草　附兼好自撰家集』（昭和三一・九、開文社）によると、

（一）無常の認識、㈡趣味論者としての言説、㈢求道者としての言説、㈣人間理解者としての言説、

（五）日常生活の訓え、（六）有職・考証・芸能への愛、（七）自讃のごとくであり、また、木藤才蔵氏『徒然草』（新潮日本古典集成、昭和五二・五）によると、（一）作者の感想意見を述べたもの、（二）逸話・奇聞・滑稽談その他の話を記したもの、（三）知識を書き留めたもの、（四）物語的な場面を描いたもの、（五）思い出や自賛を記したもののとおりであって、その内容は多方面にわたり、そこには兼好の博学・博識ぶりがあます所なく語られていることが知られよう。

さて、このような多彩な『徒然草』の内容のなかで、冨倉氏の分類に従えば、（五）日常生活の訓えの項目に入り、木藤氏の分類に従えば、（一）作者の感想意見を述べたものの項目に入る章段に、第十一段がある。この第十一段は、「神無月のころ」「ある山里に尋ね入」った本段の執筆者（以下、作者という）が、そこに住む庵主の山里での生活ぶりを軽妙な筆致で描出したもので、いわゆる作者の直接体験を記した章段か、まったくの架空談の章段かの論議の絶えなかった著名な章段である。いま、木藤氏の校注になる「新潮日本古典集成」の本文（烏丸光広本）によって当該箇所を引用すると、次のとおりである。

神無月のころ、栗栖野といふ所を過ぎて、ある山里に尋ね入る事侍りしに、遥かなる苔のほそ道を踏みわけて、心ぼそく住みなしたる庵あり。木の葉に埋もるる懸樋のしづくならでは、つゆおとなふものなし。閼伽棚に菊・紅葉など折り散らしたる、さすがに住む人のあればなるべし。

かくてもあられけるよと、あはれに見るほどに、かなたの庭に、大きなる柑子の木の、枝もたわわになりたるが、まはりをきびしく囲ひたりしこそ、すこしことさめて、この木なからましかばと覚えしか。

ところで、この第十一段については、古来、疑義がすこぶる多く、田辺爵氏『徒然草諸注集成』（昭和五四・一二第三版、右文書院）によれば、問題点は

（1）栗栖野とは、どこであるか。
（2）ある山里とは、いずれの地か。
（3）苔の細道をふみわけたのは、誰か。
（4）「おとなふ」とは、音をたてる意か、訪問の意か、両者をふくむ意か。
（5）折りちらすとは、どうしてあることか。
（6）何ごとに感動したのか。
（7）「枝もたわわに」の文脈はどうか。
（8）「なりたるが」の語法はどうか。
（9）「ましかば……」の呼応は、文法上、どう処置するのが妥当か。
（10）何ゆえに、柑子の木のないことをのぞましく思ったのか。

のごとくである。このうち、（4）（5）（7）（8）（9）の疑義は、語釈と語法にかかわる問題であり、現在、そのほとんどが解決をみているといってよかろう。しかし、そのほかの問題についてはこんにち色々な意見が提出されて、いまだ完全な決着をみたとは言いがたいと評しえよう。したがって、本節Ⅳでは、これらの問題点について、とくに、「かなたの庭に、大きなる柑子の木の、枝もたわわになりたるが、まはりをきびしく囲ひたりしこそ、すこしことさめて」のなかの、「まはりをきびしく囲ひたりしこそ」の表現が何故になされたのかの問題を解決することを突破口にして、種々考察を加え、この段について、筆者なりの見解を提出してみたいと思う。

二　第十一段の成立過程

さて、この第十一段は、前・後段の二段落から構成され、前段は、「栗栖野といふ所」の近くの人跡まれなる「ある山里」に、生活上の困難から躊躇される草庵での出家生活を実行している先人を見出して、「かくてもあられけるよ」と感嘆の声を思わず漏らしている作者の驚嘆のさまを描き、後段は、感嘆の対象であった庵主が、前段での閑寂な草庵生活には不似合いな「柑子の木」の「まはりをきびしく囲」っている現実を見て幻滅する作者の落胆ぶりを描いて、住居と住む人との関係に及んでいる。ところで、前段に展開される、人跡稀なる閑寂そのものの草庵の「かなたの庭」に植えてある「柑子の木」の周囲を何故に厳重な柵を施して防備しなければならないのであろうか。この点について、伊藤博之氏『徒然草入門』（有斐閣新書、昭和五三・九）は、「山里に住んだとしても避けることができない生活者の現実を、きびしい囲いの存在によって語」り、「庵の主も、生活の資を得るために栽培していたのであろうが、『まはりをきびしく囲』うことで生活者としての安心をはからざるを得なかった」と説明され、また、藤原正義氏「『きびしく』と『すこし』―徒然草第十一段僻按―」（『日本文学』昭和六〇・九）は、「それは、『生活者としての欲望』（「庵の主の物欲・所有欲」）の故ではなく、そうではなくむしろ反対に、庵主が柑子への接近を自ら遮断し、欲望を自ら制御し断絶しようとし、或は欲望の断絶によく堪えうるか否かを自己に問おうとしてではなかったであろうか。（中略）山里の隠者は、物にふれて蕩揺する人間の脆弱さを自覚し、あえて『きびしく』囲うことによって内心の蕩揺と不断にたたかいこれを克服しようとする覚醒を持続し、離俗の道を歩きつづけようとしていたのではなかったか。柑子の木のまわりが『きびしく』囲われていたのは、そうした隠者の戒心と道心のしるしであったと思われる」とされ、また、久保田淳氏「この木なからましかば―徒然草評釈三十一―」（『国文学』昭和五七・一）は、「囲ったのは柑子の実を盗まれないための防衛策である。霜避けのためかとする説もあるにはあるが、『きびしく』という形容詞から考えてもそうではあるまい」と説明されているが、三木紀人氏が『徒然草（一）全訳注』（講談社学術新書、昭和五四・九）で、「一般に密柑の類は貴重な果実としてたいせつにされたので、この庵の主の愛着は当然だが、人跡稀な地だけに警戒の仕方はことごとしすぎる。何かいわくありげだが、不明。」と説明されているとおりであろう。

そこで、何故に、このような人跡の稀な「ある山里」の草庵の「かなたの庭」に厳重な柵が設けられねばならなかったのか、その辺の兼好の執筆事情を考えてみると、『唯心房集』の次の寂然の詠歌が関係するように思量される。すなわち、『私家集大成3』（昭和四九・七、明治書院）によって当該詠歌を示すならば、

夏のうた

(1)　すむ人のこゝろぞ見ゆるうのはなをひとへにかこふをのゝやまざと

（唯心房集・二六八）

のとおりであるが、この寂然の歌が『徒然草』第十一段を執筆する際の契機になったのではなかろうか。寂然の隠棲の地・大原の小野の山里で隠遁生活をしている人物（あるいは寂然自身かも知れない）が、草庵の周囲を夏の景物の最たる卯の花で一重に囲っている、そのたたずまいを見ると、何とも風情このうえなく、そこに住んでいる人物の風流な心情がよく表れている、と詠じている寂然のこの歌は、「大方は、家居にこそ、ことざまはおしはからるれ」（第十段）という、作者の感想に集約されるこの『徒然草』第十一段の主題と重なるからである。閑寂極まりない「ある山里」に隠遁して「すむ人のこゝろぞ見ゆる」住居とその生活ぶりを活写した前段の成立過程については後述するとして、後段に「まはりをきびしく囲ひたりしこそ」と、前段のイメージを幻滅させる表現を取り入れた背景には、「かこふ」という用例が古典文学作品に意外に少なく、しかも物語などの散文の作品にはほとんど見られず、たとえば『源氏物語』や『枕草子』などには一度も使用されていないような状況のなかで、和歌作品のなかにいくらかの用例が認められるからである。そこで、勅撰集・私撰集・私家集などのなかから「かこふ」の用例の認められる歌を列挙してみると、次のとおりである[1]。

(2)　さきてこそへだてもみゆれやまがつのあるかなきかにかこふうのはな

（続古今集・牆卯花といふことを・家綱・一八九）

(3) しづがやにかこふやしばのかりのよはすみうしとてもあはれいつまで
（続千載集・述懐の心を・後宇多院・一九九四）

(4) 山ざとにかこひわけたるをみなへしいくもと野べの物となるらん
（玄玉集・寂蓮・六五九）

(5) かこひわくるかきねがくれの草かげに名におふ庭のつぼすみれかな
（新撰六帖・すみれ・信実・二一三九）

(6) かくて世をあやふげにてもすぐすかなかこふかきほのねりぞくちつつ
（同・かきほ・知家・七九八）

(7) なつふかくしげるかきほの草たかみかこふましばのするゐぞかくるる
（同・なつくさ・知家・一九二三）

(8) 梅の花かたえ残らずちりにけりかこひてだにやをしまざるべき
（夫木抄・亭子院・六四六）

(9) かこひなき柴のいほりはかりそめのいなばぞ秋の爪木なりける
（同・田家の心を・国信・一四五一二）

(10) 山陰にしげきよもぎのそまつくり我がすむいほのかこひにぞかる
（同・弘長三年百首・信実・一三九五一）

(11) いかにせむ山だにかこふかきしばのしばしのまだにかくれなきみを
（相模集・四二）

(12) かこはねどよもぎのまがきなつくればあばらのやどをおもかくしつつ
（好忠集・六月はじめ・一五八）

(13) くらぶ山かこふ柴やのうちまでも心をさめぬ所やはある
（西行上人集・松上残雪・七〇八）

(14) 世をいとふ宿にはうゐじかきつばた思立つ道かこひがほなり
（長秋詠草・杜若・一一八）

(15) 我がやどにかこひこめずは大かたの野もせにみてる荻かとやみん
（林葉集・野亭荻・三七八）

(16) かりの庵にかこひこめたる女郎花おもはぬ旅の一夜づまかな
（同・旅亭草花・四〇四）

(17) たちこむる春の〔　〕ひの霞こそすずのしのやのかこひなりけれ
（拾玉集・霞中閑居・四二一七）

(18) 八重霞おきこぐ舟をへだつるや浪ぢのやどのかこひなるらむ
（同・霞隔行舟・八〇四）

(19) むつまじくかこひへだてぬかきつばたたがためにかはうつろひぬらん
（興風集・二七）

(20) 誰かすむ虫の音ながら秋ののをかこひ分けたる深山べの里
（壬二集・山家・一一三三）

(21)　ほにいづるみやまがすそのむらすすきまがきにこめてかこふ秋ぎり　（山家集・霧中草花・二六八）

(22)　梅の花色をばやみにかこへどもかはもれてくる物にぞありける
（散木奇歌集・百首歌中に梅花の心をよめる・五五）

このように、和歌作品のなかには「かこふ」なる表現はいくらか指摘され、いま、「かこふ」素材となっているものを見ると、(3)・(7)・(9)・(13)の「柴」、(11)の「垣柴」、(6)の「垣穂」は平凡な普通の表現であるが、(17)の「霞」、(18)の「八重霞」が天象関係の素材、(20)の「虫の音」が動物を聴覚的に捕えた措辞である以外はすべて植物関係の素材で、(2)が「卯の花」、(4)・(16)が「女郎花」、(5)が「菫」、(7)が「夏草」、(10)・(12)が「蓬」、(14)・(19)が「杜若」、(8)・(22)が「梅の花」、(15)が「荻」のごとくである。「かこふ」素材がこのような植物関係の風流な景物で占められている和歌作品の実態を見ると、作者が『徒然草』第十一段で叙述しているのは、「柑子の木」の「まはりをきびしく囲」った庵主の現実の姿ではあるけれども、作者がこの第十一段の後半の執筆を意図したとき、これらの和歌作品に見られる「かこふ」なる措辞に興味をひかれ、就中、(1)の寂然の歌にその発想の契機を見出したからではなかろうか。すなわち、(1)の寂然の歌が、前述したように、「うのはなをひとへにかこふ」の措辞を、「卯の花を（もちて）一重に囲ふ」と読解して、卯花垣根の意に解すべきであることは、(2)の歌の「さきてこそへだてもみゆれ……あるかなきかにかこふうのはな」の表現から明白であるが、かりにこの箇所の読解をそのまま素直に「卯の花（の周り）を一重に囲ふ」と意地悪くも曲解して解したとしたら、いかがであろうか。そこには、「卯の花」の周りを囲った、いかにも無風流な庵主の暮しぶりが想定され、まさに作者が嫌悪した『徒然草』第十一段の後半で「柑子の木」の周りを「きびしく囲」った無風流な庵主の像と重なるのではなかろうか。『徒然草』第十一段の後半の成立事情は、憶測を逞しくすれば、以上のように考慮されるのであるが、いかがなものであろうか。

ところで、寂然の「すむ人のこゝろぞ見ゆるうのはなをひとへにかこふをのゝやまざと」の(1)の歌は、『新後撰集』

の次の西行法師の

　　秋の比、人を訪ねてをのにまかりたりけるに、鹿のなきければ

㉓　鹿のねをきくにつけても住む人のこころしらるるをのの山里　（新後撰集・三二〇）

の㉓の歌に照応して詠じられたかのごとき感じのする歌であるが、両歌ともに「をのの山里」を舞台にして、しかも、⑴が「すむ人のこゝろぞ見ゆる」と、㉓が「住む人のこころしらるる」と表現して、そこに住む人を賞賛しているのは、とても偶然の一致とは思えず、興味深い。なぜなら、西行と寂然との交渉は、稲田利徳氏「西行と寂然」（『中世文学研究』第一〇号、昭和五九・八）に詳論があるように、密接に認められるからである。それはさておき、ここで「をのの山里」なる用例を探索してみるに、勅撰集ではわずかに㉓の歌のほかには、次の

　　遠炭竈といふ事を　　平　貞時

㉔　すみがまのけぶりばかりをそれとみて猶みちとほし小野の山ざと　（風雅集・八七七）

　　題しらず　　堀河院中宮上総

㉕　降る雪に小野の山郷跡もなし煙やけさのしるべなるらん　（新千載集・七〇九）

の㉔・㉕の二例しかなく、このほかでは、『山家集』と『拾玉集』に、

㉖　やまごとにさびしからじとはげむべしけぶりこめたりをののやまざと　（山家集・冬歌十首・西行・五六六）

㉗　めもあはぬ草のいほりにいとどしくあられふるなりをのの山里　（拾玉集・草庵聞霰・慈円・八五九）

の㉖・㉗の二首が『新編国歌大観』（昭和六〇・五、角川書店）の「私家集編」に認められる程度である。そして、これらの歌に登場する「をのの山里」は、普通名詞にも解せられなくはないけれども、ほとんどは「大原山」付近の「小野」と理解して支障はないであろう。なぜなら、片桐洋一氏が『歌枕歌ことば辞典』（昭和五八・一二、角川書店）の「をの（小野）」の項で、「『小野』と呼ばれる土地は全国各地に実に多い。その中で、歌枕として特に有名な

のは山城国愛宕郡小野郷（和名抄）、現在の京都市左京区上高野から八瀬大原に至る一帯である。はじめは上高野あたりに中心があったが、次第に大原周辺のみを指していうようになったようである。（中略）平安時代後期からは、かの大原の三寂などで知られる隠棲の地『大原』とのみ結びついて、『大原』と同じよみ方がされるようになった」と言及されているとおりであるからである。ここに、もし作者が『徒然草』第十一段を執筆する際に、寂然の(1)の歌を参照していたとすれば、作者が「大原」付近の「小野」の山里を念頭に置いていたことは間違いない事実であると言えるであろう。

ちなみに、兼好自身も『自撰家集』に、「さても猶世をうの花のかげなれやのがれて入りし小野の山ざと」（二一一）の詠を収めており、この歌には「うの花」と「小野の山ざと」の歌ことばと歌枕の両方が詠み込まれていて、当面の問題に関連するが、この場合の「小野」は言うまでもなく、山城国愛宕郡のそれである。

このように、「小野の山里」が「大原」付近の「小野」だということになれば、「栗栖野といふ所を過ぎて」の「栗栖野」とはどこの地になるのであろうか。ここで想起されるのが、「栗栖野」とは、もともと「栗栖の小野」（歌枕名寄）と表記されることから明白なように、「栗栖」と「小野」とが容易に結合する関係にあり、作者も「をのゝやまざと」から「栗栖の小野」を簡単に連想できたのではなかろうかという推測である。そこで、「栗栖の小野」の表記で詠まれた歌を『歌枕名寄』（昭和四九・五、古典文庫）から抄出してみると、次のとおりである。

(28)　さしすぎのくるすの小野の萩の花ちりなんときに行てたむけん　（万葉集・巻六・萩・旅人・一四〇二）

(29)　ながきひもくるすの小野の青つゞら末葉さしそひしげる比かな　（新撰六帖・青蘿・衣笠内大臣〈家良〉・一四〇六）

(30)　白妙の玉のをとけてかたいとをくるすの小野にあられふる也　（同・霰・為家・一四〇七）

(31)　ふる雨にくるすのをのゝ小鷹がりぬれしぞいゐのはじめ也ける　（同・雨・小鷹狩・光俊・一四〇八）

(32) 見わたせばわかなつむべく成にけりくるすのをのゝ萩のやけ原　（続古今集・巻一・若菜・長方・一四〇九）

(33) かた糸のくるすの小野の一すぢにあふべきふしやおもひたえなん　（〈新千載集・恋歌二〉・兼盛・一四一〇）

また、このほかに同じ歌枕の例歌を『平安和歌歌枕地名索引』（昭和五七・一第三刷、大学堂書店）によって補遺すると、次の四首が見出される。

(34) うらがれしくるすのをのも雪ふれば花さきにけりかやのしたをれ　（出観集・六一一）

(35) すがるふすくるすのをのの糸薄まそほの色に露やそむらん　（按納言集・二八四〇四）

(36) さを鹿のくるすのをののまはぎ原しがらむ色のをしきころかな　（寂身集・三九五）

(37) 秋はけふくるすのをののまはぎ原まだ朝霧の色ぞにほはぬ　（後鳥羽院集・五三六八）

このうち、(28)の旅人の歌の「くるすの小野」が、「大和国忍海部栗栖（奈良県御所付近）または明日香の小地名」（『角川古語大辞典第二巻』昭和五九・三）であることは自明のことであろうが、『五代集歌枕』（『日本歌学大系別巻一』昭和四七・一二、風間書房）に「くるすのをの　山城」と記す「栗栖野」は、『角川古語大辞典』によれば、

①山城国愛宕郡栗栖野郷（京都市北区）。今の鷹峰から西賀茂にかけての地。かつては綿小池という池があって水鳥が多く、平安時代には朝廷の遊猟地であった。『主水司式』には氷室（ひむろ）の所在地の一つとして愛宕郡栗栖野を挙げている。鮎もこの地の名産であったとされている。寛仁二年（一〇一八）以後、賀茂御祖神社の社嶺となった。「山城国…愛宕郡…栗野　久留須乃」（二十巻本和名抄）「天皇栗栖野に幸して遊猟す…便ち綿小地に幸す」（続日本後記・天長一〇・九・二五）「くるすのの庄ちかゝらん」（源氏・夕霧）「春も見る氷室のわたりけを寒みこやくるすのゝ雪のむら消え」（書陵部蔵経信集）（中略）②山城国宇治郡（京都市山科区）で、『二十巻本和名抄』に「小栗　乎久留須」とあるあたり。山科の南部、醍醐（だいご）・日野の西方。「栗栖野といふ所を過てある山里にたづね入る事侍りしに」（徒然・一一）（後略）

の二箇所に存在するのである。一方、契沖の『類字名所補翼鈔』（『契沖全集　第十一巻』昭和四八・八・岩波書店）によると「栗栖小野　原氷室　山城　愛宕郡」については、

くるすの小野といふは、皆愛宕郡なるをよみて、宇治郡なるをよめりと見ゆる哥は、一首もなし。三代実録廿六、又、四十二に、並に愛宕郡栗栖野といへり。又、源氏物語に、同所の事見えたり。延喜式第四十主水司式にも、愛宕郡栗栖野氷室一所と見えたり。新撰六帖に、光俊朝臣の哥に、ふるあめにくるすの小野のこたかがりぬれしぞ家のはじめなりける、これは宇治郡なるをよまれたり。

と記述され、「栗栖野」の地については、もちろん二箇所あることに言及しているが、(31)の光俊の歌以外は①の愛宕郡の栗栖野を指すとしている。ということは、「栗栖の小野」の例歌として引用した詠歌のうち、(28)と(31)の歌以外の(29)・(30)・(32)〜(37)の歌は、いずれも①の愛宕郡にある栗栖野を舞台にして詠まれた歌ということになり、要するに、兼好以前に認められる「栗栖の小野」の用例は、わずかの例外を除いて、そのほとんどが愛宕群にある栗栖野を指しているると認めざるを得ないのである。したがって、作者が『徒然草』の第十一段で「栗栖野といふ所」をこの段に登場させせようと意図したとき、作者の脳中に浮んだ「栗栖野」は当然、愛宕郡にある栗栖野の地であったはずで、宇治郡にある栗栖野ではなかったと認めなければならないであろう。

ここで、『徒然草』第十一段の前半部の「栗栖野といふ所を過ぎて、ある山里に尋ね入る事侍りしに」に登場する場所についてまとめておくと、「ある山里」というのは、寂然の(1)の歌の「うのはなをひとへにかこふをのゝやまざと」の「をのゝやまざと」に着想を得た表現で、この「小野の山里」の地は、山城国愛宕郡にある大原周辺の歌枕を指しており、この「小野」と結合したのが「栗栖の小野」で、その場所は同じく、山城国愛宕郡にある歌枕のほうで、どちらも兼好より以前の歌枕の地としては、誰もがこの愛宕の地を即座に想起するほど一般化していた場所であった。『徒然草』に文学的に形象化される以前のこれらの歌枕は、事実としては、以上のとおり愛宕郡にあった歌枕であっ

て、「柑子の木の、まはりをきびしく囲ひたりし」の「囲ひたりし」なる措辞の示唆を得たのと同じ人物である寂然の隠棲地・大原の周辺であったのである。このような意味において、『徒然草』に書き記すに際して、作者の脳中にあった「栗栖野」なる歌枕の所在地は、山城国愛宕郡にある歌枕であったと言わなければならないのである。

三　第十一段の表現方法――虚構的世界の構築

それでは、作者が『徒然草』第十一段において描きたかったのは、いったい何であったのであろうか。この点については、筆者はすでに、

この第十一段は、前・後段の二段落から構成され、前段は、「栗栖野といふ所」の近くの人跡まれなる「ある山里」に、生活上の困難から躊躇される草庵での出家生活を実行している先人を見出して、「かくてもあられけるよ」と感嘆の声を思わず漏らしている作者兼好の驚嘆のさまを描き、後段は、感嘆の対象であった庵主が、前段での閑寂な草庵生活には不似合いな「柑子の木」の「まはりをきびしく囲」っている現実を見て幻滅する兼好の落胆ぶりを描いて、住居と住む人との関係に及んでいる。

と述べたが、実は、この段においては、このような主題を展開するに際して、作者が採用している表現方法がまことにユニークなのである。それは、このような主題を展開するとき、作者兼好の体験や実景の印象をそのまま書き記さないで、先人の使用した文学的表現を借用して、そこに伝統的な意味あいをもたせようとする、一種の虚構化の方法が採用されている点である。『徒然草』にこのような表現方法が認められることについては、稲田利徳氏「『徒然草』の虚構性」（『国語と国文学』第六二八号、昭和五一・六）に詳細な論述があり、筆者も本節Ⅲの「『徒然草』の朧化表現」（『中世文学研究』第一一号、昭和六〇・八）において、『徒然草』に見られる「ある」という連体詞の使われている章段に作者の虚構表現が認められることを論証したが、ここで、第十一段に認められる虚構表現のあらましに

ついて、先覚の研究を参照しながら言及すれば、おおよそ次のとおりである。

まず、「神無月のころ」については、作者自身が『徒然草』第二百二段で、この月に関する独自の見解を表明しているが、もともと「神無月」なる語は和歌にはしばしば見られる季節表現で、

(38) 神な月ふりみふらずみ定なき時雨ぞ冬の始なりける　（古今集・冬・よみ人しらず・四四五）

(39) 神無月木木のこの葉は散りはてて庭にぞ風のおとはきこゆる　（新古今集・冬歌・前大僧正覚忠・五七一）

のように、「この葉は散りはてて」とか、「時雨」が「ふりずふらずみ」する寂しい雰囲気《ニュアンス》をもった時節である。したがって、この場面に「神無月」を作者が登場させたのは、このような神無月が有する独特な意味あいを付与させたかったからであって、われわれは必ずしも作者が実際にこの季節に出かけたと読解する必要はなく、むしろこの場面の寂寥たる雰囲気を出すために、この季節が選ばれたと理解すればよかろう。(2)

次に、「遥かなる苔のほそ道を踏みわけて」の表現については、作者は、第四十四段でも「遥かなる田の中のほそ道を、稲葉の露にそぼちつつ分け行くほどに」と記しており、この表現は作者好みの表現とも推察されるが、『源氏物語』の「浮舟」巻に「常よりもわりなき稀の細道を分けたまふ程(3)」とあり、また、兼好没後の作品だが、『新後拾遺集』に「山ふかき苔の下道ふみ分けてげにはとひくる人ぞまれなる」（雑歌上・題しらず・読人しらず・一三二八）とあって、この表現は、俗世間の喧騒から逃れる際の描出としては伝統化した措辞であったことがわかろう。また、「心ぼそく住みなしたる」の措辞の「心ぼそく」についても、作者自身、ほかの箇所でも「水鶏のたたくなど心ぼそからぬかは」（第十九段）、「廿日あまりの空こそ、心ぼそきものなれ」（同）、「年のなごりも心ぼそけれ」（同）、「剣・璽・内侍所わたし奉らるるほどこそ、限りなう心ぼそけれ」（第二十七段）などと表現しているが、この語は中世の諸文学作品に頻出する用語で、必ずしも作者の実感の表出ではなかろう。

次に、「閼伽棚に菊・紅葉など折り散らしたる」の措辞は、『源氏物語』の「賢木」巻に、「法師ばらの閼伽たてま

つるとて、からからと鳴らしつつ、菊の花、濃き薄き紅葉など、折り散らしたるもはかなげなれど」とある叙述によっていることは明白であろう。また、「大きなる柑子の木の、枝もたわわになりたるが」の表現のなかの「柑子の木」については、稲田利徳氏が「道心が深いにもかかわらず、橘に執着したため、死後に蛇となって橘の木の下に住んだという、六波羅蜜寺の幸仙説話（『拾遺往生伝』、『今昔物語』、『発心集』ほか）を想起させる。『宇治拾遺物語』（巻十三）にも、質素な庵の庭に橘の木があった説話を掲載する」[4]と「橘の木」に言及されているけれども、依拠した出典は不明である。が、「枝もたわわ」の措辞は、

(40)　をりて見ばおちぞしぬべき秋はぎの枝もたわわにおけるしらつゆ（古今集・秋歌上・よみ人しらず・二二三）

(41)　いづれをかわきてをらまし梅花枝もたわわにふれるしらゆき（新勅撰集・春歌上・凡河内躬恒・三四）

の歌に見られるように、かなり一般化した表現であったようである。

そして、「栗栖野といふ所を過ぎて、ある山里に尋ね入る事侍りしに」の措辞については、前項で詳細に論述したとおりであるのでここでは省略に従いたいが、要するに、『徒然草』第十一段に見られる表現・措辞には、以上指摘したごとき先覚の著した文学作品からの表現上の借用がいくつも見られるのであって、言わば、作者の理念はこのような先人の使用した伝統的な措辞・表現に託した形で形象化されていると言えようか。ということは、端的に言うならば、『徒然草』第十一段は作者が虚構化した文学的世界の構築である、と推断できるであろう。

それでは、『徒然草』第十一段はいかなる過程《プロセス》を経て形象化されたのであろうか。この第十一段は、前段の住居論を受けての作者の体験談を記すという仕立てになっている。この点については、叙述の展開が「……尋ね入る事侍りしに」とか、「まはりをきびしく囲ひたりしこそ」とか、「この木なからましかばと覚えしか」の表現に見られるように、いわゆる直接体験の過去の助動詞「き」によって成されていることからも明白であろう。なお、この直接体験の過去の助動詞「き」が、「ある」という連体詞とともに使用されている章段に、作者の虚構した文学的世界の創造が

しばしば見られる事実については、前に紹介した本節Ⅲの「『徒然草』の朧化表現」に詳述したが、この第十一段もその意味でまさしく虚構化された章段と認められよう。

ところで、この第十一段における「柑子の木の、まはりをきびしく囲」っている場面に、直接作者が遭遇したか否かについては、あるいは経験したのかも知れないが、よくはわからない。しかし、前段の第十段において、「後徳大寺大臣の、寝殿に鳶ゐさせじとて縄を張られたりけるを、西行が見て、『鳶のゐたらんは、何かは苦しかるべき。この殿の御心、さばかりにこそ』とて、その後はまゐらざりけると聞き侍るに」と、「後徳大寺大臣（実定）」が「寝殿に」「縄を張」ったのを西行が非難している場面が語られていることを考慮すれば、その連想から、作者が寂然の

⑴　すむ人のこゝろぞ見ゆるうのはなをひとへにかこふをのゝやまざと　（唯心房集・二六）

の歌を想起して、第十一段の叙述の着想を得たのではなかろうかという推定については、かなり蓋然性が高いのではなかろうか。そういえば、「秋の比、人（おそらく寂然であろう）を訪ねてをのにまかりたりけるに、鹿のなきければ」の詞書を付した『新後撰集』収載の西行の

㉓　鹿のねをきくにつけても住む人のこころしらるるをのの山里　（新後撰集・三二〇）

の歌も同種の内容を詠んで、偶然とは言えないほどの一致を見ているのは、前述したとおり、面白い現象で、あるいは、㉓の西行の歌のほうが、前段の例が西行のそれだけに、先に想起された可能性もなしとしないであろう。それはともかく、⑴の寂然の歌がこの段の執筆に濃厚に係っていることは否定できないであろう。そこで、この段の舞台として設定されたのが、⑴と㉓の歌にともに見えている「をのの山里」なる歌枕である。ところで、この「をのの山里」が大原付近のそれであることについては前述したとおりであるが、この「をのの山里」から「栗栖の小野」が容易に結合する可能性についても先述したとおりで、この場合、「栗栖の小野」の所在地が山城国愛宕郡であることは、今更言うまでもない。つまり、作者が第十一段の執筆を思い立ったときの「栗栖野」なる地は、山城国愛宕郡のそれ

であったのである。ところで、この際注意しておかなければならないことは、『徒然草』には「栗栖野といふ所を過ぎて」と朧化表現が成されていて、「栗栖野を過ぎて」と固有名詞で叙述されていないことである。となると、この「栗栖野といふ所」は、まさに虚構化されているわけで、この点にこそ作者の意図が隠されていると言わねばならないのだが、同時にまた、この段を読解・鑑賞する側の鑑賞眼で、この章段がより一層文学性をもつように解釈すればよいことも意味しよう。ということは、「栗栖野」なる歌枕も、作者が第十一段に文学的形象化したとき、作者が実際に居住したことのある山城国宇治郡（京都市山科区）にある「栗栖野」に転換させて、現実味を付与させようと試みた可能性は充分考慮されるからである。なぜなら、「小野庄沙汰人俊経添状」(5)に、

六条三位家御領ノ山科ノ小野ノ庄ノ田地壱町ハ、俊経之口入ヲ以テ、沽却セ被レ候ヒ了ンヌ、其ノ子細ハ御放券状ニ載セ被レ候、然ル間地下ノ煩ヒ出デ来ル之時ハ、明シ沙汰セ被ル可ク候、且寺役庄役等除カ被ル之由、御放券状ニ載セ被レ候フ上者、其ノ旨ヲ存ズ可ク候、兼テ又御放券ノ御判者、端ハ三位家、御判ハ息中将殿ノ御判ニ候也、御意得有ル可ク候、後々ノ為ニ此ノ如ク申シ候也、恐恐謹言、

九月一日　　　　俊　経（花押）

兼好御房

という記述があって、正和二年（一三一三）九月一日、兼好が俊経から「小野庄」を購入している事実が判明するかである。このように読解・解釈して、「栗栖野」が山城国宇治郡にある歌枕ということになれば、執筆以前に作者の脳裏にあった「小野の山里」も、『徒然草』に書かれた「ある山里」も当然、現在の京都市山科区の「小野の山里」ということになるであろう。すなわち、この時点において、「栗栖野」なる歌枕は、これまで確認されていた「栗栖野」とは異なった意味を付与され、従来の「栗栖野」とは異質の歌枕の誕生となったのである。したがって、この時点において、初めて、安良岡康作氏が『徒然草全注釈上巻』（昭和五一・三第七版、角川書店）で、「栗栖野　山城国

宇治郡、今の京都市東山区山科の内。京都市中から丘陵を超えて、西に下った所にある」。「ある山里　これは、同じ宇治郡内の小野庄のことであろう」と注釈を施し、解説で、「空想をたくましくすれば、京都の市中を立った彼は、東山の丘陵を越えて、栗栖野に出、さらに『小野庄』にまで『尋ね入』ったのであろう。『ある山里』と漠然といっているのは、彼の遁世後の生活を支える経済的基盤たる水田壱町の所在地であり、現住している所でもある『小野の山里』であるために、はっきりと記すのをはばかったものと思われる。そして、三十歳前後の若い身空で出家・遁世した彼には、同じ山里のうちに見いだした、世捨て人の寂しく静かな庵居のさまに、身につまされるものが多かったと思われる」と述べられているような鑑賞ができるのである。『徒然草』第十一段に出ている「栗栖野」およびその他の場所についての解釈・鑑賞は、以上のごとく理解して初めて、作者の意図した内実に触れ得たと言うことができるのではなかろうか。

ちなみに、この第十一段において展開される、前段における人跡稀なる山里での庵主の閑寂きわまりない隠者的生活ぶりに対して、後段における庵主の物欲まるだしの生活態度は、いくら柑子が貴重な果物であったにしても、あまりにことごとしすぎるという印象を拭いきれない構造上の不自然さも、この章段が作者の虚構に基づく創作であった結果によるからではなかろうか。

なお、安良岡氏が、同書において、この章段の「先蹤」とも言うべき「類似した叙述がある」として、『撰集抄』の巻第三の「五　三井寺の発心の僧の事[6]」の冒頭の

　以往、丹波国大江山いく野の里を過ぎ侍りしに、人里遥かに離れて、道よりは東に五、六町山の中に入りて、庵結びて、むそぢばかりにかたぶきたる僧いまそかりけり。懸樋の水ばかり心すごく流れて、庵のうち澄み返りて、着給へる麻の衣の外は何も見え侍らず。殊に貴く覚えて、委しく尋ね奉りしかば、……　（撰集抄）

の記述や、同じく巻第一の「五　坐禅せる僧の事」の冒頭の

以往、東路のかたへさすらへまかり侍りしに、宇津の山辺の桜見すごしがたくおぼえて、おくふかくたづね入りて侍りしに、いとどだにつたの細道は心ぼそきに、日かげももらぬ木の本に、形のごとくなるいほりむすびて、坐禅せる僧あり。よはひ四そぢばかりにもなるらんとみえ侍り。「いかに、いづくの人の、何にかなしみてか、すみ給ふらん。又、発心の縁きかまほしき」よし尋ね侍りしかば、……　（同）

の記事を紹介されているが、これらの記事は、『徒然草』第十一段の内容が作者兼好が虚構した世界であると見る筆者の仮説を傍証する意味で、まことに貴重な指摘であると評価されるであろう。

四　まとめ

「神無月のころ、栗栖野といふ所を過ぎて、ある山里に尋ね入る事侍りしに」という書き出しで始まる『徒然草』の著名な章段である第十一段は、古来、作者兼好の事実談か、架空譚かの論議が絶えなかった章段であるが、これまで叙述してきたところから明白なように、この段は作者の理念を、先人が使用した表現・措辞を駆使することによって体現した創造的世界の構築であったと規定できるであろう。すなわち、この段の前半において作者が形象化しようとした世界は、閑寂極まりない自然のなかに、ひそやかに居を構えた草庵の描出にあったが、それらの描写に駆使されたのは、先人が和歌や物語で用いた伝統的な意味あいをもつ表現・措辞であった。一方、後半において作者が形象化しようと試みた世界は、前段において理想的な草庵生活をしているやに見えた庵主が、あに図らんや、「柑子の木」の周囲を柵で囲って盗難から防御している現実世界の描出であり、そこでの作者の筆先は人間の物欲の深さにまで触れ、「この木なからましかば」と物欲をそそる根源にまで及んでいるが、この場面での発想は寂然の和歌から得ており、その描写の方法は、古典和歌の表現・措辞を借用したものであった。そして、この段の内容がいかにも作者の体験談であるかのごとく、いわゆる直接体験の過去の助動詞「き」を使って装っているのは、作者の心にくいばかりの演出《カムフラージュ》であったのである。

　このように、『徒然草』第十一段の内容は、まさに作者の描いた虚構の産物と言っても過言ではない、言わば創造的世界の構築であって、ここに、われわれは中世隠遁歌人兼好の独自な散文創作者として側面を、換言すれば、作者の並々ならぬ創作的手腕のほどを認めることができるであろうと同時に、第十一段は、このように虚構の産物であったがために、人跡稀なる閑寂な山里の草庵の庭に、「柑子の木」の周囲を厳重に柵を巡らすという、かなり不自然な描写をする結果になったことも、否定できない多少の創作上の破綻であったと認めないわけにはいかないであろう。

〈注〉

（1）勅撰集・私撰集・私家集からの引用は、いずれも『新編国歌大観』の「勅撰集編」（昭和五八・二、角川書店）・「私撰集編」（昭和五九・三、同）・「私家集編」（昭和六〇・五、同）によった。

（2）稲田利徳氏「『徒然草』の地名の注釈をめぐって」（『国語と国文学』第六七三号、昭和五五・三）参看。

（3）『源氏物語』からの引用は、いずれも『源氏物語』（日本古典文学全集12〜17、昭和四五・一一〜五一・二、小学館）によった。

（4）『徒然草上』（日本の文学　古典編、昭和六一・九、ほるぷ出版）

（5）「小野庄沙汰人俊経添状」は、安良岡康作氏『徒然草全注釈上巻』の口絵解説に掲載されている二一八四の翻刻を、書き下し文で示した。

（6）『撰集抄』からの引用は、小島孝之・浅見和彦氏『撰集抄』（昭和六〇・四、桜楓社）によった。

第三章　秀歌鑑賞

第一節　氷より立つ明けがたの空――頓阿の和歌

十月二十七日、ゼミの学生と一日旅行で、奈良の国立博物館でいま展覧されている正倉院の御物をみての帰り道、自宅近くの茶畑の小径を通りながら、ふと空を見上げると、まん丸な月が清澄な光を投げかけていた。柄にもなく美しい月だなと思い、手帳をみると、その日は旧の九月十三夜であった。月が美しいのも道理であったが、そのとき私の脳裏に浮んだのは、頓阿の次の和歌であった。

九月十三夜関白殿にて、月前鴫

月やどる沢田の面に伏す鴫の氷より立つ明けがたの空　（続草庵集・秋・二三〇）

詞書の「関白殿」は二条良基で、その邸での歌会の詠と知られる。ちなみに、「月前鴫」の歌題は珍しく、『文永九年八月十五夜入道前大納言為家卿百首』に初めて登場するようだが、これはおそらく「月前雁」の題からの援用であろう。しかし、「月前鴫」の題を前にして頓阿の頭のなかを去来したのは、敬慕する西行の次の詠であったに相違あるまい。

心なき身にもあはれは知られけり鴫立つ沢の秋の夕暮れ　（新古今集・秋歌上・題知らず・三六二）

日没後の夕焼けの空に、突如羽音を残して飛び去った鴫の動作を契機にもたらされた、秋の夕暮れ時の深い静寂の世界を構築した西行に対して、同じ秋でも月の光りで研ぎすまされた、氷のごとき沢田から、満を持して飛び立った鴫の切り開く透徹した「明けがたの空」間を、頓阿はみごとに形象化してみせてくれたのである。「氷より立つ明けがたの空」は、もとより日常の生活次元を越えた言語の自立した美的世界であろうが、この措辞の案出には、頓阿の並々ならぬ歌口のほどが窺知されるので、本節ではこの一首の詠作過程について、憶測してみよう。

まず、「月やどる沢田の面」の措辞については、頓阿の詠に、

うづもるる沢辺に月のやどるかな水草が上も露や置くらむ　（草庵集・秋歌下・沢月・五五一）

ほか数首あり、頓阿好みの表現かも知れないが、「沢田の面に伏す鴫の」の措辞は、『新古今集』の殷富門院大輔の、

我門のかり田の面に伏す鴫の床あらはなる冬の夜の月　（新古今集・冬歌・題知らず・六〇六）

の詠を参看した可能性もなしとしないであろう。なお、頓阿には「鴫」を詠じた歌がもう一首、

ほのかなる田の面の霧にたつ鴫の数あらはれて明くる夜半かな　（続草庵集・秋・鴫・二三一）

のごとくあり、夜明け方の鴫の動静を詠んでいる点、参考になろう。

次に、「氷より立つ明けがたの空」の措辞だが、この歌の発想の契機がさきに掲げた西行の詠にあることは勿論だが、「氷より立つ……」の部分に限るならば、その発想の契機は『新古今集』の「湖上冬月」の題で詠じた藤原家隆の

志賀の浦や遠ざかりゆく波間より凍りて出づる有明の月　（新古今集・冬歌・六三九）

の詠であったことは疑いえないであろう。とはいえ、頓阿には「氷」の視点から詠じた詠歌は少なくないようで、『続草庵集』には、

にほの海や浦風吹けばすむ月の氷を越ゆる水の白波　（続草庵集・秋・湖上月・二二〇）

いかにして氷の上を通ふらむ月すむ秋の余呉の浦舟　（同・同・同・二二一）

などの詠歌が指摘され、ともに月光に照らされた湖面を「氷」と見立てている点で共通しようが、とくに「にほの海や」の詠の、浦風が吹くと、白い波が立ち、月光に照らされて氷が張ったように見える湖面を越えていくようだと捉えた「氷を越ゆる水の白波」の措辞には、「月やどる」の詠の「氷より立つ……」のそれと、発想面での共通性が認

められよう。

なお、この歌の「氷を越ゆる」という措辞は、『玉葉集』の読み人知らず歌に、

日影さす水上よりやとけぬらん氷を越ゆる春の川波　（玉葉集・雑歌一・題知らず・一八二九）

の一首が認められるが、『玉葉集』のほうは実際に張った氷の上を「川波」が越える景である点、月光が照らす湖面を氷に見立てて、そこを「白波」が越える景と仕立てた頓阿の趣向には及ばないであろう。

要するに、この一首には、頓阿みずからが開拓した叙景歌の一つの典型を見ることができると言えようか。

以上、九月十三夜の世界を内容とする詠歌ではなかったが、月を素材とする、私好みの一首を鑑賞してみた。どうやら、私も月の「あはれ」がわかるような年齢になったらしい。

〔付記〕　和歌本文の引用については、新編国歌大観本によった。

第二節　鴨長明の和歌

歳中立春

春といへばよし野の山の朝霞としをもこめてはや立にけり　（春・一）

【歌意】（年がまだ改まらないのに今年は立春になったが、そのためか）、暦のうえで春になったというだけで、この吉野の山では、（旧年であるにもかかわらず）、朝霞が立春の慶びをも込めて、はやくも一面に立ち込めていることだなあ。

【校異】○歳中―歳内（河野本・私家集大成本）　○としをもこめて―としをこめても（私家集大成本）　○はや立にけり―立にける哉（私家集大成本）

【歌題】「年（中）内立春」の歌題の例歌については、拙編著『明題和歌全集』（昭和五一・二、福武書店）を参照してほしいが、瞿麦会編『平安和歌歌題索引』（昭和六一・六、瞿麦会）によると、「年のうちに春立ちくれば一年に再び待たる鶯の声」（金葉集初度本・貫之・一）のほか、『散木奇歌集』の六七九～六八〇があり、「旧年立春」の題では、『後葉集』（輔仁・一）、『月詣集』（頼輔・六六五）（重長女・六六六）（重保・六六七）『永久百首』（四一四～四二一）、『基俊集』（五六）、『教長集』（一二）などに見出される。ただし、詠歌の内容は、『古今集』に見られるような機知的な面白さを詠じたものが多いなか、長明の詠は多少趣を異にするといえようか。あるいは、③の通俊の歌を参考にしたか。

【語釈】○春といへば　この措辞は①の詠をはじめ勅撰集に五例指摘しうるが、長明の師にあたる俊恵の①の歌を参看した可能性が高い。ちなみに、「夏といへば」「冬といへば」の措辞は見出せないが、「秋といへば」の措辞は『古今集』（八二四）『千載集』（三六八）以下七例ある。○よし野の山　大和の国の歌枕。いまの奈良県吉野郡の山。万葉歌のほか数多くの例歌があって、歌枕「吉野の山」を詠み込んだ詠歌の世界には、①山岳信仰とむすびついた神秘的な世界、②雪をいただく山々の姿、③立春とともに春の景気である霞におおわれた世界、④桜の名所の四つの世界が特徴的だが、長明の一の詠は③の世界に分類されよう。○朝霞　霞は春を表象する景物で、立春の霞には万葉集以下に用例を指摘しうるが、②の忠峯歌でほぼ類型化されるので、長明のこの歌もその系譜下に位置づけられようか。○としをもこめて　この措辞には「としをこめても」の異文がある。「としをもこめて」となると、「も」が「としを」強調するうえ、「春の気分」のうえに「新年」も込めてとなって、並列の意になるが、「としをこめても」となると、「も」は「こめて」を強調する働きとなる。ちなみに、いずれの場合も用例は見当らない。○はや立にけり　この措辞にも「立にける哉」の異文がある。「はや立ちにけり」の用例は、「昨日こそ年は暮れしか春霞春日の山にはや立ちにけり」（拾遺集・春・赤人・三）、「春霞はや立ちにけり故郷の芳野のみ雪今や消ぬべし」（続後拾遺集・春歌上・為氏・三〇）のほか、『新千載集』に一例（一二九四）あるが、この場合「立つ」のは雲である。一方、「立ちにける哉」の用例は、「葛城や高間の山の朝霞春とともにも立ちにける哉」（続後撰集・春歌上・匡房・二）、「朝まだき山の霞を見渡せば夜をさへこめて立ちにける哉」（新拾遺集・春歌上・通俊・二四）のほかに四例あるが、『新古今集』（一〇一〇）では「立つ」のは煙であり、『金葉集』（三奏本・一五七）では、なき名、『千載集』（七八四）『新後拾遺集』（九八八）では、うき名、『新後拾遺集』（九〇一）では河霧である。ちなみに、『鴨長明集』では、「けり」で終っているのは、一〇・一四・二七・四〇・四四・四七・五〇・五四・七九・八八の詠歌があり、「かな」で終っているのは、一九・四五・六一・九七の詠歌がある。したがって、この本文異同は、どちらがより適切かの判断はにわかには決しがたいといわねばなるまいが、「葛城や」の詠の「朝霞」、「朝まだき」の詠の「夜をさへこめて」の措辞との共通性の点からいえば、「立ちにける哉」のほうが多少適切であると言えようか。

【参考歌】

① 春といへば霞にけりな昨日まで浪間に見えし淡路島山（新古今集・春歌上・俊恵・六）

② 春立つといふばかりにや三吉野の山も霞みて今朝は見ゆらむ（拾遺集・春・忠峯・一）

③ 朝まだき山の霞を見渡せば夜をさへこめて立ちにける哉（新拾遺集・春歌上・通俊・二四）

【補説】 通常、「歳中（内）立春」となると、『古今集』の巻頭歌である「年のうちに春は来にけり一年を去年とやいはむ今年とやいはむ」の在原元方の詠や、紀貫之の「年のうちに春立ちくれば一年に再び待たる鶯の声」（金葉集初度本・一）の詠のように、機知的発想によって詠ずるのが一般的であるなかで、長明の詠歌は、春といえば吉野山に霞がかかるという、『拾遺集』の巻頭歌である忠峯の歌の類型化の側面は否定できないと言わざるを得まいが、立春になった慶びを、自然（吉野山）のなかで素直に喜ぶという世界を構築しているところは、長明の手柄といってよく、後堀河院の「あらたまの年もかはらで立つ春は霞ばかりぞ空に知りける」（新勅撰集・春歌上・後堀河院・一）の詠や、俊成の「年の内に春立ちぬとや吉野山霞かかれる峰の白雪」（続後撰集・春歌上・俊成・一）の詠などはこの系譜下にあると認めて差し支えあるまい。なお、旧年のなかに立春の慶びを込めるという発想の契機には、③の通俊の詠があったのではなかろうか。

霞隔浦

もかり舟こぎでてみればこしの海の霞にきゆるよさの松原　（春・二）

【歌意】　海の藻を刈る小舟に乗って（角鹿の浜のあたりから）沖合まで出てみると、越路の海の一帯は春霞におおわれて、まったく視界がさえぎられ、（沖合から海岸のほうへ目をやっても）あの有名な天の橋立に林立する松原ひとつ見えないことだ。ただただ春霞のぼうばくたる世界がひろがるのみだ。

【校異】　なし

【歌題】　「霞隔浦」の歌題の例歌は、『明題和歌全集』に「よさの浦の霞晴行絶まより梢ぞみゆる松の村立」（続拾遺集・隆信・二三八）の詠が一首載るのみだが、瞿麦会編『平安和歌歌題索引』によると、『小侍従集』（五）『寂蓮集』（二）『大輔集』（三）『隆信集Ｉ』（四）『歌仙落書』（二五九・二六〇）に存する旨の指摘がある。

【語釈】　○もかり舟　藻を刈るのに用いる小舟。①のほか、勅撰集に四例みえる。○こぎでてみれば　海岸から沖合に舟を漕ぎ出してみると。ちなみに、何処の海岸から漕ぎ出したのかについては、第三句に「こしの海の」とあるので「奈呉の浦」などが想定されようが、ここは『万葉集』の笠金村の長歌に「越の海の　角鹿の浜ゆ　大舟に　真舵貫きおろし　勇魚とり　海路に出て　あへぎつつ　我漕ぎ行けば……」（三六九）とあることから、「角鹿の浜」あたりと憶測しておきたい。○こしの海　越前から越後へかけての海。「越の海手結の浦を旅にして見ればともしみ大和偲びつ」（万葉集・金村・三七〇）などの用例がある。○霞にきゆる　この措辞は、③のほかいくつか探し得るが、長明のこの歌前後からみえはじめているので、長明の独創的な造語形成の側面を指摘しえようか。○よさの松原「よさ」は「与謝」で、丹後の国の歌枕。いまの京都府与謝郡の宮津湾。④の詠のように、「霞」「松」などの景物を配した叙景歌が多い。

【参考歌】

①　藻刈り舟沖漕ぎくらし妹が島かたみの浦に田鶴かける見ゆ　（万葉集・一二一八）

②　わたの原漕ぎ出でてみれば久方の雲居にまがふ沖つ白波　（詞花集・雑下・忠通・三八二）

③　友舟は霞に消ゆるこしの海春の波路は寂しかりけり　（玄玉集・顕昭・七三）
④　与謝の海に島漕ぎ出づる釣舟をまた立ち隠す夕霞かな　（林葉集・俊恵・三四）

【補説】　この歌は、現在の敦賀市の若狭湾の沖合に小舟に乗って出たところ、一面春霞におおわれて、まったく視界がきかず、ぼうばくたる霞の世界が展開するのみで、そこから宮津湾のほうを仰ぎ見ても、有名な天の橋立の松原さえも視界に入らないという、「霞隔浦」の題のもとに構築された美的世界を詠じたものである。想像を逞しくすると、長明はまず、この題にふさわしい場所として、師の④の詠から示唆を得て、舞台を「与謝」（天の橋立）に設定したあと、『万葉集』の①の詠を参考にして、「もかり舟こぎでてみれば」と条件節で詠み始めた。その際、舟を出す湊の場所は歌には詠み込んでいないが、『万葉集』の笠金村の長歌にある「角鹿の浜」付近と憶測されよう。次に、「霞隔浦」に合致する場面として沖合から海岸への視点を定め、「与謝」の沖合から遥かに離れた「こしの海」を設定したのは、これまた師の俊恵の『林葉集』に「こしの海」（四三三と五一六）を詠じた歌を探しえたからであろう。次に「隔浦」に相当する措辞として、『小侍従集』の「老の波来る春ごとに立ちそひて霞へだつる和歌の浦波」（五）の詠にある「霞へだつる」などの措辞から案出して、「霞にきゆる」なる表現を思いついたのではなかろうか。ちなみに、慈円の「与謝の海の霞に消えて行く雁の遅るるつらや海士の釣舟」（拾玉集・四〇六三）の詠は、長明のこの歌の影響歌と憶測される点から考えて、この詠は長明の習作期の詠作としては、まずまずの詠みぶりといえるのではなかろうか。

海上月

くまもなきかゞみと見えてすむ月をもゝたびみがく奥津白波　（秋・三六）

【歌意】かげひとつない鏡のように見せて清澄な光を発している月を、さらに何度も何度も磨きたてて、よりいっそう清澄度を高めている、沖合いに立つ白波であることよ。

【校異】○すむ月を―澄月を（私家集大成本）　○奥津白波―沖つしら波（私家集大成本・河野本）　龍大本は本詠を欠落する。

【歌題】「海上月」の題は、『平安和歌歌題索引』によると、『経正集』『広言集』『林葉集』『親盛集』『聞書集』などにみられ、長明の活躍した前後からこの歌題は流行し始めたようだ。ちなみに、「海上」と「月」とを結題にした題には、「海上見月」「海上待月」「海上明月」「海上夜月」などがある。

【語釈】○くまもなき　かげがない。隠れているところがない。「月はくまなきをのみ見るものかは」（徒然草・一三七段）。○かゞみと見えて　月影の清澄感を鏡に譬えたもの（①）。○もゝたびみがく　「百度磨く」と漢字が当てられる。鏡の縁で、何度も何度も鏡を磨くと清澄感が増すことから、月の光の清澄感も増すと、具象化した表現。月の清澄感を増す「みがく」という措辞では、「波」ではないが、「風」がそのような作用をするとした「雲はらふたびに光ぞまさりける月をば風のみがくなりけり」（長方集・月・八〇）の例歌を指摘しうる。○奥津白波　沖合いに立つ白波（②）。

【参考歌】

①　くまもなきかがみとみゆる月かげにこころうつらぬ人はあらじな
（金葉集・秋歌・顕季卿家にて、九月十三夜、人々月の歌よみけるに・長実・二〇五）

②　なごのうみ霞のまよりながむれば入る日を洗ふ奥津白波
（新古今集・春歌上・晩霞といふことをよめる・実定・三五）

【補説】曇りひとつない清澄感を湛える月の光を、鏡のようだと比喩したうえに、さらにその清澄感が沖合いに立つ白波によってよりいっそう増進すると、「海上月」の題意にかなう典型的な情景を展開してみせた叙景歌。月影の清澄感をさらに増進させる道具として「奥津白波」を設定し、「もゝたびみがく」とした点に、長明の個性をうかがうことができようが、このような発想の背景には、後徳大寺実定の②が大きく作用しているように推測される。すなわち、長明は「海上月」の題意にかなう美的世界の描出を試みる際に、実定が詠じた海上の夕日の光景をあまりにも鮮やかに描いた「入る日を洗ふ奥津白波」の措辞が頭に強く焼きついていたために、「入り日」を「月」の題材に転換して、長明の発想する「奥津白波」による美的世界の展開を試みたのではあるまいか。この発想が得られた後は、当時人口に膾炙していた、長方の詠や①にみられる先人の案出した和歌表現、措辞を採用して、本詠のように仕立て直したものと憶測される。ちなみに、『無名抄』に、②の詠への言及があることを付記しておこう。

（海月上）

たまよするみさきがおきに浪まよりたちいづる月の影のさやけさ　（秋・三七）

下つさの国にみさきといふ所あり。ひのもとのひんがしのはてなれば、月は浪よりいづるやうにてみゆるなる。こちかぜふけば、くはくおほくよるとなん申侍。

【歌意】　美しい真珠を海岸の方へ寄せてくる、ここ下総の国三崎の沖合いに、波の間から立ち昇ってくる月が、まるで真珠と映発するかのように、清澄な光を湛えているよ。

【校異】　○たまよする—玉とみる（河野本）　○みさきがおきに—みさきか沖の（河野本）（左注）○下つさの国—下総国（私家集大成本・河野本）　○月は—月の（私家集大成本・河野本）　○みゆるなる—見ゆる也（河野本）・見ゆるなり（私家集大成本）　○こちかぜふけば、くはくおほくよる—欠落（私家集大成本・河野本）　○侍—侍る（私家集大成本・河野本）　龍大本は本詠と左注を欠落する。

【歌題】　三六の詠に同じ。

【語釈】　○たまよする　玉は真珠のこと（①）。月光と玉（真珠）との取り合わせは、『和漢朗詠集』の「月」の題で詠まれた三統理平の「天山には弁まへず何れの年の雪ぞ　合浦には迷ひぬ旧日の珠」の詩にはやく窺知されるが、長明はこれに発想を得たか。○みさき　左注の「下つさの国にみさきといふ所あり」の記述から、下総の国の三崎の歌枕と知られるが、先行歌を見出すことはできない。ちなみに、『日本地名大辞典12　千葉県』（角川書店）に「三崎荘」として「現在の銚子市・飯岡町・旭市の一部にかかる一帯」と言及されている場所が当該地であろう。○浪まよりたちいづる　月の出入りは通常、山の端が起点になるが、本詠で波間から月が「立ち出づる」としたのは、安倍仲麻呂の逸話を紹介した箇所で、「山の端なくて、海の中よりぞ出で来る。（中略）その月は、海よりぞ出でける。」と記述したあと、「みやこにて山の端に見し月なれど波より出でて波にこそ入れ」と詠じている『土佐日記』の発想を借用したものと推察される。○月の影のさやけさ　意味については説明の必要はあるまいが、この措辞が②・③に依拠した表現であろうことは、容易に想像されよう。

【参考歌】

①　玉よする浦わの風に空晴れてひかりをかはすあきの夜の月
（久安百首・崇徳院・四二、千載集・秋上部・二八二）

②　秋風にただよふ雲のたえまよりもれ出づる月の影のさやけさ
（久安百首・秋二十首・顕輔・三三八）

③　むら雲をよひより風にはらはせて立ち出づる月の影ぞさやけき
（林葉集・法性寺摂政家月の歌〈後略〉・俊恵・四三七）

【補説】　本詠の詠作事情については、左注の「下総の国（現在の千葉県）に三崎という所がある。そこは日本の東の果てに位置しているので、月は（山の端ではなく）波間から出てくるように見えるという話である。東風が吹くと、琥珀が沖合いから海岸に打ち寄せてくると、（土地のひとは）申しているのでございます。」（原古文）が参考になろう。すなわち、下総の国の伝承を耳にしていた長明が、「海上月」の題意にかなう和歌世界を詠作しようと試みた際に、三崎の地がまず想起され、その歌枕にふさわしい措辞として、①の初句を冠したのであろう。その背景には、おそらく『和漢朗詠集』の三統理平の「月」の漢詩の発想が長明の念頭にあったものと憶測される。真珠と月光との取り合わせの着想のことだが、この発想と下総の国の三崎という舞台とが設定されたあとは、「海上月」の美的世界の構築は容易であって、長明は三崎という歌枕にふさわしく、『土佐日記』の海上から月が出てくる場面を援用して、さらに下句には、師の俊恵の③の措辞を借用して本詠をまとめたのであろう。ここにも、長明の習作期における和歌詠作の舞台裏が垣間見えるように思われる。

月前水鳥

くもり行月をばしらでをく霜をはらひえたりとをしぞなく也　（冬・五六）

【歌意】 今まで出ていた月を、雲が隠して次第にあたりが暗くなっていることも知らないで、月の光であたかも上毛に霜が置いたようにみえていたのを、感違いして、うまく霜を払うことができたとばかり、鴛鴦鳥が鳴き声を発しているのが耳にとどいてくることよ。

【校異】 ○霜を―霜に（河野本）　○なく也―なくなり（冷泉家本）・鳴なる（河野本）・なくなる（私家集大成本・龍大本）

【歌題】「月前」の題は、月の下の景物や心情・心境を詠むもの。漢詩句・詩題で用いられていた「月前」の用語が歌題に転用され、平安中期以降、題詠歌の題として定着した。『為忠初度百首』に「月前神楽」の結題がみられるが、「月前〜」の結題では、月の本意と景物の本意とをいかにかかわらせるかに、趣向の主眼がおかれた。「水鳥」は河や湖などの水辺にすむ鳥を総称していうが、『堀河百首』に「水鳥」の題が採用され、『千載集』以降にしばしば用いられるようになった。「月前水鳥」の題は、本詠までに七題みられるが、『治承三十六人歌合』（覚盛）『出観集』（覚性法親王）『林葉集』（俊恵）などに、月・霜・鴛鴦鳥などとの組み合わせで用いられる事例がみられるほかは、月と氷との組み合わせで使用されている。

【語釈】○くもり行　「月が曇りゆく」のではなくて、今まで出ていた月が雲に隠されてゆくの意。○月をばしらで　鴛鴦鳥が、月の光があまりに白いので、霜が置いているようにみえていることにも気がつかないでの意。○をしぞなく也　「也」は「ぞ」の結びであるから「なる」と読む。ちなみに、「なる」が聴覚的判断による推定の助動詞「なり」の連体形であることは、いまさら言うまでもない。

【参考歌】

① 夜を寒みね覚めてきけばをしぞ鳴く払ひもあへず霜やおくらん（後撰集・冬・題しらず・詩人不知・四七八）

② おく霜をはらひかねてやしをれふすかつみがしたにをしのなくらん（千載集・冬・水鳥歌・加茂重保・四三六）

③ 月さえてかものうはげにおく霜をはらひはらふは夜半の浮雲（月詣集・十一月・覚延法師・九九七）

④ 冬の夜の霜うちはらひなくことはつがはぬをしのわざにぞありける（小大君集・霜のいみじう白き朝に・二一）

【補説】「月前水鳥」の題にかなう場面として、冬の「月前」と冬の「水鳥」の代表である鴛鴦鳥を組み合わせて詠出したもの。月が隠れたために、上毛に白く宿る月光を霜と見紛えていた鴛鴦鳥が、自分で霜をうまく払い落としえた、と感違いして鳴き声を発している様子を、詠歌主体が鴛鴦鳥の鳴き声から想像した世界である。①・②などが代表するように、霜を払うことができないで、鴛鴦鳥が苦痛の声を発するというのが、通常の詠歌であったが、本詠はその逆の発想で詠じているところが面白い。ちなみに、同じ発想で詠まれた③の詠に比べると、冬の月光が霜を連想させる点では両者は共通するが、霜を払う発想の巧拙を比較すると、本詠の「くもり行月」がそうさせると着想した見方よりも、③の詠の「夜半の浮雲」が「霜をはらひはらふ」と発想した見方のほうがやや巧妙であると憶測されようか。

〔付記〕『鴨長明集』からの引用は、宮内庁書陵部蔵の写本（五一一・一二）に拠ったが、そのほかの詠歌は新編国歌大観本から引用した。

第三節　二条派歌人の和歌

冬ふかき阿漕《あこぎ》の海人《あま》のもしほ木に雪つみそへてさゆる浦風　（続千載集・冬歌・六七四）

津守国助《つもりのくにすけ》

【歌意】真冬の伊勢の阿漕海岸には、漁師が藻塩を煮詰めるのに用いる薪が積んであるが、その薪のうえに、雪がどんどん降り積もって、折からひえびえとした浦風が吹くことだ。

【鑑賞】詞書に「永仁二年五十首歌たてまつりける時、雪を」とあるので、作者が五十歳のとき、「雪」の歌題で詠んだ題詠歌とわかる。「阿漕」は「阿漕ケ浦」の略で、伊勢国の歌枕。今の三重県津市阿漕町の海岸一帯をいう。伊勢神宮に供える神饌の漁場であるため、一般には禁漁区であった。「もしほ木」は藻塩を煮るための薪。この歌は、うらさびた冬の漁場を詠んだ叙景歌で、その神聖な阿漕が浦に積まれた藻塩木のうえに、しんしんと降る雪と、身を切るような浦風とが渾然一体となって織り成す景は、視覚と触覚によって把握された現実の世界といってよく、題詠歌とは思われないほどの、臨場感あふれる詠みぶりとなっている。住吉神主であった国助の志向する世界をよく詠みえていよう。

小倉実教《おぐらさねのり》

年月のうきにたへけるならはしになほ行末もさてやすぐさむ　（続千載集・雑歌中・一八八一）

【歌意】　これまで過去の年月のつらさにじっと耐えて過ごしてきたことだが、その身についた習慣にならって、わたしはやはり、これから先もそのように過ごしていくのかなあ。

【鑑賞】　詞書に「嘉元百首歌奉りし時、述懐」とあるから、実教が三十九歳の嘉元元年（一三〇三）の詠となるが、実教は八十五歳まで生存しているので、これは「述懐」の題による題詠歌と考えられよう。「年月」を「うき」と把える見方は、『古今集』の「とりとむる物にしあらねば年月をあはれあなうとすぐしつるかな」（雑歌中・読人不知・八九七）の歌以来の伝統であるが、これらの先行歌の発想を借りて、実教なりに「述懐」の世界を詠出したのがこの歌である。『和歌題林抄』によれば、「述懐」は「身のかずならぬことをうれふるならひ」を詠むのが通例であるので、この点からいえば、実教の歌は過去を踏まえて将来のことに及んでいる点、新しい趣向が認められ、実詠歌の感じすらするのはさすがである。

二条為道《にじようためみち》

いづくにかしばしすぐさむ高島の勝野《かちの》にかかる夕立の空　（新千載集・夏歌・二九七）

【歌意】　どこにしばらくの間、雨宿りしてしのいだらよかろうか。折から、近江国高島郡の勝野にさしかかると、上空には、いまにも大粒の雨が落ちてきそうな、入道雲が立ち込めているよ。

【鑑賞】　詞書に「路夕立を」とあるのみで、詠作事情は不明。「夕立」の歌題は『永久百首』に「晩立」の題で初めてみえ、勅撰集では『続拾遺集』に初めて現れるので、中世になって流行したもの。『新古今集』に、源頼政の「庭の面はまだかわかぬに夕立の空さりげなく澄める月かな」（夏歌・二六七）という名歌があるが、これは「夏月」を詠んだもの。「高島の勝野」は近江国の歌枕で、今の滋賀県高島郡。この歌枕は多く羇旅歌にみられるが、為道の詠は、『新勅撰集』の「いづくにかわがやどりせむたかしまのかちののはらにこの日くらしつ」（羇旅歌・題しらず・読人しらず・四九九）の発想を借りて詠じたのであろうが、臨場感溢れる秀歌となっている。

二条為定《にじようためさだ》

打ちなびく田の面《も》の穂なみほのぼのと露ふきたてわたる秋風　（新千載集・秋歌下・四七六）

【歌意】田の表面をはるかに見渡すと、稲の穂が波のように揺れながら、ほのかななかに続いているさまが目に入るが、近づいてみると、稲葉のうえに置いている露を、かすかに空中に吹き飛ばしながら、秋風が通過していることだ。

【鑑賞】詞書に「百首歌たてまつりし時、秋田」とあるので、延文二年（一三五七）為定が六十五歳で詠進した『延文百首』の「秋田」の一首とわかる。「ほのぼのと」の副詞から、曙のころの「秋田」の情景を詠じたものと推定されるが、その描出方法は遠景から近景へと焦点を移動させるという手法であり、「静中動あり」の構図は見事と言えよう。また、「ほのぼのと」の措辞は、「田の面の穂なみ」の「穂」からの連想であろうが、第三句に時刻を案じさせる副詞として対応する一方、下句にも副詞としてよく機能している。「けだかくゆるゆるとたけありて、しかもまたもみもみとある」（近来風体抄）歌風である。

二条為明《にじようためあき》

夢さそふ風のやどりとなりにけり枕にちかき庭の荻原　（新続古今集・秋歌上・三六九）

【歌意】　甘美な夢の世界へといざなってくれる風が宿るところとなってしまったことだなあ。わたしの寝ている枕もと近くにある、庭の荻原は。

【鑑賞】　詞書に「貞和百首歌に」とあるので、為明が五十二歳のときの詠である。「庭の荻原」が「風のやどり」となる発想は、すでに『新勅撰集』に藤原成宗が「閑庭荻」の題で詠んだ「いく秋の風のやどりとなりぬらむあとたえはつる庭のをぎはら」（秋歌下・二四九）の歌がある。なお、為明の歌の各句は、いずれも先行歌人が用いている措辞である。しかし、「荻原」は通常、『和歌題林抄』に「よるは吹きすぐる風に夢をおどろかし」とあるように、夢を覚まさせたり、寂しさを添える景物として詠まれているのに、為明の詠は、その閑寂な景物を、艶なる世界を展開する舞台へと転換させている点、新鮮である。俊成卿女の「風かよふねざめの袖の……」（新古今集・春歌下・一一二）の詠を想起させるような雰囲気を漂わせている歌である。

二条為冬《にじようためふゆ》

ふけてなほすずしくなりぬ星合《ほしあひ》のかげみる水に夜やふけぬらむ　（新後拾遺集・雑秋歌・七一六）

【歌意】　夜がふけて一段と涼しくなったことだなあ。天の川原でも夜がふけてしまったのであろうか。七夕の夜、牽牛と織女の二星の光を映してみる、わたしの庭にある池の水面でも、同様に、夜がふけてしまったのであろうか。

【鑑賞】　詞書は「題しらず」で、詠作事情は不明だが、「七夕」に事寄せての初秋の趣を詠じた歌。「星合のかげ」とは、牽牛と織女の二星が会う、七夕の夜の星の光のこと。「七夕」は通常、『和歌題林抄』によると、「たまさかにあふよしなれば」「としどしに一夜のちぎり」を歎くなどの趣を詠むが、この歌は、その秋の夜の深まりを触覚と視覚で捉えた世界である。このような発想の詠にはすでに、『新後撰集』の「秋風も空にすずしくかよふなりあまつ星合の夜やふけぬらむ」（秋歌上・七夕を・二六八）の後伏見院の歌があるが、為冬の歌のほうが、時空間の織り成す世界に深まりが感ぜられ、「あはれ」深い世界の構築となっている。

二条良基《にじょうよしもと》

鳥のねにいそぎなれても年はへぬ今はのどけきあかつきもがな　（新後拾遺集・雑歌上・一二九五）

【歌意】　暁を告げる鶏の声に急《せ》かされて、いつも目を覚ますという生活をしなれて、これまで年を送ってきたよ。もう今年あたりからは、鶏の声にも急かされない、のんびりした暁を迎えたいものだなあ。

【鑑賞】　詞書に「延文百首歌に」とあるので、延文二年（一三五七）良基が三十七歳のとき、「暁鶏」の題で同百首に詠進した歌と知られる。『和歌題林抄』によれば、「暁」には「とりの初音」などの措辞で、「はるかになくとりのねに、きぬぎぬにぬぎわかるらん人をおもひやり」などして詠むのが通例だと説くが、この詠には、そのような恋の気分は認められない。また、「いそぎなれても」の措辞には「いそぎなれたるとしのくれかな」（新後撰集・雑歌上・読人しらず・一三五一）のように、歳暮時での意があるので、この歌は、百官が毎日早朝から執務に励むのを託《かこ》って、新年の朝ぐらいのんびりしたいものだ、と日ごろの鬱憤を晴らしている場面で、実詠歌の趣がある。

二条為重《にじようためしげ》

思ひいでよ野中の水の草がくれもとすむほどのかげは見ずとも　（新後拾遺集・恋歌四・一一九二）

【歌意】　たまにはわたしのことを思い出してくださいよ。いまは草に覆われてよく見えなくなっている野中の清水ではありませんが、あなたが通って来てくださっていた時にご覧になったような、はっきりしたわたしの面影は想い出せなくっても。

【鑑賞】　詞書に「題しらず」とあるのみで、詠作事情は不明だが、「逢不レ逢恋」の趣を詠んだものと解されよう。「野中の水」（野中の清水）は通常、播磨国の歌枕とされるが、ここは普通名詞と解せよう。しかし、為重の詠が、『古今集』の「いにしへの野中のし水ぬるけれど本の心をしる人ぞくむ」（雑歌上・読人しらず・八八七）の歌を踏まえていることは疑いえないであろう。そして、これは為重が女性の立場で詠んだ歌で、一度契った男がその後訪れないことを知った女が、せめて自分の面影だけでも想い出してほしいと、野中の清水を引き合いに出して、男に哀願している場面である。たくみな技巧に支えられた秀歌と言えよう。

二条為遠《にじようためとほ》

今もなほ咲けばさかりの色みえて名のみふりゆく志賀の花園　（新後拾遺集・春歌下・九四）

【歌意】　現在でもやはり、桜の花が咲くと、満開の絶好調の美しさを見せて、ほかの桜の名所にけっして劣らないが、桜の名所という名声ばかりが古びてゆく志賀の花園であることよ。

【鑑賞】　詞書に「延文百首歌に」とあるので、延文二年（一三五七）為遠が十七歳のとき、「桜」の題で詠進した同百首の一首と知られる。「志賀の花園」は、近江国。歌枕ではないが、『千載集』に「さざなみや志賀の花園見るたびにむかしの人の心をぞ知る」（春歌上・六七）の祝部成仲の歌が収載されてから、ほぼ固有名詞的に用いられるようになった。そして、「志賀」の歌枕では、成仲の詠にみられるように、桜に託して懐旧の情を詠むのが普通であったが、この為遠の歌もその系譜に連なる詠で、花を咲かせると絶景であるのに、今は人の訪れさえない、「志賀の花園」という、かつての桜の名所に漂う哀感・寂寥感を詠出してみせている点、見事である。

〔付記〕　本節に掲載の各歌人の和歌本文は、『日本名歌集成』の編集部から提示された本文をそのまま掲載したが、【鑑賞】に示した和歌本文は、いずれも新編国歌大観本から引用した。

第四節　南北朝期・室町期歌人の和歌

兼　好《けんこう》

弘安六年（一二八三）ころの生まれ。観応三年（一三五二）八月までは生存していた。約七十歳。卜部兼顕《うらべかねあき》の子。大僧正慈遍の兄弟。後二条院に仕え、蔵人左兵衛佐《くろうどさひょうえのすけ》になったが、正和二年（一三一三）ころ出家、洛西《らくせい》双ケ岡《ならび》に庵居。『徒然草』の著作で随筆家として著名だが、本来は、二条派の歌人。藤原（二条）為世《ためよ》の門人で、頓阿《とんあ》・浄弁・慶運《きょううん》とともに和歌四天王と称されたが、晩年には冷泉為秀《れいぜいためひで》の門にも出入りした。家集に『兼好自撰家集』があり、『続千載集』以下に入集する。

手枕《たまくら》[1]の野辺[2]の草葉の霜がれに身は習はし[3]の風の寒けさ

（新続古今集・巻六・冬・六五〇）

「同じ心を」

【歌意】肱《ひじ》を曲げて枕《まくら》とした野原の草葉は、今、冬を迎えてすっかり霜枯れてしまったが、その霜枯れの草葉の上に、人の身は習慣で、堪えれば堪えられる冬の冷たい風が吹きつけていることだ。

【鑑賞】詞書の「同じ心」は前歌から「寒草」と知られる。寒草とは、『和歌題林抄』によれば、「冬は野原の草みな霜枯れはてて、残る色なく、花の名残も見えず、嵐の音のみすさまじく吹きて、おのづから残る尾花の袖のみ人をまねくとも、浅茅生のあとはかなき景色など詠むべし」とある。したがって、この歌は、肱を枕にしてはよく寝た野原の、今は霜枯れて、わずかに残った尾花や浅茅生の草葉の上に、荒涼たる冬の寒風が吹きつけているという冬枯れの景を、「身は習はしの」という主観句を挿入して詠じたものと解されよう。

ところで、この歌は『拾遺集』巻十四収載の詠み人知らず歌「手枕のすき間の風も寒かりき身は習はしの物にぞありける」（恋歌四・九〇一）の本歌取りと考えられるが、同じ本歌取りでも、寂蓮《じゃくれん》の「里は荒れぬむなしき床のあたりまで身はならはしの秋風ぞ吹く」（新古今集・恋歌四・一三一二）の歌とは異なっていて、この歌は、恋歌から冬の歌へと転換したところが一新されているというべく、いかにも実感のあふれた実景描写的な詠歌の感じがするのは、兼好の隠遁生活という体験がにじみ出ているからであろう。なお、この歌の初句を採って、兼好が「手枕《たまくら》の兼好」と称されたことは有名である（安斎随筆）。

【語釈】　1手枕—肱を曲げて枕とすること。2野辺—野原。3身は習はしの—人は普段の習慣によってどうにでもなる、隠者としてそういう境遇に慣れさせているという意。

【補説】　兼好は他の四天王に比べると、多少歌人としての評価は劣っていたようだが、兼好の特色は人口に膾炙した歌が多く、「行き暮るる雲路の末に宿なくは都に帰れ春の雁がね」（兼好自撰歌集・五九）などは有名で、「此歌は頓《とん》阿《あ》も慶《きやう》運《うん》もほめ申しき。ちと誹諧の体をぞよみし」（二条良基『近来風体抄』）と評価されている。

契[1]りおく花とならびの岡の辺にあは[2]れ[3]幾世の春をすぐさむ（わ）

（兼好自撰家集・二〇）

「ならびのをかに無常所まうけて、かたはらにさくらを植ゑさすとて」

【歌意】　自分が死んだなら一緒に過ごそうと、約束して桜の木を植えて、それと並んで墓地をつくったが、この慣れ親しんだ双ケ岡に、ああ、これから自分は桜の花とともにどれほどの年月（春）を過ごすのであろう。

【表現】　「花とならびの」の「ならび」が、花と並びと地名のならび（双）の岡の掛詞。

【鑑賞】　詞書によって、作歌事情が知られる。詞書の「無常所」は墓地のことで、したがってこの歌は、双ケ岡に墓地をつくって、そこに桜の木を植えて、死後もその桜の花と一緒に過ごしたいという兼好の願望を詠じたものと解される。双ケ岡は仁和寺《にんな》の南、現在京都市右京区にあり、兼好が隠棲して草庵を営んだ所。墓所に桜を植えたいという願いは、西行の「願はくは花の下にて春死なむそのきさらぎの望月のころ」（新古今集・後出歌・一九九三）の歌が代表するように、中世の隠遁者が一様に抱いた共通の気持ちであろうが、『徒然草』から窺知される兼好像からは想像もされない死後の志向である点、興味深い。

なお、双ケ岡を詠じた歌には、「思ふどち双の岡のつぼすみれうらやましくも匂ふ春かな」（堀河百首・菫菜・河内・二五六）、「秋風に思ひ乱れてあやしきは君とならびの岡の刈萱」（歌枕名寄・越前・三〇七五）、「ふりまさる年をかさねてみつる哉ならびの岡の松の白雪」（同・禅助・一四三五）、「色々にならびの丘の初紅葉秋のさが野のゆききにぞ見る」（風雅集・秋歌下・後宇多院・六七九）のごとく、菫菜・刈萱・松雪・紅葉などの素材を詠みこんだ例はあるが、桜は珍しい。

【語釈】　1契りおく―死んだら一緒に過ごそうと約束して。2あはれ―感動詞。ああ。3幾世―どれほどの年月。

【補説】　兼好の墓碑や木像は、長泉寺（京都市右京区御室《おむろ》岡ノ裾《すそ》町）にある。ちなみに、双《ならび》ケ岡周辺には、仁和寺《にんな》（京都市右京区御室《おむろ》）、妙心寺（京都市右京区花園妙心寺町）、竜安寺（京都市右京区竜安寺御陵下町）、等持院（京都市北区等持院北町）など、古跡・名刹が点在しており、古色豊かな往時をしのばせてくれる絶好の場所である。

頓阿《とんあ》

正応二年（一二八九）～応安五年（一三七二）三月十三日。八十四歳。二階堂光貞《みつさだ》の子。俗名貞宗《さだむね》。正和元年（一三一二）出家、初め泰尋《たいじん》・感空と称したが、のち頓阿と改名。二条（藤原）為世に師事し、二条家の歌風を理想とした。公武に信任厚く、『新千載集』撰進には二条（藤原）為定《ためさだ》を助け、『新拾遺集』撰進には藤原為《ため》明《あき》が没した後、これを完成した。同時代の浄弁・兼好・慶運とともに和歌四天王と称された。家集に『草庵集』『続草庵集』『頓阿法師詠』、歌学書に『井蛙《せいあ》抄』『愚問賢註』などがある。なお、「とんな」ともいう。『続千載集』以下に入集。

老いて見る今宵《こよひ(い)》の月ぞあは《(わ)》[1]れなるわが身もいつか半ばなりけむ　（草庵集・巻五・秋歌下・五四二）

「金蓮《こんれん》寺にて題をさぐりて月百首歌よみ侍し、おなじ心を」

【歌意】年老いて見る今夜の中秋の名月は、今日まで生きてきた我が身の上について、あれこれ感慨をもよおさせることだ。今宵の月は、秋のちょうど半ばの最も盛りの月だが、思うに、この自分の半ば――血気盛んな年ごろはいつであったろうか。

【表現】「半ば」は、八月十五日が秋の真ん中に当たるので、秋の半ばの意と、たけなわのころ・最中の意とを共有する掛詞。

【鑑賞】詞書によって作歌事情が知られる。金蓮寺は、頓阿が浄阿門として青年期の一時期（応長二年ころ～正和四年ころ）を過ごした寺であろうが、歌の内容から老境に入ってからの詠と推察される。「おなじ心」は前歌から「八月十五夜」のことと分かるので、これは、頓阿が老境を迎えたある時期、金蓮寺で催された探題百首で、「八月十五夜」の題に当たって詠じた歌となる。

「半ば」が、「数へねど秋の半ばぞ知られぬる今夜ににたる月しなければ」（新勅撰集・秋歌上・登蓮・二六〇）の用例から明白なように、秋の真ん中の意味と、月の最も美しい盛りの意味を有するから、この歌の内容は、今宵の中秋の名月を見るにつけ、老境に入った我が身の寂しさが一層自覚されてやりきれなくなったあまり、往年の盛時を回想して、もとより取り戻すことの不可能な壮年時を懐かしがったものと理解されよう。老境を詠じては、「老いてみる我が影のみや変るらむ昔ながらの広沢の池」（新後撰集・雑歌下・道玄・一四六八）のごとき歌が多いが、この歌は、老境にある寂寥感をあからさまに表出しないで、月に投影して美的に表白している点、興趣がある。

【語釈】　1あはれなる―しみじみとした感慨（寂寥感）を催す。

【補説】　頓阿の詠歌態度を言うならば、「歌をば一つ橋を渡るやうに詠むべし。左へも右へも落ちぬやうに斟酌すべきなり。心のままに詠むべからず」（井蛙抄・巻六）のとおりで、優美で調和のとれた歌を理想としていることが知られよう。

藤原為明《ふじわらのためあき》

永仁三年（一二九五）～貞治三年（一三六四）十月二十七日。七十歳。二条為藤《ためふじ》の子。正二位権中納言民部卿。大覚寺統に近仕して右兵衛督となったが、後醍醐《ごだいご》天皇の北条氏討伐の議に参加した嫌疑で六波羅に拘引された。観応二年（一三五一）南朝に参仕、のち上洛して延文元年（一三五六）北朝参議。将軍足利義詮《あしかがよしあきら》に重用され、貞治二年義詮の執奏により『新拾遺集』の撰者になったが、翌年業半ばで病没。『貞和百首』『延文百首』の作者。『続千載集』以下に入集。

思ひ《い》[1]きやわがしき[2]しまの道ならでうきよ[3]のことをとは《わ》るべしとは　（太平記）

【歌意】　思ったであろうか（いや思いもかけなかったことだ）。自分が家の職としている和歌の道のことではなく、こんな世俗的なことで尋問されようとは。

【鑑賞】　これは元弘元年（一三三一）後醍醐天皇の鎌倉幕府討伐の議に加わった嫌疑で、為明が六波羅に拘引された時の歌である（『太平記』は南北朝の動乱を記した軍記物語）。

当歌は「六波羅の北の坪に炭をこす事、鑊湯《くわくたう》炉壇の如《ごと》にして、其の上に青竹を破《わ》りて敷双《しきなら》べ、少し隙をあけければ、猛火炎を吐て、烈々たり。朝夕《てうじやく》雑色《ざふしき》左右に立双《たちならん》で、両方の手を引張て、其の上を歩《あゆま》せ奉れと、支度したる有様は、只四重五逆の罪人の焦熱《せうねつ》大焦熱《せうねつ》の炎に身を焦し、牛頭馬頭《ごづめづ》の呵責に逢《あふ》らんも、かくこそ有らめて覚えて、見るにも肝は消えぬべし」（太平記・巻二）という拷問の準備が進行するなか、為明は泰然自若として「硯や有る」と筆と紙を所望、一首認めた歌である。

　さすがに、この歌を見て北条範貞《のりさだ》は「感歎肝に銘じければ、泪を流して理に伏」し、ために、「為明は水火の責を遁れて、咎なき人に成」ったという。まさに、「力をも入れずして、天地を動かし、目に見えぬ鬼神をも哀れと思はせ、男女の中をも和らげ、猛き武士の心をも、慰むるは歌なり」と、紀貫之が『古今集』仮名序で説いた和歌の効用の典型をここにみる。この事件によって為明の歌人としての名声が高まったことは言うまでもない。

【語釈】　1や―「や」は反語の係助詞。2しきしまの道―和歌の道。歌道。3うきよのこと―世俗のこと。俗事。

【補説】　為明の当時の歌人としての評判は、二条良基の『近来風体抄』によれば、「為明卿は生得におもしろき様にはなかりしかども、まことの道の人とおもふやうなる歌をよみ侍りしなり。ただいささか古体に長《たけ》ある様に侍りき」（なお、掲出の歌を引用）ということで、伝統的な二条家流の格調高き詠みぶりにみるべき歌があったようだ。

冷泉為秀《れいぜいためひで》

生年未詳。応安五年（一三七二）六月十一日没。七十歳前後か。冷泉為相《れいぜいためすけ》の次子。兄為成の早世によって家を継ぐ。『風雅集』撰集の寄人となる。貞治三年（一三六四）、将軍足利義詮の歌道師範になって以来、『年中行事歌合』の判者、『新玉津島歌合』の読師・判者となるなど、当時の歌壇の第一人者となった。歌は感覚の鋭い叙景歌に佳作が多く、京極《きようごく》派の影響が認められる。今川了俊《りようしゆん》・佐々木（京極）高秀らの弟子がある。『風雅集』以下に入集する。

[1]あは（わ）れ知る友こそ[2]かたき世なりけれひとり雨聞く秋の[3]夜すがら　（正徹物語）

【歌意】物の情趣を解することのできる友と出合うことがまことに難しい世の中になってしまったことだ。秋の夜もすがら、ひとりで雨の音に耳を傾けていると、しきりにそのことが思われる。

【鑑賞】これは今川了俊の『落書露顕』によれば、「秋雨」の題で詠まれた歌だという。同書はまた、初句を「情《なさけ》ある」とするが、ここでは『正徹物語』の本文に従って「あはれ知る」を採用して、この歌の鑑賞に及んでいる正徹の意見を紹介しておこう。

まず、この歌は、作者が「秋の夜独り雨を聞きて『哀れしる友こそかたき世なりけれ』と思ひたる」のであるから、『独り雨聞く秋のよすがら』は上句にてある」べきだと言う。

正徹は、上句と下句を倒置して鑑賞する時、この歌の余情は、いっそう深まって、読者の心を打つと言う。すなわち、もしこの歌の下句が「『独り雨聞く秋の夜半哉』ともあらば」、句や意味が切れることになって、「させるふしもなき歌（とりたてて言うほどの優れた点のない歌）になってしまうが、「『独り雨聞く秋のよすがらおもひたるは』と云ふ心を残して『よすがら』と言っているからこそ、「殊勝におぼえ侍るなり」と評価するのである。為秀の系統を引く冷泉派の歌人鑑賞法として玩味すべき評言だと言えよう。

【語釈】1あはれ知る―物の情趣を解することのできる。2かたき世―難しい世の中。3夜すがら―一晩中の意味。よもすがら。

【補説】了俊が、為秀のこの歌に感動して「冷泉家の門弟におもひ定め」たことは有名だが、了俊のこの歌に対する評価は、「凡《およ》そ詠歌は、十体侍れども、誠に上品の歌と覚え侍るは、心の深くまはりたる歌と有心体《うしんてい》の歌様と見様《みるよう》の体の歌と、此の三体にて侍るべきかと存ずるなり」として、「この歌いかが侍りしにや、心にしみて侍りしかば、門弟に成り侍りし」（落書露顕）と告白している。

後醍醐天皇《ごだいごてんのう》

正応元年（一二八八）～延元四年（一三三九）八月十六日。五十二歳。第九十六代天皇。後宇多《ごうだ》天皇の第二皇子。母は談天門院忠子。名は尊治《たかはる》。鎌倉幕府を倒し、建武新政を実現したが、足利尊氏《あしかがたかうじ》の反乱のため、新政は破れ、吉野に移って大覚寺統の南朝を樹立した。和歌は二条派の系統に属し、特に藤原（二条）為世とは親しかった。『新後撰集』以下に入集するが、『新葉集』に四十六首収載される。

都[1]だにさびしかりしを雲はれぬ吉野[2]の奥のさみだれ[3]のころ　（新葉集・巻三・夏歌・二一七）

「吉野の行宮にて、うへのをのこども題を探りて、歌詠み侍りけるついでに、五月雨といふことをよませ給うける」

【歌意】　この梅雨時は京にいるときでさえ寂しかったのに、どんよりと垂れこめて雨が降り続く、ここ吉野の奥の行宮での生活は、なおさら寂しさがつのることだ。

【鑑賞】　詞書によって、作歌事情が知られる。「吉野の行宮《あんぐう》」とは、足利尊氏によって花山院に幽閉されていた天皇が、延元元年（一三三六）十二月二十一日吉野に遷幸された時、仮に造営された住居のことで、以来、天皇は崩御なさるまで、この吉野の行宮で起居された。したがって、この歌はそのわずか三か年の吉野逗留中のいずれかの夏に詠まれたもので、侍臣たちと催された探題歌会において、「五月雨」なる題に当たって詠作されたものと言えよう。

どんよりと灰色の雲の垂れこめた梅雨空はだれしも気の滅入るものだが、武家方によって京を追放された天皇にしてみれば、この梅雨空のうっとうしさは、なおさら身にしみたことであろう。その辺の天皇の苦悩の様が、梅雨時の空模様の描出には必ずしも必要としない「雲はれぬ」の措辞にみごとに表現されて、心憎いばかりの表現効果をあげている。もとよりこの歌が梅雨空の陰鬱な描写に主眼を置いて詠まれていることは、夏の部立に収載されていることで明白であろうが、天皇の置かれている境遇を考慮に入れるとき、もっとも味わい深い詠歌となるであろう。

【語釈】　1都だに―京にいる時でさえ。2吉野―大和国（奈良県）。後醍醐天皇の樹立した南朝の本拠地。現在、奈良県吉野郡。3さみだれ―陰暦五月ごろ降り続く雨。梅雨。

【補説】『新葉集』には後醍醐天皇の歌を四十六首見出し得るが、そのうち「吉野の行宮」での詠は五首あって、次の「芳野の行宮にて、五月雨晴間なかりける比、雨師の社へ止雨の奉幣使などたてられける比、思召しつづけさせ給うける」の詞書を付す「この里は丹生《にふ》の川上程ちかしいのらばはれよ五月雨《さみだれ》のそら」（雑歌下・一〇七二）の歌は、同種の趣を詠じたものとして参考になるであろう。

聞[1]きわびぬ葉月長月長き夜の月の夜寒[2]に衣うつ声　（新葉集・巻五・秋歌下・三七六）

「元弘三年九月十三夜、三首歌講ぜられし時、月前擣衣といふ事を」

【歌意】　聞いているのも辛いことだ。八月九月の秋の夜長の、月の光も冴えて膚寒く感じられるころ、その長い夜中じゅう、しきりに響いてくる砧の音を耳にすると。

【鑑賞】　詞書によって、元弘三年（一三三三）九月十三夜、内裏三首歌会にて、「月前擣衣」なる題で詠じた題詠歌と知られる。元弘三年九月とは、元弘の乱で隠岐の島に配流された天皇が、隠岐脱出を計ってから半年ほど経った時期で、もちろん帰洛後の歌会である。

「擣衣」は、『和歌題林抄』によれば、「秋風夜寒になるままに、衣うつ音しきるとも、夜もすがらたつ声に、よその人さへあやなく寝られずとも、夜を重ねて露霜にさえまさるなど、ぬしは誰とも知られねど、うつ音は寝覚めの友と成るなど詠むべし」とあって、秋の夜長に打つ砧の哀愁を帯びた音は「寝覚めの友」ともなるべき効用を指摘している。ところが、この歌では、その砧の音が「聞きわびぬ」と否定的に捉えられている点、天皇の置かれていた境遇の微妙な反映がうかがわれよう。もっとも、第二句以下の措辞は、『白氏文集』(白楽天)巻十九に収載の「聞《ク》二夜《ノ》砧《ヲ》一」と題する詩の第三、四句の「八月九月正《ニ》長《キ》夜、千声万声無《シ》二了《ム》時一」に依拠していること、大島貴子氏の指摘どおりゆえ(『国文学』第二三巻一五号、昭和五三・一二)、この歌は、一種の本説取り的手法によって、漢詩の世界を転じて和歌的世界を構築したともいえよう。それはともかく、二句以下の同音の繰返しが、「聞きわびぬ」くらいに耳につく砧の音と相俟って、格調高いリズムを作り上げていることは明白であろう。

【語釈】　1聞きわびぬ―聞いているのも辛いことだ。2月の夜寒に―月の光が冴えわたって、膚寒く感じられるころ。

【補説】　元弘三年二月二十四日、隠岐脱出の際に詠まれた後醍醐天皇の御製は、「忘れめやよるべも浪のあら磯を御舟のうへにとめし心は」(新葉集・羈旅歌・五七二)で、その左注には「この御歌は、元弘三年隠岐国より忍びて出でさせ給ひける時、源長年御むかへにまゐりて、船上山といふ所へなし奉りけるほどの忠、ためしなかりし事など、しるしおかせましましける物のおくに、かきそへさせ給ひけるとぞ」とある。

花山院師賢《かざんいんもろかた》

正安三年(一三〇一)～元弘二年(一三三二)十月二十九日。三十二歳。花山院師信《もろのぶ》の子。母は藤原忠継《ただつぐ》の孫。諡号は文貞公。正二位大納言。元弘の乱の主謀者と言われ、後醍醐天皇に近侍して活躍したが捕らえられ、元弘二年夏下総国へ配流、その地で没した。二条派系統の有力な廷臣歌人であったが、歌は乱後の変転に際してその感慨を詠じたものに佳作がある。後人の編んだ歌集に『文貞公歌集』があり、『続千載集』以下および『新葉集』に入集する。

思[1]ふ《（う）》ことなくてぞ[2]みましほのぼのと[3]有明の月の[4]志賀の浦波

（新葉集・巻十六・雑歌上・一一〇七）

「元弘元年八月、俄かに比叡山に行幸成りぬとて、彼の山にのぼりたりけるに、湖上の有明ことにおもしろく侍りければ」

【歌意】　なんの物思いもなくて、このすばらしい景色を見たいものだ。ほんのりと夜が明けてゆく、有明の月が照らしている中を、寄せては返す琵琶湖水面の浦波の趣深い情景よ。

【鑑賞】　詞書の「元弘元年八月、俄かに比叡山に行幸成りぬ」とは、北条高時が後醍醐天皇を配流しようとした際に、師賢《もろかた》が御輿に乗って公卿を従え、天皇に変装して比叡山に登ったことをいう。天皇の笠置《かさぎ》遷幸への時間稼ぎならびに叡山の衆徒を武力として用いようとしたためである。比叡山に到着した師賢は再び都へ引き返すことになるが、その辺のことを『増鏡』は、「大納言（師賢）は都へまぎれおはすとて、夜ぶかく志賀の浦を過ぎ給ふに、有明の月くまなく澄みわたりて、よせ返す波の音もさびしきに、松吹く風の身にしみたるさへ、とりあつめ心細し」（巻十五）と叙している。

　琵琶「湖上月」を詠じた歌は、顕家《あきいえ》の「月影はきえぬ氷と見えながらさざなみ寄する志賀の唐崎《からさき》」（千載集・秋歌上・二九四）の詠をはじめとして、古来、幾首かあって珍しくはないが、この歌は「湖上月」の絶景と対照的に自己の内面の苦悩が詠出されている点、より味わい深いものとなっている。「思ふことなくてぞみまし」の措辞は、まさしく師賢の実感であったのであろう。なお、源信明《さねあきら》の「ほのぼのと…」（新古今集・冬歌・五九一）の歌の影響があるともいわれる。

【語釈】　1思ふこと―物思い。心配事。2みまし―見たいものだ。「まし」は希望・願望の助動詞。3有明の月―夜が明けてもまだ空に残っている月。残月。4志賀の浦波―琵琶湖岸に打ち寄せる波。

【補説】　元弘の乱で捕らえられ、下総国で果てた師賢の辞世の歌二首が『新葉集』に残されている。「雲の色に時雨雪げは見えわかでただかきくらすけふの空哉」（哀傷歌・一三六一）、「しでの山越えむもしらで都人猶《なほ》さりともと我や待つらむ」（同・一三六二）がそれだが、いずれも師賢の暗鬱な心の内がにじみ出ていて、哀れである。

宗良親王《むねながしんのう》

応長元年（一三一一）～元中二年（一三八五）ころ。約七十五歳。後醍醐天皇の皇子。母は二条（藤原）為世の女為子《ためこ》。名は尊澄《そんちょう》。元徳二年（一三三〇）天台座主。父帝の討幕運動に参加し、翌年逮捕、讃岐へ配流された。延元二年（一三三七）還俗、宗良親王と改名。翌年、越後・越中・信濃の各地を転戦、正平七年（一三五二）征夷大将軍となる。和歌は二条為定《ためさだ》に師事、南朝歌壇の指導者となる。なお「宗良」は「むねよし」ともいう。準勅撰集『新葉集』の撰者。家集に『李花集』がある。

思ひやれ[1]（い）木曾のみさかも雲と[2]（ず）づる山のこ[3]なたの五月雨《さみだれ》のころ　（新葉集・巻三・夏歌・二一八）

「信濃国に侍りしころ、都なる人のもとへ申し遣はし侍りし」

【歌意】　思いやって欲しい。都へと通じている木曾の御坂《みさか》も雲が閉鎖してしまっている。その山のこちら側に逗留しているこの梅雨時の私の心を。

【鑑賞】　これは『李花集』の詞書には「信濃国いな」とあるので、親王が延元三年（一三三八）伊勢の国大湊《おおみなと》から、北畠《きたばたけ》親房《ちかふさ》らと海路東国へ向かう途中、遠江《とおとうみ》に漂着、各地を転戦していた時、信濃国で詠じた歌と知られる。第二句の「木曾のみさか」は『新葉集』も『李花集』も「木曾のみかさ」とする伝本が多いが、『歌枕名寄』や『松葉名所和歌集』などの名所歌集には、「信濃路や木曾の御坂のをざさ原分ゆく袖もかくや露けき」（続後撰集・恋歌二・長方・七六九）や、「吹きのぼる木曾の谷風に木ずゑもしらぬ花をみる哉」（続古今集・春歌下・鴨長明・一三九）の例歌をあげているので、「木曾の御坂」という表記がよいように思われる。

ところで、木曾の御坂は信濃国から美濃国へ通ずる峠であるが、その木曾の御坂からさらに分け入った所が伊那《いな》だから、ふだんでも人通りは絶えてなかったと思われる。しかも、五月雨がそぼ降り、深くどんよりと雲が垂れこめると、伊那はまったく外界から隔絶されて孤立化する。そんな時、都恋しくなった親王が思わず吐露したのが、この「思ひやれ」の嘆息である。寂しさやるかたなき心情の発露であるが、ここには勇者としての親王というより、歌人としての親王の側面がよく表出されている。

【語釈】1思ひやれ―遠くのことを思って欲しい。2雲とづる―雲が閉鎖している。3こなた―此方で、こちら側。

【補説】信濃国伊那での親王の詠歌はほかにも、「散らぬ間に立ち帰るべき道ならば都のつとに花も折らまし」（李花集・春歌・一〇一）、「稀にまつ都のつても絶えねとや木曾のみさかを雪うづむなり」（同・冬歌・四四二）のごとく指摘されるが、いずれも都への思いを詠出したもので、この歌と同趣と判断される。

思[1]ひ《(い)》きや手もふれざりし[2]梓弓《あづ(ず)さゆみ》[3]おきふしわが身[4]なれむものとは　（新葉集・巻十八・雑歌下・一二三四）

「東の方に久しく侍りて、ひたすらもののふの道にのみたづさはりつつ、征夷将軍の宣旨など下されしも思ひの外なるやうにおぼえてよみ侍りし」

【歌意】思ったであろうか、いや思いもかけなかったことだ。今まで手も触れることのなかった梓の木で作った弓（武具）を、起きても寝ても手にするという生活に、我が身が馴れることになろうとは。

【鑑賞】詞書によって、作歌事情が知られるが、この歌は『李花集』（雑歌・七四五）にも収載され、「遠国に久しく住み侍りて、今は都の風俗《てぶり》も忘れはてぬるのみならず、ひたすら弓馬の道にのみたづさはり侍りて、征夷将軍の宣旨など賜はりしも、我ながら不思議に覚え侍りければ、歌詠み侍りし次《つい》《で》に」の詞書が付いている。したがって、これは宗良親王に征夷（征東）将軍の宣旨が下った正平七年（一三五二）の作で、後醍醐天皇の第五皇子に生まれ、早く天台座主となった親王が、延元二年（一三三七）還俗してからは、越後・越中・信濃の各地を転戦、「都の風俗も忘れはて」て「弓馬の道」（武士の道）にいそしんではいたものの、まさか将軍の宣旨を賜るまでの境遇になろうとはと、四十余年の境涯を振り返って、我が身の意外な変わりかたに驚嘆しての詠作と知られよう。もちろん、この歌が紀貫之の「手も触れで月日経にける白檀弓起きふし夜はいこそねられね」（古今集・恋歌二・六〇五）の本歌取りであることは言うまでもないが、本歌が第一、二句の序詞で思うように近づきえない相手への不満を託った恋歌であるのに対して、これは恋歌から転じて、自身の計り難い運命のなせる業への驚きを詠出している点、みごとと言うべきだろう。

【語釈】　1思ひきや―思ったであろうか、いや思いもしなかった。2梓弓―梓の木で作った弓。3おきふし―起きても寝ても。朝夕。4なれむ―馴れ親しむであろう。

【補説】　「おなじくは共にみし世の人もがな恋しさをだに語り合はせむ」（新葉集・雑歌下・一三〇六）の歌は、延元三年以来各地を転戦した親王が三十六年ぶりに吉野の行宮に参内した時のもので、「独懐旧」の題が付いているが、親王の深い感慨がよくにじみ出ている。

楠木正行《くすのきまさつら》

嘉暦元年（一三二六）～正平三年（一三四八）正月。二十三歳。楠木正成《くすのきまさしげ》の子。延元元年（一三三六）父正成の死後は一族の中核となって活躍、延元三年（一三三八）後醍醐天皇の崩御の際は、和田和泉守と吉野の行宮を守護した。正平二年山名時氏《ときうじ》・細川顕氏《あきうじ》を破ったが、翌年正月、高師直《こうのもろなお》・師泰《もろやす》兄弟の軍と河内国四条畷《しじようなわて》で激戦、自害して果てた。和歌は勅撰集には入集をみない。

[1]返らじと[2]かねて思へ《(え)》ば[3]梓弓《あづ(ず)さゆみ》　[4]なき数にいる名をぞとどむる　（太平記）

【歌意】二度と生きては帰るまいと前もって覚悟しているので、ここに死ぬ者の仲間入りする人々の名を記して永久に留めておこうと思う。

【鑑賞】これは足利尊氏の派遣した高師直・師泰の軍を迎えて、南朝軍の総師楠木正行・正時らの一行が正平二年十二月二十七日、吉野の皇居に参内《さんだい》し、後村上天皇の拝謁を得たのち、同志「和田新発意・舎弟新兵衛・同紀六左衛門子息二人・野田四郎子息二人・楠将監・西河子息・関地《せきぢ》良円《りやうゑん》以下今度の軍に一足も不レ引、一処にて討死せんと約束したりける兵百四十三人」（太平記・巻二十六）とともに、先皇後醍醐天皇の御廟に参って、「今度の軍難義ならば、討死仕る」覚悟だと報告、如意輪堂の壁板に各名字を過去帳として書き連ねたその最後に、正行が記した辞世の歌である。

主君思いの若武者の勇猛果敢な行動は『太平記』の中の圧巻だが、この歌に託された正行の悲壮なまでの決意はまた、読む者の胸を打つ。

戦局は周知のとおり南朝軍の不利に進み、高師直・師泰軍との激戦の末、重傷を負った正行は自害して果てるが、この時正行は二十三歳であった。

なお、この歌は現に如意輪堂の扉に刻まれているが、この類歌とおぼしきものが『保元物語』『三国伝記』等にもみえ、この『太平記』の記述は史実とは言いかねるようである。

【語釈】1返らじ―この世に生きては帰るまい。2かねて―前もって。3梓弓―「いる」の枕詞。4なき数にいる―生きては帰らないと死ぬ覚悟で出陣する者たち、それは死者の仲間入りをする人々で、その名をここに書きつけるというのである。

【補説】　落合直文作詞になる「大楠公《だいなんこう》」の中の「桜井の訣別」の歌――「青葉繁れる桜井の　里のあたりの夕まぐれ　木の下陰に駒とめて　この行末をつくづくと　汝はここまで来たれども　とくとく帰れ故郷へ」は、『太平記』中の桜井の駅での正成・正行父子の訣別の場面を歌ったもので、戦前、忠孝の典型として賛美されたことは周知の事実に属しよう。

後村上天皇《ごむらかみてんのう》

嘉暦三年（一三二八）～正平二十三年（一三六八）三月十一日。四十一歳。第九十七代。後醍醐天皇の皇子。母は新待賢門院廉子《れんし》。名は義良《のりなが》。元弘三年（一三三三）北畠顕家《きたばたけあきいえ》と陸奥に出向き、建武新政下の東北地方を鎮定。延元四年（一三三九）践祚、吉野を皇居として京都回復を図ったが実現せず、摂津住吉に崩御した。学芸に造詣が深く、ことに和歌を嗜まれた。歌は二条派系統に属したが、多難な人生を実感的に詠じたものに佳作がある。『新葉集』に九十四首入集。

鳥[1]のねにおどろ[2]かされて暁のねざめしづ（ず）かに世を思ふ（う）かな　（新葉集・巻十七・雑歌中・一一四〇）

「題しらず」

【歌意】　夜明けを告げる鶏の鳴き声によってはっと目を覚まされて、まだほの暗いこの未明に、ひとり静かにこの乱れた世を思いやることだ。

【鑑賞】　詞書に「題しらず」とあるので、作歌事情は知られない。しかし、下二句「ねざめしづかに世を思ふかな」の措辞、また、『続千載集』収載の大僧正守誉の「聞きなるる老の寝覚のとりの音に涙を添へぬ暁ぞなき」（雑歌中・

一八九八）の歌が、『明題和歌全集』では「寄鳥述懐」の題下に収載されていることなどから判断すると、天皇の晩年に近いころの詠作と推定される。もちろん延元四年、吉野で践祚して崩御されるまでの作ではあろうが、その中でも後半の時期に詠まれたのではなかろうか。

深閑とした吉野の行宮、目を覚まさせる物音といえば、鶏の鳴き声ぐらいしかない静寂な暁方、沈思して乱れた世を思う天子の歌である。「世を思ふかな」の措辞は、亀山院の「すべらぎの神の御言をうけきつるいや継々に世を思ふかな」（新後撰集・神祇・七六八）の御製から考慮すると、この歌には、京都へ還幸できる日の早からんことを願う気持ちも含まれていよう。

藤原経継《つねつぐ》に、「鳥の音に驚かされて聞くたびに出《い》でて仕へし昔をぞ思ふ」（続後拾遺集・雑上・九七五）の類歌があるが、艱難を経てきた天皇の実感がにじみ出ていて、感慨深い内容となっている。

【語釈】　1鳥のね―鶏の鳴き声。　2おどろかされて―はっと目を覚まされて。

【補説】　『新葉集』収載歌人のなかで、もっとも多くの歌が掲載されているのが後村上天皇であるが、「懐旧非一」の題を付す「わが忍ぶおなじ心の友もがなそのかずかずをいひ出《い》でてみむ」（雑下・一二九九）の歌も、この歌と同趣であって、南朝方の人々の苦労の多かったであろう境涯がしのばれて、哀れ深いものがある。

長慶天皇《ちようけいてんのう》

興国四年（一三四三）～応永元年（一三九四）八月一日。五十二歳。後村上天皇の第一皇子。母は嘉喜門院。名は寛成《ゆたなり》。第九十八代。正平二十三年（一三六八）住吉行宮で践祚。その後、吉野、金剛寺、吉野、大和栄山寺と遷宮し、弘和三年（一三八三）ころ譲位。学芸に造詣が深く、『源氏物語』の注釈書『仙源抄』がある。歌は二条派系統に属したが、艱難な人生経験を実感的に詠じたものに佳作がある。後人（谷森善臣）の編になる歌集『長慶院御歌　たきのしらたま』があり、『新葉集』に五十二首入集する。

わが宿[1]とたのまながら[2]吉野山花になれ[3]ぬる春もいくとせ[4]

（新葉集・巻二・春歌下・一〇九）

「よしのの行宮にて、人々に千首歌めされし次でに、山花といふことをよませ給うける」

【歌意】　ここが私の永久に住む場所だとは頼みに思わないものの、その吉野山に住んでずいぶん経った。いったい、この吉野山で桜の花と馴れ親しむようになってから、何年目の春を迎えたのであろうか。

【鑑賞】　詞書によって、作歌事情が知られる。「人々に千首歌めされし」とは、天授二年（一三七六）夏、長慶天皇の命によって、後亀山院・教頼・宗良親王・耕雲（花山院長親）らが千首歌を詠ずることになった、『南朝内裏千首』のことである。したがって、これは天皇が再度吉野の行宮へ遷御された際に詠じられた歌ということになる。

「山花」の題による題詠歌だが、自身の実感の反映が著しい。もちろん、『後撰集』収載の伊勢の「わが宿と頼む吉野に君しいらば同じかざしをさしこそはせめ」（恋四・八〇九）の本歌取りであろうが、その発想は、『千五百番歌合』の惟明《これあきら》親王の「古巣をば都の春に住みかへて花になれ行く谷の鶯」（続千載集・春歌上・一九）の歌と同趣であって、その点多少の陳腐さは免れないだろう。しかし、吉野の行宮での生活に馴れ親しんでいく我が身に対して、一種の感慨を催したことは事実で、この歌はその辺の天皇の偽らない感想を表白したものであろう。「花になれ」親しんでいく天皇の心情は複雑であろう（ちなみに、天皇は、弟の後亀山と違って両朝合一後も帰洛しなかった）。

【語釈】　1わが宿と―自分の一生の居所と。2ながら―逆接の接続助詞で、「～ものの」、「～けれども」。3花になれぬる―桜の花に馴れ親しむようになった。4いくとせ―幾年。何年。

【補説】　「久かたのあまの岩戸を出でし日や変らぬかげに世を照らすらむ」（新葉集・賀歌・一四二〇）。これは長慶天皇が皇太子時代に「寄日祝」で詠じた祝言の歌だが、後年の天皇の人生を見るとき、「変らぬ光で今もこの世を照らしているであろうか」の措辞は、何とも運命の皮肉を語っているようで、人生の不可解さをよく表している。

花山院長親《かざんいんながちか》

生年未詳。永享元年（一四二九）七月十日没。師賢の孫、家賢の子。号は耕雲。法号明魏。父祖に従って南朝に出仕、元中六年（一三八九）内大臣になったが、南北朝合一のころ、出家して耕雲と号した。応永の中ごろからは将軍足利義持の知遇を得て、歌道の方面で活躍。宗良親王に師事するなど二条派の系統に属したが、歌論書『耕雲口伝』や詠歌には、二条派的な臭みを脱した一境地を開いている。『耕雲千首』がある。『新葉集』『新続古今集』に入集する。

[1]歎《なげ》きつつひとりや[2]さ寝む[3]葦《あし》べゆく鴨《かも》の[4]羽がひ《（い）》も[5]霜さゆる夜に　（新葉集・巻十一・恋歌一・六六二）

「関白家三百番歌合に、寄鳥恋といふことをよみてつかはしける」

【歌意】　恋しい人に逢えないことを嘆きながら、一人寂しく寝るのであろうか。葦の生い茂っている水辺を行く鴨の両翼の打ち交うところにまで、霜が置いてひどく冷える、そんな夜に。

【鑑賞】　詞書によって、作歌事情が知られるが、この歌合は建徳二年（一三七一）（北朝の応安四年）二月、関白二条教頼《のりより》が、おそらく当時行宮のあった河内天野で催した、『南朝三百番歌合』のことである。当歌は二百三十八番右の勝ち歌である。

「寄《スル》レ鳥《ニ》恋」という題は、鳥に寄せて恋の趣を詠むというもので、これは『万葉集』の志貴皇子の「葦辺《あしへ》行く鴨《かも》の羽がひに霜降りて寒き夕は大和し思ほゆ」（巻一・六四）の本歌取りの歌である。

本歌は、文武天皇が難波の宮に行幸された際に随従した志貴皇子が、荒涼たる難波の風景の中に、「葦辺行く鴨の羽がひ」に焦点を合わせて詠んだ叙景歌であるが、これはそうした万葉歌のもつ趣を背景に、独り寝をしなければならない人のわびしい人生の詠出となっている。もちろん、この歌の「葦べゆく鴨の羽がひ」なる措辞は万葉歌に比べると、その実感の多少希薄な点は否めないけれども、「霜さゆる夜」の形容詞句としての機能はみごとに果たされ、「歎きつつひとりやさ寝む」の措辞と相俟って、「寄鳥恋」の主題を充分に詠みえている。耕雲独自の題詠歌の世界を過不足なく構築してみせた佳作と言えるであろう。

【語釈】1歎きつつ―恋しい人に逢えないことを嘆きながら。2さ寝む―「さ」は接頭語で「寝む」に同じ。3葦べゆく―葦の生い茂った水辺を泳いでいく。4羽がひ―鳥の両翼の打ち交う所。5さゆる―冷える。

【補説】耕雲は本歌取りの手法が巧みで、「月残る峯の梢は明けやらで風に別るる花の横雲」（新葉集・春歌下・一三七）の歌も、藤原定家の「春の夜の夢の浮橋とだえして峰に別るる横雲の空」（新古今集・春歌上・三八）の詠に基づくこと言うまでもないが、「花の横雲」なる歌語の案出は耕雲の歌才の一端を覗かせていると言うべく、すぐれた歌境を開いている。ちなみに、『耕雲口伝』については、本書第一章の第九節を参照されたい。

正徹《しょうてつ》

永徳元年（一三八一）～長禄三年（一四五九）五月九日。七十九歳。名は正清。出家して正徹、字を清巖《せいがん》。号は招月庵《しょうげつあん》。東福寺の書記をつとめ、徹書記とも呼ばれた。冷泉為尹《れいぜいためまさ》・今川了俊に師事したが、藤原定家の有心体に復帰すべきことを主張、独自な幽玄美を開拓した。門下に正広《しょうこう》・心敬らがいる。家集に『草根集』、歌論書に『正徹物語』がある。勅撰集には入集しない。

[1]秋の日は[2]糸よりよわき[3]ささがにの[4]くものはたてに[5]荻《をぎ（お）》の上風《うは（わ）かぜ》

（草根集・巻三・一九九五）

「同十七日より、山門訴訟とて神輿をふり上たてまつりて、世の中物さわがしく、いづくの月次もとどまり侍りしころ、人々草庵に来すすめしに　夕荻」

【歌意】秋の夕暮れ方、微かにさしている光は糸よりも細くきらめき、その糸よりも細かい蜘蛛の糸をきらきらと吹き翻す風は空の雲を吹き動かし、その雲の果てから吹いてくる風は、荻の上葉を吹き過ぎていくことだ。

【鑑賞】詞書によって、作歌事情が知られる。「同十七日」とは、永享五年（一四三三）七月十七日のことで、正徹五十三歳の時の詠である。これは「夕荻」の題による題詠歌だが、巧みなイメージの重畳によって、縹渺たる自然現象を点描してみごとである。すなわち、「くものはたて」は、『古今集』の詠み人知らずの「夕暮は雲のはたてに物ぞ思ふ天つ空なる人を恋ふとて」（恋歌一・四八四）の歌に依拠していると推察されるから、まず、ここに秋の微かな夕日が想定され、その夕日の「絹糸のような細いきらめく光を印象付け、ついで糸の縁で〝ささがに〟がでる。〝ささがに〟は蜘蛛の異名なので、次の〝雲〟を連想させ、言葉が縁語をもってイメージをダブらせる。そこには、細い蜘蛛の糸が秋風のなかにきらめく景が同時に想起され、〝はたて〟の〝はた〟と〝上風〟との結合で、〝旗〟のはためきもでてくる」（稲田利徳氏『正徹の研究』昭和五三・三、笠間書院）という手法である。この手法こそ、論理を越えた正徹独自の自然観照の達成と言うべく、弟子の心敬は『ささめごと』の中で、「これらの秀歌、まことに法身の体、無師自悟の歌なるべし。言語にはことわりがたかるべし」と賛嘆している。

【語釈】1秋の日は―秋の微かな西日は。2糸よりよわき―糸よりも細くきらめく。3ささがに―蜘蛛の異名。雲を連想させる。4くものはたて―雲の果て。5荻《をぎ》の上風《うはかぜ》―荻《おぎ》の上葉を吹き過ぎる風。

【補説】藤原定家を目指した正徹は、表現面でかなり独特の用語を創造しており、「糸よりよわき」の措辞も正徹独自のものであるらしく、ほかに「露霜にあへずかれ行く秋くさの糸よりよわき虫の声かな」（草根集・虫声幽・一一）の歌がある。

渡りかね雲も1夕《ゆふ(う)べ》をなほ(お)たどる2跡なき雪の3峯《みね》のかけはし　（草根集・巻十一・七八九八）

「暮山雪」

【歌意】雲も渡りかねて、夕暮れ時なのにまだ踏み迷っている。人が通過した痕跡をとどめない、険しい峰の上にかかっているかけ橋を。

【鑑賞】この歌は『正徹物語』に「暮山雪は此の程の歌の中には、是ぞ詠み侍ると存ずるなり」と自注しているので、自讃歌と知られるが、同時に、「此の程」というのが『正徹物語』の成立時期を意味するから、宝徳二年（一四五〇）ころの、正徹七十歳前後の詠であることも知られる。歌題は「暮山雪」であるから、山の峰に降り積もって夕闇の中に白く輝く雪が主題となろうが、正徹自身の言葉でこの歌の成立意図を語ってもらうと、次のようになる。

「雲が跡なき雪を渡りかぬるといふ事は有るまじき也。されども無心なるものに、心をつくるが歌のならひなれば」という観点から、「白く降り積もりたる雪に夕べも知られねば、雲もたどりて渡りかぬるかと」、また「梯の雪に、人のかよふ跡もなければ、雲も渡りかぬるかと思ふ心もあるなり」といって、雪の白く降り積もった「峯のかけはし」の上空に停滞している雲を擬人化したのである。しかも、その対象の捉え方は、幻想的なイメージによる美的世界の構築であって、それは幻覚の世界であるとさえ言えよう。このような歌の詠みぶりを、正徹は「行雲廻雪の体」と呼んでいるが、これこそ正徹の達成した歌の理想的世界であった。

【語釈】1夕をなほたどる—夕暮れなのにまだ渡りかねている。2跡なき雪の—人が通った痕跡のない雪の。3峯のかけはし—峰にかかっているかけ橋。桟道。

【補説】正徹の「行雲廻雪の体」は、藤原定家歌論の偽書とされる『三五記』に、幽玄体を行雲体と廻雲体に分類し、前者の例歌に「露はらふ寝覚めは秋の昔にて見果てぬ夢に残る面影」（新古今集・恋歌五・俊成女・一三二六）を、後者の例歌に「思ひ入る深き心のたよりまで見しはそれともなき山路かな」（同・冬歌・秀能・六四九）を挙げているのを参照しての見解で、ここにも正徹の定家志向の様が知られる。

夕暮の心[1]の色を染めぞおく[2]つき果つる鐘の声[3]のにほひ《おい》に

（草根集・巻六・四八六一）

「夕鐘」

【歌意】　夕暮れという時間のもつ情緒を心の中に深くしみつかせておくことだ。ゴォーンと寺の鐘楼から突き出され、やがて消えていく晩鐘の余韻にじっと浸ることによって。

【鑑賞】　「夕鐘」の歌題があるのみで、この歌の作歌事情は分明でない。しかし、禅宗の僧侶であった正徹にとって、鐘の音が生活上の身近な存在であったことは確かであろう。したがって、これは題詠歌ではあるが、正徹の日ごろ耳にする晩鐘から感じとった印象に基づいた詠歌には相違なかろう。しかし、それが外的世界における単なる鐘声の印象描写にとどまらないことはほかの詠歌と同様で、そこには正徹の内的世界における鐘の声の把握が認められる。すなわち、今突き終わった寺の鐘の余韻にじっと浸っていると、心の中に深い寂寥感が広がっていくというのがこの歌の内容だが、その鐘の音の捉え方は、藤平春男氏が言うように、「鐘の音自体じゃなくて、鐘の音が消えてしまって、心のなかに残った余韻としての鐘の音」（佐佐木幸綱氏『中世歌人たち』〈ＮＨＫブックス251〉昭和五一・四収載の「対談」）に、心を没入していくという方法である。しかも、その聴覚としての鐘の音に、「色」「染めおく」「にほひ」などの視覚的な用語を駆使した共感覚的表現で、夕暮れという時間の持つ情緒・気分をより具象化している点、この歌を味わい深くしているが、逆に、多少観念性の強い内容となっていることも否めまい。

【語釈】　1心の色を染めぞおく―心の中に深くしみつかせておく。2つき果つる―突き終った。3声のにほひに―鐘の音の余韻に浸ることによって。

【補説】　稲田利徳氏の研究によると、『草根集』には、「枕とふにほひも寒しさく梅の雪にとぢたる窓の北風」（巻四・三〇一一）の歌の「にほひも寒し」のごとき、臭覚を感受すべき「にほひ」を「寒し」と触覚で把握するような、感覚間の転移ともいうべき共感覚的表現歌が約百首も指摘される由だが、その手法は正徹の独創とは言えないものの、正徹和歌の一つの特徴をなしている。

[1]夕まぐれ[2]それかと見えし俤《おもかげ》もかすむぞ[3]かたみ[4]有明の月

（草根集・巻六・四四四三、正徹物語）

「春恋」

【歌意】　夕方の薄暗い時分、霞の中に人影を見、わが恋人であるかと思って、一夜明かした暁方の有明けの月を見て、その面影を思い起こすと、ぼんやりとおぼろになっていることだ。

【鑑賞】　歌題は「春恋」。この歌は『正徹物語』によると、『源氏物語』の「手習」の巻の「袖ふれし人こそなけれ花の香の面影かをる春の明ぼの」の歌から発想を得て詠じたものである。正徹自身の解説があるので、それを口語訳で示すと、「夕暮の霞みわたった頃、人に逢ってこれは私の恋しく思う人であろうかなどと思って、その人の様子を心にしっかり覚えていて、夜明の月を見てその人の様子を思い出すと、ぼんやりとしていたその人の様子が、霞んだ月にうかんで思い出されるので、〝霞むぞかたみ〟と言ったのである」（日本古典文学大系『歌論集　能楽論集』昭和五三・一第二三刷、岩波書店）ということになる。つまり、夕暮れの霞の中でほのかに見た恋人らしい面影を、有明けの月の中で思い浮かべるという想像の世界の中で把握したのがこの歌の内容だが、正徹は自身で「月にうす雲のおほひ、花に霞のかかりたる風情は、詞心にとかくいふ所にあらず、幽玄にも、やさしくもあるなり。詞の外なる事なり」（正徹物語）と評している。なお、「かすむぞかたみ」の措辞は、正・続『国歌大観』にも検出されず、正徹独自の新造語と認められよう。

【語釈】　1夕まぐれ―夕方の薄暗い時分。　2それかと見えし―私が恋しく思っている人であるかと見えた。　3かたみ―過ぎ去ったことの面影を偲ばせるもの。　4有明の月―夜が明けてもまだ残っている月。残月。

【補説】　正徹のいう幽玄とは、自らの「咲けば散る夜のまの花の夢のうちにやがてまぎれぬ峯の白雲」（草根集・三〇九八）の歌について、「幽玄と云ふ物は心に有りて詞にはいはれぬもの也。月に薄雲のおほひたる也。山の紅葉に紅の霧のかかれる風情を幽玄の姿とする也」（正徹物語）と解説するように、艶にして縹渺とした情緒を言うようだ。

風聞けば嶺《みね》の木《こ》の葉の中空に吹き捨てられて落つる声々　（草根集・巻十二・九一六一）

「風前落葉」

【歌意】　吹く風の音にじっと聞き入っていると、散った山の峰の木の葉が風に吹かれて舞い上がり、空の中ほどで吹き捨てられて散り落ちてくる声がすることだ。とても寂しい。

【鑑賞】　康正元年（一四五五）の詠作だから、正徹七十五歳の時、「風前落葉」の題で詠まれた題詠歌である。初句を「風ふけば」とする本文もあるが、単なる平凡な叙景歌と見なし難い点で、「風聞けば」の本文に依りたい。

空に木の葉の音がすると捉《とら》えた歌には、『新古今集』収載の藤原雅経の、

移りゆく雲に嵐の声すなり散るか正木の葛城の山　（冬歌・五六一）

の詠があるが、この歌の場合には、末句の「声々」の措辞から、頼るもののない、はかない「中空」から「吹き捨てられて落」ちてくる「嶺の木の葉」は、単なる木の葉を越えて人間のはかない運命を暗示しているのではなかろうか。吹く風にじっと耳を澄まして正徹が体感したのは、人間をも含めた宇宙の摂理の中での無常の道理であったのだ。単なる自然現象の描写を越えて構築されたこの世界は、正徹の開拓した独自の歌境と言うべく、他の追随を許さぬみごとな詠みぶりである。

【語釈】 1風聞けば―吹く風の音にじっと聞き入っていると。2中空に―空の中ほど。3落つる声々―散り落ちてくる音ではなく、声がするような感じがする。

【補説】 正徹の同じ歌題「風前落葉」になる詠歌を『草根集』に探すならば、「玉づさの紙の色とも見えぬべし紅葉吹きまく風の便りに」（一五九）、「散る木葉さそふ水なき空ながら流れて遠く行く嵐かな」（一五五六）などの歌があるが、むしろ「落葉風」なる題で詠まれた、

　雲まよふ滝とおつるや山風に吹きすてらるる木《こ》の葉なるらん　（巻九・七一四三）

の歌に、この歌と同種の趣を認めることができよう。

東　常縁《とうつねより》

応永八年（一四〇一）～文明十六年（一四八四）ころ。八十四歳くらい。益之の子。号は素伝。別称東野州《とうやしゅう》。美濃国の篠脇城主であったが、応仁の乱で美濃の所領を斎藤妙椿《みょうちん》に奪われ、歌を詠んで戻してもらった話は有名である。二条派の尭孝《ぎょうこう》法印に師事し、二条派歌学の正統を継承して、門弟飯尾宗祇《そうぎ》に古今伝授を行った。和歌は二条派系統の平明流麗なものが多い。家集に『常縁集』『東常縁詠草』、歌学書に『東野州聞書』があるほか、歌学上の講釈書が多い。

[1]山河《やまがは》（わ）や岩超す波の音しるく[2]晴れぬ[3]高嶺《たかね》のさみだれの[4]雲　（常縁集・夏・八四）

「五月雨」

【歌意】 山川の、その川岸の岩を越えて流れる波の音がはっきりと聞こえてくる。その山の高い峰にはうっとうしい灰色の雨雲がかかっていることだ。

【鑑賞】「五月雨」の題で詠じたもの。五月雨とは、『和歌題林抄』によれば、「五月雨　さみだれ・水まさる・雲のかさなる」として、「五月雨は、海も河も池も、皆な水嵩《みかさ》まさりて、浅瀬も淵となり、茂みを通ひしあしわけ小舟も葉末を渡り、川添ひ柳も底に沈み、沼の浮草も根を絶えて、行く方も知らず流れ、山井の水も掬《むす》ばぬに濁り、山のしづくも岩うつ音高く、芦も真菰も刈り干す間もなく、海のほとりには、塩屋の煙絶え、海松布《みるめ》かる海士もむなしく日数をすごすなど詠むべし」とある。したがって、これは「水まさる」と「雲のかさなる」を主題に詠み込んだ、典型的な「五月雨」の詠歌ということができよう。すなわち、峰の上空にはどんよりと灰色の雨雲が垂れこめ、五月雨のために増水した川岸では、岩を越えて流れる川波が瀬音も高く流れて行く、という光景である。流麗なリズムの中に、上句には聴覚で捉えた世界を、下句には視覚で捉えた世界を有機的に結合させて、みごとに五月雨の景を構築している。

【語釈】1山河や―「山河」は山あいを流れる川。「や」は詠嘆の意をもつ間投助詞。2音しるく―音もはっきりと。3晴れぬ高嶺の―うっとうしい晴れない高い峰の上空の。4さみだれの雲―陰暦五月ごろ降り続く長雨の雲。

【補説】この歌は「五月雨」の題で詠まれた七首のうちの一首だが、一連の他の歌を二首紹介して、参考に供しよう。「降りそめしたかねの雲をそのままに晴れ間も見えぬ五月雨の空」（夏・八五）、「見るままに猶かきくもり入相の鐘よりくるる五月雨の空」（同・八二）。いずれも五月雨の景を流麗に詠んで、無難な詠みぶりである。

正広《しょうこう》

応永十九年（一四一二）～明応三年（一四九四）。八十三歳。石山の僧。応永三十一年十三歳で正徹の門に入り、以後、長禄三年（一四五九）までを直弟子として過ごし、正徹が没した後は招月庵を受け継いだ。文明五年（一四七三）正徹の詠歌を収集、『草根集』を編纂して、一条兼良に序文を請うた。歌は正徹の弟子にしては平明なものが多い。家集に『松下集』、日記に『正広日記』がある。

[1]こすのとにひとりや月の[2]ふけぬらむ[3]日ごろの[4]袖《そで》の涙[5]たづ《(ず)》ねて　（松下集・三〇二七）

「逢恋」

【歌意】今宵は小簾の外で月がひとり更け渡っているであろうか。この数日来、恋人の来訪を空しく待ってこぼす人の袖におく涙に、その影をやどした時と同じように訪ねて来て。

【鑑賞】この歌の詠歌年時は明らかでないが、これは歌合形式で配列されている『三百六十番自歌合』に収められた歌で、「山家花」の題で詠まれた「めかれせぬうき世やいとふ花までも開きてひまある山の奥かな」（松下集・三〇二七）の歌に番《つが》わされている。歌題は「逢恋」で、正広が女性の立場で詠じた、多分に物語的雰囲気を感じさせる歌である。すなわち、この数日来、恋人（男）の来訪を待ちわびて思わずこぼす袖の涙に、月影が夜ごと訪ねて来て心を慰めてくれたが、今日は男が訪ねて来てくれたので、月は小簾の外で、ひとり更け渡っているであろうか、という女性の詠嘆がこの歌の内容で、題の「逢恋」の主題をみごとに表現している。しかし、恋人の来訪はいつ途絶えるかもしれず、ために再び消沈した女の心を慰めるのは、月影にほかならないから、いかにしても女の月に対する未練は断ち切れないのである。「逢恋」の題は「別恋」の裏返しでもあるから、この際、今後の女の不安は禁じ得ないわけだ。そのあたりの微妙な心理の綾を女性の立場からうまく言い得て妙なる恋歌と言えようか。なお、この歌によって、正広は「日ごろの正広」と言われたという（梅庵古筆伝など）。

【語釈】1こすのと—閉ざされた小簾の外。「こす」は簾のこと。2ふけぬらむ—今ごろは更け渡っているであろうか。3日ごろの—数日来の。4袖の涙—袖にこぼす涙。5たづねて—月が訪ねて来て、影をやどす。月を擬人化した。

【補説】『松下集』から同じ「逢恋」の詠歌を抄出して参考に供したい。「返しても見ざりし夢をさ夜衣よひうらなく向ふ中かな」（九四三）、「昨日かも春と契りておなじえにけふは思ひもかけぬ中かな」（一六三三）、「しのべどもあまりに夢ぞはれよ月袖をひかへて暗き夜の雨」（一二一四六）。

太田道灌《おおたどうかん》

永享四年（一四三二）～文明十八年（一四八六）七月。五十五歳。資清《もときよ》の子。名は資長《すけなが》。扇谷上杉定正の執事をつとめ、長禄元年（一四五七）に江戸城を築く。のち剃髪して道灌と号した。扇谷・山内両上杉氏の同盟を策したが、誤解されて暗殺された。軍法に精通していたが、和歌も好み、『花月百首』『京進和歌』などの作品がある。伝統的な平明な歌が多い。

急[1]がずはぬれ[2]ざらましを旅人のあとよりはるる野路[3]のむら雨

（慕景集・八九）

「勝元朝臣、短慮不成功と昌黎《しやうれい》のつくりし言葉など消息のはしに書つけて、このこころばへをとひ給ひければ」

【歌意】　もしも急がなければ、濡れなかったであろうに。旅人が通った後から晴れていく野の路に降った村雨であるなあ。

【鑑賞】　これは『慕景集』収載の一首だが、『慕景集』が太田道灌の歌集であることが分明でない現在、この歌の作者も未詳としか言いようがないが、伝称によって、一応、道灌の詠歌として扱いたい。この歌は詞書によらなければ、『新古今集』収載の寂蓮の「村雨の露もまだ干ぬ槇の葉に霧立ちのぼる秋の夕暮」（秋歌下・四九一）の歌と同様、まったく秋の自然を詠じた叙景歌としか思われない。ところが、詞書によると、細川勝元が中唐の文人韓退之《かんたいし》（昌黎）の述べた「短慮不レ成レ功」の言辞を手紙の端に書きつけて、その「こころばへ」（趣向・意味）を質問してきたことに対してなされた返事が、この詠歌であると判明する。すなわち、急いだばかりにずぶ濡れになった旅人の後から、皮肉にも晴れていく村雨の景は、「急いては事を仕損《せ》ずる」の教訓として提示され、はなはだ含蓄に富んだ内容となっているのだ。自然の叙景歌の中に、かくもさりげなくみごとに教訓を示唆している点、この歌の作者の詠歌手腕は相当なものと評価されよう。

【語釈】　1急がずは―もし急がなければ。2ぬれざらましを―濡れなかったであろうに。「まし」は反実仮想の助動詞。3むら雨―時々急にばらばら降る雨。

【補説】　道灌の山吹の逸話については、『常山紀談』にあるが、その内容はここでは省略に従いたい。

道灌は自分の築いた江戸城で文明六年（一四七四）六月歌合を催した。『武州江戸歌合』という、地方武人による本格的な初めての歌合である。判者は正徹門の心敬。道灌の一首をあげると、

海原や水まく竜の雲の波はやくもかへす夕立の雨　（二番右・四）

のようなスケールの大きな風光を詠んだ歌がある。

三条西実隆《さんじようにしさねたか》

康正元年（一四五五）～天文六年（一五三七）十月三日。八十三歳。三条西公保《きんやす》の子。母は藤原房長の女。号は逍遥院。後花園・後土御門・後柏原・後奈良の四天皇に仕え、永正三年（一五〇六）正二位内大臣に任ぜられたが、永正十三年出家した。生来和歌をよくし、文明十五年（一四八三）将軍足利義尚の計画した、撰集『打聞集』の寄人に推薦されたり、宗祇《そうぎ》から古今・源氏の伝授を受けるなど、一条兼良亡き後の当代文化の指導的役割を果たした。家集に『再昌草』『雪玉集』、日記に『実隆公記』がある。

花[1]**の木もみどり**[2]**に霞**《かす》**む庭の面**《も》[3]**にむらむら白き有明の月**　（雪玉集・巻一・春・二九四）

「春暁月」

【歌意】あの華麗な花を咲かせる桜の木も、今は深緑色に霞んでいる庭の面に、ある所は暗く、ある所は白く照らしている、有明けの月の光であることよ。

【鑑賞】この歌の詠作年時などはいっさい分明でない、「春暁月」の題になる題詠歌である。花が咲くと白雲を思わせる桜の木立も、今は夜明け前の暗闇の中に、春霞がかかって月明りに照らし出されたあたりが深い緑色に見える一方、庭の植え込みには、有明けの月光が射し込んで、あちこち明暗の斑《まだら》を作り出しているという「春暁月」の光景を、「みどり」「白き」の色彩語を使用して感覚的に描写してみごとである。しかし、この歌の措辞は、いずれも古歌に見出され、たとえば「みどりに霞む」の表現は、源家長の「鈴鹿山ふりはへこえて見渡せばみどりにかすむあのの松原」（夫木抄・一三八一四）の歌に、また、「むらむら白き」の語は、藤原為基の「月の行く晴れ間の空はみどりにてむらむら白き秋のうき雲」（風雅集・秋歌中・六〇二）の歌に見出される。

　したがって、この歌は、古人の用いた瀟洒な歌語を駆使して構築された実隆流の「春暁月」の美的世界であって、現実そのものの美的風景でないことは言うまでもない。その点、生活実感を歌いあげた感動は乏しいと言わざるをえないが、想像によって構築された「春暁月」の優美な世界は、また別の意味で魅惑的で、古典学者実隆の歌才のほどを感じさせる。

【語釈】1花の木も―桜の木も。2みどりに霞《かす》む―春霞《がすみ》の中で微《かす》かな月明りに照らされて、深緑色に見える。3むらむら白き―ある所は明るく、ある所は暗く、影を作っている。

【補説】『雪玉集』収載の「春暁月」の同題で詠まれた他の二首は、「残る夜の月はかすみの袖ながらほころびそむる鳥の声かな」（春・二九五）と、「折にあふ花うぐひすにおくれぬもつれなかりける有明の月」（同・二九六）の歌で、いずれも優美な伝統的な和歌の世界を詠出している。

足利義尚《あしかがよしひさ》

寛正六年（一四六五）〜延徳元年（一四八九）三月二十六日。二十五歳。足利義政の子。母は日野富子。諡号《しごう》は常徳院。叔父義視《よしみ》との継嗣争いから、応仁の乱を誘発した。長享元年（一四八七）幕府の権威を回復するため近江に出陣したが、成功せず没した。和漢の学に精通して、和歌もよくし、生活経験を実感的に詠じたものに佳作がある。なお、文明十五年（一四八三）『打聞集』の撰集を計画した。家集に『常徳院殿御集』がある。

春近き[1]二十日あまりの[2]いたづ（ず）らに身も[3]うづ（ず）もるる[4]埋火《うづみび》（ず）のもと　（常徳院殿御集・三五一）

「爐頭歳暮」

【歌意】　新春も真近い十二月二十日過ぎというのに、ここ近江の国はまだ寒さが厳しく、何の手のくだしようもなく、むなしく籠っている埋火の側よ。

【鑑賞】　歌題の「爐頭歳暮」とは、年の暮れに囲炉裏端で、という意味。この歌の直前の歌に付された詞書に、「その末つかたに、藤原尚隆とただしむかひによみける時」とあるので、義尚が幕府にそむいた六角高頼を征伐するために出陣した長享元年の年末か、翌年の年末に、側近の藤原（結城《ゆうき》）尚隆を相手に詠じた四首のうちの一首と知られる。幕府の威信にかけてもと意気込んで出陣した青年将軍義尚ではあったが、敵もさるもの、思いがけない持久戦になって冬を迎え、春も真近い年の暮れというのに、近江の厳しい寒さのために何もできなくて手をこまねいている虚しさが、この歌の主題である。「いたづらに」以下の措辞に、その辺の気持ちがよく表出されている。単なる題詠歌とは異なって、義尚の陣中での体験からにじみ出た実感が素直に表白されている点、読む者の心を打つ。なお、義尚は結局、六角高頼を征伐できずに、近江の鈎《まがり》の陣中で、あたら二十五歳の生涯を閉じた。

【語釈】　1二十日あまりの―十二月二十日過ぎの。2いたづらに―無駄に。虚しく。3うづもるる―たて籠っている。

4埋火のもと―囲炉裏端。炉端。

【補説】同じ時期に義尚によって詠まれた他の三首を紹介すれば、次のとおりである。「うき秋は思はざりけりさざ浪やはまべに年のくれん物とは」（常徳院殿御集・湖辺歳暮・三五〇）、「月にさていかに契りて忍山露より袖にやどりきぬらん」（同・寄名所恋・三五二）、「我恋はしらつき山の知られねばただゆふだたみゆふてだにみん」（同・同・三五三）。いずれも実感に即して詠出しようとした歌である。

十市遠忠《とおちとおただ》

明応六年（一四九七）～天文十四年（一五四五）三月十六日。四十九歳。父は新左衛門という。兵部少輔となる。筒井・越智・箸尾《はしお》と並ぶ豪族で、興福寺大乗院の支配下にあった。和歌は初め宣光法師に、次いで三条西実隆・公条《きんえだ》父子に学ぶ。在地の武士や僧侶とたびたび歌合を催した。信仰心が厚く、法楽歌（神仏に奉納する歌）や述懐歌に佳作がある。作品には『十市遠忠自歌合（三十六番）』『五十番自歌合』『百番自歌合』『百五十番自歌合』のほか、『十市遠忠百首』や詠草類がある。

1大比叡《おほひえ》（お）や傾《かたぶ》く月の木の間《こま》より2うみ半ばある影をしぞ思ふ（う）

（十市遠忠自歌合・二十一番）

「湖月」

【歌意】偉容な姿をほこる比叡山の、その西に傾きかけた月の光の射す木々の間から、湖面の半分に影が落ちている景色を想像することだよ。

【鑑賞】この歌は尊経閣文庫蔵の『詠草』（三七四）にも収められているので、享禄二年（一五二九）作者三十三歳の詠と知られる。題は「湖月」だが、出典の『十市遠忠自歌合』から知られるように、某の判詞があり、そこには

「左、かたぶく月の残る影、湖上のなかばかげ残るよしをかしく侍り。海なかばあるやあまりたしかなるやうにて、耳にたち侍らむ」とあって、この歌の内容が明らかになる。すなわち、「琵琶湖の西側が比叡山から北へ連なる山になっているので、月が傾いてくると山にさえぎられて湖面の西が影となる、その影が湖の中ごろまでおよんでいる状態をいっている。だいぶ西に傾いてきている月をながめて、湖の西半分がもう黒々と影になり、東半分はやはり明るい月光に照らしだされている光景を想う」（『和歌鑑賞辞典』昭和四五・二、東京堂）というのが、この歌の世界である。この月は望月以後の月ではないかと思われるから、深夜の静寂の中に捉えられた光景と言うべく、「影をしぞ思ふ」の措辞から余情深い趣が漂っている。また、「うみ半ばある影」なる表現も、武士らしいスケールの大きい捉え方で、遠忠の新造語となっている。いかにも大柄な空間を捉えて妙なる歌である。

【語釈】　1大比叡―偉大な比叡山。2うみ半ばある影―月が山に傾くと、山にさえぎられて湖面の半分が影となる状態。

【補説】『十市遠忠自歌合』で、この歌に番わされているのは、「浦月」の題になる「くむしほに影をうつせば秋のよの月にぞなるるちかの浦人」の歌で、判者はこの「浦月」の歌を、「右、さしたるふぜいなし。ちかのうら人、そのたよりなきやうにみゆ」と評して、「可レ為レ持」（引分け）としている。

細川幽斎《ほそかわゆうさい》

天文三年（一五三四）～慶長十五年（一六一〇）八月二十日。七十七歳。三淵晴員《みぶちはるかず》の子。名は藤孝。幽斎・玄旨と号した。細川元常の養子となり、足利義昭《よしあき》を奉じて幕府を再興した。のち、織田信長・豊臣秀吉・徳川家康に仕えた。和歌を三条西実枝に学び、元亀三年（一五七二）古今伝授を受けた。歌風は二条派系統の穏健優雅なもので、家集に『衆妙集』、日記に『九州道の記』があるほか、『百人一首抄』『詠歌大概抄』などの聞書の集成的な注釈が多い。歌学書に『細川幽斎聞書全集』がある。中世歌学の集成者であると同時に、近世歌学の出発点を築いた人であるとも言われる。

古《いにしへ》も今も変《(え)》らぬ世の中に心のたねをのこすことのは[1][2][3]　（衆妙集・雑部下・五七九）

「慶長五年七月廿七日丹後国籠城せし時、古今集証明の状、式部卿智仁《としひと》親王へ奉るとて」

【歌意】　昔のままに変わらない当世に、とりわけ和歌の道を残そうと思うことだ。

【鑑賞】　詞書によって、作歌事情が知られる。慶長五年（一六〇〇）七月二十七日、居城田辺城が敵に包囲されて危くなった幽斎が、死を覚悟して八条宮智仁親王に古今伝授をしようとした際に、『古今集』相伝の箱と証明状一通のほかに書き送った歌である。したがってこの一首には、中世和歌から近世和歌への仲立ちの役割を果たした幽斎の、歌道を後世に伝えようとする並々ならぬ決意のほどがうかがわれる。

ところで、古今伝授とは、「『古今集』について、巻頭の序文から、二十巻の巻末の歌の注にわたり、すべての解説を伝え授けること」（『和歌文学大辞典』昭和四二・一二第三版、明治書院）で、それは歌道の権威を維持するために、師から弟子へ特別秘伝として教授された。この伝授が特に重視されるに至ったのは、宗祇が師の東常縁から古今伝授されたことを強調してからだが、幽斎の時代もその例外ではなかった。「やまと歌は人の心を種として、よろづの言の葉とぞなれりける。世の中にある人ことわざしげきものなれば、……」は『古今集』仮名序の冒頭だが、幽斎の歌がこの『古今集』の仮名序の用語（傍点部分）でほとんどが表現されていることを知れば、幽斎がいかに和歌の道を尊重していたかが理解されよう。長い乱世の中で絶えようとしていた歌道を復興させようと努力した幽斎の心意気が感じられる。

【語釈】　1世の中―今の世。当世。2心のたね―人間の心の根本。3ことのは―言葉による表現。

【補説】　慶長五年田辺城が敵に包囲された時、幽斎は智仁親王のほかに烏丸《からすまる》光広にも、伝授をしている。その時、光広にあてた歌は「もしほ草かきあつめたる跡とめて昔にかへせ和歌のうら浪」（衆妙集・雑部下・六〇〇）で、「おなじとき、烏丸蘭台へさうしの箱まゐらせしとき」の詞書が付いている。ここにも幽斎の歌道に対する執心がうかがわれよう。

〔付記〕　本節に掲載の各歌人の和歌本文は、『和歌の解釈と鑑賞事典』の編集部から提示された本文をそのまま掲載したが、【鑑賞】そのほかに示した和歌本文は、いずれも新編国歌大観本から引用した。

終章　結語

以上、中世隠遁歌人の文学的営為を、和歌と随筆の領域に分け、二つの視点から具体的に論じた文学論考の二章に、和歌の一首一首を読解、鑑賞した秀歌鑑賞の一章を加えて一書としたが、ここでこれまで論述してきた要点などを略述して、今後の展望を開く手掛りにするとともに、本書の結論に代えたいと思う。

さて、第一章は、西行・二条為道・花園院・長舜など特定の歌人の和歌について論じたもの、諸種の私撰集について多角的な視点から論じたもの、歌枕や歌論、漢詩や釈教歌、さらに和歌懐紙などの問題を論じたものなど、和歌の諸領域について「和歌の世界」にアプローチを試みた。

まず、第一節から第三節までは、和歌の解釈・鑑賞の問題に中心を置いて論じているが、具体的には次のとおりである。

第一節は、西行の「ながむとて花にもいたくなれぬれば散る別れこそかなしかりけれ」（新古今集・春下・一二六）の詠を詳細に分析して、下句の「散る別れ」の主体に、「花」と詠歌主体の両方が想定される可能性を論証し、西行の和歌には、このように作者の詠作意図を越えた、読み手の解釈、鑑賞によって、より文学性の高まる詠歌が少なからず存することを指摘した。

第二節では、二条為世の後継者と属目されながら、二十九歳の若さで他界した為道の和歌について、その集成作業を行い、為道の詠作に実質百四十七首が認められることをまず指摘した。そのうえで、為道の和歌には、歌題のユニークさ、「風」を歌材にした詠作の多いこと、本歌取りの修辞法の詠作がめだつこと、新古今的表現を採用した秀句表現がかなりみられる、などの属性が認められることを論証した。

第三節のⅠは、花園院の天皇在位期間中の十七歳までの詠作を収載する『玉葉和歌集』から十二首を抄出して、種々様々な視点から詳細に分析した結果、院の歌には、『古今集』以来の発想と表現を踏襲する詠作がかなり認められるなか、自然を、光と影、時間のなかで捉えたり、対比する手法を使って、京極派の歌風を示している詠作もめだつが、京極派の歌風が認められる詠作のなかには、父伏見院の歌の影響がまま認められると結論した。

第三節のⅡは、同じく花園院の詠作について、『風雅和歌集』に収載される恋歌十二首を、これまた詳細に分析した結果、院の詠作には、歌題面では当代に流行した結題がめだつが、詠作面では『古今集』以来の恋歌の発想の域を出ない平凡な詠歌もあるなか、深く、細やかな恋愛感情の陰影を言外に揺曳させて、読む者の心を打つ京極派の歌風を感じさせる秀歌もめだっている。そして、京極派の歌風を漂わせる詠歌には、父伏見院や父の中宮永福門院の歌の影響が認められ、習作期の詠作を収めている『玉葉集』の詠歌に比べると、『風雅集』に収載される詠作には、かなり進歩の跡が顕著であると検証した。

第四節は、後宇多院の下命によって二条為世が撰進した『新後撰集』『続千載集』の二勅撰集の開闔をつとめた叡山法印長舜の和歌活動について、従来それほど分明でなかった四十代前半以降から晩年にかけての種々の事柄を明らかにし、あわせて現時点で拾遺しうる長舜の詠歌六十三首（実数）を集成したうえで、長舜の詠歌には、頓阿が『井蛙抄』で評している「平懐なる歌」（否定的評価）が実詠歌にまま指摘される一方、題詠歌には伝統的な発想と表現に依拠した詠作がかなり認められることなどを確認した。

第五節では、私撰集の和歌を、撰集の特性と注釈の問題から論じた。

第五節のⅠは、題名に私家集名が冠されていながら、内実は私撰集である撰集について、種々様々な視点からアプローチを試み、その実態を明らかにし、規模としては百六十首ほどの小規模のものから三千百首にも及ぶ大規模のものまであること、性格は類題集の趣を有すること、成立時期は鎌倉時代後期から江戸時代初期に及んでいること、編者には室町時代中期ごろのものについては一条兼良周辺の者の可能性があること、和歌が地域的・階層的に普及、浸透していく時期の産物として評価されること、などの結論を得た。

第五節のⅡは、島原市図書館松平文庫蔵の『六華和歌集』について検討した結果、本集が歌数千九百三十四首を収載し、歌人では『万葉集』に収載される歌人と新古今歌人が大半をしめ、編者には由阿が想定されることなどを明らかにした。

第五節のⅢは、Ⅱで論じた『六華和歌集』から主に難解な和歌を抄出して、それに注解を付した『六花集注』について詳細な検討を加えた結果、本注が冷泉家系統の歌注を伝え、連歌に関係の深い注釈書で、その成立時期は応安八年ごろと憶測されるが、編者については現時点では特定しえず、冷泉家系統に連なる連歌師などが想定されようかと推察した。

第六節では、伝宗祇編『絵入和歌集』について、挿絵の問題から追究した。すなわち、勅撰集に入集の詠歌二十七首に挿絵を配した本集について、詳細な考察を加えた結果、本集が連歌の付合に準じた構成原理で配列されているが、各詠歌に付せられた菱川師信による挿絵は、古典和歌の近世的把握による描出であって、その現世を謳歌する庶民の生活ぶりが活写されている点からみると、その成立時期は寛文年間ごろではなかろうかと推察した。

第七節は、勅撰集に登場する「小倉山」を素材にして、歌枕の問題に言及した。すなわち、勅撰集にみられる「小倉山」関係の六十六首を詳細に検討すると、四季の部の場合、その大半は「紅葉」「鹿」との組み合わせで詠まれる事例と、「小暗し」という「小倉山」の属性を掛詞として詠まれる事例である一方、雑部の場合、「山家松」「老」などとの組み合わせで詠まれる事例が多く、小倉山は出家・遁世者の生活空間として扱われている。ちなみに、前者の場合、宇多法皇・紀貫之などの詠歌にみられる点から、観光客の目で捉えた小倉山観といえるのに対し、後者の場合、藤原定家・同為家の詠歌に多くみられる点から、日常生活者の目で捉えた小倉山観といえるであろうが、とくに、後者の場合、定家・為家らによる新しい「小倉山」観ということができよう。したがって、このような視点で個々の歌枕をみてみると、従来の固定的な歌枕観を修正して扱わなければならない側面も生じてくるのではなかろうか、と本節では歌枕について問題提起を試みた。

第八節は、寺院・神社にかかわる漢詩と釈教歌の問題について、種々の視点から考察を加えた。

第八節のⅠは、四天王寺絵堂の西面に掲載された「九品往生人」の絵と、九品の各人の漢詩と和歌のうち、後者の詩歌について論じている。すなわち、菅原為長の詠じた九品往生の漢詩は、慈円が内外の往生関係の書物によって選定した本朝の藤原忠孝・同義孝・覚真阿闍梨の三人と、震旦の智覚禅師以下の六人の往生人について、階等別の世界を格調高く詠じたものと論究した。一方、九品往生の和歌は、漢詩が対象にした九品往生人について、頼実・道家・基家・公経・実氏・家隆・定家・保季・範宗が詠じたことを指摘して、さらに慈円の『拾玉集』にも九品往生和歌は収載されていることを指摘し、その意味について言及した。

第八節のⅡでは、雙厳院蔵の日吉山王権現に関わる和歌世界を扱った『日吉和歌』（『山王知新記』）に収載される百八首をまず紹介し、次いで出典と詠歌作者を整理した。その結果、本書が①日吉関係歌の序章、②同本章、③同付章、④山王上七社関係歌の本章、⑤追加の五つの歌群から構成され、撰者覚深のかなり明確な意図に基づいて形成された作品世界を具現した私撰集になりえている実態を明らかにした。

第九節は、『耕雲口伝』の諸本について分類を試み、次いで、内容について検討を加えた結果、本口伝は和歌の起源と学び方に言及した序論と、和歌の本質論について六箇条を設けて、その詠作方法に言及した本論と、本口伝の執筆の経緯と今後の扱いに触れた付言的部分から構成されていることを明らかにした。そして、耕雲の歌論には、宗良親王と禅宗の影響が認められることを論証した。

第十節は、和歌懐紙の視点から、新出資料として公開された「永正八年月次和歌御会」に言及し、この御会については、『公宴続歌』に掲載の貞敦親王、宣胤、為和、堯胤、仁悟、道永、常弘、宗清などの八人の和歌懐紙が、さらに新出資料として添加されることを指摘したうえ、本御会の詠作には、平明にして典雅な歌ことばを駆使して、二条派和歌の伝統を継承したごとき、優美な和歌世界を詠出した佳作も含まれていることを論証した。

第二章は、中世を代表する随筆歌人・鴨長明と卜部兼好の著作である『方丈記』と『徒然草』に焦点をあわせて、多彩な「随筆の世界」にアプローチを試みた。

第一節では、大原山での隠棲までの鴨長明の人生をたどったうえで、日野の外山での閑居の気味を数奇者長明の視点で捉え、隠遁歌人鴨長明にとっての「自然」とは、その幽遠な環境に沈潜して精神の安らぎを喚起させる対象である一方、自然に沈潜することによって生ずる感興を、和歌および散文表現によって美的世界の創造へと転換させる触媒的作用をもたらす原動力でもあったと結論した。

第二節のⅠは、兼好の著作にみられる「無常」（死）の用語をとおして、兼好にとっての「無常の自覚」の問題について検討を加えた。その結果、無常（死）を自覚して仏道修行に対する兼好の姿勢に、『徒然草』と『自撰家集』とでは正反対ともいうべき差異が指摘されるという視点から、兼好の往生観の問題を追究して、兼好には、極楽浄土を願う往生観よりも、現世における価値追究を重視する姿勢・考えが顕著であることを確認した。これを兼好の言葉でいえば、「ただ今の一念」に「まぎるるかたなく、ただひとりある」個を充足して積極的に楽しく活かす生きかたこそが、無常（死）を自覚した際の現世における真の在りかたで、通常言われている、第二部の自覚的無常観の世界よりも、第一部の詠嘆的無常観の世界に認められる文学形象にこそ、兼好の無常の自覚に対する姿勢が顕著に窺知され、それは言わば生の解放への逆接的な意味を担っているのではあるまいか、と問題提起を行った。

第二節のⅡは、『徒然草』と『自撰家集』とを対象に、兼好の女性論を展開して、女性観に及んだ。その結果、『徒然草』にみられる理想的女性像の造型は、兼好の実体験に基づいた、王朝的物語を再現させるような虚構の世界の構築であって、このような優雅で奥ゆかしく、風流へのたしなみもあり、常日ごろの心づかいが教養となって身についている王朝女性像の創造は、兼好の尚古思想に基づいた人物造型で、そこに兼好の女性観も窺知されると結論づけた。

第二節のⅢは、『徒然草』にしばしば見られる連体詞「ある」＋体言の語法を分析して、兼好の朧化表現の意味に言及した。その結果、このような語法にも多種多様な使われかたが指摘されるが、就中、積極的な意味あいで使用されている場合、王朝物語を思わせる章段の朧化表現には、兼好の体験に基づく虚構化、物語化の様相が顕著であることを論証した。なお、「ある人」と朧化表現された人物に対しては、ほぼ直接経験の回想の助動詞「き」が使われている実態から、「ある人」には、作者兼好を想定しうる可能性が濃厚で、この視点からみると、有職故実に言及した章段や、芸能および美意識に触れた章段の「ある人」は、自説の表明に朧化表現が利用されたと憶測されようかとも言及した。このように『徒然草』を朧化表現の視点からみると、従来、架空譚か作者の体験譚かの論議の絶えなかった章段についても、新しい視角が開かれるのではないかと、ささやかな読解の視点を提供した。

第二節のⅣは、従来作者の事実譚か架空譚かの論議の絶えなかった、『徒然草』の第十一段を詳細に検討して、次のように結論した。すなわち、この段の前半で作者が形象化しようと試みた世界は、先人が和歌や物語で用いた伝統的な意味あいをもつ表現・措辞によって描出されており、後段のそれは、前段で理想的な草庵生活を一見しているとみえた庵主が、「柑子の木」の周囲を柵で囲って防御している現実世界の描出であって、そこでの作者の筆先は、人間の物欲の深さにまで触れ、さらにその根源にまで及んであるが、この場面での発想は寂然の和歌から得ており、その描写の方法は、古典和歌の表現・措辞を借用したものであったのだ。ちなみに、人跡稀なる閑寂な山里の草庵の庭に、「柑子の木」の周囲を厳重に柵を巡らすという、かなり不自然な描出が認められるのは、この章段が作者による虚構の産物であったがゆえの創作上の破綻であったのではなかろうか、と解釈した。

第三章は、主として中世隠遁歌人の代表的な秀歌を一首一首採りあげて、読解、鑑賞を試みたもので、第一章・第二章の補完的役割をなす章と位置づけた。

第一節は、頓阿の「月やどる沢田の面に伏す鴫の氷より立つ明けがたの空」の詠について、発想と表現の視点から言及し、頓阿の叙景歌の典型とした。

第二節は、鴨長明の詠作四首について、種々の視点から分析し、習作期の長明の歌の特徴を明らかにした。

第三節は、二条派歌人の詠作について読解、鑑賞した。その歌人とは、津守国助・小倉実教・二条為道・同為定・同為明・同為冬・同良基・同為重・同為遠の九人である。

第四節は、南北朝期・室町期の歌人の詠作について読解、鑑賞した。その歌人を列挙すれば、兼好・頓阿・藤原為明・冷泉為秀・後醍醐天皇・花山院師賢・宗良親王・楠木正行・後村上天皇・長慶天皇・花山院長親・正徹・東常縁・正広・太田道灌・三条西実隆・足利義尚・十市遠忠・細川幽斎のごとく十九人に及んでいる。

本書は、以上のごとき内容と構成によって、中世隠遁歌人の文学的営為を、和歌と随筆の両領域から考察した。これによって、多彩な中世隠遁歌人の文学的営みのすべてを鳥瞰して把握しえたとはもとより考えてはいないが、そのように、和歌の広範な領域に具体的にメスを入れ、多少なりとも、和歌文学の有する問題を闡明にすることができた世界の一部には鍬を入れることができたように愚考する。特に、第一章の「和歌の世界」の検討では、副題に示したように思う。その点に、本書を出版した意義を多少は認めるかも知れないが、とはいえ、第二章の「随筆の世界」の考察では、長明と兼好の各随筆については、ある程度明白にしえたように愚考されるけれども、なお種々の点でさらに充分な検討を加えなければならない諸問題も山積しているといわねばなるまい。

なお、本書で採り扱った諸問題については、今後もさらにねばり強く追究していかねばならないことは言うまでもないが、不充分ながら一応の結論を出しえたいまは、このあたりで取り敢えず擱筆したいと思う。

和歌索引

凡　例

(1) 歴史仮名遣いに従って、初・二句をページで掲出した。
(2) 掲出歌は、濁点を付したまま、平仮名表記で掲出した。
(3) 掲出歌が複数のページに出てくる場合、そのいずれのページも掲出した。
(4) 漢詩文などについては、省略に従った。

あ

い

う

あとがき

日本古典文学のなかにあって、多彩をきわめる中世文学の特質を究明するためには、種々様々な視点からのアプローチが可能であろうが、筆者がこれまで手掛けてきた『明題和歌全集』『明題和歌全集全句索引』（ともに昭和五二・二、福武書店）、『題林愚抄』（『新編国歌大観』第六巻所収、共著、昭和六三・四、角川書店）、『草根集』（『新編国歌大観』第八巻所収、共著、平成・四、角川書店）、『摘題和歌集　上・下』（平成二・一一、同三・一、古典文庫）『続五明題和歌集』（平成四・一〇、和泉書院）、『明題拾要鈔　上・下』（平成九・七、同九・八、古典文庫）、『公宴続歌　本文編・索引編』（編者代表、平成一二・二、和泉書院）などは、文献資料面からのアプローチであり、また、『中世私撰集の研究』（昭和六〇・五、和泉書院）や『中世類題集の研究』（平成六・一、和泉書院）などは、作品成立の面からのアプローチであった。これらはともに和歌作品そのものについて、文献資料の紹介および成立過程の闡明などを主要目的とした、文献学とも称しうる作品の形態面からの考察で、対象にした和歌作品の内実に深く分け入った文学的研究とはややほど遠い代物であった。

ところで、筆者にも『風呂で読む西行』（平成七・二第一刷、世界思想社）なる西行の秀歌を読解、鑑賞した、入門書ではあるが文学面からの考察もないわけではなかったが、このたび出版、刊行しようと企図した本書は、上記の文献資料、成立研究の分野・領域とは多少性格を異にする内容であって、それは和歌と随筆の二領域にわたる文学研究にかかわるものだ。すなわち、前者は、和歌の領域を、解釈・鑑賞、詠作活動、撰集の成立と注釈、挿絵、歌枕、漢詩・釈教歌、歌論、和歌懐紙などの諸視点から論じ、後者は、鴨長明の『方丈記』について自然の視点から、卜部兼好の『徒然草』について無常、女性、表現、成立過程などの視点から多角的に論じたもので、書名を『中世隠遁歌人の文学研究―和歌と随筆の世界―』としたように、言うならば、多彩をきわめる中世和歌と随筆の世界をやや文学的に扱った内容といえるであろうか。

ちなみに、本書に収録した論考は、そのほとんどが既発表の論文をもとにしているので、次に礎稿との関係を、原題、掲載誌、発表年月の順に明記しておこう。

第一章　和歌の世界

第一節　「散る別れこそかなしかりけれ―西行の新古今歌一首私解―」（大阪大学国文学研究室編輯『語文』第四八輯、昭和六二・二）

第二節　「二条為道の和歌」（『和歌の伝統と享受』〈和歌文学論集10〉平成八・三、風間書房）

（付）「二条家」（「特集・新古今集を読むための研究事典―中世和歌史のなかで―」『国文学』平成二・一二、学燈社）

第三節　花園院の和歌

Ⅰ　「花園天皇の和歌―『玉葉集』収載歌をめぐって―」（臨済宗妙心寺派教化センター編『研究報告』第六号、平成八・八）

Ⅱ　「花園上皇の恋の世界―『風雅和歌集』の恋歌の分析―」（光華女子大学日本文学科編『恋のかたち―日本文学の恋愛像』平成八・一二、和泉書院）

第四節　「叡山法印長舜の和歌活動」（新井栄蔵氏ほか編『叡山をめぐる人びと』平成五・一〇、世界思想社）

第五節　私撰集の和歌

Ⅰ　「私撰集―私家集名を冠する撰集―」（稲田利徳氏・佐藤恒雄氏・三村晃功編『中世文学の世界』昭和五九・五、世界思想社）

Ⅱ　「『六華和歌集』をめぐって」（岡山大学法文学部言語国語国文学研究室編『岡大国文論稿』創刊号、昭和四八・三）

Ⅲ　「『六花集』の性格と価値」（京都大学文学部国語学国文学研究室編『国語国文』第四〇巻第九号、昭和四六・九）

第六節　「伝宗祇編『絵入和歌集』の世界」（光華女子大学日本語日本文学科編『日本文学と美術―光華女子大学公開講座』平成一三・三、和泉書院）

第七節　「歌枕『小倉山』考」（駿台教育研究所編『駿台フォーラム』第五号、昭和六二・七）

第八節　寺院・神社関係の和歌

Ⅰ　「四天王寺九品往生詩歌の世界」（新井栄蔵氏・渡辺貞麿氏・三村晃功編『叡山の文化』平成元・六、世界思想社）

Ⅱ　「日吉山王和歌の世界―覚深撰『山王知新記』の紹介―」（新井栄蔵氏ほか編『叡山の和歌と説話』平成三・七、世界思想社）

（付）「比叡山―延暦寺と日吉大社―」（「特集・仏教―死と生と夢と―」『国文学』平成四・六、学燈社）

第九節　「耕雲口伝」（三村晃功ほか校注『歌論歌学集成』第一一巻、平成一三・七、三弥井書店）

（付）「新葉和歌集」（「特集・新古今集を読むための研究事典―中世和歌史のなかで―」『国文学』平成二・一二、学燈社）

第十節　「『永正八年月次和歌御会』をめぐって―七月二十五日和歌御会を中心に―」（『光華女子大学研究紀要』第三三号、平成七・一二）

第二章　随筆の世界

第一節　「隠遁歌人と自然―鴨長明の場合―」（片桐洋一氏編『王朝和歌の世界―自然感情と美意識』昭和五九・一〇、世界思想社）

第二節　卜部兼好

Ⅰ　「無常の自覚―兼好の著作を通して―」（伊藤博之氏ほか編『物語・日記・随筆』〈仏教文学講座　第五巻〉平成八・四、勉誠社）

Ⅱ　「『徒然草』の女性像―兼好法師の女性観―」（小泉道氏・三村晃功編『女と愛と文学』平成五・一、世界思想社）

Ⅲ　「『徒然草』の朧化表現―連体詞『ある』＋体言の場合―」（中四国中世文学研究会編『中世文学研究』第一一号、昭和六〇・八）

Ⅳ　「柑子の木の、まはりをきびしく囲ひたりしこそ―『徒然草』第十一段成立考―」（『花園大学研究紀要』第二〇号、平成元・三）

第三章　秀歌鑑賞

第一節　「氷より立つ明けがたの空―古典秀歌鑑賞―」（『短歌』第四一巻第一号、平成六・一、角川書店）

第二節　『鴨長明集』全注解稿（一）・（三）・（四）」（光華女子大学日本文学会編『光華日本文学』平成一一・八、同一三・八、同一四・一〇）

第三節　「中世篇」（秋山虔氏ほか編『日本名歌集成』昭和六三・一一、学燈社）

第四節　「中世」（井上宗雄氏編『和歌の解釈と鑑賞事典』昭和五四・四、旺文社）

終　章　新　稿

このうち、第一章の第三節のⅠについては、講演記録を大幅に改訂し、表現も書き言葉に改めたが、そのほかは発表原稿にそれほど修正は加えず、初出の姿をほぼ留めているといえよう。そのようなわけで、本書は、勤務校の紀要や学会誌などの研究誌、および、諸種の論集や事典などの書籍にこれまで発表した種々様々な、まことに貧弱で、粗雑な内容である点、恥じ入るほかないが、しかし、終章の結語で言及したように、中世隠遁歌人の文学営為について、現時点での学界共有の研究成果を極力採り入れての集成である点には、多少の取得があるかもしれない。

勤務校で教務部長・文学部長など、およそ文学研究とはほど遠い環境に身を置く最終年次に、本書がようやく筆者の第三論文集として陽の目を見るに至った、その誕生の経緯を考えると、正直なところ、そこに多少の個人的な感慨をも禁じえないことを告白しておきたいと思う。しかし、その後事態は急展開して、現在、筆者は学長職二年目という境遇に身を置いており、相変わらず文学研究とは無縁の多忙な毎日を送っている。

それにしても、このたびも本書の刊行に際しては、実に多くの方がたや諸機関のお世話になった。ここでいちいち個人名をあげるのは差し控えさせていただくけれども、そうした方がたや諸機関の学恩なしには、本書に収載したどの論考も完成しなかったであろうことは間違いない。その意味で、恩恵を蒙った方がたと諸機関には、筆者の心のなかでそれらの御名を密やかに反芻することで、ここに改めて衷心より御礼申し上げたいと思う。

最後になったが、このたびも、蕪雑で貧弱な内容の本書を、このように結構に装って出版してくださった、和泉書院社主・廣橋研三氏には、こころより厚く御礼申し上げる次第である。

平成十六年五月吉日

三村晃功

本書は、「平成十六年度京都光華女子大学・同短期大学部学術刊行物出版助成」制度の恩恵に浴して刊行されるものである。当局に対し、厚く御礼申し上げる。

■著者紹介

三村　晃功（みむら・てるのり）

昭和15年9月　岡山県に生まれる
昭和40年3月　大阪大学大学院文学研究科修士課程修了
平成6年12月　大阪大学より博士（文学）を受領
現　在　京都光華女子大学学長・教授
専　攻　日本中世文学（特に室町時代の和歌）
編著書　『明題和歌全集』『同全句索引』（昭和51・2、福武書店）、『中世私撰集の研究』（昭和60・5、和泉書院）、『続五明題和歌集』（平成4・10、和泉書院）、『中世類題集の研究』（平成6・1、和泉書院）、『公宴続歌　本文編・索引編』（編者代表、平成12・2、和泉書院）、『大嘗会和歌文保百首　宝治百首』（冷泉家時雨亭叢書35、平成15・4、朝日新聞社）など
現住所　〒611-0028　宇治市南陵町1-1-66

研究叢書317

中世隠遁歌人の文学研究
―和歌と随筆の世界―

二〇〇四年九月二五日初版第一刷発行
（検印省略）

著者　三村晃功
発行者　廣橋研三
印刷所　亜細亜印刷
製本所　渋谷文泉閣
発行所　有限会社和泉書院
大阪市天王寺区上汐五-三-八
〒五四三-〇〇〇二
電話　〇六-六七七一-一四六七
振替　〇〇九七〇-八-一五〇四三

ISBN 4-7576-0274-X　C3395